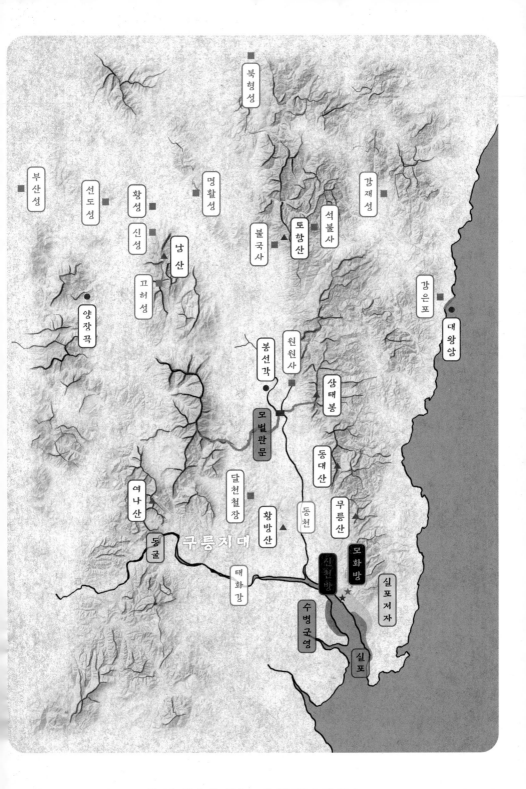

구불벌(울산)~서라벌(경주)

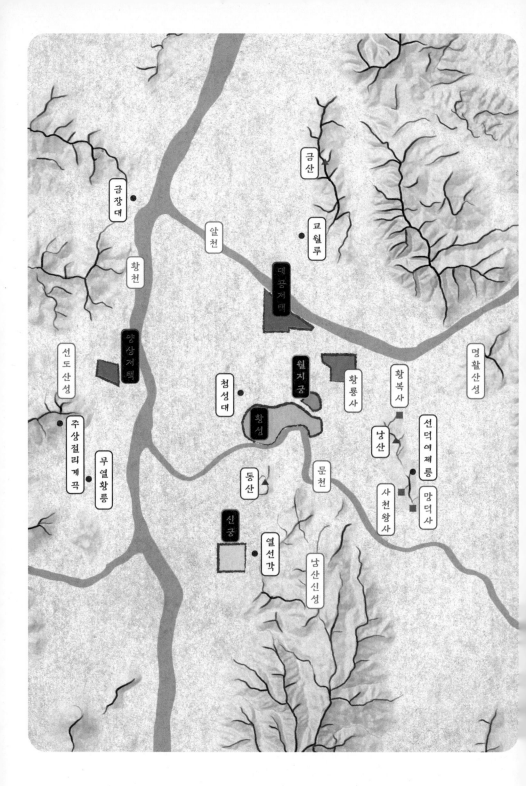

서 라 벌 (경 주)

대공의 난

대공의 난

초판 1쇄 발행 | 2017년 9월 27일

지은이 | 정의성

펴낸곳 | 현대불교신문사 출판부 여시아문
         출판등록 1995.3.2. 제1-1852호
발행인 | 박종수
주 소 | 서울 종로구 율곡로 6길 36, 606호 (운니동, 월드오피스텔)
전 화 | 02) 2004-8200   팩스 | 02) 737-0698

값 22,000원

ISBN 978-89-87067-86-5   03810

정의성 역사소설

大恭亂

대공의 난

현대불교신문사

추천의 말

　이 소설은 통일신라시대 중기에 일어난 대공의 난을 다루고 있다. 이 난으로 인해 그 후도 여러 차례 국가적 반란이 꼬리에 꼬리를 물고 일어나, 그 찬란했던 신라 불교문화가 일시 찌그러지는 면도 없지 않아 본인은 승도로서 마음 아프기도 하다. 하지만 어둠은 언제나 빛을 위해 봉사하는 법. 이러한 암흑의 시기를 겪음으로 말미암아 불법의 빛은 세상을 헤쳐 나아가는 중생의 마음에 더욱 사무치도록 파고들게 된다.

　모름지기 소설은 첫째, 재미가 있어야 하는데 작가 정의성의 〈대공의 난〉은 그 첫째를 충족시키고도 남음이 있다. 암흑의 시기를 통과하는 청춘 남녀들의 사랑과 비극이 폭염 속의 단비 같고, 장마 속의 햇살 같은 신들린 작가의 손에 의해 반전에 반전을 거듭하며 절묘하게 펼쳐진다.

　〈삼국사기〉, 〈삼국유사〉가 갖는 비통일적인 특성들이 작가의 상상력에 의해 결합, 재창조되어 역사 속의 인물들을 더욱 생생하게 눈앞에 되살려냄으로써 특별한 재미와 함께 인생사의 오묘한 이치를 사유하게 한다. 역사에 대한 깊이 있는 연구와 방대한 자료조사, 검술과 진법에 대한 작가의 해박한 지식과 갈고 닦은 내공이 작품 속에 녹아 있어 삼국지를 연상시키는 박진감을 선사하면서, 영화나 드라마처럼 생생하게 펼쳐진다.

　신심이 깊은 불자들은 물론이려니와 그렇지 않은 일반 대중에게도 정중히 일독을 권합니다.

2017년 8월 15일

한국불교 대표방송 BTN　대표이사 석성우

대공의 난

차 례

제2권 법멸의 월식(法滅之月蝕)

시작에 앞서

이 소설은 삼국유사의 불교사관을 토대로, 삼국사기, 신당서, 구당서, 책부원귀, 제왕운기, 동국여지승람, 경상도지리지, 화랑세기 등등의 사료에 근거하여 쓰였음을 밝힙니다.

소설에 나오는 불교용어를 포함한 신라시대 당시의 용어와 배경을 페이지 하단에 각주로 알기 쉽게 설명해 두었습니다. 허나 이것은 소설 본연의 박진감 넘치는 스토리 전개를 방해할 여지가 있습니다. 가볍고 재미나게 읽으시려는 분은 과감하게 각주를 무시하시기 바랍니다. 반면에 소설이 품고 있는 깊은 내용까지 음미하고자 하시는 분께는 각주가 친절한 도우미가 되어 또 다른 재미를 선사할 것입니다.

프롤로그

불가에서 말하는 우주에는 여섯 개의 세상이 맞물려 존재하니 이를
육도(六道)라 일컫는다. 중생은 전생의 공과에 따라 지옥도, 아귀도,
축생도, 아수라도, 인간도(인도), 천상도(천도)를 윤회한다. 그중 아수
라도는 반인 반수의 모습을 한 아수라들이 사는 세상으로, 아수라는
서로 죽고 죽이는 피의 전쟁만을 영원히 반복하는 존재이다. 아수라도
는 아수라들이 흘린 피를 먹고 수만 년에 한 번씩 새로운 악을 잉태하는
데, 인도의 시간으로 천삼백여 년 전, 아수라도에 전에 없던 강력한
악룡이 태어났다.

순식간에 아수라도를 평정한 악룡은 그곳을 둘러싼 경계를 무너뜨려
버렸고, 병력을 이끌고 수미산으로 쳐들어갔다. 수미산은 육도의 중심
이자 천도로 향하는 관문으로, 그 정상에는 천도로 가는 입구 도리천(忉
利天)이 있다. 도리천을 지키는 제석천[1])이 산 아래를 보니, 사천왕[2])들

---

1) [帝釋天]. 불교의 수호신이자 전투신. Indra(인드라). 수미산 정상에 있는 하늘인
   도리천(忉利天)의 주인으로, 제천(諸天. 불법을 수호하는 신들)을 이끄는 신들의
   제왕이다. 사천왕을 거느리고 불법과 불제자를 보호한다.
2) [四天王]. 수미산의 중턱에 있는 하늘 사왕천(四王天)의 주인으로, 네 명의 외호신이
   다. 동쪽의 지국천왕, 서쪽의 광목천왕, 남쪽의 증장천왕, 북쪽의 다문천왕.

이 천룡팔부1)와 수하들을 이끌고 산 아래로 내려가 악룡의 군대를 막아서고 있었다. 무표정한 얼굴모양의 황금가면을 쓴 제석천은, 천리안으로 아수라들 속에 있는 악룡을 조용히 살펴보았다. 악룡의 몸은 보랏빛 뱀의 형상이었고 팔과 머리는 인간의 형상을 하고 있었다.

제석천은 악룡이 어떤 능력을 지녔는지 가늠할 수 없어, 그를 시험해 보기로 했다. 하늘을 날아 산 아래로 내려온 제석천이 오른손에 들고 있는 금강저2)를 치켜드니 천도를 제외한 육도의 하늘이 순식간에 먹구름으로 뒤덮였다. 하늘을 가득 매운 먹구름 사이로 푸른 번개가 이리저리 오가며 응축되자, 이를 지켜보던 악룡은 입으로 자줏빛 독기운을 사방에 내뿜기 시작했다. 제석천이 악룡을 향해 금강저를 뻗자, 하늘에서 번개줄기가 미친 듯 춤을 추며 악룡을 향해 연속으로 내리꽂혔다. 그런데, 악룡 주위를 둘러싼 독구름이 번개를 흡수해 버리는 것이 아닌가? 참지 못한 사천왕들이 악룡을 향해 돌격하려 하자 제석천은 천지가 진동하는 천둥소리를 내며 사천왕들을 제지했다. 팽팽한 긴장감이 감도는 가운데, 악룡이 아수라들 앞으로 나오자, 제석천도 사천왕들을 뒤로 하고 앞으로 나섰다. 뒤이어 약속이나 한 듯, 둘은 서로를 향해 질주했다. 제석천이 악룡을 향해 금강저를 내던지자 금강저의 세 극이 하나로 모이면서 날카로운 창으로 변해 악룡의 배를 찔러 들어갔다. 제석천이 손바닥을 펴니 악룡의 배에 꽂힌 창이 다시 금강저의 모양으로 변하며 배를 찢기 시작했다. 악룡은 굉음을 내지르고 고통에 몸부림치며 쓰러졌다. 제석천이 쓰러진 악룡에게 다가가 몸을

---

1) [天龍八部]. 사천왕이 거느리는 불법을 지키는 여덟 신장(神將)들. 천, 용, 야차, 건달바, 아수라(교화된 아수라왕), 가루라, 긴나라, 마후라가.

2) [金剛杵, Vajra(와즈라)]. 저(杵)는 인도 고대의 무기 가운데 하나로 손잡이 양쪽 끝에 예리한 찌르개가 하나 혹은 여러 개 달려 있는 일종의 짧은 창이다. 불교의식용 기구로 변모한 것을 금강저라 하며, 밀교에서 인간 번뇌를 부숴버리는 보리심의 상징이 되었다.

숙여 금강저를 뽑아내려는 순간, 악룡이 감았던 눈을 뜨며 손아귀로 제석천의 양손목을 틀어쥐고는 뱀의 몸통으로 제석천을 돌돌 말기 시작했다. 제석천은 안간힘을 쓰며 빠져나오려 했으나 악룡의 똬리는 점점 더 옥죄어졌다. 악룡이 꼼짝 못하는 제석천의 얼굴에 독을 내뿜으니, 제석천의 가면이 황금빛을 잃고 점점 자줏빛으로 부식되어 갔다. 고통스러워하던 제석천이 고개를 치켜들자 둘은 하늘로 솟구치기 시작했다. 한참을 솟구쳐 먹구름 속에 다다르자 구름 속을 오가던 번개 줄기들이 한꺼번에 제석천의 몸으로 모여들었다. 엄청난 번개들이 악룡의 몸을 이리저리 지져대자 악룡은 극심한 경련을 일으켰다. 똬리가 느슨해진 순간 제석천은 몸을 웅크려, 오른발로 악룡의 배에 박혀 있던 금강저를 힘껏 더 찔러 넣었다. 그러자 악룡이 고통에 찬 굉음을 내며 먹구름 사이로 도망가 자취를 감추었다.

구름 속에 숨은 악룡은 피를 흘리는 자신의 배를 쳐다보더니, 손을 뱃속에 집어넣어 금강저를 뽑아냈다. 금강저를 밑으로 던져버린 악룡은, 눈에서 붉은 기운을 쏟아내고 온몸을 기이하게 이리저리 비틀며 탈바꿈을 하기 시작했다. 총 여섯 번 껍질을 뚫고 새로운 몸으로 나왔으며, 한 번 나올 때마다 몸집은 두 배씩 커졌다.

여섯 번째 탈바꿈이 이루어지자, 온 몸이 철갑비늘로 둘러싸이고 머리부터 꼬리까지 독가시가 수도 없이 돋아난 거대한 독룡의 모습이 되었다. 거대한 몸통을 휘저으며 먹구름 사이를 이리저리 날아다니니, 가시에서 뿜어져 나오는 독기운이 구름 속으로 퍼져나갔고, 주위의 먹구름은 번개의 힘을 잃은 채 점점 자줏빛으로 물들어갔다.

그렇게 한참을 돌아다니던 악룡은 무언가 감지한 듯 그 자리에 멈추더니 순간 주둥이를 벌려 엄청난 독을 뿜어대기 시작했다. 숨어 있던 제석천이 쏟아지는 독을 피해 구름 아래로 빠져나가자 악룡이 엄청난 속도로 날아가 한입에 제석천을 삼켜버렸다. 땅에서 그 모습을 본 아수라들은 일제히 괴성을 지르며 수미산으로 돌진했다.

　사천왕과 천룡팔부가 끝없이 몰려드는 아수라들과 힘겨운 전투를 벌이는 동안, 제석천 또한 악룡의 아가리 속에서 처절한 사투를 벌이고 있었다. 짓눌리지 않기 위해 한쪽 무릎을 꿇고 양팔로 천장을 받쳐 힘겹게 지탱하고는 있었지만, 악룡의 목구멍에서 나오는 독 기운으로 인해 제석천의 가면과 갑옷이 서서히 녹아내리고 있었던 것이다. 한계에 다다른 제석천은 손목에 감겨 있는 염주에서 오색빛이 감도는 염주알 하나를 입으로 뜯어내어 물었다. 그러고는 마지막 남은 힘을 짜내어 굽혀져 있던 양팔을 펴기 시작했다.

　악룡의 아가리가 살짝 벌어지자 제석천은 물고 있던 오색구슬을 벌어진 틈새 밖으로 내뱉었다. 그러자 놀라운 광경이 벌어졌다. 구슬이 수도 없이 많은 구슬로 번식하며 악룡 주위로 흩어지더니 구슬 사이사이로 거미줄 같은 그물이 생겨나 악룡을 완전히 둘러쌌다.

　구슬들이 오색찬란한 섬광을 내뿜기 시작하자 그물 전체가 투명한 막으로 변하더니, 순간, 그물 안에 있던 악룡과 제석천이 흔적도 없이 공중에서 사라져 버렸다.

제 1 권

찬 기파랑가 (讚耆婆郎歌)

1

하늘의 징조

신라 성덕황제[1] 재위 23년(724) 여름, 깊은 밤. 수도 서라벌[2]을

---

1) 작가는 최고 전성기를 달리던 이 당시 신라가 외왕내제(外王內帝), 즉, 외부적으로는 왕을 칭하지만 내부적으로는 황제를 칭하는 이중 체제를 유지하고 있었다고 본다. 이런 이중 체제는 '이만하면 꿀릴 것이 없으니 우리도 황제국 하련다!'라는 자신감과 '그런데 중국이 트집을 잡아 우리한테 행패를 부리면 어쩌지?'라는 불안감이 동시에 발현되어 나타나는 현상인데, 신라뿐만 아니라 다른 여러 나라들에서도 발견되는 현상이었다. 이 당시 신라가 내부적으로 황제를 칭했다고 생각하는 이유를 들어보면 이렇다. 국력이 날로 강성해질 무렵인 진흥왕·진평왕·선덕여왕·진덕여왕 때에는 중국과는 다른 '독자적인 연호(年號)'를 사용하였고, 진흥왕순수비에 나타나는 '짐(朕)' 같은 황제의 용어가 이후로 쭉 쓰였으며, 무열왕에게 태종이란 '묘호(廟號. 황제가 죽은 후 종묘에 신위를 모실 때 붙이는 호로 당시 중국 황제의 전유물이었다)'를 올리자 신문왕 때 당이 묘호를 폐지하라는 압력을 가해 왔으나 신라는 그대로 감행하였다. 삼국유사에는 문무왕의 어머니를 문명'황후'라 한 기록과 차득공이 문무왕에게 '폐하(陛下)'라는 존칭을 쓴 기록이 있고, 삼국사기, 구당서 등에는 나당전쟁 시기 문무왕이 고구려 보장왕의 서자 안승을 보덕국왕으로 '책봉(冊封. 황제가 주변국의 왕을 임명하는 것)'을 하고 '표문(表文. 신하가 황제에게 고하는 상주문)'을 받았다는 기록이 있으며, 최치원의 사불허북국거상장에는 대조영이 진국(振國. 발해의 초기 국명)을 건국하고 신라에 사신을 파견하자 이를 기특하게 여긴 효소왕이 발해를 '번국(藩國. 황제의 명을 받은 제후가 다스리는 나라)'으로 삼고 대조영에게 대아찬의 관위를 제수하였다는 기록이 있다(*). 갈항사 석탑의 금석문은 원성왕의 어머니를 조문'황태후'라 칭하고 있고, 삼국사기에서 문성왕은 헌안왕을 가리켜 '선황'의 영손이라

뒤덮은 먹구름은 하늘의 달빛과 별빛을 가리운 채 굵은 빗줄기를 퍼붓고 있었다. 서라벌 낭산에 위치한 절 망덕사. 늙고 깡마른 중이 악몽을

하였으며, 월광사 원랑선사탑비의 금석문은 경문왕이 재위시절에 황제와 왕의 복합어인 '황왕(皇王)'이라 불렸음을 기록하고 있다. 그밖에도 작가가 모르는 사실들이 많을 것이다. 이처럼 상대부터 하대까지 신라가 황제국이었음을 암시하는 기록들이 이어져 있기에, 최고의 전성기라 이해되는 신라 중대를 통틀어 내부적으로 황제를 칭했을 것이라 생각하는 것이다.

* 대아찬은 17관등 중 제5관등이라 이는 대조영에게 다소 굴욕적인 처사라 생각할 수 있으나 결코 그렇지가 않습니다. 첫째로, 건국 초기의 발해는 우리가 생각하는 그런 강대한 나라가 아니라 당나라의 압제에 저항하는 고구려 유민집단에 가까웠습니다. 고구려 멸망 30년 후, 대조영은 고구려 유민과 말갈족을 데리고 당나라 군대의 추격을 피해 2천리를 도망쳐 말갈족의 터전이었던 동모산으로 피신하게 됩니다. 그 산 위에 성을 지은 후, 이탈자 발생을 막고 유민들과 주변세력을 흡수하기 위해 급히 나라를 세워 당나라에 계속 저항하기 위한 준비를 했던 것입니다. 그 과정에서 신라의 후원을 받기 위해 사신을 보내온 것이지요. 그로부터 백년이 훌쩍 지나서야 발해는 고구려의 옛 영토를 수복하게 됩니다. 둘째로, 당시 신라에서 골품이 없는 자가 특별한 공을 세워 이례적으로 귀족으로 편입되는 '상징적인 방식'이 바로 왕에게서 대아찬을 제수 받는 것이었습니다. 따라서 대조영에게 대아찬을 제수한 것은 고구려 유민 대조영이 진국(발해)을 세워 고구려 유민들을 당의 압제에서 구해내고 끊어진 고구려의 명맥을 이으려 하니, 그 의기가 매우 가상하여 지극히 폐쇄적이었던 골품제의 규율을 깨고 대조영에게 골품을 하사한 것이라 해석하는 것이 옳겠습니다.
(소설 본문 내에서는 제가 생각하는 그 당시 상황을 그대로 전하기 위해 '황제'라 하고, 본문 밖 각주에서는 원만한 설명을 위해 현대 교과서의 흐름을 따라 '왕'이라 하겠습니다.)

2) [徐羅伐]. 신라의 수도를 서라벌이라 하였고 지금의 경주이다. 신라(新羅)라는 국명과 서라벌이라는 지명은 모두 불교성지인 실라벌(室羅筏)에서 비롯된 것이다. 실라벌은 석가모니 부처님이 머물던 사위국(舍衛國) 즉 슈라바스티(Śrāvastī)를 말하는 것이다. 신라, 서라벌 같은 이름은 5세기 초엽부터 쓰이다가 6세기 초 지증왕 때에 정식 명칭으로 확립되었다. 5세기 초는 신라에 불교가 본격적으로 스며들던 시기였고, 6세기 초는 우리 땅이 바로 본래의 불교성지라 생각하는 불국토사상이 만개하고 있던 시기였다. 그래서 지증왕 다음 왕인 법흥왕 때부터는 왕명조차도 불교식으로 쓰게 된다.

꾸는지 이리저리 몸을 뒤척이고 있다.

'콰과쾅!!!!!!!!!!!'

"으아악!!"

천둥소리에 놀라 벌떡 몸을 일으킨 노승이 주변을 두리번거리더니, 그제야 안심이 되는 듯 길게 한숨을 내뱉었다. 그의 법명은 선율로, 망덕사의 주지승이다.

'실로 기이한 꿈이로다. 제석천과 악룡의 사투를 꿈에서 볼 줄이야!'

선율은 자리에서 일어나 방문을 열고 마루로 나갔다. 마루에 서서 하늘을 올려다보니, 시커먼 하늘은 억수같은 비를 쏟아 붓고 있었다. 선율은 문득 며칠 전 자신을 찾아온 젊은 스님을 떠올렸다. 신비한 기운을 내뿜던 젊은 스님이 이해할 수 없는 말을 남기고 떠났기 때문이다.

'선율스님, 며칠 후 천둥번개가 치는 깊은 밤에, 이곳 낭산의 도리천으로 귀한 손님이 찾아올 것입니다. 그러니 잘 맞이하시기 바랍니다.'

멍하니 하늘을 보며 생각에 잠겨 있던 선율은 고개를 절레절레 흔들더니 혼자 중얼거렸다.

"에잉, 낭산에 도리천은 웬 말이며, 천둥번개가 치는 야밤에 도대체 누가 찾아온단 말이냐!?"

그때였다. 하늘을 뒤덮고 있던 먹구름 한편이 붉게 빛나더니, 마치 용암처럼 이글거리는 거대한 불덩어리가 구름을 뚫고나와, 시커먼 연기를 뒤로 내뿜며 곧장 황성 쪽으로 돌진해 가는 게 아닌가?! 믿을 수 없는 광경에 선율의 입이 쩍 벌어졌다.

"이, 이럴 수가! 황성이!"

크게 놀란 선율은 황성 쪽으로 돌진하는 불덩어리를 보며 발을 동동 굴렸다. 그때, 갑자기 하늘에서 엄청난 번개줄기가 뻗어나가 떨어지던 불덩어리에 내리꽂혔다.

'쿠콰쾅!!!!!!!!!!!'

번개를 맞은 불덩이가 공중에서 폭발하며 두 쪽으로 갈라지더니, 하나는 황성의 북쪽으로, 다른 하나는 황성의 남동쪽으로 떨어지기 시작했다. 남동쪽을 향하던 덩어리가 낭산의 남쪽 봉우리로 떨어지자, 엄청난 충격파가 몰려왔다.

'쿠우우웅!!!!!!~~~.'

절 전체가 뒤흔들려 선율은 중심을 잃고 뒤로 벌렁 나자빠졌다.

"으아악!!"

누워 있던 노승이 비명을 지르며 몸을 벌떡 일으켰다. 그런데 뭔가 이상했다. 지금 눈에 보이는 곳이, 자기가 서 있던 마루가 아니라 자신의 방 안이었기 때문이다. 어안이 벙벙한 선율은 이마에 흐르는 땀줄기를 닦아내며 무슨 영문인지 이해하려 애를 썼다.

'도대체 이 무슨 해괴한 일이란 말이냐? 분명 꿈에서 깼었는데……'

'쿠광쾅!!!!!!!!!!!'

또다시 난데없는 천둥소리에 몸을 움츠린 선율은 심장이 쪼그라들 것만 같았다.

'설마!'

선율은 황급히 방문을 열어젖히고 마루로 뛰쳐나가 하늘을 쳐다보았다. 하지만 시커먼 하늘은 늙은 중을 조롱하듯 무심하게 비만 쏟아붓고 있을 뿐이었다. 이때, 절간 오른편에서도 놀란 얼굴로 마루에 서서 하늘을 두리번거리는 이가 있었으니, 그는 사천왕사성전[1]에서 파견 나온 적위[2] 이순이었다. 이십대 중반쯤 되어 보이는 그는, 말 그대로 백면서생의 모습을 한 풋내기 관리였다. 잠옷 바람으로 소스라치게 방문을 뛰쳐나와 놀란 얼굴로 하늘을 두리번거리던 그는, 이내

---

1) [四天王寺成典]. 사천왕사의 관리와 수리를 관장하던 관청. 망덕사도 사천왕사에 부속된 사찰로서 사천왕사성전에서 관리하였다.

2) [赤位]. 왕실사원을 관리하는 관청의 중급관리.

안도의 한숨을 내쉬며 다시 방으로 들어가려 몸을 돌렸다. 그런데, 저쪽 마루에서 선율이 엉거주춤한 자세로 자신을 빤히 쳐다보고 있는 게 아닌가? 뭔가 이상한 느낌을 받은 젊은 관리는 선율에게로 다가갔다.

"저… 큰스님, 어찌 아니 주무시고 나와 계십니까?"

"내가 더 궁금하네그려. 자네는 왜 자다 말고 나와서 하늘을 두리번거렸는가 말일세?"

"에… 그게… 제가 하도 요상한 꿈을 꿔서 그만…"

"꿈? 그래, 무슨 꿈이었지?"

"그게…"

"혹시, 자네도 꾸었는가? 그 하늘에서 떨어지는 불덩어리 말이야!"

"예? 아니, 그럼 스님도 그 꿈을 꾸셨단 말입니까?"

"허허… 이것 참, 보통일이 아니야… 보통일이 아니란 말이야… 그 스님 말이 헛소리가 아니었구나!"

"예?"

"자네 혹시, 낭산에 도리천이 어디 있는지 아는가?"

"낭산에 도리천이라구요?? 스님, 안색이 안 좋아 보입니다…"

"예끼 이 사람아! 자네 같은 멍충이에게 물은 내가 바보지!"

어안이 벙벙하던 이순은 잠깐 생각에 잠기더니 이내 대답했다.

"낭산에 도리천이라면, 선덕여제께서 잠들어 계신 곳이 아닐는지요?"

"뭐라고? 자세히 말해보게!"

"제가 사천왕사 성전의 서고에 있을 때, 기록에서 본 기억이 있습니다. 그 기록에 선덕여제께서 숨을 거두시기 전에 정신이 혼미한 상태에서, 자신은 천계의 입구인 도리천에 묻힐 것이라고 말씀하셨다 적혀 있었습니다. 당시 신하들은 그게 무슨 뜻인지 몰라서 여제께서 돌아가신 후 무덤 터를 정하지 못하다가, 황룡사의 자장대사께 여쭈어 지금의 장지를 정했다고 적혀 있었습니다."

"그게 정말인가?"

"예. 그런데 더 이상한 게 있습니다. 후에 백여 년의 긴 세월이 지나서, 그 능 밑에 명랑대사께서 임시로 사천왕사를 세우셨잖습니까?"

"그렇지. 사조1)께서 문무대제의 명을 받들어 문두루비법2)을 시전하기 위해 임시로 오색 천을 휘감아 세운 절이 지금의 사천왕사가 되었지. 비법이 시전되자 침공해 오던 오십만 당나라 수군이 태풍에 휩쓸려 모조리 수장되지 않았는가 말일세."

"그런데 말입니다. 명랑대사께서 그 당시, 비법을 시전하기에 가장 적합한 방위를 찾은 곳이 지금의 사천왕사 터입니다. 의도하셨는지 아닌지는 모르겠으나, 정말 기묘하게 맞아떨어진단 말입니다."

"응? 뭐가 맞아떨어진다는 말인가?"

"생각해 보십시오. 사천왕은 수미산 중턱을 지키고 있고, 제석천은 수미산 정상에서 도리천을 지키고 있으니, 낭산 중턱의 사천왕사가 사천왕이 머무는 곳이라면, 봉우리에 있는 선덕여제의 무덤 터가 도리천이 되는 것입니다. 여제께서는 먼 훗날까지 예견하고 계셨던 것이지요."

---

1) [師祖]. 불가에서 스승의 스승을 일컫는 말.

2) [文豆婁祕法]. 신라와 고려시대에 행했던 호국 밀교의식의 하나. 신인법(神印法)이라고도 하며 명랑에 의해서 처음 신라에 전해졌다. 이 비법은 '불설관정복마봉인대신주경(佛說灌頂伏魔封印大神呪經)'의 가르침에 의한 것으로, 이 경에 의하여 불단을 설치하고 다라니 등을 독송하면 국가적인 재난을 물리칠 수 있었다 한다. 백제·고구려가 멸망하는 과정에서 당나라가 도독부 등을 설치하고 지배 야욕을 드러내자 신라는 당과 나당전쟁을 벌였는데, 당이 추가로 50만 대군을 신라에 보내올 때 명랑이 사천왕사를 짓고 문두루비법을 시전하니 태풍이 일어 대군을 실은 배가 모조리 침몰했다고 역사는 기록하고 있다. 이에 당나라는 후에 문두루비법의 실체를 밝히려 사신들을 수차례 신라에 보내왔고, 그 사실을 안 신라는 사천왕사의 존재를 숨기기 위해 그 근처에 망덕사를 짓고 그 절을 사천왕사라 속였던 것이다.

"오호라! 그렇게 되는구먼! 자네 멍청한 줄만 알았더니 제법 쓸 만한데 그래? 허허허."

"예?"

"그렇지! 이제야 모든 게 명확해졌어. 자네가 여기에 온 이유를 알겠어. 다 부처님의 뜻이었어! 결코 우연이 아니었단 말일세!"

"무슨 말씀이신지…"

선율은 품속에서 조그만 보자기를 꺼내 이순에게 내보였다.

"보자기 속 물건을 꺼내 보게."

이순이 보자기를 풀자 칼집에 들어있는 단도가 드러났다.

"이것은 평범한 단도가 아닙니까?"

"며칠 전에, 젊은 스님 하나가 나를 찾아왔지. 그 스님의 주위를 맴돌던 신비한 기운을 아직 잊을 수가 없네. 스승께서 언제고 내게 말씀하셨지. 그분의 스승이신 명랑대사의 존체에는 알 수 없는 신비한 기운이 맴돌아 주위의 사람이 늘 압도되었다고… 마치 그 말씀처럼 그 젊은 스님의 기운에, 난 압도되어 있었어."

"젊은 스님이 그 정도의 불력을 지닐 수가 있단 말입니까? 그렇다면 이미 이름이 나 있을 텐데요?"

"그러게 말이야. 그런데 난생 처음 보는 스님이었네. 아마도 왕경[1]사람이 아닌 듯싶네. 그건 그렇고, 그 스님이 나와 차를 마시다가 의미심장한 말을 남기고는 그대로 떠나갔단 말이야…"

"어떤 말이요?"

"며칠 후, 천둥번개가 치는 깊은 밤에 낭산의 도리천으로 귀한 손님이 올 테니 잘 맞이하라는 말이었네. 그 말을 남기고는 냉큼 일어나 뒤돌아 나가버리는 게 아닌가? 도대체 무슨 말인지 몰라 뒤따라 나가려는데, 이상하게도 난 일어설 수도, 말을 걸 수도 없었네. 한참을 그 자리에

---

1) [王京]. 신라의 수도 서라벌(지금의 경주)을 일컫던 말.

그대로 앉아 있다가, 남아있던 차를 마시고 다구를 치우는데, 다구 아래에 이 단도가 놓여있더란 말일세."

"흠… 그렇다면 그 손님을 맞이하는 데에 이 단도가 필요할 거란 뜻이겠군요?"

"나도 그렇게 생각하네. 오늘 자네와 내가 같은 꿈을 꾸고 여기서 이렇게 이야기를 나누는 것은, 자네와 내가 힘을 합해 도리천으로 가서 손님을 맞이하라는 것으로 밖에는 해석할 수가 없네."

"정말 기이한 일입니다. 꿈속에서 불덩어리가 쪼개져 떨어진 곳도 선덕여제의 무덤이 있는 남쪽 봉우리였습니다."

"시간이 없네! 어서 따라오게!"

선율이 빗속을 헤치며 성큼성큼 마당을 가로질렀다.

"스님! 잠시만요! 신발 좀 신고요!"

얼마 후. 낭산이 조그마한 산이라지만, 칠흑 같은 밤에 쏟아지는 비를 맞으며 산길을 헤쳐 왔는지라, 늙은 중과 젊은 관리의 모습은 비에 젖고 넘어지고 긁혀 처량하기 그지없었다.

"스님! 천천히 좀 가시지요. 비 때문에 온통 진흙탕입니다!"

"젊은 사람이 엄살은… 곧 죽을 늙은이도 못 따라와?"

두 사람이 울창한 소나무 숲길을 빠져나와 남쪽 봉우리에 다다르니, 어둠속에서 선덕여제의 거대한 무덤 터가 모습을 드러냈다.

"자네는 저쪽으로 돌아가 보게. 나는 이쪽으로 돌아가 볼 테니."

선율이 성큼성큼 걸어가자 우물쭈물하던 이순이 선율에게로 뛰어갔다.

"스님, 같이 움직이시지요. 저를 스님과 같이 오게 한 이유는, 혹시 무슨 일이 생길 줄 모르니 스님을 보호하라는 의미인 것 같습니다."

"뭐? 으허허, 자네가 나를 보호한다고? 혼자 다니기 무서워서 그런 건 아니고?"

"아, 아닙니다! 저를 어떻게 보시고, 참나…"

이순이 고개를 돌리고 딴청을 피우는 사이, 선율은 또다시 성큼성큼 걸어가기 시작했다.

"앗! 같이 가자니까요!"

둘은 무덤 터를 한 바퀴 돌아 제자리로 돌아왔다.

"아무것도 없는데요?"

"음… 좀 더 기다려 보세나."

"저기 큰 나무 아래서 비를 피하면서 기다리시지요."

"그러세."

둘은 풍성하게 뻗어나간 커다란 잣나무 밑으로 갔다.

"자네는 불덩어리가 떨어지는 꿈만 꾸었나? 다른 꿈은 없었고?"

"예. 갑자기 하늘에서 불덩이가 나타나더니 번개를 맞고 두 동강나서 떨어지는 꿈이었습니다."

"음… 그렇군. 난 그 꿈속에서 또 다른 꿈을 꾸었다네."

"꿈속에서 또 꿈을 꾸셨단 말씀이십니까?"

"그래. 꿈속에서 두 번을 깨었는데, 너무도 생생하고 두려웠다네…"

"그럼 꿈속에서 꾸셨다는 다른 꿈은 무슨 꿈이었습니까?"

"그것이… 하… 자네가 아까 말한 것과 딱 맞아떨어져서 너무 이상한 기분이야."

"제가 한 말이라니요?"

"자네가 아까 제석천과 사천왕 이야기를 하지 않았는가 말일세. 바로 그 제석천이 아수라들을 이끌고 쳐들어 온 악룡과 사투를 벌이는 꿈이었네. 하늘 위에서 사투를 벌이다가 악룡이 제석천을 삼켜버리자, 제석천이 펼친 신비한 그물에 둘이 한 덩어리가 되어 갇히더니, 잠시 후에 감쪽같이 사라져버리는 꿈이었지."

"제석천과 악룡이 한 덩어리가 되어 사라졌다····· 그 꿈에서 깬 후에, 불덩어리가 떨어지는 꿈에서 또 깨신 거군요?"

"그렇지. 그런데 말이야, 불덩어리가 둘로 쪼개져 하나는 이곳으로, 하나는 황성의 북쪽으로 떨어졌단 말일세. 그게 뭘 뜻하겠는가?"

"흠… 그렇다면 이쪽으로 떨어진 것은 제석천을 의미하고, 북쪽으로 떨어진 것은 악룡을 의미하는 것이겠지요."

"그러게 말이야! 그게 문제란 말이야. 만약 우리가 도리천에서 제석천을 맞이한다면, 또 다른 누군가는 악룡을 맞이한다는 말이 되잖나? 꺼림칙하지 않은가?"

그때였다.

"꺄아악!!!"

어디선가 여인의 찢어지는 비명소리가 들려왔다. 선율과 이순은 서로를 쳐다보다가 동시에 비명이 울린 곳으로 달려갔다.

잠시 후. 앞서가던 이순이 숲 사이로 새어 나오는 불빛을 발견하고는 멈춰서 뒤돌아 말했다.

"스님! 불빛입니다!"

"쉿! 뭔가 심상치 않으니 조용히 접근해 보세."

둘이 몸을 낮추고 풀숲을 헤쳐 불빛을 향해 다가가자, 얼마 지나지 않아 빗속에서 수묘호[1]로 보이는 초가집 한 채가 나타났다. 둘은 풀숲에 몸을 숨기고 동태를 살폈다. 잠시 후 문이 열리더니, 검은 복면을 한 괴한 두 명이 피 묻은 검을 들고 나왔다.

"아니!? 저놈들이! 읍!"

이순이 일어나려 하자 선율이 황급히 이순의 입을 틀어막고 꼼짝 못하게 어깨를 눌렀다. 그때 집 안에서 불길이 치솟더니, 괴한 하나가 더 나왔다. 마지막에 나온 자가 주변을 살피고는 쏟아지는 빗물로

---

1) [守墓戶]. 왕족이나 고위 귀족의 무덤을 지키던 수묘인(무덤지기)이 살던 집.

검에 묻은 피를 털어낸 후 검을 검집에 꽂아 넣었다. 그러니 나머지 두 명도 검을 꽂아 넣었다. 그렇게 괴한들은 일제히 숲속을 내리달려 시야에서 사라져버렸다. 선율은 부들부들 떨고 있는 이순의 어깨에서 손을 떼며 말했다.

"잘 참았네. 어서 가보세."

둘은 창문 밖으로 시커먼 연기를 내뿜고 있는 초가집을 향해 달려갔다. 이순이 문을 열자 집안은 온통 불길로 뒤덮여 있었고, 연기 사이로 사람들이 쓰러져 있는 것이 보였다. 이순이 고개를 기웃거리며 다시 안쪽을 자세히 살피니, 부부로 보이는 남녀와 어린아이 둘이 쓰러져 있었는데, 칼에 찔린 듯 모두의 몸에서 피가 흘러내려 바닥이 흥건했다. 이순은 다급히 안쪽에 대고 외쳤다.

"여보시오!! 숨이 붙어 있으면 대답하시오!!"

아무런 대꾸가 없자 이순은 어떻게 해야 하나 순간 망설였다. 그러더니 작심한 듯 크게 숨을 들이쉬고는 불타는 집 안으로 뛰어 들어갔다. 선율은 과감한 그의 모습이 평소와는 너무 달라 놀라면서도 혹시나 잘못될까 몹시 염려되었다. 잠시 후, 이순이 아이 둘을 양팔에 안은 채 불길을 뚫고 나왔다. 아이들을 땅바닥에 눕히는 이순은 온몸이 시커멓게 그을려 있었고, 차가운 비가 뜨거운 몸에 부딪혀 하얀 연기가 피어오르고 있었다. 선율이 아이들의 상태를 살피고 있으니 이순이 다시 집안으로 뛰어 들어가려 했다. 선율이 놀라서 제지했다.

"이보게! 더 이상은 위험해서 안 돼!"

"안에 두 사람이 더 있습니다. 너무 염려치 마십시오. 마저 구해오겠습니다."

이순은 선율의 근심어린 얼굴을 뒤로 하고 다시 시커먼 연기를 내뿜는 집안으로 뛰어 들어갔다. 곧장 쓰러져 있는 여인 쪽으로 다가가니, 여인은 만삭의 배를 하고 있었고, 칼에 찔린 배에서 피가 샘솟듯 흘러내리고 있었다. 이순이 여인을 안아 올리려 몸을 숙이자, 지붕에서 불탄 서까래가 떨어져 내려 이순의 어깨를 강하게 내리치고 튕겨 나갔다.

'퍽!! 쿠당탕!!'

"윽! <u>으으으</u>."

이순은 어금니를 꽉 깨문 채 여인을 안고 밖으로 나왔다. 여인을 땅바닥에 눕히는데, 아이들을 살펴보고 있던 선율이 놀란 눈을 하고 이순에게로 달려왔다.

"이런! 자네 괜찮은가?! 자네 어깨가…"

이순의 어깨가 크게 찢어져 피를 흘리고 있었다.

"한 명 더 있습니다. 마저 꺼내 오겠습니다."

이순이 몸을 일으키려 하니, 죽은 줄 알았던 여인이 이순의 팔목을 덥석 잡는 것이 아닌가?

"가… 지 마…· 죽었… 어요…· 그놈… 들이…·"

놀란 이순이 여인의 옆에 무릎을 꿇고 앉았다.

"정신이 드시오? 부인! 도대체 무슨 일이 있었던 거요?"

"흐으윽…"

여인의 시선이 죽은 두 아이에게로 향하더니 눈에서 뜨거운 눈물이 흘러내렸다. 여인은 이순의 손목을 당겨 자신의 배로 가져갔다. 그리고 이순의 눈을 바라보며 말했다.

"아가… 아가를…·"

여인은 말을 채 마치지 못하고 숨을 거두고 말았다.

"이보시오!! 정신 차리시오!! 죽으면 안 돼!!"

이순이 울부짖으며 여인을 흔들자 선율이 옆으로 다가와 앉으며 말했다.

"그만하게. 이미 떠났어."

"이런 죽일 놈들!!!~~."

선율은 가만히 죽은 여인의 배를 만졌다. 뱃속에서 뭔가가 꿈틀거리는 것이 느껴졌다.

"살아 있어! 뱃속에 아기가 살아 있어! 어서 만져보게!"

"예!?"

이순은 놀란 표정으로 천천히 여인의 배에 손을 가져다대었다. 검에 찔린 곳 바로 아래쪽에서 태아의 움직임을 느낄 수 있었다.

"헛!… 스, 스님… 어떻게 해야 합니까?"

선율은 눈을 지그시 감더니, 비장한 표정으로 품에 있던 단도를 꺼내들었다.

"배를 갈라 아기를 꺼내야겠네!"

그 말을 들은 이순은 일순 너무 놀랐지만, 곧 냉정을 되찾았다.

"지금 여기서 말씀입니까?"

"시간이 없네. 어미가 죽은 지 얼마 안 되었을 때 꺼내야 가망이 있어!"

선율이 여인의 상의를 단도로 찢어내려 양 옆으로 벌리자 만삭의 배가 하얀 속살을 드러냈다. 단도를 내려놓은 선율은 무릎을 꿇고 합장을 하더니, 양손의 중지와 엄지를 붙여 물건을 집듯이 하고, 양손의 약지를 마주 붙여 앞쪽을 가리키고, 양손의 검지와 소지를 앞쪽으로 곧게 뻗어 북두칠성인[1]을 맺었다. 그러고는 눈을 감고 밀교[2]의 밀주[3)

---

1) 북두칠성을 가리키는 수인(手印). 수인은 부처님이 덕을 표시하기 위하여 열 손가락으로 여러 가지 모양을 만드는 표상이다. 수인을 맺는 행위를 결인(結印)이라고 한다.

2) [密敎. Vajrayāna]. 현교(顯敎)에 대비되는 불교로, 불교적 깨달음의 깊이를 10단계로 나누어 9단계까지는 일반적인 불교인 현교의 영역이요, 최상의 10단계는 현교가 미치지 못한 비밀스러운 경지로 본다. 이론에만 치우치던 소승불교의 한계를 극복하고자 7세기경에 인도에서 나타난 대승불교의 한 교파로, 실천을 위주로 한 대중불교를 지향하였다. 밀교는 고유의 수행법을 닦아 익히면 지금의 육신 자체가 바로 부처가 될 수 있다는 '즉신성불'을 강조한다. 그러므로 밀교의

인 팔성주(八星呪)를 빠르게 외기 시작했다.

"옴-사치나이 나야반아밀-아야야염보타마사바."

주문이 시작되자 선율의 주위로 바람이 소용돌이치기 시작했다.

"옴-사치나이 나야반아밀-아야야염보타마사바. 옴-사치나이 나야반아밀-아야야염보타마사바."

주문이 이어지자 바람의 소용돌이가 점점 퍼져 나가더니, 마치 커다란 종 모양으로 변하기 시작했다. 그러고는 세 사람을 에워싸고 외부의 비바람을 차단하는 것이 아닌가? 믿을 수 없는 광경에 이순은 넋을 잃고 선율을 바라보았다. 이제까지 한 번도 볼 수 없었던 스님의 근엄한 모습이 무섭기까지 했다.

"미나 락-산. 미나 락-산. 미나 락-산."

주문이 막바지에 다다르자 선율의 몸 전체가 푸른 기운으로 둘러싸이기 시작했다.

"바바도-사바하!"

선율이 주문을 끝내고 눈을 뜨니 눈에서 푸른 광채가 쏟아져 나왔다. 단도를 집어드니 손에 쥔 단도까지 푸르게 빛나기 시작했다. 그러자 선율은 한 치의 망설임 없이 여인의 배를 가르기 시작했다. 이순은

수행자는 손으로 결인을 하고, 입으로 진언을 염송하며, 마음으로 대일여래(비로자나불)를 생각하는 '삼밀가지'를 행하여, 중생의 삼밀과 부처님의 삼밀을 서로 감응 일치시켜 현생에서 성불하는 것을 목표로 삼았다. 신라시대에는 사천왕사, 감은사, 원원사 등의 밀교사찰들이 군사적 요충지 곳곳에 건립되었는데, 이 사찰들은 왕경을 수호하는 임무도 담당하고 있었다.

3) [密呪]. 밀교의 비밀스러운 만트라(Mantra. 眞言-진언). 진언은 석가모니 부처님의 깨달음이나 맹세를 나타내는 신성하고 마력적인 어구로서, 밀교에서는 여러 부처님, 보살 또는 제천(諸天. 불법을 수호하는 신들)에 호소해서 기도하거나 의식에 효력을 부여하기 위해서 외우는 주문을 가리킨다. 밀교의 삼밀(신밀·어밀·의밀) 중 어밀에 해당하는 것으로, 짧은 주를 비드야(vidyā. 明呪-명주), 긴 주를 다라니(Dhāraṇī. 總持-총지)라고 한다.

바로 코앞에서 벌어지는 기이한 광경에 정신이 아득해져, 눈을 감고 한참을 계속하여 중얼거렸다.

"나무아미타불 관세음보살 나무아미타불 관세음보살……"

얼마 후, 이순이 온몸으로 굵은 빗줄기를 다시금 느꼈을 때였다.

"응애~. 응애~."

이순이 눈을 떠 보니, 선율의 두 손 위에 아기가 들려져 있었고, 내리는 빗물이 아기의 몸에 묻은 붉은 피를 씻어내고 있었다.

"사내아이야. 어서 탯줄을 자르게."

"예? 아, 예…"

이순이 단도를 집어 들어 조심스럽게 탯줄을 잘라 내자, 선율은 들고 있던 아기를 천천히 이순에게 내밀었다. 선율의 붉게 충혈된 두 눈이 수없이 많은 말을 하고 있었다. 이순은 거부할 수 없는 운명을 느끼며 떨리는 손으로 아기를 받아들었다.

'우르르르릉… 쿠쾅!!!!!!!!!!'

천둥소리가 화답하듯 온 서라벌에 울려 퍼졌다.

2
가피

19년 후, 경덕황제 재위 2년(743). 새해를 맞이하였으나 실직[1]지방은 여전히 두터운 눈으로 뒤덮여 있었다. 험준한 건산[2]의 꼭대기. 마치 백년설로 뒤덮인 듯 새하얗게 쭉 뻗은 능선이, 저 멀리 그림같이 펼쳐진 푸른 바다와 어우러져 그야말로 장관을 연출하고 있었다. 그 능선에서 갓 스무 살을 넘긴 두 청년이 땅을 파고 눈 속에 숨어 꼼짝도 하지 않고 무언가를 기다리고 있었다. 한 명은 키가 크고 이목구비가 또렷하여 이국적인 인상을 풍기는 청년이었는데, 까만 깃의 두터운 회색 도복 위에 털조끼를 받쳐 입은 것으로 보아 풍월도[3] 무리인 듯했고, 다른 한 명은 평범한 체구에 순한 인상을 지닌 청년으로, 납의[4]를 입고 빡빡 깎은 머리를 털모자로 덮고 있는 것으로 보아 승려인 듯했다. 그중 승려로 보이는 청년이 몹시 추운 듯 장갑을 낀

---

1) [悉直]. 지금의 강원도 삼척.

2) [健山]. 지금의 삼척시 미로면의 근산(近山).

3) [風月徒]. 화랑도(花郞徒)의 본디 이름. 소수의 화랑들과 추종자인 낭도들로 구성되어 있었다. 당시에는 풍월도, 풍류도, 국선도 등으로 불리었으나, 현대에 와서는 이해하기 쉽게 화랑도라 불린다.

4) [衲衣]. 낡은 헝겊을 모아 기워 만든, 승려의 누더기 옷.

손에 입김을 불며 나지막하게 말했다.

"호… 기파야. 오늘도 허탕인거 같다. 해가 기울기 시작하는데, 이제 그만 내려갈까?"

"조금만 더 기다려 보자."

"벌써 나흘째야. 이게 무슨 생고생인지 원…"

"충담아. 이놈이 벌써 세 명의 목숨을 앗아갔어… 사람 맛에 익숙해진 놈이니 기필코 죽여 없애야 해."

"아휴… 그놈을 만나기도 전에 얼어 죽겠어 이놈아… 놈이 나타나도 손이 얼어서 제대로 녀석을 맞힐 수 있을는지 모르겠다."

"엄살떨기는… 네 활솜씨가 어디 가겠냐?"

얼마나 지났을까? 충담은 기다림에 지쳐 스르륵 눈이 감기고 있었다. 그때, 옆구리를 툭툭 치는 기파의 손에 화들짝 정신이 들었다. 충담이 고개를 돌리니 기파가 손가락으로 한 곳을 가리켰다. 충담은 그 방향으로 서서히 시선을 돌렸다. 순간, 온몸이 쭈뼛해지며 짜르르 오금이 저려왔다. 분명 아무것도 없던 눈밭이었는데, 도저히 믿기 힘든 크기의 호랑이가 나타나서는 허연 입김을 내뿜으며 이쪽을 향해 어슬렁어슬렁 다가오는 것이 아닌가? 충담은 이 소름끼치는 광경이 꿈이었으면 하고 바랐지만, 온몸을 타고 도는 전율은 이것이 생생한 현실임을 일깨워 주고 있었다. 충담은 마음을 다잡고 장갑을 벗은 뒤, 천천히 화살 세 개를 손가락 마디마다 끼워 넣었다. 잠시 후, 성큼성큼 다가오던 호랑이가 먼발치에서 뭔가 이상한 낌새를 느꼈는지 걸음을 뚝 멈추었다. 그러고는 주변을 살피기 시작했다. 천천히 움직이던 호랑이의 시선이 청년들이 숨어 있는 곳을 향해 고정되었다. 세상이 멈춰버린 것 같은 적막감과 숨조차 제대로 쉴 수 없는 압박감에, 충담의 이마에서는 식은땀이 주르륵 흘러내렸다. 한동안 그렇게 미동도 없는 대치상태가 지속되자, 기파가 충담의 어깨를 조용히 어루만졌다. 그러고는 놀랍게도 눈을 받치고 있던 천막을 걷어내고 몸을 일으켰다. 기파의 무모한 행동에 크게 당황한 충담이 어찌 할 바를 몰라 할 때, 또다시 믿기 힘든 상황이 벌어졌다. 기파가 구덩이를 빠져나가 두터운 눈 속에 다리를 푹푹 쑤셔 넣으며 뒤뚱뒤뚱 도망치기 시작하는 것이 아닌가?

"허억!…"

도망치는 기파를 어이없이 바라보다 다시 고개를 돌렸을 때, 충담의 눈동자에 미칠 듯이 달려오는 대호의 모습이 꽝! 하고 때려 박혔다. 기겁을 하고 구덩이 밖으로 빠져나가 도망치려 했으나 이놈의 미친 다리가 굳어버렸는지 말을 안 들어 털썩 주저앉고 말았다. 그때였다. 기파가 눈 속에 숨겨진 줄을 힘껏 당기자 숨어 있던 그물이 달려오던 호랑이를 그대로 낚아챘다.

"지금이야!!"

기파의 외침에 겨우 정신을 차린 충담은 그물에 갇힌 호랑이를 향해 순식간에 화살 세 대를 연달아 날렸다.

'쉬악!! 쉬악!! 쉬악!! 툭!! 툭!! 툭!!'

화살들이 정확히 호랑이의 목, 가슴, 배를 파고들었다. 실로 귀신같은 솜씨였다. 그런데.

'크아아앙!!!!'

화살에 맞은 호랑이가 쓰러지기는커녕 엄청난 포효를 하며 그물 속에서 더욱 미쳐 날뛰기 시작했다. 그러더니, 거짓말같이 그물 한 쪽이 툭 터져버리는 것이 아닌가? 그물을 빠져나온 호랑이가 충담을 향해 송곳니를 드러내고 눈가루를 사방으로 튀기며 달려오기 시작했다.

"도망쳐!!!"

기파의 외침과 동시에 충담은 활을 내던지고 구덩이를 빠져나와 죽을힘을 다해 도망치기 시작했다. 미칠 듯이 달려온 호랑이가 충담을 덮치려는 찰나!

'쉐에엑!! 퍽!!'

날카로운 소리를 내며 날아온 투창이 호랑이의 옆구리를 찢으며 파고들었다.

'크아앙!!!!'

호랑이가 한차례 울부짖더니 도망치는 충담을 내버려두고 투창을 던진 기파 쪽으로 돌진하기 시작했다. 기파는 허리에서 검을 뽑아들고 달려오는 호랑이를 정면으로 맞섰다. 대호가 몸을 날려 앞발을 쳐들고 덮쳐들자 기파는 있는 힘을 다 해 호랑이의 목을 찔렀다. 검이 호랑이의 목을 뚫고 들어가는 동시에 호랑이의 날카로운 발톱이 기파의 가슴팍을 찢어버렸다.

"쿠아앙!!!!"

"으아악!!!"

기파는 뒤로 튕겨나 나뒹굴었고, 호랑이는 목에 칼이 꽂힌 채 이리저리 날뛰었다. 미친 듯 날뛰던 호랑이가 어느 순간 컥컥거리며 고개를 들썩이더니 이내 비틀거리며 걸어가다가 털썩 배를 드러내고 쓰러졌다. 하얀 비단에 붉은 물감을 휘갈긴 듯, 차가운 눈 위에 뜨거운 피가 흩뿌려져 있었다.

"기파야!!!"

충담이 쓰러져 있는 기파에게 달려왔다.

"기파야!! 정신차려!!"

"으으윽… 담아…"

"그러게 내가 처음부터 하지말자고 했잖아!!"

충담이 눈시울을 붉히며 고함을 치자 기파가 힘겹게 대답했다.

"나 좀… 일으켜봐."

충담의 부축을 받아 상체를 일으킨 기파는 쓰러져 있는 호랑이를 바라보았다.

"후… 괴물 같은 놈… 으윽!"

"상처를 좀 봐야겠다!"

충담이 너덜너덜해진 기파의 윗도리를 열어젖히자 가슴팍이 세 갈래로 심하게 찢어져 피를 줄줄 쏟아내고 있었다. 자신의 가슴을 내려다본 기파가 인상을 찌푸렸다.

"이런… 젠장…"

"이대로는 안 되겠어. 피가 너무 많이 흘러!"

"하… 어쩌지 담아?"

"일단 웃옷을 벗어봐."

충담은 기파의 웃옷을 벗겨내고 대신 자신의 외투를 벗어 덮어주었다. 그러고는 벗겨낸 옷을 지니고 있던 단도로 이리저리 찢기 시작했다. 기파는 충담이 덮어준 외투를 여미고, 분주히 움직이는 오랜 벗을 말없이 지켜보았다. 충담은 옷을 찢어 긴 끈을 여러 개 만든 다음, 남은 옷가지로 벌어진 상처를 덮은 후, 끈들로 기파의 등을 둘러 가슴 앞쪽으로 강하게 잡아당겨 묶었다.

"윽!"

"참아. 벌어진 상처를 오므려서 최대한 출혈을 늦춰야 해."

기파가 추위에 몸을 부들부들 떨기 시작하자 충담은 애써 태연한 척 능청스럽게 말했다.

"기다려 봐. 내가 최고로 따뜻한 옷을 만들어 줄 테니."

충담은 죽은 호랑이에게 다가가 빠르게 단도로 가죽을 벗겨내기 시작했다. 그리고 얼마 지나지 않아 호랑이 가죽으로 그럴싸한 외투를 만들어왔다.

"자, 따뜻할 거야."

기파는 담의 외투를 돌려주고 호랑이 가죽을 몸에 둘렀다.

"흐흐, 엄청난 외투군… 따뜻해."

충담은 남은 끈으로 기파가 걸친 호랑이 가죽을 둘러 묶어 바람이 들지 못하게 여미어 주었다. 하늘에서 다시 눈이 내리기 시작했다.

"기파야. 걸을 수 있겠어?"

"응."

"어서 내려가자. 곧 어두워질 거야."

"그래. 으윽⋯"

충담은 기파를 부축하며 눈 덮인 산을 내려가기 시작했다.

그렇게 시간은 흐르고. 더딘 속도로 인해 산을 절반도 채 내려오지 못했을 때, 이미 해는 저물어 칠흑 같은 밤이 되어 있었다. 창백한 얼굴의 기파가 힘없는 목소리로 말했다.

"담아, 좀 쉬어야겠어… 숨쉬기가 너무 힘들어…"

"그래. 저 나무에 기대서 좀 쉬자."

충담은 눈을 잔뜩 이고 있는 향나무 옆에 기파를 앉힌 뒤, 사방을 천천히 둘러보았다. 산 아래쪽에는 불빛 하나 찾을 수 없었고, 내리는 눈마저 별자리를 가리고 있었다. 과연 제대로 길을 찾아가고 있는 것인지, 도무지 알 수가 없었다. 하지만 기파에게 이런 상황을 이야기할 수는 없었기에, 고개를 떨구고 있는 기파 옆에 앉으며 애써 밝게 말했다.

"하하, 누가 보면 네가 호랑이인 줄 알겠다. 목마르지?"

허리춤에서 가죽수통을 꺼내 기파에게 내밀지만 아무런 반응이 없었다. 충담은 축 늘어진 기파의 어깨를 흔들었다.

"기파야… 기파야?"

하지만 역시나 대답이 없었다. 기파의 모습을 유심히 살펴보니, 코에서 김이 나는 것으로 보아 호흡은 하고 있었는데, 흘러내린 피로 바지가 흥건해져 있었다.

'시간이 없다!'

충담은 정신을 잃은 기파를 들쳐 업고 다시 산을 내려가기 시작했다.

기파를 업고 길고 힘든 시간과 사투를 벌이던 충담은, 살을 에는 추위에도 불구하고 온몸이 땀범벅이 되어 있었다. 후들거리는 다리는 충담이 지금 얼마나 힘겨운 지를 여실히 보여주고 있었다. 아니나 다를까, 휘청거리던 충담이 그 자리에 털썩 주저앉으며 엎어졌다. 그래도 천근같이 자신을 짓누르는 기파를 내려놓진 않았다.

'스승님, 어찌하옵니까? 기파를 잘 보살피라 그렇게 당부하셨는데… 제가 어리석어 기파가 이렇게 되었습니다… 아아…'

충담은 조용히 흐느끼기 시작했다. 눈에서 뜨거운 눈물이 주르르 흘러내렸다. 한동안 그렇게 엎드린 채로 흐느끼다가 어느 순간 몽롱한 기분이 들더니 눈꺼풀이 무거워져 스르르 눈을 감았다. 그러자 온 세상이 어지럽게 빙빙 돌고 몸이 뒤쪽의 한 점으로 한없이 빨려 들어가더니, 갑자기 눈앞에 노승이 나타났다.

"스승님!!"

기쁜 마음에 소리쳐 부르니, 늙은 선율이 너털웃음을 지으며 다가왔다. 그런데 웃음 짓던 선율의 얼굴이 순식간에 성난 괴물 같은 표정으로 뒤바뀌더니, 손에 들고 있던 죽비로 충담의 머리를 사정없이 내리치는 것이 아닌가?

"으악!!"

충담이 몸을 움찔거리며 눈을 동그랗게 뜨니, 선율은 온데간데없고, 어둠속에서 반짝거리는 새하얀 눈가루만 보일 뿐이었다.

"큭, 크흐흐흐흐…"

허탈함에 웃음이 나왔다. 그때였다! 어디선가 목탁소리가 희미하게 들려오기 시작했다. 정신이 번쩍 든 충담이 엎드린 채로 고개를 이리저리 돌리며 목탁소리가 들려오는 방향을 탐색했다.

"기파야! 들려? 부처님께서 우릴 도와주시는 거야!"

충담은 다시 힘을 짜내어 일어나, 기파를 업고 목탁소리가 나는 쪽으로 계속 걸어갔다. 쓰러질 것 같았지만 점점 커지는 목탁소리가 걸음을 멈출 수 없게 만들었다. 계속 소리를 좇아 나아가니, 산 한쪽을 차지하고 있는 커다란 암부가 모습을 드러냈다. 목탁소리는 그 바위 속에서 나오는 것이 틀림없었다.

"도와주세요!!"

충담이 바위를 향해 소리치자 목탁소리가 뚝 하고 끊겼다.

"도… 도와주세요…"

충담은 힘이 빠질 대로 빠져 털썩 주저앉으며 기파와 함께 옆으로 쓰러졌다. 희미해지는 시야로 바위 한쪽을 덮고 있던 눈이 스르르 무너지는 것이 보였다. 드러난 바위 틈 사이로 횃불을 든 사람이 나오는 듯했다. 하지만 충담은 흐려지는 시야를 되찾지 못하고 저도 모르게 기절해 버렸다.

얼마 후. 정신이 든 충담이 서서히 눈을 떴다. 상체를 일으키니 허리가 끊어질 듯 아파와 신음이 새어나왔다.

"으으으…"

고개를 이리저리 돌리며 살피자 그곳은 동굴 안이었고, 저쪽 모닥불 옆에 호랑이 가죽을 깔고 누워 있는 기파가 보였다.

"기파야!"

그때, 동굴 귀퉁이의 어둠속에서 웬 사내의 목소리가 들려왔다.

"정신이 드십니까?"

충담이 목소리가 들리는 쪽을 보자, 사내는 서서히 어둠속에서 모습을 드러냈다. 그의 모습을 본 충담은 화들짝 놀라 자기도 모르게 엉덩이를 뒤로 빼며 벽에 찰싹 달라붙었다. 빡빡 깎은 머리통과 얼굴 곳곳이, 뼈가 함몰되거나 튀어나와 울퉁불퉁하였고, 이리저리 찢겼다가 아문 흉터들로 가득 차 있었다. 마치 악귀의 모습처럼 흉측하기 그지없었던 것이다. 충담이 소스라치게 놀라자 사내는 소매로 얼굴을 가리더니 방향을 틀어 기파에게로 다가갔다. 그는 누더기가 된 승복을 입고 있었는데, 승복 밖으로 드러난 손과 발 또한 무언가에 심하게 두들겨 맞았는지 뼈가 흉측하게 변형되어 있었고, 역시 크고 작은 흉터들로 가득했다. 허리는 펴지질 않는지 꼽추처럼 굽어 있었고, 절룩거리며 걷는 것을 보니 다리도 불편한 것 같았다. 정체 모를 기괴한 사내는 기파를 살피며 등 뒤의 충담에게 말했다.

"놀라게 해드려 죄송합니다. 산승(山僧)은 나쁜 사람이 아니니 안심하십시오."

충담은 그의 괴이한 모습이 도무지 적응이 안 되었지만, 산승이라는 말에 한결 안도감이 들었다. 또, 그 모습과는 다르게 그의 목소리에서 왠지 모를 선명한 힘과 온화함이 느껴졌던 것이다. 충담은 스님의 정체가 궁금하여 물었다.

"스님. 저는 왕경의 망덕사에 적을 둔 승려로, 법명은 충담이라 합니다. 선율스님이 저의 스승이십니다. 스님은 어디에서 오셨는지요?"

그 말을 들은 스님은 고개를 돌려 말없이 씩 웃더니 한 손으로 하얀 천을 들어 보이며 말했다.

"이리로 오셔서, 이 천으로 상처부위를 누르고 계십시오."

충담은 스님이 시키는 대로 깨끗한 천을 기파의 상처에 갖다 대고 양손으로 누르며 동굴 속을 살펴보았다. 입구는 사람 한 명이 몸을 숙여 겨우 지나갈 수 있을 정도로 좁았는데, 나뭇가지와 헝겊을 이리저리 엮어 만든 마개로 막혀 있었고, 안은 꽤 넓어서 사람 네다섯이 지내도 될 만한 공간이었다. 동굴 구석 한쪽에는 알 수 없는 동물들의 뼈가 쌓여 있었는데, 스님이 주먹만한 둥글둥글한 돌덩이를 들고서 그쪽으로 걸어갔다. 그는 뼈를 몇 개 골라내더니 돌덩이로 쿵쿵 내리치기 시작했다.

'저 사람이 뭘 하려고 저러는 거지?'

충담이 스님의 기이한 행동에 의아해 할 때, 스님이 뒤도 돌아보지 않고 말했다.

"저를 보지 마시고 집중하십시오."

충담은 순간 뜨끔하여 시선을 자신의 손으로 가져갔다.

'나 원, 눈이 뒤에 달렸나…'

"산승은 뒤에도 눈이 달렸나이다. 허허."

충담은 또다시 뜨끔해졌다. 하여 이번엔 정신을 집중해 기파의 상처 부위를 머릿속에 그리며 조심스레 압박했다. 천이 붉게 물들고 있었다. 스님은 골라낸 뼈들을 여러 조각으로 부순 후 충담에게 다가왔다.

"가만 계십시오. 충담스님의 수통을 좀 가져가겠습니다."

"예에…"

스님은 충담의 허리춤에 있던 가죽수통을 떼어내 다른 쪽 구석으로 가더니 수통 속에 남아 있는 물을 바리때[1] 하나에 옮겨 담았다. 그러고는 단도로 수통의 모가지를 잘라내더니 벌어진 모가지 사이로 가죽을 뒤집기 시작했다. 젖은 쪽이 밖으로 나오고 마른 쪽이 안으로 들어가게 되자, 스님은 부서진 뼛조각들을 수통 안에 넣었다. 그런 후, 잘려나간 모가지 부분을 잡고서 뼛조각들로 불룩해진 수통을 또 돌덩이로 쿵쿵 내려치기 시작했다. 마치 목탁을 두드리는 듯한 일정한 소리가 동굴 안에 울려 퍼졌다. 한참을 그렇게 두드려 수통 안에서 잘게 부수어진 뼈를 빈 바리때에 부은 후, 다시 그 돌덩이를 잡고 빙빙 돌려 뼈를 갈았다. 그렇게 어느 정도 시간이 흐르고 스님은 뼛가루가 담긴 그릇을

---

1) 승려의 밥그릇. = 발우(鉢盂)

들고 와 충담 옆에 앉았다.

"이제 그만 누르시고, 천을 들어내시지요."

충담이 기파의 가슴에서 천을 들어내자, 벌어진 기파의 상처 사이사이로 피가 다시 스멀스멀 나오기 시작했다. 스님은 곱게 빻아진 뼛가루를 숟가락으로 떠서 기파의 상처 속에 꼼꼼히 뿌려 넣었다. 그러자 뼛가루가 상처에 녹아들면서 신기하게 피가 멎기 시작했다.

"스님, 효과가 있습니다! 피가 멎었어요!"

"이제 상처를 꿰맬 테니, 양손으로 벌어진 상처를 오므려 주십시오."

"예!"

스님이 신속하고 정교한 손놀림으로 상처를 꿰매기 시작했다. 얼핏 봐도 수도 없이 해본 솜씨였다. 스님은 상처를 깔끔하게 봉합한 뒤, 깨끗한 천으로 붕대를 만들어, 충담의 도움을 받아 기파의 몸통에 둘러 감았다. 그러고는 보따리에서 비교적 깨끗한 장삼[1]을 꺼내와 기파에게 입힌 후, 기파가 깔고 누운 호랑이 가죽의 남은 부분을 몸 위로 덮어주었다.

"다 됐습니다. 이제는 이분이 의식을 회복할 때까지 기다려야 합니다. 많이 힘드실 터인데, 눈을 좀 붙이시지요."

"정말 어떻게 감사드려야 할지 모르겠습니다. 너무 감사합니다."

"허허, 어서 쉬십시오. 저 처사님은 제가 계속 지켜보겠습니다."

"그럼, 송구하지만 잠시 눈 좀 붙이겠습니다."

고단한 몸을 누이자, 충담은 곧바로 깊은 잠에 빠져들었다.

그렇게 시간이 흘러 날이 밝았다. 해가 중천에 떴을 때에야 잠에서 깬 충담이 온통 뻐근한 몸을 일으켜 옆을 보니, 스님이 물이 담긴 바리때를 들고 숟가락으로 물을 떠서 기파의 입속에 조금씩 넣어주고 있었다.

---

1) [長衫]. 승려의 웃옷. 길이가 길고, 품과 소매가 넓다.

"일어나셨습니까?"

"아… 예. 기파는 아직 못 깨어난 것입니까?"

"예. 충담스님이 주무실 동안, 산승이 이 처사님의 상태를 자세히 살펴보았는데, 생각보다 상태가 심각한 듯합니다…"

"심각하다니요?"

"살갗만 찢어진 것이 아니라 충격으로 가슴뼈가 부러지면서 내상을 입은 듯합니다."

"그, 그러면 어떻게 되는 것입니까!?"

"뼈가 부러진 것은 한 달 정도 안정을 취하면 자연히 회복되지만, 내상이 어느 정도인지는 깨어나 봐야 알 수 있습니다. 만약 심장에 내상을 입은 것이라면… 얼마 못 가 숨을 거두실 것입니다."

충담은 스님의 청천벽력 같은 소리를 부정하듯 고개를 절레절레 저었다.

"안 됩니다! 기파는 절대 그리 죽어서는 안 되는 사람입니다!"

"……"

"스님! 어떻게든 살려주십시오! 이렇게 간곡히 청합니다!"

충담은 스님 앞에 엎드려 머리를 땅에 찧고 절을 하며 사정했다. 스님은 그런 충담을 안쓰럽게 쳐다보더니 다가가 일으켜주며 말했다.

"부처님 뜻에 달렸으니 기다려 봅시다. 그나저나, 배 안 고프십니까?"

시간이 흐르고, 모닥불 위에는 김을 모락모락 내며 죽이 익어가고 있었다. 나뭇가지로 죽을 저으며 스님이 물었다.

"충담스님은 어찌하다 왕경에서 이곳까지 오시게 된 것입니까?"

"삼 년 전에 저 친구의 아버님이 실직성의 도사[1]로 부임하게 되어,

---

1) [道使]. 지방의 성을 다스리기 위해 중앙에서 파견된 책임관. 경덕왕의 관제개혁 이후 '현령(縣令)'으로 이름이 바뀐다. 경덕왕 재임기간 중 대대적

저도 스승님의 명으로 저 친구를 따라 실직에 오게 되었지요."

"아… 기파라 하셔서 혹시나 했는데, 저분이 바로 그 기파랑이시군요."

"예. 어찌 아십니까?"

"이곳에 온 지 얼마 안 되어 잘은 모릅니다만, 한 마을을 지날 때 아이들이 놀면서 노래하는 것을 들었습니다. 기파랑이 마을을 약탈하던 해적들을 소탕했다는 노래였지요. 자세한 이야기를 해 주실 수 있으신지요."

"음… 저도 승랑[1])으로서 그때 함께 싸웠지요. 어느 날 우리 동방칠성도[2])는 해안을 따라 여행길을 떠나고 있었는데, 수십의 왜인들이 아녀자들을 붙잡아 끌고 가는 것이 아닙니까? 후에 알고 보니 왜인들이 불시에 배를 타고와 한 마을에 들이닥쳐 마구잡이로 살상과 노략질을 하고는 아녀자들을 납치해서 배로 돌아가던 중이었더군요. 그러다 때마침 그곳을 지나던 우리들과 마주친 겁니다. 적의 우두머리로 보이는 자가 앞으로 나와 칼을 빼들고 큰소리로 알 수 없는 말을 지껄였는데, 기파가 느닷없이 돌진해 단숨에 그자의 머리를 베어버렸지요. 그러자 왜인들이 뿔뿔이 흩어져서 도망치기 시작했는데, 기파가 낭도들을 이끌고 끝까지 추격해서 모조리 베거나 포박했습니다. 그때 기파의 활약이 정말 대단했었지요…"

충담은 지난일이 새삼 그려지는지 누워 있는 기파를 지그시 바라보았다.

"그런 기파가 나 때문에 저리 사경을 헤매고 있다니…"

"스님 때문이라니, 그게 무슨 말씀이신지요?"

인 제도개혁이 일어나는데, 이는 그가 추진한 한화정책(漢化政策)의 일환으로, 귀족중심의 구질서를 타파하여 전제왕권 체제를 강화하려는 것이었다.

1) [僧郎]. 풍월도에 소속되어 화랑을 보좌하던 승려.
2) [東邦七星徒]. 〈창작〉 실직지방 풍월도의 이름으로, 동쪽의 칠성여래(七星如來)를 좇는 무리라는 뜻.

"기파는 저를 구하려다…"

충담은 말을 잇지 못하고 눈에서 눈물을 뚝뚝 흘렸다.

"저 호랑이가 그런 것입니까?"

스님이 호랑이 가죽을 보며 말했다.

"예…"

"그런데, 두 분은 한겨울에 왜 이 산에 오르셨는지요?"

"저 호랑이를 잡기 위해서 왔지요. 저놈이 실직 사람 목숨을 셋이나 앗아갔거든요. 기파가 같이 가자고 했을 때, 제가 끝까지 말렸어야 했는데…"

"기파랑은 정말 의롭고 용맹한 사람입니다. 부처님께서 저런 분을 그냥 죽게 놔두시진 않을 테니 너무 상심하지 마십시오. 그나저나 두 분은 어떻게 친구가 된 것입니까? 정말 막역해 보입니다만."

"기파와 저는 어려서부터 스승님 밑에서 같이 수학하였고, 사천왕사에서 같이 무예를 익혔습니다. 기파가 승려는 아니지만 먹은 절밥만 따지면 반은 중입니다."

그 말을 들은 스님은 기파에게 다시 눈길을 주었다.

'표훈스님께서 말씀하신 분이 저분인 것인가?'

스님은 바리때에 죽을 퍼 담아 충담에게 건네주었다. 충담은 합장을 하여 감사를 표한 뒤 바리때를 받아 들었다. 하지만 아무것도 못 먹고 있는 기파를 생각하니 차마 숟가락을 들 수가 없었다. 그런 충담의 마음을 읽은 듯 스님이 말했다.

"충담스님께서 기운이 없으면 기파랑은 누가 돌봅니까? 어서 드시지요."

충담은 그 말을 듣고 죽을 먹기 시작했다. 충담이 죽을 반쯤 먹었을 때, 스님이 다시 물어왔다.

"그런데, 그 밤중에 이 동굴은 어떻게 알고 찾아온 것인지요?"

"그것이, 정말 감사하게도 스님의 목탁소리를 듣고 그 소리를 쫓아온 것입니다. 목탁소리가 없었다면 저희 둘은 산중에서 얼어죽고 말았을 겁니다."

그 말을 들은 스님이 순간 놀라는 표정을 짓더니 합장을 하고 눈을 감았다.

'저분이 틀림없구나! 나무지장보살1)…'

충담은 스님의 예상치 못한 행동에 당황하여 물었다.

"스님, 왜 그러십니까?"

"산승은 목탁을 치지 않았나이다."

"예에?? 저는 분명히 목탁소리에 이끌려 여기로 왔습니다만?"

"산승은 두 분이 오시기 전까지 잠들어 있었습니다."

"그, 그럼 누가 목탁을 친 것이지요?"

스님은 한동안 망설이더니 누워 있는 기파를 바라보며 입을 열었다.

"하아… 스님께 제 이야기를 해드려야겠습니다…"

충담은 의아한 표정으로 스님의 말을 기다렸다.

"저는 출가하기 전 어린 시절에 사냥을 좋아해서 무수히 많은 동물들을 사냥했었습니다. 또 제가 쏜 화살에 상처 입은 짐승을 한 번에 죽이지 않고 숨통이 끊어질 때까지 가지고 노는 잔인한 행동도 즐겨했지요… 추수가 끝난 가을 어느 날이었습니다. 그날도 사냥을 나가는데 논둑 가에 있는 연못에서 개구리들이 마구 울어대었습니다. 저는 그 소리가 듣기 싫어, 개구리를 모조리 잡아 버드나무가지에 꿰어버렸지요. 서른 마리쯤 되었습니다. 나뭇가지에 꿰어져 버둥거리는 개구리들을 가지고 놀다가 싫증이 나서 그대로 연못 속에 던져버리고 가던

---

1) [南無地藏菩薩]. '나무'는 귀의하겠다는 뜻의 범어. '지장보살'은 지옥에서 고통 받는 중생들을 구원하기 위하여 지옥에 몸소 들어가 죄지은 중생들을 교화, 구제하는 지옥세계의 부처님.

길을 갔습니다. 시간이 흘러 겨울이 가고 봄이 왔을 때, 저는 사냥을 하러 다시 그 논둑을 지나게 되었지요. 그런데 또다시 개구리 소리가 들려왔습니다. 문득 예전에 장난쳤던 개구리들이 생각나서 연못에 가보니… 글쎄, 개구리 서른 마리가 버드나무가지에 꿰인 채 그때까지 살아서 울고 있는 것이 아닙니까? 그 광경은… 너무도 충격이었습니다… 저의 치기어린 장난으로 인해 그 긴 시간을 고통 속에 지냈을 개구리들을 생각하니, 도저히 제 자신을 참을 수가 없었습니다. 그러고 얼마 지나지 않아, 속죄하는 마음으로 출가를 결심하고 금산수1)의 순제법사께 배움을 청하였습지요. 그렇게 출가한 뒤 스승님 밑에서 부지런히 수행하였으나, 밤마다 제가 죽였던 짐승들이 나타나는 악몽에 시달려야 했습니다. 괴로워하는 저를 안타깝게 생각하신 스승님께서는 공양차제법과 점찰선악업보경, 두 권의 책을 저에게 주셨습니다. 그러고는 책에 적힌 대로 미륵부처님과 지장보살님께 정성을 다해 참회를 하면 두 분께서 계법을 내려줄 것이니 그 법을 세상에 두루 나누어 주라고 하셨습니다. 그리하여 저는 십여 년을 명산을 찾아 돌아다니며 망신참법2)을 행하였지요…"

"아!… 그래서 스님의 용모가…"

"그렇습니다. 수행의 강도가 심해질수록 저의 몸은 흉측한 모습으로 변해갔지요. 몇 해 전, 저는 선계산3)에 들어가 낭떠러지 위의 바위틈에서 계속하여 고통스러운 수행을 이어나갔습니다. 하지만 역시나 두 부처님은 만나 뵐 수 없었지요. 그래서 결심을 하고 제 몸을 모두 버리기로 마음먹었습니다. 칠일 밤낮을 돌덩이로 오륜을 때리니 무릎과

---

1) [金山藪]. =금산사(金山寺). 현재 전라북도 김제시 무악산(母岳山)에 있는 절로, 백제 법왕이 창건했다.

2) [亡身懺法]. 자신의 몸을 돌로 내리쳐 극한의 고통을 주는 참회법.

3) [仙溪山]. 현 전라북도 부안군의 변산(邊山).

팔꿈치가 다 터져버리고 주변은 온통 피로 흥건했습니다. 그래도 부처님의 감응이 없자 저는 마지막 수단으로 낭떠러지에서 몸을 던졌는데, 절벽에 있던 나무에 걸려 허리가 부러진 채로 다시 바닥에 떨어져, 죽지도 움직이지도 못하고 그 자리에서 또 칠일을 보냈습니다. 그리고 서서히 제 목숨이 다해 가는 것을 느끼며, 눈을 감았습니다. 그런데 꿈인지 생시인지 모를 공간에서 지장보살님이 내려와 쓰러져 있는 저를 내려다보시는 것이 아닙니까? 저는 너무 기쁜 나머지 눈물을 흘렸는데, 지장보살님께서 저에게 이런 말씀을 하시는 겁니다. '갸륵하구나, 내 너에게 깨우침의 씨앗을 심어주겠노라. 인연을 만나거든 싹을 틔우거라.'라고 말입니다. 그러고는 부러진 저의 허리를 어루만져 주시는 게 아니겠습니까? 따뜻한 손길에 그대로 잠이 들어버렸는데, 눈을 떠 보니 터지고 부러졌던 부위가 말끔히 나아 있었습니다."

이야기를 듣던 충담은 자신의 귀를 의심하지 않을 수 없었다.

'이 스님이 지금 농을 하시는 건가? 아니면… 망신참법을 행하다 미쳐버린 건가?'

충담의 의아한 표정은 아랑곳하지 않은 채 스님은 계속 이야기를 이어나갔다.

"그 길로 저는 선계산에서 나와 그 인연을 만나기 위해 다시 몇 해를 명산을 찾아다니며 계속 수행에 정진했습니다. 그러다가 보름 전 즈음이었습니다. 금강산에 있는 유점사에 며칠 동안 머물고 있던 중이었지요. 명부전에서 지난 업을 참회하며 지장보살님께 절을 올리고 있었는데, 어느 중년의 스님께서 저를 찾아오셨습니다. 깨달음을 얻으신 듯 그분의 몸에는 알 수 없는 신비한 기운이 감돌고 있었습니다. 제게 실직의 건산으로 가면 제천석의 현신을 만날 수 있을 거라는 말씀만 남기신 채 뒤돌아 나가시기에, 궁금하여 따라가려 했으나 다리가 말을 듣지 않았습니다. 이상하다 싶어, 평소 지니고 다니던 돌덩이로 무릎을 탁 내려치니 다시 움직일 수 있었습니다. 그 스님을 쫓아가서 법명이 어찌되는지 여쭈었더니, 저를 보고 환하게 웃으시며 표훈이라는 법명을 알려주시고 인연을 만나 성불하길 기원한다고 하셨지요. 그리고 는 합장을 하시고 예를 표한 뒤에 다시 길을 떠나시는데, 더 이상은 귀찮게 해 드릴 수가 없었습니다. 저도 예를 표하고 다시 명부전에 들어가 마저 절을 올리고 나와 표훈스님의 말씀대로 이곳 건산으로 향했지요. 그리고 이 동굴을 찾아내어 열흘 정도 머물고 있었는데, 어제 밤에 두 분이 찾아오신 것입니다."

"음… 그런데, 목탁 소리는 어떻게 된 것인지요?"

"그것이… 저는 이곳에 와서는 온전한 모습으로 인연을 만나야겠다 는 생각에 몸을 아껴 망신참법을 행하지 않았지요. 그리고 어제 밤에는 갑자기 졸음이 몰려와 저도 모르게 깊은 잠에 빠져들었는데, 꿈에서 거대한 사천왕들이 나타나 저를 거꾸로 잡아들고서는 버드나무 방망이 로 목탁 두드리듯이 넷이서 번갈아 가며 저를 후려치는 것이 아닙니까? 한참을 그렇게 두들겨 맞았는데, 어찌나 고통스러운지 정말 표현할 길이 없는 극한의 고통이었습니다. 그냥 빨리 죽고만 싶었습니다. 하지만 죽지도 못하고 계속 매질을 당하는데 어디선가 '도와주세요!' 하는 외침이 들리더니 사천왕은 사라지고 곧바로 꿈에서 풀려나 두 분을 만나게 된 것입니다…"

충담은 스님의 말을 듣고 더더욱 의아심이 들었다.

'필시, 이 스님은 망신참법으로 인해 머리가 돌아버린 거야… 큰스님 이 말씀하시길 몸을 망치는 수행법은 절대 함부로 해서는 아니 된다고 하셨는데, 그 말이 참말이구나! 쯧쯧…'

충담은 그런 속내를 숨기며 스님에게 말했다.

"아무튼 스님이 이곳에 계셔서 우리를 구해주셨으니 전부 부처님의 보살핌 같습니다. 그건 그렇고, 스님의 법명의 궁금합니다."

"산승의 법명은 진표라 하옵니다."

"아… 진표스님…"

그때였다.

"아으으악!!"

기파가 정신을 차리고는 몰려드는 극심한 고통에 비명을 질렀다.

"기파야!"

충담은 들고 있던 죽그릇을 내팽개치고 기파에게 달려갔다.

"기파야! 정신이 들어?"

"크흡!"

기파는 가슴을 움켜쥐더니 피를 한 움큼 토해내고서는 이내 다시 기절하고 말았다.

"기파… 이, 이럴 수가… 기파야! 기파야! 정신차려봐 기파야!"

충담이 기파를 흔들어 깨우려 하자 진표가 다가와 만류했다.

"피를 토하는 것으로 보아 아마도 폐부에 내상을 입은 듯합니다."

"그럼 어떻게 해야 합니까!?"

"가슴을 절개하여 찢어진 폐부를 꿰매야 하지만, 이미 피를 너무 많이 흘린 상태라 달리 손 쓸 방법이 없습니다…"

"그럼 이대로 죽게 놔둔다는 말입니까??"

"산승이 할 수 있는 것이…"

"아니! 지장보살님을 뵈었다는 분이 그게 할 소립니까?! 기파는 절대 죽어서는 안 되는 사람이란 말입니다! 어떻게든 방법을… 으흐흐흑…"

충담의 눈에서 닭똥 같은 눈물이 뚝뚝 떨어져 내렸다. 진표는 안쓰럽게 그 모습을 바라보다 어렵게 입을 열었다.

"한 가지 산승이 할 수 있는 일이 있습니다만…"

충담은 눈물을 닦아내며 진표 앞에 무릎 꿇고 앉아 진표의 손을 꼭 부여잡으며 애걸했다.

"뭐든지 상관없습니다! 진표스님, 제발 기파를 살려만 주세요!"

"다시 한 번 지장보살님을 뵙는 수밖에는 없습니다."

"그, 그렇다면…"

"예. 지금부터 제 목숨이 다 할 때까지 오륜희생법1)을 행할 터이니, 충담스님께서는 지장경을 독경하셔야 합니다. 지금 경전이 없는데 혹시 외우시는지요?"

"아… 어떡하지요? 지장경은 외우질 못합니다…"

"음… 충담스님은 밀승이시니… 혹시 지장보살님과 연관된 명주나 다라니 중에 외울 수 있는 게 있으신지요?"

"예! 저는 긔쌈부 다라니를 알고 있습니다!"

"귀쌍부?"

"아, 츰부, 츰부다라니2) 말입니다."

진표는 놀라움과 반가움을 띤 미소를 만면에 드러내며 어린 충담을 대견하게 바라보았다.

"그러면 범어3) 그대로 알고 계신 것입니까?"

---

1) [五輪犧牲法]. 망신참법 중 오륜, 즉, 머리, 양팔꿈치, 양 무릎을 돌로 내려치는 극한의 참회법.

2) [讖蒲陀羅尼. Ksam Bhū Dhāranī]. 지장신앙의 3대 경전인 지장보살본원경(지장경), 지장보살십륜경, 점찰선악업보경 중에 지장보살십륜경에 나오는 다라니. 범어를 중국에서 한자로 음차(音借: 다른 나라 말을 자기네 글로 뜻과 상관없이 소리만 따서 표현하는 것. 예: bus→버스)한 것을 다시 우리나라에서 우리식 한자발음으로 읽다 보니, 세월이 지날수록 점점 발음이 바뀌어 현재에 이르러서는 원래의 그것과 크게 달라졌다. 우리나라의 진언(만트라: 비드야+다라니)들이 대개 그러한데, 이것은 큰 문제로 여겨질 수도 있다. 하지만 그렇게 걱정하지 않아도 된다. 부처님은 다 알아들으신다. ^^

3) [梵語]. 고대 인도에서 지배층이 쓰던 고상한 언어(Royal Language)로 인도의 일반인들은 못 알아들었다. 불교의 경전 원본들은 산스끄리뜨(संस्कृता Sanskrit

"예. 어렸을 적에, 골굴사1)에서 오신 천축국2) 스님께 직접 배웠습니

: 범어)와 빨리(ᴘᴀʟɪ Pali : 파리어-巴利語)로 기록되어 있는데, 빨리는 중세 인도 서쪽지방에서 일반인들이 쓰던 언어이다. 북방불교(인도에서 서역지방을 거쳐 중국, 우리나라, 일본 등의 북방에 전해진 대승불교) 경전은 범어로, 남방불교 (스리랑카, 미얀마, 태국, 라오스, 캄보디아 등의 남방국에서 행하여지고 있는 소승불교) 경전은 파리어로 되어 있다.

* 산스크리트와 우리말의 관계.

〈동국정운〉(東國正韻: 1448년(세종 30)에 세종대왕의 명으로 간행된 우리나라 최초의 음운서)을 살펴보면 그 당시 우리말의 음운체계가 지금보다 훨씬 풍부하고 발음도 지금과는 많이 달랐음을 알 수 있습니다. 그런데 동국정운에 표기된 발음으로 불교경전을 읽으면 산스크리트와 발음이 상당히 유사하다는 사실을 알 수 있습니다. 또 지금 우리가 쓰는 말에도 산스크리트와 뜻과 발음이 거의 같은 단어들을 수도 없이 발견할 수 있을 뿐만 아니라 이제껏 의미를 몰랐던 우리말들까지 산스크리트로 그 뜻을 알아낼 수도 있습니다. 거기다 산스크리트와 밀접한 언어인 타밀어를 쓰는 남인도 드라비다족은 지금도 우리말과 똑같은 단어들을 쓰고 있습니다. 도대체 왜 이런 현상이 나타나는 것일까요? 역사를 살펴보면, 신라는 1세기 초 성읍국가(부족국가, 연맹왕국) 시절에 갑자기 배를 타고 나타난 석탈해(昔脫解: 신라 제4대 왕)의 이민 집단에 의해 지배당하다가 다시 종래의 지배층이 재집권하였고, 2세기 후반에 석탈해의 후손이라 자처하는 새로운 세력집단이 다시 배를 타고 나타나 신라의 주도권을 잡음으로써 주변의 소국들을 본격적으로 정복해나가며 고대 중앙집권 국가로 발전하게 됩니다. 석가모니(釋迦牟尼), 즉 샤카무니(शाक्यमुनि Śakyamuni)란 샤카(शाक्य Sakya: 1. 싹, 생명 2. 고대 북인도(인도-네팔 히말라야 일대)의 석가족(釋迦族))와 무니(मुनि muni: 깨달은 이, 성자)의 합성어로, 석가족에서 나온 생명을 깨달은 성인이라는 뜻인데, 석탈해의 집단이 바로 그 석가족이라 보는 이가 많습니다. 작가도 그리 보는데 그 이유를 들자면, 신라와 인도·네팔은 똑 닮은 독특한 신분제(골품제와 카스트)를 기반으로 하였고, 6세기 불국토사상의 근간은 우리 땅이 본래 불교의 고향이라는 관념이었으며, 7세기 선덕여왕(제27대 왕) 시절 귀족출신이었던 자장율사가 중국에서 유학을 마치고 돌아와 신라 왕실과 귀족이 석가족과 같은 찰제리종[刹帝利種: 크샤트리아(ksatriya: 인도의 왕족과 귀족을 아우르는 무사계급)]이라 하면서 신라야말로 예로부터 불교와 인연이 깊은 터전이 라고 하였기 때문입니다. 그렇게 보면 석탈해 집단은 네팔 출신 인도사람들이 됩니다. 그런데 재미난 것은 석탈해가 배를 타고 와서는 "우리 조상이 원래 가야와 신라 땅의 주인이었다."라고 주장하며 자신의 조상들이 만들었다는 대장간

다. 발음이 재밌어서 저도 모르게 계속 외웠었지요. 그래서 지금도

터를 증거로 내세웠다는 것입니다. 석탈해의 말이 사실이라면 석탈해 집단은
인도사람이라기보다는 네팔로 이주했던 우리나라 교포가 되는 것이고, 그렇다면
불교의 원래 고향은 우리 땅이 되는 것이니, 신라 불국토사상과 정확히 일치하게
되는 것입니다. 석가족은 인도의 지배층인 크샤트리아 신분이었습니다. 석탈해
집단이 석가족이라 전제를 한다면, 석탈해 집단이 썼던 말은 산스크리트이고
그들의 출신성분은 크샤트리아가 됩니다. 그러면 우리가 일컫는 '사투리'라는
명칭의 어원이 곧 '크-샤트리-아'였을 가능성이 농후해집니다. 즉 석탈해 집단이
썼던 범어를 사투리라 일컬었을 가능성이 크다는 말입니다. 그런데 더 재미난
것은 그렇게 보아도 사투리라는 말의 의미는 그 당시나 지금이나 똑같다는 점입니
다. 원래 우리말을 쓰던 우리나라 사람이 네팔로 이주를 해서 인도의 지배계급인
크샤트리아가 되었고, 그들이 인도의 일반 대중은 못 알아먹는 말을 썼는데
그것이 바로 산스크리트인 것이고, 그 산스크리트가 곧 우리나라 말에서 파생된
사투리가 되는 것 아니겠습니까? 우리가 제주도 사투리를 잘 못 알아먹는 것과
마찬가지로 인도 사투리 산스크리트를 못 알아먹는 것은 아닐까요? 이런 의문을
조선시대에 품은 인물이 있었으니 그가 바로 신미대사입니다. 근래 훈민정음
창제에 관한 연구에서 숨겨져 있던 신미대사의 행적이 드러나면서 그동안 우리가
알고 있었던 것과는 완전히 다른 이야기들이 밝혀져 큰 충격을 던진 일이 있었습니
다. 그것은 바로, 집현전 학자들이 한글(훈민정음)을 만들었다는 것이 거짓으로
드러나고, 한글창제는 그 당시 재상과 문무백관은 물론 집현전 학자들도 모르게
추진한 세종대왕의 비밀작전이었다는 것이 밝혀진 것입니다. 왜 비밀리에 했을까
요? 당시 명나라에 대한 사대주의와 한자를 모르는 백성들에 대한 우월감에
빠진 양반들이 백성들이 알기 쉬운 독자적인 문자를 만드는 일을 찬성할 리가
없었기 때문입니다. 그래서 세종대왕은 철저한 보안을 유지하며 한글을 만들기
시작했고 그 일을 세종대왕의 스승인 신미대사가 도왔던 것입니다. 신미대사는
세종대왕이 아랫사람이 아닌 윗사람으로 깍듯이 대하던 분이었습니다. 세종은
스승에게 '선교도총섭 밀전정법 비지쌍운 우국이세 원융무애 혜각존자'라는
긴 법호를 선물했고, 스승에 대한 배려로 왕궁 내에서도 말을 타고 이동할 수
있게 하였을 정도로 그를 존경하였지요. 대사는 태종 때 영의정을 지낸 김훈의
장남으로 이른 나이에 과거에 합격하여 집현전의 학사가 되었는데, 벼슬에는
큰 뜻이 없던 그는 우연히 접한 불교경전에 심취하여 출가를 결심하게 됩니다.
출가 후에는 대장경에 깊이 빠져들었는데, 한문으로 된 경전에 점점 의혹이
생겨나자 그 근원을 찾아 몽골 팔사파문자와 티베트어 그리고 산스크리트를
직접 찾아서 공부하였습니다. 그런 그가 한글창제라는 비밀임무의 중심에 섰던
것입니다. 우리글을 만들려면 우선 우리말의 정확한 뿌리와 음운부터 되짚고

자모의 체계를 세워야만 했는데 그 일을 세종대왕과 산스크리트에 정통한 신미대사 두 천재가 한 것입니다. (실제로 산스크리트와 우리말은 그 체계와 문법이 똑같습니다.) 이렇듯 한글은 세종대왕과 신미대사가 머리를 맞대고 만들어낸 합작품이었습니다. 집현전 학자 중 신숙주와 김수온(신미대사의 친동생)은 비교적 초기부터 참여해 원리를 어느 정도 알고 있었고, 정인지, 성삼문, 박팽년, 이선로, 이개, 강희안 등은 뒤늦게 창제를 돕고 나서 그 원리를 어렴풋하게나마 이해하고 있었으며, 나머지는 한글이 만들어지고 있다는 것을 알고 나서 결사반대를 하였으나 세종이 그들의 반대를 무릅쓰고 폭탄을 터뜨리듯 훈민정음을 반포한 것이므로 그 깊은 경지를 알 턱이 없었던 것입니다. 세종 28년 소헌왕후가 죽자 세종의 명으로 수양대군이 김수온 등의 도움을 받아 발간한 최초의 한글 책이 석보상절(석가모니의 일대기)이고, 그것을 읽은 세종이 석가여래의 행적에 감명을 받아 지은 한글 서사시가 월인천강지곡(부처님이 백억세계에 화신을 나누어 중생을 교화하는 것이, 마치 하늘의 달이 천개의 강에 비치는 것과 같다는 뜻)인 것입니다. 이렇듯 우리말과 우리글 속에 부처님과 산스크리트가 녹아들어 있는데, 한글을 연구하는 학자들은 불교문화와 산스크리트에는 전혀 관심이 없는 듯하여 참으로 안타까운 마음이 듭니다. 근본은 모른 채 수박 겉핥기만 하는 격 아니겠습니까? 산스크리트를 모르는 탓에 국어학자들이 어원을 엉뚱하게 상상하여 해설해 놓은 우리말 단어가 하나둘이 아닙니다. 그리고 우리들은 그런 해석을 정설이라 믿고 배워왔던 것이지요. 또, 우리말의 원형을 그대로 간직하고 있는 사투리를 함부로 배격하고 표준어 확립이라는 미명하에 표준어만 바른 말 고운 말이고 근본이 되는 다양한 어휘들을 무참히 도태시키는 학계와 방송국의 행태가 과연 진정 우리말을 위한 것인지도 의문입니다. 작가는 앎이 얕아 더 이상 깊은 설명은 못 해드리지만, 분명 우리말과 부처님의 언어인 산스크리트가 떼려야 뗄 수 없는 뿌리가 같은 말이라는 것만은 부정할 수 없는 확실한 사실이라 말씀드리겠습니다. 아래에는 산스크리트와 우리말의 관계에 대해 오랜 기간 연구를 해 오신 강상원 박사의 강의에서 일부 발췌한 우리말과 음과 뜻이 통하는 산스크리트 어휘를 약간이나마 소개해 드리겠습니다. (산스크리트 문자를 입력하지 못한 점 양해 바랍니다. 대신, 옥스퍼드대사전의 영어표기를 함께 싣습니다.)

지혜 — 디훼(Dhi) / 마나님 — 마나(Mana. 지혜) / 마누라 — 마누라(Manu-ra. 지혜로운 사람) / 나리(나으리) — 나리(Nari. 족장) / 달 — 다르사(Darsa. 달) / 보름달 — 찬다르사(Can-darsa. can-차오른) / 어서오세요 — 아스오시야 (asosiya. as-도착. o-모이다. si-쉬다. ya-종결어미) / 아~해라 — 아하라 (ahara-입 벌려라) / 봄 나비 훨훨 — 봄 나비 펠펠(bhom-빛이 모이다. navi-새색시. phel-날아다니다) / 나들이 — 니드리(ni-dhri. ni-나가다. dhri-들판) /

범어로만 외울 수 있습니다."

습니다 — 수브니다(subh ni dha. subh-존경하다. ni-가깝다. dha-닿다) /
따지다 — 따디다(ta-dhi-dha. ta-땅, 근원. dhi-생각하다. dha-닿다) / 파이야
(사투리: 별로다) — 파이야(paiya. pai-깨지다·벌어지다. ya-종결 어미) / 타박
— 따박(tavak. ta-땍땍거리다. vak-말하다) / 썩다 — 썩따(sukta. 썩다) / 꼴라
— 꼬홀라(kohola-혀가 꼬인) / 짱꼴라(중국인) — 짠꼬홀라(jhan-kohola.
Jhan-시끄러운. kohola-혀가 꼬인) / 산스크리트를 모르는 자(경전내용) —
짠꼬홀라 믈라찌(-mlach. mlach-모른다) / 나 — 나네(Nane. 나) / 니 머하노?(사
투리) — 니 마흐노(Ni-mahno. Ni-당신. mah-무엇을 하다. no-나타나다) /
방 — 바흐앙(vah-ang. vah-막다, 보호하다. ang-들어가다) / 카마(사투리:
~보다-〉 짜장카마 쨤뽕이 낫다) — 카마(kha-ma. kha-가지다. ma-비교하다)
/ 안녕하세요 — 안능시야(an-ninsiya. an-안쪽. nins-편안하다. iya-종결어미)
/ 어뜩칸다냐(사투리) — 어뜨까따니야(ut-katha-niya. 목을 빼고 걱정하다)
/ ~ㄹ꺼야,~ㄹ께 — 께야(kheya. 의사를 밝히다) / 그랑께(사투리) — 그라항께야
(grahang kheya. grah-이해하다. ang-들어가다. kheya-의사를 밝히다) /
깅게말이여(사투리) — 긴게마리야(ghinge mariya. ghinge-동의하다. mariya-
말하다) / 얼척(어처구니의 사투리: 방앗간에서 절구통을 찧는 방아장치) — 얼착
(ul-cagh. 어처구니. ul-위로,up. cagh-으깨다,자르다,down) / 땀시롱(사투
리) — 따마시롱(tamasirong. tama-욕심,어둠,아둔. si-하다. rong-상태,그렇
다,머무르다) / 앙구다(섞다,교미시키다의 사투리) — 앙구흐(ang-guh. ang-들
어가다. guh-구멍) / 고꾸라지다 — 고꾸르(go-khur. go-음매 소. khur-꿇다)
/ 어찌하여 — 어찌하야(ujji-haya. ujji-혼란. haya-하다) / 잠가라(잠그어라의
사투리) — 잠브가(jambh-gha. jambh-붙들다,매다. gha-막다.방어하다) / 수
리수리마수리(뜻 모를 주문) — 스리스리마하스리(srisrimahasri. sri-신성하다.
maha-끝없이.끝없는) / 에헤야디여(뜻 모를 노래) — 에헤야데야(e-haya deya.
e-구하다. heya-열심히 노력하다. deya-이루어지다.) / 릴리리야 니나노(뜻
모를 노래) — 리리야 니나노(liliya ninanou. li-배를 타고 내려가다. ya-종결어
미. nina-젓다. nou-배의 노) / 얼씨구 절씨구(뜻 모를 감탄사) — 얼시구 즈리시구
(ulsigu jrisigu. ul-얼싸안다. 교미하다. si-쉬다. gu-말하다. jri-즐기다) /
비 오드만(오던데의 사투리) — 오드만(odman. 비내리다) / 깎다 — 깍까리
(kakkari. 오이, 참외) / 아궁이 — 아구니(aguni) / (물이) 뿌렀다(불었다의
사투리) — 뿌라다(purada. 불다,풍부해지다) / 얼렁(얼른의 사투리) — 얼랑
(ul-langh. 서두르다) / 성사되다 — 산스데야(sans-deya. sans-일, 것. deya-이
루어지다) / 짜증 — 자즈(jaj. 야단치다) / 이리야! 짜짜!(소몰이 소리) — 이랴짜짜
(irya jja-jja. irya-기운내다. jja-빨리) / 으라차차 — 이랴짜짜 / (혹을) 띠어부러

"정말 훌륭합니다! 역시 명랑대사님의 후예답습니다!"

"과찬이십니다…"

"그럼, 산승도 준비하겠습니다."

진표는 기파의 옆에 벽을 등에 지고 가부좌를 틀고 앉더니 웃옷을 벗어 상체를 드러내었다. 그리고 바지를 걷어 올려 무릎이 드러나게 했다. 긴 세월의 혹독한, 아니 끔찍한 수행의 발자취가 적나라하게 드러나는 순간이었다. 충담은 지푸라기라도 잡는 심정으로 미친 사람이라 생각했던 진표에게 기파를 구해달라고 애원했었지만, 지금 동굴을 온통 채우고 있는 진표의 신이한 기운은, 그의 말이 거짓이 아닐지도 모른다는 희망을 충담에게 안기고 있었다. 충담은 옷을 단정히 여민 후, 기파를 사이에 두고 진표와 마주 앉았다. 그러자 진표는 늘 지니고 다니던 돌덩어리를 오른손에 쥐어 들어올렸다.

"천천히, 끊어서 외워 주십시오."

(사투리) ─ 띠야부리쥐(tya vrige. tya-떼다. vrige-자르다) / 여자(녀자) ─ 늬야 자(Niya-ja. 여족장) / 니 밤문나? ─ 니 밤므브나(Ni vame mev-na. Ni-당신. vame-젖, 우유. mev-먹었다. na-종결어미) / (무따)카이 ─ 카이(khai. 확인하다) / 차리다, 차려, 차례 ─ 차리야(cariya. 예 禮) / 놈 ─ 늠(neme. 이 사람, 이것) / 아리랑 ─ 아리랑(ari-langh. ari-님, 애인, 왕. langh-서둘러 떠나다) / 아라리 ─ 아라리(arari. 속이 쓰리다) / 그라믄 쓰것다(사투리) ─ 그라믄 숫갓다 (grah-mun sidh-gadh-dha. grah-이해하다. mun-헤아리다. sidh-달성하다. gadh-가지다, 말하다. dah-닿다) / 맞다 ─ 마따(mata. ma-재다, 계산하다. ta-과거형 어미) / 우리(우리들, 축사) ─ 우릐(ur. 땅, 울타리, 영역) 등등등…… // 남인도 드라비다족 타밀어: 아빠=아빠, 엄마=엄마, 나=나, 너=니, 와(오다)=와, 봐(보다)=바르, 나라=나르, 등등등……

1) [骨窟寺]. 경주 양북면 함월산 기슭의 석굴사원. 6세기 무렵 인도에서 온 승려들이 응회암 절벽을 깎아 만든 사찰로, 12개 석굴로 가람을 조성하여 법당과 요사로 사용해온 반(半)인공 석굴사원이다. 근래에 이르러 불가 전통 수행법인 선무도 수련원이 개설되어 많은 이들이 참여하고 있으며 템플스테이로도 유명하다.

2) [天竺國]. 지금의 인도.

"예. 그럼, 시작하겠습니다."

충담은 눈을 감고 가슴 앞에 양손을 합장한 후, 두 손바닥 사이에 공간을 만들어 볼록한 연꽃의 모양을 한 연화합장인을 결인했다. 진흙탕 속에서도 고운 빛을 유지하는 연꽃과 같이, 번뇌에 물들지 않는 깨끗하고 경건한 마음을 얻으려는 뜻이었다. 얼마간 타들어가는 모닥불 소리만이 동굴을 채웠다. 이윽고 충담은 눈을 떠 기파를 바라보았다. 다시금 손바닥을 모아 붙여 합장한 상태에서 열손가락의 끝마디를 교차시켜 금강합장인을 결인했다. 반드시 지장보살님께서 기파를 살려줄 거라는 굳은 믿음을 나타내기 위함이었다. 그러고는 드디어 츰부다라니를 외우기 시작했다.

"긔쌈부."

'쿵!!!'

진표가 돌덩어리로 자신의 오른 무릎을 있는 힘껏 내리치자 둔탁한 소리가 동굴 속에 울려 퍼졌다.

"긔쌈부."

'쿵!!!'

"긔쌈 긔쌈부."

'쿵!!!'

"아카샤 긔쌈부."

'쿵!!!'

"와크라 긔쌈부."

'쿵!!!'

"암빠-라 긔쌈부."

'쿵!!!'

"와-라 긔쌈부."

'쿵!!!'

"와직라 긔쌈부."

'쿵!!!'

"아-로까 긔쌈부."

'쿵!!!'

"다-마 긔쌈부."

'쿵!!!'

"싸니야-마 긔쌈부."

'퍽!!! 찌르르…'

진표의 오른 무릎이 연이은 강타에 터져나가며 피와 골수를 쏟아냈다.

"싸니야-미 하-라 긔쌈… 부우… 흐윽…"

참혹한 광경에 얼굴이 찌푸려지고 정신이 흔들려 충담은 다라니를 제대로 외울 수 없었다. 그러자 진표가 뻘겋게 변한 돌덩이를 왼손으로 옮겨 쥐며 충담을 향해 고개를 끄덕였다. 분명 엄청난 고통에 사로잡혀 있을 터인데도 이토록 절제된 모습을 보이는 진표의 모습에, 충담은 엄청난 압박감을 느끼고는 저도 모르게 탄식을 내뱉었다.

"하아…"

"충담스님! 흔들리지 마십시오! 기파랑의 목숨이 스님께 달려 있습니다!"

충담은 다시 마음을 다잡고 계속하여 다라니를 외워갔다.

"위야 와-로까 긔싸빠 긔쌈부!"

'쿵!!!'

"우빠 샤마 긔쌈부!"

'쿵!!!'

"나-야-나 긔쌈부."

'쿵!!!'

"브라쟈 싸무-드릐 라-나 긔쌈부…"

'쿵!!!'

충담은 점점 찌그러져 가는 진표의 왼 무릎과 일그러져 가는 진표의 표정을 보면서도 계속 다라니를 외울 수밖에 없는 이 상황이 너무나 힘겨워 눈물을 주르르 흘렸다.

"긔쌰나 긔쌈부…"

'쿵!!!'

"위시와-리-야 긔쌈부… 흐윽…"

'쿵!!!'

충담은 울먹이며 계속 다라니를 이어나갔고, 진표 또한 피를 쏟아가면서도 있는 힘을 다해 내리치기를 계속 했다. 그렇게 지옥 같은 시간이 천천히도 흘러갔다. 어느새 충담은 정신 나간 사람마냥 맥이 빠져버린 채로 다라니를 외고 있었고, 진표는 양 무릎과 왼 팔꿈치가 터져나간 채, 이번에는 이마를 내리치고 있었다. 온몸에 피 칠갑을 한 진표의 모습은 소름끼치는 악귀와 다를 바 없었고, 동굴의 벽과 바닥, 누워 있는 기파의 얼굴과 몸에도 진표의 피가 흐르고 튀어, 동굴 안은 지옥과 한 치 다를 바 없는 광경이 연출되고 있었다.

"반-다-나…"

'쿵!!!'

"하-라…"

'쿵!!!'

"힐-뤄…"

'쿵!!!'

"호-로…"

'쿵!!!'

"호-로루……"

'퍽!!! 찌르르르…'

충담이 다라니를 다 외자 진표의 이마가 터져 피를 주르륵 쏟아내었다. 그때였다!

"아… 하아… 음… 우오…"

기파가 알 수 없는 옹알이를 하며 몸을 뒤척였다. 충담은 정신이 번쩍 들어 무릎을 꿇고 기파의 상태를 살폈다.

"기파야! 기파야!"

만신창이가 된 진표는 돌덩이를 내려놓고 가만히 오른손으로 기파의 머리를 쓰다듬었다. 이 순간 기파는 꿈속에서 도리천궁을 헤매고 있었다. 갖가지 기이한 모습의 투명한 영물들이 기파의 주위를 왔다 갔다 했고, 하늘 위에는 오색찬란한 빛을 내뿜는 금룡이 기파의 머리 위를 맴돌았다. 하지만 기파에겐 왠지 낯설지가 않은 천궁의 모습이었다. 목이 말라 물을 찾아 이리저리 돌아다니는데, 저쪽에 황금으로 된 분수대가 보였다. 달려가서 허겁지겁 무릎을 꿇고 얼굴을 물속에 넣어 물을 들이켰다. 정말로 시원하기 그지없는 물이었다. 순식간에 갈증이 사라지자 얼굴을 빼내고 고개를 좌우로 흔들어 얼굴에 묻은 물을 털어내니, 한쪽에서 그 모습을 보던 아리따운 여인네들이 손으로 입을 가리며 깔깔거리고 웃었다. 머쓱해진 기파가 머리를 긁으며 고개를 숙이니 파장이 일던 분수대 물이 점차 고요해져 얼굴이 비춰졌다. 그런데 이상하게도 물속에 비친 얼굴은 생전 처음 보는 얼굴이었다. 깜짝 놀라 벌떡 일어서서 자신의 몸을 살피니 입고 있는 옷도 난생 처음 보는 기이한 옷이었고, 신발도 요상하게 생긴 신발이었다. 어찌된 영문인지 몰라 한동안 멍하니 있다가, 여기가 어딘지, 어떻게 하면 원래 있던 곳으로 돌아갈 수 있는지 물으러 아름다운 여인네들이 있는 쪽으로 걸어갔다. 그러니 웃고 있던 여인네들이 무슨 일이냐는 듯 서로를 바라보더니 뒷걸음질 치기 시작했다. 기파가 멈추라고 입을 여는 순간, 말은 안 나오고 느닷없이 천지가 진동하는 천둥소리가 천궁을 요란하게 흔들었다. 그러자 여인네들은 놀라서 하늘 위로 날아가 버렸다. 말도 못하고 답답한 마음에 기파는 가슴을 치며 그 자리에 털썩 주저앉아 버렸는데, 땅 밑에서 무언가가 속삭이는 것 같았다. 가만히 귀를 땅에 갖다 대니, 정말로 무슨 소리가 들렸다. 기파는 땅을 파기 시작했다. 한참을 파니 땅속에 있던 커다란 연꽃이 땅 밖으로 올라왔다. 신비하고도 아름다운 연꽃이었다. 기파가 연꽃을 어루만지니, 오므리고 있던 연꽃잎이 활짝 펴지며 그 속에서 세상에 없는 아름다움을 지닌 여인이 잠에서 깨어나는 게 아닌가? 기파는 너무나 아름다운 그녀의 모습에 넋을 잃고 있다가, 정신을 차리고 무언가를 말하려다 급하게 입을 막았다. 천둥소리에 그녀가 달아나 버릴까 두려워서였다. 여인은 그런 기파를 온화한 표정으로 지그시 응시하더니 고개를 갸웃했다. 기파는 손짓으로 자신의 입을 가리킨 후 손사래를 쳤다. 그러고 나는 돌아가야 한다고 손짓 발짓으로 표현하려 애를 썼다. 그러자 그 여인은 싱긋 웃더니 기파에게 가까이 오라고 손짓을 했다. 기파가 머뭇거리다 여인의 곁으로 다가가자 그 여인은 기파의 머리를 부드럽게 쓰다듬어 주었다. 그러자 기파는 꿈에서 깨어나며 눈을 떴다. 눈을 떠 보니 웬 동굴 속이었는데, 여전히 그 아름다운 여인이 자신의 머리를 쓰다듬고 있는 것이 아닌가? 기파는 따뜻한 여인의 손길에 안도의 미소를 지었다. 진표는 자신을 향해 미소 짓는 기파의 얼굴을 바라보며, 기파의 눈동자에 맺힌 자신의 모습을 보았다. 기파의 눈동자에는 흉측하게 피 흘리는 자신의 모습이 아닌 천상의 아름다움을 간직한 한 여인의 모습이 맺혀 있었다.

그 순간! 동굴 속은 시간이 멈추고, 진표는 아득한 기분을 느끼며 정신을 잃고 말았다. 진표가 정신을 차려보니, 자신이 있는 곳은 익숙한 고향의 그 논둑이었다. 그런데 자신의 팔과 다리를 보니, 어릴 적의 깨끗한 모습을 하고 있는 것이 아닌가? 진표는 연못 쪽으로 가서 자신의 얼굴을 비춰 보았다. 역시 어릴 적 깨끗한 얼굴이었다. 그때, 연못 반대편에서 서른 마리의 개구리들이 버드나무 꼬챙이에 배를 꿰인 채 한 덩어리가 되어 물 밖으로 빠져나오려고 버둥대고 있었다. 그 모습을 본 진표는 물속을 헤치며 반대편으로 가서 개구리들을 물 밖으로 꺼내들었다. 나뭇가지에 꿰인 채 버둥거리는 개구리들을 보니, 자신이 왜 이런 추악한 짓을 저질렀는지, 개구리들은 무슨 죄로 이런 가혹한 고통을 받아야만 했는지, 그리고 그로 인해 얼마나 긴 세월을 자신도 고통 속에서 지내야만 했는지…… 끝없는 회한이 밀려왔다.

"하아……"

진표는 소리 없이 그 긴 세월의 회한을 담은 눈물을 흘렸다. 눈물방울이 들고 있던 개구리의 몸에 떨어졌다. 그러자, 개구리들과 버드나무 가지가 염주알과 염주 끈으로 변하는 것이 아닌가? 진표가 놀라서 염주를 들고 어쩔 줄을 몰라 하니, 연못 가운데서 아름다운 연꽃이 솟아올랐다. 솟아오른 연꽃잎이 활짝 벌어지니, 그 속에서 기파의 눈동자 속에서 보았던 여인이 신비한 빛을 내뿜으며 이리 오라고 손짓을 했다. 진표는 물속을 헤치며 그 여인 곁으로 다가가 무릎을 꿇고 염주를 건네주었다. 그러자 그 여인은 염주를 받아들더니 다시금 진표의 손목에 걸어주었다. 진표가 감격의 눈물을 흘리니 그 여인은 진표의 눈물을 닦아주었다. 그러고는 진표의 머리를 부드럽게 쓰다듬어 주었다. 그러자 동굴 속의 멈췄던 시간이 다시 돌아가며, 기파의 머리를 쓰다듬고 있던 진표의 몸 전체가 균열을 일으키며 눈부신 황금빛이 여기저기서 새어나오더니 기존의 껍질은 전부 떨어져 내리고 부러지고 깨졌던 뼈들이 다시 재생되며 환골탈태를 시작했다. 그리고 곧 이어 진표가 어루만지고 있던 기파에게도 똑같은 현상이 일어나며 환골탈태가 시작되었다. 충담은 두 사람이 내뿜는 광채에 눈을 뜰 수가 없어 고개를 돌리고 팔뚝으로 눈을 가렸다. 한동안을 그렇게 있다가 다시 눈을 떠 보니, 기파는 미소를 띠운 채 새근새근 잠들어 있었고, 진표는 모습이 완전히 바뀌어 젊고 잘생긴 모습으로 기파의 머리를 쓰다듬고 있었다. 동굴 안을 온통 뒤덮었던 핏물들은 금빛 가루가 되어 있었으니, 이 놀라운 광경에 충담은 눈에서 감격의 눈물을 흘리면서도 입으로는 웃음소리를 내고 있었다.

"하… 하하… 하하하하하하."

충담의 웃음소리에 화답하듯 진표가 충담을 바라보며 같이 웃었다.

"허허허허허허."

시간이 흘러 해가 뉘엿뉘엿 산봉우리를 넘어 갈 무렵, 동굴 밖에서는 충담이 진표를 배웅하고 있었다.

"큰스님, 어찌 기파와 대면치 않고 이대로 떠나시려는 것입니까?"

"아이쿠, 큰스님이라니요? 가당치도 않습니다."

"제가 이 두 눈으로 똑똑히 목도를 하였습니다. 큰스님께서는 살아있는 부처님이십니다."

"다 공덕이 많으신 기파랑과 충직한 충담스님 덕분에 지장보살님을 배알할 수 있었던 것입니다. 오히려 제가 두 분에게서 너무 과분한 선물을 받았습니다. 그러니 큰스님이란 말씀은 제게 도무지 어울리지 않습니다…"

"하하, 알겠습니다. 진표스님, 그러지 마시고 기파가 깨어나면 이야기라도 나누고 떠나시지요."

"흠… 충담스님, 아마도 잠든 기파랑의 표정으로 보아 달콤한 꿈나라에 계신 것 같습니다. 저와 스님이 기파랑에게 그 달콤한 꿈을 선물해 드린 것일 테지요. 그것만으로 충분하지 않겠습니까? 허허."

"하… 스님의 뜻이 정 그렇다면 뭐, 할 수 없지요. 그럼 어디로 떠나실 참인지요?"

"글쎄요… 정해진 곳은 없습니다. 하지만 지장보살님을 뵈옵고 또하나 깨달은 것이 있습니다. 이것이 끝이 아니라 이제야 시작임을 말이지요. 저는 계속 명산을 찾아 떠돌아다니며 수행을 정진할 생각입니다."

"헛, 아니 됩니다! 어찌 또 몸을 망치려 하십니까?"

"하하, 걱정하지 마십시오. 지장보살님께서 내려주신 귀한 새 몸을 어찌 망칠 수 있겠습니까? 염려치 않으셔도 됩니다."

"휴… 그 말씀을 들으니 마음이 놓입니다."

"그럼 산승은 이만 떠나겠습니다. 기파랑은 부처님의 가호가 계신 귀한 분이니, 지금처럼 충담스님이 옆에서 잘 보살펴 주십시오."

"예, 명심하겠습니다. 언제고 꼭 다시 만나 뵐 수 있었으면 합니다."

"인연이 있으면 또 뵙겠지요. 그럼."

진표는 아쉬워하는 충담을 뒤로 한 채, 성큼성큼 산을 내려갔다.

'진표 큰스님, 부디 큰 뜻을 이루시길 기원하겠나이다…'

충담은 시야에서 사라져 가는 진표의 뒷모습을 한참동안 바라보다 절을 올렸다.

"담아, 너 땅바닥에서 뭐하는 거냐??"

동굴 밖으로 나온 기파가 눈밭위에 엎드려 있는 충담을 보고 놀리듯 말했다. 그러니 충담이 일어나 기파를 보며 어이없다는 듯 말했다.

"야, 너 몸은 좀 괜찮아?"

"아아~, 한숨 푹 잤더니 완전 개운한데? 근데 어떻게 이 동굴에 오게 됐지? 도무지 기억이 나질 않아."

"내가 너 업고 온다고 등골 빠지는 줄 알았다 이놈아!"

"하하하하, 네가 고생 좀 했겠구나! 고맙다 이놈아!"

"하하·····"

충담은 다시 고개를 돌려, 진표가 남긴 눈밭위의 발자국들을 아쉬움

섞인 눈으로 바라보았다.

다음날 오후. 기파와 충담은 실직의 죽서루에 도착했다. 죽서루는
칼로 잘라낸 듯한 바위절벽 위에 세워진 누각이었다. 아래쪽에는 오십
개의 개울이 모여 강이 된 오십천이 마치 용의 몸통마냥 그 절벽을
휘감으며 흐르고 있었으니, 이곳이 바로 동방칠성도의 본거지였다.
호랑이 가죽을 어깨에 두른 기파가 의기양양하게 입구에 들어섰으나,
늘 창검 부딪히는 소리, 노랫소리로 시끌벅적하던 누각 일대가 이날은
이상하게도 쥐죽은 듯 조용했다.
"무슨 일이지? 다들 어디로 간 거야?"
기파가 영문을 모르겠다는 표정으로 말했다. 그러자 충담이 앞으로
나서서 큰 소리로 외쳤다.
"기파랑이 오셨소!! 다들 어디 있소!!"
충담의 외침이 텅 빈 누각을 공허하게 맴돌다 사라졌다. 기파가
충담의 어깨를 두드리며 말했다.
"숙소로 가보자."
둘이 누각에서 조금 떨어져 있는 숙소에 들어서니, 낭도 하나가
이불을 덮고 쿨쿨 자고 있었다. 충담이 낭도를 흔들어 깨웠다.
"일어나시오!"
"으응… 충담스님? 엇! 기파랑!!"
잠에서 깬 낭도가 기파를 보고 깜짝 놀라 벌떡 일어났다.
"다들 어디 간 것이냐? 왜 너만 여기 있는 거지?"
"기파랑! 도대체 어디로 사라졌던 겁니까? 온 낭도들이 지금 기파랑
을 찾느라 실직 일대를 이 잡듯이 수색하고 있습니다!"
"응? 내가 며칠 없어진 게 무슨 큰일이라고 온 낭도들이 수색을
한단 말이냐?"

"그게 아니라… 이틀 전에 실직성에서 사람들이 와, 도사님의 명으로 급히 기파랑을 찾는다 했습니다. 어디 있는지 우리도 모른다고 말하니, 지금 바로 흩어져 기파랑을 찾아 성으로 모시고 오라는 말을 남기고는 급히 말머리를 돌려 떠났습니다. 그래서 중길랑과 금모랑이 필시 무슨 일이 터진 것 같다며, 낭도들에게 지시해 구역을 나누어 실직 일대를 샅샅이 수색하게 했지요."

"아버님께서 나를 무슨 일로 급하게 찾으신단 말인가?…"

기파가 의아해 하자, 충담이 심각한 표정으로 말했다.

"기파야. 성에 무슨 일이 생긴 것 같다. 어서 성으로 돌아가 아버님을 만나 뵙자."

그러자 낭도가 다시 말했다.

"도사님은 지금 성에 안 계십니다."

그 말에 충담이 낭도에게 물었다.

"그럼 어디 계시오?"

"그게, 어제 동이 트자마자 수하 몇 분과 배를 타고 떠났다고 들었습니다."

가만히 듣고 있던 기파의 표정이 점점 어두워졌다.

"어디로 가신지는 모른다는 말이냐?"

"예, 그것까지는 모릅니다."

그때, 누각으로 들어서는 말발굽 소리가 요란하게 들려왔다. 숙소에 있던 세 명이 서둘러 밖으로 나가보니, 한 화랑이 조우관[1]에 꽂힌 검은 깃털을 휘날리며 낭도 몇을 이끌고 돌아오는 길이었다.

"금모랑!!"

기파가 반갑게 외치자, 놀란 얼굴을 한 금모와 낭도들이 말에서 내려 뛰어왔다.

---

1) [鳥羽冠]. 새의 깃털을 꽂아 벼슬의 높고 낮음을 가리던 관모. 신라에서는 주로 화랑들이 썼다.

"기파랑! 도대체 어디 계셨던 겁니까? 지금…"

"이야기 들어서 알고 있네. 성에 무슨 일이 생긴 것인가?"

"그게 아니라… 자세한 이야기는 설아낭주에게 들으시지요. 낭주가 도사님이 남긴 편지를 들고 있습니다. 이제 곧 다시 모일 시간이니, 중길랑과 함께 돌아올 겁니다."

얼마 후, 날이 어두워지면서 흩어졌던 낭도들이 속속 복귀해, 어느새 천여 명에 달하는 낭도들이 누각 옆 용문바위 주위에 불을 지피고 운집했다. 실로, 고구려와 국경을 사이에 두고 치열한 싸움을 벌이던 동북방의 강호다운 규모였다. 신문황제 때, 김흠돌의 난에 몇몇 풍월도가 연루되어 화랑제도 자체가 폐지된 일이 있었다. 그 일로, 오랫동안 전국의 풍월도가 뿔뿔이 해산되었는데, 그때조차도 국경을 접한 특수성이 인정되어 예외적으로 명맥을 온전히 유지해온 풍월도가 바로 동방칠성도인 바, 가히 화랑정신의 표상이라 할 만한 조직이었다. 설아를 기다리던 기파가 초조한 듯 물었다.

"금모랑, 설아가 왜 이리 늦지? 낭도들과 함께 나간 것이 맞는가?"

"예. 중길랑과 낭도 몇이 낭주와 함께 떠났습니다."

기파의 얼굴이 어두워지자 충담이 위로하듯 말했다.

"곧 오겠지… 너무 걱정 마."

그때, 누각 위에서 망을 보던 낭도 하나가 외쳤다.

"옵니다!! 저기 중길랑이 옵니다!!"

잠시 후, 중길의 무리가 설아와 함께 말을 타고 낭도들이 모여 있는 용문바위에 도착했다. 중길이 말에서 먼저 내려, 설아의 발을 양손으로 받치며 말에서 내리는 것을 도와주었다.

"오라버니!!~."

설아가 낭도들 사이에 있는 기파를 발견하고 뛰어가 기파에게 와락 안겼다. 당황한 기파가 주위를 보니 낭도들이 부러운 듯 실실 웃고 있었다. 정작 어릴 때부터 봐온 기파는 잘 몰랐지만, 설아는, 바람이 불면 날아갈 것 같은 버들마냥 하늘하늘한 자태에, 새하얗고 고운 얼굴, 움직일 때마다 찰랑거리는 비단결 같은 머리카락이, 선녀가 있다면 바로 이런 모습이 아닐까 싶을 정도로 아름다운 숙녀인 것이었다.

"왜 이리 늦은 것이냐? 얼마나 걱정했다고!"

기파가 품에 안긴 설아를 떼어내며 꾸중을 하자, 설아는 뾰로통한 얼굴로 기파를 흘겨보며 말했다.

"누가 할 소릴? 내가 더 걱정했다구요! 도대체 어디 있었던 거예요?"

"흠… 그건 차차 이야기하기로 하고, 아버지께 무슨 일이 생긴 것이냐?"

그에 설아는 가슴 품에 간직하고 있던 편지를 꺼내어 기파에게 건네주었다. 편지는 촛농으로 밀봉되어 있었다.

"저도 무슨 일인지는 잘 몰라요. 새벽에 잠들어 있는 저를 깨우시더니, 오라버니를 찾아 이 편지를 꼭 전해주라고 하시고는 바로 성을 떠나셨어요."

기파는 조심스럽게 편지를 뜯어 찬찬히 읽기 시작했다.

알력

그로부터 나흘 전 일이었다. 황성은 한바탕 난리가 나, 살벌한 분위기에 휩싸여 있었다. 태후전에 올려진 음식을 시식하던 궁녀 하나가 피를 토하고 그 자리에서 즉사했기 때문이었다. 혜명태후가 음식을 담당하던 주방 궁녀들과 식척전[1] 관리들을 모조리 잡아가두고는, 황제의 침전으로 달려가 당장 직장[2] 배무겸을 내어놓으라고 황제를 윽박지르는 중이었다.

"황상! 배무겸이 나를 죽이려고 음식에 독을 타라 지시한 것이 틀림없소! 당장 배무겸을 내어놓으시오! 내 그놈의 목을 베어 황실의 지엄함을 보여야겠소!"

---

1) [食尺典]. 궁중의 요리사를 통솔하던 관서.

2) [直長]. 당나라의 전중성에 있던 왕을 측근에서 보필하는 관직명과 같기에, 왕실과 궁중의 공상(供上:식사공급) 업무와 살림을 담당하던 내성(內省) 혹은 전중성(殿中省) 소속의 관직으로 추정된다. 기록상 이순의 직책으로 유일하게 등장하는데, 경덕왕 말년에 이순이 찾아와 주색에 빠진 왕을 훈계하는 행적으로 보아 그 직급은 낮지만 왕실의 최측근 인사만이 오를 수 있는 요직으로 보인다. 내성은 경덕왕 18년에 전중성으로 바뀌었다가 혜공왕 12년에 다시 환원되는데, 이순이 관직에서 물러난 시기가 경덕왕 7년과 22년 두 가지로 해석될 수 있어(자세한 것은 2권의 '단속사' 설명에서), 내성 때의 관직명인지 전중성 때의 관직명인지도 확실치가 않다.

"태후폐하, 저도 어디 있는지 모른다고 몇 번을 말씀드립니까? 우선 어찌된 일인지 제가 자세히 알아보고 난 후에 일을 처리하는 것이 순리일 것입니다."

서른일곱의 황제는 자신보다 네 살이나 어린 태후 앞에서 쩔쩔매며 대답했다. 태후가 자신보다 어리고 경박하여도 엄연히 친형인 선황의 정실부인이자, 신라 최고의 실세인 상대등[1] 정종의 누이동생이라, 이제 갓 등극한지 일 년이 지난 풋내기 황제는 눈치를 살필 수밖에 없었던 것이다. 그러자 옆에 있던 삼모황후가 나섰다.

"그렇습니다, 태후폐하. 황상께 시간을 좀 주시지요."

황후는 황제가 태자에 책봉되기 전에 이미 혼인을 하여 황후의 자리까지 오른 조강지처로, 태후의 집안과는 몇 대째 대립각을 세우고 있던 전임 중시[2] 의충의 누이동생이었다. 자신과는 동갑인 황후가 황제를 거들고 나서자 태후는 황후를 노려보며 노기 띤 음성으로 되받아쳤다.

"황후는 잠자코 있으시오! 황후가 먹을 음식에 독이 들어 있었더라도 과연 지금처럼 태연할 수 있으리라 생각하시오?"

그러자 황후도 지지 않고 대꾸를 했다.

"태후폐하! 체통을 지키시지요! 아무리 태후폐하라 할지라도 일의 전후가 명확하지 않은 상태에서 황제가 신임하는 관리를 마음대로 처형할 수는 없는 일 아닙니까? 태후폐하의 이런 행동은 자칫 황상을 겁박하는 것으로 오인될 수 있음을 정녕 모르시는 것입니까?"

---

1) [上大等]. 신라의 관등제를 초월하여 설정한 최고 관직. 국사를 관장하고 귀족·백관 회의인 화백을 주재하는 귀족연합의 대표자로, 왕권을 견제하는 성격을 지니고 있었다.

2) [中侍]. 신라의 중앙 최고 행정기관인 집사부의 장관. 국왕을 보좌하고 왕명을 받들어 밑으로 여러 관부를 지휘하는 임무를 맡았다. 상대등, 병부령과 더불어 신라 최고의 실권자중 하나로, 경덕왕 6년에 '시중(侍中)'으로 명칭이 바뀌었다.

"뭐, 무어라?!"

늘 공손하던 황후가 갑자기 자신을 강하게 쏘아붙이자 당황한 태후의 얼굴이 붉으락푸르락 달아올랐다. 태후의 표정을 본 황제가 재빨리 끼어들었다.

"어허! 황후는 말씀이 지나치시오. 시위부령 게 있느냐!"

"예! 폐하!"

문밖에서 동태를 살피고 있던 시위부령[1] 김융이 긴 수염을 휘날리며 뛰어 들어왔다. 서른 중반의 이 건장한 사내는 김유신의 증손자로, 그 모습을 보면 일견에 뼛속까지 무장임을 알 수 있었다.

"시위부령은 사자대에게 황성 출입을 봉쇄하라 명하고, 지금 당장 시위부를 이끌고 배무겸을 찾아내도록 하라!"

"존명!"

김융이 뛰어나가자, 황제가 태후에게 말했다.

"태후폐하. 제가 배무겸을 찾아내서 진정 그자의 소행인지 반드시 알아낼 터이니, 우선은 태후전으로 돌아가시지요. 제가 법도에 맞게 잘 처결하겠습니다."

태후는 화가 머리끝까지 치밀어 올랐으나, 법도에 맞게 처결한다는 황제의 말에 딱히 대응할 말이 떠오르지 않았다.

"법도대로라… 흥, 좋소! 그럼 일이 어떻게 처결되는 지, 내 똑똑히 지켜보리다!"

태후는 성난 늑대마냥 으르렁거리고는 휙 돌아 나가버렸다. 황제가 고개를 절레절레 흔들고는 사인[2] 기출에게 말했다.

---

1) [侍衛府令]. 왕의 친위대인 시위부의 수장. 시위부는 귀족출신의 6명의 장군과 대감 6명, 대두 15명, 항 36명, 졸 117명, 도합 180명의 최정예병으로 이루어져 있었다. 왕성을 지키는 3천의 사자대보다 상위계급이었다.

2) [舍시]. 궁중에 소속된 근시(近侍)를 가리키는데, 그 직급에 따라서 상사인·중사인·하사인의 구별이 있었다. 중국과는 달리, 거세를 한 환관은 이 당시 존재하지

"기출아. 너는 지금 바로 집사부로 가서 신충공을 모시고 오너라."

"예!"

기출이 부리나케 달려 나가자 황후는 황제의 침실로 들어갔다.

"무겸아. 이제 갔으니 나오너라."

태후가 갔다는 황후의 말에 무겸은 안도의 한숨을 내쉰 후 황제의 침상 밑에서 기어 나왔다. 황후가 무겸을 데리고 나오자 무겸이 황제 앞에 철퍽 엎드리며 눈물을 흘리며 애원했다.

"폐하… 부디 소신을 살려주시옵소서… 소신은 억울하옵니다."

"알고 있다. 그런데, 이번엔 무슨 일로 태후에게 밉보였단 말이냐?"

"그것이… 태후전의 사치가 너무 심하여 그 경비가 황후전의 세 배에 달하는 지라, 지난달부터 태후전에 들어가는 물품을 절반으로 삭감하였는데, 그것에 앙심을 품으신 것 같습니다…"

그 말을 들은 황제는 무겸의 어깨를 토닥이며 말했다.

"장하다! 모두들 태후와 그 오라비의 눈치만 보는데, 오직 너만이 진정한 충신이로구나! 중시와 의논해 너를 지켜줄 방안을 모색할 테니 너무 겁먹지 말거라."

"황송하옵니다…"

한편, 태후전에서는 태후의 광기로 또다시 한바탕 난리가 벌어지고 있었다. 태후가 눈에 보이는 것들은 모조리 던지고 깨부수며 미친 듯 고함을 질러댔기 때문이다. 태후전의 궁녀들과 사인들은 자신에게 화가 미칠까 두려워 사시나무 떨듯 떨고 있었다.

"으으으으, 그 요망한 황후년이 드디어 본색을 드러내기 시작하는구나! 감히 나와 맞서려 하다니, 내 기필코 그년과 그 족속들을, 모조리 사지를 찢어 죽일 테다!!"

않았다.

태후가 미친 듯 막말을 내뱉었지만, 그 말을 듣고 있던 궁인들은 그것이 단지 광기에 찬 허황된 말이 아니라는 것을 알고 있었다. 왜냐하면 지금과 똑같은 장면을 몇 해 전에 보았고, 그 결과가 어찌되었는지를 똑똑히 목격했기 때문이었다.

　　그 이야기를 하자면… 우선 태후의 아비는 몇 해 전 세상을 떠난 김순원이라는 인물로, 큰딸 소덕을 성덕황제에게 후비로 시집보낸 후, 기존의 황후를 내쫓아 버리고 소덕을 황후로 앉혀, 황제의 장인으로서 무소불위의 권력을 휘두르던 자였다. 소덕은 성덕황제 사이에서 아들 둘을 놓았는데, 형이 선황인 효성황제 승경이요, 아우가 지금의 황제 헌영인 것이다. 또, 순원에게는 늘그막에 낳은 막내딸이 있었으니, 그 딸이 바로 지금의 혜명태후이다. 그런데 뭔가 이상하지 않은가? 큰딸이 성덕황제의 황후였는데, 막내딸이 어찌 지금의 태후가 된단 말인가? 그럼 이게 어찌된 영문인고 하니, 성덕황제가 죽고 맏이인 효성황제가 등극하자, 권력에 미친 이 늙은이가 큰딸 소덕의 아들, 즉 손주인 효성황제에게, 황제에게는 이모가 되는 막내딸 혜명을 후비로 시집보낸 것이다. 그러고는 전과 똑같이 기존의 황후를 내쫓고 막내딸을 황후로 만들었으니, 정말로 기가 막힐 노릇이 아닌가? 자신이 황제의 외할아버지이자 장인이 되는, 이런 말도 안 되는 그림을 그린 장본인이 바로 김순원인 것이다. 그런 자의 장자인 상대등 정종이 아비의 권세를 그대로 이어받아, 어린 누이동생인 혜명태후를 등에 업고, 금상의 외숙부로서 황제를 넘어서는 권력을 휘두르고 있는 것이 작금의 형국인 것이다. 그런데, 이토록 강력한 권력을 지닌 집안에 정면으로 맞서온 세력이 딱 하나 있었으니, 그것은 바로 김순정의 집안이었다. 성덕황제를 도와 순원의 세력을 견제하던 순정이 죽자, 그의 아들 의충이 뒤를 이어 황제를 보필했는데, 병세가 깊어진 성덕황제는 의충에게 아들들을 부탁하며 세상을 떴다. 큰아들 효성황제는 등극하자마자 의충을 중시로 임명해 자신의 방패로 삼았지만, 순원의 뒤를 이은 정종의 권세가 점점 더 비대해지자, 운신의 폭이 좁아져 답답한 마음에 점점 쇠약해져 갔다. 그런 황제를 안타깝게 여긴 의충은 정종을 견제할 계책을 강구하던 끝에, 정종의 세력권에서 벗어나 독자 세력을 구축하고 있던 영종을 포섭했다. 영종의 딸 보리를 황제의 후비로 들여 혜명황후를 견제케 했고, 이미 황제의 아우 헌영에게 시집을 가 있던, 자신의 누이동생 삼모 역시, 남편 헌영과 함께 보리를 돕게 했다. 이런 의충일파를 의지하던 효성황제는 혜명과는 단 한 번도 잠자리를 같이하지 않았고, 모든 애정을 후비인 보리에게만 쏟았다. 그러자 질투심에 눈이 먼 혜명이 한번은 보리를 찾아가 꼬투리를 잡고 손찌검을 하였는데, 그것을 안 황제가 혜명을 찾아가 한번만 더 이런 일이 있으면 황후자리를 내어놓아야 할 것이라고 엄포를 놓고 떠난 일이 있었다. 그러자 혜명은 지금과 똑같이 광기어린 행동을 보이며 보리와 그 아비 영종을 찢어발겨 죽일 것이라며 난리를 쳤던 것이다. 그 후, 거짓말처럼 보리와 영종은 정종 일파가 꾸민 역모사건에 휘말려 사지가 찢기는 죽음을 맞이하였고, 효성황제마저 알 수 없는 병으로 시름시름 앓다가 세상을 떠났으니, 지금 혜명태후가 미친 듯이 뱉어내는 말들이 궁인들에게는 너무나도 살벌하게 다가온 것이었다…

태후의 난리법석으로 엉망진창이 된 태후전에 늙은 오라비 정종이 찾아왔다.

"태후폐하! 이게 다 무슨 사단입니까?"

정종이 놀란 눈으로 물으니, 태후는 마치 어린애마냥 앙탈을 부리며 말했다.

"아응, 오라버니! 너무 분하고 원통해요! 그 황후년이 글쎄, 고개를 빳빳이 쳐들고 눈을 똥그랗게 뜨고서는 내게, 감히 황상을 겁박하느냐 며 달려들었다니까요… 으흐흑…"

"음… 쯧쯧… 그 새를 못 참고 황상께 달려간 것입니까?"

"그럼 어떡해요?! 황후가 배무겸이를 빼돌리고는 황상 옆에 찰싹 들러붙어 있는데…"

"태후폐하, 진정하시고, 자, 자, 일단 침실로 가서 조용히 이야기하시지요. 여봐라! 너희들은 당장 이것들을 깨끗하게 정리하고 아무도 침실 근처에는 얼씬 못하게 하라!"

"예! 상대등어른."

잠시 후, 태후전의 침실에서는 심통이 난 태후를, 늙은 상대등이 마치 아비가 딸자식 대하듯 어르고 달래고 있었다.

"혜명아. 네 어찌 나와 상의도 없이 일을 벌였단 말이냐. 내가 뭐라 그랬느냐. 배무겸이는 그냥 놔두라고 하지 않았더냐."

"오라버니! 그놈이 하는 짓거리가… 황후를 믿고 태후인 나를 깔보는데, 내 어찌 참고만 있겠소!"

"그래, 말 한번 잘했다. 네 말속에 정답이 있는데, 어찌 배무겸이 따위를 노려 이런 사단을 만든단 말이냐."

"예? 제 말 속에 정답이 있다니요… 그게 무슨 말씀이에요?"

"네가 배무겸이 황후의 권세를 믿고 너에게 까분다고 하지 않았더냐. 그러면 이 나라의 태후인 네가, 황후를 갈아치워 버리면 될 일이지, 직장 나부랭이 따위를 상대한단 말이더냐."

"허… 오라버니! 정말 그게 가능할까요?"

"이번 일은 네가 경솔하였으니, 조용해질 때까지 너는 잠자코 있거라. 내 이미 몇 해 전에, 눈엣가시 같던 황후의 큰 오라비 의충을 쥐도 새도 모르게 없애버렸으니, 황후는 기댈 곳이 허수아비 같은 황상과 쭉정이 같은 사촌 오라비 신충 놈 밖에는 없지 않으냐. 조금만 기다려 보거라. 내 너의 앙갚음을 제대로 해줄 터이니!"

"하하하하! 역시 오라버니가 최고예요!"

태후는 정종의 품에 와락 안겨서 갖은 아양을 떨었다. 정종이 그런 태후의 머리를 쓰다듬으며 의미심장한 미소를 지었다.

그 시각. 황제의 침전 안쪽 집무실에는 황금색 비단으로 수놓아진 탁자를 사이에 두고 황제와 황후, 중시 신충이 의자에 앉고, 무겸은 황후의 뒤에 선 채, 이 사태를 어떻게 수습할 것인가를 논의하고 있었다. 신충이 말했다.

"옥에 갇힌 식척전 관리들의 말로는, 음식이 태후전에 올라가기 전까지는 아무런 문제가 없었다고 합니다. 평소와 같이 궁녀들의 시식을 통과한 후에 태후전에 올려졌다고 하니, 필시 태후전 내부에서 음식에 독을 탄 것이라 사료됩니다."

그러자 무겸이 말했다.

"또 이상한 게 있습니다. 태후께서는 궁녀들이 자기음식에 먼저 손대는 것을 싫어하셔서, 늘 기르는 개에게 올라온 음식들을 덜어서 먼저 먹어보게 하였지요. 그런데 오늘만은 이상하게도 궁녀가 음식을 맛본 것입니다."

그 말을 들은 황제가 어두운 표정을 지으며 말했다.

"정황상 분명하지만… 이 모든 것이 태후가 거짓으로 꾸민 것이라 밝히는 것도 문제요. 그 뒷감당을 어떻게 하겠소? 다들 이번 일이 상대등과 연관되어 있다고 보시오?"

신충이 대답했다.

"그 교활한 상대등이 일을 이렇게 조잡하게 벌일 리가 없지요. 아마도 태후께서 직장을 없애려 성급하게 일을 꾸민 것 같습니다."

"음… 조용히 덮으려면, 결국 상대등이 나서주는 수밖에 없단 말인가…"

황제가 근심에 빠져 있을 때, 사인 기출이 들어왔다.

"폐하. 문밖에 사천왕사성전 금하신[1]이 알현을 청하고 있습니다."

"대성공이?"

황제가 의아해 하자, 황후가 말했다.

"폐하, 일단 들이시지요. 뭔가 급한 일이 있는 듯합니다."

"알겠소. 어서 들라 이르라."

잠시 후, 머리통이 잘 익은 수박만큼이나 큼지막하고 인상이 서글서글한 중년의 신료가 들어와 허리를 숙이며 말했다.

"사천왕사성전 금하신 대성, 황제폐하를 뵈옵나이다."

"어서 오시오. 그래, 무슨 일이시오?"

"망덕사의 선율스님께서 육백 부 반야경을 완성하였기로, 성전에 경전을 모실 장소를 논의하러 오셨다가, 사자대가 출입을 통제하는 바람에 오도 가도 못하고 계십니다."

그러자, 신충이 인상을 찌푸리며 말했다.

"이보시오 대성공! 지금 태후전의 일로 골치가 아프신 폐하께 고작 그깟 일로 찾아왔단 말이오!?"

"그, 그것이… 스님께서 워낙 연로하신지라…"

대성이 몸 둘 바를 몰라 하자, 태후가 토닥이듯 말했다.

"잘 오셨습니다. 오라버니, 진정하세요. 선율대사의 연세가 벌써 여든을 넘기셨다 알고 있습니다. 그런 분이 큰일을 해내시고 고생해서 이곳까지 오셨는데, 불편하게 해드릴 순 없지요."

"아… 예…"

신충이 겸연쩍은 표정으로 대답하자 황후가 내침 김에 말했다.

---

1) [衿荷臣]. 관리의 인사를 담당하는 관청인 위화부(位和府)와, 왕실사원(寺院)을 관리하는 관청인 성전(成典. 사천왕사성전, 봉성사성전, 감은사성전, 봉덕사성전, 봉은사성전 등)의 장관.

"그러지 말고, 금하신은 선율대사를 이곳으로 모시고 오세요. 나도 대사를 뵌 지가 참으로 오래되었구려."

그러자 황제가 호쾌하게 웃으며 말했다.

"허허허, 황후가 이리 융숭하게 대접하는 분이라니, 나도 어서 뵙고 싶구려!"

"예, 그럼 모시고 오겠나이다."

대성은 기쁜 표정으로 자리를 떴다. 얼마 후, 깡마르고 꼬장꼬장한 늙은 선율이 지팡이를 짚으며 들어왔다. 서른쯤 되어 보이는 젊은 스님 한 명도 뒤따르고 있었다.

"대사님, 어서 오세요."

황후가 반갑게 말을 건네자, 선율이 지팡이와 삿갓을 젊은 스님에게 건네더니, 두 손을 모으며 말했다.

"노승이 두 분 폐하를 뵈옵나이다…"

선율이 늙은 몸을 굽혀 절을 하자, 황후는 자리에서 벌떡 일어나 선율에게로 달려가 부축하여 일으키며 말했다.

"스님도 참… 다 늙으셔가지고 무슨 절을 하신다고…"

황후는 선율을 부축하며 탁자로 와서는 신충에게 비키라고 눈짓을 보냈다. 신충이 어안이 벙벙해 하며 우물쭈물 의자에서 일어나자 황후가 선율을 그 자리에 앉혔다. 그 모습을 본 황제는 그만 웃음이 터져버렸다.

"허허허허, 내 오늘 참으로 귀한 광경을 보게 되는구려. 허허허."

선율을 제외한 그 자리에 있던 모든 사람의 얼굴에 웃음이 번졌다. 그도 그럴 것이, 이 나라 관부의 수장인 중시가 늙은 중에게 자리를 뺏기는 광경이 뭔가 우스꽝스러웠던 것이다. 황후가 선율에게 차를 따라주며 말했다.

"스님, 육백 부나 되는 경전을 완성하셨다면서요? 언제 그 많은 일을 다 하셨어요?"

"빈도가 미력하여, 십년이나 걸렸습지요."

황제가 선율을 띄워주며 말했다.

"그 연세에 대단하십니다."

"황제폐하. 이번에 완성한 육백 부 반야경은 세상을 평온케 하는 부처님의 가르침으로 충만하옵나이다. 예로부터 반야경전을 독송하면 재앙을 물리칠 수 있다고 하였으니, 매년 봄과 가을에 예를 갖추어 전독[1]케 하시면 황실과 만백성 모두에게 이로울 줄로 사료되옵나이다."

"알겠습니다. 내 금하신과 상의하여 경전을 잘 모시고 말씀대로 하겠습니다."

"황은이 망극하옵나이다."

그때, 황후가 뭔가 떠오른 듯 황제에게 말했다.

"폐하, 선율스님께서는 학식이 깊을뿐더러, 여러 황제의 시대를 경험하셔서 깊은 혜안을 지니신 분입니다. 이번 일의 처결을 한번 여쭈어 보시지요. 저희가 모르는 현명한 해답을 지니고 있으실 수도 있지 않겠습니까?"

"오호라, 그것 참 좋은 생각이오! 스님, 여기 서 있는 사람은 황실 살림을 담당하는 배무겸이란 사람입니다. 그런데 이 사람이 태후폐하께 밉보여 죽임을 당할 처지에 놓여 있습니다."

"노승도 대성공에게 들어서 대충은 알고 있습니다."

"그럼 어떻게 해야 이 사람을 살리고 조용히 일을 마무리할 수 있을는지요?"

"전쟁터에서 선봉장이 부상을 당한 것과 같은 이치입니다. 다친 선봉장은 뒤로 물러 치료토록 하고, 뒤에 있던 다른 용맹한 장수를 선봉에 세우시면 될 것입니다."

---

1) [轉讀]. 분량이 방대한 경전을 읽을 때, 경문 전체를 차례대로 읽지 아니하고 처음·중간·끝의 몇 줄만 읽거나 책장을 넘기면서 띄엄띄엄 읽는 일.

"바꿔치기라…"

황제가 턱을 쓸어내리며 생각에 잠기자 황후가 말을 이어갔다.

"그치만 스님. 지금 궁에는 온통 태후와 상대등의 사람들로 가득 차 있습니다. 믿을 만한 사람도 없고, 있다 해도 태후가 두려워서 아무도 그 자리에 앉으려 하지 않을 것입니다."

그러자 선율은 황후를 웃으며 바라보았다.

"황후폐하. 어찌 가까운 곳만 보시옵니까? 황후폐하의 명 하나면 죽음을 불사하고 달려올 사람이, 저 천리 밖에서 기다리고 있사옵니다."

"예? 그게 누구지요?"

"황후폐하께서 코흘리개일 적에 어머니를 따라 사천왕사에 오는 날이면, 늘 말놀이를 하시곤 했었지요… 그때마다 땅바닥에서 온 사방을 네 발로 기어 다니던 말을 잊으셨습니까?"

선율의 말이 끝나자마자 신충이 무릎을 탁 치며 외쳤다.

"그렇지! 그 사람이 있었지!"

"오라버니도 아시는 분이세요?"

"형님의 죽마고우 이순공입니다! 기억 안 나십니까?"

"아아… 그분…"

그러자 황제가 물었다.

"황후도 아는 사람이오?"

"예, 폐하. 돌아가신 의충 오라버니와 어려서부터 동문수학한 분입니다."

"음… 의충공과 의가 두터운 사람이라니 믿음이 가는구려! 그래, 지금 그분은 어디에 계신 것입니까?"

황제가 선율에게 물으니 그가 답했다.

"사정이 있어 외직을 청해, 삼 년째 실직성의 도사로 부임해 있습니다. 실직은 산천과 바다가 절묘하게 어우러져 경관이 아름답기 그지없으니, 지친 장수가 잠시 숨을 고르기에도 더없이 좋은 곳이지요."

황제는 잠시 생각에 잠기더니, 이내 결심한 듯 말했다.

"좋습니다! 무겸아. 일이 잠잠해지면 너를 실직성 도사로 임명할 테니, 날이 어두워지면 궁을 빠져나가 실직으로 가거라. 가서 이순공에게 자초지정을 이야기하고 몸을 숨기고 있으면 된다. 이순공에게는 지체하지 말고 황성으로 오라 이르거라."

"예, 폐하. 하오나…"

"왜 그러느냐?"

"그것이… 사자대의 장수 대부분이 상대등의 사람들이라, 태후폐하의 눈을 피해 궁을 빠져나가기가 쉽지가 않사옵니다…"

그 말을 들은 선율이 입구에 서 있는 젊은 스님을 가리키며 말했다.

"저 사람과 옷을 바꿔 입고 노승과 함께 나가시면 될 듯합니다."

황제가 젊은 스님을 보더니 고개를 끄덕였다.

"그러면 되겠군. 내 시위부령에게 귀띔해놓을 테니, 너무 걱정하지 말거라."

"황은이 망극하옵니다!"

무겸은 이제 살았다는 생각에 황제에게 엎드려 절을 했다. 무겸이 절을 하고 일어나자, 황제는 다시 입구에 서 있는 젊은 스님을 찬찬히 보더니 선율에게 물었다.

"저 스님의 용모가 매우 수려합니다. 누구십니까?"

"저 사람은 사천왕사의 범패승1)인 월명이라 하옵니다."

그러자, 황후가 눈을 반짝이며 말했다.

"월명스님? 그러면 월명리의 그 월명스님이십니까?"

---

1) [梵唄僧]. 범패라 함은 '인도(梵)의 소리(唄)'라는 뜻으로, 절에서 주로 재를 올릴 때 부르는 노래를 말한다. 범패승은 일종의 전문 소리꾼인 셈으로, 기록상 '월명사(月明師)'가 우리나라 최초로 등장한다.

"허허, 그렇습니다."

선율이 웃으며 대답하자, 황제가 의아한 듯 황후에게 말했다.

"황후가 어찌 저 스님을 아시오?"

"사람들이 말하기를, 월명스님이 사천왕사 근처의 오솔길에서 피리를 부니, 지나던 달마저 그 소리에 빠져 멈춰버렸다고 합니다. 해서 그 길을 월명리라 이름 붙였다지요, 호호호."

"호오, 그런 이야기가 있었소? 오늘 귀하신 분을 두 분이나 뵙는구려, 허허. 황후의 이야기를 들으니 과연 어떤 소리이기에 지나가던 달이 멈추었는지 점점 궁금해지는구려."

황제가 호기심을 나타내자 황후가 선율에게 말했다.

"한 곡조 청해도 되겠습니까?"

"허허, 그러시지요. 월명아. 이리 와서 한곡 연주해 보거라."

선율의 부름에 월명은 탁자에서 조금 떨어진 곳까지 다가왔다. 그리고 등짐에 들어있던 대금을 꺼냈다. 잠시 후, 대금에서 한 가닥 청아한 소리가 일직선으로 쭉 뻗어나가더니, 다시 구불구불하게 춤을 추었다. 잠시 멈추는가 싶더니 이내 힘을 모아 다시 뻗어나가고, 낮게 몸을 숙였다가도 고개를 한껏 쳐올리기도 했다. 분명 피리소리는 이 공간에 넘쳐나는데, 왜 고요함이 밀려드는 것인가? 피리를 뚫고 나오는 그 한 가닥 선율만이 속세의 틀에서 벗어나 홀로 자유자재로 움직였고, 나머지 모든 것들은 그 자리에서 사라져버린 듯한 느낌이었다. 눈이 감기고, 이윽고 마음속의 어둡고 텅 빈 공간속으로 피리소리가 스며들었다. 그 공간속에서 월명의 피리소리가 하나의 빛으로 변해 움직이기 시작했다. 그 빛은 처음에는 희미하였으나, 점점 밝아지더니, 이내 큰 학으로 변해 날개를 활짝 폈다. 흑과 백만이 존재하던 단조로운 공간이 순식간에 각자의 무릉도원으로 변해 화려한 색채를 뿜어내고, 그 속을 새하얀 학이 날개를 펴고 이리저리 날아다녔다. 꽃내음을 맡았고, 싱싱한 복숭아 과즙을 맛보았고, 덜 익은 떨떨한 감도 먹었으며, 구름 위 청량한 공기를 들이마셨다. 그렇게 한참을 자유롭게 날아다니다, 잔잔히 흐르는 강가에서 목을 축이고는, 푸른 소나무에 앉아 조용히 날개를 접었다. 이내 빛은 사라지고 다시 검고 텅 빈 공간이 찾아오자, 깨어나기 아쉬운 꿈에서 깬 것처럼 눈을 떴다. 모두의 가슴에 뜨끈한 무언가가 밀려들었다.

날이 저물자, 무겸은 선율과 함께 황성을 빠져나와 가족에게 전할 편지를 선율에게 맡기고는 홀로 실직으로 말을 달렸다.

신라제일검

그로부터 나흘이 지난 지금. 이순이 남긴 편지를 다 읽은 기파는 편지를 설아에게 돌려주었다. 설아가 편지를 보니 이런 내용이 적혀 있었다.

'황성에 변고가 생겨 직장 무겸공이 황명을 받고 이곳으로 피신을 오셨다. 황제께서 급히 나를 찾으신다고 하니, 나는 이 길로 왕경으로 떠난다. 앞으로 나대신 무겸공께서 성을 다스릴 것이다. 공께 너와 충담, 그리고 설아를 부탁해 놓았으니, 너희들은 공을 잘 도와 드리거라.'

기파가 충담과 다른 화랑들에게 편지의 내용을 전하며 난감한 표정을 짓자, 설아가 말했다.

"오라버니. 아버지께서 황명을 받고 황성으로 가셨는데, 이대로 있을 거예요?"

"그럼 어떡하자는 말이냐? 아버님의 명을 따를 수밖에…"

"아휴, 답답해… 충담 오라버니도 그렇게 생각하세요?"

설아가 도움을 청하는 듯 눈을 똥그랗게 뜨며 충담을 바라보자 충담이 마지못해 말을 꺼냈다.

"으음… 공께서 어떤 위험에 처하실 지도 모르는 일이니, 우리가 도와드려야 하지 않을… 까?"

"거봐요! 바늘 가는 데에 실이 따라가지 않는다는 게 말이 안 되잖아요."

그 말에 한동안 고민하던 기파는, 설아를 보더니 씩 하고 웃었다.

그날 밤. 황제는 시위부 장수들을 대동하고 비밀리에 황성의 북문을 빠져나와 상대등 정종의 저택으로 말을 달렸다. 정종의 저택은 알천[1]의 남쪽 면을 낀 대저택으로, 황성의 정북 방향에 위치하고 있었다. 그곳에 거주하는 가노가 삼천이요, 가병 또한 삼천이었으니, 그 규모가 황성과 견주어도 전혀 손색이 없었다. 가히 정종 일가의 세력이 얼마나 강대한지를 여실히 보여주는 것이었다. 황제가 저택 정문에 당도하니, 가병들이 삼엄하게 경계를 서고 있었다. 대문이 열리자 한발 앞서 도착해 했던 김융이 요상하게 찌그러진 얼굴의 중년 사내를 대동하고 나왔다. 그 사내가 허리를 굽히며 말했다.

"폐하. 소인이 상대등이 계신 곳까지 안내하겠사옵니다."

이자는 정종일가에서 대를 이어온 가신[2]인 탁근이라는 자로, 정종일가를 위해서라면 무슨 일이든지 마다않는 정종의 수족 같은 인물이었다. 황제일행이 탁근의 안내를 받아 한참을 가니, 저쪽에서 횃불을 든 가노들을 대동한 정종이 기다리고 있었다. 황제가 말에서 내리자 정종이 다가오며 말했다.

"폐하! 신을 궁으로 부르시지 않으시고, 어찌 야심한 밤에 이곳까지 행차하셨나이까?"

"내 긴히 상대등과 나눌 이야기가 있어 이리 찾아왔다오."

그러자 정종의 뒤에서 낯익은 자가 다가와 인사를 했다.

---

1) [閼川]. 경주 북천(北川)의 옛 이름.

2) [家臣]. 권력자 가문이 사사로이 거느리던 신하.

"소신 폐하를 뵈옵나이다."

"아니, 사인공 아니시오? 공도 이곳에 계셨던 것이오?"

황제가 뜻밖이라는 듯 물으니 정종이 대신 대답했다.

"소신이 오늘 밤은 왠지 적적하기로, 술벗이나 해달라고 병부령[1]을 청했습니다."

황제는 쓴웃음을 지어보였다.

'술벗이라… 흥, 늙은 도적놈 둘이 모여 작당을 꾸미고 있었던 게지…'

"허허, 잘 되었구려. 짐도 적적하던 차에, 과연 상대등이 내어주는 술맛은 어떤지 한번 맛봐야겠소."

"하하, 폐하. 오늘 상대등이 내온 술맛이 일품입니다. 어서 안으로 드시지요."

"그럽시다, 병부령."

얼마 후, 융과 시위부 장수들이 바깥을 호위한 채, 황제와 상대등, 병부령은 안채에서 술판을 벌이고 있었다. 한참 동안 쓸데없는 말을 주고받으며 웃고 떠들며 시간이 흘러갔다. 황제가 취기가 올라 어느 정도 거나해지자, 정종이 먼저 본격적인 이야기를 꺼냈다.

"폐하. 이번 겨울은 유난히 춥습니다. 이토록 추운 겨울밤에 소신의 집까지 먼 걸음을 하신 진짜 연유가 궁금하옵니다."

"허허, 상대등. 술맛이 좋아 점점 기분이 좋아지고 있는데, 무얼 그리 서두르시오?"

"폐하, 혹시 태후전의 일이라면 걱정하지 않으셔도 됩니다."

"호오, 대단하시오. 상대등이 내 마음속에 들어왔다 나간 것 같구려. 그래, 그 일을 어떻게 처결할 생각이시오?"

"사실, 폐하께서 오시기 전까지, 병부령과 그 이야기를 하고 있었지

---

1) [兵部令]. 군사에 관한 업무를 총괄하던 병부의 장관.

요. 신들이 아무도 다치는 일 없이 잘 갈무리할 터이니 너무 심려치
마시옵소서."

"음… 아무도 다치지 않는다… 하하하하. 그것 정말 듣던 중 반가운
소리요! 내 오늘 상대등을 찾아오길 참으로 잘 한 것 같구려. 자,
상대등! 내 술 한잔 받으시오!"

"황공하옵니다."

"자, 자, 병부령도 한잔 받구려!"

"아, 황공하옵니다."

황제가 기분이 한껏 좋아진 듯하자, 정종이 사인에게 눈짓을 했다.
그러자 사인이 황제에게 술을 따르며 말을 꺼냈다.

"폐하, 상대등께 어여쁜 딸이 하나 있는데, 그 춤 솜씨를 보고 있노라면
한나라의 조비연1)이 다시 태어난 것이 아닐까 싶을 정도라고 하옵니다."

그 말을 들은 황제가 호기심을 보이며 정종에게 말했다.

"상대등께 따님이 계셨소? 내 미처 몰랐구려. 작은 아드님은 화랑으
로 명성이 높지 않소? 그 무예가 대단하다 하던데, 따님 또한 춤 솜씨가
그토록 뛰어나다니, 상대등은 자식 복이 많으신 듯싶소? 허허허."

"과찬이십니다…"

그러자 사인이 재빨리 끼어들었다.

"폐하, 그러지 마시고 이왕 이곳까지 오신 김에, 한번 그 춤 솜씨를
직접 보시는 게 어떻겠습니까?"

"아… 이 늦은 시간에 어찌 실례를 하겠소."

황제가 민망한 표정을 짓자, 정종이 웃으며 말했다.

"허허, 사양하실 것 없사옵니다. 본디 음주와 가무는 한 쌍이 되어야

---

1) [趙飛燕]. 미천한 신분에서 빼어난 미모와 춤 솜씨로 한(漢)나라 성황제의 첩이
   되어, 후에 황후의 자리에 까지 오른 효성황후 조의주의 별명. 가냘픈 몸매와
   뛰어난 가무가 마치 나는 제비와 같다고 하여 붙여졌다.

제맛이지요. 아까 전부터 혹여나 폐하를 뵈올 기회가 있을까 하며 딸아이가 밖에서 기다리고 있습니다."

"허… 이것 참… 어찌 이 추운 밤에 귀한 따님을 밖에 세워두신단 말이오? 어서, 어서 들라 하시오."

잠시 후, 두터운 여우털 외투를 입은 정종의 딸이 악사들과 함께 안으로 들어와 나긋하게 절을 올렸다.

"소녀, 도정이라 하옵니다. 폐하를 뵈옵나이다."

황제가 도정의 얼굴을 보니 묘하게 사람을 끄는 야릇한 미모를 지니고 있었다. 정종이 도정에게 말했다.

"도정아. 네 이번 기회에 그동안 갈고 닦았던 춤 솜씨를 유감없이 발휘해 보거라."

"예, 아버님."

도정이 털외투를 벗자 속이 비칠 듯 말 듯 한 얇은 비단옷 사이로 야리야리한 몸매가 드러났다. 두 손을 앞으로 교차하여 자세를 취하자, 악사들이 흥 돋는 음악을 연주하기 시작했다. 음악소리가 여인의 몸을 통해 형체를 얻은 듯 화려하게 움직이기 시작했다. 갈대가 바람에 춤추듯 가냘픈 몸매를 이리저리 움직이자 얇은 옷이 몸에 휘감겨 여체의 신비한 곡선들이 적나라하게 드러났다. 그 야한 광경을 보고 있자니, 술이 오른 황제의 마음이 점점 동하기 시작했다. 춤이 계속 이어지는 가운데, 정종이 황제에게 은근히 말했다.

"제 딸이 이제 열일곱이라, 꽃봉오리가 활짝 만개하듯 피어나고 있습니다."

"오… 열일곱에 저런 성숙한 여인의 아름다움을 지니다니… 아아! 이것 참, 상대등 앞에서 헛말이 나왔소. 내가 술이 취했나 보오."

"허허. 아니옵니다. 신은 이제껏 저 아이 보는 재미로 살았지요. 하지만 아쉽게도 이제 제 짝을 찾아 떠날 시간이 된 듯합니다. 하여 혼처를 알아보고 있지만, 마땅한 혼처가 없어 아직 짝을 찾아주지 못하고 있습니다."

그 말을 듣는 순간, 취기가 잔뜩 올랐던 황제는 뒤통수를 철썩 하고 얻어맞은 듯 정신이 번쩍 들었다.

'아… 이 뱀 같은 놈이… 아직 형님의 시신이 그 원통함에 온기조차 식지 않았거늘… 아버님과 형님께 써먹었던 지 애비의 더러운 수법을 내게도 똑같이 쓰려 한단 말인가!!'

어느새 음악이 느려지더니 도정의 춤사위가 서서히 끝이 났다. 황제는 짐짓 매우 만족스럽다는 듯 박수를 쳤다.

"하하하하, 정말 대단하오! 병부령의 말이 정말 딱 맞는구려. 내 오늘 살아있는 조비연을 본 듯하오!"

그러자 정종이 겸양을 떨었다.

"과찬이십니다, 폐하."

황제는 술잔에 남아있던 술을 비운 후, 직접 술을 따라 앞으로 내밀며 말했다.

"도정은 짐의 술 한 잔 받으라."

"황공하옵나이다."

도정이 다가와 황제가 준 술잔을 비우자, 황제가 천천히 일어서더니 몸을 휘청거렸다. 그러자 정종과 사인이 놀라며 황제를 부축했다.

"폐, 폐하. 괜찮으시옵니까?"

사인이 놀란 듯 묻자 황제가 취한 척하며 대답했다.

"허허. 오늘 술맛이… 끄윽… 기가 막히는구려. 내 찬바람 좀 쐬고 와서 다시 마셔야겠소."

사인이 밖으로 나가는 황제를 따라가며 말했다.

"허허허, 그러시지요. 밤이 기옵니다. 오늘 밤은 세상일은 다 잊으시고 신들과 함께 진탕 마셔보는 겁니다."

"하하, 그것 좋지!"

황제가 밖으로 나오니 두 대신도 뒤따라 나왔다. 황제는 고개를 들어 달을 응시했다. 둥근 달이 마치 황후의 얼굴인 양 어른거리며 따스한 미소를 지었다. 그러자 갑자기 울컥하며 눈시울이 붉어졌다. 황제는 혹여나 늙은이들이 눈치 챌까, 눈을 끔적이며 앞으로 걸어 나갔다. 그렇게 마당을 걷고 있는데, 저 먼 곳에서 병장기 부딪히는 소리가 희미하게 들려왔다.

'챙! 챙!'

황제가 정종에게 물었다.

"저게 무슨 소리요?"

"음… 아들놈이 무예를 수련중인가 봅니다."

"오호라, 내 오늘 그 유명한 대렴랑의 무예를 구경할 수 있겠구려!"

"지금 작은놈은 낭도 무리와 어울리느라 여기 없사옵니다."

"그럼, 큰아드님이란 말이요? 내 큰아드님에 대한 이야기는 들은 적이 없었는데, 이 야심한 밤에 무예를 연마하는 것을 보니, 아우 못지않은 실력을 지녔겠소?"

"사실… 작은놈은 형의 상대가 못 되지요. 늘 형에게 혼쭐이 나며 배운 실력이 그 정도입니다."

"오오! 정말 그 정도란 말이오? 천하의 대렴랑이 혼쭐이 나다니, 그 실력이 무척 궁금해지는구려. 내 직접 가서 한번 봐야겠소."

"폐, 폐하!"

황제가 빠른 걸음으로 소리가 나는 쪽을 향해 걸어 나가자, 두 대신과 시위부 장수들이 황급히 뒤를 따랐다. 그렇게 한참을 가니 널따란 공터가 나왔고, 공토 한편에는 수많은 육모 철봉들이 어지럽게 박혀 있었다. 그 속에서 시꺼먼 물체가 엄청난 속도로 이리저리 움직이고 있었는데, 방향을 틀 때마다 섬광이 번쩍거리며 날카로운 소리가 뻗어

나왔다.

'채챙!! 채챙!! 채챙!! 채챙!!'

그 모습을 멀리서 한동안 지켜보던 황제가 뒤에 서 있던 융에게 조용히 말했다.

"자네가 보기엔 어떤가?"

"어둠속이라 자세히 보이지는 않으나, 움직임이 여간 예사롭지 않습니다. 가까이서 자세히 봐야 할 듯합니다."

"음… 그러지."

황제가 근처로 다가가자 따르던 시위부 장수들이 들고 있던 횃불에 그자의 모습이 서서히 드러났다. 철봉 사이사이를 엄청난 속도로 지나가는 그자는, 허리까지 내려올 만큼 긴 머리칼과 박쥐의 날개 같은 검은 망토를 이리저리 휘날리며, 양손에 든 단도로 마주치는 철봉을 순식간에 찌르고 빠져나가기를 반복하고 있었는데, 그 모습이 마치 어둠속에서 까마귀 한 마리가 퍼덕이며 날아다니는 것 같았다. 그 순간, 그자가 느닷없이 뛰어올라 한 발로 철봉을 강하게 차더니, 그 반동으로 공중에서 몸을 홱 돌려, 들고 있던 단도 두 자루를 다가오는 황제 쪽으로 날렸다.

'쉭쉭! 파박!!'

순식간에 날아든 단도가 황제의 발 바로 앞에 내리꽂혀 파르르 진동을 떨었다. 순간적으로 일어난 일에, 놀란 시위부 장수들이 칼을 빼들고 황제 앞쪽으로 나섰다. 그러자 그자가 입을 열었다.

"수련 중에는 아무도 오지 말라 했거늘, 죽고 싶은 것이냐?"

나지막이 깔리는 음성에서 살기가 감돌았다. 그리고는 마치 공중을 떠다니는 듯, 위아래 움직임이 전혀 없이 걸어오는 게 아닌가? 그런데, 그 모습을 보던 황제의 일행을 더욱 놀라게 만든 것이 있었으니, 그자는 까만 천으로 눈을 가리고 있었던 것이다.

"무엄하다!!! 멈추지 못할까!!!"

황제의 옆을 지키고 있던 융이 마치 사자의 포효 같은 일갈을 뿜어내자 다가오던 사내가 그 자리에 뚝 멈춰 서더니, 얼굴의 반을 가리고 있던 천을 풀어 내렸다. 눈처럼 흰 얼굴에 붉은 입술, 날카로운 콧날에 갸름한 턱 선과 긴 목. 마치 조각 같은 모습의 청년이 무언가 생각에 잠긴 듯, 고요한 눈빛을 내보냈다. 분명 기가 막힐 정도의 미남자였지만, 잘생겼다는 말보다는 아름답다는 말이 더 어울리는 모습이었다.

"대공아! 황제폐하시니라! 어서 사죄드리거라!"

뒤에 있던 정종이 앞으로 나서며 꾸짖자, 대공은 그제야 천천히 한쪽 무릎을 꿇으며 고개를 숙였다.

"무례를 용서하소서."

"하하하하. 그대의 날카로운 솜씨에 짐이 탄복했노라. 시위부는 칼을 거두어라."

황제가 호탕하게 웃으며 명하자, 장수들이 칼을 거두며 좌우로 물러났다.

"그대가 상대등의 장자인가?"

"그렇사옵니다. 소인 대공이라 하옵니다."

"일어서게."

"황공하옵니다."

대공은 천천히 일어나 주위를 살피더니 이윽고 한 곳을 응시했다. 대공의 눈이 생기가 돌며 반짝이기 시작했다. 황제가 대공의 시선을 따라 옆을 보니, 융 또한 매의 눈을 하고 대공을 노려보고 있었다. 마치 두 맹수가 이를 드러내고 으르렁거리듯 두 사나이가 내뿜는 원초적인 기운에, 공기가 얼어붙는 듯한 싸늘한 긴장감이 감돌았다. 둘의 눈빛을 읽은 황제가 대공에게 말했다.

"자네의 무예가 고강하다고 하기에 궁금하여 찾아왔네. 그래, 무엇을 연마하고 있었는가?"

대공은 잠시 뜸을 들이더니, 이내 말을 꺼냈다.

"소인은 그저 상상 속의 적들과 싸우고 있던 중이었습니다."

"호… 상상 속의 적들이라… 매우 흥미진진하구만. 성과는 있는가?"

"성과가 있는지 없는지 저는 잘 모르옵니다."

황제가 의아한 듯 다시 물었다.

"어찌 모르는가?"

"말씀드리기 부끄러우나, 어느 순간부터 소인과 대적할 자를 만날 수가 없었기에, 할 수 없이 가상의 고수들과 싸우는 것입니다. 하여, 그 성과가 어떠한지는 저 또한 알 수가 없었습니다. 하지만 오늘 여기, 신라제일검 김용공께서 계시니, 그 성과를 알아볼 수도 있을 것 같습니다."

대공의 도발에 용이 씩 웃으며 긴 수염을 쓰다듬었다. 황제가 그런 용에게 말했다.

"시위부령. 오늘 그대가 괜찮은 상대를 만난 듯 하구만. 괜찮겠는가?"

"상대등의 자제분이 아직 제대로 된 상대를 못 만난 듯하니, 오늘 제가 한 수 가르쳐 주겠습니다."

일이 심상치 않게 돌아가자 정종이 급히 끼어들었다.

"폐하, 이제 갓 약관의 나이가 된 철부지의 혈기를 어찌 진지하게 받아들이시는 것이옵니까?"

정종이 만류하며 나서자, 대공이 황제에게 말했다.

"폐하. 시위부령께서도 약관의 나이에 국선1)이 되는 과정에서 신라제일검이라는 칭호를 얻으셨다 들었습니다. 검 앞에서는 오직 실력으로만 말할 뿐, 나이나 지위 따위는 끼어들 여지가 없습니다."

"허허허허허."

---

1) [國仙]. 화랑들의 우두머리.

황제가 웃으며 고개를 끄덕이자 정종이 더욱 안달이 나 대공에게 버럭 호통을 쳤다.

"대공아!! 그만하지 못하겠느냐!!"

융이, 상대등의 호통에도 그 기세를 꺾지 않고 자신을 똑바로 쏘아보는 대공의 모습을 보고는, 호쾌하게 웃으며 말했다.

"하하하하! 상대등어른! 자제분의 저 기개가 참으로 멋지지 않습니까! 잘 보시지요. 아드님은, 자신의 말마따나 나이와 지위를 떠나, 이미 진정한 무사의 풍모가 넘쳐흐르고 있습니다. 내 실로 오랜만에 진정한 사내대장부를 만난 것 같아 이렇게 가슴이 뛰온데, 상대등께서는 어찌 저 멋진 기개를 미리부터 꺾으려 하십니까?"

정종은, 김융의 물음에 한동안 답을 할 수가 없었다. 복잡한 심경에 고개를 돌려 대공을 바라보니, 한 치의 흔들림 없는, 자신감 넘치는 장성한 아들의 모습이 눈에 들어왔다. 대공이 걱정스레 자신을 쳐다보는 아비에게 살며시 미소를 지어 보였다. 좀처럼 웃는 모습을 보이지 않던 아들이었기에, 대공의 미소를 본 정종은 아들을 믿지 못한 자신이 부끄러워졌다.

'이미 활이 시위를 떠났군…'

정종은 결심한 듯 아들에게 고개를 끄덕여 보였다.

"탁근은 게 있느냐!!"

"예!!"

"지금 이 자리에서 두 무사의 진검승부가 있을 것이다!! 폐하가 앉으실 의자를 대령하고, 가노들은 횃불을 밝혀라!!"

"예!!"

좀처럼 들을 수 없는 상대등의 격앙된 목소리에, 탁근과 가노들은 부리나케 움직였다.

잠시 후. 공터 한 가운데에는 김융과 대공이 열 걸음 정도 떨어져 서로를 마주보고 있었고, 횃불을 든 수백의 가노들이 그 주위를 네모꼴로 크게 둘러싸고 있었다. 황제는 북쪽 면의 가운데에 시위부 장수들을 뒤로 하고 앉았으며, 정종과 사인은 동쪽 면의 가운데에 나란히 앉아 관전할 준비를 마쳤다. 한차례 매서운 바람이 불어 수많은 횃불들이 춤을 추자, 대공은 긴 대도와 짧은 소도를 뽑아 왼손과 오른손에 큰 팔(八)자 모양으로 펴 들었다. 양쪽 검날에 서늘한 푸른빛이 감돌았다. 그 모습을 본 용은 천천히 검집에서 자루가 기다란 신월도[1]를 뽑았다.

'쉬리리링!⋯⋯'

용의 검이 심장을 파고드는 듯한 울음소리를 내뿜었다. 불빛에 비친 검의 표면에는 거무스름한 물결무늬가 소용돌이치고 있었다. 그러자 사인이 소스라치게 놀라며 옆에 있는 정종에게 말했다.

"저, 저것은 말로만 듣던 다막검[2]이 아닙니까!? 큰일입니다!"

"다막검? 그게 무엇이오?"

"다막검은 무열황제 시절, 파사국[3] 왕자가 서라벌로 피난 왔을 때 유신공에게 선물한 보검입니다. 저 요상하게 생긴 물결무늬는 악귀의 핏물이 들어가 생긴 것이라 하였는데, 강철 갑주도 쉽게 뚫어버리는 믿을 수 없는 파괴력 때문에 그런 속설이 생겨났지요. 유신공은 처음에는 그 검을 매우 사랑하였으나, 시간이 지날수록 검에 흐르는 마기가

---

1) [新月刀]. 초승달처럼 휘어진 도검. 도(刀)는 베기에 특화된 외날 칼을 지칭하고, 검(劍)은 일자형의 양날 칼을 지칭하지만, 엄밀히 구분하지는 않고 혼용해서 쓴다.

2) [多膜劍]. 다마쿠스(Damascus) 검의 음차(창작). 다마스쿠스 검은 중동의 다마스쿠스(현 시리아의 수도)에서 중세시대에 생산되었던 초고강도 고탄력의 검이다. 표면을 가득 채우고 있는 거무스름한 물결무늬가 특징이며 인류역사상 최강의 검이라 불린다. 천년에 걸쳐 유럽의 수많은 장인들이 복원을 시도하였으나 모두 실패하였고, 현대의 기술로도 완벽한 재현에 실패해, 금속학의 미스터리로 남아 있다.

3) [波斯國]. 사산조 페르시아를 일컫던 말.

심신을 흐린다고 판단하여 아무도 모르는 곳에 묻어버렸다 들었습니다. 헌데 오늘, 유신공의 증손인 융이 들고 있는 것을 보니, 남모르게 전해져 온 것이 틀림없습니다! 그리고 저 긴 칼자루를 보십시오. 원래는 자루가 짧은 한손 검인데, 융이 양손으로 쓰려고 자루를 길게 바꾼 것 같습니다."

"으음...."

정종이 시름에 잠긴 것 같은 소리를 내자, 사인이 다시 말했다.

"상대등, 지금이라도 말리는 것이 어떻겠습니까?"

"안 될 소리! 여기서 죽으면 죽었지 어찌 물러난단 말이오! 내 아들을 바보로 만들 수는 없소!"

정종이 발끈하자 탁근이 맞장구를 쳤다.

"주공. 융이 든 검이 대단하다 할지라도, 소주(小主)의 귀신같은 무공이라면 능히 이겨낼 수 있을 것입니다."

"암, 그렇고말고. 대공 또한 귀수가 쓰던 귀쌍도를 들고 있으니, 그리 쉽사리 부러지지는 않을 것이다!"

다막검이 울음을 그치자, 융이 오른손을 들어 검을 하늘 위로 뻗더니, 천천히 배꼽까지 내려 칼끝으로 대공의 눈을 겨누었다.

"시작하라!"

황제의 명이 떨어지자, 둘은 마치 약속이나 한 듯 천천히 왼쪽으로 돌면서 거리를 좁혀갔다. 반 바퀴 돌아 서로 상대방이 서 있던 곳에 다다를 때쯤, 대공이 오른손에 든 소도를 융의 칼끝에 겨누며 대도를 머리 위로 쳐들었다. 거리는 더욱 가까워져 서로의 칼끝이 마주치는 찰나.

"타앗!!"

대공이 순식간에 몸을 밀어 넣으며 소도로 융의 검을 내리누르는 동시에 머리위에 든 대도를 내려베었다. 융이 살짝 뒤로 물러나는 바람에 대도가 아슬아슬하게 허공을 갈랐다. 대공은 그치지 않고 전진하며 쌍도를 연속으로 뻗어 융의 몸통을 찔러 들어갔다. 하지만 융이 그때마다 뒤로 물러나며 다막검을 중심에 놓고, 들어오는 칼날을 살짝 살짝 옆으로 걷어내는 바람에, 대공의 공격은 매번 손가락 한마디 정도 좌우로 빗나가고 말았다. 대공이 다시 몸을 밀어 넣으며 대도로 융의 목을 찔러 들어가는 순간! 융의 다막검이 대공의 대도를 비비듯 스치면서 중심을 빼앗아 비껴내고 대공의 목을 되찔러 들어갔다. 상상 속에서나 가능할 법한 반격에 화들짝 놀란 대공이 황급히 오른쪽으로 몸을 비틀어 가까스로 칼날을 피했으나 몸의 균형이 흐트러져 버렸다. 융은 그 틈을 놓치지 않고 재빨리 몸을 회전시키며 몸이 한쪽으로 기울어진 대공을 향해 다막검을 크게 휘둘렀다. 대공은 급히 오른발을 밖으로 내뻗어 균형을 되찾는 동시에 쌍도를 교차하여 날아드는 다막검을 막았다.

"츠앙!!!!"

가까스로 방어를 한 대공은 뒤로 몸을 날려 거리를 벌렸다. 융의 공격이 어찌나 강력하던지, 검을 제대로 잡기 힘들 정도로 양손이 저려왔다. 대공이 웅웅 진동하는 귀쌍도를 살펴보니, 믿기지 않게도 양쪽 다 부딪힌 검날의 이가 빠져 있었다.

'이럴 수가! 천하의 귀쌍도가 단 한차례 부딪혀 이가 나가다니…'

대공의 머릿속이 복잡해졌다. 그러자 상대의 마음을 읽은 듯 융이 웃으며 말했다.

"하하하, 대공! 조심하게! 다음번엔 두 동강이 날 것이야!"

대공은 귀쌍도를 다시 부여잡으며 자세를 고쳤다.

'허언이 아니다. 그렇다면… 큰 공격을 하지 못하게 계속 파고드는 수밖에 없다!'

생각이 정리되자 눈빛이 바뀐 대공이 융에게 걸음을 잘게 쪼개어

빠르게 다가갔다.

"흐압!!"

융이 다가오는 대공을 향해 오른쪽 밑으로 크게 베니, 대공이 살짝 뒤로 물러나 아슬아슬하게 흘려보내곤, 융의 검이 내려간 틈을 이용해 재빨리 안쪽으로 파고들었다.

'츠앙!! 쉭!'

융이 몸을 뒤로 빼며 검날을 거꾸로 돌려 올려 베자, 대공은 대도를 땅에 박아 왼쪽에서 올라오는 다막검을 막아내는 동시에, 소도를 수평으로 베어 나갔다. 융이 급하게 몸을 뒤로 젖히며 피하니, 소도의 날 끝이 융의 콧등을 살짝 베면서 지나갔다. 그 순간 대공이 더욱 파고들며 다시 소도로 가슴을 찔러 들어오자, 융은 들고 있던 다막검을 놓아버리고 몸을 비틀며 날아드는 대공의 오른 손목을 양손으로 낚아채더니, 찔러 들어오는 힘을 역이용해 대공을 사정없이 뒤로 던져버렸다. 뒤로 날아간 대공이 땅바닥에 몸을 부딪치며 나뒹구는 사이, 다막검을 다시 집어든 융은 그대로 대공에게 돌진해 위에서 아래로 크게 베어 들어갔다.

"츠캉!!!!"

일어나려던 대공이 무릎을 꿇고 급하게 대도를 휘둘러 막았으나, 다막검이 대도를 두 동강 내고 그대로 대공의 왼쪽 어깨를 베어 들어갔다.

'끝났군.'

융이 끝났다고 생각한 그 순간,

'아니?!!'

놀랍게도 대공의 소도가 다막검과 대공의 어깨 사이에 끼어 있는 것이 아닌가? 대도가 부러질 것을 예상한 대공이 대도를 휘두르는 동시에 왼쪽 어깨 위로 소도를 끼워 넣은 것이었다. 대공이 하얀 이빨을 드러내며 씩 웃자, 융은 온몸의 털이 쭈뼛 서는 듯한 느낌을 받았다. 그 순간 대공이 부러진 대도를 버리고 왼손으로 다막검의 긴 자루를 덥석 잡았다. 융이 다막검을 빼내려는 순간, 대공은 어깨에 있던 소도로 융의 심장을 찔러갔다. 융이 칼자루를 쥐고 있던 왼손을 떼며 몸을 틀어 피하니, 대공이 연이어 자루를 쥔 융의 오른팔을 베어갔다. 융은 할 수 없이 다막검을 완전히 놓아버리고 뒤로 거리를 벌렸다. 그 순간 대공이 소도를 내팽개치고 위로 솟구치더니 공중에서 몸을 팽이처럼 회전시키며 다막검을 뻗었다. 긴 칼날이 큰 원을 그리며 자신의 목을 베어오자 융은 황급히 몸을 뒤로 날렸다.

'슈악!!'

서늘한 검기가 목을 긋고 지나가고, 반듯하게 잘려나간 긴 수염이 힘없이 흩어지며 떨어졌다. 대공이 공격을 멈추고 한 발 뒤로 물러나자, 융은 땅에 떨어진 자신의 수염을 바라보며 목을 매만졌다. 다행히 목은 제자리에 붙어 있었다.

"휴…"

융이 안도의 한숨을 내쉬니 황제가 외쳤다.

"그만!! 이 대결은 대공의 승리요!!"

"와아!!!!!!~~~~~."

황제가 대공의 승을 선언하자 붉을 밝히고 있던 수백의 가노들이 일제히 소리치며 횃불을 흔들어댔다.

"내가 졌소이다."

융이 대공에게 다가와 패배를 인정했다.

"오늘은 제가, 운이 좋았습니다."

대공이 패배한 상대의 기분이 상하지 않게끔 진지하게 위로하며 다막검을 돌려주려 했다. 그러자 융이 가볍게 고개를 저었다.

"이미 내 손을 떠났으니, 이제 그대의 것이오."

융은 그 말을 남기고 뒤돌아 걸어가다, 뭔가 생각났는지 걸음을 멈췄다.

"아참!"

고개를 돌린 융이 이어 말했다.

"신라제일검이라는 칭호도 가져가시오! 하하하하."

융은 시원하게 웃으며 황제가 있는 쪽으로 성큼성큼 걸어갔다. 융이 황제 앞에서 고개를 숙이자, 황제가 일어나 어깨를 두드리며 위로해 주었다. 그사이, 정종과 탁근이 들뜬 표정으로 대공에게 달려왔다.

"역시 내 아들이다!!"

"소주!! 정말 대단하십니다!!"

정종과 탁근이 기쁨에 소리치자 가노들이 더욱 기세를 올리며 환호성을 질러댔다.

얼마 후, 말에 오른 황제가 배웅하는 정종에게 말했다.

"상대등. 정말 대단한 아드님을 두셨소이다. 내 오늘 참으로 감탄하였소."

"황공하옵니다."

"자, 그럼 내일 조원전1)에서 봅시다."

"예, 폐하."

정종이 허리를 굽혀 인사하자 황제는 말에 박차를 가했다.

그렇게 정종의 저택을 빠져나온 황제는 곧바로 궁을 향해 말을 달렸다. 부딪히는 찬바람은 점점 매서워졌고, 황제의 얼굴에는 어두운 그림자가 드리워지고 있었다.

'상대등에게 범 같은 자식이 둘이나 있으니… 앞날이 걱정이로다.'

---

1) [朝元殿]. 신라 시대의 정전(正殿)으로 백관회의를 열던 곳.

5
인연의 시작

다음날, 황성. 조원전에는 황제가 앉은 용좌 아래에 자주색의 공복을 입은 신료들이 관등 순으로 좌우로 나뉘어 서고, 붉은색의 공복을 입은 신료들이 그 뒤에 서서, 신료회의를 하고 있었다. 중시 신충이 회의를 주재했다.

"다음은, 지난번 태후전에서 일어난 불미스러운 일에 대해서 논의코자 합니다. 사정부령[1]은 조사결과를 아뢰시오."

신료들 앞으로 나와 족자를 펼쳐든 사정부령이 정종의 눈치를 살폈다. 정종이 슬쩍 웃어 보이자 사정부령이 족자에 쓰인 글을 읽기 시작했다.

"지난번 태후전에서, 아지라는 궁녀가 태후전에 올려진 음식을 검사하고자 시식하던 도중에, 피를 토하고 숨을 거두는 일이 발생했습니다. 이것에 대해, 사정부에서 식척전 관리들과 주방 궁녀들을 철저히 신문한 결과, 태후전에 음식이 들어가기 전까지는 아무런 문제가 없었음이 밝혀졌습니다."

그러자 신료들이 웅성대기 시작했다.

"경들은 정숙해 주시오. 사정부령, 계속하시오."

---

1) [同正府令]. 백관의 감찰기구인 사정부의 장관. 사정부는 경덕왕 때 숙정대(肅正臺)로 개칭되었다가 혜공왕 때 다시 환원된다.

신충이 말하자 사정부령이 계속하여 족자를 읽어 나갔다.

"하여, 태후전에 올려 진 음식을 회수해, 다시 철저하게 검사를 진행한 바…"

사정부령이 뜸을 들이자, 황제와 신료들은 귀를 쫑긋 세우고 다음 말을 기다렸다. 조원전 안은 긴장감이 맴돌았으나, 상대등과 병부령만이 여유로운 표정이었다.

"궁녀 아지가 먹은 음식에도 아무런 문제가 없었음이 밝혀졌습니다."

황제가 그제야 미소를 지으며 정종을 바라보자 정종도 능글맞게 웃으며 고개를 살짝 숙여 보였다. 신료들이 의아함에 더욱 웅성거리니, 신충이 그들을 향해 외쳤다.

"자, 자, 조용!! 조용히들 하시오!! 아직 사정부령의 말이 끝나지 않았소!!"

그래도 웅성거림이 그치질 않자, 병부령 사인이 짐짓 모르는 척 나섰다.

"이보시오 사정부령!! 그렇다면 도대체 궁녀 아지는 왜 죽었단 말이오??"

사인이 큰 소리로 물으니, 조원전 안이 일순간에 조용해 졌다. 사정부령이 말을 이었다.

"하여 사정부는, 태후전의 궁녀들을 조사하는 동시에, 보명사[1]의 공봉의사와 내공봉의사, 의학박사를 불러 아지의 시신을 면밀히 살펴보게 하였습니다. 그 결과, 아지가 한 달 전부터 심한 감기에 걸려 몸을 제대로 가누지 못하였다는 점, 한 달 사이에 체중이 급속하게 줄었다는 점, 핏기가 없는 창백한 얼굴이었다는 점, 남몰래 각혈을 하였다는 점 등을 종합하여, 사정부에서는 의관들의 소견대로 아지가 급성 노채[2]

---

1) [保命司]. 궁중 의료 기구. 원래 명칭은 약전(藥典)으로, 경덕왕 재임 기간에만 보명사로 불리었다.

에 걸려 죽은 것이라 결론지었습니다."

사정부령이 말을 마치니, 조원전 안의 신료들이 그제야 고개를 끄덕이며 수긍하는 듯했다. 그 모습에 황제는 피식 웃으며 생각했다.

'노채라… 후후… 늙은 여우가 잔머리를 잘도 굴렸군…'

신충이 물었다.

"사정부령. 헌데, 노채는 전시병[1]이 아니오? 궐내에 퍼지면 큰일인데 조치는 취하셨소?"

"예, 중시어른. 태후전의 궁녀들을 모조리 격리조치 하여 의관들이 수시로 상태를 살펴보게 하였고, 감기 기운을 보이는 궁녀들은 즉시 궁 밖으로 내보내라 지시하였습니다. 나머지 태후전을 드나들던 궁인들도 하루에 한 번씩 검사하며 지켜보고 있습니다."

"수고하시었소. 이만 들어가 보시오."

"예."

사정부령이 들어가자, 정종이 말했다.

"폐하. 이번 일은 전부 오해에서 비롯된 것임이 판명 났으니, 잡혀 있는 주방 궁녀들과 식척전 관리들은 즉시 석방해야 할 것이옵니다."

"상대등의 말씀이 지당하오. 사정부령은 회의가 끝나는 즉시 그들을 석방토록 하라."

"예, 폐하."

다시 정종이 말했다.

"하옵고, 직장 배무겸 또한 이번 일과는 아무런 관련이 없으나, 태후폐하의 부름에 응하지 않고 도망쳐 종적을 감춘 것은 신하로서 용서받을 수 없는 행동입니다. 이에 대한 처결을 내려주시옵소서."

---

2) [癆瘵]. 폐결핵.

1) [傳尸病]. 폐결핵이 '사람이 죽은 후에 다시 주변의 사람에게 옮아가는 병'이라 하여 붙여진 이름.

"음… 그 또한 지당한 말씀이오. 하지만, 무겸이 몸을 피한 것은 태후폐하의 오해가 깊고 노여움이 극에 달해, 자칫 목숨을 잃을까 두려워 한 짓이오. 하여 내 그자를 직장에서 폐하고 태후폐하의 눈에 띄지 않는 먼 외직으로 쫓아내는 선에서 마무리할 테니, 경들은 그렇게 아시오."

"황공하옵니다, 폐하."

신료들이 일제히 대답하자, 정종이 속으로 콧방귀를 꼈다.

'흥. 끝까지 배무겸이를 빼 돌리시겠다?'

황제가 이어 말했다.

"그리고, 직장의 자리는 한시도 비워둘 수가 없기에, 중시와 상의해서 새 직장이 될 인물을 정하였소. 기출은 어서 모시고 오라."

"예, 폐하."

용좌 옆에서 시중을 들던 기출이 황제의 명을 받고 조원전 입구로 급히 뛰어나갔다. 일이 생각보다 너무 빨리 진행되자 신료들은 어리둥절해 하며 입구 쪽을 두리번거렸다. 잠시 후, 조원전 입구에서 이제는 사십대 중반이 되어 기품이 넘치는 모습을 한 이순이 청색의 공복을 입고 천천히 걸어 들어왔다. 좌우의 신료들은 처음 보는 인물이 지나가자 궁금한 듯 쳐다보며 쑥덕거렸다. 이순이 용좌 아래쪽에 다다라 황제에게 예를 표하며 말했다.

"실직성 도사 대나마1) 이순, 황제폐하를 뵈옵나이다."

---

1) [大奈麻]. 경위(京位: 왕경인 대상 관위) 17관등 중 10번째 관등. 지방출신은 외위(外位) 11관등 적용.

* 신라 경위 17관등과 공복의 색.

- 1.이벌찬 2.이찬 3.잡찬 4.파진찬 5.대아찬 : 자(紫)색(자주색). 진골만이 오를 수 있는 관등.

- 6.아찬 7.일길찬 8.사찬 9.급벌찬 : 비(緋)색(붉은색). 진골과 6두품만 오를 수 있는 관등.

"어서 오시오, 이순공. 지금 이 자리에서 짐이 그대를 신임 직장으로 임명하는 바이니, 공은 황실의 안위에 만전을 기해주시기 바라오."

"황은이 망극하옵나이다, 폐하."

"중시는 들으시오!"

"예, 폐하."

"내, 전임 직장의 고충을 헤아려, 그동안 직장의 재량에 맡겨졌던 태후전과 황후전에 들어가는 공상과 물품, 비용 일체를 면밀히 따져보아 그 기준을 세워 법제화하고, 부족분에 한해서만 직장의 재량에 따라 보충케 할 것이오. 이 일은 신임 직장과 집사부가 서로 협의하여 처리하게 할 터이니 중시는 집사부에 일러 이순공을 잘 도와주라 이르시오."

"예, 폐하."

황제와 신충이 말을 주고받자, 듣고 있던 정종의 미간이 찌푸려졌다.

'이것들이 한마디 상의 없이 일을 멋대로 처리하고 있지 않은가!? 감히 나와 태후를 능멸하는 것인가!!'

어느덧 회의가 끝나고 신료들이 조원전 밖 뜰로 몰려나왔다. 정종이 사인에게 언짢은 목소리로 물었다.

"아는 사람이오?"

"예? 누구를 말입니까?"

정종이 갑자기 버럭 화를 내었다.

"누구긴 누구요! 그 이순인가 뭔가 하는 작자 말고 누가 있소! 답답하기는, 쯧쯧…"

"아아… 저도 처음보는 사람입니다."

- 10.대나마 11.나마 : 청(靑)색. 5두품 이상.
- 12.대사 13.사지 14.길사 15.대오 16.소오 17.조위 : 황(黃)색. 4두품 이상.

"보아하니 대족1)출신인 듯한데, 자세히 알아보고 보고하시오!"

"예예…"

정종이 찬바람을 휘날리며 뒤도 안 돌아보고 뜰 밖으로 사라지자 사인이 갑자기 울컥하여 혼자 떠들었다.

"아니, 저 늙은이가 노망이 났나? 왜 나한테 지랄이야 지랄은! 나 원 참, 더러워서 원…"

한편, 충담, 설아와 함께 아버지를 찾아 나서기로 한 기파는 서라벌 동쪽의 감은포2)에 정박하는 배편이 없어, 구불벌3)의 실포4)로 곧장

---

1) [大族]. 거문대족(巨門大族)의 약칭으로 6두품 세력을 일컫던 말. 여러 부족들의 연맹체로 출발한 신라가 중앙집권체제를 갖추어 가면서, 각 부족들은 그 세력에 따라 골품과 두품을 차등 지급받았는데, 이것이 인도의 카스트제도(caste)와 닮아 있는 골품제(骨品制)라는 신분제도이다. 두 신분제를 간단히 소개하자면, 카스트는 위에서 아래로 승려인 브라만(brahman), 군인·통치자인 크샤트리아(ksatriya), 상인인 바이샤(vaisya), 천민인 수드라(sudra)로 크게 나누어지며, 골품제는 위에서 아래로 성골(聖骨), 진골(眞骨)의 골품과 6~1의 두품(頭品)으로 이루어져 있었다. 진덕여왕을 끝으로 성골은 사라지고 진골인 태종무열왕과 그 자손들이 왕위를 이어받음에 따라, 신라 중대에는 그 정통성을 둘러싸고 무열계와 내물계 진골들 간에 치열한 왕권다툼이 끊임없이 벌어지게 된다.

2) [感恩浦]. 지금의 경주시 감포읍 대본리 감포항.

3) 지금의 울산 중구 일대와 북구의 명촌동, 진장동, 효문동, 양정동, 염포동에 걸친, 활처럼 구부러진 태화강 하류 북쪽의 광활한 벌판을 일컫던 말. 처음엔 구불강벌(屈阿火: 굴아화. 火는 뜻인 '불'을 빌려 순우리말 '벌'을 표현한 이두식 표기)이라 하다가 고려시대부터는 구불벌(屈火: 굴화)로 표기하는 것으로 봐서 신라 중·하대쯤부터 사람들이 구불강벌을 구불벌로 줄여서 부른 듯 보인다. 이 이름은 신라 초기에 파사이사금(파사왕)이 빼앗은 구불강벌마을(屈阿火村: 굴아화촌)에서 유래하는데, 구불강벌마을은 지금의 울산 울주군 범서읍 구영리 남쪽(굴화리 북쪽)의 C자 모양으로 구부러진 태화강 중류를 끼고 있는 벌판에 있던 마을이었다. 그 벌판이 원래의 구불강벌이었는데, 나중에 신라의 영토가 크게 확장되면서 서두에 말한 활처럼 구부러진 태화강 하류 북쪽의 광활한 평야지대를 가리키는 말로 그 명칭이 차용·변천된 것이다. (물론 원래의 작은 구불벌도

구불벌이라 불렸다.) 그 후 신라가 지방제도를 정비하면서 나중의 구불강벌지역을 좀 더 확장하여 구불강벌고을(屈阿火縣: 굴아화현)이라 하게 되었고, 경덕왕의 한화정책으로 인해 구불강벌고을은 하곡현(河曲縣)으로 개칭되었다.

4) [失浦 혹은 絲浦(사포)]. 지금의 울산대교 동쪽 강변에 있었던 것으로 추정되는 고대 국제 항구. 왕경의 외항(外港: 도시의 외곽에 있으면서 그 도시의 문호 역할을 하는 항구)이었다. 우선 실포가 아닌 사포에 관한 이야기를 해보겠다. 기록에는 동국여지승람에 자장율사가 중국에서 돌아와 울주(蔚州) 사포에 당도하여 태화사를 세웠다는 기록과, 삼국유사에 서축(인도) 아육왕이 황철과 황금을 실어 보낸 배가 하곡현(河曲縣) 사포에 닿았다는 기록이 있다. 먼저 동국여지승람의 울주는 고려시대의 지명으로, 삼국사기지리지를 살펴보면 신라의 우풍현, 하곡현, 동진현을 한데 묶은 광범위한 지역, 즉, 지금의 울산을 말하는 것이기에 사포의 위치를 알 수가 없다. 그럼 삼국유사의 하곡현에 주목해야 하는데, 하곡현은 경덕왕이 구불강벌고을(屈阿火縣: 굴아화현)을 중국식으로 개명한 것으로, 울산 중구 일대와 북구의 명촌동, 진장동, 효문동, 양정동, 염포동과 동구 방어동 북쪽 강변을 아우르는 지역이었다. 그러므로 사포는 활처럼 휘어진 태화강 하류 위쪽(북쪽 또는 동쪽)면 어딘가에 있었다는 말이 된다. 그렇다면 과연 사포가 정확히 태화강 하류 어디에 있었던 것인지를 추적해 보겠다. 하곡현을 북쪽과 동쪽으로 빙 둘러싸면서 맞붙어 있던 지역이 동진현(東津縣: 경덕왕 이전의 율포현)이었는데, 지금의 울산 북구 농소동, 송정동, 강동동 및 동구 전체를 아우르는 지역이었다. 그런데 조선 세종 때 지은 경상도지리지를 보면 동진현의 다른 이름이 실포현(失浦縣)이었다는 사실을 알 수 있다. 현지 사람들이 동진현을 흔히들 실포고을이라 했던 것이다. 신라시대의 지명은 이두식으로 지어진 것이 많았으므로 사포를 이두식 표현으로 본다면 실포현의 실포와 같은 것이 된다. 사포의 '사(絲: 실 사)'는 바느질 할 때의 '실(순우리말)'을 뜻하므로, 실제로는 '실~포'라 발음했고, 그 발음을 사포(絲浦)와 실포(失浦) 두 가지 이두식 표기로 혼용해서 적었을 가능성이 크기 때문이다. 같은 말을 하나는 뜻을, 하나는 소리를 빌려온 한자로 표기한 것이다. 여기서 더 재미난 사실은 '실(絲)'은 가늘고 길며 꼬부라지기 쉽다는 것이다. 고대인들은 지명을 지을 때 그 땅의 생김새를 따서 지었다. 앞선 각주서 설명한 굴아화촌(屈阿火村: 구불강벌마을)이 그 좋은 예일 것이다. 그렇다면 사포가 있던 지형이 길고 가늘다는 것인데, 태화강 하류에서 길고 가는 지형이라면 지금의 염포산 서쪽면의 울산대교를 중심으로 S자로 꼬부라진 지역이 번뜩 떠오른다. 산과 강 사이에 끼어서 산의 굴곡을 따라 길게 꼬부라져 있었던 이 지역은 지금은 강 쪽으로 크게 매립이 되고 산이 다소 깎여나가 넓어 보일지 몰라도 옛날에는 폭이 훨씬 좁았을 것이다. 산 위에서

보면 실처럼 길고 가늘게 꼬부라져 있는 지형이었다는 말이다. 그렇다면 놀랍게도 딱 맞아떨어지지 않는가? 이 염포산 강변이 북쪽으로는 하곡현(울산대교 북쪽)에, 남쪽으로는 실포현(울산대교 남쪽)에 속한다는 것이 말이다. 이쯤 되면 하곡현의 사포와 실포현(동진현)의 실포는 결국 같은 포구를 가리키는 말이고, 그 위치는 하곡현과 실포현의 경계를 관통하는 가늘고 길게 꼬부라진 실 모양의 염포산 서쪽 강변이라는 심증이 생기지 않는가? 하나 더 추가하자면 이 염포산 서쪽 강변은 조선시대 국제항이었던 염포(鹽浦)가 있던 곳이다. 신라시대에는 국제적인 포구였으나 고려시대에는 수도가 경주에서 개경으로 옮겨진 탓에 작은 나루터로 전락한 이곳을, 조선시대에 와서 다시 국제포구로 재활용한 것이리라. 이쯤에서 실포 혹은 사포에 대한 이야기는 마무리하겠다. 그런데 실포가 나왔으니 개운포가 빠질 수 있겠는가? 태화강에서 배를 타고 울산만을 빠져나와 바다 남쪽으로 한동안 가다보면 울산만 절반 크기의 울산신항만이 보이는데, 그 안쪽으로 강을 거슬러 올라가면 남구 황성동과 온산읍 처용리 사이의 외황강 하구에 처용설화의 배경이 되는 처용암이 있다. 그 주변에 개운포(開雲浦)가 있었는데, 이 개운포는 처용설화 앞부분에서 그 지명유래가 뚜렷이 나타나 있어, 신라말기 헌강왕 때에서 야 비로소 개운포라 불리게 되었고 그 전까지는 이름조차 없었던 포구였음을 알 수 있다. 헌데, 여기저기서 심심찮게 개운포가 신라 최대 국제 교역항이었다는 목소리를 들을 수가 있다. 실포(사포)에 대한 조명이 제대로 이루어지지 않은 가운데서, 이름과 장소가 명확하고 재미난 설화까지 갖춘 개운포가 부각된 탓이리라. 개운포는 기록으로 보나 위치로 보나, 헌강왕이 유람 차, 혹은 순수(巡 狩) 차 돌아다니다가 우연히 들러 이름이 붙은 곳이고, 아라비아인(처용)이 사포로 가려다가 지도를 잘못 보았는지 실수로 접어든 곳이지, 결코 왕경의 외항이 될 수는 없는 곳이었다. 지금으로 따지면 울산본항 건너편이 실포이고 울산신항 강 안쪽이 개운포인데, 명촌대교나 울산대교 같은 큰 다리가 있을 리 만무했던 시절에, 상인들이 육로를 통해 바로 왕경으로 물자를 운송할 수 있는 실포를 놔두고 개운포를 이용했을 리가 만무한 것이다. 여기서 개운포 이야기도 마무리하 고, 또 다른 이야기를 해보겠다. 학생들이 배우는 교과서에는 신라 최대 교역항을 '울산항'이라 하고 있는데, 이것은 큰 문제가 있어 보인다. 그 바람에 신라시대에도 진짜 울산항이라는 항구가 있었다고 생각하는 사람들이 대부분인 지경이 되어버 렸다. 역사책에는 그 당시의 명칭을 써야지 현대의 명칭을 쓰면 안 되는 것이다. 이것을 알면서도 처음 쓴 누군가를 따라서 계속 울산항이라 표기하는 것일 텐데, 그 누군가가 굳이 울산항이라 쓴 이유를 곰곰이 생각해 보니, 거기엔 두 가지 경우가 있을 수 있겠다. 하나는 실포(사포)를 왕경의 외항으로 보기에는 자료도 부족하고 위치도 정확히 비정하기 힘들므로(작가도 이런 추론을 이끌어 내기까지나 누가 될까봐 승려로 위장하기로 해, 기파와 설아까지 납의와 털모자로 변복을 한 상태였다. 배는 저녁 무렵에야 실포에 들어섰는데, 포구 주변은 수많은 불빛들로 대낮같이 밝혀져 있었다. 뱃전에 나와 있던 설아가 그 모습을 보고는 선실로 뛰어 들어가 기파와 충담에게 외쳤다.

"오라버니들!! 빨리 나와 보세요!! 실포예요!!"

설아가 다시 쌩 하고 나가버리자 기파가 하품을 하며 말했다.

"하암… 이제 도착 한 거야? 지겨워 죽는 줄 알았네…"

"그러게 말이야. 근데 설아가 저리 날뛰는 걸 보니, 뭔가 구경거리가 있나본데? 슬슬 나가 볼까?"

"그러자."

뱃전으로 나와 수없이 많은 불빛들로 뒤덮인 실포를 보자, 기파와 충담은 입이 다물어지지가 않았다. 설아가 그 모습을 보고 깔깔 웃으며 놀려댔다.

"하하하하! 에이 촌놈들 같으니라고…"

"뭐야? 촌놈?"

기파가 발끈했지만, 충담은 들리지도 않는다는 듯 말했다.

무척이나 고생하였다) 대충 싸잡아 지금의 울산항 근처에 큰 포구가 있었으니 척하면 척하고 알아들으라는 것이고, 둘은 울산(蔚山)이라는 지명은 조선 태종 때에 와서야 생긴 이름이긴 하나, 삼한시대에 지금의 울주군 웅촌면과 경남 양산시 웅상읍에 걸쳐 소국인 우시산국(于尸山國)이 위치하고 있었고 이두에서는 시(尸)를 ㄹ의 표기로 곧잘 사용했기에 '우시산'은 '울산'으로 읽을 수 있으므로 신라시대에도 그 근방을 흔히들 울산이라 했기에 조선시대에 지금의 울산이라는 지명이 생긴 것이고, 그래서 사포나 개운포를 신라시대에도 흔히들 울산포라 부르지 않았겠느냐는 것이다. 첫 번째 이유였다면 정말 속편한 양반일 테고, 두 번째 이유였다면 그럴 듯하긴 하나, 우시산국이 있던 자리와 개운포나 실포는 그 거리가 너무 멀리 떨어져 있어 그 당시에 둘을 한 이름으로 엮기엔 무리가 있어 보이며, 울산이나 울산포라는 단어의 기록도 조선 태종 때 이전엔 전무하다. 설사 그 가정이 사실이라 하더라도 울산포라고 해야지 현대식 항구 명칭인 '항'을 써서 울산항이라 한 것은 말이 안 되는 것이다.

"와, 정말 대단하긴 대단하구나."

"그죠? 말로만 들었는데, 정말 대단해요! 실직 촌구석이랑은 완전히 달라요 달라!"

배가 정박하고, 세 사람은 실포에 발을 디뎠다. 실포는 아랍, 천축, 발해, 당, 일본 등 각국의 상인들과 신라인들이 뒤섞여 북새통을 이루고 있었다. 설아는 충담 옆에 바짝 붙어 팔짱을 끼고 걷다가 눈이 동그래져서 말했다.

"담이 오라버니, 저 사람들 좀 보세요…"

설아가 신라인들과 흥정을 벌이는 아라비아 상인들을 가리키자 충담도 놀라며 말했다.

"말로만 듣던 파사국 사람인가 보다… 진짜 신기하게 생겼네? 크크크."

"크크크큭… 진짜 못생겼어요! 크크큭."

둘이 키득거리며 웃자, 뒤에서 걸어오던 기파가 다가와 물었다.

"야! 둘이서 뭐가 그리 재밌냐? 내 욕하는 거 아니야?"

"몰라도 돼요. 크큭. 담이 오라버니, 우리 먼저 가요."

설아가 충담을 붙들고 달려가자 기파가 쫓으며 말했다.

"야야! 어디로 가는 건지 알고나 가는 거야?"

잠시 후, 포구 위쪽으로 길게 뻗어있는 대규모의 실포 저자[1] 입구에 들어선 일행은 온갖 신기한 구경거리에 반쯤 넋이 나가 있었다. 수많은 등불로 대낮같이 밝혀진 길을 따라, 생전 처음 보는 동물들과 옷가지, 장신구, 문방구, 식료품 등을 파는 외국 상인들이 즐비했고, 길가에 늘어선 주점에서는 웃고 떠드는 소리와 음악소리가 흘러넘쳐, 그야말로 활기에 가득 차 있었다. 앞서가던 기파가 뒤가 허전하여 뒤돌아 두리번거리다가, 새장 속의 앵무새에게 한창 정신이 팔려 있는 충담과 설아를

---

1) 저자(市) = 시장(市場)의 우리말.

발견하고는 다가와 말했다.

"너희들 진짜? 구경 그만하고 빨리 와! 숙소를 찾아야지!"

"알았어요. 오라버니 이 새 좀 보세요. 새가 말도 해요! 안녕? 안녕?"

"하… 나 참…"

기파는 고개를 절레절레 흔들며 주위에 숙소가 있는지 살피다가, 저쪽에서 젊은 신라 여인이 아라비아 상인들과 유창하게 이야기하며 거래를 하고 있는 것을 발견했다. 그 옆모습을 자세히 보니, 여인은 금과 옥으로 된 귀걸이와 목걸이, 팔찌를 차고 은실로 수놓아진 화려한 비단옷 위에 흰 여우 털옷을 걸치고 있었는데, 한눈에 봐도 품위가 흘러넘쳤다. 기파는 그 여인의 얼굴이 궁금해, 보일 만한 곳에 가서 물건을 구경하는 척하며 흘긋흘긋 여인을 훔쳐보았다. 그렇게 몇 번을 훔쳐보니 그 여인이 뭔가 낌새를 차렸는지 아라비아 상인에게 계속 말을 하면서 기파 쪽을 잠깐 쳐다보다가 금세 고개를 돌렸다. 아주 잠깐 여인과 눈이 마주쳤을 뿐인데, 기파는 온몸이 짜르르 전율하며 시간이 아주 느리게, 느리게 흘러가는 것을 느꼈다. 그림을 그리는 듯한 섬세한 여인의 손동작, 촉촉하고 부드러운 입술의 움직임, 바람에 흩날리는 윤기 나는 머리칼, 그 사이에 숨었다 나타났다 하는 뽀얀 귓바퀴…… 기파는 도무지 정신을 차릴 수가 없었다.

"오라버니!"

갑자기 설아가 어깨를 툭 쳤다.

"어, 어어?"

"피… 뭐예요, 넋 나간 사람처럼? 몇 번을 불렀는데…"

"아, 그래? 미안. 못 들었어…."

"배고파요~. 저쪽 주점에 들어가서 뭐 좀 먹어요 우리."

"응… 그래…"

기파가 다시 여인이 있던 곳을 보니, 어느새 여인은 저만치 멀어지고 있었고 그 뒤를 상인들이 짐을 든 채 뒤따르고 있었다. 기파는 멀어지는 여인의 뒷모습을 아쉬움에 멍하니 바라보았다.

"아이, 진짜?"

설아가 느닷없이 기파의 팔을 붙잡아 끌고 가는 바람에 기파는 몸을 휘청거리며 딸려갔다.

세 사람은 주점 이층으로 올라가 바깥쪽에 자리를 잡고 앉았다. 식탁 높이 위쪽의 벽면이 훤히 뚫려 있어서 저잣거리가 한눈에 들어오는 곳이었다. 구석에서 꼬맹이 하나가 의자에 앉아 흰 고양이와 장난질을 치고 있었는데, 고양이 모습이 상당히 귀엽고 특이했다. 길고 윤기 나는 흰 색의 풍성한 털에, 코와 귀, 발, 꼬리 모두 짜리몽땅하고, 둥글둥글한 몸통에 머리도 사과처럼 동그랬는데, 희한하게도 파란 색 눈을 가지고 있었다. 꼬맹이가 고양이를 내려놓더니 다가와 주문을 받았다.

"스님들, 뭘 드릴까요?"

"응. 국밥 세 그릇이랑 인절미 좀 내오렴."

설아가 상냥하게 주문을 하자, 꼬마가 물었다.

"술은 필요 없으세요?"

"얘는? 스님이 술을 어떻게 먹니?"

"크크, 스님 아니잖아요."

"응? 스님 맞는데?"

"치, 이렇게 예쁜 스님이 어딨어요?"

"뭐? 하하, 꼬맹이 녀석이 보는 눈은 있어가지구? 얘, 술 대신 차나 가지구 와."

"알았어요."

주문을 받은 꼬마가 아래층으로 내려가자, 턱을 괴고 멍하니 있는 기파에게 충담이 말했다.

"너, 무슨 생각을 그렇게 하는 거야?"

기파가 들은 체도 안하고 눈만 끔벅거리자 설아가 말했다.

"흠… 아까부터 이상하다니깐…"

잠시 후, 꼬마가 접시에 떡과 차를 담아 이층으로 올라왔다.

"예쁜 누나. 일단 떡이랑 차 가지고 왔어요. 국밥은 좀 기다려야되요."

"응 그래. 고마워~."

꼬마가 가져다 준 다구에서 상쾌한 향기가 새어나오자 설아는 코를 가까이 대고 킁킁거렸다.

"우와… 이건 무슨 차 길래 이런 향이 나지?"

그 모습을 본 충담이 놀리며 말했다.

"박하차잖아. 우리보고 촌놈이라 놀리더니 지가 더 촌년이면서…"

"뭐라구요?!"

발끈한 설아가 인절미 하나를 집어 들더니 충담의 입에 마구잡이로 쑤셔 넣었다. 충담의 입 주위가 온통 떡고물로 범벅이 되었다.

"한번만 더 까불면, 이 떡을 전부 다 쑤셔 넣어버릴 거예요! 알겠어요?"

눈이 똥그래진 충담이 급하게 고개를 끄덕였다.

옆에서 그 모습을 보던 꼬마가 키득키득 웃자 설아와 충담도 덩달아 웃었다. 하지만 기파는 여전히 굳어버린 석상마냥 꿈쩍도 않고 있었다. 설아가 꼬마에게 물었다.

"얘 꼬마야. 우리, 잘 곳을 알아봐야 되는데, 여각은 어디 있니?"

그러자 꼬마가 설아의 손을 덥석 잡더니 문질러 댔다.

"이 꼬마가? 지금 뭐하는 거야?"

"아이 부드러워… 손이 이렇게 부드러운걸 보니, 좋은 집에서 곱게 자랐겠네요. 괜히 잡것들이랑 뒤섞이기 싫으면, 좀 비싸더라도 신천방이나 모화방으로 가세요."

"그게 어딨는데?"

"왼쪽으로 한참 가다보면, 저자 끝에 큰 여각 두 개가 마주보고
서 있어요. 그런데 모화방은 주인 누나가 정말 예뻐요. 아마 누나보다
두 배는 예쁠걸요?"

"쳇… 이손 안 놓을래?"

그때, 돌처럼 굳어있던 기파가 갑자기 꼬마를 쳐다보며 물었다.

"혹시, 그 여인이 서역말도 잘하나?"

"그럼요! 서역 말도 잘하고 당나라 말도 잘하고 왜국 말도 잘해요.
게다가 얼마나 똑똑한지 장부나 책 같은 것도 한번 본 건 그대로
외워버린다니까요?"

"우리 모화방으로 가자!"

"어머머, 이 오라버니가?"

"어랏? 그 누나에요! 저기, 모화방 누나가 와요!"

꼬마가 손짓하자 셋은 일제히 꼬마가 가리키는 방향으로 고개를
돌렸다. 골목 저쪽에서 아까 전에 기파가 보았던 여인이 걸어오고
있었다. 한눈에 봐도 굉장한 미모였다. 무사로 보이는 사내 하나가
그 여인을 따르고 있었다. 그 여인이 가까이 걸어올수록 기파는 심장이
두근거려 왔다. 자세히 보니, 여인은 늘씬한 몸매 때문인지 웬만한
사내만큼이나 키가 커 보였고, 시원하게 뻗은 팔다리에 흰 털옷이
어우러져, 마치 한 마리 백조가 우아한 자태를 뽐내며 다가오는 것
같았다. 그렇게 한 걸음 한 걸음 가까워져 여인이 주점 아래쪽에 다다랐
을 때, 반대편에서 오던 수십의 청년 무리와 마주쳤다. 청년들은 각종
병장기로 무장을 하고 있었는데, 소매와 깃이 붉은 두터운 연회색
도복을 입고 있었다. 무리의 선두에 있는 세 명은 붉은 깃털이 달린
조우관을 쓰고 있는 것으로 보아 화랑인 듯했다.

"여어, 만월!! 오랜만이야??"

다른 청년들보다 머리통 하나만큼은 더 큰 키에, 우람한 덩치를 자랑하는 사내가 무리들 맨 앞에서 손을 번쩍 들며 여인을 향해 소리쳤다. 만월이라는 여인이 무시하며 오른쪽으로 비켜가려 하자, 사내가 큰 덩치를 움직여 만월의 앞을 가로막았다. 만월이 다시 왼쪽으로 비켜가려 걸음을 옮겼으나 사내가 또다시 그 앞을 막아섰다.

"이게 무슨 짓이냐!"

만월이 화난 목소리로 사내를 꾸짖자 사내는 여인의 어깨에 손을 얹으며 능글맞게 말했다.

"허허, 이거 서운한데? 우리 오래간 만에 보는 거 아닌가? 왕경도 아닌 이런 곳에서 우연히 만났는데, 반가운 척은 못해도 아는 척은 해줘야 하는 거 아니야?"

"이 손 치우지 못할까!"

만월이 매섭게 사내를 노려보자 사내는 과장된 몸짓으로 손을 들어 올리며 말했다.

"워워, 이거 무서워서 원. 여자가 그리 쌀쌀 맞아서 시집은 가겠어?"

그러고는 뒤에 있는 무리들을 바라보며 씩 웃었다. 그러자 청년들이 낄낄대며 웃어댔다.

"대렴 네 녀석이 이러고 돌아다니는 걸, 네 형도 알고 있어? 네놈의 망나니 같은 행실이, 그 잘난 가문의 명성에 똥칠을 더 하는 구나!"

"뭐라!? 이년이 갑자기 실성을 했나? 네년이 뜨거운 맛을 봐야 정신을 차리지?"

그러자 만월의 뒤를 따르던 무사가 앞으로 나서면서 말했다.

"그만하시지요! 명성이 높은 화랑께서 이 무슨 무례 헙!!"

'쫘악!!! 쿵! 철퍼덕.'

말이 채 끝나기도 전에, 느닷없이 대렴이 무사의 귀싸대기를 휘갈겼다. 마치 사나운 곰이 사정없이 앞발을 휘두르는 것 같았다. 주점 벽까지 날아가 튕겨 나온 무사는 엄청난 충격에 그대로 기절해 버렸다.

"이 새끼가 상전들이 이야기 하는데 어딜 감히 끼어들어!"

그 모습을 본 만월은 순간 움찔하여 저도 모르게 뒷걸음질 쳤다. 분함과 두려움이 동시에 밀려와 만월의 고운 눈망울에 이슬이 어른거렸다. 그러자 대렴이 만월에게 성큼 다가와 양손으로 덥석 멱살을 쥐고는, 실실 웃으며 낮게 깔린 음성으로 말했다.

"네년이 그 반반한 얼굴을 믿고 까부는 모양인데? 잘 알아둬. 난 형님과는 달라. 네년 따위는 내게 아무것도 아니라고! 알아?"

그때였다. 어디선가 날아온 인절미가 대렴의 옆통수에 맞고 튕겨나갔다. 대렴이 황당한 표정으로 땅바닥에 떨어진 인절미를 쳐다보자 주점 이층에서 여자의 목소리가 들려왔다.

"그만해요!"

위에서 지켜보던 설아가 참지 못하고 떡을 던진 것이다. 대렴은 멱살을 쥐고 있던 손을 풀고는 설아를 올려다보며 말했다.

"아니 저 중년이?? 오냐, 네년부터 손을 봐 주마! 기다려라!"

"올라올 것 없어요! 내가 내려갈 테니!"

설아가 말릴 겨를도 없이 후다닥 아래층으로 내려가자 충담이 급히 뒤를 따랐다. 그러자 그때까지 잠자코 있던 기파가 순식간에 의자와 난간을 밟고 밖으로 몸을 날려 공중에서 휘리릭 돌아 땅에 착지했다. 곧이어 설아가 주점 문을 박차고 달려 나왔고 충담도 그 뒤를 따라 나왔다.

"오라버니들은 빠지세요."

설아는 기파와 충담을 뒤로한 채, 한 치의 두려움도 없이 대렴의 앞으로 걸어갔다.

"아니 이년이??"

"이년 저년 하지 마요! 당신이 그렇게 힘이 세요? 자! 그럼 나도 때려 봐요! 때려 보라구요!"

설아가 고개를 쳐들고 모자를 벗으며 대렴에게 바짝 붙어 대들었다. 모자 속에 숨어 있던 머리 타래가 풀리며 비단결 같은 머리칼이 찰랑하며 흘러내렸다. 그러자 대렴은 예상치 못한 상황에 당황하여 한 발 뒤로 물러났다.

"뭐하세요? 힘자랑 계속 해보시라구요!"

설아가 계속 몰아세우자 대렴은 순간 발끈하여 때릴 듯 손을 치켜들었다. 그때, 쭈뼛한 살기가 온몸을 파고드는 것을 느낀 대렴은 고개를 돌리다가 기파와 눈이 딱 마주쳤다. 기파가 죽일 듯이 노려보고 있었다. 그 모습이 어찌나 살벌한지 마치 호랑이 한 마리가 이빨을 드러내고 으르렁거리는 듯한 착각이 들 정도였다. 대렴의 뒷목으로 식은땀 한줄기가 주룩 흘러내렸다. 그때, 어디선가 또 떡이 날아와 대렴의 몸에 맞고 튕겨나갔다. 주점 이층에서 꼬마 점원이 던진 떡이었다. 꼬마가 두 손을 입에 모으고는 있는 힘껏 외쳤다.

"화랑이 여자를 괴롭힌다!! 화랑이 여자를 괴롭힌다!!"

그러자 주변에 있던 시장통 사람들이 덩달아 외치기 시작했다.

"화랑이 여자를 괴롭힌다!!"

"여자를 괴롭히지 마라!!"

"못된 화랑아!! 여자를 괴롭히지 마라!!"

주변의 주점들에서 음식들이 마구 날아들자 대렴이 뒷걸음질을 쳤다. 앞서 있던 화랑들과 낭도들이 대렴을 에워싸 날아오는 음식들을 막아냈다. 시장 골목이 온통 자신을 비난하는 사람들로 떠들썩해지자 대렴은 한풀 꺾일 수밖에 없었다.

"하… 젠장!"

대렴이 도망치듯 왔던 길로 급히 되돌아가자, 그를 따르던 낭도

무리도 뒤를 따랐다. 기파와 충담이 정신을 차린 무사를 부축해 일으켜 세우는 사이, 설아는 허리춤에 양손을 짚고서는 의기양양하게 대렴의 무리가 되돌아가는 것을 지켜보았다. 그런 설아의 뒤로 만월이 가만히 다가와 어깨를 톡톡 두드렸다. 뒤를 돌아보자, 설아의 눈에 미소를 머금은 환한 얼굴이 한가득 들어왔다.

'와… 예쁘다… 이런 사람도 다 있구나…'

설아가 넋을 놓고 만월을 바라보자 만월이 고운 목소리로 말했다.

"정말 고마워요… 낭주께서 안 도와주셨으면 큰일 날 뻔했어요…"

"예… 예? 아, 아니에요. 덩치가 산만한 사내가 언니같이 고운 여인의 멱살을 잡다니요… 그게 어디 사람이에요? 많이 무서웠죠?"

"예… 그런데, 이곳엔 무슨 일로 오셨어요?"

"아~, 우리는 왕경에 있는 망덕사로 가려고 실직에서 배를 타고 왔어요."

"잘 되었네요! 내일 여각에 들어온 물품을 왕경으로 이송하는데, 저희랑 같이 가시면 되겠네요. 요즘 왕경으로 가는 길은 도적들 때문에 무척 위험하거든요."

"정말 그래도 돼요?"

"그럼요~. 오늘밤은 저희 여각에서 묵으시고 내일 아침에 같이 떠나요."

"헤헤, 그럼… 그렇게 할까요?"

그렇게 한바탕 소란이 마무리 되고 만월과 기파 일행이 모화방을 향해 걸어가는데, 주점 이층에서 꼬마가 외쳤다.

"예쁜 누나! 잘 가요~."

그러자 일행들 모두 멈춰 서서 꼬마를 쳐다보며 웃었다. 설아가 꼬마를 향해 큰소리로 응답했다.

"응! 고마워~. 이름이 뭐니?"

"지정이에요! 김! 지! 정!"

　기파 일행은 어느새 모화방 근처에 다다랐다. 널따란 길 양 옆에 오층은 넘어 보이는 거대한 규모의 두 여각이 수많은 창틈으로 불빛을 내뿜으며 나란히 있었는데, 둘 다 드나드는 짐과 사람들로 입구가 매우 혼잡했다. 이 당시 여각은 숙박업뿐만 아니라 각지에서 모여든 상품의 보관, 운송, 위탁판매를 겸하고 있었고, 일종의 금융기관 역할까지 하고 있었던 터라, 늘 오가는 상인들로 북적대었던 것이다. 기파 일행은 만월을 따라 오른쪽에 있는 모화방의 정문으로 들어갔다. 여각 안은 통층 구조의 목탑처럼, 중앙에, 바닥에서 지붕까지 이어지는 큰 기둥이 있었고, 각 층을 연결하는 계단이 기둥을 따라 나선형으로 감아 올라가고 있었다. 일층은 객실이 없었고 가장자리 벽면을 따라 숙박 객을 맞이하는 장소, 식당, 물품검사대, 계단, 뒤뜰의 창고로 향하는 통로 등이 배치되어 있었다. 연두색 조끼를 입은 점원들이 분주히 일을 하고 있었는데, 젊은 여 점원 하나가 만월을 발견하고 달려와 맞았다.

　"아가씨, 이제 오셨어요?"

　"응, 아주야. 큰 방 남은 게 있니?"

　"아니요. 이미 다 찼어요. 작은방도 하나밖에 안 남은 걸요?"

　"음… 그럼 내가 그 방을 쓸 테니, 이분들께 내가 쓰는 방을 안내해 드려."

　"예~. 손님들, 저를 따라오세요."

　기파 일행은 아주를 따라 꼭대기층으로 올라갔다. 꼭대기층은 다른 층과는 달리 네 개의 큰 객실로만 이루어져 있었다. 아주가 한쪽 객실의 문을 열어주었다. 안으로 들어서니 유리로 만든 호롱불들이 실내를 환하게 밝히고 있었고, 벽 한편에 위치한 무쇠난로에서 장작이 불타며 공기를 데우고 있었다. 난생 처음 보는 모양의 가구와 장식품들이 보기 좋게 배치되어 있었고, 선인장을 키우는 화분도 보였다.

"그럼 편히 쉬세요."

아주가 문을 닫고 떠나자 셋은 이리저리 흩어져 구경을 했다.

"아이 폭신해~."

설아가 바닥에 깔린 양털 모전[1]을 밟으며 아이처럼 좋아했다. 객실 안에는 작은 방 두 개와 욕실도 있었는데, 충담이 방 하나에 들어가더니 소리쳤다.

"와~! 이건 뭐야?"

그 소리에 기파와 설아가 따라 들어가니, 예쁜 꽃문양들로 조각이 된 크고 평평한 가구 위에 푹신한 솜이불이 덮여있었는데, 충담이 이불속에 손을 넣고 바닥을 꾹꾹 누르고 있었다.

"헤헤, 엄청 푹신하다."

충담이 헤벌쭉 웃으며 말하자 설아가 호기심 어린 눈으로 다가왔다.

"잠자는 곳이네?"

설아가 이불 속으로 불쑥 들어가 몸을 뉘였다.

"와하하! 진짜 푹신하고 따듯하다~. 오라버니도 한번 누워 봐요."

설아가 기파에게 손짓하자 기파도 손으로 꾹꾹 눌러보며 말했다.

"이것도 서역에서 온 건가 봐…"

"그러게요. 그 언니 엄청 부자인가 봐요? 친하게 지내야겠다. 히히."

그 사이, 충담이 방에 난 창을 열어젖혔다.

"와~~, 포구랑 저잣거리가 한눈에 다 보이네?"

기파도 얼른 충담 옆에 서서 전망을 감상했다. 그러자 설아가 둘 사이를 비집고 들어왔다. 아름다운 야경에 흠뻑 취해 있는데, 충담이 무얼 발견했는지 아래쪽을 가리키며 말했다.

---

1) [毛氈]. 짐승의 털로 색을 맞추고 무늬를 놓아 두툼하게 짠 부드러운 요.

"저기 봐! 그놈들이야."

"응? 저 못된 놈이 왜 이쪽으로 오지? 설마! 또 언니를 괴롭히려고 오는 걸까요?"

설아가 걱정스레 말하자 기파가 안심시키듯 말했다.

"아닐 거야. 그래도 명색이 화랑인데… 들어올 때 보니까 뒤뜰에 무사들도 많이 있더라고. 너무 걱정하지 마."

"그럼 다행이지만…"

셋은 대렴의 무리가 안하무인격으로 사람들을 밀치며 맞은편에 있는 신천방으로 들어가는 것을 보았다. 그때, 객실 문을 가볍게 두드리는 소리가 나자 설아가 뛰쳐나갔다.

"누구세요?"

"아, 저에요."

고운 목소리에 설아가 화색을 띠며 문을 열었다. 문을 여니 만월이 김이 모락모락 나는 만두와 꼬치구이가 가득 담긴 소쿠리를 들고 서 있었다.

"언니~."

"출출하실 것 같아 먹을 것 좀 가지고 왔어요."

"와~, 고마워요."

그때, 주점에서 봤던 흰 고양이가 아무렇지도 않게 객실 안으로 걸어 들어와 깔려 있는 모전 한편에 자리를 잡고 누웠다. 설아가 말했다.

"어라? 아까 봤던 고양이네?"

"나비야 안 돼. 어서 나와."

만월이 고양이를 부르자, 설아가 잘됐다 싶어 말했다.

"언니. 물어볼 것도 있고 한데, 그러지 말고 들어와서 저희랑 이야기나 하다 가세요."

"아… 제가 쉬는데 괜히 방해하는 거 아닌가요?"

"아니에요. 빨리 들어와요~."

설아가 만월의 손을 붙잡고 끌고 들어갔다.

잠시 후, 객실 중앙에 놓인 밥상 주위로 기파와 충담이 나란히 앉아 있었고, 맞은편에 만월과 설아가 앉아 있었다. 기파는 밥상만 바라보고 있었고 충담은 뭐가 좋은지 계속 실실 웃고 있었다. 뭔가 야릇한 어색함이 흐르자 만월이 자리에서 일어나며 말했다.

"잠시만요. 물하고 그릇 좀 가져올게요."

"저도 도와드릴게요."

만월이 벽 한편에 있는 찬장으로 가니 설아도 따라갔다. 만월이 접시와 투명한 유리잔을 꺼냈다.

"와… 이렇게 예쁜 찻잔은 처음 봐요!"

"예쁘죠? 저두 예뻐서 서역 상인한테 산 거예요. 우선 접시랑 잔 좀 가져다 놓으실래요? 전 물을 떠갈게요."

"예, 언니."

설아가 식기를 들고 밥상으로 돌아가는 사이, 만월이 털외투를 벗었다. 그러자 외투에 가려져 있던 잘록하게 들어간 허리선과 봉긋한 가슴선이 드러났다. 만월은 외투를 옷걸이에 높이 걸면서, 슥 고개를 돌려 기파를 보았다. 몰래 훔쳐보던 기파가 만월과 눈이 딱 마주치자, 벼락이라도 맞은 것처럼 움찔하며 고개를 돌렸다. 만월은 아무렇지도 않는 듯 작은 방으로 들어가더니 물이 담긴 호리병을 들고 나와 설아 옆에 앉았다. 다시 자기 앞에 만월이 앉으니, 기파는 시선을 어디다 둬야 할지 모르겠고 가슴은 두근거리고 죽을 맛이었다.

'아… 내가 왜 이러지?'

만월이 음식을 접시에 나눠 담아 기파 앞에 놓았다. 기파의 눈에 음식은 보이지 않고, 고운 손등과 가늘고 긴 손가락만 보였다. 만월이 다시 음식을 담아 충담 앞에 놓으며 말했다.

"스님 음식은 야채와 해조류로 따로 만든 거예요."

"와… 언니 대단하시다? 충담 오라버니만 승려라는 걸 어찌 아셨어요?"

설아가 놀라며 물으니 만월이 웃으며 말했다.

"그냥, 느낌이 왔어요."

"그런데 언니, 나이가 어떻게 되세요? 저는 열여덟이고 오라버니들은 스물이에요."

"전 스물둘이예요."

"하하하. 오라버니들이 누나라 불러야겠네?"

"아, 아니에요. 전 친구가 별로 없어서 그러는데, 우리 다 친구해요."

"정말요? 에이, 그래도 전 언니라 부를게요. 언니도 저한테는 말씀 낮추세요. 오라버니들은 알아서들 하시구요~. 헤헤."

"전, 만월이라고 해요. 이름들이 어떻게 되세요?"

"전, 설아예요."

"전, 충담이라고 합니다."

"……"

기파가 아무 말 없이 가만 있자 설아가 핀잔을 주었다.

"또 저런다! 아까 저자에서도 계속 넋 나간 사람처럼 있더니?"

"어? 으응?"

"이 언니는 만월이라고! 당신 이름은 뭐냐? 이 바보야?"

"뭐, 뭐?"

그 모습을 보고 만월이 갑자기 웃음이 터졌는지, 손으로 입을 가리고 큭큭 거리며 웃었다.

"아… 저, 저는 기파라고 합니다."

"사람들은 기파랑이라고 부르지요."

충담이 덧붙여 말하자 만월이 되물었다.

"그 실직의 기파랑 말이에요?"

"예. 이 친구가 그 기파랑입니다."

"와… 역시, 대단하신 분이셨구나… 어쩐지 그 사나운 대렴이 기파랑을 보고서는 꼼짝 못하더라고요."

그러자 충담이 말했다.

"대렴인지 뭔지 이 친구의 상대는 못 되지요. 호랑이를 때려잡은 사람인데…"

"해적만 물리친 게 아니었어요? 호랑이랑도 싸웠나 봐요?"

"그럼요. 실직사람 셋을 잡아먹은 대호를 눈 덮인 산에서 잡았지요. 그 덕에 저만 죽을 고생을 했지만…"

그러자 기파가 부끄러운 듯, 기어들어가는 목소리로 충담을 말렸다.

"야야, 그만해…"

"왜 그래? 사실을 말하는데."

"그런데, 기파랑."

만월이 갑자기 자신을 부르자 기파는 숨이 멎는 것만 같았다. 애써 고개를 들어 앞을 보니 만월이 자신을 빤히 쳐다보고 있었다. 떨려서 말이 제대로 나오질 않았다.

"예…"

"그런데 아까 저자에서, 왜 저를 몰래 훔쳐보셨나요?"

"예??!!"

난데없이 날아온 만월의 직설적인 말이, 푹! 하고 심장에 꽂히는 것만 같아, 기파는 너무나도 당황하였다. 얼굴이 시뻘개지더니 귀까지 벌겋게 달아올랐다. 기파가 어쩔 줄을 몰라 하자, 만월이 고개를 옆으로 돌리고 입을 주먹으로 막으며 큭큭 하고 웃었다. 설아가 눈치를 챘는지 끼어들었다.

"아하! 그런 거예요? 그래서 아까부터 멍하게 있었던 거구나… 어쩐지 이상하더라니. 그런데 웬일이람? 여자한테는 관심도 없었잖아요?"

기파는 설아에게 아랫입술을 깨물어 보이며 그만 하라는 뜻을 전했으나 설아는 아랑곳하지 않고 계속 기파를 난처하게 했다.

"만월언니, 오라버니는 언니가 마음에 드나 봐요. 크큭."

"음… 그런가요, 기파랑?"

만월이 한술 더 뜨자 기파는 너무 부끄러워, 쥐구멍에라도 숨고 싶은 심정이었다. 꿀 먹은 벙어리가 되어있는 기파를 보고 두 여자가 키득키득 웃자, 충담도 덩달아 웃기 시작했다. 기파가 밥상 밑으로 슬며시 충담의 허벅지를 꼬집었다. 흠칫 놀란 충담이 급히 화제를 돌렸다.

"아엇! 아아… 저… 그런데, 좀 전에 그 대렴이라는 자가 무리들이랑 맞은편 여각에 들어가던데, 그자는 어떤 사람입니까?"

"그 사람은 상대등 정종의 둘째 아들이에요. 같이 있던 청년들은 대렴이 이끄는 북주풍월도1) 무리들이구요."

대렴이 상대등의 아들이라는 말에 셋은 깜짝 놀라는 듯했다.

"이 방에서 상대등의 가신들이 가끔씩 남몰래 신천방에 드나드는 것을 봤는데, 제 생각으로는 아마도 신청방이 상대등과 모종의 거래를 하고 있는 게 아닐까 싶어요. 대렴도 여기까지 그냥 오지는 않았을 테지요…"

"그런데 그 사람이 언니한테 왜 그러는 거예요?"

"아… 그게…."

만월이 주저하자 설아가 더 궁금해졌는지 졸라댔다.

"말씀해 주세요. 네?"

---

1) [北洲風月徒]. 〈창작〉 왕경의 금산(현 소금강산)에 근거지를 둔 풍월도. '북주'는 수미산의 사방에 있다는 네 대륙(四洲)중 가장 살기 좋다는 북구로주(北俱盧洲)의 준말이므로, 살기 좋은 땅의 풍류를 아는 무리라는 뜻.

"음… 예, 말씀드릴게요. 그런데, 그전에 우리 친구하기로 한 거 맞지요?"

"그럼요!"

설아가 대답하자, 만월이 기파와 충담에게 다시 물었다.

"두 분도 대답해주세요. 우리 이제 친구지요?"

"예, 앞으로 친하게 지내요, 우리."

충담이 시원스레 대답하자 기파도 대답했다.

"예."

"좋아요. 그럼, 긴 이야기지만 말씀드릴게요. 우선, 저는 돌아가신 의충공의 딸이에요."

그러자 충담이 놀란 듯 물었다.

"전임 중시 의충공 말씀입니까?"

"예."

"그, 그럼, 황후폐하께서…"

"예. 제 고모님이세요."

그러자 충담이 그 자리에서 벌떡 일어섰고, 기파도 놀라서 덩달아 일어섰다. 충담이 고개를 숙이며 말했다.

"몰라 뵈어서 죄송합니다. 소인들이 실직 촌구석에서 살다가 온지라, 귀인을 미처 알아보지 못하였습니다."

기파도 고개를 숙이며 말했다.

"송구하옵니다."

그러자 만월이 슬픈 표정을 지으며 말했다.

"그러지 마세요… 우린 친구잖아요…"

설아도 만월을 거들고 나섰다.

"왜 그래요, 오라버니들! 어서 앉아요. 친구끼리는 그러는 거 아니에요."

그래도 우물쭈물하자 설아가 일어나서 둘의 뒤로 가 어깨를 눌렀다.

"빨리들 앉으라고요!"

기파와 충담이 마지못해 자리에 앉으니 설아도 제자리에 돌아와 앉으며 말했다.

"언니, 계속하세요."

"응. 다들 알다시피 상대등의 집안과 우리집안은 오랫동안 앙숙지간 이지요. 하지만 늘 불편하게만 지낸 것은 아니었어요. 한동안은 아버지 와 상대등이 서로 의기투합하기도 했고, 어머님과 상대등의 부인이 가깝게 지내면서, 자연스럽게 저와 그 집의 아들딸들도 친해졌지요. 그러다가 그 집 큰아들 대공과 저는 연인 사이로까지 발전했구요… 그런데 선대황제 때, 상대등 일가가 기존의 박씨 황후를 몰아내고 지금의 혜명태후를 새 황후로 들이려 하자, 다시 한 번, 두 집안이 극렬하게 부딪히기 시작했어요. 아버지께서 도저히 있을 수 없는 일이라며 정면으로 반대하고 나섰기 때문이에요. 선대황제와 아버 지께서 상대등의 세력에 맞서 반대하였으나, 결국 그 싸움도 상대등 의 승리로 돌아가 혜명이 새 황후가 되었지요. 그 후, 선황께서는 아버지께, 새 황후와 상대등의 세력을 견제할 방책을 강구하라는 밀명을 내리셨어요. 그래서 아버지는 긴 설득 끝에, 독자적인 행보 를 하던 영종공을 포섭하여 그분의 따님을 황제의 후비로 들이기로 하셨지요. 하지만, 상대등이 그 사실을 눈치 채고선, 하루는 담판을 지을 생각으로 우리 집을 찾아왔어요. 아버지와 단 둘이 언성을 높이며 험악하게 다투었었지요… 그게 제가 열여덟이었을 때니까… 사 년 전 일이네요…"

만월은 그 날 있었던 일을 이야기하기 시작했다.

4년 전 만월의 집. 만월은 방에서 수를 놓고 있었는데, 멀리 떨어진 의충의 방에서 의충과 정종 두 사람의 고성이 들려왔다. 만월은 불안한 마음에 하던 일을 멈추고 마당으로 나왔는데, 격렬한 말다툼 소리가 한동안 계속하여 들려왔다. 그러다가 갑자기, 정종이 방문을 벌컥 박차고 나왔다. 그러고는 씩씩거리며 대문으로 향하다가 마당에 있던 만월과 눈이 마주쳤다. 만월이 황급하게 고개를 숙여 인사를 했으나 정종은 인상을 잔뜩 찌푸리더니 그냥 휙 지나쳐 나가버렸다. 그날 밤, 만월은 방에서 붉을 밝히고 책을 읽고 있었는데, 의충이 만월의 방으로 찾아왔다.

"만월아, 들어가도 되겠느냐?"

"예, 아버지. 들어오세요."

만월이 자리에서 일어나 방문을 여니, 술 냄새를 풀풀 풍기는 의충이 방 안으로 들어왔다. 책상에 펼쳐진 책을 보더니 의충이 의자에 앉으며 말했다.

"사마천의 사기열전1)이구나."

"예."

"허허, 밤늦게까지 책을 읽는 너를 보니, 이 아비의 울적한 마음이 한결 가벼워지는구나… 그래, 이 책 속에는 수많은 인물들이 등장하는데, 그들의 일생을 보고서 무엇을 느꼈느냐?"

"저는 그냥 재미가 있어 읽고 있는 중이라, 깊이 생각해 보지는 않았어요."

"하하하, 그것 참 시원한 대답이구나! 하기야 너처럼 순수한 나이에 재미있으면 그만이지 복잡한 세상사 이치가 다 무슨 소용이랴! 하하하."

"아버지… 저는 아직 어려서 잘 모르지만, 아버지가 상대등 때문에 마음이 괴로운 것은 알고 있어요. 그냥 상대등이 하자는 대로 하시면

---

1) [史記列傳]. 중국 전한(前漢)의 역사학자 사마천이 저술한 역사서 〈사기(史記)〉 중 정수로 평가받는 부분으로, 중국 고대 인물들의 전기이다.

아버지도 편해지지 않을까요? 저는 아버지가 편안하게 지냈으면 좋겠어요."

"흠…"

의충은 눈을 감고 잠시 생각에 잠기더니 이내 말했다.

"저 의자 가지고 와서 이리 앉아 보거라."

만월이 수를 놓을 때 쓰는 의자를 들고 와 옆에 앉자, 의충이 다시 말을 이었다.

"일전에 유향1)의 설원2)에 나오는 육정육사에 대해 너에게 가르쳐 준 적이 있는데, 아직 기억하느냐?"

"예, 기억해요."

"그럼 육정은 무엇인지 한번 말해 보거라."

"육정(六正)은 군주를 모시는 여섯 종류의 바른 신하인데, 앞일을 헤아려 국가 존망의 위기를 미연에 방지하는 성신(聖臣), 선을 행하며 좋은 계획을 진언하는 양신(良臣), 현자를 추천하고 늘 성인의 훌륭한 행적을 이야기 해주는 충신(忠臣), 슬기롭게 정사를 처리해 군주를 편안하게 하는 지신(智臣), 원칙을 존중하고 검소한 생활을 하는 정신(貞臣), 아첨하지 않고 군주의 잘못을 거침없이 지적하는 직신(直臣)을 말해요."

"좋구나! 그럼 육사는 무엇이냐?"

"육사(六邪)는 나라에 해를 끼치는 여섯 종류의 나쁜 신하인데, 녹을 탐하고 현재의 지위에만 안주하는 구신(具臣), 아첨만을 일삼는 유신(諛臣), 사악한 마음을 온화한 표정과 능숙한 언변으로 숨기는 간신(姦臣),

---

1) [劉向]. 전한의 경학자(공자의 사상을 중심으로 사서오경을 연구하는 자)이자 목록학자, 문학가.

2) [說苑]. 유향이 편찬한 20권의 책. 어떤 주제에 대해, 객관적인 입장에 서서, 옳고 그름을 따지지 않고, 시각이 다른 여러 책의 내용을 발췌해서 정리하였다.

이간질을 일삼아 조정을 어지럽히는 참신(讒臣), 권세를 남용하여 도당을 조직해 원칙을 마음대로 변경하고 사재를 축적하는 적신(賊臣), 군주를 어리석게 만들어 망국의 길로 걷게 하는 망국신(亡國臣)을 말하지요."

"옳지, 잘 알고 있구나. 그렇다면 상대등 정종은 그 열두 가지 신하 중에 어디에 속한다고 보느냐?"

"음……"

만월은 의충의 질문에 한동안 답을 못했다. 의충이 다시 말했다.

"잘 생각해 보거라. 정종과 그 아비 순원은 그들을 따르는 도당을 조직해 선황제들을 겁박하여 두 번이나 멀쩡한 황후를 쫓아내고 자기집안의 여식들로 새 황후를 삼았다. 거기다가, 황실의 혼사는 범인의 잣대로 규정할 수 없다는 궤변을 늘어놓으며, 인륜을 져버리고 조카에게 이모를 시집보내는 금수만도 못한 짓을 저질렀다. 그뿐이냐? 황제를 능가하는 권세를 이용해 황성을 초라하게 만드는 대저택을 지었고, 가노와 가병이 육천을 넘으며, 각종 뇌물과 수탈로 끝도 없는 부를 축적했다. 자, 이런 상대등의 집안은 육정육사 중 어디에 속하느냐!"

"적신… 입니다."

"그렇다. 상대등의 집안은, 자신에게 아첨하는 자들로 도당을 조직하여 황제를 겁박하고, 규범을 제 멋대로 변경하며, 권세를 농단하여 사재를 축적하는, 그 더러운 이름이 천세에 전해질 줄도 없는 적신의 집안이니라! 만일 너의 말대로 내가 상대등과 결탁한다면 이 아비는 그야말로 평탄한 길을 걷겠지만, 역사는 아비를 지금의 지위만을 지키기에 급급하여 적신에게 빌붙은 구신으로 평가하여, 그 오명이 상대등과 함께 천세에 남을 것이다. 나는 모든 것이 미흡하여, 비록 이 책에 나오는 관중과 안자같이, 그 남기고 간 이름마저 향기로운 육정의 반열에는 들 수 없을지라도, 백비와 조고 같은 악취 나는 육사의 무리에는 들고 싶지가 않구나…"

의충이 깊은 속내를 드러내자, 만월은 자신의 생각이 짧았음에 부끄러워 고개를 숙였다.

"만월아. 오늘 상대등이 너와 대공을 이어주자는 혼담을 넣었단다. 그게 무슨 뜻인지 너도 이제 알겠지?"

"예…"

"아비가 일언지하에 거절하자 상대등이 노발대발하더구나. 너와 대공이 각별한 사이라는 것을 알고 있는데… 너에게는 참으로 미안하구나…"

"아버지, 저는 아버지의 뜻에 따르겠어요. 지금 이 순간부터 대공과의 인연을 끊겠습니다."

만월이 결연한 표정으로 말하자 대공이 만월의 손을 부여잡으며 눈물을 흘렸다.

"만월아, 내 딸, 네가 이 아비를 이렇게 이해해 주니 천군만마를 얻은 것보다도 더 기쁘구나…"

만월은 계속하여 그 날의 이야기를 이어나갔다.

"그렇게 저는 대공과의 인연을 끊기로 결심하고 다음날 편지를 보내 대공에게 이별을 통보했지요. 그 일로 대공이 오랫동안 괴로워했다고 들었어요. 몸져눕기까지 하였다고… 그 후에, 아버지의 계획대로 영종공의 따님인 보리부인이 선황제의 후비가 되어 궁에 들어가게 되었고, 금상폐하께 시집을 가있던 고모님은 궁에서 보리부인을 도왔어요. 그 둘이랑, 아버님과 영종공은 안팎으로 내응하며 함께 선황제를 도와 혜명황후와 상대등을 견제하는 역할을 충실히 해 나갔지요. 그러다가… 도저히 믿을 수 없는 일이 벌어졌어요…"

갑자기 만월의 목소리가 떨리며 흐려졌다. 이야기를 듣던 세 사람은 다음에 무슨 말이 나올지 너무 궁금하였으나, 만월이 진정될 때까지 조용히 기다렸다. 만월은 목이 메는지 천천히 물을 마시더니 다시금 이야기를 이어갔다.

"깊은 밤이었어요. 달빛도 없는 그믐날이었죠… 저랑 나비는, 아, 저 고양이가 나비예요. 저랑 나비는 제 방에서 잠들어 있었는데, 나비가 자꾸 울면서 발로 제 얼굴을 건드리는 바람에 저는 잠에서 깼어요. 제가 잠에서 깨자 나비가 문 쪽으로 가더니 문을 긁는 거예요. 밤중에 그런 행동을 보인 적이 한 번도 없었던지라, 이상하게 생각하고 문을 열어주었지요. 그랬더니 나비가 마당으로 나가기에 저도 따라갔어요. 그런데, 걸어가던 나비가 마당 한 가운데에 딱 멈춰서더니 한쪽 벽을 계속 응시하는 거예요. 저도 그쪽을 봤는데 아무것도 없었어요. 이상하다 싶어 나비의 모습을 살피니 계속 똑같은 곳을 바라보고 있었는데, 눈을 크게 뜨고 귀를 납작하게 눕힌 상태였어요. 그 모습은 고양이가 위협을 느낄 때 하는 행동이거든요. 거기다 더해 뱀이 쉭쉭거리는 것 같은 소리까지 내길래, 저는 다시 한 번 나비가 응시하는 곳을 유심히 보았죠. 분명 벽에는 아무것도 없었는데, 순간 바람이 휙 하고 부니까 사람의 형상이 힐긋 보였다 사라지는 거예요. 저는 소스라치게 놀라서 그곳에서 도망쳤는데, 그 순간 누군가 뒤에서 쫓아오는 소리가 들리는 거예요. 너무 무서운 나머지 비명을 질렀는데, 뒤에서 날아든 거친 손이 제 입을 틀어막는 바람에 소리를 낼 수가 없었어요. 그리고 곧바로 목 옆쪽이 뜨끔해지더니 그대로 기절해버렸지요. 그렇게 마당에 쓰러져 있다가, 얼굴이 시원한 느낌이 들어 눈을 떠 보니, 나비가 제 얼굴을 핥고 있는 중이었어요. 저는 땅바닥에 반듯하게 뉘어져 있었구요. 몸을 일으키다 문득, 그자는 도둑이 아니라면 자객이라는 생각이 들었어요. 하여 걱정스런 마음으로 아버지의 방에 가 보니 아버지는 바른 자세로 잠들어 계셨지요. 저는 불을 밝히고 아버지를 흔들어 깨우려 했는데… 아무런 미동도 없으신 거예요… 결국 그렇게, 아버지는 허무하게 돌아가셨어요… 그런데 아직도 풀리지 않는 수수께끼는 아버지께서 어떻게 돌아가신 건지 도무지 알 수가 없다는 것이에요. 황성에서 의관들이 나와 시신을 살폈고, 오라버니도 따로 의사들을 모아 철저히 검안해 봤지만, 시신에는 아무런 상처도 없었고, 목을 졸린 흔적도, 몸부림친 흔적도 없었죠. 그렇다고 독에 당한 것도 아니었어요… 후…… 아무튼 그렇게 아버지께서 돌아가셨고, 저는 끝도 없는 물음 이후에, 아무런 물증은 없었지만 분명 상대등이 자객을 보내 아버지를 해한 것이라 생각을 굳혔죠. 그런 저에게 대공이 몇 번을 찾아와 만나주길 간청했지만 만나주지 않다가, 시간이 흐르고 우연히 길에서 대공과 대렴을 마주쳤는데, 대공이 슬픈 표정으로 왜 갑자기 자기를 멀리 하냐며 물었었죠. 그래서 전 차갑게 말했어요. 너의 아비가 우리 아버지를 죽인 것이 틀림없다고… 그때 충격 받은 대공의 모습이 아직도 눈에 선해요… 그 후로는 대공을 만날 수 없었죠. 동생같이 친했던 대렴이 저에게 그리 험하게 나오는 것도, 내가 대공에게 터무니없는 이유로 깊은 상처를 줬다고 생각해서 그러는 거지요…"

만월이 이야기를 마치자, 세 사람은 그 나이에 접해보지 못한 무겁고 어두운 내용인지라, 아무런 말도 할 수 없었다. 또다시 어색한 침묵이 흐르자 만월이 일부러 웃어 보이며 말했다.

"하하, 이런… 제가 괜히 말했나 봐요. 너무 우울한 이야기죠?"

"언니… 이야기해 달라고 졸라서 미안해요… 어두운 기억을 저 때문에 다시 꺼내게 되었네요. 많이 힘드시죠?"

"아니야. 다 말하고 나니 너무 후련해. 그동안 이런 이야기를 아무한테도 할 수 없었거든… 친구들에게 다 털어놓으니 한결 마음이 가벼운

걸?"

그러자 기파가 말했다.

"꺼내기 힘든 이야기를 들려주셔서 고맙습니다. 덕분에 지금 조정이 돌아가는 사정을 대충은 이해하게 되었습니다. 사실, 저희가 왕경으로 가는 이유도 아버님께서 황제폐하의 밀명을 받고 급히 왕경으로 떠나셨기에 그 뒤를 따르는 것입니다."

그 말을 들은 만월이 깜짝 놀라며 되물었다.

"아버님이 누구세요?"

"실직성 도사 이순공입니다. 아마 잘 모르실 겁니다…"

"이순공… 이순? 어라?"

만월이 뭔가 생각난 듯 눈을 깜박이자 설아가 말했다.

"우리 아버지를 아세요?"

"혹시 설총공 밑에서 수학하셨던 분?"

"맞아요! 언니가 그걸 어떻게 아세요?"

"응, 내가 아주 어렸을 적에 가끔 우리집에 들르셔서 아버지와 같이 술도 마시곤 하셨어. 아버지와는 어릴 적부터 동문수학한 사이라 두 분이 무척 친하셨거든."

그러자 충담이 놀라며 말했다.

"호… 이거 정말 놀라운데? 어떻게 이런 일이 있을 수 있지?"

설아도 놀라운 듯 만월에게 말했다.

"그러게요! 언니, 우리가 그냥 우연으로 만난 게 아닌 것 같아요."

"그러게… 어쩐지 처음부터 뭔가 끌리더라고…"

"맞아요. 기파 오라버니가 언니한테 첫눈에 반한 것도 그렇고… 어쩌면 두 사람이 어릴 적에 만난 적도 있었는지도 모르겠군요? 하하."

"하하… 정말 그러네? 코흘리개 기파랑을 본 적이 있는 것 같은데?"

"하하하하."

두 여자가 또다시 쿵짝이 맞아 기파를 놀리며 웃자 기파가 이번에는 짐짓 심각한 표정으로 말했다.

"흠… 낭주의 말씀대로 아버님이 의충공과 의가 두터운 사이였다면, 이번에 밀명을 받은 것도 황후폐하의 뜻이 반영된 것이 아닐까요?"

"그럴 가능성이 짙어요. 이순공은… 아마도 제 아버지처럼 태후와 상대등을 견제하는 역할을 하시지 않을까요?"

기파의 표정이 어두워졌다. 충담이 말했다.

"만월낭주의 말씀대로 상대등이 그렇게 비열한 자라면, 공께서 과연 무사하실지가 걱정입니다."

그러자 설아도 걱정스러운 표정으로 말했다.

"언니, 우리 아버지가 정말 위험에 처한 걸까요?"

"음… 자세한 내막은 왕경에 가 봐야 알겠지. 내일 아침 일찍 이곳의 여각들이 연합해 물품을 왕경으로 수송하니까, 일찍 자고 같이 떠나자. 망덕사로 간다고 했지?"

"예."

"그래. 왕경에 도착하면 내가 자세히 알아보고 망덕사로 연통을 보내던지 할게. 앞으로 지속적으로 연락을 주고받자."

"예, 언니. 고마워요."

"고맙습니다."

기파가 만월에게 고개를 숙여 고마움을 표하자, 만월이 웃으며 말했다.

"기파랑, 너무 걱정하시지 마세요. 황제폐하 곁에는 고모님과 숙부님이 계시니, 이순공을 반드시 지켜주실 거예요."

자신을 안심시키려는 만월의 고운 마음씨가 느껴지자 기파는 저도 모르게 미소를 지었다. 그렇게 잠시 동안 만월과 기파는 웃으며 서로를 바라보았다.

"자, 그럼 저는 이만 내려가 볼게요. 내일 아침 일찍 떠나야 하니까, 다들 일찍 자두세요."

그렇게 세 사람의 배웅을 받으며 만월은 방을 나갔다.

그 시각. 신천방 뒤뜰에 있는 창고에는 대렴과 신천방주 소훈, 그리고 정체를 알 수 없는 삼십대로 보이는 두 사내가 탁자에 둘러앉아 있었다. 대렴이 말했다.

"이번 일을 마치고 나면, 부하들을 해산시키고 한동안 숨어 있어야 할 것이오."

그러자 두 사내 중 덩치가 큰 사내가 다른 사내에게 말했다.

"형님! 부하들을 해산시키다니, 그건 안 될 소리요!"

그러니 대렴이 발끈하며 방금 말한 사내에게 말했다.

"지금 조정에서는 토벌대를 보내야 한다는 주청이 시도 때도 없이 날아드는데, 아버님께서 억지로 막고 있다는 걸 알고나 하는 소린가?!"

"그건, 그쪽에서 당연히 해줘야 할 일 아닌가? 목숨을 걸고 일하는 쪽은 우리요! 그런데, 이제 와서 부하들을 해산시키라니, 가당치도 않소!"

"아니, 이자가?!"

대렴이 탁자를 치며 벌떡 일어서서 덩치 큰 사내를 노려보자 그 사내도 벌떡 일어나 대렴을 노려보았다. 개중에 나이가 가장 많은 중년의 소훈이 중간에서 둘을 말렸다.

"허허 참, 지금 우리끼리 싸울 때가 아니잖습니까? 거사가 내일입니다! 자, 자, 두 분 다 진정하시지요."

그러자 잠자코 있던 다른 사내가 말했다.

"종만아. 경거망동 하지 말고 앉거라."

그 사내의 한마디에 종만이라는 덩치 큰 사내가 못이기는 듯 자리에 앉았다.

"자, 작은 소주도 어서 앉으십시오. 말로 하지요, 말로."

소훈이 대렴을 달래니 대렴도 마지못해 자리에 앉았다. 종만이
말했다.

"종예형님. 우리가 어떻게 모은 병력인데, 해산은 안 됩니다. 차라리
이번 일은 접으시지요."

종예라는 사내가 눈을 감고 생각에 빠지자, 대렴이 쏘아붙였다.

"개구리 올챙이 적 시절을 생각 못한다더니, 그대들이 딱 그 모양이
군. 당신들이 발해에서 피신해 넘어온 것을 조정에 넘기지 않고 받아준
것도 아버님이요, 십여 명밖에 없던 무리가 지금 천 명이 넘어가기
까지, 무기와 자금을 대주고 뒤를 봐준 것도 아버님이라는 것을 벌써
잊었단 말이오? 그런데, 이제와 아버님의 명을 거역할 셈인가! 대답해보
시오, 종예!"

종예는 감았던 눈을 뜨고 대렴을 바라보며 차분한 음성으로
답했다.

"대렴. 상대등의 은혜는 뼈에 깊숙이 새기고 있으니, 흥분하지 마시
오. 그리고 우리를 부하 대하듯 하는 태도는 매우 불쾌하오. 지금은
비록 권력다툼에 밀려 이곳 신라 땅에서 도적질을 하고 있지만, 우리
역시 발해의 귀족이라는 것을 잊지 말아 주시오. 상대등과 우리는
서로 도움을 주고받는 대등한 관계지, 결코 주종의 관계가 아니란
말씀이오."

"오호라… 이제 클 만큼 컸으니 우리의 도움 따위는 필요 없다 이거
요?"

"난 그대가 우리를 대하는 태도에 문제가 있다고 말했을 뿐, 상대등의
명을 거역하겠다고 말한 적이 없소. 상대등이 왜 스무 살도 안 된
그대를 이 일에 끌어들였는지는 모르겠으나, 같이 일을 하게 된 이상,

쉽게 흥분하거나 우리를 깔보는 태도는 고쳐야 할 것이오."

"뭐, 뭐라?"

대렴의 얼굴이 울그락불그락 해지자, 안절부절 못하던 소훈이
급히 끼어들었다.

"왜 자꾸 쓸데없는 말만 주고받는 겁니까? 종예, 그래서 일이 끝나면
어떡하겠다는 말씀이오?"

"상대등이 병력을 해산하라 한 뜻은, 추후에 있을지 모를 토벌군과
충돌하는 일을 피하라는 소리 아니오? 일이 끝나면 삽량주1) 영축산2)
일대로 물러나 병력을 분산시키고 잠잠해질 때까지 기다릴 테니, 상대
등께 누가 가는 일은 없을 것이오. 대렴랑은 상대등께 그리 전해주시오."

종예가 끝까지 차분한 어조로 할 말을 마치자, 대렴은 상대가
만만치 않다는 생각에 흥분을 가라앉혔다.

"흠… 내일 그대가 일처리를 어떻게 하는지 지켜보고 난 후, 아버님께
그대로 전하도록 하지. 방주, 우리 낭도들이 묵을 방이나 잡아주시오.
술과 음식도 넣어주고."

"알겠습니다. 따라오시지요."

소훈이 대렴을 데리고 나가자, 종만이 말했다.

"어찌하다 우리가 저런 애송이놈의 눈치까지 살피게 된 건지… 형님,
발해에는 언제쯤 돌아갈 수 있단 말이오? 영영 이곳에서 도적으로
살아야 하는 것은 아닌지 두렵소."

"기다려야지… 참고 기다리다 보면 발해로 돌아갈 길이 반드시 트일
것이다. 그때가 되면, 지금 우리를 따르는 무리들이 큰 힘이 될 테니,

---

1) [歃良州]. 지금의 경남 양산 일대. 경덕왕 16년에 양주(良州)로 이름을 바꾼다.
2) [靈鷲山]. 현재의 양산 통도사가 있는 산. 고대 인도의 마가다국에 있던, 석가모니
   부처님이 머물며 화엄경을 설법했던 산의 이름을 따온 것이다. 영취산·취서산
   등으로 불리기도 하였으나, 이는 불교에서 유래된 '축(鷲)' 자를 일반인들이
   한자사전의 표기인 '취'로 읽기 시작하면서 비롯된 혼동이었다.

너무 조급해 하지 말거라."

"상대등이 언제까지 우리 뒤를 봐 줄지가 의문이오. 우리도 따로
살 궁리를 모색해야 하지 않겠소?"

"음… 신라 땅에 있는 한, 우리가 먼저 상대등을 버릴 수는 없겠지…
상대등 역시 더러운 일에 계속 우리를 써먹으려 할 테니, 공생관계가
쉬 깨지지는 않을 것이다. 후… 이런저런 생각은 나중에 하고, 지금은
내일만 생각하자."

"예, 형님. 그럼 지금 떠나시지요."

"그러자."

신천방 후문을 나선 종예와 종만은 어둠을 뚫고 어디론가 말을
달렸다.

6
화랑의 길

날이 밝자, 모화방 앞에서부터 저잣길을 따라, 각 여각에서 모여든 수레와 사람들이 길게 줄을 이었다. 여각들에서 차출된 이백여 명의 무사들도 일렬로 대기하고 있었다. 만월과 기파 일행이 모화방 정문으로 나오니, 물품목록을 점검하던 아주가 달려왔다.

"아가씨, 나오셨어요?"

"그래. 다들 모인 거니?"

"예. 그런데, 신천방은 열흘 전에 이미 배편으로 물자를 보내서, 이번 행렬에서 빠진답니다."

"그래? 감은포에서 동저자[1]까지 물품을 이송하기가 까다로울 텐데… 혹시라도 도적을 만날까봐 배편을 이용하는 건가?"

"시일을 달리해서 조금이라도 시세차익을 보려는 것은 아닐까요?"

"그럴지도 모르겠네…"

그때, 무사단장이 만월에게 성큼성큼 걸어와 보고했다.

"방주님, 모든 준비를 마쳤습니다."

"아, 그럼 출발하죠."

---

1) [東市]. 왕성의 동쪽에 있던 시장.

무사단장이 호각을 불자 길게 늘어선 여각운송단은 서라벌을 향해 움직이기 시작했다.

시간이 흐르고 어느새 해가 중천을 향해 갈 무렵. 운송단은 무릉산[1]을 지나 동대산[2]과 동천[3] 사이에 있는 평야지대를 지나고 있었다. 만월과 설아는 나란히 말 위에 올라 선두에 선 무사들 뒤를 따라가고 있었고, 그 뒤를 기파와 충담이 따라 걷고 있었다. 만월은 설아에게 저 멀리 보이는 큰 산봉우리를 가리키며 말했다.

"저기 보이는 봉우리가 삼태봉[4]이야. 서라벌과 구불벌의 중간지점이지. 저 산 아래에 모벌관문[5]이 있으니, 조금만 더 가면 도착할거야. 거기서 점심도 먹고 좀 쉬다 갈 거니까, 힘내자."

"예, 언니. 전 하나도 안 힘드니깐 걱정하지 마세요."

"그래."

만월이 설아에게 싱긋 웃어 보였다.

그 시각. 동대산 한쪽 기슭에는 종예, 종만이 이끄는 대규모 도적떼가 몸을 숨기고 운송단이 지나갈 때를 기다리고 있었다. 종만이 종예에게 말했다.

---

1) [武陵山]. 울산 북구와 동구의 경계에서 북쪽으로 뻗어있는 지금의 무룡산(舞龍山).

2) [東大山]. 울산 북구 매곡동·호계동·대안동에 걸쳐 있는 산.

3) [洞川]. 경주 외동읍 활성리 경동골에서 발원하여 울산 북구 명촌동에서 태화강에 합류되는 지금의 동천강.

4) [三台峰]. 경주 외동읍 모화리와 양남면 신대리의 접경지대에 있는 산.

5) [毛伐關門]. 성덕왕 21년(722)에 왜적의 침입을 막기 위해 서라벌 남쪽에 세운 장성. 현 울산 치술령에서 삼태봉의 대점성(신대리성)까지 약 12km가 넘게 산과 산을 연결하여 길게 쌓은 특수한 방식의 산성으로, 신라의 만리장성이라 불렸다. 조선시대에 이후로 관문성(關門城)이라 불리게 된다.

"형님, 생각보다 무사들의 숫자가 많습니다. 족히 이백은 넘어 보이는데, 나머지 운송단 인원들과 합치면 사백은 되어 보입니다. 병력을 더 끌고 올 걸 그랬습니다."

"우리는 서당군1)과 견주어도 손색이 없는 무장을 하고 있지 않느냐. 거기다 오랫동안 너와 내가 직접 훈련시킨 날랜 자들만 뽑아왔으니, 오백이면 충분하다. 이번 작전의 핵심은 속도야. 순식간에 운송단을 궤멸시키고 왜에서 들어온 금괴만 탈취한 후, 다른 수레들은 모조리 불태워야 한다. 그리고 곧장 이곳을 벗어나야 해."

"하지만, 전부 값나가는 물품들인데, 너무 아깝지 않습니까?"

"여기 모인 자들은 근본이 도적이다. 다른 물품들도 챙기기 시작하면, 욕심이 생겨 이것저것 챙기느라 통제 불능의 상태가 될 것이야. 거기다 짐이 많아지면 빠르게 철수할 수도 없어져서 이중으로 시간을 낭비하게 된다. 그러다 자칫 관문의 군사들에게 추격이라도 받게 된다면, 모든 일이 일그러지고 말아!"

"음… 형님의 뜻은 잘 알겠습니다. 하지만 전투를 치르고 나면 흥분상태일 수하들이, 과연 전리품을 불태우란 명을 순순히 따를지가 의문입니다."

"일단 운송물자가 불타 없어지면 서라벌의 물건 값이 폭등하게 될 것이다. 그러면 신청방주가, 쌓아둔 물품을 저자에 풀어 폭리를 취한 후에 우리에게 따로 보상 한다 약조했으니, 부장들에게 그대로 전하고 수하들이 딴 짓 못하도록 단단히 주의시키라 명하거라."

"알겠습니다. 그럼 일이 끝나면 제가 앞장서서 불을 놓겠습니다."

"흠… 아니다. 아무래도 그 일은 내가 하는 게 나을 것 같으니,

---

1) 구서당(九誓幢)을 말함. 왕경에 배치되어 수도방비와 치안을 담당하던 9개의 핵심 중앙군단으로, 이 시기에는 모병에 의한 직업군인들로 채워져 있었다. 각 서당은 고유의 옷깃 색으로 구분되었다. (자세한 내용은 2권에서 다루겠습니다.) 한편, 지방에는 십정(十停)이라는 10개의 군단이 각지에 배치되어있었다.

너는 모화방주 만월을 찾아 없애는 데만 주력하거라. 대렴이, 상대등이 특별히 지시한 것이라 하였으니, 반드시 죽여 없애야 한다!"

"예! 형님."

이윽고, 긴 운송단 행렬이 눈앞에 들어오자, 종예가 칼을 빼들고 일어나 외쳤다.

"지금이다!!! 북을 울려라!!!"

그러자, 여기저기서 북소리가 울려 퍼지며 도적떼들이 한꺼번에 산을 내려와 흙먼지를 일으키며 운송단을 향해 돌진하기 시작했다. 그 모습을 본 무사단장이 호각을 불고 외쳤다.

"도적떼다!!! 무사단은 진형을 갖추라!!!"

그러자 이백의 무사단이 일렬로 늘어서 도적떼를 맞을 준비를 했다. 만월은, 함성을 지르며 밀려오는 도적떼를 보더니, 놀라서 사시나무 떨 듯 떨고 있었다. 그 모습을 본 기파가 설아에게 말했다.

"설아야!! 낭주를 모시고 강가로 피하거라!!"

설아는 고개를 끄덕이고서 만월의 팔목을 잡고 세게 흔들었다.

"언니!! 정신 차리세요!! 어서 이곳을 빠져나가야 해요!!"

반쯤 넋이 나간 만월이 설아를 쳐다보자, 설아가 만월이 탄 말의 고삐를 잡아당겨 방향을 튼 후, 배를 걷어찼다. 그러자 말이 강 쪽으로 달려 나가기 시작하고 설아도 곧장 뒤를 따랐다. 곧 이어 무사단과 도적떼가 정면으로 부딪히며 전투가 시작되자 운송단 사람들 대부분은 이리저기 흩어져 도망치기 시작하고, 일부는 무기를 들고 무사단과 함께 싸우기 시작했다. 중무장을 하고 밀려드는 도적떼의 기세에 무사단의 진형이 삽시간에 무너지더니, 무사들과 도적들이 이리저리 뒤섞여, 피가 튀기고 비명이 터지는 난전이 펼쳐졌다. 그 와중에 활을 든 충담이 수레 위에 올라가 다람쥐처럼 빠른 움직임으로 도적들을

향해 화살을 쏘아대자, 순식간에 대여섯 명의 도적이 목에 화살을
맞고 쓰러졌다. 만월을 찾던 종만이 멀리서 그 모습을 보고선, 참마검[1]
을 들고 말을 달려 충담에게로 돌진했다. 이리저리 활을 쏘던 충담이
달려오는 종만을 발견하고 그쪽으로 화살을 쏘았다. 종만이 순간 몸을
숙여 날아드는 화살을 피하고 계속해서 달려오자, 충담은 수레 뒤로
뛰어내려 도망치기 시작했다. 그런데 종만이, 앞을 가로막고 있는
수레를 향해 계속 말을 달리더니, 공중으로 솟구쳐 수레를 그대로
넘어버리는 것이 아닌가? 뛰어가던 충담이 고개를 돌리니 이미 자신을
향해 찔러 들어오고 있는 예리한 칼날이 눈에 들어왔다. 놀란 충담이
옆으로 피하다 뛰어가던 속도를 못 이겨 땅바닥에 나뒹굴었다. 그러자
종만이 말을 돌려 쓰러진 충담 쪽으로 다시 돌진했다. 충담이 몸을
일으키는 사이, 어느새 달려온 종만이 참마검을 내질렀다. 칼날이
충담의 가슴을 후벼 파려는 찰나!

'촤앙!!!'

전력으로 달려온 기파가 칼을 휘둘러 참마검을 튕겨냈다. 허공을
찌르며 지나쳐간 종만이 다시 말을 돌리려 하자, 기파가 종만을 향해
돌진하더니, 들고 있던 칼을 종만에게 던졌다.

'쉬리리릭! 치캉!!'

칼이 빙글빙글 돌며 날아오자 종만은 황급히 참마검을 휘둘러 칼을
튕겨냈다. 그 틈에 달려든 기파가 방향을 틀던 말의 옆구리를 온몸으로
들이받았다.

'이~~히이이잉!!'

충격을 받은 말이 울부짖으며 옆걸음 치더니, 중심을 되찾지 못하고
나무가 쓰러지듯 몸통을 기울이며 쓰러졌다. 말에서 떨어져 땅바닥을
뒹굴던 종만이 황급히 몸을 일으키는데, 순식간에 달려온 기파가 몸을

---

1) [斬馬刀]. 양날의 대형 검에 창처럼 긴 손잡이를 붙인 병기.

날려 쓰러진 말을 뛰어넘으며 공중에서 몸을 회전시켰다.

"왓챠!!!"

날아드는 속도에 회전력까지 더한 기파의 오른발이 기합소리와 함께 종만의 얼굴을 정통으로 가격했다. 종만은 퍽 하는 소리와 함께 뒤로 튕겨나 정신을 잃고 벌러덩 나자빠졌다.

'쉬이익!'

그때 갑자기, 기파의 얼굴을 향해 화살이 날아들었다. 깜짝 놀란 기파가 순간적으로 몸을 숙이자, 날아든 화살이 기파가 쓰고 있던 털모자에 박히며 아슬아슬하게 정수리를 훑고서 모자와 함께 날아갔다. 그러자 정수리 위에 묶여있던 머리가 풀리며 이리저리 흘러내렸다. 산발이 된 기파가 고개를 들어 보니, 활을 든 종예를 선두로 말을 탄 수십의 도적들이 저쪽에서 달려오고 있었다. 마침 쓰러졌던 종만의 말이 몸부림치며 일어났다. 기파는 그 위에 훌쩍 올라타 충담을 바라보며 고삐를 내리쳤다. 말이 달려 나가기 시작하고, 기파는 순식간에 가까워지는 충담에게 팔을 뻗었다.

"담아!!"

재빨리 활을 둘러맨 충담은 달려오는 기파의 팔에 자신의 팔을 교차시켜 서로의 팔꿈치 안쪽이 갈고리처럼 걸리자마자 단숨에 뛰어올라 달리는 말 위에 몸을 얹었다. 충담을 태운 기파는 설아와 만월이 있는 곳을 향해 박차를 가했다.

"이랴!!"

기파와 충담이 그렇게 달아난 뒤, 금세 도착한 종예가 말에서 내려 쓰러져 있는 종만을 흔들었다.

"종만아! 종만아!"

"으으으…"

종예가 정신을 차린 종만의 상체를 일으켜 세우자 으스러진 종만의 코에서 피가 주르르 쏟아져 나왔다.

"아윽…"

고통이 밀려와 종만이 신음을 토하자, 종예가 말했다.

"안 되겠다. 내가 만월을 찾을 테니, 넌 남은 무사들이 처리되는 대로 금괴를 챙겨서 후퇴하거라."

"으… 알겠소. 헌데 그놈은 어떻게 됐소? 날 이렇게 만든 놈 말이오."

"네 말을 타고 저쪽으로 도망쳤다."

종예가 기파가 도망친 쪽을 가리키자, 둘의 시야에 강을 따라 도주하고 있는 네 남녀가 들어왔다. 어느새 만월의 말로 갈아탄 기파가 그녀를 뒤에 태우고 달리고 있었다.

"형님! 저놈 뒤에 탄 여자가 만월 아닙니까?"

"맞다! 관문으로 도망치려는 모양이다!"

"어서 가시오! 어서!"

종예는 땅에 떨어진 종만의 참마검을 집어 들더니 말위에 올라탔다. 그러자 종만이 말했다.

"저놈의 무예가 고강하니 조심하시오!"

"알았다. 이랴!!"

종예가 만월을 뒤쫓기 시작하자, 말을 탄 수십의 도적들이 뒤를 따랐다.

얼마 후. 동천을 따라 모벌관문 쪽으로 도망치던 기파일행은, 어느새 바짝 따라붙은 종예무리의 추격을 받고 있었다. 앞서가던 기파와 만월의 말은 두 사람을 태우고 있었기에 속도가 느릴 수밖에 없었다. 하여 충담이 후미에서 적들에게 화살을 쏘아 시간을 벌고 있었다. 말 위에서 몸을 비틀어 화살을 날릴 때마다, 앞서 추격해오던 말의 가슴을 정확히 꿰뚫었다. 그러니 말과 함께 도적이 땅바닥에 꼬꾸라져 뒹굴었고, 뒤에서 오던 도적들은 뒹구는 말과 도적을 피하느라 잠시 동안 속도가 떨어 질 수밖에 없었다. 그렇게 서너 번을 더 반복하던 충담이 화살통에 손을 가져가자, 화살이 다 떨어지고 없었다. 활을 다시 둘러맨 충담이 고삐를 내리치며 속도를 내었다.

"이랴!! 이랴!!"

어느새 기파의 오른쪽 옆까지 달려온 충담이 기파에게 외쳤다.

"화살이 다 떨어졌다!! 이대로 가다간 붙잡히겠어!!"

그 말을 들은 기파가 뒤쪽을 돌아보더니 충담에게 외쳤다.

"담아!! 내가 시간을 벌 테니, 넌 둘을 데리고 강을 건너!!"

충담이 고개를 끄덕였다. 기파는 오른쪽 다리를 말머리 위로 넘겨 말안장 왼편에 매달리더니 왼다리는 앞쪽으로 쭉 뻗고 오른다리는 직각으로 구부려 땅에 발을 붙이고는 손을 놓아버렸다.

"기파랑!!"

뒤에 타고 있던 만월이 앞으로 엎어지며 뒤돌아보자, 기파가 엄청난 흙먼지를 일으키며 몸을 낮춰 땅을 미끄러지고 있었다. 충담이 만월에게 외쳤다.

"만월!! 어서 말고삐를 잡아요!!"

정신을 차린 만월이 자세를 가다듬자, 충담은 앞서 달리고 있는 설아에게 외쳤다.

"설아야!! 저기 모래톱 보이지!!"

"예!!"

"거기서 강을 건너자!!"

"예!!"

각자 말을 탄 세 사람은 강이 얕아지는 부위로 달려갔다. 그동안 몸을 멈춰 세운 기파는 자신이 일으킨 자욱한 흙먼지 사이로 주변에 있는 돌멩이들을 마구 집어 던졌다. 돌멩이들이 먼지를 뚫고 갑자기 날아들자, 앞서 추격하던 도적들은 미처 피할 겨를도 없이 돌에 맞아 떨어지거나, 대가리에 돌을 맞은 말과 함께 나뒹굴었다. 앞선 자들이 순식간에 쓰러지자, 달려오던 종예가 급히 말을 멈추며 손을 들었다. 그러니 뒤따르던 무리들도 종예 뒤에 멈춰 섰다. 흙먼지가 잦아들자 그 속에서 기파의 모습이 드러났다. 어느새 앞선 도적이 떨군 당파창1)을 들고서 도적의 말 위에 올라타 있었는데, 납의 상의를 뒤로 벗어젖혀 허리에 늘어뜨린 반라(半裸)의 모습을 하고, 산발이 된 머리에 온통 흙먼지를 뒤집어쓰고는, 이빨을 드러내고 도적들을 향해 낄낄 웃고 있었다. 그 모습이 어찌나 섬뜩한지, 마치 기괴한 표정의 금강야차명왕2)을 보는 듯했다. 낄낄거리며 웃던 기파가 순간 정색을 하더니 종예를 향해 창을 겨누며 소리쳤다.

"네놈이 도적의 수괴렸다!!"

그러자 종예가 참마검을 들고 앞으로 나서며 대꾸했다.

"그렇다!! 네놈은 누구냐!!"

"낄낄낄, 곧 죽을 놈이 알아서 뭘 하겠느냐!! 이랴!!!"

기파가 느닷없이 돌진해오자 종예도 참마검을 고쳐 잡으며 말을 달렸다. 서로 거리에 들어서자 종예는 참마검을 쳐들고 우측 위에서 좌측 아래로 크게 베었다.

'추앙!!! 퍽!!'

기파는 날아드는 참마검을 향해 당파창을 찔러넣어 칼날을 창날

---

1) [鐺鈀槍]. 당나라에서 개발된 끝이 세 갈래로 갈라지고 자루가 긴 창. 삼지창의 개량형으로 로마의 글라디우스(gladius. 근접전용 짧은 양날검)와 함께 역사상 가장 많은 사상자를 낸 무기중 하나.

2) [金剛夜叉明王]. 밀교에서 중심이 되는 오대명왕(五大明王)중 일존(尊)으로 북방의 수호신이다. 북방불공성취여래(北方不空成就如來)가 분노의 신으로 변한 모습이다. 얼굴이 셋이고 팔이 여섯으로, 북방을 지켜 일체의 악마를 잡아먹는다.

가지 사이에 끼워 막는 동시에, 손에 쥔 창 자루를 옆으로 휘둘러 지나치는 종예의 주둥이를 강타했다. 쓰고 있던 투구가 날아가며, 허공에서 뒤로 반 바퀴를 돈 종예가 땅바닥에 철퍽 하고 그대로 엎어졌다. 기파는 그런 종예는 아랑곳 하지 않고 앞에 보이는 도적들에게 계속 돌진했다. 순식간에 벌어지는 상황에 어리둥절해 하던 도적들은 어, 어, 하는 사이에 기파가 휘두르는 창에 하나 둘 나가떨어졌다. 정신을 차린 도적들이 대항하기 시작했으나 기파와 마주치는 자들은 여지없이 당파창에 찔리거나 베여 추풍낙엽처럼 쓰러지니 그야말로 야차가 따로 없었다.

"쿨럭…"

그 사이 정신을 차린 종예가 입에 한가득 고인 피를 쏟아내니, 피와 함께 이빨이 우수수 쏟아져 나왔다.

"으… 저놈이 감히… 으아아아악!!!"

분노로 몸을 부르르 떨며 눈에 핏발을 세운 종예가 악에 받힌 고함을 터트렸다. 그러더니 땅바닥에 떨어진 참마검을 집어 들고 터벅터벅 걸어가 다시 말에 올라탔다.

한편, 강을 건너 갈대가 무성한 자그만 언덕 뒤에 몸을 숨긴 충담 일행은, 말에서 내려 갈대숲 사이로 기파를 지켜보며 마음을 졸이고 있었다. 기파가 말을 이리저리 달리며 도적들을 베어넘겼지만, 곧 이어 말을 탄 수십의 도적들이 합류해 기파에게 달려들었고, 거기다 정신을 차린 종예마저 기파를 향해 말을 달리고 있었다. 만월이 떨리는 목소리로 말했다.

"하… 어쩌면 좋죠? 기파랑이 너무 위험해요…"

그러자 설아가 울먹이며 충담에게 말했다.

"흐윽… 아무리 오라버니라도 혼자서 저 많은 적들을 어떻게 상대해요…"

"하아…"

충담이 빈 화살통을 매만지며 허탈해 할 때였다.

'빠!!!!~~~~~~암.'

뒤쪽의 큰 언덕에서 뿔피리 소리가 길게 뿜어져 나와 온 사방에 울려 퍼지자, 셋은 일제히 뒤쪽을 바라보았다.

'둥!!!! 둥!!!! 둥!!!! 두둥!!!!'

북소리가 울려 퍼지는 가운데, 언덕 위로 눈 밑에 피칠을 한 백여 명의 풍월도 무리들이 말을 타고 나타나더니, 곧바로 강을 향해 질주하기 시작했다. 뒤이어 수백의 낭도들이 함성을 지르며 그 뒤를 뛰어갔다.

"와아!!!!!!!!~~~~~."

천지가 진동하는 듯한 함성이 강가에 울려 퍼졌다. 낭도들이 몰려가고 나자, 언덕 위로 황금색 깃발이 나부끼는 청룡극1)을 든 화랑이 백마를 타고 모습을 드러냈다. 뒤이어 커다란 뿔피리를 든 낭승이 말을 타고 나타났고, 그 뒤에 북을 든 십여 명의 낭도들이 나타났다. 화랑은 푸른색 소매와 깃의 흰 도복 위에 갈비뼈 모양의 회색 갑주를 받쳐 입고 있었고, 머리에는 흰 깃털이 달린 푸른 조우관을 쓰고 있었다. 얼굴은 허연 분칠을 하고, 눈 주위는 시커먼 숯칠을 하였으며, 눈 아래로 길게 피칠을 하고 있어, 꼭 해골이 피눈물을 흘리는 것 같은 소름 끼치는 모습이었다. 청룡극에 달려 나부끼는 깃발에는 '용화향도'2)라는 글자가 새겨져 있어, 그가 김유신의 후손임을 암시하고 있었다. 화랑은 충담 일행이 숨어 있는 쪽을 손짓하며 낭승에게 뭐라 말하고

---

1) [靑龍戟]. 중심의 찌르기용 날 한쪽에, 초승달 모양의 '월아(月牙)'라는 베기용 날을 부착한 장창.

2) [龍華香徒]. 김유신을 따르던 풍월도의 이름. 왕경의 남산에 근거지를 두고 있으며, '용화'는 미륵을, '향도'는 불교신앙단체를 뜻하므로, 풀이하면 '미륵을 따르는 무리' 정도로 해석할 수 있다.

는 그대로 말을 달려 저 멀리 사라졌다. 낭승이 충담 쪽으로 말을 달려오자, 충담과 설아의 얼굴에 화색이 돌았다.

"사형!!"

"오라버니!!"

한편, 무리에 합세한 종예는 수하들과 기파를 에워싸려 하였으나, 그때마다 기파가 한쪽을 베어 넘기며 빠져나가는지라 애를 먹고 있었다. 그러다 용화향도의 기마부대가 강을 건너기 시작하자 종예가 외쳤다.

"후퇴하라!!! 본대와 합세한다!!!"

종예의 외침에 무리들은 기파를 버려두고 일제히 말을 달려 도주하기 시작했다. 잠시 후, 기마낭도들이 강을 건너오자 그들을 이끄는 화랑에게 기파가 외쳤다.

"맨 앞에 도주하는 자가 도적의 수괴요!!! 어서 추격하시오!!!"

"추격하라!!!"

화랑이 외치며 방향을 틀자 낭도들도 일제히 종예를 추격하기 시작했다.

"휴…"

긴 한숨을 내뱉은 기파는 고개를 돌려 강 쪽을 바라보았다. 그러자 눈에 익은 승려가 충담 일행을 이끌고 강을 건너고 있었다.

"월명 사형!?"

기파가 말에서 내리자 월명이 말을 달려오며 기파에게 외쳤다.

"기파야!! 다치지 않았느냐!!"

"사형!!"

월명이 말에서 내리자 기파가 물었다.

"승랑이 되신 겁니까?"

"한 해 전부터 아미[1]랑의 용화향도에 몸담고 있다. 그런데, 정말 괜찮은 거냐?"

"하하, 죽는 줄 알고 식겁했습니다. 그런데 정말 딱 맞춰 오셨습니다! 어찌 알고 오신 겁니까?"

"이 근방에서 도적이 자주 출몰했는데, 조정에서는 토벌대를 보낼 생각을 안 해서, 아미랑이 며칠 전부터 용화향도를 이끌고 남모르게 이 일대를 수색하고 있었다. 건너편 구릉지대를 수색하다가 너희들이 쫓기는 걸 발견하고 달려온 것이야."

"오라버니!~."

어느새 말에서 내린 설아가 기파를 와락 안고는 기파의 가슴에 얼굴을 부벼댔다. 눈에서 눈물이 뚝뚝 떨어지고 있었다. 기파는 그런 설아의 머리를 쓰다듬으며 말했다.

"얘가, 어린애처럼 왜이래?"

그러고 다시 고개를 드니, 만월이 뭔가 할 말이 있는 듯 머뭇거리고 있었다.

"만월. 무사하시오?"

기파가 먼저 말을 건네자, 만월이 기파의 곁으로 다가와 두 손을 기파의 팔뚝에 가져다 대며 말했다.

"예, 기파랑. 잘못되실까봐 많이 걱정했어요…"

"걱정해줘서 고맙소."

그 모습을 보던 충담이 아니꼬운 듯 혼잣말을 했다.

"자식, 여복이 터졌구만…"

"충담아, 뭐라 했나?"

"어? 아, 살아서 다행이라고."

---

1) 이 소설에서는 김유신의 고손(손자의 손자) '김암(金巖)'을 '김아미(金阿彌)'라 칭하기로 하였습니다.

서로가 안도감의 대화를 나누자, 월명이 말했다.

"아미랑이 관문에 피해있으라 했다. 관문으로 가자."

한편, 종예는 낭도들에게 쫓기며 종만이 있는 쪽을 향해 필사적으로 도망치고 있었다. 무사단을 전멸시키고 금괴를 챙긴 후, 수레에 불을 지르던 종만에게 도적떼의 부장 하나가 달려오며 외쳤다.

"작은 두령!! 큰 두령이 쫓기고 있습니다!!"

종만이 들고 있던 횃불을 집어 던지고 달려 나가 보니, 저 멀리서 종예가 백여 명의 기마낭도들에게 쫓기고 있었다. 더 멀리에서는 자욱한 먼지를 일으키며 대규모의 보낭도들이 달려오고 있었다.

"큰일이다! 형님을 구해야 한다!!"

"하지만 적이 너무 많습니다! 지금 빨리 도망쳐야 합니다!"

"하지만, 형님이…"

"큰 두령이 하신 말씀을 잊으셨습니까? 큰 두령은 알아서 도망치실 겁니다. 어서, 어서 말에 오르십시오!"

인상을 찌푸리며 고민하던 종만은, 마음을 굳혔는지 말에 올라 외쳤다.

"퇴각하라!!! 전부 산으로 퇴각한다!!!"

도적떼가 산으로 도망치기 시작했다. 말을 달리며 멀리서 그 모습을 본 종예는 강을 건너 도망칠지, 종만을 뒤따라 산으로 도망칠지를 생각하다가 뒤를 돌아보았다. 따르던 수십의 무리는 추격대에 따라잡히거나 화살을 맞아 온데간데없고, 단 세 명만이 남아 있었다. 다시 고개를 돌려 앞을 보자, 저 앞 강가에서 갑자기 나타난 화랑이 백마를 타고 자신을 향해 돌진해오고 있었다. 종예가 방향을 틀어 산 쪽으로 말을 달리니, 화랑도 각도를 틀어 달려왔다. 순식간에 거리가 좁혀지자, 종예가 참마검을 고쳐 잡고 일격을 날릴 준비를 했다. 그때, 화랑이 안장 뒤편에서 뭔가를 꺼내 종예가 탄 말을 향해 던졌다. 그러자 쇠구슬이 이리저리 달린 그물이 공중에서 퍼지며 종예가 탄 말의 다리에 휘감겼다. 달리던 말이 다리가 엉켜 무릎을 꿇으며 종예와 함께 곤두박질치는 찰나!

'슈웅!'

아래에서 위로 걷어 올린 화랑의 청룡극이 곤두박질치던 종예의 목을 댕강 잘라버렸다.

"와아!!!!!!~~~~."

종예를 쫓던 기마낭도들이 일제히 환호성을 질러대자, 산을 오르던 종만이 아래를 내려다보았다. 몸통에서 떨어져나간 종예의 머리통이 피를 내뿜으며 땅바닥을 데굴데굴 구르고 있었다.

"안 돼!!!!"

종만이 이성을 잃고 산을 내려가려 하자, 보좌하던 도적들이 일제히 달려들어 종만을 억지로 끌고 도망쳤다. 종예를 뒤따르던 세 명의 도적들이 기겁을 하고 산으로 말을 달리자, 기마낭도들이 그들을 추격하기 시작했다. 그때.

'삐!!!~~~익.'

백마를 탄 화랑이 호각을 불어 추격하던 낭도들을 멈춰 세웠다. 기마낭도들을 이끌던 화랑이 그에게 말을 달려와 말했다.

"아미랑! 도적떼를 소탕할 기횝니다! 추격하시지요!"

그러자 아미가 고개를 흔들고 말했다.

"안 되네. 내가 미리 와서 전력을 살피니, 얼핏 잡아도 삼사백은 되어 보이더군. 산속에 얼마나 더 있는지도 알 수가 없어. 억지로 추격하다가 산중에서 전투가 벌어지면, 이곳 산에 익숙한 저들에게 막심한 피해를 입을 수도 있네. 우리는 매복이나 기습을 해서 최대한 피해 없이 저들을 소탕해야 해. 충효랑, 다음 기회를 노리세."

"아… 제 생각이 짧았습니다. 과연 아미랑이십니다."

"일단, 수레들에 붙은 불부터 *끄세.*"

이때, 동대산 중턱에서 모든 상황을 몰래 지켜보던 자가 있었으니, 다름 아닌 대렴이었다.

"제길! 아미 저 빌어먹을 놈이 일을 다 망치는군!"

대렴은 등짐에서 휴대용 지필묵을 꺼내 뭔가를 적더니, 등짐 속 새장에서 비둘기를 꺼내 발에 서신을 묶어 어디론가 날렸다.

한편, 산 아래에서는 충효와 기마낭도들이 말에서 내려 여기저기 불타는 수레에 흙을 퍼붓고 있었는데, 수백의 보낭도들이 헉헉거리며 뛰어왔다. 즐비한 시체들 한 가운데에서 무릎을 꿇고 뭔가를 살피던 아미에게, 보낭도를 이끌던 화랑이 뛰어와 말했다.

"헉, 헉, 헉, 아미랑. 헉, 헉, 벌써 끝난 겁니까? 헉, 헉…"

그러자 아미가 손에 들고 있던 갑주를 건네며 말했다.

"승우랑. 이것 좀 보시게."

"쓰읍~~ 후~~ 쓰읍~~ 후~~…"

숨을 고른 승우가 갑주를 살피더니 말했다.

"이건… 어라? 어디서 많이 본 갑주인데…"

"천천히 잘 살펴보게나."

"음… 아! 서당군의 갑주와 흡사한 것 같습니다."

"흡사한 것이 아니라, 같은 것이네. 약간씩 변화를 줬을 뿐이야. 주위를 둘러보시게."

"아니!? 도적들이 어찌 이런 갑주를 입고 있는 것입니까?"

"그뿐만이 아닐세. 창, 칼, 방패, 심지어 활까지 모두 서당군의 것에서 변형된 것들이야!"

"허, 어찌 이런 일이… 그러고 보니, 무사들의 시체가 도적의 시체보다 훨씬 많습니다."

"잘 봤어. 도망친 도적들을 합해서 헤아려 보니, 전투가 시작됐을 때, 무사들은 이백, 도적들은 사오백 쯤 되었을 것 같네. 여각의 무사들은 잔뼈가 굵은 직업용병들이야. 헌데 무사들은 전멸한 반면, 도적의 시체는 그 절반정도 밖에 안 된단 말이지. 일반적인 도적떼였다면, 그 정도 병력차이로는 무사들을 상대로 백병전에서 이렇게 압도적인 승리를 할 수가 없어."

"그럼, 도적떼가 아니라 군대란 말씀입니까?"

"흠… 아무래도 뭔가가 있는 게 분명해. 일단 도적이 쓰던 장비들을 종류별로 하나씩 챙겨서 수레에 옮기세. 이 일은 충효랑에게만 알리고 비밀로 하게."

"알겠습니다."

시간이 흘러 낭도들이 불을 끈 수레들을 정비하고 있으니, 여기저기서 도망쳤던 운송단 사람들이 하나 둘 모여들었다. 곧 이어, 월명이 천여 명의 관문 병사들을 이끌고 당도했다. 용화향도는 그들과 함께 시체들을 수습한 뒤, 수레를 끌고 모벌관문으로 향했다. 성문이 열리고 아미가 들어갈 때에는 어느덧 해가 뉘엿뉘엿 지고 있을 무렵이었다. 기파 일행이 성문 안쪽에 마중을 나와 있었다.

"아미야!"

말을 타고 성문을 들어서는 아미를 만월이 반갑게 불렀다. 아미가 기파 일행과 섞여 있는 만월을 보고서, 들고 있던 청룡극을 지나가던 낭도에게 맡겼다. 그리고 말머리를 틀어 다가왔다.

"만월누님! 황후폐하께서 아시면 어쩌시려고, 직접 운송단을 이끄신 겁니까?"

"아… 이번에 귀한 친구들을 사귀게 돼서, 같이 서라벌로 가던 중이었어…"

"이번에 도적들이 아아앗!!"

"엄마야!!"

그때, 말에서 내리던 아미가 등자[1])에 발이 걸려, 옆에 있던 설아를 덮쳤다. 둘이 같이 땅바닥에 넘어지더니, 밑에 깔린 설아의 배에 아미가 얼굴을 파묻었다.

"꺄악!!!"

설아의 비명에 아미가 고개를 들어보니, 자신의 양손이 설아의 양쪽 젖가슴을 움켜쥐고 있는 것이 아닌가?!

'찰싹!'

설아가 뺨따귀를 날리자, 그제야 정신을 차린 아미가 황급히 손을 떼고 일어났다. 설아가 씩씩거리며 일어나 아미에게 소리쳤다.

"야이 호색한아!!"

"아, 저, 그게, 실수입니다! 등자에 발이 걸려서, 정말 실수입니다!"

아미가 당황하여 설아에게 다가가며 양손으로 손사래를 치자, 설아의 눈에는 자신의 젖가슴을 향해 흔들거리며 다가오는 아미의 징그러운 손 밖에는 보이질 않았다.

"꺄악!!"

기겁을 한 설아가 아미의 낭심을 걷어찼다.

"헙!! 우오!!~~."

설아가 얼른 달려가 만월 뒤에 숨었고, 말할 수 없는 충격을 받은 아미가 양손을 낭심에 모으고 몸을 새우처럼 구부리고는 꼽등이가 뛰듯 펄쩍펄쩍 뛰었다. 그 모습을 보던 기파와 충담이 꼭 자신이 맞은 것처럼 아랫입술을 턱 아래로 당기며 안쓰러운 표정을 지었다.

---

1) [鐙子]. 말안장에 달린 발받침.

"어~어, 오~오, 뜨어어오…"

아미가 알 수 없는 소리를 내뱉으며 이리저리 뛰자, 보다 못한 기파가 아미에게 다가가 엉덩이를 두드려 주었다.

그 무렵, 한참을 말을 달린 대렴은 상대등의 대저택 입구에 도착했다.

"아버님은 들어오셨나?"

대렴이 입구를 지키던 가병들 중 하나에게 물으니 가병이 대답했다.

"예. 좀 전에 들어오셨습니다."

문이 열리고 대렴이 말을 달려 정원을 지나 안채로 들어서자, 갑자기 대공이 앞을 막아섰다.

"어! 형님, 여기 계셨소? 아버님은 안에 계시오?"

"말에서 내려라."

대공이 싸늘하게 말하자, 대렴은 뭔가 심상치 않은 기운을 느끼며 말에서 내렸다.

"내게 무슨 할 말이라도 있는 거요?"

그러자 대공이 품에서 서신을 꺼내 보였다.

"네가 보낸 것이지?"

"응? 그걸 왜 형님이 가지고 있는 것이오?"

"만월을 해치우려 한 것은, 아버님의 명이냐 네놈의 짓거리냐?"

"……"

"대답해!!"

"아버님은 모르는 일이오. 내가 독단으로 종예에게 시킨 일이지."

'퍽!!'

대공이 느닷없이 주먹을 날렸다. 대렴이 얼굴에 주먹을 맞고 뒤로 자빠지더니, 곧바로 일어나 소리쳤다.

"내가 뭘 잘못했다고 이래?!! 도대체 언제까지 그년을 감싸고 돌

생각이야!!"

"아니, 이 새끼가!!"

대공이 다시 주먹을 날리자, 대렴이 날아오는 주먹을 한손으로 덥석 잡더니, 다른 한손으로 대공의 멱살을 잡아 당겨 대공을 노려보았다.

"그년은 말도 안 되는 이유로 우리를 개돼지 보듯 하는데, 혼자서만 지고지순 일편단심이신가? 정신 차려, 이 병신아!!"

그 말과 함께 대공을 위로 번쩍 들어 올리더니, 있는 힘껏 몸을 틀어 뒤쪽 땅바닥에 내던져버렸다. 던져진 대공이 손을 땅에 짚으며 몸을 굴려서 바로 일어나더니, 그대로 대렴에게 달려와 대렴의 옆구리를 향해 발을 돌려 찼다. 대렴이 양손으로 날아오는 대공의 다리를 붙잡자, 대공이 순식간에 다른 발로 뛰어올라 양손으로 대렴의 머리를 내리누르며 무릎으로 얼굴을 가격했다. 퍽 하는 소리와 함께 대렴이 비틀거리며 뒷걸음질 치자, 대공이 달려와 있는 힘껏 발을 뻗어 대렴의 가슴팍을 가격했다.

'퍽!! 쿠당탕!!!'

둔탁한 소리와 함께 충격을 받은 대렴이 뒤로 떠밀려 날아가더니, 열어 젖혀 놓은 입구 문짝에 처박히며 그대로 주저앉았다. 대렴의 코에서 피가 쏟아져 내렸다. 대렴은 흐르는 피를 소매로 쓱 닦아내더니 피식 웃으며 몸을 일으켰다. 대공이 천천히 걸어와 대렴 앞에 서더니, 양손으로 멱살을 쥐며 코앞에서 나지막하게 말했다.

"한번만 더 만월을 건드렸다간, 동생이고 나발이고 없어!"

"흥, 어디 한번 두고 보자구."

서로가 죽일 듯이 노려보는 그때, 정종과 탁근이 마루에 나왔다.

"웬 소란이냐?!!"

정종이 두 아들에게 소리치자, 대공은 쥐고 있던 멱살을 풀더니 밖으로 뛰쳐나가버렸다.

"아니!? 저놈이 저저… 쯧쯧쯧."

정종이 그런 대공을 보고 혀를 차자, 탁근이 신발을 신고 대렴에게로 달려왔다.

"작은 소주! 괜찮으십니까?"

"난 괜찮소."

정종이 마루 위에서 대렴에게 물었다.

"저놈이 왜 또 저러는 게냐?"

"몰라서 물으십니까? 형님이 저렇게 돌변하는 이유야, 그거 말고 또 뭐가 있겠습니까?"

"으이구… 또 시작인 것이야? 이번엔 또 무슨 일이 있었던 게야?!"

"들어가서 말씀드리지요. 아저씨는 어서 형님을 쫓아가 보시오. 또 어디서 진탕 술이나 퍼먹을 게 뻔하니까… 사고 못 치게 잘 타일러서 데려오란 말이오."

"알겠습니다."

탁근이 뛰어 나가자, 정종이 안으로 들어가며 말했다.

"들어오너라!"

해가 저물고 달이 뜰 무렵. 모벌관문에서 북서쪽으로 십여 리 떨어진 맷돌산 아래에서는, 아미와 승우가 나무에 말을 매어놓고 충효를 기다리고 있었다. 잠시 후, 검은 보자기를 둘러맨 충효가 말을 달려와 말했다.

"아미랑! 구해왔습니다!"

"수고했네. 그럼 다들 가보세."

세 사람은 근처의 허름한 대장간을 찾아 안으로 들어갔다. 초를 밝힌 대장간 안에는 도적떼가 쓰던 장비들이 작업대 위에 주르르 놓여 있었고, 한쪽 구석에서는 늙은 대장장이가 탁자에 앉아 술을 마시고 있었다.

"보시오 야장1). 물건을 가져왔소."

승우가 부르자 늙은이가 술잔을 내려놓고 손으로 입을 닦더니, 게슴츠레한 눈으로 탁자위에 놓인 망치와 정을 들고서 작업대 앞에 섰다.

"꺼내 보슈."

늙은이가 퉁명스럽게 말하자, 충효가 들고 있던 보자기에서 갑주와 칼을 꺼내 작업대 위에 올려놓았다. 늙은이가 그것들을 차례로 들고 원래 있던 것들과 이리저리 번갈아 비교하더니, 갑주는 갑주끼리 칼은 칼끼리 나란히 작업대에 놓았다. 그러고는 정을 갑주 중간에 세우고 망치로 내려쳤다. 뾰족한 정에 갑주의 철이 짓눌려 들어갔다. 똑같이 다른 갑주를 내려치고 난 후, 이번에는 칼을 들더니 칼등을 망치위에 내리쳤다. 역시 다른 칼도 똑같이 내려친 후, 네 장비의 움푹 파인 곳을 자세히 들여다보기 시작했다. 그 작업을 두 번 더 반복한 늙은이가 다시 술이 놓인 탁자로 가 앉으며 말했다.

"둘 다, 똑같은 곳에서 똑같은 재료로 만든 거요. 모양만 다르지."

그 말을 들은 셋은 심각한 표정으로 서로를 쳐다보았다. 충효가 가지고 왔던 갑주와 칼을 다시 보자기에 담는 사이, 승우가 늙은이에게 다가가 품에서 은구슬을 꺼내 탁자위에 놓았다.

"이거면, 한 달은 먹고 마실 거요. 이 일은 아무한테도 말하지 말고, 저것들도 다 녹여 없애주시오."

그러자 늙은이가 은구슬을 들어서 살피더니 품에 넣고서는 고개를 끄덕였다. 셋은 밖으로 나와 말을 매어둔 곳으로 걸어갔다. 충효가 승우에게 말했다.

"저 노인장, 어찌 불안한데?"

"믿을 만한 자니까 걱정하지 마. 그건 그렇고, 갑주와 칼은 어디서

---

1) [冶匠]. 대장장이.

구한 거냐?"

"흑금서당1)의 보급 창고에서 아는 사람을 통해 잠시 빼내온 거야."

"음… 아미랑. 예상하신대로 도적의 장비와 서당군의 장비가 일치합니다. 이제 어찌하실 생각이십니까?"

승우의 물음에 아미가 심각한 표정으로 대답했다.

"우선, 도적이 장비를 입수한 경로를 파악해야겠지. 그것에는 두 가지 가능성이 있네. 하나는 이미 완성된 서당군의 장비를 납품 과정에서 빼돌린 도적이 후에 모양을 변경한 것이고, 다른 하나는 군수품을 생산하는 달천철장에서 처음부터 모양을 바꿔 만들어 도적에게 제공한 것이지. 확실한 것은, 두 경우 모두 조정의 누군가가 뒤를 봐주지 않고서는 있을 수 없는 일이라는 것이야. 모양을 굳이 변경한 것도 뒤를 봐주는 그자가 지시한 것이겠지."

그 말을 들은 충효가 말했다.

"상당한 고관이 아니고서는 도저히 이런 일을 벌일 수가 없습니다. 누구 짚이는 사람이라도 있으십니까?"

"병부에 관련된 일이니, 병부령이 가장 의심 가는 사람이겠지. 아니면 더 윗선일 수도…"

"병부령 윗선이면… 상대등 말씀입니까?!"

"후…"

아미는 걸음을 멈추고 둘에게 말했다.

"이번 일은, 잘못 건드렸다간 나뿐만 아니라 자네들한테까지 된서리가 떨어질 수 있네. 자네들은 어찌할 생각인가?"

충효와 승우는 서로를 쳐다보더니 고개를 끄덕였다. 승우가 말했다.

"저희들은 아미랑의 뜻대로 따르겠습니다."

---

1) [黑衿誓幢]. 구서당의 하나로, 말갈인을 중심으로 하여 구성된 부대. 옷깃의 빛깔은 흑적색이다.

"흠… 알겠네. 일단, 내일 만월누님과 함께 황후폐하를 만나 뵙고, 할 수 있다면 폐하의 도움을 받아, 병부의 군수품 출납 장부를 비밀리에 살펴볼 생각이네."

그러자 승우가 말했다.

"장부는 이미 손을 써두지 않았을까요?"

"장부에서 단서를 못 찾는다면, 달천철장을 감시하는 수밖에는 달리 도리가 없겠지… 그 일은 차차 의논해 보세나."

잠시 후, 말을 달리던 셋이 갈림길에 다다르자 충효가 아미에게 말했다.

"그럼 전, 장비를 돌려주러 가겠습니다."

"그래, 조심하게나. 우리는 먼저 가서 기다리고 있겠네."

"예."

충효가 다른 길로 말을 달려 떠나자, 아미와 승우는 관문 쪽으로 말을 달렸다.

얼마 후. 아미와 승우는 관문 성채 북서쪽의 개울을 끼고 있는 봉선각에 다다랐다. 오백의 낭도들이 풀밭에서 불을 피우고 고기를 구우며 술을 마시고 있었고, 누각 위에는 월명과 기파일행이 탁자에 앉아 달을 보며 담소를 나누고 있었다. 아미가 승우에게 말했다.

"먼저 가서 인사드리게. 나는 개울가에서 얼굴 좀 씻고 가겠네."

승우가 누각으로 걸어가자, 아미는 개울가로 가 달빛이 어른거리는 개울물에 얼굴을 씻었다. 요상한 분장이 지워지자 말끔한 맨 얼굴이 드러났다. 고개를 들어 누각을 바라보니, 만월 옆에서 웃으며 이야기하는 예쁜 설아의 옆모습이 횃불에 비쳐 환하게 눈에 들어왔다. 아미는 자기도 모르게 두 손을 오므려 앞으로 뻗으며 눈을 감았다. 그러자 아까전의 그 몰캉한 감촉이 떠오르며 흐뭇한 미소가 지어졌다. 그러다 이상한 짓을 하는 자신이 갑자기 부끄러워져 스스로 뺨을 때렸다.

'하‥ 정말 내가 호색한이라도 된 건가? 정신 차리자!'

정신을 가다듬은 아미는 두근거리는 가슴을 진정시키며 누각으로 걸어갔다. 아미가 계단을 걸어 누각위에 오르니 다들 화기애애한 분위기로 이야기를 나누고 있었다. 아미를 발견한 월명이 일어나 맞았다.

"아미랑, 오셨습니까? 어서 이리로 와 앉으십시오."

"아, 예. 다들 와계신데 죄송합니다. 일이 있어 좀 늦었습니다."

아미가 자리에 앉자 맞은편에서 설아가 빤히 자신을 쳐다보고 있었다. 아미의 얼굴이 붉어지며 가슴이 쿵쿵 뛰기 시작했다. 그 모습을 보던 설아는 속으로 생각했다.

'뭐야… 징그럽게 생길 줄 알았는데, 귀여운 얼굴이잖아?'

그때, 만월이 말을 꺼냈다.

"아미야. 아까는 서로 많이 당황해서 정식으로 소개를 못했는데, 이제 소개할게. 여기 이분은 그 유명한 기파랑이셔."

"동방칠성도의 그 기파랑 말씀입니까?"

"응."

"오, 역시 그랬군요! 아까, 혼자서 수십의 도적들을 상대로 종횡무진 하는 모습을 보고, 우리들 모두 혀를 내둘렀습니다. 과연 명불허전! 천하의 기파랑이십니다!"

그러자 기파가 머리를 긁적이며 쑥스러운 듯 말했다.

"과찬이십니다…"

만월이 이어 소개를 했다.

"이분은 충담스님이셔. 월명스님이 충담스님과 기파랑의 사형이시지."

"아~ 예~. 그랬군요~. 월명스님께 두 분 이야기는 많이 들었습니다."

"그리고… 이쪽은 설아. 기파랑의 누이 동생이야."

"아, 아… 예… 저기 아까는…"

아미가 어쩔 줄을 몰라 쩔쩔매자, 설아도 뺨이 붉어져서는 침을 꼴깍 삼켰다. 그 모습을 본 만월이 터져 나오는 웃음을 손으로 막았다.

"픕, 푸흐흐흐…"

"언니…‥."

설아가 부끄러운 듯 만월의 팔을 잡고 흔들었다.

그렇게 시간은 흘러 어느새 어색함은 사라지고, 누각 위는 이런 저런 이야기꽃이 피어났다. 그때, 일을 마치고 돌아온 충효가 누각위로 올라왔다.

"고생하셨네. 이리로 와 앉게."

아미가 자리를 청하자, 충효가 자리에 앉으며 말했다.

"제가 흑금서당에 들렀다가, 그곳에 면회를 온 상대등의 가노 하나가 여럿에게 이야기하는 것을 들었는데, 정말 깜짝 놀랄 만한 내용이었습니다."

모두 충효의 다음 말이 궁금해 귀를 쫑긋 세우자 아미가 물었다.

"뭔데 그러는가? 어서 말해보게."

"엊그제 밤에 상대등의 저택에서, 시위부령 융공과 상대등의 장자 대공이 황제폐하가 지켜보는 앞에서 진검승부를 벌였답니다."

아미가 깜짝 놀라 물었다.

"뭐!?? 숙부님이??"

"예. 그런데… 그게…"

"뜸들이지 말고 어서 말해보게."

"그것이… 대공이 승부에서 이겨, 공께서 쓰시던 보검과 신라제일검 칭호까지 물려받았다 합니다."

"뭐라!!?"

아미가 눈이 동그래져서는 들고 있던 찻잔을 내려놓았다.

"숙부님의 검법은 그 깊이가 바다처럼 깊은데, 어찌 대공이 이길 수 있었단 말인가? 도저히 믿어지지가 않네!"

"제가 그 가노에게 자세히 물어보니, 치열한 접전 끝에 용공이 거의 승기를 잡았으나, 대공이 귀신같은 솜씨로 역전시켰다 합니다."

아미의 얼굴이 어두워지자, 승우가 충효에게 물었다.

"혹여 시위부령께서 잘못되시진 않으셨고?"

"다행히 몸을 다치시진 않으셨지만… 대공의 마지막 일격에 평소 아끼시던 긴 수염이 잘려나가며 승부가 갈렸다고 들었네."

월명이 의아한 듯 말했다.

"대렴랑의 무예와 용력이 남다르다는 것은 익히 들어 알고 있었지만, 그 형의 무예가 그리 뛰어나다는 말은 처음 들어봅니다."

그러자 만월이 입을 열었다.

"대공은 사람들 앞에 나서길 싫어해서 외부에 알려지진 않았지만, 상대등이 어려서부터 혹독하게 무예수련을 시켰어요. 신라, 당, 발해, 왜, 가리지 않고 이름난 고수를 초빙해 가르쳤지요. 창, 검, 궁술 모두 놀라울 정도로 뛰어나고, 맨손격투에도 당할 자가 없었어요."

그러니 충담이 말했다.

"만월낭주의 말씀대로라면, 이번 승부의 결과는 우연이 아닌 것 같습니다. 대공이 그 정도로 놀라운 무공을 지녔다면, 대렴 역시 상당한 무공을 지녔을 가능성이 높습니다."

그 말에 아미가 고개를 끄덕였다.

"충담스님의 말씀이 맞습니다. 삼 년 전, 국선이셨던 수월랑은, 아버지 영종공과 누이 보리부인이 역모에 휘말리자, 인부와 부서, 검장[1]을

---

1) [印符, 簿書, 劍仗]. 국선이 지니는 도장, 장부, 의식용 검. 국선에 올라 이것들을 물려받는 의식을 삼재지법(三才之法)의 의식이라 한다.

열선각[1]에 남겨두고 홀연히 자취를 감추셨지요. 그 이후로 국선의 자리가 비어 있었는데, 몇 달 전에 태후께서 대렴랑을 새 국선으로 임명하신다는 소문이 나돈 적이 있습니다. 그때 저는 대렴이 국선이 되는 것을 막고자 그와 진검승부를 벌일 목적으로, 그가 낭도들과 격검[2]을 하는 것을 몰래 훔쳐본 적이 있습니다. 그런데, 대렴의 무예가 예상했던 것보다 훨씬 고강하였습니다. 강한 기세와 타고난 힘을 바탕으로 아주 호쾌한 검법을 구사했는데, 빈틈을 찾기가 힘들었습니다. 저는 그런 대렴을 상대로 승리를 장담할 수가 없어, 소문의 진상이 확실해질 때까지 기다리기로 하였지요. 후에 거짓 소문으로 판명 나면서 진검승부 계획은 접어둔 상태입니다. 하지만, 언젠가는 그 소문이 현실로 나타나겠지요. 분명 때를 기다리고 있을 텐데, 그들에겐 대공이 신라제일검의 칭호를 얻은 이때가 분위기를 탈 수 있는 기회일겁니다. 상대등의 장자가 신라제일검이고 둘째가 국선이라면, 아… 생각만 해도 끔찍합니다. 제가 여기 계신 기파랑 정도의 실력만 갖췄다면, 진즉에 대렴과 승부를 보았을 텐데……."

그 말을 들은 충효가 깜짝 놀라며 기파를 찬찬히 살펴보더니, 아미에게 말했다.

"아미랑, 잠시 저와 아래에서 이야기 좀 나누시지요."

"응? 어, 그러지. 잠시 실례하겠습니다."

아미와 충효가 누각 아래서 뭔가를 한참 이야기 하더니, 아미가 웃으며 고개를 끄덕였다. 잠시 후, 다시 누각위에 올라온 아미가 말했다.

"기파랑. 망덕사로 가신다 하셨지요?"

"예, 그렇습니다."

---

1) [列仙閣]. 화랑들의 회합 장소로, 상선(上仙. 퇴임한 국선), 상화(上花. 퇴임한 화랑), 화랑들이 모여 풍월도에 관련한 주요 사안을 의결했다.

2) [擊劍]. 진검이 아닌 목검이나 죽도를 사용하여 상대와 대련하는 것을 일컬음.

"만월누님. 이번에 기파랑이 수십의 도적과 싸워 누님을 지켜낸 것을 아신다면, 황후폐하께서 상당히 고마워하실 겁니다. 기파랑에게 상을 내리실 수도 있겠지요. 내일, 운송물자는 우리 낭도들이 책임지고 호송할 테니, 누님께서는 저와 기파랑을 데리고 황후폐하를 만나보시는 것이 어떻겠습니까?"

그러자, 만월이 기파를 보며 말했다.

"기파랑, 저와 함께 황성에 가시겠어요?"

기파가 머뭇거리니 설아가 말했다.

"충담 오라버니와 저는 따로 망덕사에 가있을 테니, 우리는 걱정하지 말고 언니를 따라가요. 이런 기회가 아니면 언제 황후폐하를 뵙겠어요?"

"그래, 낭주를 따라가도록 해."

충담까지 거들자, 기파는 고개를 끄덕였다. 그 모습에, 찻잔을 들고 기파를 살피던 아미는 의미심장한 미소를 띠며 차를 마셨다.

7
국선(國仙)

다음날. 만월, 기파, 아미는 말을 타고 출발하여 정오 무렵에 황성의 남쪽에 도착했다. 초승달처럼 오목하게 휘어진 성곽 아래로 너비 백 척의 문천1)이 천연해자2)가 되어 굽이치고 있었다. 긴 다리를 건너 황성 안에 들어선 일행은 황후전으로 들어갔다. 황후전의 내실에서는 삼모황후가 탁자에 앉아 비단에 수를 놓고 있었는데, 시녀 하나가 들어와 말했다.

"황후폐하. 만월 아가씨께서 오셨습니다."

"만월이가? 어서 들라 하라."

잠시 후, 만월이 들어오자 황후가 일어나 반갑게 맞이했다.

"만월아! 이게 몇 년 만이냐?"

"고모님~. 자주 찾아뵙지 못해서 죄송해요."

"그래, 앞으로 자주자주 놀러오너라. 그러고 보니 하나뿐인 네 오라비

---

1) [蚊川]. 현재의 경주시 남천(南川). 서라벌은 물의 도시였다. 북쪽의 알천(북천)과 남쪽의 문천, 서쪽의 황천(형산강)은 늘 풍부한 강물이 흘렀으며, 풍부하다 못해 자주 범람하여 치수시설이 고도로 발달한 도시가 서라벌인 것이다. 하지만 현재의 경주는 댐과 개발로 인해 북천과 남천은 형태만 겨우 남아있게 되었다.

2) [垓子]. 성벽 주변에 땅을 파고 물을 채워 적의 접근을 막는 방어시설.

도 당에 유학을 간 지 벌써 이 년이 넘었구나… 내가 너를 좀 더 잘 보살폈어야 했는데, 신경을 못 써서 미안하다.”

“아니에요…”

“그래, 여각 운영하는 데 힘든 일은 없니?”

“사실 이번에, 여각들이 연합해서 서라벌로 물자를 운송하다가 도적떼를 만나서 큰 위험에 처했는데, 때마침 아미가 용화향도를 이끌고 와서 겨우 위기를 모면했어요.”

“뭐야?! 그런 일이 있었어? 어디 다치진 않았고?”

“전 괜찮은데, 절 구해주신 분이 또 있어요. 도적떼에게 쫓기고 있었는데, 그분이 목숨을 걸고 도적떼와 싸워 절 구해주셨지요. 지금 아미와 그분이 밖에서 기다리고 있어요.”

“오, 그래? 이런 고마울 데가… 어서들 들라 해라.”

만월이 문 밖에서 기다리고 있던 아미와 기파를 데리고 들어오자, 둘은 황후에게 예를 표했다.

“황후폐하를 뵙습니다.”

“그래, 어서들 오너라. 아미 네가 도적떼를 물리쳐서 만월이를 구했다는 이야기를 들었다. 참으로 장한 일을 했구나!”

“아니옵니다, 폐하. 누님을 구한 것은 여기 있는 이분 입니다. 이분이 혼자서 도적의 수괴와 그를 따르는 수십의 도적들을 상대하며 시간을 끌어준 덕분에, 제 때에 당도할 수 있었습니다. 그때 이분이 싸우던 모습은 마치 금강역사[1]가 현신한 것 같은 놀라운 광경이었습니다.”

“아, 그런 일이 있었구나. 젊은 나이에 그토록 무예가 출중하단 말이더냐…”

---

1) [金剛力士]. 불탑 또는 사찰의 문 양쪽을 지키는 수문신장(守門神將). 인왕(仁王)이라고도 한다.

"이분은, 폐하께서도 익히 들어서 알고 있는 사람입니다."

"그래? 하하, 이거 더 궁금해지는데?"

"이분이 바로 그 유명한 실직의 기파랑입니다."

"기파랑? 아이들이 노래하는 그 기파랑?"

"예. 바로 그 기파랑입니다."

"오호! 정말 귀한 손님을 모시고 왔구나! 기파랑이라… 소문으로만 들었는데, 정말 대단하구나. 우리 만월이를 구해줘서 참으로 고맙구나, 기파랑."

"송구하옵니다. 소인은 그저 약간의 시간만 벌었을 뿐입니다. 아미랑이 도적의 수괴를 베어 넘기고 도적들을 격퇴했으니, 아미랑과 용화향도가 우리 모두를 구한 것이옵니다."

"호호호, 서로가 공을 미루는 모습이 참으로 훈훈하구나. 어찌됐든 잘 와주었다."

황후가 기파랑의 손을 부여잡자 만월이 말했다.

"고모님. 사실 기파랑은 황제폐하의 밀명을 받고 떠난 부친을 찾고자 이곳에 온 거예요."

"그래? 기파랑의 부친이 누구시냐?"

"아버님의 친구 분이신 이순공이라 들었어요."

"뭐라고!?"

황후는 놀란 표정으로 기파에게 되물었다.

"기파랑, 네 아버지가 이순공이 맞느냐?"

"그러하옵니다. 실직성 도사 이순공입니다."

"하하하, 이런 인연이 다 있을 수 있단 말이더냐! 만월이 네가 기파랑을 만난 것이 결코 우연이 아닌 듯싶구나. 이순공은 곤란에 처한 황제폐하를 돕기 위해 이곳으로 와, 직장이 되어 우리를 돕고 있단다."

황후의 말을 듣자 기파의 안색이 환하게 변했다. 그런 기파의 어깨를 쓰다듬으며 황후가 말했다.

"이런 고마울 데가‥ 그 아버지에 그 아들이라더니, 참으로 듬직하다! 그래, 여기서 이럴 일이 아니지. 여봐라, 거기 누구 없느냐?"

황후의 부름에 나이든 궁녀 하나가 냉큼 들어왔다.

"예, 황후폐하."

"후실로 갈 테니, 다과를 준비해 오라 이르고, 너는 어서 편전으로 가서 이순공을 모시고 오거라."

"예."

얼마 후. 황후와 만월 일행은 후실의 창가에 마련된 탁자에 앉아 이야기를 나누고 있었다. 큰 창밖으로 훤히 후원이 내려다 보였는데, 창 아래 연못에는 오색의 물고기가 헤엄치고 있었고, 주위엔 온통 하얀 매화꽃이 만개해 있었다. 경치를 만끽하던 아미가 입을 열었다.

"폐하. 황후전의 후원이 정말 아름답습니다. 여기서 차를 마시니 흥취가 절로 납니다."

"호호, 맘에 든다니 다행이구나."

만월이 기파에게 정성스레 차를 따르자 그 모습을 보던 황후가 웃으며 기파에게 말했다.

"기파랑, 올해 몇 살이지?"

"올해로 스무 살입니다."

"만월아. 기파랑의 모습이 참으로 준수하구나. 만월이 네가 반한 것은 아닌지 모르겠다? 하하하."

"네?"

"너도 이제 시집갈 나이가 되었지 않느냐? 기파랑이 널 구해줬는데, 낭군으로 모실 생각은 없니?"

그 말을 들은 만월과 기파는 동시에 서로를 바라보더니 부끄러워

바로 고개를 돌렸다.

"고모님도 참…"

"하하하, 부끄러워하기는… 그런데 기파랑이 어쩌다 너를 구하게 되었는지, 그 이야기나 해보렴."

만월은 기파랑을 처음 만난 일부터 차근차근 이야기하기 시작했다. 만월이 이야기를 마치자 고개를 끄덕이며 경청하던 황후가 말했다.

"대렴이 그놈이 못살게 구는 것까지 도와주고, 기파랑은 어찌 이리 멋질 수가 있단 말이냐!"

황후의 입에서 대렴이 언급되자, 아미가 기다렸다는 듯 말했다.

"황후폐하. 지금 몇 해째 국선의 자리가 비어있습니다. 태후께서 대렴을 그 자리에 앉히려 한다는 소문을 들으신 적이 있으십니까?"

"그래, 일전에 그런 소문을 들은 적이 있다."

"대렴 같은 자가 국선에 오르게 된다면, 이는 풍월도의 수치입니다. 국선은 마땅히 모든 풍월도가 마음으로 따를 수 있는 인물이 되어야 합니다."

"음… 아미 네가 해볼 생각은 없느냐?"

"저는 여러모로 부족해, 지금의 화랑직도 분에 넘칩니다. 저희 용화향 도 화랑들은 기파랑이 국선에 오르기를 원하고 있습니다."

그 말에 기파가 화들짝 놀라 손사래를 쳤다.

"아, 아닙니다. 국선이라니요. 어찌 제가 감히…"

아미가 아랑곳하지 않고 계속 말했다.

"여기 있는 기파랑은 왜인을 물리쳐 실직 백성들을 구한 이야기로 온 나라에 명성이 높을 뿐만 아니라, 실직 백성들을 해치던 대호를 산중에서 큰 부상을 입으면서까지 싸워 잡았다고 합니다. 또, 이번에 도적떼의 추격을 물리쳐 만월누님까지 구했으니, 국선의 자격이 충분하 다고 생각합니다. 이런 사람을 놔두고 도대체 어떤 화랑이 국선에 오를 수 있단 말입니까? 황후폐하, 기파랑을 국선으로 삼아 폐하의 곁에 두시면 장차 큰 힘이 될 것입니다."

아미가 청산유수처럼 술술 말을 쏟아내자, 황후가 씩 웃으며 말했다.

"훗, 아미 네가 오늘 작정을 하고 온 모양이구나. 만월이 너는 어떻게 생각하니?"

"저야 당연히 찬성이지만, 본인의 의사가 가장 중요하지 않을까요?"

모두가 기파를 쳐다보자, 기파가 난감한 듯 말했다.

"황후폐하, 저는 국선에 오를 수 있는 자격이 없는 사람입니다…"

"다들 찬성하는데 왜 자격이 없단 말이냐?"

"저는…"

그때, 이순이 후실에 들어서며 말했다.

"골품이 없어 망설이는 것이냐?"

"아버지!"

이순을 발견한 기파가 벌떡 자리에서 일어나자 만월과 아미도 자리에서 일어섰다.

"황후폐하. 직장 이순 부름을 받고 달려왔사옵니다."

"어서 오세요 이순공. 자, 이리로 앉으세요."

"예."

이순이 황후의 옆자리 의자에 앉으니, 일어서 있던 세 사람도 자리에 앉았다. 이순이 말을 이었다.

"황후폐하. 제가 기파의 아비라 기파는 골품이 없사옵니다. 아들놈이 말하는 자격은 바로 그걸 말하는 것입니다."

"골품이라…"

황후의 표정이 어두워지자, 생각에 잠겨 있던 아미가 입을 열었다.

"골품이라는 것이 국선에 오르기 위해 반드시 있어야 할 요건은 아닙니다. 풍월도의 전설적 영웅인 문노공도 골품이 없었으나, 출중한 무예실력과 높은 기개를 인정받아 국선의 자리에 오르지 않았습니까? 그런 뒤에 문노공은 골품까지 하사받았으니, 그런 아름다운 전례가 이미 마련되어 있습니다. 저는 기파랑이 문노공에 비해 뒤질 것이 없다고 생각합니다. 기파랑이 국선에 오른다면, 이는 깨끗한 낭정[1]을 나타내는 표상이 될 터이고, 그에 온 낭도들과 백성들이 기뻐할 것입니다."

그러자 이순이 말했다.

"아미랑의 말씀은 고맙네만, 이 일이 성사되려면 화랑회의에서 과반의 지지가 있어야만 하네. 대렴을 지지하는 세력을 무시하고 용화향도의 지지만으로 일을 처리하다간, 황후폐하께 큰 부담이 될 수도 있음이야."

모두 생각에 잠겨 잠시 침묵이 흘렀다. 그러다 황후가 침묵을 깨고 말했다.

"아미야. 열선각회의에서 기파가 국선의 추대를 받으려면 어떤 절차가 필요한 것이냐?"

"이순공의 말씀대로, 서라벌에 있는 현직 화랑들의 과반이 찬성해야 하고, 상선, 상화들이 회의를 거쳐 이를 수락해야 합니다."

"현실적으로 그게 가능하겠느냐?"

"상선, 상화들은 대부분 숙부님을 따르니, 수락은 이끌어 낼 수 있을 것입니다. 현직 화랑들이 문제인데, 현직 화랑으로는 저를 포함한 용화향도의 화랑 셋, 대렴을 포함한 북주풍월도의 셋, 일월선도[2]의 둘, 이렇게 총 여덟 명입니다. 일월선도만 우리 쪽에 서 준다면 일은 성사될 것입니다."

---

1) [郎政]. 풍월도의 행정이란 말로, 조직, 인사, 재무, 운용 등을 아우르는 말.

2) [日月仙徒]. 〈창작〉 왕경 서쪽 선도산(仙桃山)에 근거지를 둔 풍월도로, 일월 천신을 좇는 신선의 무리라는 뜻.

"지금 일월선도를 이끄는 화랑들은 누구누구더냐?"

"작고한 해찬[1] 효방공의 아들 양상과 그의 사촌 아우 경신입니다."

"저런… 그렇다면 결국 상대등 집안의 친척들이 아니냐? 쯧쯧…"

황후가 안타까워하자 이순이 말했다.

"음… 그들이 상대등 집안의 친척이긴 하나, 효방공의 집안은 늘 상대등 집안과 일정 거리를 두고 독자적인 행보를 해왔습니다."

그러니 아미가 거들고 나섰다.

"맞습니다. 일월선도 역시 양상랑이 이끈 후부터 북주풍월도와의 사이가 멀어졌습니다. 게다가 그 아우 경신랑은 저와 어려서부터 잘 아는 사이입니다. 제가 경신을 설득하고 그런 경신이 양상을 설득하게 된다면, 불가능한 일은 아닙니다."

"흠, 그렇단 말이지… 그럼 아미 네가 경신을 만나서 잘 설득해 보거라. 성과가 있으면 내가 열선각회의를 열어 기파를 국선으로 추천 하겠다."

"감사합니다! 황후폐하!"

황후가 절반의 허락을 하니, 아미의 얼굴에 웃음꽃이 피어올랐다. 들떠있는 아미에게 황후가 웃으며 말했다.

"녀석… 정작 당사자는 가만있는데, 너 혼자 신났구나?"

"아, 예… 하하…"

"그나저나, 우리가 부자상봉을 너무 방해한 듯싶구나. 이순공, 아드 님과 할 이야기가 많을 텐데, 이 이야기는 다음에 또 하도록 하지요."

"예, 황후폐하."

"만월아, 너는 큰일을 겪었으니 당분간 서라벌에 머물면서 내 말동무 나 되어주렴."

---

1) [海湌]. 17관등 중 4등의 관위로, 바다에 관한 일을 맡아보던 장관. 파진찬(波珍湌)이 라고도 한다.

"예."

"그래, 사량리¹⁾ 본가에 머물 생각이니?"

"그곳엔 가고 싶지 않아요. 오라버니도 안계시고…"

"그럼 여기서 머물지 않으련?"

"궁은 왠지 불편해서요… 기파랑과 일행분들이 망덕사에 머문다 했으니, 그 근처 사천왕사에 머물면서 한 번씩 고모님을 찾아뵐게요."

"호호호호, 네가 기파랑에게 단단히 빠졌나 보구나. 그래그래, 편한 데로 하거라. 자, 그럼 다들 일어나지."

그렇게 이순과 기파, 만월, 아미는 황후전에서 나왔다. 황후전 앞에서 아미가 기파에게 말했다.

"기파형님. 형님이 저보다 한 살 많으시니, 앞으로 형님으로 모시겠습니다."

"예!? 형님이라니요? 귀한 분께서 이러시면 정말 난감합니다…"

"차차 익숙해지실 겁니다. 그나저나 아버님, 형님, 누님, 죄송하게도 저는 황후폐하께 따로 긴히 아뢸 말씀이 있어, 다시 들어가 봐야 합니다.

---

1) [沙梁里]. 남산의 서쪽 일대에 있던 사량부(沙梁部)를 흔히들 사량리라 하였다. 왕경의 행정구역인 6부 중 하나로, 신라의 모태였던 사로국(斯盧國)의 돌산고허촌 (突山高墟村) 자리이다. 사로국은 경주를 중심으로 하는 6촌이 연합하여 만든 연맹왕국이었다. 이후, 6촌이 6부로 개칭되어 돌산고허촌은 사량부(沙梁部)로 명명되었다. 한편, 6부는 여섯 성씨의 기원이 되기도 하는데, 유리왕 9년(32)에 6부에 각각 이(李), 최(崔), 정(鄭), 손(孫), 배(裵), 설(薛)의 6성을 내린 것이다. 이 여섯 이외에 토착 귀족인 박(朴), 석(昔), 김(金), 소(蘇)씨와 유입 귀족인 고(高), 여(餘 = 扶餘 부여)씨가 있었고, 그 밖에도 토착 성씨인 장(張), 비(丕)를 비롯하여, 을(乙), 예(芮), 송(松), 목(穆), 마(馬), 동(董), 연(淵), 명림(明臨), 을지(乙 支), 사(沙), 협(劦), 해(解), 진(眞), 국(國) 목(木) 백(苩) 왕(王), 사마(司馬,) 수미(首 彌), 고이(古爾), 재증(再曾), 흑치(黑齒)등의 고구려, 백제, 당에서 유입된 성씨들이 있었다. 하지만 성씨를 가진 집단은 대부분 일정 수준 이상의 기반을 지니고 있던 층이었으며, 일반 백성들은 신라 말까지 이름만을 사용하다가 고려시대에 들어서 새로운 성씨가 많이 만들어짐으로써 성씨를 갖게 된다.

저 대신 형님이 누님과 같이 사천왕사까지 가주셔야 할 것 같습니다."

그러자 이순이 말했다.

"그러시게. 어서 가보게나."

"예, 그럼."

아미가 다시 황후전으로 들어가자, 이순이 기파에게 말했다.

"담이랑 설아도 같이 온 것이더냐?"

"예. 지금쯤 망덕사에 있을 것입니다."

"둘 다 무탈하고?"

"예."

"그럼 됐다. 난 편전에서 집사부 신료들과 회의하다 나온 것이라, 지금 돌아가 봐야 한다. 언제 한번 들를 테니 큰스님께 안부 전해드리고, 낭주를 안전하게 모시고 가거라."

"예, 아버지…"

"낭주. 그럼 전 이만 물러가 보겠습니다."

"예."

그렇게 이순도 돌아가고, 기파와 만월은 말에 올라, 사천왕사와 망덕사가 있는 낭산으로 향했다.

그 무렵에 월명, 충담, 설아는 망덕사에 도착하여 마당에 발을 디뎠다. 마당에는 조그만 동자승이 아랫마을 삽살개에게 밥을 주고 있었는데, 인기척을 느낀 삽살개가 짖어댔다. 셋을 발견한 동자승이 일어나 다가오자, 월명이 물었다.

"도우야, 큰스님 안에 계시느냐?"

"큰스님은 나무하러 가셨어요. 그런데, 이분들은 누구세요?"

도우가 시큰둥하게 대답하자, 충담이 짐짓 근엄하게 말했다.

"네 이놈! 내가 네 사형이니라."

"사형이요? 흥, 거짓말 하지 마세요."

"응? 이놈 봐라?"

그러자 설아가 도우에게 물었다.

"넌 언제부터 여기 살았니?"

"황복사에 있다가, 일 년 전부터 큰스님을 따라 여기서 지내요."

"우리는 너보다 훠얼~~씬 어렸을 때부터 큰스님이랑 여기서 살았단다, 꼬마야."

그러자 충담이 끼어들었다.

"암, 그렇지. 그렇고말고. 그러니까 너는 어서 사형들께 큰절을 올려서 예를 표하거라."

그 말을 들은 도우는 금방이라도 울 것 같은 표정으로 월명을 바라보았다.

"정말 이분들이 제 사형님들 맞나요?"

월명이 웃음을 참으며 고개를 끄덕였다. 그러자 도우가 마지못해 고사리 같은 손을 올리며 큰절을 했다. 절을 하고 일어난 도우가 눈물을 글썽이더니 이윽고 자리에 주저앉아 엉엉 울기 시작했다. 그 모습에 충담과 설아가 당황하여 서로를 바라보았다. 그때, 선율이 나무를 잔뜩 쌓은 지게를 짊어지고 대문에 들어섰다.

"뚝 그치지 못할까!"

선율이 카랑카랑한 목소리로 꾸짖자, 도우가 거짓말처럼 울음을 뚝 그치고는, 일어서서 옷을 툭툭 털고 어디론가 걸어갔다. 어리둥절해 하는 충담에게 선율이 소리쳤다.

"예끼 이놈아! 오자마자 난리법석이구나!"

"아, 스승님, 그게 아니라…"

"뭘 하고 섰는 게야?"

지게를 땅에 세운 선율이 충담을 쏘아보자, 충담이 얼른 뛰어가

지게를 짊어지고 또 어디론가 걸어갔다.

"너희 둘은 따라 들어오너라."

월명과 설아는 선율을 따라 조실방1)에 들어가 가부좌를 튼 선율의 앞에 무릎을 꿇고 앉았다. 선율은 한참을 눈을 감고 염주를 돌리더니 입을 열었다.

"기파도 왔느냐?"

"예. 오라버니는 황성에서 황후폐하를 알현하고 이곳으로 올 거예요."

"아비를 찾아 온 것이더냐?"

"예. 아버지가 어디 계신지 아세요?"

"네 아비도 황성에 있다."

"아, 정말요? 혹시나 아버지께 무슨 일이 있나 싶어 얼마나 걱정했다구요…"

"아비는 잘 있으니 걱정하지 말거라."

"예… 그런데 큰스님, 아까 동자승이 왜 그렇게 운 거예요?"

"허허허, 안 그래도 제 할 일이 산더미인데 너희들 시중까지 들어야 할까 봐 그런 것일 테지. 보통 영악한 녀석이 아니야."

그러자 월명이 말했다.

"스승님, 이제 고생 그만하시고 제자들을 다시 불러들이시지요."

"젊었을 때 여러 곳을 돌며 다양한 공부를 하라고 다들 내보낸 것이야. 내가 편하자고 붙잡고 있어야 쓰겠나? 또, 늙어서 몸을 움직이지 않으면 굳어서 뻣뻣해지는 법이야. 그러면 정신 또한 흐려지느니라."

"그러면, 저라도 이곳에서 스승님을 모시겠습니다."

"도우가 어려도 제법 일을 잘하니 그 녀석 하나로 충분하다. 충담이도 왔으니, 너는 신경 쓰지 말고 사천왕사의 일에만 전념하거라."

---

1) [祖室房]. 조실(사찰에서 최고 어른을 이르는 말)스님이 거처하는 방.

"후… 스승님 고집을 누가 꺾겠습니까…"

"설아, 너는 나가서 도우를 도와 밥을 짓거라."

"예."

설아가 나가자 선율이 혼잣말을 했다.

"다, 내 불찰이로다…"

"예? 무슨 말씀이신지…"

"음… 아니다. 헌데, 너는 언제쯤 설아에게 말할 생각이더냐?"

그러자 월명의 표정이 어두워 졌다.

"설아도 이제 다 컸으니, 네가 친 오라비라는 사실을 밝혀야 하지 않겠느냐."

"그건… 아무래도 지금은 모르는 편이 나을 것 같습니다. 기다리면 때가 오겠지요…"

"흠… 너무 늦어지면 안 되느니라. 내일 설아를 사천왕사로 보내 앞으로 그곳에서 지내며 아침저녁으로 불공을 드리게 할 테니, 넌 설아가 딴 곳으로 새지 않도록 옆에서 잘 보살피거라."

"갑자기 설아에게 불공을 드리게 하시는 이유라도 있습니까?"

"……"

"스승님?"

"하아… 어린 네가 핏덩어리를 안고 이곳에 찾아 온 날이 엊그제 같은데… 벌써 세월이 이렇게 흘렀구나!"

한편, 기파와 만월은 나란히 말에 올라, 저물어 가는 햇살이 내려앉아 흐르는 문천을 거슬러 올라가고 있었다.

"기파랑, 반짝이는 물결이 너무 예쁘지 않아요?"

"저 물결이 아무리 아름다워도 그대만 하겠소?"

"예? 하하하하. 그런 말도 할 줄 아세요? 정말 뜻밖인데요?"

"하핫, 내가 말하고도 좀 부끄럽긴 하군요. 하지만 진심이라오."

"칫, 이렇게 여자 여러 명 꼬신 거 아니에요?"

"음… 사실 난 한 번도 여자를 사귄 적이 없소."

"거짓말!"

"정말이오. 만월 그대가 처음이오."

만월은 말을 멈추고서 땅에 발을 디뎠다. 그리고는 강둑에 앉아 일렁이는 물결을 바라보았다. 기파도 그 옆에 앉아 만월의 시선을 따라 흐르는 강물을 응시했다. 강물은 누가 은가루를 뿌려놓은 듯 석양을 받아 반짝이며 흐르고 있었고, 간혹 물고기가 퐁당 튀어 올랐다. 한동안 알 수 없는 표정을 지으며 강물만을 응시하던 만월은 가만히 기파의 어깨에 머리를 기대었다. 그렇게 한동안 말없이, 둘은 같은 곳을 바라보았다.

어둑어둑한 하늘 위로 별무리가 반짝이기 시작할 무렵. 기파와 만월은 굴뚝에서 모락모락 연기가 피어나는 망덕사에 도착했다.

"스승님~."

마당에 들어선 기파가 호롱불이 새어 나오는 조실방 앞에 서서 조용히 선율을 불렀다. 선율이 방문을 빼꼼히 열어 얼굴만 내밀었다.

"왔느냐."

"예. 저… 근데, 손님이 있습니다."

선율이 대문 앞에 서 있는 만월을 쳐다보자 만월이 합장을 하고 고개를 숙여 인사했다.

"뉘시냐?"

"황후폐하의 조카이신 만월낭주라 하옵니다."

"그래, 무슨 일로?"

"예… 낭주가 당분간 사천왕사에서 지내기로 하였기에, 황성에서 모시고 오는 길입니다."

"음… 내 그간 있었던 일은 충담이한테서 들었다. 내일 아침에 사천왕사에 이야기해 놓을 테니 오늘은 여기서 묵으시게 하고, 내일 설아를 시켜 사천왕사로 모시도록 해라."

"예."

"다들 뒤채에서 기다리고 있으니 그만 가 보거라."

"예, 스승님."

기파는 말들을 마구간에 넣은 뒤, 만월을 데리고 뒤채로 갔다. 불이 켜진 승방 앞에 신발 세 켤레가 가지런히 놓여 있었고, 안에서 이야기 소리가 새어 나왔다. 기파가 방문을 열자 밥을 먹고 있던 충담, 설아, 도우가 화들짝 놀라며 쳐다보았다.

"뭘 그리 놀라는 거야?"

기파가 물으니 충담이 가슴을 쓸어내리며 대답했다.

"휴… 난 또! 스승님인 줄 알았잖아 이놈아!"

"아휴, 저두 큰스님인 줄 알고 깜짝 놀랐어요."

설아도 덩달아 가슴을 쓸어내리자, 기파가 놀리듯 말했다.

"그러게, 그렇게 떠들면서 밥 먹으래?"

그때, 만월이 뒤에서 빼꼼히 방 안을 쳐다보았다.

"언니!"

만월을 발견한 설아가 반기며 일어나 기파를 밀치고 만월을 끌어당겼다.

"어서 들어오세요. 어서요."

이윽고 상 주위에 모두 빙 둘러 앉자, 충담이 만월에게 물었다.

"낭주가 여긴 어이 오셨습니까?"

"아, 그게…"

기파가 대신 대답했다.

"만월은 당분간 사천왕사에서 지내기로 했다. 스승님이 내일 설아 네가 낭주를 데리고 사천왕사로 가라고 하셨어."

"그래요? 그럼 언니랑 저랑 같이 지내겠네요? 크크크. 저도 사천왕사 에서 지내라 하셨거든요."

그러자 만월이 웃으며 말했다.

"정말 잘 되었네~. 설아 너랑 지내면 한결 편할 것 같아."

"네, 언니. 저만 믿고 따라오시면 돼요."

"그래."

만월과 설아가 서로 손을 잡으며 좋아하는 사이, 기파는 물끄러미 자신을 쳐다보는 도우를 보고선, 충담에게 물었다.

"이 꼬마는 누구야?"

"응, 어릴 적 우리 같은 처지의, 아니, 우리보다 더 불쌍한, 스승님의 막내 제자지. 도우야, 여기 이분은 네 사형 기파랑이니라. 인사드리거라."

그러자, 도우가 숟가락을 놓고 일어서더니 또 고사리 같은 손을 들어 큰절을 했다.

"응? 아니, 얘가 왜이래? 야야…"

기파가 어린 도우의 팔을 잡으며 당황해 하자, 충담이 키득키득 웃었다. 절을 마친 도우는 금방이라도 울 것처럼 눈물을 글썽거리며 망부석처럼 서 있었다.

"도우 이놈, 또 연기를 하는 거냐?"

"으엉…."

충담이 놀리듯 말하자 도우가 또 서럽게 울기 시작했다. 그러니 만월이 도우에게 다가가 앉아 눈물을 닦아주며 품에 앉혀 안았다.

"울지 마렴. 응~ 뚝. 뚝."

기파가 다시 충담에게 물었다.

"얘가 대체 왜 이러는 거야?"

"어린애가 스승님 밑에서 혼자 빨래며 밥이며 청소며 다 하려니 고달팠겠지. 거기다 우리까지 왔으니 일이 더 늘어날까봐 저러는 거야."

"아~, 그런 거였어? 쯧쯧. 그동안 힘들었나 보구나. 도우야, 이제 이 사형들이 다른 일들은 다 알아서 할 테니, 넌 스승님 수발만 잘 들면 된다. 그러니까 이제 그만 울거라."

그 말이 떨어지자마자 도우가 울음을 뚝 그치고 물었다.

"정말요?"

"암, 그렇고말고."

그러자 도우가 언제 울었냐는 듯 싱글벙글 웃으며 만월의 품에서 나와 숟가락을 들고 밥을 먹기 시작했다. 방에 있던 사람들은 그 모습을 보고 어이가 없어 그냥 웃을 수밖에 없었다.

그날 밤. 황후전의 뒤쪽 담벼락에서는, 아까 낮에 황후의 명을 받고 이순을 데리러 갔던 그 궁녀가 주위를 두리번거리고 있었다. 그러더니 담장 돌 사이에 난 틈에 뭔가를 쑤셔넣고는 급히 자리를 떠났다. 얼마 후, 사자대의 간부 하나가 순찰을 도는 척하며 나타나 주위를 살피더니, 담장 틈에서 접혀 있는 쪽지를 빼내어 품에 넣고 왔던 길로 되돌아갔다.

얼마 후. 태후전에서는 광대들이 무대 위에서 우스꽝스러운 가면극을 하고 있었다. 깔깔거리며 술을 마시던 태후에게 나이 든 궁녀 하나가 다가와, 품에서 쪽지를 꺼내 탁자위에 올려놓았다. 태후는 술잔을 내려놓고 쪽지를 펴 찬찬히 글을 읽었다. 점점 태후의 낯빛이 변하더니, 느닷없이 술잔을 무대 위로 집어 던졌다. 광대들이 기겁을 하고 무대에서 내려가자, 태후가 어금니를 깨물며 주먹을 쥐어 쪽지를 구겼다.

"이것들이 보자보자 하니까…"

태후는 그 궁녀에게 구겨진 쪽지를 내밀며 말했다.

"지금 당장 사람을 보내, 이 쪽지를 오라버니께 전하거라!"

"예, 태후폐하."

그 무렵. 시위부령 김융은 시위부 병사 십여 명을 이끌고 병부의 대문을 들어섰다. 융이 병사들을 마당에 세워 두고 집무실로 들어가자, 숙직을 서고 있던 관리가 자리에서 일어나 융을 맞았다.

"시위부령께서 이곳엔 어인 일이십니까?"

"하하, 수고 많으시오. 다름이 아니라 황후폐하께서 황후전에 조촐한 연회를 열어, 각 부에서 숙직을 서고 있는 관리들을 위로하시려 한다오."

"그게 정말입니까?"

관리의 입꼬리가 올라가자 융이 말했다.

"그렇소. 황후폐하께서 기다리고 계시니, 어서 가보시오."

"아, 그럼 일단 문들을 걸어 잠그겠습니다."

"허허, 거 참 융통성 없기는! 황후폐하를 기다리시게 할 셈이요? 이미 바깥에 시위부 병사들이 이곳을 지키고 있으니, 그대는 얼른 황후전으로 뛰어가시오."

"아! 예예."

관리가 허둥지둥 달려가자, 융이 밖으로 나와 병사들에게 말했다.

"맨 뒤에 너!"

"예."

"넌 여기를 지키고 나머지는 모두 대문 밖을 지켜라!"

"예!!!!"

명을 받은 병사들이 대문 밖으로 달려 나가자, 융이 남은 한 명에게 말했다.

"서둘러야 한다. 얼마나 걸리겠느냐?"

그러자 아미가 투구를 벗으며 대답했다.

"한 시진1)이면 충분합니다."

"알겠다. 난 여기서 기다릴 테니, 어서 들어가 보거라."

"예, 숙부님."

그렇게 아미는 집무실 안에 들어가 장부들을 뒤지기 시작했다. 시간은 흐르고 책상 위에는 장부들이 수두룩이 쌓여갔다. 한참을 살피던 아미는 뭔가 이상한지, 책상에 장부 하나를 펼쳐 놓고 다른 장부들을 차례로 펼치며 이리저리 비교하기를 반복했다. 그러더니 장부들을 모두 제자리에 꽂아 넣고 밖으로 나왔다.

"숙부님, 끝났습니다."

"뭔가 발견한 게 있느냐?"

"음… 워낙 교묘해서 확실치는 않으나, 재작년 삼월 장부부터 철괴 생산량의 천 자리 숫자 하나가 나머지 필체와 달랐습니다."

"누군가가 조작했단 말이냐?"

"만약 그렇다면, 재작년 삼월부터 지난달까지 팔(八)자를 육(六)자로 고쳐, 매달 이천 근씩 빼돌렸다는 말이 됩니다."

"뭐라!? 그것이 사실이라면, 이는 군수물자를 사취한 대역죄에 해당한다! 그 사실을 입증할 수 있겠느냐?"

"장부의 필체만으로는 어림도 없겠지요. 달천철창을 감시해 결정적인 증거를 잡는 수밖에 없습니다. 철괴가 정말로 빼돌려지는지와 그 빼돌린 철괴가 어디로 가는지를 추적해낸다면, 이 일의 배후까지 밝혀낼 수 있을 것입니다."

"음… 지금 조정은 온통 상대등의 사람들로 채워져 있다. 사정부에 이 일을 맡기면 은폐될 것이 뻔해…"

"숙부님. 이 일은 제게 맡겨주십시오. 조정의 힘을 빌리지 않고 제가 직접 증거를 잡아내겠습니다."

---

1) [時辰]. 1시진 = 2시간.

"할 수 있겠느냐?"

"예. 장부를 보니 매달 말일이 달천철장에서 철괴가 운송되는 날이던데, 내일이 바로 그날입니다. 지금 당장 승우랑과 충효랑을 잠복시켜 감시토록 하겠습니다."

"알았다. 내 황제폐하께 그리 말씀드릴 테니, 부디 신중을 기하거라."

"예."

그 시각. 상대등의 저택에서는 횃불을 든 탁근이 황후에게서 온 쪽지를 받아들고 안채로 뛰어가고 있었다. 마침 등불을 들고 북주풍월도의 화랑들을 배웅하던 대렴이 그 모습을 보고 탁근을 불러 세웠다.

"아저씨! 무슨 일이길래 그리 뛰어가는 게요?"

"아, 마침 잘 되었습니다. 주공께 같이 가시지요. 작은 소주와 관련된 일입니다."

그러자 닮아서 한눈에 형제임을 알 수 있는 두 화랑 중 한 명이 말했다.

"그럼, 저희는 이만 가보겠습니다."

"미안하이. 여기 등불을 받게. 내일 보세나들."

그렇게 화랑들을 보낸 후, 대렴은 탁근을 따라 정종의 처소로 향했다. 잠시 후, 안채에 마련된 집무실 탁자에 정종, 탁근, 대렴이 모여 앉았다. 정종이 읽던 쪽지를 내려놓으며 신음을 토했다.

"으음…."

탁근이 말했다.

"주공. 국선의 자리를 그쪽에 빼앗긴다면, 이는 태후폐하와 주공의 위신에 상당한 타격이 될 것입니다. 어찌하면 좋겠습니까?"

"그깟 국선이 문제가 아니야!"

"예? 그게 무슨 말씀이신지…"

탁근이 의아해 물으니 정종이 대답했다.

"쪽지에 적혀 있길, 네 사람이서 국선의 자리에 관해 의논하고 나간 후에, 아미가 다시 들어와 주위의 사람을 물리고 황후와 독대를 했다 하지 않는가?"

"예, 아마도 기파랑을 국선에 앉힐 구체적인 계획을 의논했겠지요."

그러자 정종이 고개를 저으며 말했다.

"이미 그 일은, 일월선도의 두 화랑을 회유하기로 결론을 지었어. 뭔가 다른, 아주 중요한 일을 의논했음이야."

"아버지, 아미 따위가 풍월도에 관련된 일 말고, 또 무슨 할 말이 있었겠습니까?"

대렴이 대수롭지 않다는 듯 말하니, 정종이 물었다.

"이번에 종예를 아미가 베었다고 했느냐?"

"예."

"내가 알기로, 아미는 어려서부터 머리가 비상한 놈이다. 종예의 수하들이 쓰던 무기와 갑주를 보고, 뭔가 냄새를 맡았음이 분명해. 이런 일이 있을까봐 이번 일만 제대로 마무리하고 병력을 해산시키라 명한 것인데, 아미 그놈이 한발 앞서 끼어드는 바람에 일이 복잡하게 되어버렸어!"

"하지만 아버지. 이미 종예는 죽어 없고, 그 아우도 삽량주로 피신했 잖습니까? 아미가 무기의 출처를 알아낼 수는 없을 겁니다."

"상대를 얕보지 말거라. 일단 냄새를 맡은 이상, 무슨 수를 써서든 알아내려 할 것이야. 탁근, 자네는 날이 밝는 대로 신천방에 가서, 소훈에게 더 이상 달천철장에 발걸음을 하지 말라 이르게. 남아 있는 철괴들도 헐값이라도 좋으니 모조리 처분하라고 해."

"예, 주공."

"대렴이 너는 믿을 만한 낭도들을 시켜 아미의 일거수일투족을 감시하게 하거라."

"예. 그런데… 국선의 일도 저에겐 아주 중요합니다. 아버지께서 도와주시면 안 됩니까?"

"상대등이 낭정에 간섭하면 보기가 좋지 않아. 하지만 태후폐하라면 이야기가 달라지지. 예부터 풍월도 무리들은 황후나 태후의 지원을 받아왔으니, 네가 태후폐하께 직접 도움을 청하거라."

"알겠습니다……"

다음날 아침. 빽빽한 숲속 한가운데에 위치한 달천철장은 아침부터 수많은 광부들과 야장들이 분주하게 일을 하느라 시장통처럼 시끌벅적했다. 광부들은 동굴을 드나들며 채취한 철광석을 운반하고 있었고, 야장들은 쇠부리 가마에 풀무질을 하기도 하고, 벌건 쇳물을 거푸집에 넣는가 하면, 달궈진 쇳덩어리를 망치로 이리저리 치기도 하였다. 그런 달천천장이 훤히 내려다보이는 언덕 위 숲속. 승우와 충효는 밤을 꼴딱 새워가며 덤불 속에 몸을 숨긴 채, 교대로 철장을 감시하고 있었다. 누워 있던 승우가 하품을 하며 일어나 철장을 지켜보고 있는 충효에게 낮게 말했다.

"뭐라도 건졌어?"

"야장들이 만들어진 철괴를 저쪽 창고로 운반하더군. 아미랑 말대로라면 저 창고에 만 팔천 근의 철괴가 쌓여 있을 거야. 거기서 이천 근이 따로 빠져나가는 것을 포착해야 해."

"음… 그러면 저 창고만 잘 지켜보면 되겠군."

"좀 더 자두지, 왜 벌써 일어났어?"

"아우, 시끄러워서 깼지 뭐. 이왕 깼으니 내가 지켜볼게. 눈 좀 붙여."

"그럴까 그럼."

그 시각. 새벽 일찍 말을 달린 탁근은 실포에 도착했다. 옆에 딸려 있는 마구간에 말을 맡기고는 신천방에 들어가 소훈을 찾았다.

"방주는 어딨는가?"

일하던 점원 하나에게 물으니 그가 대답했다.

"방주께서는 아까 전에 출타하셨습니다."

"어디로 갔나?"

"글쎄요, 저는 잘 모르겠습니다."

"그럼, 방주의 행방을 알 만한 사람을 불러주게. 중요한 일이야."

"예, 알겠습니다."

잠시 후, 뒤뜰로 통하는 입구에서 그 점원이 신천방의 무사단장을 데리고 나왔다. 서른 중반의 건장한 무사단장이 탁근을 알아보고는 달려와 인사했다.

"어르신, 이곳까지 어인 일이십니까?"

"아, 장천 자넨가. 소훈이 어디로 나갔는지 알고 있는가?"

그러자 장천이 주위를 살피더니 귓속말로 뭐라 뭐라 속삭였다.

"뭣이!? 아… 내가 한발 늦었구나! 이런…"

"무슨 일이라도 있습니까?"

"주공께서 누군가 냄새를 맡은 것 같다 하셨어."

"예!? 그럼 큰일이지 않습니까? 빨리 방주를 찾아야 합니다! 한 식경쯤 전에 무사들과 수레를 끌고 떠났으니, 급히 말을 달리면 따라잡을 수 있을 겁니다. 저와 같이 가시지요."

"음… 내가 자네를 데리고 나가면 점원들이 이상하게 생각 할 것이야. 자넨 여기 있고, 새 말을 내어주게."

"예. 뒷문으로 가시지요."

그렇게 탁근은 신천방 뒷문으로 나와 달천철장을 향해 황급히 말을 달렸다.

얼마 후. 말을 탄 신천방주 소훈과 무사들이 뚜껑이 달린 수레를 끌고 달천철장에 당도하자, 철장을 감독하는 관리가 뛰어와 인사했다. 그 모습을 본 승우가 자고 있던 충효를 흔들어 깨웠다.

"일어나! 어서!"

"으… 으응?"

충효가 눈을 비비며 일어나자 승우가 손가락을 가리키며 말했다.

"저기 봐, 저기! 저사람 아는 사람이야?"

정신을 차린 충효가 승우의 손가락이 가리키는 곳을 보더니 말했다.

"누구지? 처음 보는 사람인데?"

"복장을 봐서는 병부에서 나온 것이 아닌 것은 확실해. 그런데 수레를 끌고 왔단 말이야."

"후후, 드디어 현장을 목격할 수 있겠군."

그때, 철장 입구에서 급하게 말을 달려온 탁근이 소훈과 관리 앞에 내리더니, 둘에게 뭐라고 말을 하기 시작했다. 그 모습을 본 충효가 놀라며 말했다.

"아니, 저자는!?"

"누군데 그래?"

"모르겠어? 상대등의 가신이잖아!"

"어, 정말이네? 이거 일이 점점 재밌어지는데?"

그때, 탁근이 다시 말에 올라 뒤도 안 돌아보고 떠나가자, 소훈과 무사들도 끌고 온 수레를 내버려 둔 채 말에 올라 떠나갔다. 그 모습을 본 승우가 말했다.

"난 저자들의 뒤를 밟을 테니, 넌 계속 감시하고 있어."

"누군지 확인하고 바로 돌아와야 해."

"알겠다."

승우는 덤불에서 나와, 저 멀리 말을 숨겨둔 곳으로 전력으로 달려갔다. 그렇게 말을 타고 숲속 지름길을 달려 달천철장으로 접어드는 갈림길이 내려다보이는 언덕에 오르니, 소훈이 수하들과 남쪽으로 말을 달리고 있었다. 승우는 방향을 틀어 숲속에 난 길을 따라 들키지 않게끔 그들을 추격했다.

그렇게 얼마 후. 소훈이 수하들과 신천방 뒷문으로 들어가 문을 걸어 잠그자, 뒤따라온 승우가 말에서 내려 주위를 살폈다. 건너편 나무 밑에서 늙은 거지 하나가 바가지에 담긴 밥을 먹으려 하는데, 동네 꼬마들이 거지를 둘러싸고 마구 놀리며 밥을 못 먹게 못살게 굴고 있었다.

"야!! 그만두지 못해!?"

승우가 버럭 화를 내며 아이들을 쫓아 보내자, 거지가 다시 밥을 먹기 시작했다.

"이보시오. 혹시 방금 저리로 맨 앞장서 들어간 사람이 누군지 아시오?"

승우가 물으니 거지가 고개를 끄덕였다.

"누구요, 그 사람이?"

그러니 거지가 신천방 쪽으로 손가락을 가리키더니 엄지를 들어 보였다.

"아, 정말 고맙소. 그런데 말을 못하는 게요?"

거지가 고개를 끄덕였다. 승우는 품에서 은구슬을 꺼내 거지의 손에 쥐어주고는, 깜짝 놀라서 연신 절을 하는 거지를 뒤로 하고, 말에 올라 달천철장을 향해 고삐를 내리쳤다.

그 무렵. 아미는 황천[1]을 건너 서라벌 서쪽 선도산 아래에 당도해

---

1) [荒川]. 지금의 경주시 형산강 서천(西川).

있었다. 널따란 풀밭에서는 오백에 달하는 일월선도의 낭도들이 오와 열을 맞춰, 앞에 선 화랑의 구령에 따라 일제히 목검을 휘두르고 있었다.

"아홉!"

"합!!!!!!"

"열!"

"합!!!!!!"

"어깨에 힘을 빼고! 손목을 쓰란 말이야! 자, 열하나!"

"합!!!!!!"

낭도들이 훈련을 하는 사이, 아미는 근처의 커다란 소나무 아래에서 그 모습을 보며 고개를 끄덕이고 있었다. 얼마 후, 낭도들을 지도하던 화랑이 말했다.

"점심시간이다! 이열종대로 형님의 저택으로 간다! 출발!!"

그러자 낭도들이 일사분란하게 줄을 맞추어 북쪽으로 이동하기 시작했다. 옆에서 따라 걷던 화랑이 아미를 발견하고서 손을 흔들었다. 아미도 손을 흔들어 화답하자, 화랑이 아미 쪽으로 뛰어왔다. 아미와 비슷한 복장을 하고 있었으나, 소매와 깃의 색깔이 황색으로, 푸른색인 아미와는 달랐다. 어느새 달려온 화랑이 아미에게 말했다.

"여어~, 귀하신 분께서 이곳까진 어인 행차신가?"

"허, 귀하신 분이라니? 나밀대왕1)의 후손인 자네가 가야계인 나에게 그런 말을 하시는가? 누가 들으면 웃을 일이네."

"하하, 아무튼 오랜만일세. 그래, 무슨 일인가?"

"경신랑. 자네에게 긴히 할 이야기가 있어 왔다네."

"긴히 할 이야기? 말해보게."

"실은, 이번에 황후폐하께서 동방칠성도의 수장인 기파랑을 국선에

---

1) [那密大王]. 신라 17대 내물왕(내물마립간). 박·석·김 공동 왕위계승 체제에서 김 씨 세습제를 확립하여 신라를 고대 중앙집권 국가로 발전시켰다.

앉히려 하신다네. 해서 나를 이리로 보내신 것이야."

"기파랑? 실직에 있는 자를 갑자기 왜?"

"지금 그는 아버지인 직장 이순공을 따라 서라벌에 와 있네."

"신임 직장 말인가?"

"그렇네."

"음… 그러면 대족 출신일 텐데… 그런가?"

아미가 고개를 끄덕이자 경신은 난색을 표했다.

"흠… 내 기파랑의 공적은 익히 들어 알고 있지만, 골품이 없는 자가 국선이 되는 게 가능하겠는가? 차라리 자네가 해보지 그러나."

"난 그럴 그릇이 못 되네. 경신랑, 곧 황후폐하께서 열선각회의를 열어 국선의 자리에 기파랑을 추천하실 걸세. 그때, 우리 용화향도 화랑들과 자네 일월선도 화랑들이 찬성표를 던진다면, 북주풍월도 화랑들이 반대한다 해도 기파랑이 국선이 될 수 있지 않나. 자네가 좀 도와주게."

"허허… 이것 참, 난감하구만. 난 사실, 소문대로 대렴랑이 차기 국선이 되는 걸로 알고 있었네만…"

"자네는 대렴이 국선에 오르면 진정으로 그자를 따를 수 있겠는가? 또, 낭도들도 진정 마음으로 그자를 따를 수 있겠느냔 말이야."

"그건… 그렇긴 하지. 대렴랑을 좋아하는 사람이 몇 명이나 되겠나…"

"내 이번에 모벌관문 남쪽에서 수십의 도적떼를 혼자서 대적하는 기파랑의 모습을 보았네. 실로 믿기지 않는 광경이었지. 기파랑은 우리가 듣던 것 보다 훨씬 더 대단한 인물이었어! 난, 차기 국선에 대렴이 오를 것 같으면, 그자와 진검승부를 벌여 사생결단을 낼 생각이 었네만, 기파랑을 본 후에 생각이 달라졌지. 이사람이라면 능히 대렴을 누르고 국선에 오를 수 있겠단 생각이 든 것이야."

"기파랑이 그 정도인가? 자네가 이렇게 극찬을 하는 건 처음보네."

"자네도 만나보면 알게 될 거야. 그런 사람을 놔두고 대렴 같은 자가 국선에 오른다는 것은 말이 안 되는 일이야! 어떤가? 도와줄 수 있겠나?"

"나야, 자네가 이렇게까지 부탁을 하니, 도와줄 수밖에. 헌데, 양상형님을 설득할 수 있을는지 모르겠네…"

"꼭 좀 설득해 주게나. 양상랑께, 황후폐하께서 잊지 않으실 거란 말씀도 전해드리고."

"알겠네. 형님께 부탁드려 보지."

"고마우이. 자네만 믿겠네."

그렇게 아미는 돌아가고, 경신은 양상의 저택으로 발걸음을 했다. 얼마 후, 저택 앞에 도착한 경신이 문 앞의 가병에게 물었다.

"형님은 안에 계시는가?"

"오전에 나가시고 안 들어오셨습니다."

"어디로 갔는지 아는가?"

"거문고를 메고 나가셨다는 것밖에는 모르겠습니다."

"알겠네."

경신은 저택 안에 들어가, 마구간에서 말을 꺼내 타고 대문을 나섰다. 강변에 이른 경신은 황천을 따라 북쪽으로 내달리기 시작했다.

"이리얏!!"

얼마 후. 말을 달리던 경신의 눈앞에 황천과 알천이 만나 세차게 소용돌이치는 합류지점이 모습을 드러냈다. 그 바로 옆에 산에서 뻗어 나온 거대한 바위언덕이 강을 침범하며 위용을 자랑했다. 그 언덕 위에는 화려하게 지어진 금장대1)라는 누각이 하늘과 어울려 한껏

---

1) [金丈臺]. 현 경주시 석장동에 있는, 형산강과 북천이 합류하는 지점의 언덕위에 지어진 누각. 전망이 아름다워 기러기도 풍경에 취해 내려와 쉬었다 가는 곳이라

뽐을 내고 있었다. 경신은 언덕으로 이어진 능선을 타고 올라 금장대에 들어섰다. 누각 위에는 양상이 둥둥 거문고를 타고 있었고, 그 장단에 맞춰 아리따운 유화1)들이 춤을 추고 있었다. 경신이 누각 위에 올라서자 양상이 웃으며 유화들에게 눈짓을 보냈다. 유화들이 경신을 둘러싸고 춤을 추기 시작했다.

"허허, 이것 참…"

경신이 머쓱해 하자, 양상이 소매를 걷어붙이더니 술대2)를 고쳐 잡고 본격적으로 연주하기 시작했다. 술대가 현란하게 이리저리 움직이기 시작하자, 흥겨운 소리가 쉴 새 없이 울려 퍼졌다. 한껏 빨라진 장단에 유화들이 신이나 이리저리 몸을 흔들자, 경신이 체념한 듯 고개를 숙이더니 갑자기 괴상한 춤을 추기 시작했다.

"에라 모르겠다!"

경신이 엉덩이를 들썩이며 우스꽝스러운 춤을 마구 추어대자 유화들이 깔깔깔 웃으며 덩달아 엉덩이를 흔들었다. 그렇게 한참을 신나게 놀던 경신은 숨을 헐떡이며 유화들 사이를 빠져나와 누각 한편에 기대어 앉으며 말했다.

"아니, 너희들은 힘들지도 않느냐? 참, 대단들 하다 대단해."

그 말에 유화들이 또 까르르 웃자, 양상이 서서히 장단의 속도를 줄이더니 둥 하고 연주를 끝맺었다. 유화들이 박수를 치며 양상의 곁에 들러붙어 앉으니, 양상이 입을 열었다.

"경신아, 이곳에 오면 속이 뻥 뚫리지 않느냐? 아래로는 세찬 두 물줄기가 부딪혀 소용돌이 치고, 위로는 새들이 짖어대며 빙글빙글

하여 금장낙안(金丈落雁)이라 불렸다.

1) [遊花]. 낭적(郎籍. 풍월도의 명단)에 이름을 올리고 풍월도를 따르던 일종의 기녀.
2) 거문고를 연주할 때 쓰는 가느다란 막대기.

날아다니고, 앞으로는 쭉 펼쳐진 서라벌이 아수라도처럼 미쳐 돌아가고 있으니 말이다!"

"허, 말 속에 뼈가 있는 듯하오? 술 한 잔 하셨소?"

"하하하, 이렇게 빼어난 경관과 이렇게 아리따운 여인들이 내 품에 있는데, 술이 무슨 필요가 있겠느냐? 내 가만 있어도 절로 흥이 나는구나."

"형님, 긴히 할 이야기가 있으니 유화들을 물려주시오."

"뭔 얘긴데 그러느냐? 그냥 말해 보거라."

"……"

"에이, 답답하기는. 얘들아, 너희들은 잠시 산보 좀 다녀와야겠다."

"예, 양상랑."

유화들이 누각을 내려가 뒤쪽으로 난 숲길로 걸어가자, 경신이 입을 열었다.

"좀 전에, 아미랑이 날 찾아왔었소."

"흐, 흐흐, 크하하하하."

양상이 미친 사람마냥 웃어대자, 경신이 의아한 표정을 지었다.

"그래, 황후폐하께서 보냈다고 하더냐?"

"응?? 어찌 아셨소?"

"오전에 대렴도 날 찾아와서는 태후폐하께서 보냈다고 하더군. 이거 정말 웃기지 않느냐?"

"하, 그랬소? 나 원… 그래, 어찌 할 셈입니까?"

"너는 어찌 할 셈이냐?"

"난 아미랑의 말대로 기파랑의 손을 들어줬으면 합니다만."

"그래? 그럼 그렇게 해라. 난 대렴의 손을 들어줄 테니."

"음… 뜻을 바꿀 생각은 없으신 거요? 대렴은 아니라고 봅니다."

"난 죽어도 못 바꾸겠다."

"휴… 형님 뜻이 정 그렇다면, 저도 대렴 손을 들어주겠습니다…"

"그래? 그럼 난 기파랑 손을 들어주련다."

"예? 지금 장난치시오?"

"장난은 무슨. 너와 내가 동시에 이쪽 편을 들면 저쪽 편의 원한을 사고, 저쪽 편을 들면 이쪽 편의 원한을 사는데, 뭣 하러 우리와 상관없는 그들 싸움에 휘말린단 말이냐?"

그 말을 들은 경신은 순간 머리를 얻어맞은 듯했다.

"아아…… 그럼… 우리끼리 내분이 생긴 것처럼 꾸며, 일이 어떻게 되든 원망을 피해가잔 말씀이시구려!"

"흐흐, 돌 깨지는 소리가 여기까지 들리는구나! 영종공이 한쪽 편에 섰다가 어떻게 됐는지 너도 잘 보았지 않느냐? 영종공과 보리부인은 사지가 찢겨 죽고 수월랑은 행방불명이 되었다. 헌데, 저 두 세력은 그 피를 먹고 아직도 멀쩡하게 남아 또 싸우고 있지. 그리고 이제는 우리의 피를 마시려 들지 않느냐? 우리는 지금 낭떠러지 위에서 외줄을 타고 있는 격이야. 한쪽으로 치우치는 순간 천길 아래로 떨어지게 되어 있단 말이다. 용과 호랑이가 서로 물고 뜯어 피투성이가 되어갈 때, 우리는 조용히 내실을 다지며 이 외줄의 끝까지 걸어가야 할 것이다. 늘 명심하거라."

"예, 형님!"

"자, 복잡한 생각일랑 떨쳐버리고 시원하게 경치나 감상하려무나."

양상은 다시 거문고를 끌어안고 현을 튕기기 시작했다. 그 곡조를 들으며 경신은 눈앞에 펼쳐진 서라벌을 향해 알 수 없는 미소를 지었다.

한편, 승우는 다시 숲으로 돌아와 잠복하던 언덕에 올라왔다. 숨어서 철장을 내려다보던 충효에게 다가가니 충효가 물었다.

"누군지 확인했어?"

"응. 실포저자에 있는 신천방의 방주였어."

"흠… 그렇다면 신천방이 상대등과 모종의 거래를 하는 것이 분명하군."

"아직, 단정할 수는 없지."

"왜?"

"그가 끌고 온 수레를 확인해야만 해. 신천방에서 철장이 주문한 물품을 배달한 것일 수도 있으니까 말이야. 수레가 비어 있다면 철괴를 빼돌리려 한 것이 틀림없겠지."

"오, 그렇군. 언제 그렇게 똑똑해진 거냐?"

"너만 몰랐지, 다들 아는 사실이다."

"어이가 없군…"

"참나… 아무튼, 수레는?"

"아까 전에 병부 관리들이 병사들을 데리고 와서 창고에서 철괴와 병장기들을 수거해 갔는데, 그 뒤에 철장 관리가 수레를 빈 창고에 넣어버렸어."

"아… 이것 참… 어떻게 할까? 아미랑이 곧 열선각회의가 열릴 지도 모르니까 철괴가 빠져나가는 것만 확인하고 곧바로 돌아오라 그랬잖아."

"흠… 아미랑 계획대로라면 우리는 오늘 저녁이나 밤에 복귀하는 거잖아. 그 말은 회의가 열리더라도 내일 오전 이후에나 열린다는 거겠지. 이대로 수레가 나가는지 지켜보다가 밤에 기회를 봐서 창고를 확인하자. 그 뒤에 서둘러 돌아간다면, 날이 밝기 전에 복귀할 수 있을 거야."

"휴우… 또 지겨운 잠복이 시작되는구나…"

"그나마 넌, 나갔다 오기라도 했지. 나는 지금 춥고 배고프고 죽겠다."

"아, 맞다. 나도 정신없이 달려오느라 그 생각을 못 했네. 여긴 내가 남아서 창고를 지켜볼 테니, 넌 나가서 요기 좀 하고 와. 먹을 것도 좀 사오고."

"알았다. 으으."

충효는 굳은 몸을 일으켜 뒤쪽 숲으로 내려갔다.

그 시각. 황성의 서문으로 들어와 황후전으로 가던 아미는, 마침 태후전에서 나오는 대렴과 마주쳤다. 아미가 걸음을 멈추자, 대렴도 멈춰 섰다. 잠시 동안 서로를 바라보다가 아미가 시선을 틀어 가던 길을 가기 시작했다. 그러자 대렴이 말했다.

"아미랑, 이러기요?"

아미가 다시 걸음을 멈추고 대렴을 바라보았다.

"무슨 말이오?"

"아니, 같은 화랑끼리 아는 척도 안 하는 게 말이 되오? 내가 뭐 잘못한 거라도 있는 거요?"

"……"

"내가 만약 국선이 된다면, 내 얼굴을 어찌 보려고 이러시오?"

"뭐?! 국선? 그대가? 누구 맘대로!"

"흐흐, 발끈하기는. 내가 국선이 되는지 안 되는지 어디 한번 두고 봅시다."

"흥, 그런 일은 천지가 개벽해도 없을 것이니, 헛된 망상은 집어치우시오."

"뭐라?! 말 다했는가!"

"말 다했소. 난 지금 바쁘니 괜히 사람 귀찮게 하지 말고 가던 길이나 마저 가시오."

그 말과 함께 아미가 성큼성큼 대렴을 지나쳐 가자, 대렴은 얼굴이 벌게지며 주먹을 쥔 손을 부르르 떨었다.

"재수 없는 자식! 어디 두고 보자…"

대렴은 그렇게 혼잣말을 하고서 아미와는 반대 방향으로 걸어 나갔다. 잠시 후, 황후전에 든 아미는 황후에게 다녀온 일을 보고했다.

"황후폐하, 일월선도의 경신랑을 만나고 왔습니다."

"그래, 성과는 있는 것이더냐?"

"예, 그가 협조하기로 약조했습니다. 그리고 양상랑도 자신이 설득할 것이라 했습니다."

"그래? 알았다. 내일 아침 사시 정각1)에 열선각회의를 열 것이니, 시위부령에게 상선, 상화들과 각 풍월도에 연통하라 이르거라."

"예, 황후폐하."

이른 새벽. 충효와 승우는 계속 그 자리에서 숨죽이며 달천철장을 내려다보고 있었다. 막사에서 나온 병사들이 두 명씩 번갈아 가며 창고 앞에 불을 피우고 지키는 바람에, 둘은 창고를 조사할 수가 없었다. 추위에 벌벌 떨던 승우가 낮게 말했다.

"으으으… 저놈들은 잠도 없나?"

"안 되겠다. 시간이 너무 지체됐어. 아깝지만 철수하자."

"그냥 우리 둘이 몰래 내려가 저놈들을 때려눕힐까?"

"바보야, 차라리 '우리가 다 알고 조사하고 갔다'라고 써 붙이고 가지 그래?"

"그, 그런가? 너무 추워서 머리가 굳었나 보다. 으으으."

"으으, 나도 추워 죽겠다. 곧 있으면 날이 밝아 올 텐데, 이만 접자."

"아쉽지만 어쩔 수 없지. 철수다."

그렇게 둘은 뒤쪽 숲으로 내려가 말을 타고 서라벌로 향했다.

---

1) [巳時 正刻]. 오전 9시.

아침 해가 동쪽 하늘을 달릴 무렵, 남산의 남서쪽 끝자락. 신궁1)의 동쪽에 위치한 열선각에는 가운데 놓인 커다란 돌탁자를 중심으로 동쪽의 상석에 세 명의 상선이 앉아 있었고, 현직 화랑들이 북, 남, 서로 나뉘어 앉아 있었으며, 서른 명의 상화들이 열 명씩 나뉘어 현직 화랑들 뒤에 자리를 잡고 있었다. 서쪽에는 일월선도의 두 화랑이, 북쪽에는 북주풍월도의 세 화랑이 앉아 있었는데, 남쪽에는 네 의자 중 세 의자가 빈 채로, 아미 혼자서 애를 태우며 앉아 있었다. 상석에 있던 융이 아미에게 물었다.

"시간이 다 되어 가는데, 용화향도의 두 화랑은 어찌 오질 않는 것이냐?"

"상선, 조금만 기다려 주십시오. 곧 올 것입니다."

"일각2)의 시간이 흐르면, 나는 예정대로 신궁에 계신 황후폐하를 모시러 갈 것이다. 그때까지 오지 않으면 두 자리를 치워버릴 테니, 그리 알거라."

"예, 상선."

융의 엄중한 태도에 아미가 진땀을 빼며 대답했다. 아미가 초조하게 기다리는 동안 어느새 일각의 시간이 흘렀다. 융이 자리에서 일어서는 그때, 승우와 충효가 입구 문을 벌컥 열어젖히며 헐레벌떡 마당에 들어섰다. 누각 위에서 그 모습을 본 아미가 자리에서 벌떡 일어나

---

1) [神宮]. 소지왕 9년(487) 봄 2월에 시조 박혁거세가 탄강(誕降: 탄생의 높임말)한 나을(奈乙)에 세웠다고 기록된 하늘에 제를 올리던 성소(聖所). 나을과 신궁이 과연 어디에 있었는가에 대해서 오랫동안 많은 학자들이 각자의 근거를 들며 주장을 펼쳐 의견이 분분하였으나 결론은 없었다. 그러다가 경주 나정(蘿井. 경주 탑동에 있는 박혁거세가 태어났다는 전설이 전해져 내려오는 우물)을 2002~2005년에 걸쳐 4차례 발굴 조사를 한 결과, 신궁임을 뒷받침하는 결정적인 고고학적 증거들(4각 담장, 8각 기단, 구상유구전경과 유구 세부 등)이 드러남으로써 나정이 곧 나을이자 신궁이 있던 곳이라는 주장에 무게가 쏠리고 있다.

2) [一刻]. 15분.

빨리 오라고 마구 손을 휘저었다. 그러고는 애타는 눈빛으로 융을 바라보니, 융이 한심하다는 표정으로 다시 의자에 앉아 두 화랑이 올라오기를 기다려 주었다. 계단을 뛰어와 누각 위에 올라온 둘이 고개를 숙이고 자리에 걸어가 앉자, 융은 자리에서 일어나 열선각 계단을 내려갔다. 얼마 후, 황후가 융과 기파를 대동하고 누각 위로 올라오자, 참석한 전원이 기립하여 예를 표하였다. 대렴이 고개를 들었을 때, 황후를 뒤따라오는 기파와 눈이 마주쳤다.

'아니?? 저자는?!'

놀란 대렴은 믿을 수 없다는 표정으로 자기 옆을 스쳐가는 기파를 뚫어지게 쳐다보았다. 황후가 동쪽의 상석 뒤편에 따로 마련된 의자에 앉으며 말했다.

"자, 다들 앉으시오."

모두들 착석하자 황후가 옆에 서 있는 기파에게 말했다.

"기파랑도 아미랑 옆에 마련된 자리에 가 앉거라."

"예, 황후폐하."

기파가 걸어가 아미 옆에 앉으니, 황후는 앞쪽에 앉은 상선들에게 말했다.

"상선들은 회의를 시작하시오."

그러자 융이 자리에서 일어나 뒤쪽을 보고 황후에게 예를 표한 다음, 다시 자리에 앉아 말했다.

"우선, 오늘 회의는 두 분 상선의 허락 하에, 이 사람이 주재하게 되었음을 알리겠소. 그럼, 오늘 열선각에서 논의할 안건을 알려드리겠소. 수월랑이 자취를 감추고 국선의 자리가 삼 년간 비워져 있었음은 다들 아시는 바일 것이오. 이에 황제폐하께서 새 국선을 뽑으라 명하셨고, 황후폐하께서 한 사람을 천거하시니, 여러분의 동의를 얻고자 이 자리를 마련한 것이오. 그럼, 황후폐하께서 천거한 인물을 소개하겠소. 기파랑은 일어나 좌중에 예를 표하거라."

기파가 일어나 고개를 숙여 인사하고 다시 자리에 앉았다. 융이 이어 말했다.

"성명 이기파. 나이 이십 세. 직장 이순공의 아들로 실직 동방칠성도의 수장으로 있는 사람이오. 이번에 황후폐하께서 기파랑을 천거한 것은, 용화향도의 화랑들이 황후폐하께 주청을 드렸기 때문이오. 용화향도의 수장은 그 까닭을 말해보라."

그러자 아미가 입을 열었다.

"저희 용화향도가 기파랑을 추천한 이유를 말씀드리겠습니다. 일 년 전, 실직지방에서는 해안에 상륙한 왜인 해적들이 마을로 들어와 사람들을 죽이고 약탈한 후, 수십 명의 아녀자들을 붙잡아 간 일이 있었습니다. 그때, 기파랑이 배에 오르려던 해적의 수괴를 베어버리고 낭도들을 지휘해 해적들을 모조리 소탕하여 아녀자들을 구출하였기로, 누군가 그 영웅적인 행적을 기리는 노래를 만드니, 어느새 온 백성들이 그 노래를 따라 부르고 있습니다. 또 얼마 전, 실직의 백성을 여럿 해치던 거대한 호랑이를 잡기 위해 겹겹이 쌓인 눈을 헤치고 건산에 오른 기파랑은, 추위와 싸우며 몇 날 며칠을 기다린 끝에 그 호랑이를 만나, 치열한 사투를 벌여 끝내 해치웠으니, 실직 사람들은 마음을 놓고 산길을 다닐 수 있게 되었습니다. 그리고 사흘 전, 실포의 여각들이 연합하여 물자를 서라벌로 운송하던 도중, 동대산 일대에서 수백의 도적떼가 나타나, 운송단을 호위하던 이백의 무사들을 몰살시키고 금괴를 약탈해 간 사건이 있었습니다. 그때 기파랑이, 황후폐하의 조카이신 만월낭주를 모시고 그곳을 빠져나왔는데, 도적들은 계속해서 추격을 해왔습니다. 상황이 위급해지자 기파랑은 뒤쫓아 오는 수십의 도적떼를 혼자서 용감무쌍하게 물리쳐 낭주를 무사히 구해내었기로, 황실의 안위를 보존한 큰 공이 있습니다. 이에 저희 용화향도는 마음으로 기파랑을 따르기로 하였고, 황후폐하께 그를 차기 국선으로 추천한 것입니다."

아미가 말을 마치자 상선과 상화들이 고개를 끄덕였다. 잠자코 듣고 있던 대렴은 심상치 않은 분위기에 인상을 찌푸렸다.

'젠장, 고모님은 왜 안 오시는 거야?'

그때, 입구 문이 열리며 태후가 궁인들을 거느리고 마당에 들어섰다. 그러자 열선각 위의 사람들이 웅성대기 시작했다. 융의 오른편에 있던 중년의 상선이 융에게 말했다.

"태후께서 오신다는 말씀은 없으셨지 않소? 어찌된 일이오?"

"저도 잘 모르겠습니다."

그러자, 융의 왼편에 있는 비교적 젊은 상선이 북주풍월도의 두 화랑에게 말했다.

"주경, 주항, 너희들은 이층으로 올라가서 태후폐하께서 앉으실 의자를 가지고 내려오너라."

그러자 대렴 옆에 앉아 있던 주경, 주항 형제가 이층으로 뛰어 올라갔다. 그 사이 태후가 누각 위로 올라오자 일동은 다시 기립해 예를 표했다. 태후가 여전히 자리에 앉아 있는 황후를 바라보자, 황후가 자리에서 일어나 말했다.

"태후폐하께서 여긴 어인 일이십니까?"

"황후, 어찌 이러실 수가 있소?"

"무슨 말씀이신지요?"

"어찌 나에게는 일언반구도 없이 열선각회의를 열어 마음대로 국선을 뽑으시려는 것이오?"

"뭔가를 오해하신 것 같습니다. 이 회의는 제가 연 것이 아니라 황상께서 연 것입니다. 황상께서 국선의 자리가 오래 비어 있으니 새 국선을 뽑는 일은 열선각회의에 일임한다 하셨지요. 저는 단지 사람을 천거했을 뿐, 결정은 화랑들과 상선, 상화들이 하는 것입니다."

"흥! 황후가 열었든 황상이 열었든 그게 그거 아니오? 누굴 바보로 아는 것이오? 아무튼 그렇다 칩시다. 황후는 단지 사람을 천거했다 하는데, 이곳에는 황후를 따르는 문호만 있는 것이 아니요. 태후인 내가 지원하고 나를 추종하는 문호도 있으니, 황후가 사람을 천거할 수 있다면 내게도 그런 권리가 있는 것 아니겠소? 그런데 어찌 나를 무시하고 독단적으로 일을 처리하려 하시냔 말이오."

"알겠습니다. 언짢으셨다면 사과드리지요. 그럼 지금 말씀드리겠습니다. 저는 용화향도의 추천을 받아 기파랑을 차기 국선으로 천거하려 합니다. 어찌 생각하시는지요?"

그러자, 태후가 주위를 둘러보며 말했다.

"기파랑이 누구냐?"

태후가 묻자 기파가 일어나 말했다.

"소인이옵니다."

"너는 누구의 아들이냐?"

"직장 이순공이 제 아버님이십니다."

"그럼 넌, 골품이 없지 않느냐? 골품이 없는 자가 어찌 국선의 자리에 오를 수 있단 말이냐?"

태후가 쏘아붙이자, 황후가 나섰다.

"골품의 유무가 국선의 요건은 아니지요. 이미 골품이 없던 문노가 뛰어난 활약으로 국선에 오른 전례도 있지 않습니까? 기파랑의 공적이 문노의 그것과 비교해도 손색이 없으니 골품은 거론하지 말아주셨으면 합니다."

"흥, 황후의 위세에 눌려 다들 말은 안 해서 그렇지, 기파랑을 마뜩잖게 생각하는 사람들이 없는 줄 아시오?"

"그래서 저들이 회의를 하는 것이 아닙니까? 회의에서 기파랑이 부적격자로 판정되면 태후의 말씀대로 기파랑은 자격이 없는 것입니다."

"황후가 무게 추를 한쪽에 올려놓고 있는데, 공정한 회의가 되리라 생각하시오?"

그러자 황후는 잠시 뜸을 들이더니 이내 말했다.

"그럼 어쩌잔 말씀입니까?"

"황후가 기파랑을 천거했으니, 나도 대렴랑을 천거해 무게중심을 맞추리다."

그러자, 좌중의 시선이 일시에 대렴에게로 향했다. 황후도 대렴을 한번 쳐다본 후 다시 말했다.

"알겠습니다. 그럼 모든 결정은 저들에게 맡기고 우리들은 조용히 참관만 하도록 하지요."

"내가 하고 싶은 말이오. 과연 회의가 공정하게 진행되는지, 내 두 눈으로 똑똑히 지켜볼 것이오!"

살벌한 분위기에 주경, 주항이 눈치를 살피며 내려와 조용히 의자를 내려놓자 태후와 황후가 나란히 자리에 앉았다. 이어 융이 좌중에게 말했다.

"회의를 계속하겠소. 태후폐하께서 대렴랑을 차기 국선으로 천거했으니, 기파랑과 대렴랑 중 누가 국선의 자격이 있는지 말씀들 해 보시오."

그러자, 주경이 말했다.

"기파랑의 공적이 훌륭하다고는 하나, 역시 골품이 없는 자가 국선에 오르면 여러 가지 문제가 발생하기 마련입니다. 휘하의 화랑들이 골품도 없는 자를 과연 순순히 따를 수 있겠습니까? 그에 반해 대렴랑은 나밀대왕의 적통 후손으로서 그 인품과 무예가 출중해, 모든 화랑들과 낭도들이 문호를 떠나 수긍하고 따를 수 있는 인물입니다."

상화들 일부가 고개를 끄덕이기 시작하자, 충효가 나섰다.

"모든 화랑들과 낭도들이 문호를 떠나 수긍하고 따를 수 있는 인물이라 하셨는데, 그건 틀린 말입니다. 낭도들은 마음으로 따르고 싶은 화랑을 좇아 자율적으로 그 휘하에 들어가게 됩니다. 대렴랑이 진정 그런 풍모를 지닌 인물이라면 북주풍월도를 따르는 낭도의 수가 가장 많아야 정상이겠지요. 허나, 낭적을 보시면 알 수 있듯이, 용화향도는 그 수가 천이백에 달하고, 일월선도도 천 명에 가까운 반면, 북주풍월도는 고작 칠백밖에 안 됩니다. 그에 반해, 기파랑을 따르는 동방칠성도는 그 수가 무려 천오백을 넘습니다. 북주풍월도의 두 배가 넘는 숫자이지요. 이런저런 말보다는 정확한 숫자가 모든 것을 말해주고 있는 것입니다."

충효의 입에서 천오백이라는 말이 나오자, 좌중은 술렁이기 시작했다. 융이 좌우의 상선들과 머리를 맞대고 뭔가 이야기를 하니 상선들이 고개를 끄덕였다. 그러더니 융이 말했다.

"자, 다들 조용히 하시오."

좌중이 일순 조용해지자, 융이 이어 말했다.

"상선들과 상의한 결과, 두 쪽 모두 일리가 있는 말이라 판단하였소. 더 이상의 논의는 불필요한 듯하니, 바로 표결에 붙이겠소."

융이 한쪽에 앉은 상화들에게 고갯짓을 하니, 상화 둘이 일어나 흰 도자기 술병과 흰 보자기를 들고 와, 융 앞의 탁자 위에 올려놓았다. 융이 보자기를 풀자, 포개진 흰 도자기 그릇들이 모습을 드러냈다. 양 옆의 두 상선이 그릇들을 나누어 들고 현역 화랑들 앞에 하나씩 내려놓자, 융이 술병을 들고 차례로 한 명씩 그릇에 술을 부어 주었다. 다시 자리에 돌아온 융이 술병을 내려놓으며 기파에게 말했다.

"열선각의 표결에 참여할 수 있는 자는, 왕경오악1)에서 황성을

---

1) [王京五岳]. 서라벌을 둘러싼 다섯 성산. 중악=낭산. 동악=토함산. 서악=선도산.

수호하는 화랑들이라 규정되어있다. 하여, 기파랑 자네에게는 표결권이 없으니 양해하기 바란다."

"예, 상선."

"화랑들은 듣거라. 열선각의 전통에 따라 흰 그릇에 맑은 술을 붓는 것은, 한 점 부끄럼 없는 깨끗한 마음가짐으로 표결을 하라는 의미이고, 그 술을 마시고 표결을 하는 것은, 마음에서 진정 우러나오는 결정을 용기 내어 행하라는 의미이다. 표결 방식은, 한 사람씩 차례로 그릇에 담긴 술을 다 마신 후, 그릇을 바르게 놓거나 거꾸로 엎어놓는 것이다. 기파랑이 국선에 오르기를 원하는 자는 그릇을 바르게 놓고, 대렴이 국선에 오르기를 원하는 자는 그릇을 엎어놓는다. 자, 왼쪽 용화향도부터 시작하라!"

아미가 오른쪽의 기파를 한번 보더니 그릇에 담긴 술을 벌컥벌컥 마시고 빈 그릇을 바르게 놓았다. 충효와 승우도 차례로 술을 마시고 그릇을 바르게 놓자, 양상이 그릇을 들어올렸다. 천천히 술을 들이킨 양상이 그릇에서 입을 떼자, 열선각에 모인 모든 이들이 촉각을 곤두세워 양상을 바라봤다. 양상은 대렴을 한번 쓱 보더니, 들고 있던 그릇을 뒤집어 탁자에 놓았다. 그러자 태후와 대렴의 입꼬리가 동시에 올라갔다. 이어 경신이 잔을 들고 아미를 보자, 아미는 저도 모르게 애타는 표정을 지어 보였다. 경신이 술을 벌컥벌컥 마신 뒤에 빈 그릇을 들고 뜸을 들이자, 또다시 팽팽한 긴장감이 감돌았다. 경신은 천천히 그릇을 그대로 내려놓았다. 그걸 본 아미는 눈을 감으며 안도의 한숨을 내뱉었다. 이어 대렴이 마땅찮다는 표정으로 술을 벌컥벌컥 마시고는 그릇을 엎어놓았고, 주경과 주항도 그릇을 엎어놓았다. 표결이 끝나자, 융이 그릇들을 훑어보며 말했다.

"사 대 사, 동수가 나왔소."

남악=남산. 북악=금산(현 소금강산).

그러자 태후가 물었다.

"그러면 어떻게 되는 것이오?"

"동수가 나오면 상선, 상화들이 따로 논의를 해 결론을 내게 됩니다."

태후가 인상을 찌푸리니 융이 말했다.

"일단, 저희에게 맡겨주시지요."

"알겠소. 부디 납득할 수 있는 결론을 내기 바라오."

"예, 태후폐하. 상선, 상화들은 모두 이층으로 모여 주시오."

그렇게 상선, 상화들은 이층으로 올라가 웅성이며 논의를 시작했다. 얼마간의 시간이 흐른 뒤, 논의를 마친 상선, 상화들이 다시 아래로 내려와 자리에 앉았다. 융이 말했다.

"상선, 상화 회의에서 전원이 찬성한 결론을 말씀드리겠소."

태후와 황후, 화랑들은 귀를 쫑긋 세우고 다음 말을 기다렸다.

"공정을 기하기 위해, 이번 국선은 풍류를 따지지 않고, 오로지 무(武)로써 선출하기로 하였소. 화랑의 뿌리는 본디 원화1)로, 원화의 주 임무는 일월천신께 제를 올리는 것이었음을 다들 아시고 계실 것이오. 하여, 이번에 국선 후보에 오른 두 화랑은, 사흘 후 정오에, 왕경의 모든 풍월도가 지켜보는 가운데, 신궁의 신단 위에서 진검승부를 펼쳐, 일월천신께서 허락한 승자만이 새 국선의 자리에 오를 것이오!"

그 말에, 태후와 황후, 화랑들까지 놀라서 입이 쩍 벌어졌다.

"물론, 지금 이 순간부터 신단 위에 올라서는 순간까지, 둘 중 누구라도 포기할 의사를 밝힐 수 있소. 목숨은 하나뿐이니 부끄럽게 생각하지 말고, 언제라도 나를 찾아와 말하면 되오. 그럼 이만, 열선각회의를 마치겠소."

---

1) [源花]. 화랑의 전신으로 청소년 단체의 우두머리. 곱고 어여쁜 처녀가 원화로 임명되어 종교적 역할을 수행하였다. 뒤에 삼국간의 항쟁이 격화되면서 남자들의 역할과 임무가 중시됨에 따라 원화제가 화랑제로 개편되었다.

그렇게 회의가 파하고, 모두들 떠난 열선각 위에는 용화향도의 화랑들과 기파만이 남아 있었다. 아미가 기파에게 말했다.

"형님, 일이 이렇게 커질 줄은 몰랐습니다. 괜히 저 때문에… 형님께 너무 큰 부담을 안겨드린 것 같아 면목이 없습니다…"

그러자 기파가 고개를 흔들며 말했다.

"아닙니다. 이 모든 것이, 제가 걸어가야 할 운명이겠지요. 황후폐하께 일말의 힘이라도 보탤 수 있는 기회가 생겼으니, 오히려 아미랑께 감사합니다."

그러자 아미가 눈물을 글썽이며 말했다.

"하아… 형님의 말 한마디에 어찌 이리 마음이 홀가분해질 수 있는지 모르겠습니다. 형님, 앞으로 저 아미는 형님이 가시는 길을 마음으로 따르겠습니다. 부디 저를 아우로 삼아주십시오."

그 말과 함께 아미는 기파 앞에 한쪽 무릎을 꿇고 앉았다. 그러자 충효와 승우가 서로를 바라보더니, 아미의 양옆에 무릎을 꿇었다.

"저, 승우도 기파랑 형님을 따르겠습니다."

"저, 충효도 형님을 따르겠습니다."

그러자 기파가 손사래를 치며 말했다.

"아아, 난처하게 왜들 이러십니까? 어서 일어나십시오."

"형님께서 저희들을 아우로 받아주실 때까지 절대로 일어나지 않겠습니다!"

아미가 완강하게 말하자, 기파가 잠시 망설이더니 아미의 손을 잡으며 말했다.

"후… 알겠으니, 그만들 일어나시게 아우님들."

그제야 아미가 웃으며 일어났고, 충효와 승우도 일어났다. 아미가 말했다.

"형님, 사실 이번에 도적떼를 진압하면서 이상한 점을 발견했습니다.”

“무언지 말해보시게.”

“도적이 쓰던 병장기들이 서당군의 것과 똑같은 것이었습니다.”

“그게 정말인가!?”

“예. 그래서 저희들이 따로 조사를 해보니, 누군가가 달천철장에서 무기와 철괴를 빼돌린 정황이 드러났습니다. 승우와 충효가 늦은 이유도 어제가 철장에서 철괴가 빠져나가는 날이라, 그것을 감시하느라 늦은 겁니다.”

“아… 그랬었군.”

“승우랑, 어찌됐는지 형님께 말씀드리게.”

“예. 어제 오전에 관리가 아닌 누군가가 수하들과 함께 철장으로 수레를 끌고 왔는데, 상대등의 가신이 급하게 뒤쫓아 와서 그자에게 뭐라 말을 하고 떠나자, 그자도 수레를 내팽개치고 급히 철장을 떠났습니다. 그래서 제가 몰래 따라가 보니, 그자는 바로 실포의 신천방주였습니다.”

그러자 기파가 승우에게 물었다.

“그럼, 신천방이 상대등을 뒷배에 두고 철괴를 빼돌렸단 말인가?”

“정황상 그런 것 같아, 저와 충효가 오늘 새벽까지 잠복하며 신천방주가 끌고 온 수레를 확인하려 했으나, 경비가 삼엄하여 기회가 없었습니다.”

충효가 보태었다.

“그 수레가 빈 수레여야만 신천방주가 철괴를 빼돌리려 왔다는 말이 됩니다. 혹시라도 신천방에서 철장이 주문한 물품을 실어 온 것일 수도 있기 때문입니다.”

“음… 그렇군. 그럼, 앞으로 어찌할 계획이신가?”

기파가 물으니 아미가 말했다.

"심증은 있고 물증은 없으니, 할 수 있는 일은 신천방을 감시하는 일이겠지요. 하지만, 지금 더 중요한 것은 형님의 안위입니다."

"그게 무슨 말인가?"

"대렴 그자는 악랄한 자입니다. 상대등 집안 자체가 그렇지요. 형님께 무슨 위해를 가할지 모르는 일입니다. 사흘 후 대결이 있기까지 저희들이 형님 곁에서 보필하겠습니다."

"아우님들 마음은 알겠으나, 신천방의 일이 더 중요한 듯싶네. 나는 알아서 할 테니, 그쪽 일에 전념하게나."

"그러면 그 일은 충효와 승우에게 맡기고 저만이라도 형님 곁에 있겠습니다. 그래야 안심이 될 것 같습니다."

"음… 아우님 뜻이 정 그렇다면 할 수 없지. 그렇게 하시게. 아 참, 실포에서 만월낭주를 만나 일행들과 낭주의 방에서 묵은 적이 있네. 모화방 꼭대기에 있는 그 방에서는 실포가 한눈에 내려다보이고, 신천방을 드나드는 사람들도 다 관찰할 수 있더군. 어떤가? 낭주에게 부탁해 그 방에서 감시하는 것이."

"아! 그거 좋은 생각입니다. 그럼 일단 다 같이 사천왕사로 가야겠군요."

"그러네."

"참, 형님. 그러면 남산의 산길로 가실 겁니까?"

"아무래도 돌아서 가는 것보단, 그 길이 빠르지 않겠나?"

"그러면, 가는 길에 남산신성[1]에 있는 저희 낭도들을 만나보시지요. 다들 형님을 만나고 싶어 할 것입니다."

---

1) [南山新城]. 경주 남산의 북쪽에 있던 산성으로, 서쪽의 선도산성(仙桃山城), 동쪽의 명활산성(明活山城), 북쪽의 북형산성(北兄山城)과 함께 왕경의 남쪽을 호위하는 역할을 하였다. 특히, 왕성인 월성과 인접해, 대규모 장창(長倉. 서에서 동으로 좌·중·우창)을 짓고 곡식과 병장기를 보관하였다. 남산성 혹은 신성이라고도 불렸다.

얼마 후. 열선각을 나서 산길을 오른 네 화랑은 신성에 도착했다. 서문으로 들어서 한동안 걸으니 산중임에도 불구하고 드넓은 평지가 조성되어 있었고, 그 주위로 여러 건물과 엄청난 크기의 창고 세 개가 있었다. 수백의 낭도들이 가장 큰 중앙의 창고에서 곡식이 담긴 자루를 수레에 담아 어디론가 운반하고 있었는데, 그 모습을 본 아미가 큰 소리로 외쳤다.

"용화향도는 하던 일을 멈추고 이쪽으로 오라!!"

그러자 낭도들이 속속들이 모여들기 시작했다. 어느새 낭도들이 집결하자, 아미가 기파에게 말했다.

"형님, 저희들과 망루에 오르시지요."

"알겠네."

그렇게 네 화랑이 망루에 오르자, 낭도들이 웅성이기 시작했다. 그런 낭도들에게 아미가 큰 소리로 외쳤다.

"여기 계신 분이 누군지 알겠는가!!"

그러자 낭도 하나가 대답했다.

"며칠 전에 혼자서 도적떼와 싸우던 사람 아닙니까?"

"그렇다!! 관문에 갔었던 낭도들은 다들 보았을 것이다!! 혼자서 수십 명을 상대하는 놀라운 모습을 말이다!! 이제 이분을 소개하겠다. 이분은 바로 그 유명한 동방칠성도의 수장 기파랑이시다!!"

그러자 여기저기에서 탄성이 터져 나왔다.

"사흘 후!! 기파랑과 대렴랑이 신궁에서 진검대결을 할 것이다!! 이기는 사람이 국선이 된다!! 용화향도는 누가 이겼으면 좋겠는가!!"

그러자 낭도들이 일제히 기파랑을 외치기 시작했다.

"기!!!!! 파!!!!! 랑!!!!! 기!!!!! 파!!!!! 랑!!!!!"

한동안 온 성이 떠나갈 듯한 함성이 울려 퍼졌다. 아미가 손을 펼쳐 들자, 환호하던 낭도들이 일제히 입을 다물었다.

"우리 용화향도의 화랑들은!! 기파랑을 형님으로 모시고!! 형님이 가시는 길을 따르기로 하였다!! 그대들도 우리처럼 기파랑을 따르겠는 가!!"

"예!!!!!!"

"좋다!! 그러면 우리 모두!! 기파랑이 국선이 될 수 있게 목청껏 응원하자!!… 기!! 파!! 랑!! 기!! 파!! 랑!!"

"기!!!!!! 파!!!!!! 랑!!!!!! 기!!!!!! 파!!!!!! 랑!!!!!!"

한편, 상대등의 저택에서는 대렴이 정종에게 열선각의 일을 보고하고 있었다. 보고를 들은 정종이 놀라며 말했다.

"뭐라!!? 신궁에서 진검대결을 벌인다고?? 누가 그리 결정한 것이냐!?"

그러자 대렴이 말했다.

"상선, 상화들이 전원 동의로 결정한 일입니다."

"허허! 이것들이 미치지 않고서야 어찌 이런 말도 안 되는 결정을 내린단 말이냐! 태후는 도대체 뭘 하셨단 말씀이야!"

"기파랑 쪽으로 기우는 것을, 그나마 고모님께서 나서주셔서 이런 결론이 난 것입니다…"

"으으… 당장 집어치우거라!! 그까짓 국선 안하면 그만이다!"

"그건 안 됩니다! 아버지, 여기서 물러나면 저는 설 곳이 없어집니다!"

"쯧쯧, 그리도 국선이 하고 싶은 게냐? 도대체 왜 이리 집착하는 것이야?"

그러자 대렴이 악에 받친 말투로 말했다.

"아버지께서는 늘 형님만 챙겨주셨고 저한테는 관심도 없으셨지 않습니까! 학문도, 무예도, 모두 형님 옆에서 곁눈질로 배웠습니다. 그런 제가 형님을 능가할 수 있는 일은 형님이 가지 않은 길에서 무언가를 이루는 것이었습니다. 그래서 저는 풍월도에 몸을 담아 화랑이 됐습니다. 그리고 이제는 국선의 자리가 눈앞에 있습니다. 그 모든일에 아버지께서 한번이라도 도와주신 적이 있으십니까? 아버지께서진즉에 저를 도와주셨다면, 저는 이미 국선에 오르고도 남았을 겁니다!이번 일이 벌어진 것도 다 아버지의 무관심 때문 아닙니까? 지금껏그랬듯이 저는 제 힘으로 국선의 자리를 쟁취하겠습니다! 이제 아버지의 도움 따위는 필요치 않으니, 제가 가는 길을 막지나 마십시오!신단 위에서 피를 토하고 죽는 한이 있어도, 절대로 물러날 수 없습니다!!"

대렴은 그대로 자리를 박차고 문을 나가 버렸다.

"아니!? 저런, 저… 이놈아!! 어딜 가는 것이야!!"

정종의 고함을 뒤로 하고 대렴이 복도로 뛰쳐나오니, 복도 끝에서대공이 눈을 감고 팔짱을 낀 채로 기대어 있었다. 대공이 눈을 떠대렴을 바라보자, 대렴은 눈을 흘기더니 나가 버렸다. 대공은 그런대렴의 뒷모습을 바라보더니, 다시 눈을 감고 뭔가 생각에 잠겼다.이윽고 눈을 뜬 대공은 안채를 나가 어디론가 걸어가기 시작했다.

얼마 후. 대렴은 자신의 처소에서 칼날을 벼리고 있었다. 그런데,방문이 스르륵 열리더니 대공이 모습을 드러냈다. 등 뒤에 천으로된 검집을 둘러매고 있었다. 그 모습을 흘끗 본 대렴이 이내 다시검을 벼리며 말했다.

"여긴 무슨 일이오? 형님과는 할 말 없으니, 돌아가시오."

"기파랑이 있는 곳이 어디냐?"

대공이 여전히 문 밖에 서서 묻자, 검을 벼리던 대렴의 손이 그자리에 딱 멈추었다.

"그건 왜 물으시오?"

"글쎄, 어딨냐고 물었다."

분위기가 심상치 않자, 대렴이 일어나 말했다.

"혹여라도 기파랑을 건들 생각이랑은 일절 하지 마시오. 지금 그자를 건드렸다간, 모든 화살이 내게 쏟아질 것이오."

"묻는 말에나 대답해!"

"……"

대렴은 한동안 망설이더니 입을 열었다.

"낭산의 망덕사에 있다 들었소."

"밖으로 나오너라."

대렴이 대공을 따라 밖으로 나오니, 마당에는 이미 말 두필이 대기하고 있었다. 대공이 말에 오르자, 대렴이 조바심이 나 물었다.

"그 검집은 뭐고, 도대체 왜 이러는 거요?"

"네 녀석은 사람을 베어 본 적이 있느냐? 격검과 진검승부는 전혀 차원이 달라! 내 들으니 기파랑 그자는 이미 수도 없는 실전경험이 있는 자다. 그런 자와 진검승부를 펼친다고? 넌 목숨이 두 개라도 되는 것이냐?"

"길고 짧은 것은 대어봐야 아는 것이오. 미리부터 내 기세를 꺾으려 들지 마시오."

"네 녀석의 실력은 누구보다도 내가 잘 안다. 내 너에게 유리한 판을 만들어 주려는 것이니, 잔말 말고 말에 올라라. 어서!"

'도대체 뭘 하려고 저러는 거지?'

대렴은 의아한 표정으로 말에 올랐다.

"네가 앞장서라."

그렇게 두 사람은 저택을 빠져나와 낭산으로 말을 달렸다.

그 사이, 기파와 용화향도 화랑들은 두 명의 낭도를 거느리고 남산을 내려와 낭산의 사천왕사에 도착했다. 나란히 솟은 커다란 두 돌기둥을 지나 사천왕사의 서쪽 문으로 들어서니, 젊은 승려들이 마당을 쓸고 있었다. 마당 한가운데에는 사람의 눈을 사로잡는 커다란 목탑이 있었다. 일행이 그쪽으로 걸어가니, 목탑을 떠받치고 있는 돌 기단에는 마치 살아 움직이는 듯한 천룡팔부가 빙 둘러가며 조각되어 있었다. 갑옷을 입은 근육질의 팔부들이 악귀들을 깔아뭉개고 앉아 있는 형상이었다. 탑을 지나 천왕문(天王門)이라는 현판이 달린 전각에 들어서니, 각기 다른 무기를 든 거대한 사천왕상이 둘씩 좌우로 나뉘어 무서운 눈으로 아래를 노려보고 있었다. 천왕문을 지나 넓은 건물터 한가운데에 위치한 금당1)앞에 서니, 금당 안으로, 황금빛 삼세불2) 아래에서 두 손을 모으고 불공을 드리고 있는 만월과 설아의 모습이 보였다. 기파와 화랑들은 불공에 방해되지 않게 한동안 조용히 지켜보았다. 하지만 불공이 그칠 줄을 모르자, 아미가 괜히 헛기침을 몇 차례 했다. 그러자 설아가 뒤돌아보더니 만월에게 말했다.

"언니, 밖에 손님들이 와 계시네요?"

밖에 서있는 일행을 본 만월이 말했다.

"나가보자꾸나."

만월과 설아가 금당에서 나왔다.

"열선각회의는 잘 되었나요?"

만월이 물으니 모두들 서로의 눈치만 보고 있었다. 기파가 더듬거리며 말했다.

"그게… 일이 좀 복잡하게 되었소."

"그게 무슨 말이죠?"

---

1) [金堂]. 본존불을 안치하는 사찰의 중심 건물로, 대개 석가모니 부처님을 모시는 대웅전을 말한다.

2) [三世佛]. 현재불인 석가모니불, 미래불인 미륵불, 과거불인 정광여래(연등불).

"그것이…"

기파가 난처해하자, 아미가 대신 말했다.

"사흘 후에 신궁에서, 기파형님과 대렴의 진검대결로 차기 국선을 가리게 되었습니다."

그러자 만월과 설아가 놀란 표정을 감추질 못했다.

"어찌, 그런…"

만월이 놀라서 말을 잇지 못 하자, 설아가 말했다.

"오라버니! 진검승부라니요!? 너무 위험하잖아요! 그냥 그만두면 안 되나요?"

기파가 설아를 안심시키듯 말했다.

"설아야, 아무 일 없을 테니 걱정하지 말아. 이 오라비를 믿어보렴."

"그래도…"

만월과 설아의 표정이 계속 어두워져 있으니 기파가 급히 화제를 돌렸다.

"아 참, 아우님들, 낭주께 드릴 말씀이 있지 않은가."

그러자 아미가 말했다.

"아, 누님. 충효랑과 승우랑이 실포에 머물 일이 생겼는데, 모화방에서 누님의 방을 빌려 쓸 수 있겠는지요?"

"실포엔 무슨 일로?"

"아, 그게… 신천방을 좀 감시해야 할 일이 생겼습니다. 자세한 이야기는 나중에 해 드릴게요."

"그래? 알았어. 내 서신을 써 줄 테니, 그걸 보여주면 될 거야."

"지금 써 주실 수 있나요?"

"알았다."

만월이 금당에 다시 들어가 서신을 써 오자, 아미가 건네받았다. 아미는 서신을 충효에게 주며 말했다.

"사흘 후 정오니, 이번에는 늦지 말게."

"예. 그럼 저희들은 가보겠습니다."

충효와 승우가 낭도들과 함께 떠나가자, 설아가 말했다.

"다들, 밥 안 드셨죠? 망덕사로 가서 밥이나 같이 먹어요."

그 시각. 망덕사 입구에 도착한 대공와 대렴은 말에서 내려 절 안으로 들어갔다. 둘러보아도 아무도 보이지 않으니 대공이 외쳤다.

"아무도 없으시오!!?"

대공이 빈 마당에 대고 외치자, 뒤편 공양간에서 밥을 짓고 있던 도우가 뛰어나와 대공에게 물었다.

"무슨 일이세요?"

"아무도 안 계시냐?"

"예, 지금 다들 출타중이세요."

"우리는 기파랑을 만나러 왔다. 어디로 가면 만날 수 있느냐?"

"사형은 화랑들 모임이 있어 그리로 가셨는데요? 열… 무슨 회의라 하던데요?"

그러자 대렴이 말했다.

"아직 안 돌아왔나 봅니다."

"음… 알겠다, 꼬마야. 하던 일 계속 하거라. 우리는 밖에서 기다리마."

"예."

도우가 다시 뛰어가자, 대공과 대렴은 밖으로 나와 주변이 잘 보이는 언덕에 올라 기파를 기다렸다. 얼마 후, 산길로 네 남녀가 내려오는 모습을 본 대렴이 말했다.

"형님, 저 사람들 아니오?"

대공이 몸을 돌려 바라보니, 네 남녀가 화기애애한 분위기로 이야기를 주고받으며 산을 내려오고 있었다. 점점 거리가 가까워지자, 대공이 뭔가에 홀린 듯 말했다.

"아니!? 만월이 왜……"

대렴이 자세히 보니, 아미와 설아가 이야기를 주고받으며 나란히 앞서 걷고 있었고, 기파와 만월이 약간 떨어져서 걸어오고 있었는데, 놀랍게도 둘은 손을 잡고 걷고 있었다. 놀란 대렴이 대공의 얼굴을 보자, 대공은 뭔가에 얻어맞은 듯한 표정을 짓고 있었다. 그런 형이 불안하기도 하고 안쓰럽기도 해, 대렴이 말했다.

"형님, 오늘은 아닌 것 같습니다. 내일 다시 옵시다."

대공은 알 수 없는 복잡한 감정이 밀려들어 얼굴이 화끈거리고 가슴 한편이 저미어 왔다. 하지만 동생 앞에서 못난 모습을 보이고 싶지 않아, 이내 숨을 깊게 들이마시고 내쉬어 냉정을 찾으려 애를 썼다. 이어 어금니를 꽉 깨문 대공이 낮게 말했다.

"지금 이 순간만은, 내 너를 위해 만월을 잊겠다. 너도 내색하지 말거라."

"형님…"

이윽고, 앞서 오던 아미와 설아가 대공과 대렴을 발견하고는 걸음을 멈추었다. 설아가 아미에게 말했다.

"아미랑, 저 사람은 대렴이잖아요? 저자가 여긴 왜 왔지요?"

"옆에 있는 자는 그의 형 대공입니다. 아무래도 분위기가 심상치 않습니다."

아미는 허리에 찬 검을 매만지며, 뒤를 돌아보았다. 기파와 만월이 아직 눈치채지 못하고 웃으며 걸어오고 있었다. 아미와 설아가 그 자리에 멈춰 서서 그런 둘을 바라보고 있으니, 다가온 만월이 말했다.

"왜? 먼저들 가지 않고?"

설아가 고개를 흔들더니 말했다.

"언니. 저쪽에 대공, 대렴 형제가 와 있어요."

그 말에 만월의 얼굴에 웃음기가 싹 사라졌다. 만월은 그 자리에 굳은 채로 대공이 있는 곳을 바라보았다. 멀리서 보이는 대공의 모습에, 저도 모르게 잡고 있던 기파의 손을 놓아버렸다. 기파가 그런 만월을 보더니 물었다.

"만월, 괜찮은 거요?"

"네, 다만 대공을 자극하면 안 될 것 같아 그래요. 기파랑, 대공의 무예가 대단하니 혹시 모를 일에 대비하세요."

"알겠소."

그때 설아가 말했다.

"저들이 이쪽으로 오고 있어요!"

그러자 아미가 지니고 있던 검을 기파에게 내밀며 말했다.

"형님은 지금 무기가 없으니, 일단 이걸 쓰시지요. 아무래도 대비를 하셔야 할 듯합니다."

"나는 검 없이도 싸울 수 있네. 아우님은 여차하면 바로 검을 뽑을 마음의 준비를 하시게. 혹시 무슨 일이 벌어지면, 그때 합심해서 대적하세나."

"예."

잠시 후, 대공과 대렴이 바로 앞까지 다가오자, 아미가 앞으로 나서며 말했다.

"멈추시오!"

그러자 대공이 걸음을 멈추고 말했다.

"할 말이 있어 온 것이니, 긴장을 푸시오."

"무슨 용건인지는 모르겠으나, 더 이상 다가오지 말고 거기서 말하시오."

그러자 대공이 등 뒤에 매고 있던 검집을 앞으로 벗어 들었다. 그때였다.

'츠링!·····'

검을 뽑아든 아미가 대공에게 외쳤다.

"당장 멈추지 못할까!!"

그러자 대공이 아무렇지도 않다는 듯 검집에서 흑갈색의 목도(木刀)를 꺼내들더니 허공으로 던졌다. 포물선을 그리며 날아오는 목도를 기파가 한 손으로 낚아채니, 묵직한 무게가 느껴졌다. 대공은 검집에서 똑같은 목도를 하나 더 꺼내어 대렴에게 건네주고는 기파에게 말했다.

"그대가 기파랑인가?"

"그렇소만."

"나는 대공이라 한다. 대렴의 형이지."

"그런데, 무슨 일로 오셨소?"

"이번에 내 아우와 신궁에서 진검대결을 한다고 들었다. 그렇게 되면, 둘 중 하나는 죽거나 크게 다치게 되겠지. 난 그런 불상사를 미연에 방지하기 위해 여기 온 것이다. 그쪽에 있는 사람들이 기파랑 그대가 잘못되는 것을 걱정하는 만큼, 나도 내 아우가 잘못되지 않기를 바라고 있으니, 모두 똑같은 심정이라 할 수 있겠지."

그러자 아미가 검을 거두며 물었다.

"격검으로 승부를 보잔 말씀이오?"

"그렇다. 지금 이곳에서 격검으로 승부를 가려, 지는 자는 깨끗이 포기하는 것이 어떻겠는가?"

그러니 대렴이 못마땅한 듯 말했다.

"형님이 말한 것이 이거였소? 이깟 나무 작대기로 국선을 가릴 수는 없는 일이오."

"이 목도를 우습게보지 마라. 천축국에서만 나는 특수한 나무로 만든 목도다. 무게도 진검과 똑같고, 강도도 강철과 맞먹는다. 날이 없어 살이 베어지지 않을 뿐, 맞으면 뼈가 부러질 각오는 해야 할 것이다."

그러자 대렴이 목도를 한 손으로 이리저리 휘둘러보았다. 그러더니
씩 웃으며 말했다.

"꽤 쓸 만하군. 이봐, 기파랑! 어떤가? 격검을 할 텐가, 말 텐가?"

그러자 기파가 말했다.

"격검 승부라면, 심판이 있어야 할 것이 아니오?"

"심판 따위가 뭔 필요가 있어! 그냥 쓰러지는 쪽이 지는 것이지."

"좋소. 지는 사람은 두말하기 없기요?"

"하하, 내가 할 소리!"

그렇게 즉석에서 격검승부의 장이 마련되었다. 아미, 만월, 설아는
한편으로 물러났고, 대공은 그 반대편으로 물러나 승부를 지켜보았다.
대렴이 목도를 앞으로 겨누고 자세를 잡았다. 그런데, 이상하게도
기파는 왼손으로 목도를 지팡이처럼 땅에 짚고 서 있었다. 계속 기다려
도 기파가 자세를 잡지 않자, 대렴이 화가 나 말했다.

"뭐하는 거야?! 시작 안 할 거야?"

"난 이미 시작했는데 바보처럼 뭘 하고 있는 거요?"

"뭐라고? 이 자식이 미쳤나?"

"글쎄, 멍청이같이 제자리에서 자세잡고 뭐하냐고."

"아니 이 새끼가!? 흥, 오냐! 뒈지게 맞고도 그런 소리가 나오는지
보자. 하얏!!"

대렴이 순식간에 달려들며 머리를 베자, 기파가 몸을 슬쩍 틀어
피했다. 대렴이 다시 허리를 베어가자, 기파는 엉덩이를 쑥 빼어 목도가
허공을 가르게 했다. 대렴이 다시 가슴을 찔러 들어가자, 놀랍게도
기파는 찔러 들어오는 목도를 손바닥으로 따귀를 때리듯 쳐내더니,
그 손등으로 들어오는 대렴의 뺨을 후려쳤다.

'쫙!!'

대렴은 순간 번쩍하는 섬광을 맛보고 옆으로 비틀거리며 걸어갔다. 고개를 흔들어 정신을 차리니, 기파가 여전히 한 손으로 목도를 짚고서 실실 웃고 있었다.

"이야아아아!!!"

화가 머리끝까지 난 대렴은 괴성을 지르며 무지막지하게 달려들었다. 목도가 쉴 새 없이 이리저리 베어 들어갔다. 하지만, 기파가 매번 조금씩 물러서거나 몸을 틀어 피해 버리자 대렴은 악에 받힐 대로 받혀, 소리를 질렀다.

"야 이 새끼야!!! 도대체 뭐하자는 거야!!!"

그러자 기파가 또 실실 웃으며 말했다.

"왜 그래? 난 진지하게 하고 있고만. 심심하니까 빨리 들어와."

그 말을 들은 대렴은 울컥하여 돌진하려다가 순간 마음이 바뀌어, 발을 멈추고 가만히 기파를 살폈다.

'저놈이 계속해서 내 검을 피할 수 있었던 건, 내가 습관적으로 일족일도의 거리[1]에서 공격을 했기 때문이다. 저놈은 목도를 쓰지 않고 피하기만 한다. 그렇다면…'

대렴은 다시 자세를 고쳐 잡고 기파에게 일족일도의 거리만큼 다가가더니 야금야금 앞발을 밀며 거리를 좁혔다. 일족일도에서 발바닥 너비만큼 더 들어왔을 때였다.

'됐다!'

대렴이 몸을 밀어 넣으며 목도를 들어 올리려는 그 순간! 기파가 오른손을 쭉 뻗어 대렴의 목도 끝을 잡아 버렸다. 들어가던 대렴이 벽에 막힌 듯 제자리에서 들썩거렸다. 그 모습을 보고 기파가 말했다.

---

1) [一足一刀의 距離]. 진검을 중단으로 서로 겨누었을 때, 서로의 칼끝이 닿을 듯 말 듯한 거리. 안쪽으로 들어가면 공격하거나 공격당하기 쉽고, 밖으로 빠지면 공격하거나 공격당하기 어려운 거리이다.

"뭐하냐?"

대렴이 순간 당황해서 뭘 해야 할지 몰라 하자, 기파가 왼손에 짚고 있던 목도를 머리 위로 쳐들었다. 그러자 대렴이 화들짝 놀라, 쥐고 있던 목도를 놓아버리고 뒤로 물러났다.

"그만!!"

뒤에서 가만히 지켜보던 대공이 외쳤다. 대렴이 뒤를 돌아 대공을 쳐다보자 대공이 말했다.

"네가 졌다."

"무슨 소리요?! 이런 장난 같은 일을 벌이려고 날 이리로 끌로 온 거요?"

"그만하거라! 더 이상 못난 모습을 보이면 내가 용서치 않아!"

"진검승부였다면 저자식이 절대 이렇게 할 수 없어!! 형님이 억지로 날 끌고 와 격검을 시킨 것이니, 난 승복할 수 없소!!"

대렴은 다시 기파를 쳐다보고 말했다.

"너 이 자식! 과연 진검승부에서도 이따위 장난질을 칠 수 있는지 어디 한번 두고 보자!"

그러고는 씩씩거리며 말을 세워둔 곳으로 걸어갔다. 대렴이 말을 타고 그 자리를 떠나자, 기파가 대공에게 다가와 목도 두 자루를 내밀었다.

"잘 썼소이다."

그러자 대공이 차가운 눈으로 기파를 노려보며 말했다.

"만일 대렴이 잘못되기라도 하는 날엔, 넌 내 검을 받을 준비를 해야 할 것이다."

그러니 아미가 기파 옆에 다가서서 말했다.

"그 전에, 나부터 상대해야 할 것이오!"

대공이 피식 웃더니 답했다.

"오냐, 그땐 네놈부터 베어 주마."

기파가 내밀고 있던 목도들을 아래로 내리자, 대공은 기파 뒤편으로 보이는 만월을 바라보았다. 그러더니 다시 기파에게 말했다.

"내가 너를 다시 찾아오는 날은, 네놈의 제삿날이 될 것이다."

기파가 말했다.

"나도 그런 일은 없었으면 하니, 대렴을 잘 설득해 주시오."

"……"

대공은 기파를 응시하며 뒷걸음으로 다섯 보 빠지더니 몸을 휙 돌려 말을 세워둔 곳으로 걸어갔다. 그렇게 대공도 말을 타고 떠나자, 말월과 설아가 뛰어왔다.

"기파랑!"

"오라버니!"

아미가 입이 귀에 걸려 말했다.

"형님! 정말 대단하십니다! 검 한번 휘두르지 않고 대렴을 이기시다니요. 정말 놀랍습니다!"

그러니 기파가 배를 만지며 말했다.

"하하, 이거 몸을 썼더니 배가 더 고프군. 자, 자, 다들 밥 먹으러 가자구."

그렇게 기파 일행은 망덕사 뒤뜰의 요사채1) 승방에 모여 앉았다. 어느새 돌아온 충담과 꼬마 도우가 밥상을 들고 들어오자, 여섯이서 오순도순 밥을 먹기 시작했다. 얼마 후, 숟가락을 내려놓은 아미가 궁금하다는 듯 기파에게 물었다.

"기파형님. 아무리 생각해 봐도 너무 놀랍습니다. 제가 대렴을 지켜본

---

1) [寮舍채]. 승려들이 생활하는 건물. 먹고 잠자고 쉬는 공간을 아울러 이르는 말.

바로는 그의 격검이 예사 실력이 아니었습니다. 그런 자를 어떻게 그렇게 어린아이 다루듯 하실 수 있는 것입니까?"

기파가 웃으며 말했다.

"대렴이 마지막에 한 말, 기억나나?"

"진검승부 어쩌고 한 말 말입니까?"

"응. 대렴의 말이 맞네. 진검승부였다면 난 결코 그렇게 하지 못했겠지. 목검을 쓰는 격검은, 스치기만 해도 상처를 입는 진검승부와는, 어쩌면 전혀 다른 종류의 승부라 할 수 있지. 아무래도 대공이 대렴의 격검실력을 잘 아니, 대렴에게 유리한 격검승부를 만들어 주려고 데리고 온 것 같은데, 그건 중대한 착오였어."

그러자 모두들 귀를 쫑긋 세웠다. 아미가 다시 물었다.

"어떤 착오입니까?"

"사실 나는 도우만 할 때부터 대나무로 만든 보호구를 차고, 하루도 빠지지 않고 사부님 밑에서 격검수련을 했었네. 지금은 원원사에 계시는 종헌스님이 내 사부이신데, 그때는 사천왕사에 머무셨지. 그분께 수도 없이 맞아가며 근 십년을 보냈네. 생각해 보게. 십년이네! 십년 동안 두들겨 맞았단 말이야. 격검 자체가 나에게는 애들 장난인 셈이지. 격검에서 가장 중요한 것은 거리인데, 검을 겨누지 않고서도 일족일도의 거리를 유지할 수 있다면, 오늘처럼 상대의 검을 피하는 것이 그리 어려운 일은 아니야."

그러자 충담이 웃으며 말했다.

"허허, 그렇지. 두들겨 맞고 살아온 세월이 얼만데."

기파가 충담을 보며 같이 웃자, 아미가 다시 물었다.

"그런데 형님, 어찌해서 목도를 쓰시지 않은 겁니까? 차라리 대렴을 때려눕혔으면 일이 쉽게 풀리지 않았을까요?"

"그게 대공이 범한 두 번째 실수야."

"예??"

"난 이미 실포에서 대렴의 행실을 보고, 그자의 성품이 어떤지를 간파하고 있었네. 상황을 보니 대공이 대렴을 억지로 끌고 온 것 같기에, 격검승부에서 지더라도 대렴이 승복하지 않을 거라는 걸 알고 있었단 말이네. 그래서 난, 피하기만 하면서 대렴의 검술을 하나씩 파악해 나갔지. 진검이든 목도든 그 몸짓과 궤적은 일치하니까 말이야. 반면에, 나는 그 둘에게 내 검술을 보여주기 싫었기에 목도를 쓰지 않은 것이야. 그래서 나는 대렴의 검술을 훤히 알게 됐지만, 그들은 내가 어떤 검술을 쓰는지 전혀 모르는 상태가 된 것이야. 이대로 진검승부를 벌인다면 혹시 있을지 모를 변수마저 제거되었기 때문에, 대렴은 결코 나를 이길 수 없어."

그러자 다들 놀라서 기파를 바라보았다. 아미도 한동안 입을 다물지 못하더니 말했다.

"화… 형님! 형님의 생각이 이렇게 깊으신 줄은 정말 몰랐습니다!"

"흐흐, 하나 더 알려줄까?"

"헉! 그게 뭡니까?"

아미가 눈을 초롱초롱하게 밝히며 물었다.

"아우님도 이번 열선각회의에서 내게 골품이 없다는 것이 얼마나 큰 약점인지를 잘 보았을 테지?"

"예, 그렇지요…"

"만약에 우리끼리의 격검승부로 대렴이 국선의 자리를 포기하게 되면, 나는 국선이 되어서도 결코 북주풍월도와 일월선도의 진정한 충성을 받을 수가 없네. 이번 신궁에서의 대결은 내게 주어진 천금 같은 기회야. 모든 상선, 상화, 화랑, 낭도 들이 지켜보는 가운데, 대렴을 보기 좋게 꺾어야지만 내가 가진 약점이 씻겨나갈 수 있단 말일세. 그래서 아까 대렴이 포기하지 못하게 한껏 화를 달궈놓았지.

대렴이 분한 마음에 신궁의 신단 위로 오르는 순간이, 그자의 일생일대의 패착이 될 것이야."

그 말을 듣자 아미는 누가 뒤통수를 때리기나 한 것처럼 눈과 입이 동시에 벌어졌다. 아미가 할 말을 잃은 듯 기파를 바라보자, 충담이 말했다.

"기파, 네가 실직에서 병법서를 손에서 놓지 않더니, 뭔가를 깨우친 모양이군."

만월도 놀라며 말했다.

"와… 기파랑! 오늘 또, 새로운 모습을 보는데요?"

설아도 말했다.

"치… 오라버니도 능글맞은 구렁이가 다 되었군."

아미가 말했다.

"저는 형님이 늘 과묵하시길래, 말주변이 별로 없으신 줄 알았는데, 이렇게 청산유수에 생각까지 깊으신 줄은 정말 몰랐습니다."

"허허, 부끄럽네. 그만하시게."

그러자 도우가 기파에게 말했다.

"우리 사형 말 한번 잘~ 한다!"

"뭐?"

그러자 모두들 배꼽을 잡고 웃었다. 그렇게 화기애애한 분위기가 이어져 갈 무렵, 밖에서 누군가의 목소리가 들려왔다.

"아미랑, 계십니까?"

아미가 방문을 여니, 낭도 하나가 다가와 보따리 하나와 천으로 된 검집을 아미에게 건네주었다.

"수고 많았다."

"예, 그럼 전 이만 가보겠습니다."

낭도가 인사를 하고 사라지자, 아미가 방문을 닫고 다시 기파 옆에 앉으며 말했다.

"형님, 신궁에서 입으실 도복과 쓰실 검을 준비했습니다."

"아, 고맙네. 이런 것까지 신경써 주다니… 헌데 도복은 잘 입겠네만, 검은 필요 없을 듯하네."

"따로 쓰시는 검이 있으신 겁니까?"

"그게 아니라, 진검을 써서 피를 보게 되면 곤란해. 만약 그렇게 되면, 대공은 물론이고 상대등과 태후까지 나를 죽이려 들 것이야. 아직 우리에겐 그들과 맞설 힘이 부족하지 않은가?"

"그럼 어쩌실 생각입니까?"

"오늘 귀한 목도를 두 자루나 선물 받았으니, 이거면 충분하네."

기파는 가지고 온 목도 두 자루를 들어 보이더니, 한 자루를 도우에게 주며 말했다.

"옜다, 도우 너에게 주는 선물이다. 앞으로 이 사형이 틈틈이 검술을 가르쳐주마."

"와! 정말요?"

도우가 목도를 매만지며 신나 하자 아미가 걱정스러운 표정으로 말했다.

"형님, 정말 괜찮겠습니까?"

"아우님, 내 이미 대렴의 검술을 파악했으니 걱정 마시게나. 신단 위에 피 뿌려지는 일 없이 깔끔하게 처리할 테니."

그러자 아미가 고개를 끄덕이며 말했다.

"예, 알겠습니다. 그래도 앞으로 형님께서 쓰실 마땅한 검이 없으니, 이 검은 여기에 두겠습니다."

"알겠네."

그 무렵. 정종의 저택 대렴의 처소에서는 대렴이 마당에 나와 검을 들고 혼자서 허공을 베고 있었다. 마치 눈앞에 상대가 있는 듯, 땀을 뻘뻘 흘리며 앞으로 갔다 뒤로 갔다 하다가 찌르기도 하고 베기도 하고 심지어 막기까지 했다. 그때, 대공이 마당에 들어섰다. 대렴이 뒤도 안 돌아보고 연습을 계속하자 대공이 입을 열었다.

"아쉽지만, 포기하거라."

대렴이 여전히 아무런 반응을 보이지 않고 계속 검을 휘두르니, 대공이 다시 말했다.

"그만하래도!"

그러자 대렴이 검을 내리고 뒤돌아서더니, 짜증 섞인 목소리로 말했다.

"그런 소리 하려거든 당장 나가시오!"

"지금 네 실력으로는 그자를 이길 수 없다는 것을 모르겠느냐?"

"흥, 아까는 거리조절에 실패해 그리 되었을 뿐. 사흘 뒤에는 다른 그림이 그려질 테니 두고 보시오."

"기파랑 그자는 이미 네 검술을 다 파악해 버렸다. 하지만 너는, 그자가 쓰는 검술을 한 번도 못 본 셈이 되어 버렸어. 이 상태로 싸우면 결과는 불 보듯 뻔한데, 어찌 이리 무모한 싸움을 하려는 것인지 도저히 이해할 수 없구나!"

"이해를 못 하겠다면, 이해를 시켜 드리지. 형님이 이미 원수지간이 되어버린 만월을 잊지 못하고 그리워하는 만큼, 나도 모든 상황이 불리하게 돌아가더라도 국선이 되길 간절히 원하고 있소. 형님이 일말의 희망을 놓지 않듯이, 나도 포기할 수 없는 것이오. 이제 알아듣겠소?"

"……"

대공은 한동안 말이 없었다. 동생의 심정을 조금이나마 이해했기 때문이었다. 어색한 침묵의 시간이 흐르고, 대공이 입을 열었다.

"알겠다. 그럼 내가 도와주마."

대공의 입에서 뜻밖의 말이 나오자, 대렴은 뭐라고 말하고 싶었으나 딱히 떠오르는 말이 없어 입을 우물거렸다. 그러자 대공이 다시 말했다.

"지금 상태로는 승산이 없으니, 남은 시간 동안 같이 방도를 찾아보자."

"아버지처럼 내 일에는 관심도 없던 형님이 갑자기 왜 이러는 것이오?"

"아버지도 표현만 안 하셨지, 널 걱정하는 마음은 누구보다 크다. 나도 마찬가지야. 너는 내가 죽을 위기에 처하면 가만있을 수 있겠느냐? 너와 내가 뜻이 맞지 않아 다투기도 많이 했지만, 어쨌거나 우리는 형제인 것이야."

"쳇, 형님 입에서 그런 말이 나오니 온몸이 오글거리는군…"

"신궁에서 있을 대결에, 따로 검이 준비된다는 말은 없었느냐?"

"그런 말은 없었소. 원래, 자기 손에 익은 검으로 승부를 보는 것 아니겠소?"

"그럼 잘 됐다. 우선 검부터 바꾸자. 내가 다막검을 빌려줄 테니, 그걸 손에 익히거라."

"시위부령이 쓰던 그 검 말이오?"

"그래. 그 검은 자루가 길어서, 전체 길이가 일반 도검보다 열 치[1] 정도 길지. 그 정도면, 기파랑이 오늘처럼 쉽사리 피할 수는 없을 것이다. 그러면 어쩔 수 없이 검으로 막아야 할 텐데, 네 힘으로 다막검을 휘두르면 일반적인 검은 한방에 두 동강이 날 것이야. 그걸 노리는 거다."

"오! 그거 좋은 생각이오!"

"오늘부터, 같이 연습해 보자."

그때, 도정이 바구니를 들고 마당에 들어섰다.

"어라? 큰 오라버니도 계셨네요?"

---

1) 치 = 촌(寸). 1치는 약 3cm.

그러자 대공이 전에 들을 수 없었던 상냥한 말투로 반기며 말했다.

"오~, 도정이 왔구나~. 그래, 무슨 일이야?"

"둘째 오라버니가 국선에 오를 수 있도록 힘내라고, 제가 맛난 음식을 만들어 왔어요. 많이 만들어 왔으니까 큰 오라버니도 같이 먹어요."

대렴이 웃으며 말했다.

"하하하하. 역시, 우리 도정이가 최고다! 우리 집에 도정이가 없으면 무슨 재미로 살까 몰라? 자, 자, 추우니 어서 안으로 들어가자. 형님도 들어오슈."

대렴이 도정의 어깨를 감싸고 안으로 들어가자 대공이 혼잣말을 했다.

"자식, 이제 좀 기분이 풀렸나 보군."

그날 저녁. 사천왕사 금당 앞에 선 월명은 부처님께 기도를 드리는 설아의 뒷모습을 아련한 눈빛으로 지켜보고 있었다. 한동안 그렇게 지켜보다가, 걸음을 돌려 사천왕사를 빠져나와 아랫마을이 내려다보이는 큰 바위 위에 올랐다. 마을의 초가집들에서 새어 나오는 호롱불빛들은 하늘의 별들이 내려앉은 것처럼 반짝이고 있었다. 월명은 대금을 입에 대고, 알 수 없는 슬픔을 선율에 실어 보냈다. 속이 텅 빈 것 같은 낮게 가라앉은 음들이 구불구불 느리게 퍼져나갔다. 한동안 그렇게 대금을 불고 있는데, 뒤쪽에서 피리소리가 날아와 월명의 대금소리에 얹혔다. 월명이 미소를 지으며 계속 연주하자, 설아도 피리를 불며 다가와 그 옆에 앉았다. 월명의 텅 빈 대금 소리에 맞춰 설아의 꽉 찬 피리소리가 알맹이가 되어보기도 하고, 그 위에 올라타 춤을 추기도 했다. 한동안 고즈넉한 산사를 울려 퍼지던 두 선율이 어느덧 고개를 숙이자, 다시금 고요함이 찾아들었다.

"월명 오라버니. 오늘따라 오라버니의 대금 소리가 왜 이리 슬프게 들리나요?"

"글쎄다… 나도 잘 모르겠구나. 요즘 들어 마음이 싱숭생숭하더니 그래서 그런가 보다."

"그러세요? 저도 그래서 부처님께 열심히 기도를 드렸더니, 마음이 한결 차분해지던걸요?"

"하하, 그래? 그러고 보니 요즘 내가 불공은 안 드리고 게으름만 피운 듯하구나. 그래, 무슨 기도를 드렸니?"

"기파 오라버니가 무사히 국선이 될 수 있도록 빌었어요."

"음… 그래. 설아 네가 열심히 기도를 드리고 있으니, 분명 부처님께서 네 기도를 들어주실 게다."

"헤헷, 정말요?"

"암, 그렇고말고. 그런데 네 피리 솜씨가 부쩍 늘었구나. 많이 연습했나 보다?"

"이 피리, 기억나세요?"

설아가 손때 묻은 조그맣고 가느다란 피리를 내밀었다. 피리에는 '월명(月明)'이라 새겨진 글자가 새까맣게 되어 있었다.

"아니, 이 피리를 아직 가지고 있었던 거야?"

"그럼요~. 늘 품에 지니고 다니는 걸요? 어렸을 적에 제가 얼마나 갖고 싶었던 건데요. 제가 조르고 졸라 얻은 거잖아요. 이 피리를 불던 오라버니의 모습이 얼마나 멋져 보이던지… 아직도 그때가 생생하네요."

"허허허허, 이거 엄청난 광영인데? 내가 멋진 모습으로 네 기억 속에 남아있다니, 너무 기분 좋은걸?"

"그럼, 이 피리로 옛 추억을 되살려 한 곡조 불러주실래요?"

"음, 그럴까나?"

그렇게 월명은 흐르는 세월을 거슬러 올라가는 배를 타고, 설아의 피리를 아련한 추억의 강물에 담가, 여유롭게 노를 저어 나갔다.

어느덧 사흘이라는 시간이 흘러, 약속된 진검승부의 시간이 다가왔다. 신궁 안에는 벌써부터 각 풍월도의 전 낭도들이 집결해 있었다. 신궁의 중앙에는 돌을 깎아 만든 커다랗고 둥근 신단이 놓여 있었는데, 그 지름이 사람 키의 여덟아홉 배나 되었다. 삼천여 명의 낭도들이 북, 남, 서로 나뉘어 신단 주위에 자리를 잡자, 열선각에 모여 있던 상선, 상화들이 신궁의 동문으로 들어와, 신단 동쪽에 마련된 네 개의 의자 뒤에 열을 맞추어 섰다. 잠시 후, 동문에서 궁인들이 떠받든 황금빛의 커다란 일산[1] 아래 황금빛 곤룡포를 입은 황제가 모습을 드러내었다. 황제가 신단 쪽으로 향하자 그 뒤로 태후와 황후가 나란히 따라 들어오고, 다시 상대등이 그 뒤를 따라 들어왔다. 황제가 상선, 상화들 앞에 놓인 의자에 착석하자, 태후와 황후가 좌우로 나뉘어 앉고, 태후 옆에 상대등이 자리를 잡고 앉았다. 황제가 말했다.

"상선은 대결을 시작하시오."

"예, 폐하."

황후 뒤에 있던 융이 대답과 함께 황후의 옆으로 나와 큰 소리로 외쳤다.

"모든 풍월도는 들으라!! 이제, 새 국선을 가리는 엄중한 의식을 진행하겠다!! 대렴랑과 기파랑은 신단 앞으로 나오너라!!"

그러자, 용화향도의 세 화랑들 사이에 있던 기파가 검 보자기를 들고 앞으로 걸어 나왔다. 기파는 깃과 소매가 검은 회색 도복에 검은 깃털이 달린 조우관을 착용하고 있었는데, 아미가 동방칠성도의 그것에 맞추어 제작한 것이었다. 반대편에서는 깃과 소매가 붉은 연회색 도복에 붉은 깃털이 달린 조우관을 쓴 대렴이, 역시 검 보자기를 들고

---

1) [日傘]. 볕을 가리기 위해 비단으로 만든 큰 의장용 양산.

걸어 나왔다. 두 화랑이 신단의 남, 북 계단 앞에 서자, 융이 다시 외쳤다.

"이제 신단 위로 올라서면 진검승부가 시작된다!! 그 전에!! 마지막으로 국선의 자리를 양보할 기회를 주겠다!! 양보할 의사가 있는 화랑은 다시 제자리로 돌아가라!!"

융의 말에도 두 화랑이 미동도 없이 서 있자, 융이 다시 외쳤다.

"좋다!! 두 화랑은 신단 위로 올라가라!!"

기파와 대렴은 계단을 올라 신단 위에 올라서서 서로를 바라보았다. 서늘한 바람이 두 사람을 휘감고 지나갔다. 대렴이 검 보자기를 벗겨내 밖으로 던지자 화려한 금장식이 덧대어진 나무 검집과 그 속에 들어 있는 자루가 긴 신월도가 모습을 드러냈다. 대렴은 거리낌 없이 검집에서 칼을 뽑았다. 그러자 으스스한 울림이 울려퍼졌다.

'쉬리리링!⋯⋯'

그 모습을 본 아미의 인상이 갑자기 일그러졌다.

'큰일이다! 형님이 위험해! 대렴의 일격을 막는 순간, 형님의 목도가 두 동강이 난다!!'

아미는 대렴이 들고 있는 검의 정체를 기파에게 알리고 싶었으나, 딱히 방도가 없어 속이 타들어갔다. 그런 아미의 심정을 아는지 모르는지, 햇빛을 받은 다막검의 표면에는 거무스름한 물결들이 미친 듯 요동치고 있었다. 대렴이 칼집을 밖으로 내던지자, 기파도 검 보자기를 벗겨내 밖으로 던졌다. 흑갈색의 목도가 모습을 드러내자, 삼천의 낭도들이 술렁이기 시작했다. 황제가 웃으며 말했다.

"허허허, 상대의 검은 쇠를 무 베듯 베어버리는 천하의 명검인데, 그걸 목검으로 상대하겠다는 것인가? 이거 점점 흥미진진해지는군!"

그 말을 들은 태후와 정종이 씩 하고 웃었다. 반면에 황후는 걱정스러운 눈길로 기파를 바라보았다. 융이 아미 쪽을 쳐다보자 아미가 고개를 흔들어 보였다. 융은 잠시 생각에 잠기더니, 황제에게 다가가 물었다.

"폐하. 진검승부에서 기파랑이 목도를 들고 나왔으니, 다시 진검으로 바꿀 기회를 주는 것이 어떻겠습니까?"

그러자 태후가 맞받았다.

"그게 무슨 말씀이오? 이미 충분히 심사숙고할 시간을 주었지 않소? 저자도 무슨 생각이 있기에 그리 한 것이겠지. 이미 신단위에 올라섰으니 상선이 개입할 일이 아니오."

황제가 고개를 끄덕이더니 말했다.

"태후폐하의 말씀이 지당하다. 저 두 사람은 이미 일월천신께서 지켜보고 계시는 곳에 올라섰다. 우리가 개입할 일이 아니야. 그대로 진행하라."

"예, 폐하."

융은 다시 제자리로 돌아가 외쳤다.

"두 화랑은 서로에게 맞절을 하라!!"

융의 명에 기파와 대렴은 무릎을 꿇고 무기를 옆에 내려놓은 후, 서로에게 절을 했다. 두 화랑이 다시 무기를 들고 일어나자 융이 외쳤다.

"시작하라!!"

'둥!!!!!'

드디어 진검승부가 시작되고, 기파와 대렴은 각자의 무기를 상대에게 겨누며 신단의 중앙으로 모여들었다. 서로를 향해 뻗어 있는 목도와 다막검이 닿을 듯 말 듯한 거리가 되자, 대렴이 앞서 있던 오른발을 뒤로 빼며 다막검을 오른쪽 허리 뒤로 넘겨 잡았다. 대렴이 예상치 못한 자세를 잡자, 기파가 생각했다.

'대렴이 풍기는 분위기가 그때와는 전혀 다르다. 저 검도, 자루가 보통의 검보다 훨씬 길다. 허리칼 자세를 취하는 것은 검을 섞지 않고 원거리에서 오로지 공격만 하겠다는 뜻. 저 상태로 수평으로 휘두른다

면…!!!'

"히얍!!!"

'쉬우웅!~.'

기파가 미처 대응책을 마련하기도 전에 대렴이 왼손으로 칼자루 끝을 잡고 크게 수평으로 베어 왔다. 기파가 본능적으로 몸을 뒤로 날렸으나, 생각보다 깊숙이 들어온 칼날이 기파의 도복을 찢으며 윗배를 훑고 지나갔다. 대렴은 다막검이 자신의 왼 허리 뒤로 흘러가게 한 후, 그대로 오른발을 내밀어 다시 반대쪽 허리칼 자세를 취했다. 기파는 베인 배가 쓰라려 오는 것을 느끼며 다시 자세를 잡았다.

'저 자세는, 한번이라도 칼을 막을 수만 있다면, 바로 반격해 무너뜨릴 수 있다… 하지만, 이 목도가 버틸 수 있을까?'

기파는 막고 반격할 것인지, 다시 물러설 것인지 갈등에 빠졌다. 어느새 서서히 거리를 좁힌 대렴이 이번에는 오른손으로 칼자루 끝을 잡고 다시 수평으로 크게 베어 왔다.

"하얏!!!"

'쉬우웅!~.'

기파가 이번에도 몸을 뒤로 날렸으나, 다막검의 칼끝이 여지없이 기파의 가슴을 훑고 지나갔다.

"으윽!…"

기파의 입에서 신음소리가 새어나왔다. 어느새 기파의 도복이 피로 흥건해지기 시작했다. 단 두 번, 칼이 지나갔을 뿐인데, 기파는 두 곳에 큰 검상을 입고 피를 흘리며 신단의 끝에 몰려 있었다. 다시 허리칼 자세를 취한 대렴이 그런 기파를 보고 생각했다.

'끝까지 침착하자. 형님과 연습한 대로, 나만이 공격할 수 있는 거리, 그래, 그 거리만 유지하면 된다. 이번이 마지막이다… 상대가 참지 못하고 뛰어들거나 그 자리에서 막는 순간, 모든 것이 끝이 난다‥'

대렴은 더 이상 물러설 곳이 없는 기파를 향해 조금씩 왼발을 밀어 넣어 거리를 좁혔다. 그 모습을 보던 낭도들은 마치 자기가 신단 위에 있는 것 같이 온 몸이 떨려와 침을 꼴깍 삼켰다. 아미와 승우, 충효는 숨조차 제대로 쉴 수 없는 압박감에 얼굴이 일그러졌다. 담담하게 지켜보던 황제도 어느새 흥분이 되었는지 자리에서 일어났다. 그러자, 정종도 자리에서 일어나 양손을 맞붙잡고 아들을 바라보았다. 대렴이 서서히 압박해 오자 기파는 생각했다.

'지금 이대로 뛰어들어 공격하면, 대렴은 목도를 몸으로 받아낼 각오로 검을 휘두를 것이다. 먼저 공격할 수도 없고, 물러날 곳도 없다. 그렇다면 막고 반격하는 수밖에 없다는 것인데…'

그때!

"흐이야!!!"

대렴은 마치 기파의 생각을 읽기라도 하는 양, 답을 찾아낼 틈을 주지 않고, 칼자루 끝을 잡은 왼손을 휘둘렀다. 다막검이 바람을 가르며 기파의 옆구리를 향해 날아오는 그 순간!

'쉬욱! 찻탱!!!'

기파는 오른발을 휘둘러 자루가 긴 다막검의 코등이[1]를 걷어차는 동시에 목도를 오른손으로 거꾸로 세우고 밑 부분을 왼손으로 지탱하며 다막검을 막았다. 다막검의 칼날이 목도를 파고들기 시작하더니 여지없이 목도를 두 동강 내버리고 기파의 옆구리를 쳤다. 하지만, 이미 다막검은 힘이 다 소진된 상태였다. 그 순간! 기파는 오른손에 쥔 부러진 목도로 순식간에 대렴의 왼 손목을 내리치고, 쥐여 있던 다막검이 아래로 떨어져 미처 땅바닥에 닿기도 전에, 연달아서 대렴의 머리통을 내리쳤다.

---

1) 도검의 손잡이 윗부분에 동그랗게 끼워진 방패. 칼자루를 쥔 손을 보호하는 역할을 한다.

'퍅퍽!!!!'

"윽!!"

둔탁한 소리와 함께 그대로 정신을 잃은 대렴이 그 자리에 풀썩 주저앉더니 벌러덩 뒤로 나자빠졌다.

"우와아아아아!!!!!!!!!!!!!!!~~~~~~~~~~~."

대렴이 쓰러지자 가슴을 졸이던 용화향도 화랑들과 낭도들이 일제히 함성을 지르며 제자리에서 껑충껑충 뛰어올랐다. 그 모습을 지켜보던 일월선도의 경신이 어이없는 표정으로 양상에게 물었다.

"허… 우리가 본 게 진짜 맞습니까? 제 눈이 의심스럽습니다…"

"흐, 흐흐, 흐하하하하하하! 앞으로 벌어질 일들이 참으로 가관이겠구나! 흐하하하하."

양상이 의미심장한 웃음을 내뱉는 사이, 기파는 용화향도를 바라보며 부러진 목도를 하늘 위로 뻗어 올렸다. 그러자 엄청난 함성이 또다시 온 신궁을 뒤흔들었다.

"와아아아아아!!!!!!!!!!!!!!!~~~~~~~~~."

황제가 그런 기파를 향해 박수를 치자, 황후도 자리에서 일어나 박수를 쳤다. 그러자 상선, 상화들도 따라 박수를 치고, 일월선도의 화랑들과 낭도들도 박수를 쳤다. 함성과 박수소리가 신궁을 가득 채우는 사이, 태후와 상대등은 마치 똥이라도 씹은 표정을 하고 있었다. 북주풍월도 역시 수장이 쓰러지자 찬물을 끼얹은 것 같은 분위기였다. 주경과 주항, 두 북주풍월도 화랑이 신단 위로 뛰어가 기절한 대렴을 들쳐 업으려 하자, 휘하 낭도들이 달려들어 거들었다. 이윽고 대렴을 등에 업은 주경이 신단을 내려오고 주항이 다막검을 회수하여 뒤따르자, 그 모습을 보던 정종은 가슴이 찢어지는 것만 같아, 주름진 눈가로 눈물을 주룩 흘렸다. 그런 정종에게 태후가 나지막이 말했다.

"오라버니, 약한 모습을 보여선 아니 됩니다."

정종은 어금니를 꽉 깨물고 눈물을 닦아냈다. 그때 융이 황제를 바라보자 황제가 고개를 끄덕였다. 융은 신단 위로 올라가 손을 펴들어, 들떠 있는 낭도들을 진정시켰다. 떠들썩하던 신궁이 다시 조용해지자 융이 외쳤다.

"일월천신께서 기파랑을 새 국선으로 임명하셨다!!! 전 풍월도는 새 국선에게 예를 갖추라!!!"

그러자 화랑들과 삼천의 낭도들이 일제히 한쪽 무릎을 꿇으며 주먹을 가슴에 올려 경례를 올렸다.

"충!!!!!!!!!!!!!!!!!!!"

황후의 자리

어느새 저녁노을이 붉게 하늘을 물들일 무렵. 망덕사의 승방에서는 상반신을 드러낸 채로 벽에 기대어 앉아 있는 기파를, 황후가 보낸 내공봉의사가 치료하고 있었다. 선율과 이순, 만월, 설아, 충담, 월명, 도우, 그리고 아미, 충효, 승우가 그 모습을 걱정스레 지켜보고 있었다. 의사는 기파의 가슴과 배에 난 검상에 약을 바르고 상처를 꿰맨 후, 붕대를 감아주고는 말했다.

"다 되었습니다. 이제 살이 붙을 때까지 움직이지 말고 안정을 취해야 합니다."

그러자 선율이 말했다.

"수고 많으셨소."

"예, 그럼 전 이만 돌아가 보겠습니다."

의사가 나가자 선율이 다시 말했다.

"의사 말대로, 무리하지 말고 안정을 취하거라. 도우야, 이제부터 네가 사형 곁에서 정성껏 병수발을 들어야 한다. 알겠느냐?"

"예, 스승님."

선율이 일어나서 밖으로 나가자, 이순도 일어나며 기파에게 말했다.

"나도 이만 가봐야겠구나. 조만간 다시 들르마. 몸조리 잘 하거라."

"예, 아버님."

그렇게 이순도 밖으로 나가자, 아미가 말했다.

"형님, 편히 쉬셔야 하니 저희들도 물러가 보겠습니다."

"그러게."

"아 참, 형님. 저희들은 당분간 실포에 가 있을 예정입니다. 그동안 못 찾아뵈어도 이해해 주십시오."

"그래, 하던 일을 잘 마무리 하시게. 부디 몸조심하고."

"예, 형님. 그럼 일 마치는 대로 찾아뵙겠습니다."

기파가 고개를 끄덕이자, 용화향도 화랑들도 일어나 밖으로 나갔다. 그때 설아가, 내내 눈시울이 붉어져 있는 만월을 보더니, 충담과 월명에게 말했다.

"오라버니들, 이제 우리도 그만 나가요. 기파 오라버니 쉬셔야죠."

그렇게 설아가 충담과 월명을 데리고 나가자, 방에는 기파와 만월, 도우만 남아있었다. 기파가 옆에 놓인 승복 윗도리를 집어 올리자, 만월이 다가가 입혀주었다. 만월이 옷고름을 조심스레 매어주고선 말했다.

"기파랑, 이제 좀 누워서 쉬세요."

"아… 그래야겠소. 잠이 쏟아지는구려."

만월이 기파를 부축하며 뉘어 주자, 도우가 베개를 기파의 머리 밑에 넣어주었다. 기파가 만월의 손을 잡으며 말했다.

"만월, 내가 국선이 되었소."

"예, 기파랑… 정말 대견하네요…"

만월이 수건으로 기파의 이마에 맺힌 땀을 닦아주자 기파가 말했다.

"이제야, 조금은 그대에게 어울리는 사람이 된 것 같아…"

"그런 말 마세요… 처음이나 지금이나 기파랑은 늘 눈부신 사람이었으니까요…"

만월이 기파의 머리를 부드럽게 쓰다듬어주었다. 그런 만월의 모습을 아련하게 쳐다보던 기파는 지금 이 순간이 꼭 어디선가 겪었던 일처럼 낯설지 않게 느껴졌다. 하지만, 애써 떠올려보려 해도 기억이 나질 않았다.

그날 밤. 대렴의 처소 안방에서는 정종과 대공, 도정, 탁근이 아직도 의식을 회복하지 못한 대렴을 지켜보고 있었다. 그때, 태후가 들어서며 정종에게 말했다.

"아직도 못 깨어난 겁니까?"

"그래… 의학박사 말로는 크게 충격을 받았지만 머리뼈에 이상은 없다고 했다. 맥으로 봐서 곧 깨어날 것이라 하였는데, 아직 이렇게 누워 있구나…"

태후는 퉁퉁 부은 채 붕대로 감겨 있는 대렴의 손목을 살피더니 말했다.

"부러진 거랍니까?"

"완전히 부러진 것은 아니고, 크게 금이 갔다 하더군."

"후… 그나마 다행이네요. 오라버니, 저랑 따로 이야기 좀 하시죠."

그렇게 건넌방으로 들어간 태후가 따라 들어온 정종에게 말했다.

"이대로 당하고만 있을 겁니까? 이번 일로 황후의 위세가 도를 넘게 되었습니다. 오라버니가 말한 그 계획은 도대체 언제 시작되는 겁니까?"

그러자 정종이 천장을 바라보며 생각에 잠겼다. 태후는 그 모습이 답답했는지, 어린애 투정부리듯 말했다.

"오라버니~~! 제가 언제까지 눈엣가시 같은 황후를 참고 지켜봐야 하냐구요!"

그러자 정종은 뭔가를 결심한 듯 입술을 내밀어 턱에 호도주름을 잡더니, 고개를 끄덕이며 말했다.

"알겠다. 내일 당장 시작하마!"

"정말요? 그럼 어떻게 하실 건지 저한테 먼저 알려주세요."

"황후에겐 치명적인 약점이 있지 않느냐? 그 약점을 집요하게 파고들어야겠지."

"그게 무슨 말씀이세요?"

"열여덟에 헌영에게 시집와서 벌써 서른셋이다. 모르겠느냐?"

그러자 태후의 얼굴에 갑자기 화색이 돌기 시작했다. 그때였다.

"대렴아!"

"소주!"

"오라버니! 정신이 드세요?"

안방에서 세 사람의 목소리가 들려오자, 태후와 정종은 급히 안방으로 들어갔다.

"아들아! 내가 보이느냐?"

"아아… 아버지···· 아악!!"

대공의 도움으로 상체를 일으킨 대렴이 머리에 맞은 자리가 아픈지 왼손을 들어 만지려, 손목에 고통이 밀려와 소리를 질렀다. 그러자 대공이 말했다.

"손목뼈에 크게 금이 갔다. 당분간 조심해야해."

대렴은 퉁퉁 부어 있는 손목을 쳐다보더니, 흐느끼며 울기 시작했다.

"으흑, 흐으윽…"

그러자 정종이 괜히 크게 말했다.

"울 것 없다!! 너는 정말 잘 싸웠어! 내가 본 결투 중에 최고의 결투였다! 내가 얼마나 자랑스러운 줄 아느냐!"

도정이 대렴의 눈물을 말없이 닦아주자, 대렴이 차츰 울음을 그치기 시작했다. 그러니 태후가 대렴에게 말했다.

"그렇게 축 처져 있을 필요 없다! 내일 당장 화랑 따위 집어치우고, 몸을 추스르는 대로 조정에 출사할 준비를 하거라!"

"예??"

대렴이 놀란 표정을 지으니 태후가 다시 말했다.

"그럼, 그자 밑에서 화랑행세를 계속할 참이었더냐? 내 그 꼴은 절대로 못 본다!"

정종이 거들고 나섰다.

"고모님 말씀을 듣거라. 골품도 없는 자 밑에서 굴욕을 당할 필요는 없지 않느냐?"

대렴은 한숨을 내쉬더니, 체념한 듯 말했다.

"알겠습니다…"

그러자 태후가 대공에게 말했다.

"대공이 너도, 이참에 출사할 준비를 하거라. 언제까지 그렇게 놀고만 있을 셈이냐?"

"아… 저, 저는 좀 더 생각해 보겠습니다."

"뭘 더 생각하겠다는 것이야? 잔말 말고 시키는 대로 하거라! 네가 동생을 이끌어 줘야 할 것이 아니냐?"

"……"

대공이 묵묵부답으로 있자, 태후가 인상을 찌푸리며 말했다.

"으이그… 우리 집안의 장자라는 놈이 이 모양이니 원. 네 동생은 그래도 스스로 입지를 세우려 발버둥 치는 게 안 보이는 것이냐? 오라버니! 아들 교육 좀 단단히 시키세요! 언제까지 어린애처럼 품에 안고 계실 겁니까?"

"으음…."

정종은 눈을 감으며 난감한 표정을 지었다.

그 시각. 모벌관문의 봉선각에는 오백의 용화향도가 집결해 있었고, 누각 위에서 세 화랑이 회의를 나누고 있었다. 아미가 말했다.

"그래, 모화방에 심어둔 낭도들에게서 따로 들어온 소식은 없는가?"

"예. 이상한 낌새가 보이면 바로 연락을 취하라 명해두었습니다만, 아직 아무런 소식이 없습니다."

충효가 대답하자 승우가 말했다.

"저희가 있을 때도 느꼈지만, 실포에서 거래량이 가장 많은 여각 치고는 너무 잠잠했습니다. 아무래도 뭔가 눈치를 채고 몸을 사리는 것이 아닐까요? 차라리, 이대로 신천방으로 달려가 들이치는 것이 어떻겠습니까?"

그러자 아미가 고개를 흔들며 말했다.

"그러다 자칫 아무런 물증도 나오지 않는다면, 큰 낭패를 볼 것일세. 철괴를 빼돌린 진정한 배후를 밝히는 일도 물거품으로 돌아갈 테지만, 뒤이어 그들의 역습이 시작될 것이야. 조정에서 우리에게, 아무런 권한 없이 여각을 급습한 죄를 물어올 테지. 확실한 증좌를 포착하기 전까진 섣불리 모험을 할 수 없네."

충효가 말했다.

"그럼, 저희들이 다시 내려가서 계속 신천방을 감시하겠습니다."

"음, 이번에는 내가 직접 신천방을 감시할 생각이야. 한 명은 나와 같이 가고, 한 명은 낭도들을 데리고 무릉산에 숨어 있다가, 연락을 받으면 바로 신천방으로 달려올 준비를 하고 있어야 하네. 누가 남겠는가?"

충효가 나섰다.

"아무래도, 기마낭도를 이끄는 제가 남아야 하지 않겠습니까? 연락이 오면 곧장 달려가겠습니다."

"알겠네. 그럼 승우랑은 나랑 지금 바로 출발하지."

"예."

그렇게 아미와 승우는 눈에 띄지 않는 복장으로 변복을 하고, 밤을 틈타 실포로 잠입했다.

깊은 밤. 정종의 가택 집무실에서는 정종이 탁자에 앉아 서신을 작성하고 있었다. 겹겹이 쌓인 수십 장의 서신에 한 장 한 장씩 옥으로 만든 큼직한 도장을 찍자, '나밀신천(那密新天)'이라는 붉은 인주가 찍혀 나왔다. 이윽고 서신들을 하나씩 봉투에 나눠 담은 정종은 붓을 들고 겉봉에 또 뭔가를 썼다. 마지막 봉투에 글을 쓰고 나서 정종이 방문 밖에 대고 말했다.

"게 있느냐?"

"예."

문 밖에 대기 중이던 가신 하나가 문을 열고 대답했다.

"탁근을 들라 하라."

"예."

잠시 후, 탁근이 집무실에 들자, 정종이 봉투들을 두 뭉치로 나누어 건넸다.

"주공, 이게 무엇입니까?"

"당원들에게 보낼 서신이네."

"그 말씀은…"

"나밀신천당[1] 당주이자 태대각간[2]인 내가 비밀회합을 대신해 휘하

---

1) [那密新天黨]. 〈창작〉 무열계 진골 세력에 대항하기 위해 조직된 내물계 진골 귀족들의 비밀 결사체.

2) [太大角干]. 각간의 '각(角)'은 우두머리를 상징하는 '뿔'을 의미하고, '간(干)'은 '칸·가한·한·찬'과 같은 우랄·알타이 어족(우리말도 포함) 유목민족의 부족장 혹은 군주를 부르는 칭호이다. 몽고어에서 '각'은 '에베르'라 읽히므로 각(角)과 이벌(伊伐)은 결국 같은 말이고, 간(干)과 찬(飡)도 같은 말이기에, '각간'은 신라

각간들에게 내리는 지령이야. 이건 왕경에 있는 각간들의 것이고,

17관등 중 제1의 관등인 '이벌찬(伊伐湌)'과 같은 음의 다른 표기인 것이다. '서불한(舒弗邯)'의 '서불' 역시 '뿔'의 옛 발음인 '쓸'을 풀어쓴 것으로서 마찬가지로 같은 말이고, 신라 초기에 쓰였던, 각간의 유래인 '주다(酒多)'라는 최고관등 또한 '술'을 나타내는 酒자와 '큰, 많은'을 뜻하는 옛말 '한'(한가위, 한숨, 한길 등의 '한'. '하다'는 많다, 크다의 옛말이다)을 나타내는 多자를 써서 훈독하면 수불한 또는 숧한이 되어 같은 말이다. 헌데, 역사학자들은 각간, 이벌찬, 서불한 혹은 서발한 등으로 표현되는 이 관등을 17관등 중 제1관등이라 보기도 하고 관등과는 별도로 제정된 것이라 보기도 한다. 작가는 이런 혼란이 생긴 이유가, 당시 이 관등의 개념이 세월이 흐르면서 계속 변화했기 때문이라 본다. 처음 주다(酒多)라는 관등이 생긴 배경을 보면 신라 5대 왕인 파사왕(파사이사금) 대에 이찬 허루가 연 잔치에서 태자가 한 여인에게 반하여 그 여인과 혼인을 하자 자신의 딸을 태자비로 만들려던 허루가 몹시 상심하였고, 파사왕은 그런 그를 달래기 위해 최고 관등인 이찬 위에 주다라는 관등을 급조하여 허루에게 하사한 것이 시초가 되었다. 이로 볼 때 각간이라는 관등 자체가 처음 출발부터 실직적인 관등이라기보다는 일종의 명예직에 가까웠던 것이다. 그러다가 점차 자리를 잡아 이찬 위의 관등으로서 역할을 하다가(줄곧 관등과는 별도였을 가능성도 배제할 수 없다) 삼국통일 이후 인구가 폭발적으로 증가하면서 진골의 숫자도 크게 늘어남에 따라 진골들 사이에서도 서열을 나타내는 도구가 필요해졌고, 마침 각간이라는 명예직의 성격이 짙었던 관등이 있었으므로 이것이 17관등에서 분리되어 상위귀족임을 나타내는 서양의 '작위'와 흡사한 개념으로 바뀌게 되었다고 보는 것, 그에 따라 관등과는 별도로 상당수의 각간들이 존재했다고 보는 것이 본 작가의 관점이다. 작가의 이런 관점은, 삼국사기의 기록을 보면 최고 관직인 상대등·시중에 임명되는 신라 중·하대 최고위 대신들의 관등이 모두 17관등 중 제2의 관등인 '이찬' 이하(파진찬, 대아찬, 심지어는 아찬)라는 점을 봤을 때, 분명 관등을 초월하는 귀족 내의 위계가 따로 존재했다는 것을 추정할 수 있다는 점, 성주사 낭혜화상탑비가 그 당시 서발한(각간)이 상당수 존재했음을 증명하고 있는데, 그들은 도대체 어디서 뭘 하길래 각간의 관등으로 시중이나 상대등이 되는 자는 단 한 명도 없다는 것인지(당시 시중을 거쳐 상대등이 되는 자의 관등도 마찬가지로 이찬 이하이다) 의문이 들지 않을 수 없다는 점, 삼국유사에서 '96각간의 난'을 '각간 대공(삼국사기에서 대공의 관등은 7관등인 일길찬이다)이 반란을 일으키자 왕도(王都)와 5도(道)·주(州)·군(郡)의 96각간이 서로 싸워 나라가 크게 어지러웠다'라고 주체의 신분을 정확히 특정하여 기록하고 있다는 점(작가는 이것을 은유적 표현이라 생각지 않는다), 각간 위에 대각간, 태대각간 등이 생겨나 각간들 사이에서도 서열분화가 일어났다는 점 등에서

이건 지방에 나가 있는 각간들의 것이네. 왕경의 각간들에게는 오늘 밤 안으로 사람을 보내 서신을 전하게. 날이 밝는 대로 지방에도 사람을 보내고."

"알겠습니다!"

서신을 들고 문을 나서려던 탁근이 갑자기 뭔가 생각났는지 다시 뒤돌아 말했다.

"참, 주공. 방금 아미에게 붙여놓은 낭도에게서 전서구가 날아들었습니다."

"그래? 뭐라 적혀 있었는가?"

"모벌관문에 있던 용화향도가 실포 바로 위쪽에 있는 무릉산으로 이동했다 합니다. 그런데, 아미와 다른 화랑 한 명이 어디론가 사라져 행방이 묘연하다 합니다."

"으… 그놈이 끝까지 내 신경을 긁는구나! 소훈은 남아 있는 철괴를 다 처분했다더냐?"

"그게, 거래하는 왜국의 상선이 오는 날짜가 정해져 있어, 아직 창고에 그대로 있다고 합니다."

"이런 이런!! 그렇다고 그걸 기다리고 있었단 말이냐!! 내 무슨 수를 써서든 당장 처분하라 하지 않았나!!"

"그, 그것이… 달천철장의 철괴는 틀에서 나올 때부터 '군납(軍納)'이라는 글자가 새겨져 있어, 국내에서는 유통할 방도가 딱히 없다고 합니다."

"그렇다면 당장 바닷물에 내던져버려서라도 처리를 했어야지!! 소훈

수많은 의구심 끝에 도출해낸 결론이다. 정리하자면, 신라 중대에 이르러 각간(=이벌찬, 서발한…)의 칭호가 관등제와 분리되어 귀족의 계층·서열을 나타내는 역할을 하게 됨으로써 관등과는 별도로 많은 수의 각간들이 존재하게 되었고, 그에 따라 각간, 대각간, 태대각간 등으로 각간들의 서열이 분화되었다고 보는 게 작가의 관점이다.

이놈이 작은 이익에 눈이 멀어 큰 화를 불러들이는구나!!!"

정종이 노발대발하자 탁근이 진땀을 빼며 말했다.

"죄송합니다… 모두 다 제 불찰입니다…"

"지금 아미가 용화향도를 데리고 신천방을 들이치는 날엔, 나와 태후도 감당 못할 엄청난 사태가 벌어질 것이야! 달천철장 철괴는 수출이 엄격히 금지된 군수품이란 걸 잊었나? 철괴를 빼돌린 것도 모자라, 왜에 팔아넘긴 정황이라도 드러나면, 우린 모두 다 끝장나는 거야!! 왜 그걸 몰라!!"

그러자, 탁근이 제자리에 털썩 무릎 꿇으며 머리를 땅에 박고 말했다.

"주공! 일을 소훈에게 맡긴 제 불찰입니다! 저를 죽여주십시오!"

"으이그…… 후…"

정종은 숨을 고르더니 이내 냉정을 되찾은 어조로 말했다.

"됐으니 일어나게. 지금 자네가 할 일이 아주 많아!"

"예…"

탁근이 힘없이 일어나자 정종이 말했다.

"지금 바로 아미의 얼굴을 아는 세작들을 풀어, 신천방은 물론이고 실포 곳곳에 잠입시키게. 아미가 실포에 모습을 드러내는 즉시 전서구를 띄우라 명하고. 또, 무릉산에도 잠입시켜 용화향도의 움직임을 한시도 놓치지 말고 감시하라 이르게."

"예. 헌데, 남은 철괴들을 어찌하면 좋겠습니까? 아미가 이미 눈치를 챘다면, 지금 섣불리 처리하려다가 덜미를 잡힐 수도 있지 않습니까?"

"용화향도를 바로 움직이지 않고 따로 둘만 사라진 걸로 봐서는, 아직 확신이 없기 때문에 뭔가 증좌를 찾으려는 것이겠지. 자네 말대로 지금 철괴를 처리하는 것은 너무 위험해. 일단 급선무는 아미 그놈의 행방을 찾아내는 것일세. 그놈의 행방을 알기 전에는, 소훈에게 신천방 창고를 단단히 걸어잠그고 절대로 경거망동하지 말라고 단단히 주의를 주게!"

"예! 이번에는 제가 단단히 경고해두겠습니다!"

"종만은 삽량주에 있다고 했나?"

"예. 영축산 일대에 숨어 있다 합니다."

"음… 소훈과는 연통하고 있을 테지?"

"그렇다고 들었습니다."

"그럼, 종만을 다시 구불벌로 불러들여, 밤을 틈타 전 병력을 무릉산 맞은편의 황방산에 매복시키라 하게."

"용화향도를 치실 생각이십니까!?"

"용화향도가 다시 관문으로 돌아간다면 그대로 있고, 만약 실포로 향한다면 곧바로 뒤를 치라 명하게. 그때는 둘 중 하나가 전멸할 때까지 싸워야 한다고 분명히 말해두어야 해!"

"알겠습니다, 주공!"

다음날 아침. 황제는 각 부의 장관들에게 보고를 받기 위해 편전의 집무실에 들었다. 그런데, 으레 모여 있어야 할 장관들이 아무도 보이지 않았다. 황제가 의아해 하며 사인 기출에게 물었다.

"왜 아무도 없는 것이냐? 다들 어디 간 것이야?"

"소인도 잘 모르겠나이다…"

"나가서 알아보고 오너라."

"예, 폐하."

그렇게 기출이 나가고 황제는 홀로 좌석에 앉아 앞에 놓인 서책을 뒤적였다. 얼마 후, 기출이 헐레벌떡 뛰어와 말했다.

"폐하! 크, 큰일이옵니다!"

"뭐가 큰일이라는 것이야?"

"상대등이 각간들을 소집해 남당[1] 회의를 열었다 합니다!"

"뭐, 뭐라!? 갑자기 남당회의는 왜?"

"그것이…"

"답답하니 어서 말해 보거라!"

"하… 그것이… 황후폐하와 관련된 일이온데, 소인의 입에 담기가…"

그러자 황제는 심각한 표정으로 들고 있던 책을 내려놓았다.

'드디어 올 것이 왔구나!'

자리에서 일어난 황제가 말했다.

"남당으로 갈 것이다!"

황제가 남당으로 향하는 동안, 남당에서는 각간들이 두 패로 나뉘어 격렬한 언쟁을 벌이고 있었다. 황제의 자리인 주석(主席)을 기준으로 왼쪽에는 상대등과 병부령을 위시한 내물계 각간들이, 오른쪽에는 중시와 조부령[1]을 위시한 무열계 각간들이 서로 한 패가 되어 상대측과

---

1) [南堂]. 사로 6촌의 협의기구인 부족집회소에서 발전하여 틀을 잡은 중앙관청. 초기에는 귀족의 합좌기구로서 귀족들이 정사를 의논하고 행정사무를 집행하는 중앙정청의 성격을 띠었으나, 국가가 발전하고 정치기구가 세분화됨에 따라 행정적 기능이 떨어져 나가고 중대회의와 의식을 행하는 비상설 기구로 변하였다. 한편, 또 다른 귀족들의 합좌기구였던 화백은 무열왕 김춘추가 즉위하는 과정(●)에서 무력화되어 통일 이후 신라 중대에는 화백에 관한 기록을 찾아볼 수 없게 되는데, 이것으로 보아 만장일치제였던 화백회의는 귀족들의 분파로 인해 퇴색되고, 대신 계속적으로 남아 있던 남당회의로 그 역할이 흡수된 듯 보인다.

● 진덕여왕이 후사가 없이 죽어 성골의 대가 끊어지자 화백은 내물계 진골의 지지를 받던 상대등 소알천을 왕으로 추대하였다. 그러나 왕권과는 거리가 멀었던 진지계 김춘추가 이를 무시하고 김유신과 가야계의 도움을 받아 알천의 승복을 이끌어내어 자신이 왕이 되었다. 여기서부터 무열계(진지계의 후신)와 내물계의 갈등이 시작된다.

1) [調府令]. 공물(貢物)과 부역(賦役) 등의 재무를 담당하던 조부의 장관. 조부는 경덕왕의 관제개혁에 의하여 대부(大府)로 개칭되었다가 혜공왕 때 다시 본래대로 환원되었다.

언쟁을 벌였는데, 그야말로 삿대질과 고성이 난무하는 난장판이었다. 그 와중에 상대등 정종과 중시 신충은 주석과 가까운 맨 상석에서 눈을 감고 팔짱을 낀 채, 귀만 열고 있었다. 한동안 그렇게 계속 고성이 오가는데, 기출이 남당 입구에 들어와 외쳤다.

"황제폐하 납시오!!"

그러자 떠들썩하던 남당 안이 일순 조용해졌다. 각간들이 기립을 하고 기다리자, 황제가 남당 안으로 들어와 주석에 앉았다. 황제가 말했다.

"각간들은 좌정하시오."

좌우의 각간들이 모두 자리에 앉자, 황제가 정종에게 물었다.

"내 상대등이 황후에 관한 일로 남당회의를 소집했다 들었소. 무슨 일인지 소상히 말해보시오."

"……"

황제의 물음에도 정종이 눈을 감고 아무런 대답을 아니 하자, 오른쪽의 무열계 각간들이 술렁이기 시작했다. 그러자 신충이 정종을 꾸짖었다.

"무엄하오! 상대등은 어서 폐하의 물음에 답을 하시오!"

"……"

상대등이 그래도 입을 열지 않자, 황제가 다시 말했다.

"이보시오, 상대등. 어찌 대답을 하지 않는 것이오?"

그러자 정종이 감았던 눈을 서서히 뜨고 좌중을 돌아보더니 말했다.

"태대각간 상대등 정종, 황제폐하께 감히 말씀드리겠습니다. 지금 당장 삼모부인을 황후에서 폐하고 새 황후를 들이시옵소서."

그러자, 오른쪽에 있던 각간들이 흥분하여 자리에서 들썩였다.

"아니, 저, 저런!"

어수선한 분위기 속에서 조부령이 나섰다.

"상대등!! 어찌 무엄하게 황후폐하의 존함을 함부로 입에 담으신단 말이오!!"

그러자 사정부령이 맞받아쳤다.

"태대각간께서 이야기하시는데!! 어찌 일개 각간 따위가 끼어드는
가!!"

"뭐라!? 사정부령!! 그 입 닥치지 못하겠는가!!"

"당신이야 말로 그 입 닥치지 못하겠는가!!"

조부령과 사정부령이 막말을 주고받자 분위기는 삽시간에 시장통처
럼 변해, 황제야 있든 말든 저마다 자리에서 일어나 삿대질을 하고
막말을 퍼부어댔다. 그 모습을 보던 황제는 머리가 지끈거리는지 고개
를 뒤로 젖히며 한 손으로 양쪽 관자놀이를 짚었다. 그러자, 신충이
자리에서 일어나 좌우의 각간들에게 외쳤다.

"황제폐하 앞에서 이 무슨 추태요!! 당장 입들 다물지 못하겠소!!"

신충의 말에 우측의 각간들이 자리에 앉으며 입을 다물자 좌측의
각간들도 자리에 앉았다. 다시 조용해지자, 신충이 자리에 앉고서
말했다.

"상대등은 폐하께 그 말을 한 연유를 설명 드리시오."

그러자 갑자기 그동안 잠잠하던 병부령이 끼어들었다.

"그 연유야, 그동안 쉬쉬 했을 뿐. 하늘도 알고, 땅도 알고, 폐하께서도
알고, 남당에 모인 우리들도 알고, 온 나라 백성이 다 알고 있지 않소!
더 이상 무슨 말이 필요하단 말이오!"

그러자, 신충이 얼굴이 벌게지며 꿀 먹은 벙어리가 됐다. 한동안
어색한 침묵이 흐르자, 정종이 입을 열었다.

"황후께서는 열여덟에 폐하께 시집을 와, 지금 어느새 서른셋이라는
적지 않은 춘추가 되셨습니다. 혈기 왕성하시던 폐하께서도 어느새
마흔을 바라보고 계십니다. 헌데, 아직도 후사가 없으니, 이 어찌 망국의
위기라 하지 않을 수 있겠습니까? 선황께서도 후사가 없었으나, 다행히

아우인 금상폐하가 계셨기에 폐하를 태자로 삼아 황실의 안위를 도모할
수 있었습니다. 하지만 지금 폐하께선 그런 형제도 없으시니, 신하들은
물론이고 온 백성이 후일을 두려워하고 있습니다. 신이 돌이켜 생각해
보니, 지금껏 이 이야기를 꺼내지 못하고 쉬쉬 한 것은 신하된 자로서
씻을 수 없는 크나큰 불충이었습니다. 이에 노신이 백여 명의 각간
중 예순이 넘는 각간의 뜻을 받들어, 그들을 대신해 충언을 올리는
것입니다. 부디 새 황후를 얻으시어 하루속히 후사를 생산하시옵소서.
뿌리가 흔들리는 이 나라를 위기에서 구해주시옵소서."

황제는 정종의 말을 듣고 큰 한숨을 내쉬었다. 그러고는 신충을
바라보았다. 신충의 표정이 빡빡 구겨놓은 종잇장처럼 잔뜩 일그러져
있었다. 황제가 각간들에게 말했다.

"상대등이 충심에서 우러나오는 말을 하였소. 내 그 뜻을 잘 알아들었
소이다. 다만, 이같이 중요한 일은 해에 비친 쪽도 봐야 하지만, 그늘진
곳도 봐야 하오. 시간이 흐르면 언제 그 위치가 바뀔지 모르는 일이기
때문이오. 중시는 사사로이는 황후의 오라비가 되니, 우리가 보지
못하는 면을 보실 수도 있을 거라 생각하오. 중시의 의견을 말해보시오."

그러자, 신충이 비장한 어투로 말하기 시작했다.

"신, 대각간 중시 신충, 황제폐하께 말씀 올리겠나이다. 황후폐하께
서 후사를 생산하지 못하여 오늘 이 같은 일이 벌어진 것에 대해,
황후폐하의 오라비로서 몸 둘 바를 모를 만큼 송구하옵나이다. 허나,
황후폐하의 춘추가 이제 서른셋입니다. 충분히 후사를 생산할 수 있는
춘추입니다. 따로 수태에 관해 해박한 지식을 지니고 있는 내공봉의사
를 불러 진찰한 결과, 그 사람도 황후폐하는 충분히 수태할 수 있는
상태라 하였습니다. 또한, 황제폐하께서도 잘 아시다시피 황후께서는
하루도 빠지지 않고 새벽마다 황룡사에 납시어 지극정성으로 불공을
드리고 있사옵니다. 오라비로서 그 정성을 보고 있노라면 절로 눈물이

왈칵 쏟아지는 심정입니다. 헌데, 어찌 이 같은 가능성과 이 같은 정성은 묻어버리고 현 상태만 보고서 일을 섣불리 판단할 수가 있겠사옵니까? 그런 황후폐하께 신하된 자로서 폐위를 논하는 것은 있을 수 없는 불충입니다. 허나, 상대등과 여러 각간들이 걱정하는 바가 무엇인지도 잘 알기에, 신이 폐하께 절충안을 제안하겠습니다."

그러자 남당 안의 각간들은 일제히 신충의 다음 말에 귀를 기울였다. 황제가 말했다.

"어서 말해보시오."

"황후폐하를 버리시는 것도 섣부른 판단이고, 그렇다고 계속 지켜만 보는 것도 위험한 일이니, 후비를 들여 가외의 안전장치를 마련한다면, 둘 중 누가 됐든 후사를 생산하는 그것으로 대경사이니, 충분한 대안이 될 것이라 사료되옵니다."

그때, 듣고 있던 병부령 사인의 한쪽 입꼬리가 슬쩍 올라갔다.

'허허, 신충 저 어리석은 작자가, 결국 상대등이 던진 낚싯밥을 덥석 깨물었구나! 이제 그 속에 감춰진 날카로운 가시가 네놈의 입속을 파고 들 것이야!'

그때였다.

"다만!!"

신충이 말을 끝내는가 싶더니, 갑자기 큰 소리로 말하고 좌중을 둘러보았다. 모든 각간의 시선의 자신에게로 향하자, 신충이 말을 이었다.

"이 일에는 한 가지 조건이 붙어야 합니다."

"그것이 무엇이오?"

황제가 눈빛을 밝히며 신충에게 묻자, 신충이 정종을 매섭게 쏘아보며 답했다.

"선황폐하 시절, 지금의 태후폐하, 즉, 당시 혜명황후께서 후사를 생산하지 못하자, 황후와 지금 앞에 계시는 상대등의 반대를 무릅쓰고, 선황께서 보리부인을 후비로 맞았을 때의 일을 다들 기억하실 겁니다. 그 당시 혜명황후와 보리부인의 불화로 인해, 황실은 하루도 조용할 날이 없었습니다. 그렇게 끔찍한 시간이 흐르다 결국, 아직도 그 진상이 명백히 밝혀지지 않은 사건으로 보리부인을 비롯하여 수많은 사람이 죽어 나가고, 그 충격으로 선황폐하께서도 시름시름 앓다가 젊은 나이에 세상을 뜨시고 말았습니다. 하여! 이번에는 그 같은 비극을 미연에 방지키 위해, 황제폐하께서는 후비의 간택에 관한 모든 일을 황후폐하께 일임하셔야 할 것입니다!"

그러자, 남당 안이 순식간에 술렁이기 시작했다. 서로를 쏘아보는 정종과 신충의 두 눈은 곧바로 불이라도 날 것처럼 이글거렸다.

'신충 저 쭉정이 같은 놈이 잘도 잔머리를 굴렸겠다!!'

'정종, 이 늙은 구렁이야! 내가 네놈의 얄팍한 수에 그대로 당하고만 있을 것 같았더냐!!'

신충의 말을 듣고 크게 고개를 끄덕이던 황제가 말했다.

"중시의 논리정연한 말에 한 치의 허점도 없구려! 후사에 대한 대비도 하고, 있을지 모를 갈등도 미연에 방지한다… 정말 훌륭한 계책이오! 다들 그렇게 생각지 않으시오?"

황제가 과장된 말과 몸짓으로 신충의 말에 적극 찬동하고 나서자, 우측의 각간들은 머리를 끄덕이며 동의하고, 좌측의 각간들은 찬물을 끼얹은 마냥, 아무런 말이 없었다. 그러자 황제가 생기를 찾은 목소리로 말했다.

"좋소! 이번 일은 중시의 말대로 후비를 간택하되, 황후가 그 일을 맡아서 하는 것으로 결론짓겠소! 이후, 그 누구라도 이에 불복한다면 황제인 내가 용서치 않을 것이오! 이것으로 남당회의를 마칠 것이니, 다들 업무에 복귀하시오."

그렇게 남당회의가 끝나고 모두 뿔뿔이 흩어져가는 가운데, 정종과 사인이 남당의 한쪽 마당에서 이야기를 주고받았다. 사인이 말했다.

"이거, 일이 이상하게 꼬여 버렸습니다."

"내, 신충 그자를 너무 얕본 듯싶군…"

"황후가 후비를 간택하게 되었으니, 이번 일이 다 헛수고로 돌아가는 거 아닙니까?"

"그건 아직 모르지. 좀 있으면 전국 각지에서 이 사람의 여식을 새 황후로 맞아야 한다는 상소가 빗발치게 올라올 것이오. 그렇게 되면 황후도 함부로 경거망동하지 못할 테지."

"아, 그렇습니까? 하기야, 지금 각간들을 둘러봐도 도정이만한 여식이 없지요. 분위기가 무르익으면 제가 각간들을 따로 모아 도정이를 후비로 들여야 한다고 주청을 넣겠습니다."

"고맙소, 병부령. 역시 그대는, 나의 둘도 없는 지기지우[1]요."

"허허허, 별말씀을."

사흘 후. 이른 새벽에 궁인 몇을 거느리고 황룡사에 들러 불공을 드린 황후는 아침이 밝아오자 황후전으로 발걸음을 했다. 황후전에 돌아와 내실로 향하자, 입구에 서 있던 기출이 허리를 숙여 인사했다. 황후는 의아해 물었다.

"네가 여긴 어쩐 일이냐?"

"폐하께서 드시어 기다리고 계시옵니다."

"아, 그렇구나… 알겠다. 내 잠시 후에 다시 오마."

황후는 발걸음을 돌려 침실에 들어가 삼면으로 된 청동거울 앞에 앉았다. 얼굴을 꼼꼼히 살피며 분을 칠하고 입술에 연지를 찍어 화장을 하고 있는데, 뒤에서 황제가 다가와 황후의 어깨에 손을 올렸다. 그러자

---

1) [知己之友]. 자기의 속마음을 가장 잘 알아주는 친구.

그 자리에 굳어버린 황후의 얼굴에는 뜨거운 눈물이 주르르 흘러 내렸다. 황제가 그런 황후 옆에 앉아, 두 손을 황후의 두 뺨 위에 올리고 천천히 얼굴을 돌려 마주보았다. 황후의 눈물이 황제의 엄지손가락을 타고 흐르자, 황제가 말했다.

"이런… 애써 한 화장이 지워지지 않소…"

"……"

"아아, 이토록 아름다운 황후를 놔두고 내 어찌 후비를 얻으리오…"

그러자 황후가 황제의 두 손을 잡아 살며시 내리고는, 소매로 눈물을 훔쳤다. 그러고는 애써 웃으며 말했다.

"그동안 부처님께 원망도 많이 했지만, 오늘은 왠지 홀가분한 마음으로 불공을 드릴 수 있었어요. 뒤돌아보니, 제가 드린 불공은 모두 제 욕심을 채우려는 불공이었더군요… 오늘, 유난히 인자하신 부처님의 미소를 보았어요. 욕심을 내려놓으니 부처님께서 한없이 인자한 모습으로 저를 위로해 주셨죠. 그래서 오늘은 제가 아닌 다른 누군가를 위해 부처님께 기도했답니다."

"아… 그래, 누구를 위해 기도를 드렸소?"

"새 황후가 될 사람을 위해 기도를 드렸지요…"

"그게 무슨 말이오? 새 황후라니, 당치도 않소. 삼모 당신을 놔두고 감히 누가 내 황후란 말이오! 내 절대 그런 일은 없도록 할 것이오."

"폐하, 저도 다 알고 있습니다. 각지에서 새 황후를 맞아야 한다는 상소가 끝도 없이 올라온다지요…"

"그 무엄한 자들이 뭣도 모르고 하는 짓거리요. 이미 남당회의에서 후비를 들이는 것으로 결론이 났는데, 어리석은 자들이 그것도 모르고 헛짓을 하는 거니, 황후는 신경 쓰지 마시오."

"병부령도 각간들을 모아 폐하께 주청을 드렸다 들었습니다."

"병부령 그자는 상대등의 졸개짓거리를 하는 것뿐이니 신경 쓸 것

없소."

"상소도, 주청도, 상대등의 여식을 지목하고 있다 들었습니다. 제가 알아보니, 상대등의 여식이 외모도 아름답지만, 마음씨도 아주 곱다더군요. 그 사람을 새 황후로 들이시면, 태후나 상대등과 반목할 일이 없어질 겁니다. 그러면 폐하께서 마음 놓고 정사를 펼칠 수 있을 테지요."

"그런 소리 하지 마시오, 황후… 이제껏 그들의 꼭두각시가 되지 않도록 온몸으로 나를 도와준 그대가 아니오? 그대가 없었으면, 진즉에 나는 허울뿐인 빈껍데기가 되어 버렸을 것이오. 내 죽으면 죽었지 절대로 상대등의 여식을 후비로 들이진 않을 것이오. 그러니, 황후도 그런 생각일랑 하지를 마시오."

"그러면, 누구 따로 생각하는 사람이 있으십니까? 저는 폐하께서 원하시는 사람이면 순순히 자리를 내어놓을 준비가 되어 있습니다."

"어허! 황후도 참. 자꾸 그런 소리 하지 말래도. 그냥 단지 후비를 들이는 것뿐이오. 이번 일은 모두 황후에게 맡겼으니, 황후가 알아서 마음에 드는 사람을 뽑으면 그만인 것이오."

그러자 황후가 자리에서 일어나, 옆에 있는 창문을 열었다. 아침햇살이 눈부시게 침실 안으로 쏟아져 내렸다. 황후는 이마에 손을 올리고 눈부신 태양을 올려다보더니 말했다.

"사실, 오늘 부처님께서 제게 그 답을 주셨습니다. 마음을 비우고 새 황후가 될 사람을 위해 기도를 드리니, 저 해만큼이나 환하게 빛나는 한 여인의 얼굴이 제 머릿속을 가득 채우게 해주셨지요."

황제는, 쏟아져 내리는 햇살 속에서 눈부시게 빛나는 황후의 옆모습을 바라보았다. 몸을 감싼 환한 빛무리 속에서 아련히 보이는 황후의 모습은, 마치 이 세상의 것이 아닌 듯, 금방이라도 그 빛무리와 함께 저 멀리 날아가 버릴 것만 같았다.

제법 따뜻한 햇살이 내리는 오후, 만월은 들뜬 마음으로 사천왕사를 나와 망덕사로 향했다. 양손에는 바구니와 보따리를 들고 등에는 비파를 맨 채로, 뭐가 기분이 좋은지 사뿐사뿐 뛰기도 했다. 기파가 쉬고 있는 방으로 만월이 들어오자, 도우가 만월을 반겼다.

"누나~."

"응, 도우야~."

그러자 누워 있던 기파가 몸을 일으켰다.

"허허, 만월. 무슨 짐을 한보따리 들고 오셨소? 비파까지 메고."

"국선께서 심심하실까 봐, 오늘은 제가 국선만의 유화가 되어 보려구요."

"응? 하하하하, 나만의 유화라! 이거 너무 과분한 대접인데?"

"치, 유화라 하니 좋아하는 것 좀 봐? 딴 여자한테 눈 돌리면, 알죠?"

"허, 천하의 만월 낭주께서 질투도 할 줄 아시오?"

"그럼요, 저도 한낱 여인에 불과한걸요."

"하하, 내 세상에서 제일 예쁜 사람을 앞에 두고, 어찌 한눈을 팔 수 있겠소. 그런 걱정일랑 하지를 마시오. 안 그러냐 도우야?"

그러자 도우가 고개를 끄덕이며 말했다.

"그럼요~. 만월 누나가 세상에서 제일 예뻐요."

"정말? 하하하하."

만월이 기분이 좋아 시원하게 웃었다. 그 사이, 도우가 만월에게 다가 앉아 바구니 뚜껑을 열었다.

"앗! 과자다!"

도우가 바구니에 가득 담긴 과자를 보자 들떠 외쳤다.

"응, 내가 두 사람 먹으라고 과자를 만들어 왔지."

만월이 바구니를 앞으로 내미니, 그 안에 여러 모양의 당과자[1]와

---

1) [唐菓子]. 당나라 과자. 곡물을 기름에 튀겨 꿀 등을 바른 음식.

과편1)이 가득 들어 있었다.

"하나 먹어봐도 돼요?"

"그럼~. 어서 먹어보렴."

도우가 당과자를 하나 집어 입에 넣고 오물거렸다.

"우와! 입에서 살살 녹아요~."

"맛있지? 많이 있으니깐 배 터질 때까지 먹으렴."

"크큭…"

그 모습을 보던 기파가 말했다.

"야, 너만 먹기냐? 나도 하나 줘야지!"

"자, 기파랑은 제가 먹여 드릴게요."

만월이 과편을 하나 집어 기파의 입속에 넣어주었다.

"음~~. 이거 쫄깃한 게 정말 맛있소!"

기파가 어린애마냥 좋아하자, 만월이 흐뭇하게 웃었다.

"그런데, 그 보따리는 뭐요?"

기파가 물으니 만월이 보따리를 앞으로 내밀며 말했다.

"이건, 제가 며칠 동안 만든 기파랑의 새 도복과 도포예요. 이제 국선이 되셨으니, 화랑들과는 다른 옷을 입으셔야죠."

"아, 뭘 또 그런 것까지…"

"자, 한번 보시겠어요?"

만월이 보따리를 풀러 옷을 꺼내 펼쳐들었다. 그러자, 흰 비단에 은실과 청실로 화려한 수가 놓아진 도포가 모습을 드러냈다. 기파는 도포를 받아들고 이리저리 살피더니 말했다.

"와… 이걸 정말 당신이 만든 것이오?"

"그럼요~. 수도 다 제가 직접 놓은걸요?"

"이거, 이대로 있으면 안 되겠군. 내 옷을 제대로 고쳐 입을 테니,

---

1) [果餠]. 과일을 삶고 조려, 젤리처럼 쫀득하게 만든 음식.

좀 나가 계시오."

"기파랑, 아직 무리하게 움직이시면 안 돼요."

"걱정하지 마시오. 어느새 상처가 많이 아물었소. 내 그동안 방안에만 틀어박혀 있느라 답답했는데, 잘 되었소. 이참에 같이 바람이나 쐽시다."

"정말 괜찮겠어요?"

"괜찮소. 도우야, 옷 갈아입고 다 같이 요 앞에 소풍 갈 테니, 누나 데리고 나가 있어라. 과자랑 비파도 챙기고."

"예, 사형~."

만월과 도우가 밖에서 기다리고 있는 동안, 기파는 새 도복 위에 도포를 걸치고 나름 단장을 한 뒤, 방문을 열고 나왔다. 기파의 모습에서 사뭇 기품이 흘렀다. 도우가 놀라며 말했다.

"우와, 사형! 진짜 멋있어요!"

"와… 기파랑. 승복 입은 모습만 봐 와서 그런지, 완전 딴 사람 같아요!"

만월도 놀라며 말하자, 기파가 짐짓 으스대며 도우와 만월을 한 바퀴 돌았다.

"자, 출발!"

기파가 앞장서 나가자, 만월과 도우가 손을 잡고 따랐다.

잠시 후. 망덕사에서 그리 멀지 않은 산중의 언덕에 오른 셋은, 커다란 느티나무 밑에 기대앉아 과자를 먹고 있었다. 어느새 푸른 풀이 자라난 언덕 위로 따뜻한 햇볕이 내리쬐고 있었다. 눈을 감고 한껏 숨을 들이쉰 기파가 말했다.

"하~. 정말 상쾌한데? 날이 제법 따뜻해졌어."

"그렇죠? 이제 봄이 오려나 봐요."

"봄이라… 좋지! 그럼 만월 그대가 온 산천을 대표해서 봄을 재촉하는 연주 한번 해 주시오."

"음~, 그럴까요?"

만월이 비파를 들고 튕기기 시작하자, 특유의 신나고 쾌활한 음들이 쉴 새 없이 뻗어 나갔다. 산들바람이 그 소리를 들었는지 시원하게 불어왔고 풀들이 춤을 추었다. 만월의 손가락이 점점 더 빨라졌다. 그러니 꼬맹이 도우가 신이 났는지 갑자기 만월 앞으로 나와 폴짝폴짝 뛰며 말도 안 되는 춤을 추어대기 시작했다. 그 모습을 본 기파가 웃음이 터져 배를 잡고 웃었다.

"아하하하하하하, 크크큭. 잘한다! 잘해! 도우야, 네가 진정 풍류를 아는구나! 하하하하하."

문두루비전(文豆婁祕典)

그 시각, 대공과 대렴은 태후가 말한 조정 출사 문제를 상의하기 위해 정종의 처소로 들었다. 둘이 집무실 방문 가까이 다가섰을 때, 느닷없이 정종의 고함 소리가 방문을 뚫고 나왔다.

"뭐라?! 그게 사실이냐!!"

"예, 주공께서 출타 중이실 때, 태후께서 직접 오셔서 제게 남기고 간 말씀입니다."

그렇게 탁근의 목소리도 들려왔다.

"그놈의 만월, 만월, 만월!! 이젠 듣기만 해도 지긋지긋하구나!!"

그러자, 방문 앞에 있던 대렴이 놀라며 대공을 쳐다보았다. 대공이 집게손가락을 입에 대어 보였다.

"하아… 의충 그놈이, 죽어서도 내 바짓가랑이를 물고 늘어지는구나!…"

"이 일을 어찌하면 좋겠습니까? 만월이 새 황후라도 되는 날에는, 여우를 내쫓으려다 범을 불러들이는 꼴이 된다며, 일처리를 어떻게 하시느냐고 태후께서 노발대발하셨습니다."

"후… 황제와 황후가 몰래 나눈 대화라 하였나?"

"예. 황후전에 심어둔 궁녀가 몰래 엿들은 것이라 들었습니다."

"그렇다면, 우리에게 일말의 시간이 있다. 황후가 조정에 공표하기 전에 미리 손을 써야 한다!"

"그, 그럼?"

"의충 그놈을 쥐도 새도 모르게 없애버린 것처럼, 그 딸년도 제 애비 곁으로 가게 만들어야지!"

문 밖에서 그 말을 들은 대공은 온 몸이 부르르 떨리며 눈동자가 심하게 흔들렸다. 대렴도 정종의 입에서 나온 놀라운 말에 입을 다물지 못했다.

"주공, 그럼 그 일을 누구에게…"

"몰라서 묻는가? 뒤탈 없이 깔끔하게 처리할 수 있는 자가 귀수 말고 또 누가 있어?"

"하지만, 귀수는 그 당시에도 몇 번을 거절하다가 도정아씨 때문에 마지못해 의충을 죽였습니다. 이제 그 딸까지 죽이라 하면, 과연 그 말을 들을지 의문입니다."

"한 번을 했는데, 두 번을 못할까? 이 일은, 모두 다 도정이를 위한 것이야. 도정이를 황후로 만들려다 이 모든 사단이 벌어진 것 아닌가! 제 딸을 황후로 만들겠다는데, 제깟 놈이 무슨 이유로 거절한단 말이냐?"

"하지만… 귀수의 성격이 워낙 괴팍한지라…"

"만약 거절한다면, 다시는 도정이를 볼 수 없을 것이라고 내가 직접 말했다 전하게. 아니, 아니지. 내가 직접 서찰을 써 줄 테니, 그걸 보여주게. 그럼, 절대로 거절하지 못할 것이야."

"알겠습니다. 주공, 그러면 그 일을 언제 결행하라 전할까요?"

"시간이 촉박하니, 오늘 밤 당장 결행해야 할 것이야."

"예, 알겠습니다."

"그런데 귀수 그자는 지금 어디에 있는가?"

"금광사, 사천왕사, 감은사를 전전하다가, 몇 년 전부터는 원원사에 잠입해 있습니다."

"아직도 포기 못하고 그 짓을 하고 있단 말이냐?"

"아마도 죽을 때까지 문두루비전[1]을 찾아 헤맬 것 같습니다."

"그자도 참 지독하구나. 나를 따라 당나라에서 건너온 지가 벌써 이십 년이다…"

"그런데, 귀수가 왜 그리 있지도 않은 문두루비전에 집착하는 것입니까?"

그러자 정종이 수염을 쓰다듬으며 옛일을 떠올렸다.

"그래, 자네도 이젠 알아야겠지. 말해줌세. 이십 년 전에 내가 견당사[2]로 당에 가 있을 때, 당황제 곁에는 나공원이라는 도사가 있었는데, 워낙에 신출귀몰한 능력을 지녔기로 황제조차도 깍듯이 대했지. 그런데 그 도사가, 33년 후에 천지가 뒤집히는 대규모 반란이 일어나 온 나라가 불타 없어질 것이라 황제에게 예언하니까, 황제는 겁을 집어먹고 어떻게 방비할 계책이 없는지를 물었어. 그러니 그 도사가, 미색을 멀리하고 날마다 정성껏 수양하라 하고는 그 자리에서 사라져 자취를 감춰버렸다 들었네. 그런데 겨우 서른 중반이던 혈기 왕성한 당황제가 미색을 멀리 할 수가 있겠나? 황제가 미녀들을 취하면서도 계속 찜찜한 마음에 불안해하니까, 황제 곁에서 미색을 대어주며 수족처럼 붙어 있던 고력사라는 환관 놈이, 신라에 있는 문두루비전을 탈취할 수만 있다면 그까짓 반란은 쉽게 물리칠 수 있다고 황제를 홀렸지. 그래서 황제가 그 당시 가장 뛰어난 자객이었던 귀수와 견당사인 나를 은밀히

---

1) [文豆婁祕典]. 〈창작〉 명랑이 '불설관정복마봉인대신주경'에 나타난 가르침의 참 뜻을 깨우치자, 그 깨우침을 정리하고 그와 함께 상황별로 문두루비법을 효과적으로 행할 수 있는 절차와 주문을 정리해 놓은 책.

2) [遣唐使]. 신라에서 당나라에 정기적으로 보낸 사신.

불러, 나에게 신라에 돌아가면 칙서를 써 벼슬을 내리고, 실권을 잡을 수 있도록 은밀히 도와줄 것이니, 귀수가 문두루비전을 입수하는 일을 도와주라 하더군. 나조차도 처음 들어보는 문두루비전을 입수하는 데 일조하라고 하니 처음엔 어안이 벙벙했지만, 그저 귀수를 도와주기만 하면 된다니 나는 이게 웬 떡이냐 하고 그러겠다고 했지. 귀수 그자는 지독한 외골수라 이십 년 전에 받은 어리석은 당황제의 명을 아직도 그대로 따르고 있는 것이야. 어이구…"

"아… 그랬었군요…"

"이제 이야기는 충분히 했으니, 바로 귀수를 만나러 가게."

"주공, 서찰을 써 주셔야지요."

"아, 그렇지 참."

정종과 탁근의 대화가 끝나고 정종이 귀수에게 전할 서찰을 쓰는 사이, 숨을 죽이며 엿듣고 있던 대공은 대렴과 함께 그곳을 조용히 빠져나와 대렴의 처소로 발걸음을 했다. 대렴은, 심각한 표정으로 걷고 있는 대공에게 한마디도 건네지 못하고 그저 뒤를 따랐다. 대렴의 처소 마당에 들어서자 대공은 사립문을 걸어잠그고, 마루에 걸터앉아 말없이 머리를 쥐어뜯었다. 그 모습을 보던 대렴이 좀 떨어진 곳에 걸터앉아 말했다.

"후… 만월의 말이 사실이었소… 난 지금껏, 터무니없는 누명을 씌우는 것이라 생각하여 그리 대한 것인데…"

"으아아아악!!!!"

'쿵!! 쿵!! 쿵!! 쿵!! 쿵!!'

대공은 괴성을 지르며 주먹으로 옆에 있는 벽을 마구 치더니, 다시 머리를 쥐어뜯었다. 주먹이 다 까져서 피가 흘러내렸다. 대렴은 말없이 형이 흥분을 가라앉힐 때까지 한동안 기다렸다. 얼마의 시간이 흐르자, 대공이 뒤로 손을 짚으며 하늘을 올려다보았다.

"하아……"

대공의 눈에서 눈물이 주르르 흘러내리자, 대렴이 참지 못하고 말했다.

"형님, 진정하시오. 진정하고, 이제 어떻게 할 셈인지 말해보시오."

대공이 팔뚝으로 눈물을 쓱쓱 닦더니 입을 열었다.

"내, 아버지 몰래 귀수 그자를 없애버릴 것이다!"

"예?! 형님! 그러다 큰일 납니다! 아버지와 고모님이 그 사실을 아시기라도 하는 날에는, 아무리 형님이라도 무사치 못할 거란 말이오!"

"너만 입 다물면 된다. 어쩌겠느냐?"

대공이 붉어진 눈으로 자신을 바라보자, 대렴은 형의 뜻을 거부할 수가 없었다.

"하… 이것 참…… 알겠소. 나는 일절 말하지 않으리다. 그런데, 아무리 형님이라도 혼자서 귀수 그자를 상대할 수 있겠소? 그자의 무공이 엄청나다는 것은 익히 들어왔잖소."

"그건 우리가 어렸을 때부터 들어와서 더 과장되게 느끼는 것이야. 긴 세월을 절에서만 지냈고, 지금 그자의 나이가 이미 오십을 넘겼다. 예전의 그가 아니란 소리지. 그리고 더 중요한 것은, 그자는 결국 자객이라는 것이다. 은신하여 있다가 급습하는 데에는 뛰어날지 몰라도, 정면승부는 또 다른 이야기야. 이미 그자가 어디로 올지를 알고 있으니, 이번 싸움은 내게 유리한 싸움이다."

"음… 아무래도 불안하니 나도 따라가겠소."

"넌 팔목이 성치 않으니 그냥 남아 있어라. 이번 일은 모두 나 혼자서 감당해야 한다. 그래야 뒤탈이 생겨도 너는 무사할 것이야. 혹시 내가 잘못되면, 네가 아버지를 잘 모시거라."

"재수 없는 소리 하지 마시오! 난 형님을 믿소. 이번에 귀수를 베고 형님의 마음속 깊은 곳에 있는 응어리를 떨쳐버렸으면 좋겠소. 이런 말해서 미안하지만, 이번에 만월이 살아남는다 해도 어차피 형님과 만월은 이루어질 수 없게 되어 버렸소. 손닿을 수 없는 곳에 올라서게 된단 말이오. 그러니, 이번 기회에 마음의 짐을 털어버리시오."

대공은, 대렴의 진심어린 충고가 고맙게 느껴져 동생의 어깨에 손을 얹었다.

"고맙다."

삼태봉 서쪽의 봉서산 기슭 깊숙이 위치한 원원사.[1] 정종의 서찰을 품에 안고 말을 달린 탁근은 어둑어둑한 저녁이 되어서야 원원사로 이어지는 길고 가파른 돌계단 밑에 도착했다. 말에서 내려 돌계단을 꾸역꾸역 오르던 탁근이 가쁜 숨을 몰아쉬며 고개를 들어보니, 저 위로 보이는 참나무숲 사이로 등불 빛이 새어나오고 스님들의 염불소리가 들려왔다. 한참을 더 올라 마침내 평평하게 다져진 마당에 발을 디디니, 저쪽 우물터에서 물을 길러 공양간으로 나르는 젊은 승려가 보였다. 승려가 다가오자 탁근이 물었다.

"이보시오, 스님. 종헌스님은 어디 계시오?"

"찰중[2]스님은 지금 법당에서 저녁예불 중이십니다. 조금 있으면 공양시간이니 곧 나오실 겁니다."

"아, 고맙소이다."

탁근이 염불소리가 들려오는 법당으로 가 그 앞에서 기다리고 있으

---

1) [遠願寺 혹은 遠源寺]. 현재 경주 모화리의 봉서산 기슭에 있는 사원. 명랑이 신인종(神印宗) 혹은 문두루종(文豆婁宗)을 신라에 들여오고 나서, 명랑의 후계자 안혜, 낭융 등과 김유신, 김의원, 김술종 등 당시 주요한 인물들이 힘을 모아 나라를 지키기 위해 세운 호국사찰이다. 모벌관문과 인접해 있어 유사시에 왕경을 수호하는 역할을 했다.

2) [察衆]. 사찰에서 대중의 잘못을 살펴 시정케 하는 직책. 또는 그 일을 맡은 승려.

니, 얼마 후 예불이 끝나고 수십 명의 승려들이 법당을 빠져나왔다. 그 승려들 중, 오십대 초반의, 한눈에 봐도 군살이라고는 하나도 없는 딴딴한 체구의 승려가 다른 승려들 사이에 섞여 나오다가, 탁근을 발견하고는 그 자리에 딱 멈춰 서서 탁근을 쏘아보았다. 짙고 긴 눈썹이 하늘 위로 치솟은 승려의 눈에서 사람을 압도하는 기운이 쏟아져 나오자, 탁근은 저도 모르게 움찔하여 시선을 회피했다. 그 승려가 맨 뒤에 나오던 눈썹이 허연 나이 든 승려에게 말했다.

"수좌[1]스님, 손님이 와서 공양은 나중에 해야겠습니다."

"그러시게, 종헌."

승려들이 공양간으로 향하자, 종헌이 탁근에게 다가와 말했다.

"따라오시오."

그렇게 탁근은 종헌을 따라, 사찰 끄트머리의 조용하고 아담한 승방 한 곳에 들어갔다.

"도정이에게 무슨 일이라도 생긴 것이오?"

방 한편에 가부좌를 튼 종헌이 다짜고짜 물어오자, 탁근이 말했다.

"그렇다고도 할 수 있소. 자, 이것을 보시오. 상대등께서 친히 쓰신 서찰이오."

탁근이 품에서 서찰을 꺼내 종헌에게 건네자, 종헌이 펼쳐들고 찬찬히 읽어나갔다. 서찰의 글귀를 읽어 나갈수록 종헌의 눈이 매섭게 변했다. 그러더니 서찰을 구겨버리며 노기어린 목소리로 말했다.

"상대등이! 어찌 내게 이럴 수가 있는가! 상대등은 나를 자신의 가신쯤으로 착각하고 있는 것 아닌가!"

종헌이 예상대로 나오자 탁근은 준비했던 말을 꺼내기 시작했다.

"내 상대등께, 이십 년 전에 당에서 있었던 일을 소상히 전해 들었소

---

1) [首座]. 방장(方丈)이나 조실(祖室) 다음으로 덕이 높은 스님. 수행 기간이 길고 덕이 높아, 모임에서 맨 윗자리에 앉는 승려.

이제껏 상대등께서 그대를 성심껏 도우지 않았소? 우리말을 철저히 가르친 것도 상대등이고, 혼례를 치르게 해준 것도 상대등이오. 그리고 그대가 문두루비전을 찾느라 온 사찰을 뒤지는 사이, 세상에 나자마자 어미를 잃은 그대의 딸까지 손수 거두어, 수양딸로 삼아 친딸처럼 기른 것도 상대등이고, 그대가 금광사에 출가할 수 있도록 도와준 것도 상대등이오. 그리고 이제는 그대의 딸을 황후의 자리에 앉히려고 하는 것도 상대등이오. 그런데 어찌, 이리도 큰 은덕에 조금이라도 보답할 마음이 없는 것이오?"

"다 알고 있다니, 말하겠소. 내가 여기에 온 목적은, 앞으로 당나라에 있을 거대한 재앙을 막기 위함이오. 상대등은 오로지 내가 그 일을 이룰 수 있도록 도와줘야 할 뿐, 사사로운 일에 나를 끌어들이는 것 자체가 그 일을 방해하는 것이란 말이오. 내 이미, 상대등의 간청과 협박에 못 이겨 부처님 앞에 씻을 수 없는 큰 죄를 범하였소. 그날 이후로 단 하루도 마음이 편할 날이 없었는데, 이제 그 딸까지⋯⋯ 아무튼 나는 절대로 그리 못하니, 그리 전하시오!"

그러자 탁근이 정색을 하며 말했다.

"그대는 하나만 알고 둘은 모르는군!"

"그게 무슨 소리요?"

"당황제가 상대등에게 한 약조를 잊으셨소이까? 당황제는 상대등이 실권을 유지할 수 있도록 긴밀히 도와준다고 약조하지 않았소? 헌데, 이제껏 한 일이 무엇이오? 칙서를 한 번 내려 허울뿐인 벼슬을 내린 것 외에, 이십 년 동안 한 일이 무엇이냔 말이오? 그런데도 상대등은 그 긴 세월 동안 당황제의 명을 한시도 잊지 않고 그대를 도와왔소. 왜인지 아시오? 그건, 그대가 당황제를 대신해 자신을 돕고 있다 생각했기 때문이오! 그런데, 어찌 그대는 도움을 받을 생각만 하고, 단 하나라도 보답할 생각은 안 하는 것이오? 귀수 그대가 상대등을 돕는 것 또한 당황제의 명을 따르는 일이라는 것을 왜 모른단 말이오!"

그러자 귀수가 입술을 깨물며 인상을 찌푸렸다. 약발이 먹히자 탁근이 연이어 몰아쳤다.

"이번에 도정아씨 대신 만월이 그 자리를 꿰차게 된다면, 상대등과 태후폐하의 지위가 크게 흔들리게 되오. 만월이 태자라도 생산하는 날에는 상대등의 권세가 하루아침에 물거품이 될 것이란 말이오. 그러면 그대를 어떻게 도와줄 것이며, 도정아씨는 어찌해야 한다는 말이오? 지금 우리는 더 이상 물러날 곳이 없는 천 길 낭떠러지 위에 서 있소. 그대가 나서주지 않는다면, 도정아씨는 물론이고 우리 모두 나락으로 떨어진단 말이오!"

그러자, 귀수가 손을 부르르 떨며 구겨진 서찰을 다시 펴 들었다. 다시 한 번 서찰을 훑어보더니, 촛불에 가져다대었다. 종이가 순식간에 시꺼먼 재로 변하자 귀수가 입을 열었다.

"언제 하면 되는 것이오?"

"오늘 밤이오."

탁근이 돌아가자, 귀수는 삽을 들고 산에 올라 큰 바위 근처의 나무들 사이에 서서 손가락으로 나무를 세기 시작했다. 그러더니 나무 한 그루 밑을 파기 시작했다. 얼마간 흙을 퍼내니, 나무상자가 모습을 드러냈다. 상자를 꺼내 뚜껑을 여니, 개어진 흑의(黑衣) 위에 짧고 까만 검집에 들어간 코등이가 없는 단순한 검과, 새끼손까락만큼 가느다란 까맣고 긴 대나무통이 놓여 있었다. 귀수가 검집을 들어 검을 뽑아내자, 희한하게도 검신 전체가 얼룩덜룩 시꺼멓고 짤따란 검이 양쪽의 날 끝으로 불그스름한 빛을 내뿜으며 요상한 울음을 울었다.

'위우웅!······'

검날을 살피던 귀수가 다시 검집에 검을 넣고, 이번에는 대나무통의 마개를 뽑아 안에 든 것을 흑의 위에 쏟으니, 돌돌 말린 가죽이 튀어나왔다. 가죽을 펼치니, 그 속에서 머리칼처럼 가느다란 은빛 침이 모습을 드러내었다. 오른손으로 조심스레 침을 집어 올리고 왼손 중지로 튕기니, 침이 귀를 간질이는 소리를 내며 이리저리 요동쳤다. 귀수가 그 모습을 보며 고개를 끄덕였다.

깊은 밤, 귀수는 낭산 중턱에 몸을 숨기고 사천왕사를 내려다보고 있었다. 흑의를 입고 얼굴도 검은 복면을 쓰고 있어, 어둠 속에서 두 눈만이 희미한 달빛을 받아 반짝이고 있었다. 사천왕사의 불빛이 꺼진 지 한참이 지났지만, 귀수는 그대로 꼼짝을 않고 기다렸다. 잠시 후, 승려 하나가 등불을 켜고 사찰 내를 한 바퀴 순찰하더니, 다시 등불을 끄고 방으로 들어갔다. 그러자 귀수는 재빨리 산을 내려가기 시작했다. 울퉁불퉁한 산길을 마치 평지 달리듯 거침없이 내리달려 그 속도 그대로 사람 키 두 배가 훌쩍 넘는 사천왕사의 담벼락에 몸을 날렸다. 공중에서 왼발과 오른발 한 번씩 연속으로 벽을 내리밟더니 온몸을 쭉 펴 담장 위에 손을 얹었다. 그렇게 매달리는 데 성공하자, 발을 벽에 짚으며 엉덩이 높이까지 올려 웅크리더니 팔을 당기며 벽을 차 단번에 담장 위에 올라섰다. 고양이처럼 앉아 담장 안쪽의 동태를 살피니, 산사 안은 쥐죽은 듯 조용했다. 그때, 뒤쪽에서 무슨 소리가 들려 급히 고개를 돌리니, 자신과 똑같이 흑의를 입고 복면을 쓴 자객이 자루가 긴 칼을 들고 엄청난 속도로 달려오고 있었다. 대공이 바위틈에 몸을 숨기고 귀수가 나타나기를 기다리고 있었던 것이다. 순식간에 담벼락으로 몸을 날린 대공이 벽을 차고 뛰어올라 공중에서 귀수에게 다막검을 휘둘렀다.

'쉬웅!!'

귀수는 급히 담장 밖으로 몸을 날려 다막검을 피하고 공중에서 한 바퀴 돌아 땅에 착지했다. 그런데 착지를 하자마자 뒤쪽에서 바람을 가르며 다막검이 날아드는 것이 아닌가?

'투악!!! 트르르랑!!'

귀수가 황급히 옆으로 몸을 굴려 피하자 다막검이 땅에 내리꽂혀 흙을 후벼 파고선 다시 땅을 가르며 베어 왔다. 귀수는 재빨리 앞으로 굴러 가까스로 다막검을 피하고 그대로 달려 나가 거리를 벌렸다. 그리고 뒤를 돌아 상대를 보니, 대공이 칼을 우하단으로 잡고서 마치 공중에 떠다니듯 다가오고 있었다. 그 모습을 본 귀수가 등 뒤에서 칼을 반쯤 빼내더니, 무슨 일인지 도로 집어넣고 몸을 돌려 냅다 도망치기 시작했다.

'여기서 칼이 맞부딪히는 소리를 낼 수는 없다. 산 위로 유인해 해치우자!'

귀수가 도망치자 대공도 뒤쫓기 시작했다. 길을 따라 한참을 산을 달려 오르던 귀수는 어느 순간부터 뒤쫓아 오는 소리가 들리지 않자, 달리며 뒤를 돌아보았다. 그런데 놀랍게도 대공이 얼마 뒤에서 자신과 발을 맞추며 뒤쫓아 오고 있는 게 아닌가? 기겁을 한 귀수가 길가에 난 소나무 뒤로 가 나무를 방패삼아 대공과 대치했다. 귀수가 나무에 손을 짚고 가쁜 숨을 몰아쉬자, 대공이 몇 차례 숨을 고르더니 기합과 함께 다막검을 크게 대각으로 휘둘렀다.

"챠아앗!!!"

귀수가 화들짝 놀라 뒤로 물러나니, 다막검이 반 아름이나 되는 소나무를 그대로 베어버리고 지나가는 것이 아닌가?

'빠직, 빠지직, 촤르르르… 쿠우우웅!!!!'

소나무가 천천히 잘린 면을 타고 미끄러지더니 긴 몸통을 기울이며 쓰러졌다. 그 모습을 본 귀수가 입을 다물지 못하고 대공을 바라보았다.

'뭐 이런, 괴물 같은⋯⋯'

그러자 대공이 입을 열었다.

"귀수 네놈이 하늘 무서운 줄을 모르고 의충공을 죽인 것도 모자라 만월까지 죽이려 드느냐!"

그 말에 흠칫한 귀수가 한 발 물러서더니, 대공에게 물었다.

"네놈이 어찌 나를 알고 있는 것이야? 정체가 무엇이냐!"

"그건 좀 있다가 염라대왕한테나 물어보거라! 츠아앗!!!"

대공이 느닷없이 몸을 날리며 또다시 다막검을 대각으로 베어오자, 귀수가 재빨리 등에서 검을 뽑아 날아드는 다막검을 휘둘러 쳤다.

'추캉!!! 우우우우웅~ 웅~ 웅~ 웅~.'

두 검이 맞부딪혀 서로 튕겨나가자, 동시에 부르르 떨며 공진하기 시작했다. 대공은 다막검의 검신을 손으로 잡아 떨림을 진정시켰다.

'아니!? 저 검은 도대체 무엇인데 천하의 다막검이 이리 요동을 치는 것인가!'

귀수도 떨리는 검신을 손으로 잡으며 대공이 들고 있는 검을 유심히 살폈다.

'저런 요상한 무늬의 신월도는 처음 본다… 불타는 유성(流星)으로 만든 화운검(火隕劍)이 이토록 버거워하다니, 보통 강한 검이 아니다… 게다가 길이까지 훨씬 기니, 정면승부는 불리해… 그렇다면!'

귀수는 뭔가 떠올랐는지, 화운검을 거꾸로 잡아 앞으로 찍을 듯이 얼굴 옆에 쳐들었다.

"받아랏!!"

귀수가 화운검을 대공에게 집어던지자 대공이 황급히 몸을 뒤로 날리며 다막검을 휘둘렀다. 그런데 이상하게도 아무런 일도 일어나지 않았다. 다시 귀수를 보니 화운검이 귀수의 손에 그대로 쥐어져 있는 것이 아닌가? 던지는 시늉만 한 것이었다.

"흐히히히히히."

얼떨결에 뒤로 물러나게 된 대공은, 귀수가 기분 나쁜 웃음소리를 내자, 황당하여 잠시 그 자리에 멈춰 있었다. 그때, 귀수가 갑자기 뛰어오며 다시 외쳤다.

"받아랏!!"

귀수가 달려들며 화운검을 던지자, 대공이 다시 황급히 뒤로 몸을 날리며 다막검을 휘둘렀다. 땅에 착지했을 때에는, 귀수가 화운검을 이리저리 흔들며 부리나케 뛰어 내려가고 있었다.

"저놈이?!"

대공은 황당해 할 겨를도 없이 바로 귀수를 뒤쫓기 시작했다. 한참을 그렇게 뒤쫓았으나, 산을 오를 때와는 달리 귀수의 내리달리는 속도가 워낙 빨라, 어느새 거리가 저만치 벌어져 있었다. 그러다가 귀수가 사천왕사가 내려다보이는 곳에서 갑자기 샛길로 방향을 틀어 달리기 시작했다. 대공이 샛길로 들어서 계속 쫓다보니, 샛길 막다른 곳에서 커다란 창고가 모습을 드러냈다. 허름한 창고 주위를 조심스레 살피니, 창고 옆쪽에 이리저리 썩어 들어간 낡은 문짝이 살짝 열려 있었다. 그때 갑자기 창고 안에서 요상한 웃음소리가 들려왔다.

"이히히히히히."

대공은 들어갈지 말지 잠시 고민에 빠졌으나, 이내 마음을 다잡고 다막검을 뻗어 천천히 문을 열어젖혔다. 희미한 달빛에 의지해 밖에서 안쪽을 유심히 살피니, 오래 되어 못 쓰게 된 사찰 물품들이 벽면 주위로 이리저리 놓여 있었다. 다시 각도를 이리저리 틀며 안쪽을 살피니, 거대한 사천왕상이 뒤쪽 벽면에 서 있는 것이 어렴풋하게 보였다. 그때, 시꺼면 그림자가 쓱 하고 지나가 그 사천왕상 뒤에 숨어드는 것이 눈에 들어왔다.

'흥, 넌 이제 끝이다!'

대공은 창고 안으로 들어가 한발 한발 조심스레 걸어갔다. 대공이 창고 중앙을 지나자, 귀수가 문 밑에 걸어놓은 검은 실을 잡아당겼다. 그러자 열려 있던 문이 텅 하고 닫혔다. 희미한 달빛마저 사라지니, 창고 안은 그야말로 칠흑 같은 어두움뿐이었다. 대공은 그 자리에 멈춰 서서 다막검을 고쳐 잡고 온 신경을 귀에 집중시켰다.

'또르륵.'

갑자기 옆쪽에서 소리가 들리자마자 다막검이 그곳을 휘젓고 지나갔다.

'쿠당탕!!!'

옆에 있던 탁자가 박살이 나 날아갔다. 대공이 다시 귀를 바짝 세우니, 어디선가 모래를 비비는 듯한 희미한 소리가 들려왔다.

'츠륵, 츠르르륵.'

그 소리는 귀수가 허리 옆에 차고 있던 주머니들 중 하나를 뜯어내어 손으로 이리저리 누르는 소리였다. 귀수는 순간 손을 휘저어 주머니에 든 것을 대공이 서 있는 바닥 쪽으로 쏟아 부었다.

'촤르르르르르…'

고운 모래가 특유의 소리를 내며 나무 바닥 위로 흩뿌려졌다. 당황한 대공이 이리저리 다막검을 휘두르자, 여기저기서 다막검에 맞은 물건들이 요란한 소리를 내며 나뒹굴었다.

'후… 침착하자. 내가 상대를 못 보듯 상대도 나를 못 보고 있는 것이다.'

마음을 진정시킨 대공이 한발 앞으로 내딛자, 예상치 못한 일이 일어났다.

'뿌드드득!'

발밑에 깔린 모래가 나무바닥과 마찰을 일으키며 소리를 내는 것이 아닌가?

'이런 젠장!'

'쉬악!!'

그때 갑자기 바람 가르는 소리와 함께 귀수의 화운검이 대공의 목을 향해 날아들었다. 대공이 본능적으로 몸을 뒤로 젖히자 칼날이 턱을 스쳐 베며 지나갔다. 대공은 곧바로 칼이 날아든 곳을 향해 다막검을 휘둘렀다.

'츠앙!!!'

두 검이 맞부딪히며 불꽃과 함께 순간적으로 귀수의 모습이 드러나자 대공은 엄청난 속도로 공격을 퍼부었다.

'츠앙!!! 츠앙!!! 챵!! 츠앙!!!! 우우우우웅~~.'

순식간에 네 번 검이 맞부딪히자 귀수가 급히 벽면으로 물러나 화운검의 공진을 죽였다.

'쉬웅!!'

대공이 귀수가 물러난 곳을 향해 다막검을 휘둘렀으나, 허공을 가를 뿐이었다. 그 사이, 귀수는 검을 입에 물고 맨발 맨손으로 엎드려 도마뱀이 걷듯 살금살금 움직여 다시 사천왕상 뒤에 숨어들었다. 한숨 돌린 귀수는 다시 허리춤에서 작은 주머니 하나를 꺼내 들었다.

'후… 뭐 저런 놈이 다 있단 말인가? 여간내기가 아니다…'

귀수는 다시 귀를 기울이며 대공의 위치를 파악하려 했다. 그런데.

'투캉!!! 투캉!!! 투앙!!! 톼앙!!! 타깡!!!'

갑자기 대공이 다막검을 마구 휘둘러 창고의 한쪽 벽면을 허물기 시작했다. 벽면이 이리저리 떨어져 나가자 희미한 달빛이 여기저기서 새어 들어오기 시작했다. 그때 귀수가 순식간에 대공에게 달려들어 공격을 퍼부었다.

'츠앙!!! 챵!!! 츠앙!!! 츠앙!!! 챙!!! 촤앙!!!'

대공이 새어 들어오는 달빛에 의지해 공격을 다 막아내자 귀수가 급히 뒤로 몸을 날리더니 왼손에 들고 있던 주머니를 대공을 향해 휘둘렀다. 그러자 맵고 따가운 후춧가루가 대공의 눈에 들어가고 복면을 뚫고 코로도 들어갔다.

"크헉!! 켁! 켁! 으에췩!! 으에췩!! 으아악!!!"

대공은 순간 정신을 못 차리고 연신 기침을 해대며 다막검을 아무렇게나 마구 휘두르며 전진하기 시작했다. 그러다 거대한 사천왕상의 한쪽 다리를 베어버리니, 산천왕상이 천천히 앞으로 쓰러지기 시작했다. 뒤쪽에 있던 귀수는, 미친 듯 칼춤을 추는 대공의 등에 화운검을 꽂아넣을 기회를 노리고 있었는데, 어이없게도 사천왕상이 자신을 향해 덮쳐오자 놀라서 반대쪽 벽면으로 몸을 날렸다.

'우두두두두, 콰앙!!!!!!!!!!!!'

사천왕상이 창고 바닥에 쓰러지자, 그 충격으로 창고의 나무바닥과 그 아래의 구조목들이 박살이 나며 귀수와 대공은 사천왕상과 함께 알 수 없는 구렁텅이 밑으로 추락했다.

얼마의 시간이 흘렀을까? 귀수가 정신을 차리니, 등 뒤로 축축한 땅바닥이 느껴졌다. 누운 채로 손을 휘저으니 바로 옆에 딱딱한 사천왕상이 손에 부딪혔다. 귀수는 몸을 일으켜 허리에서 다시 작은 주머니 하나를 떼어내 그 속에 든 것을 손에 부었다. 그러자 부싯돌들과 부싯깃, 짧고 굵은 초가 쏟아져 나왔다. 귀수는 바닥에 주머니를 펴 깔고 그 위에 부싯깃 고사리를 얹고선 부싯돌을 부딪쳤다. 그러자 순식간에 부싯깃 고사리가 불에 타들어가기 시작했다. 얼른 초를 갖다대어 심지에 불을 옮겨 붙이고는, 초를 들고 일어나 주위를 살폈다. 앞쪽으로는 길게 이어진 동굴이 보였고, 위를 보니 무너져내려 바닥이 뻥 뚫린 창고가 보였다. 귀수는 바닥에 떨어진 화운검을 집어 등 뒤에 꽂아넣고 촛불에 의지해 동굴을 따라 천천히 걷기 시작했다. 그렇게 걷다보니, 동굴이 오른쪽으로 꺾여 있었다. 귀수가 꺾인 쪽에 들어서니, 놀랍게도 동굴 끝에 큰 석단이 놓여 있었고, 그 위에 황금으로 만든 커다란 제석천왕의 좌상이 귀수의 촛불 빛을 받아 밝게 빛나고 있었다. 귀수가 다가가 보니, 제석천왕의 오른손에는 금강저가 들려 있었고 무릎 위 왼손에는 옥함이 들려 있었다. 귀수가 조심스레 옥함을 열어보니, 쪽빛 보자기에 덮인 책이 한권 들어있었는데, 보자기를 들추어보니 책표지에 '문두루도량요체비전(文豆婁道場要諦祕典)'이라는 글귀가 쓰여 있었다. 귀수는 너무 놀란 나머지 다리에 힘이 풀려 그 자리에 털썩 주저앉고 말았다.

"이… 이것이… 꿈인가 생시인가?"

귀수는 자기의 뺨을 연신 세차게 때리더니, 이번에는 자신의 눈이 의심스러운지 눈을 벅벅 비비고는 다시 일어났다. 심장이 쿵쾅 쿵쾅 요동치는 가운데, 천천히 옥함 안을 다시 보았다. 그러니, 아까 봤던 책이 그대로 옥함에 들어 있었다.

"하아…… 부처님께서 불쌍한 나를 버리시지 않으셨구나!"

귀수는 촛불을 석단 위에 올려놓고, 제석천왕에게 큰 절을 세 번 올렸다. 그리고 두 손을 모으고 말했다.

"제석천이시여, 소승이 이 책의 힘을 빌려 당나라의 수많은 백성들을 구하고자 합니다. 부디, 제가 책을 가져가는 것을 용서해 주시옵소서."

그러고는 옥함에서 조심스럽게 책을 꺼내어 펼쳐보았다. 책은 총 네 편으로 나뉘어 있었는데, 첫째는 '불설관정복마봉인대신주경(佛說灌頂伏魔封印大神呪經)'[1]의 내용 속에 숨겨진 뜻과 이에 대한 깨달음을 정리하고 있었고, 둘째는 문두루도량을 정확하게 베풀기 위한 준비과정

---

[1] 중국 동진시대 때, 천축에서 건너온 승려인 삼장 금시리밀다라(三藏帛尸梨密多羅)가 번역한 불경 '불설관정경' 중 제7권. 석가모니 부처님이 사위국의 기타수(祇陀樹. '기타'라는 사위국 태자가 소유한 숲)에 있는 정로(精盧. 사찰)에 머물 때, 제석천에게 온갖 재액을 없앨 수 있는 방법으로 문두루비법 등을 설파한 내용을 담은 책이다.

을, 셋째는 도량에 쓰이는 물, 불, 바람을 다스리는 주문을 각 상황별로 설정하여 범어와 한자로 빼곡히 나열하고 있었다. 그런데 이상하게 넷째 부분은 '제 사 편 신인현시밀법(神印顯施密法)'이라 적힌 첫 장만 남아 있고 나머지는 뜯겨나가고 없었다. 그때, 동굴 저편에서 신음소리가 들려왔다.

"으으으…. 으아으…"

귀수는 옥함을 닫고, 원래 있던 보자기로 문두루비전을 감싸 품에 넣은 후, 한 손엔 촛불을 들고 다른 한 손으론 화운검을 뽑아든 채 소리가 나는 쪽으로 걸어갔다. 다시 누워 있는 거대한 사천왕상 근처에 다다라 주위를 살폈지만, 아무것도 보이지 않았다. 그때 다시 신음소리가 들려왔다.

"아으으…"

귀수가 사천왕상 위로 올라가 주위를 살피니, 건너편에 동굴 벽과 사천왕상 사이에 온몸이 끼어서 꼼짝을 못하고 있는 대공이 보였다. 귀수는 칼을 도로 꽂아 넣고 사천왕상 위에 쪼그리고 앉아 대공의 복면을 벗겨내었다.

"아니?! 너는?!"

"으으으… 날 좀 꺼내주시오."

"너는 상대등의 장자가 아니냐? 네가 왜 여기에 있는 것이야?"

"당신을 막으려고 온 것이오. 어찌해서 아무런 죄도 없는 가여운 여인을 죽이려는 것이오."

"흠… 그것은, 네 아버지가 도정이를 인질삼아 나를 협박하기에 어쩔 수 없이……"

"변명하지 마시오 이미 그 아비를 죽이고 또 그 딸을 죽이려 하다니, 당신은 천벌이 두렵지 않소?"

"……"

귀수는 한동안 말없이 대공을 바라보더니, 초를 사천왕상 위에 올려 놓고 복면을 벗었다.

"네 말이 맞다. 내가 당에 있을 때에는 아무런 거리낌 없이 사람을 베었으나, 신라에 와서 부처님께서 주시는 밥을 먹고 지냈더니 지난날의 일들이 너무나 후회스러워, 나는 진심으로 용서를 비는 참회를 거듭하였다. 그러니 세월이 갈수록 마음이 편안해 졌는데… 몇 해 전에 그 일이 있고 나서는, 지금까지도 악몽에 시달려 밤에 잠을 제대로 이룰 수가 없었다… 하아… 오늘 또, 씻지 못할 무서운 죄를 지을 뻔하였으나, 다행히 네가 나타나 주어서 그 죄를 범하지 않아도 되게 되었구나…"

"으으… 그게, 무슨 말이오?"

"방금 이 동굴 끝에서 이십 년 동안 그토록 찾아 헤매던 문두루비전을 발견했다. 부처님이 너를 보내주셔서 찾을 수 있었던 게야. 이제 나는 더 이상 만월을 해칠 이유가 없어졌다. 그러니, 네가 나를 조금만 도와주겠다 약조하면 이곳에서 꺼내주겠다."

"무엇을 도와달란 말이오?"

"만월이 실포에서 큰 여각을 운영하고 있다 들었다. 나는 만월에게 상대등이 목숨을 노리고 있으니 그곳으로 몸을 피하라는 말을 해주고 나서, 만월의 도움을 받아 도정이와 함께 당나라로 갈 것이다. 하지만, 일단 도정이를 저택에서 빼내 와야 한다. 너는 나와 함께 저택으로 간 후, 내가 밖에서 기다리고 있을 테니 도정이를 데리고 나오기만 하면 된다. 할 수 있겠느냐?"

"정말 만월을 해치지 않을 것이오?"

"그렇다. 내 부처님 앞에 맹세하겠다."

"알겠소. 나도 약조를 지킬 것이니 어서 이곳에서 빼내주시오."

"알았다."

귀수는 밑으로 내려가 사천왕상의 다리를 잡고 온 힘을 다해 당겼다. 그러자 사천왕상이 조금씩 움직이기 시작했다. 다시 반대편으로 가 머리 부분을 잡고 온 힘을 다해 당기니 대공의 몸을 조르던 부위가 조금씩 느슨해졌다. 다시 똑같이 몇 차례 반복하자, 대공이 털썩 하고 바닥에 떨어졌다. 귀수가 사천왕상 위에 다시 올라가 손을 뻗으니, 대공이 그 손을 잡았다. 귀수가 말했다.

"그 밑에 있는 검을 잡거라. 버리긴 아까운 검이니."

"알겠소."

대공이 다른 손으로 바닥에 떨어진 다막검을 쥐자, 귀수가 대공을 힘껏 당겨 올렸다. 그렇게 대공이 사천왕상 위로 올라서니 귀수가 말했다.

"가벼운 내가 먼저 올라갈 테니, 네 무등을 타야겠다."

대공은 군말 않고 귀수를 어깨 위에 얹히고 일어나 벽에 손을 짚고 기대었다. 귀수가 대공의 양 어깨를 밟고 일어서더니 말했다.

"너의 힘과 나의 힘이 합해져야 높이 올라갈 수 있다. 둘에 무릎을 굽히고 셋에 뛴다."

"알겠소. 어서 세기나 하시오."

"하나, 둘, 셋!"

대공이 있는 힘껏 몸을 밀어 올리자, 그 힘을 받은 귀수가 대공의 어깨를 차며 뛰어 올랐다. 팔을 쭉 뻗어 가까스로 부러진 나무 바닥의 끝을 잡는데 성공하자, 팔을 당겨 한쪽 팔뚝을 걸치더니, 다리를 걸쳐 바닥 위로 올라섰다.

"조금만 기다려라."

잠시 후, 창고 안을 뒤지던 귀수가 연등회 때 등을 매다는 밧줄을 찾아내어 아래로 떨구었다.

"일단 검부터 던져 올려라."

대공이 자루를 위로 하여 다막검을 던져 올렸다. 귀수가 다막검을 낚아채어 옆쪽에 던지고는 밧줄을 허리에 감고 말했다.

"자, 당길 테니 동굴 벽면을 밟으면서 올라와라. 준비 됐느냐?"

"준비 됐소. 당기시오!"

대공이 밧줄에 매달리니, 귀수가 몸을 뒤로 누이며 밧줄을 끌어당겼다. 얼마간 끌려오자 귀수는 몸을 반 바퀴 돌려 끌려온 만큼의 밧줄을 허리에 감은 후 이번엔 앞쪽으로 몸을 누이며 끌어 당겼다. 그렇게 몇 번 반복하니 어느새 대공의 손이 바닥 위에 걸쳐졌다. 귀수가 얼른 대공의 팔뚝을 잡고 끌어올리자 대공도 바닥 위로 올라왔다. 귀수는 바닥에 앉아 이마의 땀을 닦으며 말했다.

"휴우… 나도 늙었나 보군. 힘이 예전 같지 않아…"

한편, 낭산 밑에서 귀수의 보고를 기다리던 탁근은 약속한 시간이 한참이 지나도 귀수가 나타나지 않자, 더 이상 기다리지 못하고 산 위로 올라가 사천왕사가 내려다보이는 곳에 몸을 숨겼다. 그렇게 의아한 마음으로 숨어 있으니, 저쪽에서 두 사람이 달려오는 것이 아닌가? 자세히 보니 한 명은 귀수였고, 뒤따르는 이는 놀랍게도 대공이었다.

'아니?! 소주가 왜 귀수와 함께 있는 것이야?'

그 두 사람은 차례로 몸을 날려 담벼락을 타고 올라 사천왕사에 잠입하더니, 조심스럽게 한 건물 앞으로 다가가 아래에 놓인 신발들을 살피고는, 방안으로 들어갔다.

'설마…'

탁근은 반신반의하며 일이 어떻게 되는지 계속하여 지켜보았다.

귀수와 대공은 만월이 잠든 방 안으로 들어와 방문을 닫고, 한편에 있는 호롱불에 불을 붙였다. 만월과 설아가 곤히 잠들어 있었다. 귀수가 손으로 만월의 입을 막자, 잠에서 깬 만월이 놀라서 눈을 동그랗게 떴다. 그런 만월에게 귀수가 말했다.

"쉿! 해치러 온 것이 아니니 조용히 해 주시오. 말해 줄 중요한 이야기가 있소. 조용히 하실 수 있겠소?"

만월이 고개를 끄덕였다. 귀수가 손을 떼자, 만월이 몸을 일으켰다. 그런데, 놀랍게도 대공이 그 자리에 있는 것이 아닌가?

"대, 대공… 무슨 일이에요?"

그때, 설아가 눈을 비비며 몸을 일으켰다.

"아응…‥ 읍!"

대공이 급히 설아를 껴안고 입을 막으니, 설아가 놀라서 대공을 쳐다보았다. 그러자 만월이 설아를 진정시켰다.

"설아야, 해치러 온 것이 아니라 긴히 할 이야기가 있다는구나. 진정하고 들을 수 있겠니?"

상황을 살핀 설아가 고개를 끄덕이니 대공이 설아를 놓아주었다. 설아가 귀수를 알아보고 말했다.

"종헌스님 아니세요? 스님께서 갑자기 무슨 일이세요?"

"어찌 나를 아시오?"

"저, 설아예요. 기파 오라버니 동생이요."

"아, 설아구나! 네가 그새 이리 컸느냐?"

"예. 그런데 도대체 무슨 일이에요?"

"지금 상대등이 만월의 목숨을 노리고 있다."

그러자, 만월이 놀라 물었다.

"나를요?! 왜요?"

귀수가 대공을 바라보니 대공이 입을 열었다.

"얼마 전 조정에서, 후사를 생산치 못하는 황후를 내쫓고 새 황후를 맞아야 한다는 남당회의가 있었소. 도정이를 새 황후로 만들기 위해 아버님께서 각간들을 선동한 것이었소. 헌데 일이 꼬여 후비를 들이기로 결정이 나고, 황후께서 그 일을 주관하게 되었소. 그런데, 황후께서 자신은 물러나고 만월 그대를 새 황후로 들이기로 마음먹은 것 같소."

그러자 만월과 설아가 놀라서 서로를 바라보았다.

"어찌, 그런…"

만월이 떨리는 목소리로 말하자, 대공이 이어 말했다.

"아버님이 그 사실을 아시고 여기 이 사람을 보내어 당신을 없애려 하셨소. 그런데, 여차 여차 하여 이 사람의 마음이 바뀐 것이오."

설아가 놀라서 물었다.

"종헌스님, 어떻게 된 거예요? 스님이 왜…"

"상황을 설명하기엔 너무 복잡한 일들이 많구나… 상대등이 황후로 만들려는 도정이는 사실 내 딸이다. 도정이를 인질 삼아 나를 협박하기에 어쩔 수 없이 이곳에 온 것이었어. 그런데 대공이 나를 막아서는 바람에 우리는 결투를 벌이다가 우연히 비밀스런 동굴에 떨어졌지. 그곳에서 나는 이십 년 동안 찾아 헤매던 서책을 손에 넣게 되었다. 너도 알다시피 나는 원래 당나라 사람인데, 처음부터 그 책을 찾기 위해 신라로 건너온 것이었어. 책을 찾은 이상 신라에 더 머무를 이유가 없어졌기에, 대공의 도움을 받아 도정이를 상대등의 저택에서 빼내오고, 만월의 도움을 받아 당나라로 떠나기로 한 것이다."

만월이 의아해 물었다.

"도정이가 정말 스님의 딸이에요? 상대등의 딸이 아니라?"

"도정이는 내 딸이요. 상대등이 이제껏 수양딸로 키워 온 것이지."

"아…"

"낭산 밑에서 지금 상대등의 가신이 내가 일을 마치고 오기를 기다리고 있소. 그자가 일이 틀어진 것을 눈치 채기 전에, 낭주는 지금 당장 서라벌을 벗어나야 하오. 실포로 가 있으면, 내가 도정이를 데리고 그리로 가겠소. 나와 도정이를 도와주실 수 있겠소?"

그러자 만월이 자세를 고쳐 앉으며 말했다.

"그 전에 한 가지 물어볼 것이 있습니다."

"무엇이오?"

"그날, 우리 집에 들어온 자객이 당신입니까?"

귀수는 가슴이 뜨끔했다. 귀수가 눈을 내리 깔고 대답을 하지 못하자, 대공이 재빨리 끼어들었다.

"의충공을 해친 자는 따로 있소. 내가 조사해 보니, 아버님이 고용한 발해의 자객이었는데, 행방을 추적하니 이미 죽었더이다."

그 말에 귀수가 놀라 대공을 바라보았다. 대공은 만월이 딴 생각을 하지 못하도록 연이어 말했다.

"만월, 지금 상황이 매우 위태롭소. 내가 저택을 나올 때, 이미 가병들이 만약의 사태에 대비해 움직일 준비를 하고 있었소. 아버님은 주도면밀한 분이니, 아마도 황성으로 향하는 길목이 이미 봉쇄되었을 것이오. 한시가 급하니 어서 실포로 피신해야 하오. 지금 우리와 함께 나가도록 합시다."

"알겠어요… 설아야, 기파랑에게 나는 모화방에 가 있겠다고 전하렴."

그러자 설아가 고개를 흔들며 말했다.

"안 돼요, 언니. 위험하게 언니 혼자서 실포로 가겠다구요? 일단 저랑 망덕사에 가서 기파 오라버니한테 이 사실을 알려야 해요."

대공이 말했다.

"그러는 것이 좋겠소. 우선 어서 이곳을 나갑시다."

그렇게 네 사람은 사천왕사의 남문으로 빠져나와 망덕사로 향했다.

한편, 그 모습을 지켜본 탁근은, 등짐에서 새장과 지필묵을 꺼내 상황을 적어 나갔다.

"결국, 일이 이 지경이 되는구나… 소주공, 나를 원망 마시오."

그렇게 탁근은 정종의 저택으로 전서구를 날렸다.

그 사이, 귀수와 대공은 만월과 설아를 데리고 망덕사 앞에 도착했다. 귀수가 만월에게 말했다.

"그럼, 우리는 이만 도정이를 데리러 가 보겠소."

"알겠어요. 도정이와 모화방으로 와서 저를 찾으세요. 제가 배편을 준비해 드릴게요."

"고맙소이다."

그러니 대공이 말했다.

"만월, 부디 조심하시오…"

"고마워요, 대공…"

"……"

대공이 만월을 아련한 눈빛으로 바라보고 있으니, 귀수가 재촉했다.

"어서 가세. 시간이 없네."

그렇게 귀수와 대공이 떠나가고, 만월과 설아는 망덕사로 들어가 기파가 잠든 방으로 들어갔다. 곤히 잠들어 있는 기파를 설아가 흔들어 깨웠다.

"오라버니! 오라버니!"

"으, 으응?"

만월이 호롱불에 불을 켜자, 기파가 눈을 비비며 물었다.

"아니, 이 밤중에 둘이 무슨 일이야?"

"오라버니, 큰일 났어요!"

그렇게 설아가 기파에게 자초지종을 설명했다. 잠시 후, 이야기를 다 들은 기파가 심각한 표정으로 만월에게 말했다.

"지금 당장 나와 실포로 갑시다. 사부님의 말대로 한시가 급하오."

"예, 알겠어요."

그러니 설아가 둘에게 말했다.

"저만 남겨두고 가시게요? 저도 같이 가겠어요."

"설아야…"

기파가 난감해하자 설아가 우겼다.

"안 된다는 말 하지 마요. 무조건 따라갈 테니까."

기파는 잠시 생각하더니 고개를 끄덕이며 말했다.

"하기야, 지금은 낭산 전체가 위험하다. 그래, 설아 너도 같이 가자."

설아는 그제야 마음이 놓이는 듯 웃어보였다. 기파는 만월이 만들어준 도복을 주섬주섬 입더니, 장롱에서 일전에 아미가 두고 간 검 보자기를 꺼냈다. 보자기를 벗겨내니 청동 위에 스물여덟 성좌(星座)를 은입사로 정교하게 새겨 넣은 검집과, 끝부분이 호랑이 발톱처럼 조각된 청실이 감겨진 검자루가 모습을 드러냈다. 한눈에 봐도 예사롭지 않은 검이었다. 기파가 천천히 검을 뽑아 드니, 자루 쪽 검신에 '사인참사(四寅斬邪)'란 글자가 금입사로 새겨져 있었다.

'아니?!!'

기파가 깜짝 놀라서 칼을 뒤집어 보니, 반대편 검신에 '일통삼한(一通三韓)'이라는 글자가 역시 금입사로 새겨져 있었다.

'이, 이런… 아미가 제정신인가? 어찌 유신공의 사인검1)을……'

---

1) [四寅劍. 12간지의 인(寅. 호랑이)이 4번 겹치는 때, 즉 인년, 인월, 인일, 인시를 택해 제조한 검으로, 호랑이의 위력을 빌려 사귀(邪鬼)를 물리칠 수 있다는 검이다. 뛰어난 도검 장인은 60년에 한 번 오는 백호년에 평생 동안 단 한번 만들 수 있는 사인검을 만들었다. 김유신은 이 검을 들고 어느 산속의 암자에 기거하며 10년간 검술을 연마했는데, 마지막 날 밤, 이 검에 별들의 정기가 서려 신검(神劍)으로 재탄생했다고 한다. 김유신이 검술을 연마하며 칼로 벤 바위들이 즐비하여

기파가 검을 들고 꼼짝도 않고 서있으니 설아가 물었다.

"오라버니, 왜 그래요?"

"응? 아, 아무것도 아니다."

검을 허리에 찬 기파가 방문을 열며 말했다.

"어서 나가자."

그렇게 모두 밖으로 나오고, 기파가 만월에게 말했다.

"담이에게 알리고 가야겠소. 잠시 기다리시오."

"예."

기파가 건너편 방에 들어가 충담을 깨우고 뭔가를 말 한 뒤에, 다시 밖으로 나왔다. 기파는 마구간으로 가, 말 세 마리 중 두 마리를 망덕사 밖으로 끌고 나온 후, 그중 한 마리에 올라탔다.

"한 필은 남겨놔야 하니, 두 명이서 같이 타야 하오."

"그럼, 제가 설아 뒤에 탈게요."

그렇게 세 사람은 실포로 떠나고, 얼마 후 등짐을 멘 충담이 도우와 함께 방에서 나와 마구간에 남아 있던 말을 끌고 망덕사 밖으로 나왔다.

"도우야, 날이 밝거든 스승님께 잘 말씀드리거라."

"예, 사형. 걱정 말고 다녀오세요."

"알았다."

충담은 말 위에 뛰어올라 어둠을 헤치며 어디론가 급히 내달렸다.

그 산 이름을 단석산(斷石山)이라 부르게 되었고, 지금도 경주 단석산에는 반듯하게 베어진 바위들을 볼 수 있다.

운명이 가리키는 곳

한편, 귀수와 대공은 낭산 북쪽에 매어둔 대공의 말을 타고 정종의 저택으로 내달렸다. 한참을 달려 멀리 저택의 정문이 보이는 길목에 다다라서 둘은 말에서 내렸다.

"여기서 기다리시오. 내가 들어가서 도정이를 데리고 나오면, 이 말을 타고 가면 되오."

"고맙네."

대공이 정문으로 걸어가자, 문 앞을 지키고 있던 수십의 가병들이 일제히 고개를 숙여 보였다. 문이 열리고 대공이 문 안으로 들어서자마자, 갑자기 문 안팎에서 가병들이 창을 겨누며 달려와 순식간에 대공을 포위했다.

"이게 무슨 짓들이냐!! 당장 물러서지 못 할까!!"

대공이 소리치자 가병들 사이를 헤치고 가병대장이 나와 말했다.

"소주공! 순순히 오라를 받으시오! 이것은 주공의 명이오!"

"뭐라!? 아버지가?"

"뭣들 하고 있는 것이냐!! 당장 포박하라!!"

가병들이 달려들어 다막검을 빼앗고 대공을 포박하기 시작했다. 멀리서 그 모습을 본 귀수가 탄식을 했다.

'하아, 이런… 상대등이 벌써 다 알아버렸구나!'

손을 뒤로 묶이고 몸통에 오랏줄을 칭칭 감은 대공이 가병들에 의해 상대등의 처소로 끌려갔다. 마당에는 수십의 가병들이 횃불을 들고 진을 치고 있었는데, 마당 한가운데에는 대렴이 안채를 향해 무릎을 꿇고 있었다. 가병대장이 대공을 마당 안으로 끌고 들어서자, 놀란 대렴이 일어나 뛰어왔다.

"형님!! 이게 무슨…"

그러고는 가병대장에게 소리쳤다.

"네놈이 제정신이냐!? 당장 결박을 풀지 못할까!!"

가병대장은 그런 대렴을 무시하고, 마루에 나와 있던 가신에게 고개를 끄덕여 보였다. 그러자 가신이 안으로 뛰어 들어갔다. 잠시 후, 정종이 마루로 나와 꽁꽁 묶인 대공을 보더니 노기를 터뜨렸다.

"네놈이 결국 우리 집안을 통째로 말아먹는구나!!"

"……."

그러자 대렴이 정종에게 애원했다.

"아버지!! 이번 한 번만 형님을 용서해 주십시오!! 이제 형님도 만월을 향한 마음속 응어리를 떨쳐버렸을 겁니다!! 앞으로는 절대로 이런 일이 없을 것이니, 제발 한번만…"

"닥치거라!! 그리고 보니, 네놈도 한통속인 게야!!"

"그, 그것이…"

"오호라! 네놈도 이미 형이 하려는 짓거리를 알고 있었겠다?"

"아버지!! 정말로 형님이 잘못되길 원하시는 겁니까? 만월이 잘못되기라도 했다면 그땐 정말 형님이 미쳐버리고 말았을 겁니다!!"

"저, 저놈이? 여봐라!! 저놈도 당장 포박하라!! 어서!!"

"아, 아버지!!"

가병들이 달려들어 대렴도 꽁꽁 묶어버리자, 정종이 말했다.

"내 저놈들의 말소리도 듣기 싫고 얼굴 꼬락서니도 보기 싫으니, 재갈을 물리고 두건을 덮어 씌워라!"

대공과 대렴은 그렇게 재갈을 물고 두건을 덮어쓴 채로 어디론가 끌려가기 시작했다. 어디로 가는지도 모르고 한참을 끌려가니 무슨 소리가 들려왔다.

'드르르르르륵!'

무거운 돌덩이가 열리는 소리가 들리고, 둘은 뒤에서 누가 밀치는 바람에 어디론가 떠밀려 들어갔다.

'드르르르르륵!'

다시 뒤에서 돌덩이가 닫히는 소리가 나고, 대공과 대렴은 잠시 멍하니 그 자리에 서 있었다. 그때였다.

'텅!!'

갑자기 바닥이 꺼지며 아래로 떨어진 둘은 경사진 비탈을 타고 어디론가 데굴데굴 굴러 떨어졌다. 잠시 후, 딱딱한 돌바닥으로 굴러나 온 두 사람은 낑낑대며 간신히 상체를 일으켰다. 조용한 가운데 횃불이 타들어 가는 소리가 들려왔고 서늘한 공기가 느껴졌다. 그때, 저쪽 어딘가에서 다시 소리가 들려왔다.

'드르르르르륵!'

그러더니 누군가 이쪽으로 걸어오는 소리가 들렸다. 그자가 두 사람 앞에 서더니 두건을 벗겨주었다. 대공과 대렴이 고개를 들어보니, 앞에 선 사람은 다름 아닌 정종이었다.

"아으이, 아으 이그으……"

재갈이 물린 대렴이 알 수 없는 말을 지껄이자, 정종이 말했다.

"조용히 하거라."

그러고는 두 아들을 일으켜 세워 주었다.

"따라와라."

정종이 벽돌로 둘러진 지하통로를 걸어가니, 대공과 대렴은 영문을 모른 채 뒤를 따랐다. 통로 끝에 다다르자 안쪽으로 넓은 석실이 보였다. 둘이 정종을 따라 안으로 들어서니, 큰 원형의 석실 벽면에 일정한 간격으로 횃불을 꽂는 철제 기구가 박혀 있었고, 그곳에 횃불이 꽂혀 석실 안을 환하게 밝히고 있었다. 중앙에는 대리석으로 만든 커다란 원탁이 석실 절반을 차지하고 있었고, 그 둘레에 이십여 개의 의자가 일정한 간격으로 놓여 있었다. 원탁 너머 입구 반대쪽 벽면에는 큰 홈이 뚫려 있었는데, 천막으로 안쪽이 가려져 있었고, 그 아래에 놓인 탁자 위에는 금으로 된 향로와 향합, 그리고 촛불이 놓여 있었다. 정종은 원탁으로 걸어가서 낯선 석실을 두리번거리는 두 아들에게 말했다.

"여기 나란히 앉거라."

정종이 입구 쪽 원탁에 놓인 의자를 가리키고는 반대쪽으로 걸어갔다. 대공과 대렴이 자리에 앉으니, 정종은 반대쪽 원탁에 앉아 두 아들을 마주보았다.

"너희들은 이곳이 어디인지, 왜 내가 너희들을 이곳으로 데려왔는지 궁금할 것이다. 내 말이 맞느냐?"

그러자 대렴이 고개를 끄덕였다.

"대공이 너는 왜 반응이 없느냐?"

정종이 대공을 쏘아보자, 대공도 고개를 끄덕였다.

"좋다. 그럼 지금부터 내가 하는 이야기를 한마디도 놓치지 않고 진지하게 잘 들어야 한다. 할 수 있겠느냐?"

두 아들이 고개를 끄덕이니 정종이 말을 이었다.

"그래, 말해주마. 이곳은 바로 나의 무덤이다."

정종의 말에 두 아들의 눈이 동시에 커졌다.

"나의 무덤이자, 내 아버지, 어머니의 무덤이자, 할아버지의 무덤이지."

그러더니 정종이 자리에서 일어나 향로가 놓인 탁자로 걸어갔다.

"자, 보거라!"

정종이 향로 뒤의 천막을 걷어내자, 놀랍게도, 벽면에 뚫린 홈에 미라 세 구가 가부좌를 틀고 앉아 있는 것이 아닌가? 대공과 대렴이 놀라서 일어서니 정종이 고함을 질렀다.

"누가 일어나라 했느냐!!"

둘이 움찔하며 다시 자리에 앉자 정종이 세 구의 미라 옆에 남은 한 자리를 매만지며 말했다.

"이곳이 바로 내가 죽어서 들어갈 자리이니라. 그 날이 바로 오늘인 듯싶구나…"

놀란 대렴이 고개를 흔들며 알 수 없는 말을 내뱉었다.

"아으이!! 아우우아!!"

"조용히 하거라! 내 말이 아직 끝나지 않았다."

"아으이…"

"잘 보거라. 제일 왼편에 계신 분이 너희의 증조부시다. 그분께서 이 석실을 처음 만드셨지. 이곳은 무열황제 이후로 줄곧 굴욕을 당해온 나밀대왕의 후손들이 모여 무열계 진골들에 대항하기 위해 비밀리에 회합을 가지던 장소였다. 할아버님께서는 이십 명의 각간으로 시작된 그 모임의 이름을 '나밀신천당'이라 명하고, 초대 당주가 되셨다. 이름을 보면 알 수 있듯이, 나밀신천당의 최종 목표는, 다름 아닌 나밀대왕의 적통이 황위에 올라 새 하늘을 여는 것이었다… 그 옆에 계신 분들은 너희들도 잘 아는 네 할아버지, 할머니시다. 아버님께서는 나밀신천당의 이대 당주로서, 당원들의 힘을 모아 스스로 황실의 외척이 되어, 지금 우리가 누리는 이 모든 토대를 마련하셨다. 아버님은 당원의 수를 사십 명의 각간으로 늘리시고 지리멸렬하던 나밀계 진골들이 한 목소리를 낼 수 있도록 만드셨다… 어머님께서는 아버님이 돌아가신 후, 몇 년간 나를 대신해 삼대 당주로 계셨기에 역시 이곳에 계신 것이다. 어머님께서는 무녀(巫女)의 기질을 타고나 어렸을 때부터 그 영험함을 인정받으셨고, 용모 또한 매우 아름다우셨기에, 일찍이 신녀로 발탁되어 줄곧 신궁에서 지내셨다. 그러다 나이가 차 신궁을 나오게 되자, 할아버님께서 어머님을 우리 집에 들이시고 아버님과 짝을 지어 주셨다. 할아버님과 아버님은 중요한 일이 있을 때마다 어머님께 길흉을 물어 일을 처리하셨기 때문에, 매사에 큰 실수 없이 안정적으로 세를 키울 수가 있었다. 할아버님이 돌아가시자 어머님은 거짓 무덤을 만드는 한편, 이 석실에 네 구의 시신이 앉을 수 있는 자리를 만들어 첫 자리에 할아버님을 안치시키셨다. 후에 내게 말씀하시길, 네 자리만 만든 것은, 내가 그 마지막 자리에 들어가게 되면, 내 아들이 황제가 될 것이기 때문이라 하셨다."

그 말을 들은 대렴은 놀라서 대공을 바라보았다. 대공은 저도 모르게 몸이 떨려왔다.

"대공이 네가 세상에 태어나기 전날 밤, 어머님께서는 매우 이상한 꿈을 꾸셨다. 라후성1)과 천선성2)이 천상에서 부딪혀 한 덩어리가 되어 떨어지더니, 서라벌 하늘에서 북, 남으로 쪼개져 우리집과 낭산에

---

1) [羅睺星]. 아수라왕 라후(Rahu)의 음역으로, 해와 달을 삼켜 일식과 월식을 일으킨다는 별이다. 대재앙을 암시하는 별로, 라후성의 기운을 받고 태어난 아이는 마왕이 된다고 믿어왔다.

2) [天璇星]. 거문성(巨門星)이라고도 하는 이 별은 북두칠성의 두 번째 별로, 황후의 별이라 불린다. 황실의 족보를 관장하는 별로, 조선 왕실의 족보인 선원보(璿源譜)도 이 별에서 이름을 따온 것이다. 또한 천선성은 하늘의 창고라 여겨졌는데, 이 별에게서 복을 받기 위해 복주머니와 복조리가 생겨났다.

떨어지는 꿈이었다. 어머니께서 말씀하시길, 라후성은 해와 달을 삼켜 변란을 일으키는 별이고, 천선성은 재난을 없애 황실을 지키는 별이니, 대공이 너는 라후성의 기운을 타고나 기존 황실을 뒤엎고 새 하늘의 주인이 될 운명이라 하셨다. 하지만 그 전에, 낭산에서 너와 한 날 한 시에 천선성의 기운을 타고 태어나게 될 아이를 없애야만 대업을 이룰 수 있을 것이라 예언하셨다. 그래서 다음날 나는 낭산 근처를 수소문 끝에 선덕제릉을 지키는 수묘인의 부인이 만삭이라는 것을 알아냈고, 그날 밤 직접 탁근과 소훈을 데리고 낭산으로 가, 그 여인의 배에 칼을 꽂아 넣었다. 그리하여 나는 여태껏 네가 가는 길에 방해가 될 후환을 없애버렸다 생각하였는데, 생각지도 못한 의충의 여식이 너의 심정을 흐리고, 이제는 우리 집안을 통째로 무너뜨리고 있는 것이다… 하아… 어머님께서, 내가 이 네 번째 자리에 들어가게 되면 대공이 네가 대업을 이룰 것이라 하신 말씀을 지금 와서 곱씹어보니, 이제야 그 참뜻을 어렴풋이 알겠다…"

정종은 향합에서 향을 꺼내, 촛불에 향을 태우고 향로에 꽂았다. 그리고 세 구의 미라 앞에 큰 절을 올렸다.

"선대 당주들이시여, 어리석은 제가 아들에게 큰 뜻을 심어주지 못함에, 이제껏 당신들께서 마련해 주신 모든 가업이 무너져 내리고 있습니다. 나밀신천당 사대 당주 정종, 그 죄를 목숨으로 대신하려 합니다. 저의 죽음으로 부디 대공이가 큰 뜻을 품어, 대업을 완수할 수 있도록 도와주십시오!"

그 말과 함께 정종은 네 번째 자리로 올라가 가부좌를 틀고 앉았다. 대공과 대렴은 너무 놀란 나머지 눈이 휘둥그레졌다. 정종은 품에서 예리한 단도를 꺼내들더니 갑자기 한쪽 허벅지를 사정없이 찔렀다.

"으윽!"

"아으이!!!!"

대공과 대렴은 얼굴빛이 하얗게 질려 동시에 정종에게로 뛰어갔다. 그 사이, 정종은 허벅지에 깊숙이 박힌 단도를 빼내어 또다시 다른 허벅지를 사정없이 찔렀다.

"으으윽!"

"아으이!!!! 아으이!!!!!"

대공과 대렴이 정종 앞으로 달려와 발을 동동 구르며 미친 듯이 울부짖자, 정종이 다시 단도를 뽑아 자신의 목에 겨누었다.

"물러서라!!"

그러자 대공이 갑자기 무릎을 꿇으며 돌바닥에 머리를 처박기 시작했다.

"쿵!! 쿵!! 쿵!! 쿵!! 쿵!! 쿵!! 쿵!!"

대공이 머리를 들자, 핏물과 눈물이 범벅이 되어 흘러내렸다. 양쪽 허벅지에서 피를 철철 흘리는 정종이 그런 아들을 보고 눈물을 흘리며 말했다.

"내 아들 대공아! 정녕 내가 죽어야 만월을 잊을 수 있겠느냐?"

대공이 정종 앞으로 다가와 피눈물을 흘리며 고개를 세차게 저었다.

"아으이…… 흐으으윽……"

정종이 칼을 내리고 대공의 재갈을 풀어주자 대공이 울며 말했다.

"아버지… 흐으윽… 어리석은 소자를 용서해 주십시오… 다시는 아버지 뜻을 거스르지 않겠습니다!"

"그래, 내 아들아!"

정종이 대공을 부여잡고 같이 울자 옆에 있던 대렴도 눈물을 주르르 떨구며 흐느꼈다. 그 모습을 본 정종이 대렴에게 말했다.

"대렴아, 네 형이 대업을 완수할 수 있도록 형을 도와주겠느냐?"

그러니 대렴이 연신 고개를 끄덕였다.

"장하다! 이리 오너라!"

그렇게 정종이 두 아들을 부둥켜안고 눈물을 흘릴 때였다.

"주공!! 주공!! 큰일 났습니다!!"

탁근이 헐레벌떡 석실로 뛰어 들어오자, 세 사람은 일제히 탁근을 바라보았다. 탁근은 온통 피범벅이 된 대공의 얼굴과 정종의 다리를 보고 깜짝 놀라 말을 더듬었다.

"주, 주… 공… 이게 도대체…"

"무슨 일인지 어서 말하라!"

정종이 다그치니 탁근이 정신을 차리고 말했다.

"아, 주공! 큰일입니다! 귀수가 저택에 잠입해, 가노로 위장을 하고 도정아씨와 함께 정문으로 빠져나가다가, 가병대장이 내보내 주지 않자 대장과 가병들을 모조리 베어버리고 도주했습니다!"

"뭡, 뭐라!!! 도정이, 도정이를 찾아야 한다! 지금 당장, 당… 자… 어으…"

충격을 받은 정종은 그만 정신을 잃고 앉은 채로 앞으로 쓰러졌다.

"아버지!!"

"주공!!"

대공이 급히 몸으로 정종을 받치자, 탁근이 정종을 벽에 기대었다.

"아저씨!! 어서 이 결박을 풀어주시오!!"

대공이 급박하게 말하자, 탁근은 정종 옆에 놓인 단도로 대공과 대렴의 결박을 풀어주었다. 대렴이 풀려난 손으로 재갈을 떼어내며 말했다.

"어서 아버지를 처소로 모셔야 합니다!!"

그러자 대공이 정종을 들쳐 업으며 대렴에게 말했다.

"너는 빨리 의사를 데리고 와라!! 어서!!"

"예!!"

대렴이 부리나케 뛰어나가자 대공도 정종을 업고 달려 나갔다.

얼마 후. 아침이 밝아올 때쯤 정종의 처소에서는 저택의 주치의사가 의식을 잃은 정종을 살피고 있었고, 대공과 대렴, 탁근이 그 모습을 지켜보고 있었다. 대공이 의사에게 말했다.

"아버님의 상태는 어떠하시오?"

"일단 다리의 찔린 상처는 봉합을 해 놨습니다. 다행히 큰 핏줄을 건드리지 않아 시간이 지나면 자연히 나을 것입니다만, 몇 달 동안은 거동을 하시기가 불편하실 겁니다. 문제는 의식이 돌아오지 않는 다는 것인데, 이것이 일시적인 충격으로 온 현상인지, 아니면 머리의 혈관이 터진 것인지는 아직 알 수가 없습니다."

대렴이 물었다.

"머리의 혈관이 터지면 어떻게 되는 것이오?"

"그러면… 깨어나시더라도 말씀을 못 하시거나, 몸을 제대로 움직일 수 없게 됩니다."

"아아… 아버지‥‥."

대렴이 눈물을 글썽이며 정종을 바라보고 있을 때였다.

"집사 어른, 안에 계십니까?"

방문 밖에서 가신 하나가 탁근을 불렀다.

"무슨 일인가?"

"실포에서 기별이 왔습니다."

"뭐? 어서 들어오게."

그러자 가신이 방으로 들어와 탁근에게 쪽지를 건네주고 다시 나갔다. 탁근이 쪽지를 펴 글을 읽더니 표정이 급격하게 어두워졌다.

"무슨 일인데 그러시오?"

대렴이 물으니 탁근이 누워 있는 정종의 곁으로 가 손을 잡으며 말했다.

"주공… 이 일을 어찌하면 좋습니까? 주공! 어서 정신을 차리십시오!"

그러자 대공이 물었다.

"아저씨, 무슨 일인지 내게 말해보시오."

탁근이 대공을 한동안 천천히 쳐다보더니 말했다.

"소주. 지금부터 소주가 주공을 대신해, 가문을 위기에서 구해내셔야 합니다. 하실 수 있겠습니까?"

"알겠소. 내 그리 할 테니 어서 말해보시오."

"그럼, 여기는 의사에게 맡기고 두 분은 저를 따라오시지요."

그렇게 탁근이 방을 나가자 대공과 대렴도 그 뒤를 따랐다. 정종의 집무실로 들어간 탁근이 대공과 대렴에게 자리를 청했다.

"우선 앉으시지요."

두 사람이 탁자에 앉으니, 탁근이 맞은편에 앉으며 말했다.

"방금, 실포에 심어놓은 세작에게서 급보가 날아왔습니다."

대렴이 물었다.

"무슨 급보요?"

"실포에 아미랑이 나타났다는 급보입니다."

"뭐요!? 이런!… 하필 이때라니!"

대렴의 과민한 반응에, 대공이 의아해 탁근에게 물었다.

"아미가 실포에 나타난 것이 무에 그리 대수요?"

"큰 소주는 잘 모르실 테니, 설명 드리겠습니다. 지난 번, 종예와 종만이 도적떼를 이끌고 실포 여각운송단을 급습한 일은 아시고 계실 겁니다. 그때, 아미의 용화향도가 나타나는 바람에 종예는 아미의 창에 목이 떨어지고 종만은 수하들과 삽량주로 도피하였지요. 헌데, 아미가 도적들이 쓰던 무기와 갑주들에 의심을 품고 그 출처를 조사하기 시작했습니다.”

“설마 아버지께서 그들에게 주신 것이오?”

“그렇습니다. 헌데, 그 장비들은 달천철장에서 빼돌린 것이었습니다.”

“뭐요!? 그럼, 서당군에 지급될 군수품이었단 말씀이오?”

“그렇습니다. 그뿐만이 아닙니다. 주공께서는 병부령을 움직여 은밀히 달천철장의 철괴를 매달 이천 근씩 빼내 신천방을 통해 왜인과 거래를 하여왔습니다.”

“이런… 아니, 어찌 그런 위험한 일을 하셨단 말이오?”

그러자 대렴이 말했다.

“그것은, 장차 형님께서 대업을 이루는 데 쓰일 자금을 마련하기 위해 그러신 것이오.”

“작은 소주의 말씀이 맞습니다. 이 모든 것들은 큰 소주를 위한 것이었습니다. 그런데 문제는, 아미가 무슨 수를 썼는지는 몰라도 냄새를 맡고서, 며칠 전에 용화향도를 실포 북쪽 무릉산에 주둔시켰다는 것입니다. 그러고는 자신은 다른 화랑 한 명과 함께 쥐도 새도 모르게 종적을 감추었습니다.”

“그럼, 아미가 실포에 나타났다는 말은 이미 신천방을 의심하고 있다는 말이잖소?”

“그렇습니다. 아미가 용화향도를 이끌고 신천방을 급습이라도 하게 되는 날에는, 주공은 물론이고 우리 모두 대역죄로 몰려 송두리째 몰락하고 말 것입니다!”

“허… 이 일을 어찌하면 좋단 말이오? 무슨 방도가 없소?”

“죽은 자는 말이 없는 법. 아미를 없애야 합니다!”

“후… 알겠소. 그럼, 내가 직접 실포로 가 아미 그놈을 없애버리겠소”

“소주, 저는 낭산에서 소주가 만월을 도피시키는 것을 봤습니다.

만월이 어디로 갔는지 알고 계십니까?"

그러자, 대공이 눈을 감고 잠시 숨을 고르더니 이내 입을 열었다.

"만월은 기파 그자와 모화방으로 갔을 것이오. 귀수도 문두루비전을 입수하게 되어, 도정이와 함께 당으로 건너가기 위해 모화방으로 간다고 했소."

대렴이 놀라며 말했다.

"그럼, 실포에 모두 모여 있단 이야기 아니오?"

대공이 고개를 끄덕이자, 탁근이 자리에서 일어나 손으로 턱수염을 쓸며 주위를 서성거렸다. 그러다 갑자기 탁자를 탁 치며 입꼬리를 올렸다.

"소주! 하늘이 우리를 버리시지 않으셨나 봅니다!"

대렴이 기대에 찬 눈으로 물었다.

"무슨 좋은 계책이 떠오른 것이오?"

"예. 지금부터 제가 드리는 말씀을 그대로 이행한다면, 우리를 위협하던 모든 것들을 말끔히 정리할 수가 있습니다! 헌데 이 일은, 큰 소주께서 한 가지 약조를 해주셔야만 가능한 일입니다."

"내 무슨 일이든지 할 테니, 말해보시오."

탁근은 갑자기 대공 앞에 무릎을 꿇으며 간절한 표정으로 말했다.

"이런 말을 하는 저를 용서해 주십시오."

"알겠으니, 어서 말해보라잖소."

"큰 소주께서, 직접 만월의 목숨을 거두셔야 합니다. 하실 수 있겠습니까?"

'!!!!!!!'

그러자 대렴도 대공 앞에 무릎을 꿇으며 말했다.

"형님! 아버지께서 사경을 헤매고 계시니, 이제 우리 모두는 형님만을 믿고 따를 수밖에 없습니다! 형님, 제발 결단을…"

"하아……"

대공은 눈을 지그시 감고 주먹을 쥐었다 폈다 하더니 어금니를 꽉 깨물고 자리에서 벌떡 일어났다.

"좋다!! 내, 우리를 막아서는 것이라면, 설령 그것이 부처라 할지라도 단칼에 베어버리겠다!!"

"형님!!"

"소주!!"

대렴과 탁근은 무릎으로 기어와 대공의 가랑이를 부여잡으며 기뻐했다.

"정말 장하십니다! 주공께서도 소주의 이런 모습을 보셨어야 하는데…"

대공은 대렴과 탁근의 손을 잡고 일으켜 주었다.

"이제 내가 해야 할 일을 말해주시오."

"예. 주공께서 십년 간 비밀리에 키우신 흑수인1) 살수 육십 명이 저택 북쪽에서 대기 중입니다. 우선 그들을 상단으로 위장시킨 후, 그들을 데리고 감은포에서 배를 이용해 실포로 가야 합니다. 한시가 급하니, 계책은 가면서 알려드리겠습니다."

---

1) [黑水人]. 흑룡강(현 러시아 아무르강) 일대에 거주하던 흑수말갈(黑水靺鞨)족.

11
구출

　한편, 기파 일행은 아침 일찍 모벌관문에서 사람들 속에 섞여 관문이 열리길 기다리다, 문이 열리자 서둘러 모화방을 향해 말을 달렸다. 오전이 되어서야 모화방에 도착하니, 모화방 점원들이 만월을 보고 모여들었다.

　"아가씨! 왜 이제야 오셨어요? 다들 얼마나 걱정했다고요."

　아주의 반김에 만월이 웃으며 물었다.

　"그래, 그동안 별 일 없었지?"

　"예, 저희는 평소처럼 지냈어요. 저번에 무사들이 다 전사하는 바람에 충원을 해야 하는데, 아직 몇 명밖에 못 구했어요."

　"그렇구나… 내 방에 손님들은 잘 있고?"

　"아, 그분들은 가끔씩만 밖으로 나오고 거의 대부분 방에만 계세요. 지금 위에 계실 거예요."

　"그래, 아주 네가 나 대신 고생이 많았다. 다들 고생 많으셨어요."

　만월은 그렇게 점원들을 다독여준 후에 기파, 설아와 함께 꼭대기 층으로 올라갔다. 기파가 방문을 두드리자 안에서 낭도 하나가 문을 열었다.

　"누구십니까? 엇! 국선!"

낭도가 기파를 알아보고 황급히 오른손을 가슴에 가져대며 고개를 숙여 경례하자 안에 있던 다른 낭도가 달려 나와 똑같이 경례를 올렸다.

"아우님들은 어디 있는가?"

"아미랑과 승우랑은 포구에 순찰을 나가셨습니다."

"급한 일이니, 자네들이 그 둘을 좀 찾아서 불러주게."

"예!"

낭도들이 급히 아래로 내려가고 일행은 방으로 들어가 아미와 승우를 기다렸다.

그 시각. 아미와 승우는, 소훈이 아침 일찍 수레를 끄는 일꾼 몇을 데리고 포구로 가는 것을 보고, 몰래 뒤따라 와 있었다. 소훈은 당나라 상인들과 흥정을 하더니 몇 종류의 차(茶)를 빈 수레에 가득 싣고 다시 시장으로 향했다. 그 모습을 본 승우가 말했다.

"이번에도 허탕입니다. 벌써 며칠째 물품을 사들이기만 하고 나가는 것이 없으니…"

"그게 더 수상하지 않은가?"

"예?"

"물품들을 쌓아두기만 한다는 것이 이상하단 말이야. 만약, 그렇게 창고 가득 쌓인 물품들을 한꺼번에 배에 실으면서 그 속에 철괴들을 나누어 숨긴다면, 우리들만으로는 어찌할 방도가 없단 말일세."

"그렇군요! 저들이 그걸 노리는 것이라면, 낭도들을 미리 실포로 불러놓아야 하지 않을까요?"

"후… 그러면 저들이 미리 눈치를 챌 것 아닌가? 아무튼 이번 일은 처음부터 끝까지 쉬운 게 하나도 없군…"

"정말 그렇습니다. 뭐가 이리 복잡한지… 몸도 피곤하고 머리는 더 피곤합니다."

"그나저나 저기 보시게. 또 시작인가 보군."

아미의 말에 승우가 고개를 돌려보니, 태화강 하구 건너편에서 수천 명의 수병들이 개미떼같이 줄을 지어 백여 척의 군선(軍船)에 오르는 것이 보였다.

"벌써 나흘째 저러는군요. 해 뜨자마자 바다로 나가 해질 무렵에야 들어오니, 갑자기 무슨 훈련을 저리 하는 걸까요?"

마침 상인 하나가 옆을 지나가자 아미가 그에게 물었다.

"이보시오, 수병들이 왜 갑가지 해상훈련을 하는지 혹시 아시오?"

"에휴, 말도 마시오. 병부령이라는 작자가 그리하라 시켰다는구려. 불시에 순시를 보내 한 사람이라도 육지에 남아 있으면 중벌을 내릴 거라 했다는구먼. 내 동생이 저기 있는데, 요 며칠 죽을 맛이라 하더이다."

"아, 그렇군요. 알려줘서 고맙소."

"별말씀을."

상인이 가던 길을 가자 승우가 말했다.

"병부령이 괜히 수병들을 잡는 걸 보니, 뭔가 심사가 뒤틀리는 일이 있었나 봅니다."

"그 여우같은 속을 우리가 어찌 알겠나… 일단 저자로 가서 요기나 하세."

그렇게 아미와 승우는 시장으로 돌아왔다. 시장은 이른 아침부터 이리저리 분주하게 움직이는 사람들로 시끌벅적했다. 둘이 요기를 할 곳을 찾아 주위를 두리번거리던 그때, 낭도들이 둘을 발견하고 뛰어왔다. 승우가 의아해 낭도들에게 물었다.

"너희들이 이곳까지 무슨 일이냐?"

"지금 모화방에 국선께서 와 계십니다. 국선께서 두 분을 급히 찾으십니다."

"기파형님이? 무슨 일로?"

"저희들은 빨리 찾아오라는 명만 받았습니다."

"아미랑, 무슨 일인지 아십니까?"

승우가 묻자 아미가 고개를 흔들더니 말했다.

"형님께 물어보면 알겠지. 어서 가보세."

아미와 승우는 낭도들과 모화방으로 달려갔다. 모화방에 들어서 나선형 계단을 타고 꼭대기 층으로 올라 방문을 여니, 탁자에 둘러앉아 있던 기파와 만월, 설아가 반기며 일어났다.

"아우님들 오셨는가!"

기파가 아미와 승우의 손을 잡으며 반기자 아미가 물었다.

"형님, 저희들을 급히 찾으셨다면서요?"

"그러네. 지금 우리는 사천왕사에서 급하게 이곳으로 피신을 왔다네."

승우가 의아해 하며 물었다.

"피신이요? 형님, 그게 무슨 말씀이십니까?"

"지금 상대등이 만월의 목숨을 노리고 있네. 간밤에 사천왕사로 자객을 보냈… 는데… 음…"

기파는 사부인 귀수가 걸리는지 말끝을 흐렸다. 그러자 아미가 놀라며 말했다.

"자객이라 하셨습니까?"

기파가 고개를 끄덕이니 아미가 다시 물었다.

"상대등이 갑자기 왜 누님을 해치려는 겁니까?"

그러자 설아가 대답했다.

"아직 공표는 안했지만, 황후께서 언니를 새 황후로 들이시기로 하셨다네요. 상대등이 그걸 미리 알아채고 언니를 해치려는 거예요."

"화, 황후라고요!??"

아미가 놀란 눈으로 만월과 기파를 번갈아 쳐다보자, 만월이 눈을 감으며 한숨을 내뱉었다.

"후···· 그건, 고모님께서 나한테 상의도 없이 혼자서 생각하신 거야. 난 그러고 싶은 마음이 전혀 없는데··· 그래서 고모님이 부탁해도 거절할 거야."

만월이 그 말을 하고는 기분이 상했는지 침실로 들어가 버렸다. 설아가 따라 들어가자 그 모습을 보던 기파가 아미에게 말했다.

"아무튼, 지금은 이곳도 안전하다 할 수 없네. 용화향도는 지금 어디 있는가? 관문에도 없던데."

"근방의 무릉산에서 저희들이 확실한 단서를 잡을 때까지 대기하고 있는 중입니다."

"음··· 일전의 전투로 모화방의 무사들이 대부분 전사하여 아직 제대로 충원되지 않은 듯하네. 용화향도가 있으면 안심이 되겠지만, 아직 병력이 움직이면 곤란한 모양이군···"

그러자 승우가 아미에게 말했다.

"그럼, 급한 대로 모화방 무사 복장을 빌려가 낭도 스무 명만 이곳에 배치시키시지요."

"그게 좋겠군. 형님, 당분간 이 방에서 저희와 다 같이 머물면, 자객이 들 걱정은 안 하셔도 될 것 같습니다. 그래도 혹시 모르니, 승우랑의 말대로 낭도들을 무사로 위장해 뒤뜰에 대기시켜 놓겠습니다."

"알겠네. 자네들이 있으니 한결 마음이 놓이는군."

아미는 뒤에 있던 낭도 둘에게 명했다.

"너희들은 내려가서 무사 복장을 스무 벌 빌려가지고, 무릉산으로 가서 날랜 낭도들을 위장시켜 데리고 오너라."

"예!"

낭도들이 나가자, 기파가 허리에 차고 있던 사인검을 내밀며 아미에게 말했다.

"그리고, 이 검 말이네. 어찌 유신공의 사인검을 내게 준 것인가? 내겐 너무 과분한 검이니 도로 가져가시게."

"그건 안 됩니다. 검은 모름지기 자신에게 어울리는 주인을 찾아가는 법입니다. 숙부님의 다막검이 대공을 찾아간 것과 같이, 제가 물려받은 사인검 또한 형님을 찾아 간 것입니다."

"하지만, 사인검은 유신공의 후예가 써야 하지 않겠나?"

"제 예감이지만, 언젠가는 형님이 대공과 대적할 날이 있을 겁니다. 사인검이라면 대공의 다막검을 능히 상대할 수 있을 겁니다. 저는 사인검을 가지고도 대공과 대적할 실력이 없습니다. 형님만이 그자를 상대할 수 있지요."

"그래도 너무 부담스럽네…"

"만약 억지로 제게 돌려주신다면, 사인검을 저 앞바다에 던져버리겠습니다! 형님, 부디 이 아우의 마음을 헤아려 받아주십시오."

"후…"

기파는 마지못해 내밀었던 검을 다시 내렸다.

"아우님의 고집이 황소고집이구만…"

정오 무렵. 모화방의 무사 복장을 입은 낭도 스물두 명이 무릉산을 내려오자, 맞은편 황방산에 숨어서 그 모습을 지켜보던 도적들 중 하나가 급히 달려가 종만에게 보고를 했다.

"두령! 지금 무릉산에서 병력이 내려와 실포로 향하고 있습니다."

"그래?"

앉아서 참마검을 손질하고 있던 종만은 서둘러 검을 들고 달려가, 두 산 사이에 펼쳐진 넓은 평지를 내려다보았다.

'이상하군… 무사단으로 위장을 하고 소수만 움직인다?'

그러자 부장 하나가 말했다.

"두령, 어찌할까요?"

"그냥 보내줘라. 우리가 노리는 것은 용화향도 본대다. 저들이 움직임을 보이기 시작했으니, 때가 멀지 않았다. 부하들에게 긴장을 풀지 말고 신호가 떨어지면 곧바로 뒤를 들이칠 준비를 단단히 하라 일러라."

"예!"

"내 반드시 용화향도 놈들을 모조리 죽여, 구천을 떠돌고 계실 형님의 원한을 풀어드리겠다!"

그 무렵, 모화방.

'똑똑똑.'

누군가가 만월의 방문을 두드렸다. 승우가 문을 열어주니 아주가 만월을 찾았다.

"아가씨~, 어디 계세요?"

그 소리를 듣고 만월이 침실에서 나와 물었다.

"무슨 일이니?"

"지금 아래에서 누가 아가씨를 찾고 있어요."

"그래? 누구지?"

"도정이라고 하면 알 거라던데요?"

"아! 왔나보구나. 어서 내려가 보자."

"예."

만월이 일층으로 내려와 보니 귀수와 도정이 입구에서 서성이고 있었다.

"도정아!"

"언니!"

만월이 도정을 부르자 도정이 달려와 품에 안겼다.

"도정아, 이게 얼마만이니?"

"그러게요… 너무 오래 못 뵈었네요."

"그래, 오는 데 별 일은 없었고?"

"그게, 지금쯤 아버… 집에서 저를 찾고 있을 거예요. 저택을 빠져나오다가 가병들이…"

도정이 말을 제대로 잇지 못하자 만월이 헝클어진 도정의 머리칼을 쓸어 넘겨주며 말했다.

"알겠다. 더 말 안 해도 돼. 그래, 친아버지를 따라 당나라로 가기로 한 거니?"

"예…"

"내가 배편과 경비를 마련해줄게. 아무 걱정하지 말아."

"고마워요, 언니."

만월은 뒤에 서 있는 귀수에게 말했다.

"시간이 좀 걸릴 수도 있으니, 일단 위로 올라가시지요."

"알겠소."

그렇게 만월이 귀수와 도정을 이층의 빈 방으로 안내했다.

"여기서 쉬고 계시면, 준비되는 대로 알려드릴게요."

"고맙소이다. 헌데, 갈아입을 옷이 필요하오."

"네, 가져다 드릴게요. 도정아, 쉬고 있으렴."

"예, 언니."

만월이 나가자, 귀수는 방문을 걸어잠그고 창 쪽으로 가 밖을 살피더니, 피곤한 모습으로 벽에 기대 앉아 옷 안에 숨기고 있던 화운검을 바닥에 내려놓았다.

"도정아, 힘들 테니 눈 좀 붙이거라."

도정이 귀수에게 다가와 앉으며 말했다.

"아버지, 괜찮으세요? 많이 피곤해 보이세요."

"난 괜찮다. 너와 함께 떠날 생각을 하니 벌써부터 가슴이 두근거리는구나."

"아버지… 저…"

도정이 무슨 할 말이 있는지 우물쭈물하자 귀수가 물었다.

"왜 그러느냐? 무슨 할 말이 있는 것이냐?"

"그게…"

"괜찮으니까 아비에게 속 시원하게 말해도 된다."

"아버지, 우리가 당나라로 가는 것은 좋지만, 문두루비전을 가지고 가는 것이 계속 마음에 걸려요."

"왜 그런 것이냐?"

"사천왕사에서 문두루비전을 꼭꼭 숨겨둔 이유는 세상에 함부로 드러나면 안 되기 때문일 거예요. 그런데, 당나라로 가져가면 어떻게 악용될지 모르는 일이잖아요. 그냥 사천왕사에 돌려주면 안 되나요?"

"음… 상대등 그 작자 밑에서도 우리 딸이 이리 고운 심성을 지니고 있다니, 정말로 다행이구나. 도정아, 너의 말도 맞지만, 비전이 없으면 앞으로 당에서 벌어질 끔찍한 참화를 진압할 수 없게 된다. 그렇게 되면 죄 없는 수백만의 백성들이 도륙을 당할 것이야. 난, 부처님께서 내게 그것을 막을 기회를 주셨다고 생각한단다."

"그래도… 왠지 신라에 죄를 짓는 것 같아 마음이 불편해요."

"그건, 나도 그렇지만… 어쩔 수 없는 일이지 않느냐… 도정아, 지금 그것보다는 너의 안위가 내겐 더 중요하다. 복잡한 생각일랑 당나라에 가서 하고, 일단은 상대등의 손아귀에서 안전하게 빠져나가는 것만 생각하자꾸나."

"예…"

그때, 누군가 방문을 두드렸다. 귀수가 화운검을 들고 문 앞으로

가, 검을 빼들 준비를 하고 물었다.

"누구시오?"

"사부님. 기팝니다."

익숙한 목소리에 긴장을 푼 귀수가 문을 열어주니, 기파는 두 사람이 갈아입을 옷가지를 들고 있었고, 설아는 먹을거리를 바구니에 담아 들고 있었다.

"들어들 오너라."

"예."

그렇게 네 사람이 탁자에 둘러앉았다. 기파가 다짜고짜 귀수에게 물었다.

"사부님, 이게 도대체 어떻게 된 영문입니까? 어찌 사부님께서 상대 등의 자객이 되신 겁니까?"

"후… 기파야. 내 너에게 다 털어놓고 싶다만, 그럴 수 없는 나를 용서해 다오. 사부로서 너에게는 면목이 없구나. 나중에 기회가 되면 꼭 다 말해 줄 테니, 이번만은 그냥 모른 체해 다오."

"흠…"

기파가 입을 다물고 생각에 잠기자 도정이 말했다.

"그쪽이 기파랑이시군요? 대렴 오라버니와 싸우셨다던…"

"아, 처음 뵙겠습니다. 상대등의 따님이 사부님의 따님이셨다니… 이게 도대체 무슨 일인지…"

"아버지께서는 다 저를 지키기 위해서 어쩔 수 없이 한 일이니, 기파랑이 이해해 주세요. 복잡한 사정 때문에 자세한 이야기를 해드릴 수 없어 아버지께서도 많이 답답하실 거예요."

그러자 설아가 말했다.

"그래요, 오라버니. 분명 사정이 있어 그런 것이니, 더 이상 묻지 말아요."

기파가 고개를 끄덕이더니 말했다.

"알겠습니다. 사부님께서는 그릇된 일을 하실 분이 아니시니, 더 이상 묻지 않겠습니다."

"이해해 줘서 고맙다. 참, 네가 국선이 되었다는 소식은 일전에 들었다. 축하한다, 기파야. 대견하구나."

"이게 다 사부님께 맞아가며 익힌 무예 덕인데요, 뭘. 그건 그렇고, 당으로 떠나는 상선이 내일 오후에나 있답니다."

"음…"

"이곳에 얼마간 병력을 배치해둘 테니, 안심하시고 푹 쉬시다 가시지요."

"알겠다."

"그런데, 당으로 떠나시면 다시는 안 오실 작정이십니까?"

"아마도, 상대등이 살아있는 한, 신라로 올 일은 없을 테지…"

"그럼, 제가 사부님을 찾아갈 수 있도록 행선지를 알려주십시오."

"어디로 갈지는 아직 생각하지 못했다. 일단 장안1)으로 가서 자리를 잡으면 서신을 보내든지 하마."

"알겠습니다. 그럼 쉬십시오. 저희는 이만 물러가보겠습니다."

기파와 설아가 밖으로 나와 계단을 오르니, 귀수가 방에서 나와 쫓아왔다.

"기파야, 잠시 할 이야기가 있다."

뒤돌아 귀수를 보던 기파가 설아에게 말했다.

"설아야, 먼저 올라가렴."

설아가 고개를 끄덕이고 올라가자 기파가 계단을 내려와 귀수에게 물었다.

"긴히 할 이야기가 있는 것입니까?"

---

1) [長安]. 당나라의 수도. 현재의 시안(西安).

"너 혹시, 상대등의 장자를 알고 있느냐?"

"대공 말입니까?"

"그래. 그자와는 될 수 있으면 대결을 피하거라."

"왜 그러십니까?"

"지난 밤, 그자와 치열한 대결을 했는데, 그의 검술, 아니, 그 타고난 감각에 정말 많이 진땀을 뺐다. 정면 승부로는 정말로 이기기 힘든 상대였어. 그리고 그자가 쓰는 검이 예사 검이 아니었다. 자, 이걸 받거라."

귀수는 화운검을 기파에게 내밀었다.

"이것은?"

"당 황제께서 내게 하사하신 검이니라. 당나라 최고의 장인이 불타는 유성으로 만든 화운검이다. 보통의 검으로는 그자의 검에 대적할 수 없다. 혹시라도 어쩔 수 없이 그자와 대결하게 되면, 이 검을 쓰거라."

기파는 화운검을 받아들고 뽑아 보았다.

'위우웅!……'

"사부님, 정말로 훌륭한 검입니다!"

"흐흐, 짧은 게 단점이지만, 근접전에 강한 너라면 잘 쓸 수 있을 것이야."

기파는 검을 도로 검집에 넣고 귀수에게 내밀었다.

"왜 그러느냐?"

"당에 가서도 어떤 일이 벌어질지 모르니, 따님을 지키시려면 이 검이 꼭 필요하실 겁니다. 저는 아미 아우에게서 받은 보검이 따로 있습니다."

기파가 허리춤에 찬 검을 매만지니 귀수가 말했다.

"어디 보자."

기파가 검집을 끌러 건네주자 귀수가 천천히 살피더니 재빨리 검을 뽑았다.

'슈우우웅!……'

검을 이리저리 살피던 귀수가 순간 놀라며 말했다.

"아니!? 이 검은?"

"유신공이 단석산에서 바위를 베던 그 사인검입니다."

"오… 말로만 듣던 그 검이로구나! 도대체 누가 이렇게 귀한 검을 너에게 준 것이냐?"

"용화향도의 수장 아미랑입니다. 유신공의 후예이지요."

"음… 그가 너를 진심으로 따르는 모양이구나! 그래, 그런 자가 너를 따른다니 내 마음 놓고 떠날 수 있겠다."

귀수는 사인검을 기파에게 돌려주며 말했다.

"내 떠나기 전에, 너에게 한 가지 가르쳐 줄 것이 있느니라."

"그것이 무엇입니까?"

"너는 이때까지 내가 가르친 대로 잘 따라와서, 이미 너를 대적할 이가 신라 땅에 몇 없을 정도가 되었을 것이다. 하지만, 거기서 더 발전이 없으면 대공 같은 자에게 당하고 말아. 내 보기에, 대공 그자는 앞으로 무공이 더욱 발전할 가능성이 농후해 보였다. 그자를 이기기 위해, 너는 앞으로 내게서 배운 모든 것들을 부정하고 깨부수어야 한다."

"예? 그게 무슨 말씀입니까?"

"불가에서 말하는 모든 깨달음의 경지는 '수파리(守破離)'의 단계가 있다. 이것은 무예에도 똑같이 적용되는 것이야. 너는 이제껏 지루한 반복과 연습을 거듭해 기본을 철저히 다지는 '수'를 이루어 냈다. 하지만 이것은 나의 관념을 너에게 전달한 것이라, 온전히 너의 것이라 할 수 없느니라. 다음 단계인 '파'로 나아가 이제껏 익힌 것들을 모조리 깨부수고 너에게 맞는 새로운 무예를 계속해서 창안해야 할 것이다. 그렇게 하다보면 이전의 것들과 새로운 것들이 이리저리 뒤엉켜 싸움을 벌이다, 결국엔 전혀 다른, 아무것에도 얽매이지 않는 자유로운 경지로 접어들 것이다. 생각 이전에 자유로이 몸과 검이 움직여 한 치의 낭비도 없이 정곡을 찔러 들어가는 단계, 그것이 바로 '리'의 단계이니라. 과연 얼마의 세월이 걸릴는 지는 모르겠으나, 늘 이것을 염두에 두고 부지런히 정진하거라. '리'의 단계로 접어들면, 대공 그자도 널 당해낼 수 없을 것이야."

"사부님께서 이리 걱정을 하시다니, 대공이 그 정도입니까?"

"아직은 대공에게도 빈틈이 많지만, 분명 스스로 틈을 메우고 더욱 강해지겠지. 그 나이에 그 정도의 무공을 이룰 수 있다는 것은, 천부적인 재능을 지니고도 모자라 오직 검 밖에 모르고 미쳐 있다는 말이다. 그런 자가 가장 무서운 법이야… 내가 젊었을 때 그랬기에 누구보다도 잘 안다."

기파는 결의에 찬 어조로 말했다.

"사부님의 말씀 뼛속 깊이 새기겠습니다. 반드시 대공을 꺾을 수 있는 경지를 이루어 내겠습니다."

귀수는 고개를 끄덕이며 기파의 어깨를 두드려 주었다.

어느새 해가 지고 어둠이 찾아오자, 상단으로 위장한 대공 일행이 배를 타고 실포에 당도했다. 모두 배에서 내리고, 삿갓으로 얼굴을 가린 대공과 대렴에게 탁근이 말했다.

"제가 먼저 신청방으로 가 뒷문을 열어드릴 테니, 두 분은 저들을 데리고 뒷문으로 오십시오."

"알겠소."

대공이 대답하자 탁근은 서둘러 시장 쪽으로 사라졌다.

"자, 그럼 출발하자."

대공이 앞서 나가니, 대렴과 살수들이 무기를 숨긴 수레를 끌고 그 뒤를 따랐다. 얼마 후, 신천방 뒷문이 열리고 대공 일행이 뒤뜰로 들어가자, 멀리서 그곳을 감시하던 낭도가 재빨리 모화방으로 뛰어 갔다. 낭도가 만월의 방문을 두드리니 승우가 문을 열었다.

"무슨 일이냐?"

"방금 상단으로 보이는 서른여 명의 인원이 신천방 뒷문으로 몰래 들어갔습니다."

그러자 아미가 다가와 말했다.

"특이한 점은 없었느냐?"

"앞선 두 사람은 삿갓을 써 얼굴을 볼 수가 없었고, 나머지 따르는 무리들이 수레를 끌고 들어갔는데, 생김새가 신라인은 아닌 듯했습니다."

"음..."

아미가 생각에 잠기니 승우가 말했다.

"혹시 그들이 철괴를 가지고 포구로 향할 수 있으니, 제가 낭도와 함께 직접 후문을 지켜보겠습니다."

"알겠네. 그럼 지금부터 후문을 지켜보는 인원을 두 명으로 하고 교대시간을 한 시진에서 두 시진으로 늘리도록 하지."

"알겠습니다."

한편, 신천방 뒤뜰의 창고 안에서는 대공과 대렴, 탁근이 탁자에 둘러앉아 소훈을 기다리고 있었다. 이윽고 창고 문이 열리며 무사단장 장천이 소훈을 데리고 들어왔다. 소훈이 대공을 보고 놀란 표정으로 물었다.

"아니, 큰 소주께서 어찌 이곳까지 오신 것입니까?"

그러자 대공이 창고 한편에 수북이 쌓인 철괴를 가리키며 냉담한 어조로 말했다.

"도대체 저것들을 언제 처리할 생각이오?"

"아, 그것이…"

"지금 상황이 어찌 돌아가고 있는지 알기나 하는 것인가!? 이미 용화향도의 수장이 모든 것을 눈치 채고 이곳을 급습할 준비를 하고 있는데, 도대체 당신은 지금까지 뭘 했느냔 말이야!!"

"소주. 원래 왜의 상인들이 매달 초일에 철괴를 가져갔었는데, 이번에는 오는 도중에 풍랑을 만나 다시 되돌아가는 바람에 이런 일이 생긴 것입니다."

"지금 그것을 변명이라고 하는 것인가?!! 무슨 수를 써서든 저것들을 치워버렸어야지!!!"

대공이 평소답지 않게 목에 핏줄을 세우고 고함을 치자, 소훈이 어쩔 줄을 몰라 하다가 갑자기 대공 앞에 무릎을 꿇었다.

"죄송합니다! 모든 것이 저의 불찰입니다!"

소훈이 머리를 조아리자 대공이 물었다.

"왜인들은 언제쯤 오는 것이오?"

"오늘 도착한 다른 왜인 상단에게 물어보니, 내일 오전쯤 도착할 거라 하였습니다."

"그들이 신천방으로 직접 오는 것이오?"

"예, 그렇습니다. 직접 와서 우리의 도움을 받아 철괴를 배에 옮겨 싣습니다."

"내일 왜인들이 오면, 내가 그들에게 긴히 할 이야기가 있으니, 내게로 바로 데리고 오시오."

"예."

"그리고 뒤뜰의 무사들이 쓰는 건물을 지금 당장 비우시오. 오늘 밤은 우리들이 그곳을 쓸 것이니."

"예, 소주."

대공이 소훈에게 손바닥을 위로 흔들어 보이니, 무릎을 꿇고 있던 소훈이 일어나 말했다.

"그럼, 나가 보겠습니다."

"한 가지 더 남았소."

대공이 탁근을 보고 고개를 끄덕이자, 탁근이 품에서 서찰을 꺼내 소훈에게 내밀었다.

"이건 뭡니까?"

소훈이 서찰을 받아들며 물으니 탁근이 말했다.

"이 서찰을 종만에게 즉시 전하시게. 이곳에 감시가 붙어 있으니, 눈에 띄지 않게 조심해야 할 것이야."

"알겠습니다."

다음날 아침. 여느 때와 마찬가지로 소훈이 일꾼들을 데리고 포구로 향하자, 아미와 승우 역시 그 뒤를 밟았다. 그런데 이번에는 소훈이 아무런 거래도 하지 않고 한동안 포구를 돌아다니며 왜인 상인들과 이런저런 이야기를 나누더니 그냥 돌아가 버렸다. 아미와 승우가 허탈한 마음에 멀어져 가는 소훈을 바라보고 있으니, 아니나 다를까 하구 건너편에서는 수천의 수병들이 개미떼 같이 모여 시끌벅적한 구령을 붙여대며 또 군선에 오를 준비를 하고 있었다. 멍하니 그 모습을 보던 승우가 말했다.

"아미랑… 며칠째 잠도 제대로 못 자고, 보는 것이라곤 똑 같은 장면만 되풀이되니… 이러다 병 걸리겠습니다."

"후… 나도 이제 좀 지치는 군…"

그때 배에서 꼬르륵 소리가 들려오자, 승우가 허탈한 웃음을 내뱉었다.

"허허, 이놈의 배는 분위기 파악도 못하고 밥 달라고 아우성이군…"

"자네가 고생이 많네. 나도 배가 고프니, 저자로 가서 요기나 하세나."

그렇게 둘은 시장으로 향했다. 시장통에 들어서 주위를 두리번거리던 아미가 말했다.

"저 주점이 좋겠군. 저기선 지나는 사람들을 내려다볼 수 있겠어."

아미가 일전에 기파일행이 들어갔던 주점을 가리키자, 승우가 말했다.

"예, 배에서 꼬르륵 소리가 요동을 칩니다. 가시지요."

둘이 주점의 이층에 올라 기파 일행이 앉았던 창가 자리에 앉으니, 구석에서 버드나무 가지로 호떼기[1]를 만들고 있던 꼬마 지정이 다가왔다.

"손님들, 뭘 드릴까요?"

"국밥 두 그릇이랑, 음… 맛 나는 게 뭐 있느냐?"

승우가 물으니 지정이 말했다.

"요즘엔 청어구이가 맛있어요."

"그래? 그럼 청어구이 두 마리 다오. 차도 내오고."

"예."

잠시 후, 지정이 조막만한 손으로 쟁반에 음식들을 가득 담고 올라와 탁자에 음식들을 놓자, 나비가 올라와 지정의 다리에 매달려 울음을 울었다. 그 모습을 본 아미가 말했다.

"어라? 이 고양이는 만월누님의 고양이인데?"

그러니 지정이 물었다.

"누나를 아세요?"

"잘 알지. 그런데 이 고양이가 왜 여기 있는 것이냐?"

"아, 저도 누나랑 친해서 나비가 여기로 자주 놀러 와요."

---

1) 버들피리.

승우가 말했다.

"우리 방에 있을 때는 꼼짝도 안하던 녀석이, 너한테는 잘도 엉겨 붙는구나?"

"아, 그건 청어구이 때문에 그래요. 냄새를 맡고 저도 달라고 그러는 거예요."

그 말을 들은 아미가 청어구이 한 마리를 땅에 던져주자 나비가 그걸 물고는 구석으로 가 뜯기 시작했다. 그때, 밖을 내다보던 승우가 말했다.

"저기 보십시오. 왜인들이 어찌 저자 안쪽까지 들어오는 것입니까?"

아미가 아래를 내려다보니, 꼭 버선처럼 생긴 검은 모자를 쓴 왜인 하나가, 머리에 흰 띠를 두르고 발목이 훤히 드러난 옷을 입은 왜인들을 이끌고 어디론가 가고 있었다. 지정이 밖으로 고개를 내밀더니 말했다.

"아~, 저 사람들이요? 쇳덩어리를 가지러 신천방에 가는 사람들이에요."

그러자 아미와 승우가 깜짝 놀라며 서로를 쳐다보았다. 아미가 물었다.

"네가 그걸 어찌 아느냐?"

"뭘 말이에요?"

"저 사람들이 신천방에서 쇳덩이를 가져간다지 않았느냐?"

"한 달에 한 번씩 저렇게 신천방으로 가던 걸요?"

"뭐!? 아, 내 말은 그게 쇳덩이인 줄은 어찌 아냐는 것이다."

"아~, 저번에 요 밑을 지나다가 수레 바닥이 터지는 바람에 쇳덩어리들이 주르르 쏟아졌었거든요. 헤헤."

그러자 승우가 말했다.

"혹시 그 수레가 뚜껑이 달리고 말 두 마리가 끄는 수레였냐?"

"예! 어떻게 아세요?"

승우가 아미를 보고 고개를 끄덕이니, 아미가 말했다.

"꼬마야, 밥은 나중에 먹어야겠구나."

아미가 탁자에 동전들을 올려놓고 급히 아래로 내려가자 승우도 뒤따라 내려갔다. 주점을 나선 아미가 승우에게 말했다.

"모화방으로 가세!"

"예!"

아미와 승우가 모화방으로 들어가 뒤뜰로 나오니 모여 있던 낭도들 몇이 아미와 승우를 발견하고 뛰어왔다. 아미가 그들 중 한 명에게 말했다.

"나머지는 어디 있느냐?"

"다들 숙소에서 쉬고 있습니다."

"전부 불러 모아라."

"예!"

낭도가 뒤뜰의 숙소로 뛰어가자, 아미가 다시 다른 낭도 둘을 가리키며 말했다.

"너, 그리고 너."

"예."

"너희들은 지금 당장 말을 타고 무릉산으로 가서, 충효랑에게 때가 되었으니 모두 모화방으로 집결하라 전해라. 한시가 급하니 최대한 서둘러야 할 것이다!"

"예!"

낭도들이 마구간으로 뛰어가자 아미가 승우에게 말했다.

"자네는 형님께 상황을 보고하고 내려오게."

"예."

그렇게 위로 올라가 만월의 방에 헐레벌떡 들어선 승우가 기파에게 말했다.

"형님! 드디어 때가 왔습니다!"

"무슨 단서라도 잡은 건가?"

"예! 신천방이 철괴를 빼돌려 왜인들에게 팔아넘긴 정황을 포착했습니다. 곧 용화향도가 이곳에 집결하면 신천방을 들이칠 것입니다."

"결국 자네들이 해냈군! 나는 만월 곁을 지켜야 하니, 이쪽은 신경쓰지 말고 어서 가서 아미 아우를 도우시게."

"예!"

얼마 후. 아미의 명을 받은 두 낭도는 급히 말을 몰아 무릉산 아래에 도착했다.

'빠!!!~~~~~~암.'

낭도 하나가 뿔피리를 꺼내 불자, 산 위에서 낭도들을 점검하던 충효가 급히 산 아래를 내려다보았다.

'빠!!!~~~~~~암.'

다시 뿔피리 소리가 들리고 낭도 둘이 아래서 손을 흔드는 것이 보이자, 승우가 급히 낭도들에게 명했다.

"용화향도는 즉시 하산하라!!"

충효와 오백의 낭도들이 산을 내려오니, 밑에서 기다리고 있던 낭도가 충효에게 보고했다.

"충효랑! 지금 바로 모화방으로 집결하라는 명입니다!"

"알았다! 자!! 출발하라!!"

충효가 말을 달려 나가자 기마낭도들이 뒤를 따르고, 보낭도들도 일제히 달리기 시작했다. 그때였다!

"와아!!!!!!!!!!!!!~~~~~~."

갑자기 황방산에서 천여 명의 도적들이 일제히 함성을 지르며 쏟아져 나와, 메말라 있는 동천을 순식간에 건너기 시작했다. 앞서 달리던 충효가 급히 손을 들어 기마낭도들을 세우고 뒤를 보니, 이미 백여 명의 말을 탄 도적들이 용화향도의 후미를 들이치고 있었다.

"충효랑!! 큰일입니다!! 보낭도들이 위험합니다!!"

기마낭도 하나가 다급히 외치자 충효가 창을 쳐들며 외쳤다.

"보낭도들을 구한다!! 모두 돌진하라!!"

충효가 말머리를 돌려 뒤쪽으로 달려 나가니, 백여 명의 기마낭도들이 일제히 그 뒤를 따랐다. 갑작스러운 기습에 보낭도들이 우왕좌왕하며 속수무책으로 당하고 있을 때, 어느새 달려온 충효가 창을 휘둘러 도적 하나를 베어 넘긴 후 외쳤다.

"용화향도는 전열을 정비하라!!!"

그러자 그제야 구심점을 찾은 낭도들이 전열을 갖추며 제대로 응전하기 시작했다. 그 모습을 본 종만이 충효에게 말을 달려 참마검을 내질렀다.

'촤앙!!!'

충효가 창을 휘둘러 걷어내자, 말과 말이 서로 꼬리를 물 듯 빙빙 돌아가며 검과 창이 이리저리 맞부딪치기 시작했다.

'촤앙!!! 촹!! 챙!! 촹!!!'

그러다 다시 서로가 정면으로 향하자, 충효가 고삐를 당겨 말 앞발을 공중으로 치켜세웠다.

'히~~이이이잉!!'

뒷다리로 선 충효의 말이 공중에서 앞발을 휘젓더니 그대로 떨어지며 앞발로 종만의 말 대가리를 내리쳤다. 종만의 말이 충격을 받아 옆으로 비틀거리는 순간, 충효는 한껏 뒤로 젖혔던 몸을 앞으로 숙이며, 있는 힘껏 양손으로 창을 찔러 넣었다.

"이야앗!!!"

'촤앙!!!!'

"으억!"

가슴팍으로 찔러 들어오는 창날을 향해 종만이 힘껏 참마검을 휘둘렀으나, 엄청난 힘으로 들어오던 충효의 창이 참마검을 튕겨내고 종만의 어깻죽지에 박혀 들어갔다. 종만이 비틀거리는 말 위에서 중심을 잡지 못하고 땅바닥에 떨어졌다. 충효가 마지막 일격을 날리기 위해 창을 쳐드는 순간!

'쉬이이익! 푹!'

"크흡!!"

갑자기 오른쪽에서 날아든 화살이 충효의 옆구리를 파고들었다. 충효가 고통스러워하며 고개를 돌려보니, 벌써 수백의 도적들이 물밀 듯이 밀려오고 있었다.

'쉬쉬이이익! 탱푹!'

다시 두 발의 화살이 충효를 향해 날아들었다. 충효가 급히 창을 휘둘러 하나를 튕겨냈으나, 남은 한 발이 충효의 오른쪽 허벅지를 후벼 팠다.

"으흑!"

"흐압!!!"

그때, 어느새 일어난 종만이 충효가 탄 말의 목을 참마검으로 베어버렸다. 충효가 말과 함께 그대로 옆으로 쓰러져, 땅바닥을 뒹굴었다.

"죽어라!!!"

종만이 쓰러진 충효에게 달려가 참마검을 내리찍자, 충효가 누운 상태로 창 자루를 들어 황급히 막았다.

'챙!!!'

그때, 주변에 있던 대여섯 명의 보낭도들이 충효를 구하기 위해 일제히 종만에게 창칼을 휘두르며 달려들자, 종만은 수하들이 있는 쪽으로 도망치기 시작했다. 보낭도들이 충효를 부축하고 급히 후퇴하니 기마낭도 하나가 그쪽으로 달려와 말했다.

"박힌 화살들을 부러뜨리고 충효랑을 내 뒤에 태우게!!"

보낭도들이 충효의 옆구리와 허벅지에 박힌 화살을 부러뜨렸다.

"으윽!"

충효가 신음을 토하자 보낭도 하나가 다급히 말했다.

"충효랑!! 어서 말에 오르셔야 합니다!!"

보낭도들이 충효를 들어 말위로 올리자, 기마낭도가 충효를 뒤에 태우고 도적들과 낭도들이 이리저리 뒤엉켜 싸우는 전장을 빠져나갔다.

"충효랑!! 괜찮으십니까!?"

기마낭도가 말을 달리며 뒤에 엎인 충효를 돌아보니 충효가 힘없이 대답했다.

"말을 세워라… 전황을 봐야겠다‥‥"

기마낭도가 말을 세워 돌리자 충효가 고개를 들어 앞을 바라보았다. 치열한 전투가 벌어지는 가운데, 벌써 수많은 낭도들과 도적들이 비슷한 숫자로 쓰러져 있었다. 기마낭도가 안타까운 목소리로 말했다.

"벌써 절반이 넘는 병력이 쓰러졌습니다! 이 일을 어찌하면 좋습니까?"

충효는 입술을 질끈 깨물더니, 말안장에서 뿔피리를 꺼내 기마낭도에게 건네주며 말했다.

"적의 수가 너무 많아… 이대로 가다간 전멸이다. 어서 실포로 퇴각해야 한다…"

"하지만, 저들이 계속 쫓아오면 실포에 있는 아미랑과 승우랑도 위험해지지 않겠습니까?"

"실포에 만여 명의 수병들이 있으니, 감히 거기까지는 못 들어올 것이다… 푸헉!"

충효가 피를 토하자 기마낭도가 놀라서 뒤돌아보았다.

"추, 충효랑!!"

"시간이 없어… 어서!"

그러자 기마낭도가 뿔피리를 불어 퇴각신호를 보내기 시작했다.

'빠밤!!!~~ 빠밤!!!~~ 빠밤!!!~~~~~, 빠밤!!!~~ 빠밤!!!~~ 빠밤!!!~~~~~.'

그 소리를 들은 낭도들이 싸움을 멈추고 일제히 소리가 나는 쪽으로 달리기 시작했다. 기마낭도가 말머리를 돌리며 말했다.

"충효랑! 조금만 참으십시오! 이리얏!!"

그렇게 용화향도가 실포로 퇴각하기 시작하자, 어느덧 새 말에 오른 종만에게 부장 하나가 달려와 말했다.

"저들이 실포로 후퇴하기 시작했습니다! 어찌할까요?"

그러자 종만이 큰 소리로 수하들에게 외쳤다.

"지금 실포는 수병들이 모조리 바다로 나가 있어 무방비 상태다!!! 도망치는 용화향도를 모조리 쳐 죽이고!!! 실포 저자를 마음껏 약탈하고 불태워라!!!"

"와아!!!!!!!!!!!!!!!~~~~~~~~~."

그 시각. 신천방 뒷문으로 왜인들이 나오고, 신천방의 무사들이 말 두 마리가 끄는 수레를 호위하며 뒤따르자, 뒷문을 감시하고 있던 승우와 낭도가 급히 모화방으로 뛰어갔다. 뒤뜰에 들어서니 아미와 이십여 낭도들이 모여 있었다. 승우가 급히 말했다.

"아미랑! 지금 왜인들이 신천방 뒷문으로 나와 수레를 끌고 포구로 떠나고 있습니다!"

"벌써 출발했단 말인가?"

"예! 지금쯤 충효가 한창 달려오고 있을 텐데, 기다릴까요?"

"뒤따르는 무사들이 몇이나 되던가?"

"얼핏 보아, 스물은 되어 보였습니다."

"배에 싣기 전에 철괴를 확인해야 하네. 우리들만이라도 포구로 가서 수레를 수색한다!"

아미는 낭도 하나를 가리키며 말을 이었다.

"너는 이곳에 남아 충효랑이 도착하면, 곧바로 포구로 달려오라 전하거라!"

"예!!"

"자! 나머지 낭도들은 모두 일전을 각오하고 나를 따르라!!"

"예!!!!"

그렇게 아미는 승우와 낭도들을 이끌고 포구로 달려갔다. 시장통을 지나 포구 입구에 들어서니, 저 앞에 왜인들과 신천방 무사들이 보였다. 아미와 승우가 뛰어가 앞선 왜인들을 막아섰다.

"멈추어라!!"

아미가 손바닥을 보이며 저지하자, 모자를 쓴 왜인이 특유의 억양으로 말했다.

"무슨 일이오?"

"우리는 황명을 받고 수출품들을 조사하러 나온 사람들이다! 저 수레를 조사해야겠으니, 모두 뒤로 물러서라!"

그러자 모자를 쓴 왜인이 다른 왜인들에게 자기네 말로 뭐라 뭐라 말하더니 함께 옆으로 비켜났다. 하지만 여전히 신천방 무사들은 움직일 생각을 하지 않았다.

'쉐엥!~~.'

승우가 칼을 빼드니 무사들 주위를 둘러싼 낭도들이 일제히 칼을 빼들었다. 승우는 칼을 무사들에게 겨누며 경고했다.

"피를 보고 싶지 않거든, 무기를 내려놓고 당장 옆으로 비켜서라! 경고는 이번 한 번뿐이다!"

그러자 무사들이 하나둘씩 병장기를 내려놓고 옆으로 비켜나기 시작했다. 모두 옆으로 비켜나자 아미가 외쳤다.

"수레를 뒤져라!!"

아미의 명에 낭도 대여섯 명이 수레로 달려가 뚜껑을 열고, 수레를 가득 채우고 있던 짐들을 모조리 땅바닥으로 끄집어내기 시작했다. 그러고는 텅 빈 수레 옆에 널브러진 보따리와 상자들을 전부 까발리기 시작했다. 그러나 보이는 거라곤 비단과 약재, 서책, 사치품들뿐이었다.

"아미랑, 이게 어찌된 일입니까!? 철괴가 없습니다!"

비단을 이리저리 헤치던 승우가 물으니, 아미가 입술을 깨물며 대답했다.

"제기랄… 우리가 속았다! 신천방으로 가자!!"

아미가 뛰어가자, 승우와 낭도들이 급히 뒤를 따랐다.

한편, 아미가 왜인들을 뒤쫓아 간 사이, 대렴과 탁근은 살수 열 명과 함께 말을 타고 신천방 뒷문으로 철괴를 실은 수레를 끌고 나와, 포구 반대방향으로 한참을 달렸다. 동천이 태화강으로 합류하는 지점에 다다르자, 미리 준비해 둔 배에 수레를 싣고 살수들이 노를 저었다. 배가 태화강 한가운데에 다다르니 탁근이 말했다.

"됐다! 철괴를 강물에 쏟아버려라!"

살수들이 일제히 배 밖으로 수레를 밀어붙이자, 수레가 뒤집히며 철괴들이 우르르 강물로 쏟아져 내렸다. 그 모습을 흐뭇하게 바라보던 대렴이 말했다.

"흐흐흐, 형님의 계책에 그 잘난 아미 놈이 제대로 당했구나! 십 년 묵은 체증이 쑥 내려가는 기분이다! 하하하하."

탁근이 말했다.

"큰 소주의 머리가 정말 비상하십니다. 저와 주공조차도 철괴를 어찌 처리할는지는 아무리 생각해도 답이 없었는데, 이런 방법이 있을 줄은 꿈에도 몰랐습니다."

"암, 우리 형님이 어디 보통 인물이오? 이제 우리는 형님만 믿고 따르면 될 것이오!"

"예, 맞습니다. 하하하하."

"그럼 이제, 신천방으로 돌아가서 때를 기다리면 되는 것이오?"

"예. 분명 아미는 속았다는 생각에 앞뒤 가리지 않고, 신천방을 뒤지기 위해 용화향도를 불러들일 것입니다. 종만이 용화향도를 격퇴하고 실포에 들어오는 순간, 아미는 물론이고 만월까지 없애버려야 합니다."

"기파 그놈도 빼놓을 수 없지! 이번 기회에 모조리 쓸어버립시다!"

"예. 그런데… 도정 아가씨는 다치는 일 없이 모셔가야 합니다. 허나 아가씨 옆에는 귀수가 있고, 만월 옆에는 기파가 있으니, 일이 쉽지만은 않을 것입니다."

"제 아무리 날고 긴다 해도, 형님과 나, 살수들을 당해낼 순 없을 것이오!"

"작은 소주께선 부상 중이시니 전면에 나서선 안 됩니다…"

"걱정 마시오! 오른손 하나로도 검을 휘두르기엔 충분하오!"

대렴은 걱정스런 탁근의 시선을 외면한 채 살수들에게 외쳤다.

"서둘러라!! 신천방으로 돌아간다!!"

그 사이, 충효를 뒤에 태우고 말을 달린 기마낭도는 다른 삼십여 명의 기마낭도들과 함께 모화방 앞에 도착해 말을 세웠다. 충효를 기다리고 있던 낭도가 급히 뛰어와, 피범벅이 되어있는 충효를 보고는 놀라 물었다.

"충효랑!! 이게 무슨 일입니까!?"

충효가 힘겹게 입을 열었다.

"다들… 어디 있느냐?"

"철괴를 빼돌리는 현장을 잡으러, 지금 전부 포구에 가 있습니다. 아미랑께서, 도착하는 즉시 지체하지 말고 바로 포구로 오라셨습니다."

"내려야겠다… 나를 도와다오."

"예!"

충효가 낭도의 부축을 받아 말에서 내리고 나서, 기마낭도들에게 말했다.

"너희들은 지금 바로 포구로 달려가 아미랑을 도우라!"

"예!!!"

그때, 앞서 있던 기마낭도가 손가락을 가리키며 말했다.

"충효랑! 저기 보십시오! 아미랑과 승우랑입니다!"

충효가 고개를 돌려보니, 아미와 승우가 낭도들을 이끌고 달려오고 있었다. 뛰어온 아미가 부상당한 충효를 보고 놀라 물었다.

"아니?! 어쩌다 이리 되었는가!?"

"기별을 받고 급히 달려오다 도적떼에게 습격을 당했습니다…"

"뭐라!!? 도적떼가 아직 이곳에 있었단 말인가?"

"맞은편 황방산에 매복하고 우리가 나오기를 기다리고 있었습니다…"

그러자 승우가 아미에게 말했다.

"이런 쳐 죽일 놈들! 역시 그놈들이 신천방과 연계된 것이 확실합니다! 지금 당장 신천방을 들이치시지요!"

그때, 오십여 명의 보낭도들이 헐떡이며 모화방으로 뛰어왔다. 그중에는 부상당한 이도 상당수 보였는데, 앞서 뛰어온 낭도 하나가 다급하게 말했다.

"헉, 헉, 큰일입니다!! 도적들이 저자까지 들어와 닥치는 대로 살육을 저지르고 있습니다!!"

놀란 충효가 다급히 말했다.

"아미랑! 어서 실포 수병들을 불러야합니다!"

그러자 아미는 이를 깨물며 눈살을 찌푸렸다. 그 모습을 본 충효가 다시 물었다.

"아미랑? 왜 그러십니까?"

그러니 승우가 대신 답했다.

"지금 수병들은 모조리 바다로 나가 있다. 병부령이 시킨 일이라 더군. 모든 것이 우리를 치기 위해 치밀하게 계획된 것이야!"

"허… 그런…"

잠자코 있던 아미가 아까 뛰어온 보낭도에게 물었다.

"병력 상황이 대충 어찌되느냐?"

"우리 쪽은 절반 이상이 죽거나 부상당하고, 나머지는 추격을 피해 뿔뿔이 흩어졌습니다. 반면에 도적들은 그 수가 천여 명에 달합니다."

"승우랑, 어서 위로 올라가서 국선께 포구로 가 배를 타고 피신하라 전하게!"

"예!"

승우가 모화방으로 뛰어 들어가자, 아미가 다시 말했다.

"충효랑, 자네도 지금 당장 포구로 가 배를 타게."

"아미랑! 으윽… 저도 함께 싸우겠습니다!"

"두 말 할 시간이 없네! 충효랑을 당장 말에 태워라!!"

"아미랑…"

낭도들이 충효를 억지로 말에 태우자 아미가 외쳤다.

"부상자들은 전부 포구로 피신한다!! 어서!!"

아미의 명에 낭도 열댓 명이 충효와 함께 포구로 떠나자, 곧 이어 종만이 백여 명의 도적떼를 이끌고 달려왔다. 아미를 발견한 종만은 말에서 내려 참마검을 겨누고 외쳤다.

"네놈이구나!! 오늘 너를 죽여 형님의 원한을 풀어드려야겠다!!"

아미가 낭도들에게 외쳤다.

"오늘 우리는 여기서 다 같이 죽는다!! 최후까지 부끄럼 없이 싸우자!!"

"예!!!!!!"

그러자 종만이 이빨을 드러내며 외쳤다.

"애송이놈이 겁대가리를 상실했구나!! 뭣들 하느냐? 모조리 쳐 죽여라!!"

"와아!!!!!!~~~."

용화향도와 도적들이 길 양쪽에 나뉘어 병장기를 맞부딪치며 싸우고 있을 때, 승우는 기파, 만월, 설아, 귀수, 도정을 데리고 아래층으로 내려왔다. 요란한 싸움 소리에 승우가 말했다.

"형님! 벌써 도적들과 전투가 시작되었습니다! 어서 뒷문으로 빠져나가 포구로 가십시오!"

"어찌 아미 아우만 남겨두고 간단 말인가!"

"제가 남아 아미랑을 끝까지 지키겠습니다! 저희들은 걱정 마시고 어서 서두르십시오!"

그러자 설아가 기파의 소매를 끌며 말했다.

"오라버니! 서둘러야 해요! 언니와 이분들을 어서 피신시켜야 하잖아요!"

"하아… 그럼 아미 아우를 부탁하네!"

"예! 제가 무슨 수를 써서든 아미랑도 탈출시키겠습니다! 어서 가십시오!"

기파 일행이 뒤뜰로 달려가자 승우가 칼을 빼들고 모화방을 나와 아미의 대열에 합류해 싸우기 시작했다. 한참을 싸우고 있는데, 느닷없이 신천방에서 이십여 명의 살수들이 쏟아져 나와, 도적들과 싸우고 있던 용화향도의 옆구리를 들이쳤다. 예상치 못한 공격에 대열이 무너지며 삽시간에 낭도들이 쓰러져 나가자, 승우가 전면에서 싸우고 있던 아미의 뒷덜미를 잡고 뒤쪽으로 끌고 갔다.

"엇! 아니 이게 무슨 짓인가!!?"

"어서 피해야 합니다!! 이대로 가다간 전멸입니다!!"

'쫙!'

끌려 나온 아미가 뒤돌아 승우의 뺨을 후려쳤다.

"나는 여기서 죽을 것이다!! 어찌 화랑이 임전무퇴의 계율을 어긴단 말인가!!"

그러자 승우가 아미의 멱살을 잡으며 외쳤다.

"아직 우리에게 기회가 있습니다!! 뿔뿔이 흩어져 있는 낭도들을 규합해 다시 대적해야 합니다!! 여기서 개죽음을 당하는 것은 나머지 낭도들과 실포 백성 전체를 버리는 것이나 다름없습니다!!"

눈물을 글썽이는 승우의 눈을 바라본 아미는 눈을 질끈 감더니 고개를 끄덕였다. 승우가 손을 풀자 아미가 남아 있는 낭도들에게 외쳤다.

"모두 퇴각하라!!!"

아미와 승우가 낭도들과 도망치기 시작하자 도적들이 뒤쫓기 시작했다. 종만이 추격하기 위해 다시 말에 오르니, 복면을 쓴 대공, 대렴, 탁근이 신천방에서 나왔다. 대공이 앞으로 나와 종만의 앞을 가로막았다.

"누군데 길을 막는 것이냐!!"

종만이 참마검을 치켜세우며 고함을 치자 소훈이 급히 신천방에서 뛰어나와 종만을 말렸다.

"예를 갖추시게!! 큰 어른의 장자이시네!!"

그 말에 종만이 칼을 내리니 대공이 말했다.

"내 이미 그대에게 할 일을 알려두었을 텐데? 어찌 병력을 다시 규합하여 저자 전체를 불태우는 데 주력하지 않는 것인가?"

"흥, 그 일은 뜯어말려도 수하들이 신이 나서 할 것이오. 내 그 화랑 놈을 반드시 죽여 형님의 복수를 해야겠으니, 방해 말고 비키시오!"

대공이 다막검에 손을 가져가자 탁근이 급히 다가와 대공의 귀에 대고 속삭였다.

"소주, 아직 죽여선 안 됩니다. 놈이 아미와 용화향도를 상대하게 놔두시지요. 일이 끝나고 나면, 따로 불러 처치하면 될 것입니다."

"······"

잠시 뜸을 들이던 대공이 옆으로 비켜나자 종만이 말에 박차를 가했다.

"이럇!!"

종만이 달려 나간 후, 대공과 대렴은 살수들을 이끌고 모화방으로 들어갔다. 일층은 개미새끼 한 마리도 보이질 않았다.

"방을 모조리 뒤져라!!"

대공이 외치자 살수들이 각 층의 방들을 이 잡듯 뒤져, 안에 남아 있는 자들을 닥치는 대로 대공에게 잡아끌고 왔다. 끌려와 앉혀진 스무 명 남짓한 사람들을 훑어보던 대공이 모화방의 점원 조끼를 입고 있는 아주를 가리키며 말했다.

"너! 이리 나와라."

"예?"

아주가 벌벌 떨며 일어날 생각을 하지 않자, 대렴이 아주의 멱살을 잡고 대공 앞으로 끌고 왔다. 대공이 물었다.

"만월은 어디 있느냐?"

"모, 몰라요 저는…"

그러자 대공이 아주의 팔을 잡아 휙 뒤돌려 세우고는 뒤에서 귀에 대고 나지막하게 말했다.

"잘 보거라. 보고 나서도 모른다는 소리가 나오는지 어디 보자."

대공이 살수들에게 고개를 끄덕이자, 살수들이 사람들을 도륙하기 시작했다. 비명이 울려 퍼지고 피가 이리저리 튀겼다.

"으아악!!!"

도망치던 한 명이 아주의 눈앞에서 목이 떨어져 나가 피를 쏟아내며 쓰러지니, 그 피를 뒤집어 쓴 아주가 온몸을 사시나무 떨듯 떨어댔다. 아주의 다리를 타고 오줌이 흘러내렸다. 대공이 다시 귀에 대고 물었다.

"한 번만 더 묻겠다. 만월은 어디 있느냐?"

"아, 아가씨는 오, 오층에 있었는데… 저저, 저는… 이층에 있었는데… 어디 있는지… 정말 몰라요… 흐흑…"

그러자 대공이 아주를 대렴에게 밀치고는 말했다.

"네가 처리해라."

"예??"

시체가 나뒹구는 처참한 광경에 눈살을 찌푸리고 있던 대렴이 뜬금없는 대공의 말에 어리둥절해 할 때, 대공이 살수들에게 외쳤다.

"모화방을 불태워라!!"

"예!!!!!"

살수들이 여기저기에 불을 놓기 시작하고, 정문을 나서던 대공이 뒤돌아보며 대렴에게 말했다.

"뭐하는 거야! 빨리 처리하고 나와!"

"아, 알겠소."

대공이 나가자, 대렴은 칼을 빼내 쳐들었다.

"꺄악!!!"

눈을 감고 비명을 지르던 아주가 다시 눈을 떠 보니, 대렴이 칼을 들고 망설이고 있었다.

"사, 사, 살려주세요… 살려주세요… 아흐흑…"

대렴은 오만상을 다 찌푸리더니, 아주의 멱살을 쥐고 뒤뜰로 끌고 갔다. 뒤뜰에서 주위를 살피고서 말했다.

"뒤로 도망쳐라."

"예?? 아아! 고, 고마워요…"

"어서!"

아주가 뒷문으로 뛰어가 밖으로 나가려 할 때였다.

'쒸욱!'

느닷없이 화살 하나가 대렴의 귓볼을 스치며 날아가 아주의 뒷목을 꿰뚫어 버렸다.

"컥!"

외마디 비명과 함께 앞으로 꼬꾸라지는 아주를 보고 대렴이 놀라서 뒤돌아보자, 뒤뜰 입구에서 화살을 날린 대공이 대렴을 째려보더니, 활을 옆에 있는 살수에게 건네고는 그대로 들어가 버렸다. 대렴은 엎어져서 피를 토하며 죽어가는 아주를 안쓰럽게 쳐다보았다.

"후… 젠장!!"

대렴이 다시 안으로 들어가 정문으로 나오니, 탁근과 이야기를 하고 있던 대공이 대렴을 쏘아보며 말했다.

"너! 정신 똑바로 차려! 지금 여기 장난하러 온 것이 아니다!"

대렴은 말없이 고개를 끄덕였다. 잠시 후, 모화방에 불길이 치솟으며 시꺼먼 연기가 여기저기서 마구 뿜어져 나오자, 지켜보던 소훈이 웃으며 말했다.

"하하하! 이것 참, 속이 후련합니다! 앞으로는 신천방이 서라벌에 들어가는 물자를 독차지할 수 있겠습니다! 하하하하."

그러자 대공이 다막검을 천천히 뽑아 들고는, 한쪽 입꼬리를 올리며 씨익 웃어보였다.

"자네는 이 상황이 재미있나 보지?"

"예?"

"재미있냔 말이야."

"아… 그것이 아니라… 윽!!"

그때 갑자기, 대공이 다막검을 소훈의 배에 푹 하고 찔러 넣었다. 그 모습을 본 대렴과 탁근이 기겁을 했다.

"형님!!?"

"소주!!"

자신의 배에 꽂힌 다막검을 양손으로 쥐고, 고통과 의문이 뒤섞인 표정을 한 소훈이 말했다.

"소… 소주!… 왜……"

대공이 소훈을 무섭게 노려보며 말했다.

"네놈이 일 처리를 똑바로 했다면 이 사단은 안 벌어졌을 것이다. 네놈 때문에 수많은 사람들이 죽어가는 판에, 쳐 웃고 있는 모습을 보니 배알이 뒤틀리는구나!"

"하, 하지만, 평생을 충성한 제게 어찌…"

"후후, 충성이라… 좋다. 그럼 최소한의 예의는 갖춰주지. 자네가 죽어야 하는 진짜 이유를 말해주겠네. 도적들이 들이닥쳐 모화방이 불타고 만월이 죽는다면, 신천방도 불타고 자네도 죽어야 이야기가 맞는 것이겠지. 안 그런가? 도적들이 신천방만 그대로 놔둔다는 건, 말이 안 된만 말씀이야. 자네는 충성스런 사람이니, 혹여 생길지 모르는 뒤탈도 모조리 떠안고 가시게!"

대공은 박혀 있는 다막검을 빼내어 검날을 위로 뒤집어 다시 소훈의 목에 힘껏 찔러 넣었다.

"쿠흑!!"

대공이 칼자루를 아래쪽으로 사정없이 당기자 소훈의 목에 박힌 검이 목 안에서 살을 헤집으며 빠져나왔다. 소훈이 피를 분수처럼 뿜어내며 뒤로 자빠지고, 대공은 다막검을 땅을 향해 휘둘러 피를 털어냈다. 대렴은 그런 형의 모습에, 온몸에 소름이 돋아 올랐다.

'정녕 내가 알던 형님이 맞는 것인가? 어찌 한 순간에 이리 변할 수 있단 말인가?'

"모두 따라 들어와라! 보이는 것들은 모조리 죽여버리고 신천방을 불태운다!"

그렇게 대공이 다막검을 들고 신천방으로 뛰어 들어가자, 신천방은 삽시간에 끔찍한 지옥으로 변해버렸다.

한편, 포구에 도착한 기파 일행은 눈앞에 펼쳐진 광경에 모두 아연실색이 되어 있었다. 포구에 있던 수많은 상인들은 피투성이 시체가 되어 나뒹굴고 있었고, 정박해 있던 배들도 모조리 불타고 있었던 것이다. 귀수가 넋을 잃은 표정으로 말했다.

"이럴 수가… 배가…"

그때, 만월이 한 곳을 가리키며 말했다.

"저기 보세요! 낭도들이 위험해요!"

기파가 고개를 돌려보니, 포구 끝에서 충효와 낭도들이 서른 명의 살수들에게 둘러싸여 위태롭게 싸우고 있었다. 기파가 사인검을 뽑아들고 달려가려 하자 귀수가 기파의 팔을 잡아끌었다.

"지금 저들을 도울 때가 아니다! 어서 이곳을 벗어나야 해! 여기서 포위되면 빠져나갈 곳이 없다!"

"저 화랑은 제 아우 중 하나입니다! 반드시 구해야 합니다!"

그러자 귀수가 입술을 질끈 깨물더니 말했다.

"저들은 내가 구할 테니, 넌 여자들을 데리고 어서 이곳을 빠져나가거라!"

그 말과 함께 귀수가 쏜살같이 달려 나갔다.

"사부님!…"

기파가 어찌 할 바를 몰라 우물쭈물하자, 설아가 말했다.

"오라버니! 종헌스님 말씀대로 어서 이곳을 벗어나야 해요! 조금 있으면 도적들이 이리로 몰려올 거예요!"

설아의 말에 정신을 차린 기파는 세 여인을 데리고 포구를 빠져나가기 시작했다. 그동안, 부상당한 충효를 둘러싼 낭도들이 살수들에게 하나씩 쓰러져나갔다. 낭도들이 여섯 명밖에 남지 않았을 때, 살수 하나가 충효 앞에 있던 낭도를 베어 넘겼다.

'하… 이렇게 허무하게 끝나는 것인가…'

몸에 기운이 하나도 없어 전의를 상실한 충효에게 살수가 일격을 날리는 찰나!

'쉬리리리릭!! 푸악!!'

"큭!"

갑자기 날아든 화운검이 살수의 등을 파고들었다. 살수가 외마디 비명과 함께 쓰러지자, 근처의 다른 살수들이 뒤를 돌아보았다.

'퍼퍽!!!'

그 순간 공중으로 날아오른 귀수가 순식간에 살수 두 명의 머리통을 걸어차자, 살수들이 고개가 꺾여 튕겨져 나갔다. 귀수는 한 손으로 쓰러진 살수의 등에서 화운검을 뽑아들고, 다른 한 손으로 살수의 손에서 검을 빼어들고는, 그대로 나머지 살수들 사이를 파고들었다. 양손에 든 검으로 무시무시한 회오리 칼춤을 추기 시작하자, 순식간에 다섯 명의 살수들이 칼 한번 제대로 써보지 못하고 허수아비처럼 쓰러졌다. 당황한 살수들이 포위를 풀고 한쪽으로 모여들자, 귀수가 소름끼치는 웃음소리를 내었다.

"크히히히히히!~, 모조리 찢어주마!!!"

귀수가 미칠 듯이 돌진해 소나기처럼 칼날을 퍼붓자, 살수들의 대응에도 불구하고 또다시 네 명의 목이 달아났다. 실로 귀신같은 칼놀림이었다. 그 모습을 본 나머지 살수들이 뒷걸음질 치기 시작하더니, 한 살수가 알 수 없는 말갈어를 지껄이자 일제히 시장 쪽을 향해 도망쳤다. 충효는 혼자서 서른 명의 살수들을 물리친 귀수의 압도적인 모습에 입을 다물지 못하고 있었다. 그런 충효에게 귀수가 다가와 말했다.

"괜찮은가?"

"아, 예! 구해주셔서 감사합니다! 뉘신데 저희를 구해주셨는지요?"

"난 기파의 사부일세. 기파가 자네를 구해 달라 부탁하였네."

"아! 그렇습니까? 형님은 지금 어디 계십니까?"

"이곳에 왔다가 배가 불타는 것을 보고, 다른 곳으로 빠져나갔네. 이곳은 곧 도적들에게 포위될 걸세. 자네들도 어서 이곳을 빠져나가야 하네."

"저희들은 모두 부상 중이라 멀리 움직일 수가 없습니다. 다행히 저쪽에 불타다 만 조그만 나룻배가 하나 있습니다. 저희와 함께 강을 건너 피하시지요."

"나는 기파를 쫓아가야 하니 어서들 강을 건너게."

"알겠습니다. 그럼, 형님을 부탁드립니다."

귀수와 충효가 서로 반대방향으로 흩어질 그때, 기파는 만월, 설아, 도정을 데리고 온통 불바다가 된 시장통을 조심스레 빠져나가고 있었다. 돌아다니며 닥치는 대로 사람들을 베고 불을 지르는 도적들의 시선을 피해 시장 뒷골목으로 빠져나오는 데 성공한 기파가 북동쪽에 있는 조그만 산을 가리키며 만월에게 말했다.

"저 산으로 피합시다."

"네."

일행이 산 쪽으로 움직일 때였다.

'퓨이!!!……'

산 아래에서 갑자기 효시[1] 하나가 수직으로 치솟으며 긴 울음을 울고, 매복해 있던 살수 다섯 명이 튀어나와 칼을 빼들고 길을 막아섰다.

"설아야!! 낭주들을 데리고 저리로 도망쳐라!!"

설아가 만월과 도정을 데리고 왼쪽으로 난 길로 도망치기 시작하자, 살수들이 뒤쫓으려 뛰어왔다. 기파가 사인검을 뽑아들고 살수들을 막아서니 칼날들이 부딪히기 시작했다.

한편, 신천방 마구간에서 말을 꺼내 타고 만월과 도정을 찾기 위해 시장을 이 잡듯 뒤지고 있던 대공은 효시의 울음을 듣고 급히 고개를 들어 화살의 위치를 파악했다.

"저쪽이다!! 이랴!!!"

대공이 효시가 날아오른 쪽으로 달려 나가자, 대렴과 탁근, 그리고 스무 명의 살수들이 일제히 말머리를 돌려 대공을 뒤따랐다.

기파가 살수들을 상대하는 사이, 만월과 도정을 데리고 서쪽으로 도망치던 설아는, 순간 달리던 걸음을 멈추고 팔을 벌려 뒤쫓아 오던 만월과 도정을 멈춰 세웠다.

"왜 그래?"

"쉿!"

만월이 묻자 설아가 손가락을 입술에 갖다대었다.

"저 앞에 도적들이 민가를 약탈하고 있어요. 돌아서 가야겠어요."

---

1) [嚆矢]. 소리 나는 화살.

설아가 둘을 데리고 다시 시장 뒷골목에 들어섰을 때, 갑자기 골목 맞은편으로 말을 탄 도적 둘이 들어섰다. 설아가 둘을 데리고 급히 왔던 길로 다시 도망치기 시작했다. 그러자 도적들이 칼을 뽑아들고 말을 달려 뒤쫓아 왔다.

"아앗!!"

맨 뒤에서 도망치던 도정이 돌부리에 걸려 넘어지고 말았다. 다시 일어나려 할 때, 어느새 달려든 도적이 도정의 등 뒤로 칼을 내리치는 찰나!

'츄캉!!!'

왼쪽에서 난데없이 날아든 검에 도적의 칼이 두 동강 나는 동시에 도적의 머리통이 몸통에서 분리되어 떨어져 나갔다. 앞을 가로막는 것들을 모조리 베어버리며 큰 궤적을 그리던 검이 다시 방향을 틀어 베어 나가자, 뒤따라오던 다른 도적이 급히 칼을 들어 막았지만 여지없이 칼과 몸뚱이가 두 동강 나며 나가떨어졌다. 순식간에 벌어진 일에 도정이 영문을 몰라 쳐다보니, 검을 휘두른 자가 말했다.

"도정아! 괜찮으냐?"

"오라버니??"

도정이 복면을 뚫고 나오는 익숙한 목소리를 알아듣자, 대공이 말했다.

"잠시 여기 있거라!"

그 말과 함께 대공이 말머리를 돌려 저쪽에 멈춰 서서 자신을 바라보고 있는 만월에게로 말을 달려 나갔다. 다막검이 의아한 표정으로 서 있는 만월의 목을 향해 날아들었다.

'쉬웅!'

"꺅!!"

옆쪽에 있던 설아가 비명을 지르며 급히 만월을 잡아채고서 같이 옆으로 쓰러지자, 다막검이 휘날리는 만월의 머리칼을 베며 지나갔다. 둘을 지나친 대공이 다시 말을 돌려 쓰러져 있는 만월에게 달려가려 할 때였다.

"받아라!!!"

'슈라라라락!!'

살수들을 처리하고 뒤쫓아 온 기파가 달려오며 대공에게 사인검을 날렸다. 느닷없이 칼이 빙글빙글 돌며 날아오자, 대공은 황급히 다막검을 휘둘러 사인검을 튕겨냈다.

'취앙!!!'

튕겨나간 사인검이 공중에서 빙글빙글 돌자, 달려온 기파가 그대로 공중으로 뛰어올라 사인검을 낚아채는 동시에 있는 힘껏 내리쳤다.

'츠캉!!!!'

대공이 급히 다막검을 들어 막았으나 미친 듯이 달려들며 내리친 기파의 검이 어찌나 강한지, 대공은 말 위에서 튕겨나 땅바닥을 나뒹굴었다. 급히 몸을 일으킨 대공이 다막검의 날을 보니 이가 나가 있었다.

'아니?! 다막검이?'

그 사이, 기파는 쓰러져 있는 만월과 설아에게 달려갔다. 기파가 저 멀리서 대렴과 탁근이 살수들을 이끌고 말을 달려오는 것을 발견하고는, 급히 설아에게 말했다.

"어서 골목으로 들어가라!!"

설아가 만월을 데리고 도정이 서 있는 골목 입구로 뛰어가니, 대공이 뒤쫓으려 했다. 기파가 그런 대공의 길을 막아서자, 다시 검들이 불꽃을 튀기기 시작했다.

'츠캉!!! 츄캉!!! 태캉!!! 츄캉!!!'

순식간에 두 검이 네 번을 맞부딪혔을 때, 기파가 오른발로 대공의 다리를 강하게 쓸어 찼다. 그러자 중심을 잃고 넘어지던 대공이 놀랍게도 한 손으로 땅을 짚어 몸을 거꾸로 세우며 기파의 머리통을 걷어찼다.

'퍽!!'

예상치 못한 일격에 큰 충격을 받은 기파가 몸을 비틀거리며 뒷걸음질을 치자, 대공이 기파에게 달려들어 다막검을 크게 내리쳤다.

'츠캉!!!!'

기파는 급히 사인검을 들어 막았으나, 다리가 풀려 버렸는지 또다시 비틀비틀 뒷걸음질을 치다가 엉덩방아를 찧으며 뒤로 자빠졌다. 기파가 황급히 상체를 일으켜 대공을 보니, 다막검을 쳐들고 달려오던 대공이 뭔가에 놀랐는지 갑자기 급하게 멈춰서는 게 아닌가? 그때였다. 주저앉아 있는 기파의 뒤쪽에서 누군가 횡 하고 머리 위를 날아가더니, 엄청난 속도로 대공에게 연타를 퍼붓기 시작했다.

'채채채챙!!! 채채채챙!!!'

양손에 검을 든 귀수가 연속으로 뛰어오르며 몸을 팽이처럼 회전시켜 쉴 새 없이 공격을 퍼붓자, 대공은 물러나며 정신없이 쏟아지는 칼날을 막기에 급급했다. 그때 갑자기 귀수가 양손에 든 검을 놓아버리며 순식간에 안으로 파고들더니, 대공의 멱살을 붙잡아 이마로 얼굴을 받아버렸다.

"크헉!"

충격을 받은 대공에게 귀수가 다시 이마를 들이받으려 하자, 대공도 다막검을 놓아버리고 양손으로 귀수의 이마를 막았다. 그러더니 이번에는 대공이 역으로 귀수의 얼굴을 들이받았다.

"큭!"

충격을 받은 귀수가 멱살을 풀고 뒤로 물러나자, 대공이 순식간에 달려들며 주먹을 내질렀다. 귀수가 급히 고개를 옆으로 젖혀 피하는 동시에 날아드는 대공의 손목을 양손으로 낚아채 몸을 뒤로 기울이며 있는 힘껏 한 바퀴 돌려 던져버리자, 대공은 크게 원을 돌며 딸려가더니 회전력에 떠밀려 뒤쪽에 있던 바위에 그대로 날아가 처박혔다.

"쿠헉!!"

그때였다.

'슈슈슈슉!!'

근처까지 말을 몰고 온 살수들이 귀수를 향해 화살을 쏘자, 귀수는 급히 뒤쪽으로 공중제비를 돌아 화살을 피했다. 그리고는 땅에 떨어진 검들을 주워들고서 주저앉아 있는 기파에게 달려가 도적들이 탔던 말들을 가리키며 말했다.

"내가 골목을 막고 있을 테니, 어서 저 말들을 끌고 골목으로 빠져나가라!"

"사부님…"

"시간이 없다! 어서!!"

귀수가 기파의 멱살을 잡아 일으켜 세우고 말 쪽으로 밀쳐내자, 기파는 잠시 망설이더니 사인검을 검집에 꽂아 넣고 양손으로 두 마리 말을 끌고서는 골목으로 사라졌다. 그새 달려온 대렴과 탁근의 무리들이 말에서 내리자, 귀수는 골목 입구로 들어가 통로를 막아서며 그들을 노려보았다.

한편, 말을 끌고 뛰어서 골목을 빠져나온 기파가 주위를 두리번거리니, 근처의 불타는 상점 뒤에 숨어 있던 설아가 달려 나왔다.

"오라버니!"

"설아야! 낭주들은?"

그러자 역시 숨어 있던 만월과 도정이 뛰어나왔다. 기파는 말 한 마리에 올라타 말했다.

"만월, 내 뒤에 타시오. 설아야, 너는 도정낭주와 함께 타거라."

그렇게 말 두 마리에 나눠 탄 기파일행은 시체들이 즐비한 시장한 가운데를 가로지르며 모화방이 있는 쪽으로 달려 나갔다. 그렇게 달리고 있을 때였다.

"잠깐만요!! 멈추세요!!"

설아의 뒤에 타고 있던 도정이 갑자기 큰 소리로 외치자, 기파와 설아가 고삐를 당겨 말을 멈춰 세웠다.

"왜 그러시오!"

기파가 다급하게 물으니, 도정이 갑자기 말에서 내려 품 안에서 보자기 하나를 꺼내 만월에게 건네주며 말했다.

"언니, 이건 귀중한 보물이니 사천왕사에 꼭 돌려주세요."

만월이 보자기를 건네받자, 도정이 갑자기 뒤돌아 뛰기 시작했다.

"도정아!!"

"낭주!!"

만월과 기파가 놀라서 도정을 불렀지만, 도정은 뒤도 안 돌아보고 뛰어갔다. 기파가 쫓으려 말머리를 돌리자 설아가 말했다.

"놔두세요!"

"그게 무슨 말이냐!? 사부님의 따님이다! 이대로 보낼 순 없어!"

"아까 복면을 쓴 그자가 누군지 알잖아요!"

"그, 그건…"

"만월언니. 그자는 대공이에요."

설아의 말에 만월의 낯빛이 창백해졌다.

"설아야!"

기파가 설아를 제지하자, 설아가 고개를 흔들더니 이어 말했다.

"언니. 대공은 언니를 죽이고 도정낭주를 데려가 황후로 만들기 위해 이곳에 온 거예요. 왜 하루아침에 돌변했는지는 몰라도, 틀림없어요. 아마도 상대등이 이 모든 것들을 꾸민 것이겠죠. 도정낭주가 잘못될 일은 없을 테니, 걱정 마세요. 우리는 어서 이곳을 빠져나가야 해요."

"설아야…"

기파가 그만하라는 듯 설아를 부르자, 기파의 뒤에서 만월이 말했다.

"설아의 말이 맞아요. 어서 이곳을 빠져나가요."

만월이 보자기를 품에 넣고 다시 기파의 허리를 잡으니, 기파는 말을 돌려 달리기 시작했다.

그때, 살수들의 시체가 이리 저리 널브러진 골목 입구에서는, 귀수가 한쪽 무릎을 꿇고 숨을 헐떡이고 있었다. 이미 팔과 다리에 두 발의 화살이 꽂혀 있었다. 그 모습을 보고 대렴이 말했다.

"정말 지독한 놈이구나! 오냐! 어디, 고슴도치가 될 때까지 버텨 보거라! 뭐하느냐? 쏴라!!"

대렴이 살수들에게 외치자 활을 든 열 명의 살수들이 일제히 화살을 날렸다.

'쉬슈슈슈슉!!'

귀수가 급히 골목 벽에 붙으며 화운검으로 화살을 쳐냈으나, 열 발이나 되는 화살을 모두 피할 수는 없었다. 어깨와 허벅지에 다시 두 발의 화살이 꽂히자 귀수는 신음을 토하며 무릎을 꿇었다.

"ㅇㅇㅇㅇ…."

대렴이 웃으며 말했다.

"하하하하, 천하의 귀수도 별 수 없구나! 이번이 마지막이지 싶구나! 죽을 준비는 되었느냐!"

그런데 놀랍게도 귀수가 다시 일어나서 자세를 잡았다. 그 모습을 본 대렴이 화가 나 외쳤다.

"아니, 저놈이?? 뭣들 하느냐!!"

그때였다.

"그만하세요!!!"

골목에서 뛰어나온 도정이 귀수 앞에 서서 양팔을 벌리고 섰다. 화들짝 놀란 대렴이 활을 쏘려 하는 살수들을 급히 제지했다.

"멈춰라!!!"

살수들이 활을 거두자 대렴이 복면을 내리며 말했다.

"도정아! 작은 오라비다! 위험하게 이게 무슨 짓이냐? 어서 이리 나오너라!"

"오라버니, 그냥 우리들을 놓아주세요. 네?"

"그, 그건……"

대렴이 난처한 표정을 지으며 뒤를 돌아 대공을 바라보자, 뒤에 있던 대공이 앞으로 나와 말했다.

"귀수! 이제 모든 것이 끝이 났소! 어서 칼을 버리고 투항하시오!"

그러자 귀수가 앞을 막고 있는 도정을 비켜 세우며 외쳤다.

"대공, 네 이놈!! 나와 약조를 한 것이 바로 어제 일이거늘! 어찌 신의를 저버리고 하루아침에 이리 돌변한단 말이냐! 나는 약조를 지켰으니, 도정이를 데리고 떠나야겠다!"

그러자 대공이 차갑게 말했다.

"내, 사랑하는 누이동생의 눈에서 피눈물이 나는 모습을 보기 싫으니, 어서 칼을 버리시오."

"대공! 어제까지만 해도 너는 명예로운 무사였고 순수한 사랑을 하는 아름다운 청년이었다! 도대체 무엇 때문에 이리 추하게 변한 것이더냐! 도정이와 만월에게 부끄럽지 않느냐?"

"이제는 그따위 것들은 내게 중요치 않아!! 나는 기필코 만월을 없애고 도정이를 데려갈 것이다!! 이 일을 막는 자는 그 누구도 살려두지 않을 것이야!!!"

대공이 미친 듯이 고함을 지르고서 다막검을 뽑아들자, 도정이 눈물을 흘리며 귀수의 팔을 부여잡았다.

"아버지, 어서 투항하세요… 어서요…"

"어찌 돌아온 것이냐? 아니 된다. 그 지옥 속으로 다시 너를 보낼 순 없어! 내 끝까지 버틸 테니 어서 도망치거라, 어서!"

그때, 탁근이 복면을 내리며 도정에게 말했다.

"아가씨! 아가씨가 없어지자 그 충격으로 주공께서 쓰러져 의식불명이 되셨습니다! 어찌 이런 비극을 자초하시는 겁니까? 이 일을 해결할 사람은 아가씨밖에 없습니다!"

그 말을 들은 도정이 잡고 있던 귀수의 팔을 뿌리치고는 대공에게 달려와 무릎을 꿇고 가랑이를 잡으며 애원했다.

"오라버니! 제발… 제발 아버지를 살려주세요… 흐으윽‥"

그 모습에 귀수는 맥이 풀려, 그만 그 자리에 털썩 주저앉고 말았다. 대공은 세상 모두를 잃은 것 같은 표정을 짓고 있는 귀수에게 말했다.

"마지막으로 살 기회를 주겠다. 당장 칼을 버려라!"

그러자 도정이 뒤돌아서 귀수에게 흐느끼며 말했다.

"아버지! 제발…"

"도정아… 아아…"

귀수가 힘없이 양손에 쥔 검을 놓아버리자, 대공이 외쳤다.

"어서 저자를 포박하라!!"

그 사이, 기파는 길을 가로막는 도적들을 베며 불바다가 된 시장통을 내달리고 있었다. 그때, 불타는 주점 앞에서 주저앉아 엉엉 울고 있는 지정의 모습이 스쳐지나갔다.

"지정아!!"

만월이 뒤돌아보며 외치자 기파가 급히 말을 세우고는 멀리서 뒤따라오던 설아에게 외쳤다.

"설아야!! 꼬마를 태워라!!"

설아가 말을 세우고 지정에게 두 팔을 뻗었다.

"꼬마야! 이리 와, 어서!"

울고 있던 지정이 일어나 설아의 팔을 잡았다. 설아가 지정을 안아 올려 자신의 뒤에 태우고 말했다.

"꼭 껴안고 있어야 해!"

지정이 설아의 허리를 감싸 안으니, 기파와 설아가 다시 고삐를 내리쳤다.

"이랴!!"

그렇게 기파 일행은 엄청난 화염에 휩싸인 모화방과 신천방 사이를 지나쳐 갔다. 만월은 고개를 돌려 불타는 모화방을 보더니 눈을 질끈 감았다. 그렇게 실포저자를 빠져나온 기파는 관문으로 향하는 북쪽 길로 방향을 틀어 달리다가, 멀리 앞쪽에 스무 명 남짓한 복면을 쓴 괴한들이 길을 막고 있는 것을 발견하고는 급히 말을 세웠다. 그러자 그자들이 난데없이 화살을 쏘아대기 시작했다. 기파 일행이 말머리를 돌려 서쪽으로 도망치기 시작하자 괴한들 중 하나가 외쳤다.

"효시를 날려라!!"

한편, 귀수가 살수들에 둘러싸여 포박 당하고, 포구에 있던 살수들도 효시의 울음을 듣고 달려와 대공에게 합류했을 때였다.

'쀠이!!!……'

북서쪽에서 또다시 효시가 울음을 울며 공중으로 솟구치자, 대공이 급히 말에 올라 외쳤다.

"스무 명만 말을 타고 나를 따라라!!"

대렴과 살수들이 말에 오르기 시작하자, 대공이 탁근에게 말했다.

"아저씨는 남은 병력으로 도정이를 집으로 데려가시오! 우리는 만월을 쫓겠소!"

"예!"

"이랏!!"

대공과 대렴이 살수들을 이끌고 효시가 날아오른 쪽으로 사라지자 탁근이 스물 남짓한 살수들에게 말했다.

"배는 어디에 숨겼느냐?"

살수 하나가 동남쪽을 가리키며 대답했다.

"저기 산 뒤쪽 바다에서 기다리고 있습니다."

"그리로 가자!"

"예!"

다시 복면을 올려 쓴 탁근이 땅바닥에 떨어진 화운검을 챙겨 들고서, 도정과 꽁꽁 묶인 귀수를 데리고 살수들과 함께 포구 쪽으로 가고 있을 때였다.

'쉬우욱!! 푸악!!'

"크아악!!!"

근처의 산에서 갑자기 화살 하나가 날아와 탁근의 왼쪽 눈을 그대로 꿰뚫고 들어갔다. 탁근이 비명을 지르며 쓰러지자, 산 위에서 활을 쏜 아미가 모습을 드러내며 외쳤다.

"용화향도는 도적떼를 섬멸하라!!!"

그러자 매복해 있던 낭도 백여 명이 승우와 함께 일제히 쏟아져 나와 살수들에게 달려들었다. 살수들이 칼을 빼들고 대항하기 시작하고, 귀수를 부축하며 끌고 가던 살수들도 귀수를 내버려두고 앞으로 뛰어나가자, 피를 많이 흘린 귀수는 어지러워 그 자리에 주저앉아 버렸다. 이리저리 칼날이 부딪히는 난전이 시작되고, 도정은 귀수를 감싸 안으며 그 자리에 앉아 고개를 숙였다. 얼마 못 가, 독이 오를 대로 오른 낭도들에게 살수들이 하나 둘 쓰러져 나가자, 그중 몇이 정신을 잃은 탁근을 들쳐 업고 왔던 길로 도망치기 시작했다. 남아서 싸우던 살수들이 모두 낭도들의 칼날에 쓰러지고, 순간 찾아든 정적에 도정이 고개를 들었다. 그러니 아미가 다가와 도정을 일으켜 주었다.

"낭주, 괜찮으시오?"

"아… 예… 고맙습니다."

주저앉아 있던 귀수가 고개를 들고 말했다.

"혹시, 자네가 아미랑인가?"

그 말에 아미가 놀라며 물었다.

"저를 어찌 아십니까?"

"난 기파의 사부일세. 어서 이 포박을 풀어주시게."

"아! 알겠습니다."

아미가 칼을 빼내 귀수를 묶고 있던 포승줄을 끊어내자, 귀수가 일어서다가 현기증이 나는지 몸을 비틀거렸다.

"아버지!"

도정이 급히 귀수를 부축하니 아미가 거들며 말했다.

"어르신, 부상이 심각해 보입니다. 어서 지혈을 해야 하니 잠시 앉으시지요."

아미가 귀수를 다시 땅바닥에 앉히고 낭도들에게 말했다.

"지혈제를 가져오고, 저자들의 옷을 찢어 붕대를 만들어라!"

낭도들이 순식간에 죽은 살수들의 옷을 이리저리 찢어 붕대를 만들고서, 지혈제가 담긴 주머니도 같이 아미에게 건네주었다.

"조금만 참으십시오. 금방 끝납니다."

귀수가 고개를 끄덕였고 아미가 승우에게 눈짓을 보냈다. 그러니 승우가 귀수의 몸에 박힌 화살들을 하나씩 뽑아내기 시작했다.

"으윽!"

"아버지… 흐흑…"

아미가 화살을 뽑아낸 자리에 지혈제를 뿌리니, 승우가 재빨리 붕대를 감기 시작했다. 그렇게 응급처지를 받은 귀수가 승우에게 말했다.

"저기, 저 검을 가져오시게."

귀수가 탁근이 떨어뜨린 화운검을 가리키니, 승우가 일어나 검을 가지고 왔다. 검을 건네받은 귀수가 아미에게 말했다.

"이 검은 당황제의 보검일세. 불타는 유성으로 만들었기에 화운검이라 하지. 나와 딸아이를 구해준 보답으로 자네에게 선물함세."

귀수가 화운검을 내밀자 아미가 손사래를 쳤다.

"아닙니다. 무슨 말씀이십니까? 당연히 해야 할 일을 했을 뿐입니다."

"자네가 기파에게 준 보검을 보았네. 정말 대단한 검이더군. 그런 검을 기파에게 주고 나면 자네는 무슨 검을 쓰려고 하나? 어서 이 검을 받게나. 앞으로도 기파를 잘 부탁하네."

"아…"

"팔 아프네. 어서."

"예… 그럼 제 목숨처럼 소중히 쓰겠습니다."

아미가 화운검을 건네받을 때, 낭도 하나가 급히 아미에게 말했다.

"아미랑! 도적떼가 이리로 오고 있습니다!"

아미가 황급히 일어나 앞을 보니, 저 멀리서 종만이 수백의 도적들을 이끌고 달려오고 있었다. 승우가 일어나 말했다.

"아미랑! 여기는 제가 맡을 테니, 어서 이분들과 포구로 피하십시오!"

그러자 귀수가 말했다.

"포구의 배들은 이미 모두 불타 버렸네. 지금 포구로 들어가면 포위당하고 말 걸세."

승우가 다시 말했다.

"그렇다 해도, 지금은 포구로 가는 수밖에 없습니다. 운이 따른다면, 바다로 나갔던 수병들이 치솟은 불길을 보고 돌아왔을지도 모릅니다. 그러니, 어서 포구로 피하셔야 합니다!"

아미가 고개를 끄덕이더니 귀수에게 말했다.

"승우랑의 말이 맞습니다. 어서 저와 포구로 피하시지요!"

"알겠네."

아미가 낭도 몇과 함께 귀수와 도정을 데리고 포구로 향하자, 승우가 낭도들에게 외쳤다.

"전투태세를 갖춰라!!"

한편, 효시를 쫓아 말을 달린 대공과 대렴은 수하들과 관문으로 향하는 길목에 접어들었다. 그러자 길목을 차단하고 있던 괴한들 중 하나가 대공에게로 달려 나왔다.

"소주!!"

"만월은 어딨느냐!"

"동천을 건너 서쪽 황방산 기슭으로 달아났습니다!"

복면을 내리며 대답하는 자는, 다름 아닌 신천방의 무사단장 장천이었다. 그가 이어 말했다.

"말 위에 두 사람씩 타고 있었으니, 쫓으면 금방 따라잡을 수 있을 것입니다!"

그 말을 들은 대공이 서쪽으로 말머리를 돌리며 말했다.

"이미 신천방은 불타고 없어졌다. 너희들을 가병으로 거두어 줄 테니, 이 길로 서라벌의 저택으로 가라."

"예!"

"이랴!!"

그렇게 대공이 만월을 쫓아 서쪽으로 달리는 동안, 온 몸에 피를 뒤집어쓰고 정신없이 도적들을 베어 넘기던 승우는 가쁜 숨을 몰아쉬며 뒤쪽으로 물러나 전세를 살폈다. 주위를 둘러보니 낭도들은 어느새 절반이 꺾여 오십여 명만이 남아 있는 반면, 도적들은 사방에서 흩어졌던 병력이 모여들면서 그 수가 점점 불어나고 있었다.

'젠장… 이대로 가다간 몰살이다…'

승우는 앞에 보이는 낭도의 허리에서 뿔피리를 떼어내어 뒤쪽으로 달려 나가 퇴각신호를 보냈다.

'빠빰!!!!~~ 빠빰!!!!~~ 빠빰!!!!~~~~~.'

"포구로 퇴각한다!!! 모두 퇴각하라!!!"

낭도들이 싸움을 멈추고 일제히 승우를 따라 퇴각하기 시작하자, 멀리 말 위에서 수하들에 둘러싸여 전장을 지켜보던 종만이 외쳤다.

"하하하하하!! 쥐새끼들이 제 죽을 자리로 기어들어가는구나!! 뒤쫓아라!!! 한 놈도 살려두지 마라!!!"

그 사이, 기파 일행은 황방산 서쪽으로 끝도 없이 펼쳐진 구릉지대를 헤매며 계속 서쪽으로 도망치고 있었다. 그런데 기파와 만월이 탄 말이 혀를 늘어뜨리고 헐떡이며 속도를 줄이더니, 갑자기 그 자리에 주저앉으며 옆으로 쓰러졌다. 땅바닥에 떨어진 기파와 만월이 말을 살피자, 뒤따라온 설아가 말에서 내려 물었다.

"무슨 일이에요?"

"말이 지쳐서 쓰러졌어…"

만월이 대답하니 기파가 이어 말했다.

"도적들이 온종일 달리던 말이라는 것을 깜빡하고, 너무 무리하게 달렸나 보다. 이거 큰일인데…"

"기파랑, 이제 어떡하죠?"

만월이 걱정스런 얼굴로 물으니, 기파가 일어나 말했다.

"일단, 내가 저 언덕으로 올라가 어디로 갈지를 정해야겠소. 설아랑 잠시 여기서 기다리시오."

만월이 고개를 끄덕이자 기파는 앞쪽의 언덕으로 뛰어 올라가기 시작했다. 잠시 후, 언덕 꼭대기에 오른 기파가 바위 위에 올라가 앞쪽을 바라보니, 불룩불룩 솟아오른 크고 작은 언덕들이 온통 주변을 둘러싸고 있었고, 그 뒤로 이름 모를 큰 산이 남북으로 길게 이어져 있었다.

'저 산에 몸을 숨기면 되겠다!'

숨을 곳을 정한 기파가 다시 바위를 내려가려 몸을 돌렸을 때였다. 저 멀리 숲속에서 자신이 도망쳐온 길을 따라 흙먼지가 길게 이어져 올라오고 있는 것이 아닌가?

"이런!"

놀란 기파는 황급히 언덕을 뛰어 내려갔다. 나무에 기대앉아 기파를 기다리던 만월과 설아가 허겁지겁 뛰어오는 기파를 보고서 자리에서 일어났고, 기파가 달려오며 다급하게 말했다.

"큰일이다!! 우리가 왔던 길로 추격대가 오고 있어!!"

기파가 서둘러 쓰러져 있는 말을 일으키려 하니, 설아가 믿기지 않는다는 듯 혼잣말을 했다.

"어떻게 알고 여기까지 쫓아온단 말이지?"

그러자 뜻밖에도 옆에 있던 지정이 설아의 치마폭을 잡아당기며 작게 말했다.

"저걸 보고 온 거예요."

지정이 가리키는 곳을 보니, 무른 흙으로 된 땅바닥에 말발굽 흔적이 쭉 남아 있는 것이 아닌가?

"아… 이런…"

설아는 말을 일으켜 세우려 안간힘을 쓰는 기파와 만월을 바라보더니, 잠시 눈을 감고 생각에 잠겼다. 그러고는 이내 입을 열었다.

"소용없어요. 그만두세요."

설아의 가라앉은 말투에 기파가 당황해 물었다.

"서쪽에 숨을 만한 산이 있다! 서둘러야 해!"

"뒤를 보세요. 여기 땅이 물러서 말발굽 흔적이 그대로 남아 있어요. 지친 말을 타고 도망가 봐야 금방 따라잡힐 거예요."

그 말에 놀란 기파가 왔던 길을 보니, 정말 땅에 흔적이 이어져 있었다.

"이런 썩을…"

기파가 인상을 찌푸리며 탄식하자, 설아가 만월에게 다가가 다짜고짜 만월이 입고 있던 외투를 벗기기 시작했다.

"서, 설아야! 왜 이러니?"

만월이 놀라서 물었지만, 설아는 대답 없이 만월의 외투를 벗겨내어 나뭇가지에 걸어두고는 자신의 외투를 벗어 만월의 어깨에 덮어 주었다. 만월이 영문을 몰라 동그래진 눈으로 쳐다보니, 설아는 만월의 외투를 입고서 옆에 세워둔 말에 올라타 지정에게 팔을 뻗었다. 지정이 말없이 설아의 팔을 붙잡고 뒤에 올라탔다.

"언니, 여기서 헤어져야 해요. 우리 나중에 봐요."

"그게 무슨 말이니!?"

설아는 대답 대신 기파를 지그시 바라보았다. 그러자 기파가 고개를 들어 하늘을 보더니 눈을 감고 긴 한숨을 쉬었다.

"하아……"

"오라버니…"

잠깐의 정적이 흐르고, 눈을 뜬 기파가 설아를 향해 비장한 표정으로 고개를 끄덕였다. 설아는 엷은 미소를 지어 보이고는 쥐고 있던 고삐를 내리쳤다.

"이랴!!"

설아가 남쪽으로 달려 나가자, 만월은 점점 멀어지는 설아의 뒷모습을 보며 소리 없이 눈물을 흘렸다.

"설아야…"

기파는 멍하니 서 있는 만월의 손목을 꽉 부여잡았다.

"설아는 알아서 잘 도망칠 거요. 자, 갑시다."

한편, 낭도들과 포구로 도망쳐온 승우는 불타는 배들 사이로 텅 빈 바다를 보며 어금니를 질끈 깨물었다. 뒤를 돌아보니 어느새 도적들이 개미떼처럼 포구로 몰려오고 있었다. 그 시각, 아미는 포구 동쪽 끄트머리에서 낭도들과 작은 상선에 올라 정신없이 불을 끄고 있었다. 그러다 갑자기 낭도들이 하던 일을 멈추고 한 곳을 바라보자, 아미도 그쪽으로 고개를 돌려보았다. 저 멀리에 궁지에 몰린 승우와 낭도들이 보였다. 아미가 배 위의 낭도들에게 외쳤다.

"불을 끄지 않고 뭣들 하느냐!! 서둘러라!!"

낭도들이 다시 불을 끄기 시작하니, 아미는 서둘러 배에서 내려와 아래에 있던 귀수와 도정에게 말했다.

"좀 있으면 불길이 잡힐 것입니다. 우선 배에 오르시지요."

"알겠네."

아미는 도정과 함께 귀수를 부축해 배 위에 오른 후, 다시 낭도들에게 외쳤다.

"시간이 없다!! 서둘러라!!"

그 말과 함께 아미는 다시 아래로 내려갔다. 뭔가 이상한 낌새를 눈치 챈 귀수가 도정에게 말했다.

"뱃머리로 부축해다오."

도정의 도움을 받아 뱃머리로 간 귀수가 아래를 내려다보니, 아미가 선착장에서 뱃머리 밧줄을 풀어버리고 배를 밀고 있었다.

"지금 뭐하는 겐가?!! 어서 올라오게!!"

귀수가 다급하게 말했으나 아미는 아랑곳하지 않고 계속 배를 밀어붙였다. 그러자 배가 천천히 선착장에서 멀어지기 시작했다.

"이, 이런! 어서 올라오래도!!"

귀수의 다급한 목소리에, 불을 끄던 낭도들이 뱃머리로 몰려와 아미를 내려다보았다. 떠밀려간 배가 점점 속도를 붙이며 선착장에서 멀어지자 낭도들이 놀라서 외쳤다.

"아미랑!! 안 됩니다!!"

그러자 아미가 껄껄 웃으며 말했다.

"하하하하!! 잘~ 간다!! 잘 가!! 두 명은 노를 젓고!! 나머지는 하구를 건너는 동안 계속해서 불을 꺼라!!"

"아미랑!!"

"명을 어길 셈이냐!! 어서!!"

"아미랑…"

낭도들이 망연자실하게 아미를 바라보자, 아미가 씩 웃더니 허리에서 화운검을 뽑아 하늘을 향해 치켜들었다.

"어르신!! 이 검으로 저 도적들을 모조리 처단한 후에 뵙겠습니다!!"

그 말을 남긴 아미는 승우가 있는 쪽으로 뒤도 안 돌아보고 뛰어가기 시작했다. 귀수의 입에서 안타까운 탄식이 흘러나왔다.

"저… 저런……"

그러더니 갑자기 미친 사람처럼 껄껄 웃기 시작했다.

"크흐흐… 크하하하하하!! 좋다!! 좋아!! 천하의 영웅이 저기 있구나!! 그래!! 그 검으로 모조리 도륙을 내게나!!!"

귀수의 화답을 뒤로 한 아미가 어느새 승우와 오십의 낭도들 곁으로 달려오자, 승우가 깜짝 놀라 물었다.

"헛! 어째서 돌아오신 겁니까!?"

"자네들을 내버려두고 내가 어딜 간단 말인가?"

"아아…"

곧이어 수백의 도적들이 바다를 뒤로 한 용화향도를 빙 둘러쌌고, 도적들 사이를 헤치며 말을 탄 종만이 모습을 드러내었다.

"네놈들 수장은 어딨느냐!!"

종만이 외치자 아미가 앞으로 나서며 맞받았다.

"나를 찾았느냐!!"

종만이 아미를 노려보며 물었다.

"오냐! 그래, 죽을 준비는 되어 있느냐?!"

"무슨 미친 개소리냐!! 죽을 준비는 당연히 네놈이 해야지!!"

"뭐, 뭐라!?"

아미가 목이 터져라 소리치기 시작했다.

"용화향도는 들으라!!!!"

"예!!!!!!"

"지금 우리는 하늘이 내려준 최상의 배수진을 얻었다!!! 저 바다가 수십만 대군보다 더 든든하게 뒤를 받쳐주고 있으니!!! 온몸에서 힘이 끝도 없이 솟구치는구나!!! 나는 이 자리에서 추악한 도적들을 모조리 베어!!! 역사에 길이 남을 천하의 영웅이 되고자 한다!!! 그대들도 영웅이 될 준비가 되어있는가!!!!"

"예!!!!!!!!!!"

낭도들이 목이 터져라 대답하자, 아미가 화운검을 종만에게 겨누며 외쳤다.

"어서 덤벼라!!! 네놈도 네 형의 곁으로 보내주마!!!"

종만은 아미의 도발에 화가 머리 꼭대기까지 차올라 얼굴빛이 붉으락 푸르락하더니 참마검을 쥔 손을 부르르 떨었다.

"으… 저 미친놈이… 오냐… 내 너의 시체를 갈기갈기 찢어 바다에 물고기 밥으로 던져주마! 뭣들 하느냐!! 모조리 죽여 버려라!!"

"와아!!!!!!!!!!~~~~."

도적들이 달려들기 시작하고 용화향도의 필사적인 저항이 시작되었다. 과연 아미의 말대로 더 이상 물러날 곳이 없는 배수진을 친 용화향도가 그야말로 미친 듯이 저항하자, 금방 끝날 것 같던 싸움은 열 배가 넘는 병력 차이에도 불구하고 쉽사리 끝나지 않았다. 예상 밖의 강렬한 저항에 전투가 치열한 공방전의 양상을 띠자, 적잖이 당황한 종만이 목에 핏줄을 세우고 외쳤다.

"뭣들 하는 것이냐!!! 적들은 고작 수십 명이다!!! 밀어붙여라!!!"

그때였다. 갑자기 바다에서 하늘을 뒤덮는 수백 발의 화살이 날아와 용화향도를 둘러싼 도적들에게 내리꽂혔다. 승우가 놀라 뒤돌아보니 크고 작은 수십 척의 배들이 선착장으로 들어오고 있었다.

"아미랑!! 원군입니다!! 하늘이 우리를 버리지 않으셨습니다!!"

아미가 배들을 보더니 승우에게 고개를 끄덕이며 말했다.

"일월천신께서 우리를 보살핌이야!"

난데없는 화살에 수십의 도적들이 쓰러지자, 싸우던 도적들이 움찔하여 뒷걸음질 치기 시작했다. 그 모습에 종만이 말을 달려 나가 참마검으로 물러나던 도적 하나를 베어버리며 외쳤다.

"물러나지 마라!!! 돌격하라!!!"

그러자 우물쭈물하던 도적들이 다시 달려들기 시작했다. 치열한 전투가 벌어지는 가운데, 어느새 동쪽 선착장에 정박한 배들에서 깃과 소매가 검은, 회색 도복을 입은 낭도들이 쏟아져 나왔다. 조우관에 달린 검은 깃털을 바닷바람에 휘날리며 금모가 낭도들에게 외쳤다.

"동방칠성도는 적들을 섬멸하라!!!"

"와아!!!!!!!!!!!!!~~~~~."

뒤이어 서쪽 선착장에 도착한 배들에서 낭도들이 쏟아져 나오자, 중길이 칼을 빼들고 외쳤다.

"용화향도를 구출한다!!! 돌진하라!!!"

"와아!!!!!!!!!!!!!!!~~~~~."

양쪽에서 동방칠성도가 들이치자 용화향도를 포위 공격하던 도적떼의 바깥쪽이 사분오열되기 시작했다. 그 모습을 본 종만이 외쳤다.

"이놈들부터 없애야 한다!!! 그래야 전열을 가다듬을 수 있다!!! 총공격하라!!!"

종만이 수하들을 몰아세우며 용화향도를 더욱 맹렬하게 공격하자, 힘겹게 버티던 용화향도의 진형이 점점 무너지기 시작했다. 그때 뒤쪽 바다에서 익숙한 목소리가 들려왔다.

"용화향도와 합류하라!!!"

"와아!!!!!!!!!!!!!!!~~~~~."

용화향도 바로 뒤에 정박한 배의 뱃머리에서 충담이 외치자, 낭도들이 쏟아져 나와 무너지던 용화향도의 진형에 합류하기 시작했다. 그러자 도적떼의 부장 하나가 종만에게 뛰어와 말했다.

"두령!! 틀렸습니다!! 어서 퇴각해야 합니다!!"

"으아아악!!! 이럴 순 없다! 이럴 순 없어!! 내 저놈만은 기필코 죽이리라!!!"

악에 받힌 종만이 아미를 향해 미칠 듯이 말을 몰아, 치켜든 참마검을 온 힘을 다해 내리쳤다.

"죽어라!!!!"

'슈악!! 추캉!!!!!'

내리꽂히는 참마검이 아미가 휘두른 화운검과 정면으로 맞부딪히자 그대로 두 동강 나 버렸다. 당황한 종만이 황급히 부러진 참마검을 아미에게 내지르자 역시 당황하기는 마찬가지였던 아미가 급히 몸을 비틀어 피하다가 중심을 잃고 주저앉아 버렸다. 칼이 부러진 종만은 말을 돌려 다시 도적떼 속으로 달아나기 시작했다. 그때!

'쉬이익!!'

뱃머리에서 충담이 날린 화살이 종만이 탄 말의 엉덩이에 푹 하고 박히자, 말이 거친 울음을 울고 뒷다리를 차며 이리저리 펄쩍펄쩍 날뛰기 시작했다. 그 모습을 본 아미는 먹잇감을 발견한 맹수의 눈빛으로 돌변하더니, 종만을 향해 질주하기 시작했다.

"두령을 보호하라!!"

부장 하나가 급히 외치자, 도적 몇이 달려오는 아미를 막아서며 창을 내질렀다. 아미는 속도를 줄이지 않고 그대로 무릎을 꿇으며 몸을 뒤로 젖혀 창날을 피하면서, 아래쪽으로 쭉 미끄러져 들어가 화운검을 위로 휘둘렀다.

"츄라라랑!!"

그러자 창을 내지르던 도적들의 팔이 창 자루와 함께 잘려나가 땅바닥을 뒹굴었다.

"으아악!!!"

도적들이 잘려나간 자신의 팔을 보며 비명을 지르는 사이, 재빨리 앞으로 몸을 굴려 빠져나온 아미가 다시 종만을 향해 달려가니, 근처에 있던 부장이 칼을 빼들고 아미에게 달려들었다.

'쉬이익!!'

"쿠윽!"

달려오던 부장은 미처 칼을 휘두르기도 전에, 충담이 날린 화살에 목이 꿰뚫려 그대로 고꾸라졌다. 그 사이, 날뛰는 말 위에서 기를 쓰고 버티던 종만은 결국 말 엉덩이에 등을 부딪치며 공중으로 튕겨져 올랐다. 종만이 허공에서 헤엄을 치는 그때, 어느새 달려온 아미가 땅을 박차고 솟구쳐 오르며 기합을 내질렀다.

"크이야!!!!"

공중으로 솟구친 아미가 화운검으로 번뜩이는 무지개를 그리자,

종만은 외마디 비명도 못 지른 채 허공에서 머리와 몸통이 분리되더니, 철퍼덕 하고 땅바닥에 떨어졌다. 아미는 종만이 떨어뜨린 참마검을 집어들어 종만의 머리통을 한 발로 밟고서는 부러진 칼날을 머리통에 찔러넣었다. 그렇게 종만의 수급을 참마검에 꿰어 하늘 높이 치켜든 아미가 눈에 핏발을 세우며 외쳤다.

"수괴의 목을 잘랐다!!!! 저항하는 놈들은 모조리 목을 쳐주마!!!!"

그 소리에 도적들이 일제히 아미를 바라보니, 아미가 종만의 머리통에서 떨어지는 피를 뒤집어쓰며 사자같이 포효하고 있었다. 도적들은 그 소름끼치는 모습에 순식간에 사기가 꺾여 허겁지겁 도망치기 시작했다. 그러자 승우가 낭도들에게 외쳤다.

"도적들이 도망친다!!! 한 놈도 살려두지 마라!!!"

"와아!!!!!!!!!!!!!!!!!~~~~~~."

한편, 지정을 태우고 남쪽으로 도망치던 설아는 어느새 따라붙은 대공과 대렴의 추격을 받아 위태로운 상황에 처해 있었다. 이리저리 날아오는 화살들을 아슬아슬하게 피하며 구릉지대를 빠져나오니, 널따란 태화강이 물결을 일으키며 앞을 가로막고 있었다.

"이랴!!"

설아가 오른쪽으로 방향을 틀어 강을 끼고 달아나니, 뒤이어 대공 일행이 구릉지대를 빠져나왔다.

"형님!! 저쪽이오!! 만월이 강을 거슬러 도주하고 있소!!"

먼저 빠져나와 주변을 살피던 대렴이 손가락을 가리키자, 대공은 그 속도 그대로 방향을 틀며 박차를 가했다.

"이럇!!"

얼마 후, 거리가 좁혀지자 대공은 매고 있던 활을 들어 설아의 등을 향해 겨누었다.

'쉬악!!- 퓩!'

"으윽!"

바람을 가르며 날아온 대공의 화살이 설아의 왼쪽 어깨를 파고들었다.

"누나!!!"

설아를 껴안고 등에 볼을 붙이고 있던 지정은 눈앞에서 화살이 날아들어 박히자 놀라서 눈이 휘둥그레졌다. 설아는 밀려오는 고통을 참으며 자신의 허리를 감싼 고사리 같은 손을 바라보았다.

'이 아이만이라도 살려야 한다…'

설아는 갑자기 방향을 틀어 강물로 말을 몰았다. 말이 물을 튀기며 강으로 뛰어들자 설아는 지정의 손을 풀고 물속으로 몸을 내던졌다.

'첨퍼덩!!~.'

"누나!!! 누나!!!"

지정이 말 위에서 뒤돌아보며 울부짖자, 설아가 일어나 외쳤다.

"꼬마야!! 돌아보지 말고 어서 고삐를 잡아!!"

"누나… 으엉…"

지정이 탄 말은 가슴팍까지 물이 들어차자 더 들어가기를 멈추었다. 그 모습을 본 설아가 물속에서 조약돌을 집어 들어 말 엉덩이에 냅다 내던지니, 말이 헤엄을 치며 강을 건너기 시작했다. 어느새 강물 위로 말과 꼬마의 머리만 둥둥 떠오른 채 점점 멀어져 가고, 설아는 아련하게 그 모습을 지켜보았다. 그런 설아의 뒤쪽에 대공이 말을 멈춰 세웠다. 대공은 말 위에서 천천히 활시위를 당겼다.

"만월, 그대로 서 있으시오. 고통 없이 보내주겠소."

"……"

설아는 말없이 강 속으로 걸어가기 시작했다. 설아의 허리까지 물속에 잠기자, 대공은 복면 사이로 눈썹을 파르르 떨더니, 당기고 있던 활시위를 놓아버렸다.

'쉬악!!…'

"윽!!"

화살이 설아의 등을 뚫고 심장을 파고들었다.

"하아… 오라…버…"

'첨벙!'

설아가 강물 속으로 쓰러지자, 뒤쫓아 온 대렴이 외쳤다.

"형님!! 장하시오!! 드디어 해내셨소!!"

"주둥아리를 찢어버리기 전에 그 입 닥쳐라!!!"

대공은 기뻐하는 대렴을 향해 들고 있던 활을 냅다 집어던졌다. 대렴이 급히 손으로 막으니 부상당한 왼 손목에 활대가 부딪혀 튕겨나갔다.

"아윽…"

대렴이 손목을 부여잡고 신음을 토하는 사이, 대공은 말에서 내려 강으로 달려 들어갔다.

"혀, 형님!"

대공이 저벅저벅 강으로 들어가 물속에 엎드려 잠긴 설아의 시신을 바라보았다.

"만월…"

눈물을 흘리던 대공은 설아의 시신의 뒤집어 물 밖으로 안아 올렸다.

'아, 아니?! 이…'

설아의 얼굴을 확인하자 대공의 표정이 돌같이 굳어버렸다.

"으아아악!!!"

대공은 설아를 물속으로 던져버리고 미친 듯이 양손으로 강물을 마구 내리쳤다. 그 모습을 본 대렴이 말에서 내려 강가로 달려가 물었다.

"왜 그러는 거요?"

"만월이 아니다! 만월이 아니야!!"

"뭐, 뭐요?!"

놀란 대렴이 물속으로 뛰어 들어가 설아의 시신을 안아 올렸다.

"아니!? 이년은 기파의 누이동생 아니오? 이게 도대체…"

"만월의 옷을 입고 우리를 유인한 것이다!"

"이럴 수가…"

"하아…"

대공은 넋을 놓고 하늘을 쳐다보았다. 대렴은 잠시 생각에 잠기더니, 설아의 머리 타래를 매만지다가, 설아를 그대로 물속에 놓아버렸다.

"형님. 이러고 있을 때가 아니오. 다시 추격합시다!"

"어디로 간 줄 알고 쫓는단 말이냐?"

"내가 낭도들과 이산 저산을 돌아다녀 봐서 이곳 지리를 잘 아오. 이 근방에는 숨을 곳이 서쪽의 여나산[1]밖에는 없소. 말 한 마리는 쓰러져 있었고 나머지 한 마리로 우리를 유인했으니, 필시 걸어서 그쪽으로 도망치고 있을 것이오. 아직 늦지 않았소."

대렴의 말에 대공은 다시 정신을 차렸는지 눈빛이 매서워졌다.

"형님, 끝까지 가봅시다!"

대렴이 대공의 어깨를 부여잡으며 말하자 대공이 고개를 끄덕였다.

"오냐. 끝까지 가보자!"

'우르르르릉!!!'

"흑… 흑… 으흑흑… 누나…"

어느덧 저물어 가는 하늘 위로, 밀려온 먹구름은 심상치 않은 천둥소리를 내고 있었다. 눈물 같은 태화강 물결이 설아의 시신을 떠안아 천천히 흘러가고, 지정은 강물 위에 떨어진 꽃잎 같은 설아를 따라, 건너편 강가를 울면서 걷고 있었다.

"아미랑! 저기 보십시오! 강물 위로 여인의 시신이 떠내려 오고

---

1) [餘那山]. 지금의 울산 울주군 범서읍 연화산(蓮花山).

있습니다!"

포구에서 도정의 말을 듣고 서쪽으로 기파 일행을 찾아 나선 아미는, 한 낭도의 말에 강물 위로 시선을 옮겼다. 그 순간 아미는, 온몸이 번개를 맞은 듯 찌릿하더니, 맥이 풀려 그 자리에 털썩 주저앉고 말았다. 그러더니, 넋 나간 표정으로 고개를 흔들며 혼잣말을 했다.

"아닐 거야… 그럴 리가 없어… 누님이 이렇게 허무하게 떠나실 리가 없어…"

아미는 다시 일어나 떠내려 오는 설아의 시신을 바라보며 천천히 강가로 다가갔다. 점점 가까워지는 설아의 시신을 바라보던 아미의 눈이 갑자기 커졌다.

'설마!!!'

아미가 느닷없이 강물로 뛰어들자, 뒤따르던 낭도들이 놀라서 달려 왔다.

"아미랑!! 위험합니다!!"

아미는 낭도들의 만류에도 아랑곳하지 않고 점점 깊은 곳으로 들어갔다. 가슴까지 물에 잠긴 아미는 그곳에서 떠내려 오는 설아의 시신을 기다렸다. 설아가 점점 가까워지자 아미의 표정이 점점 일그러지기 시작했다. 이윽고 강물은 설아를 살며시 아미의 품으로 보내주고는 일렁이며 지나갔다.

"안 돼… 안 돼… 아니야!! 낭주···· 으…아아아아아!!!!"

'우르르릉!!! 콰앙!!!!!!!!!!!!!!!!'

미친 듯 절규하는 아미의 심정을 대변하듯 번쩍이던 어둑한 하늘은 굵은 빗줄기를 쏟아붓기 시작했다.

'쏴아……'

"흐으윽…"

아미는 뜨거운 눈물을 흘리며 설아의 뺨 위에 어지러이 널린 머리칼을 쓸어넘겨 주었다. 설아의 몸을 살피던 아미는, 등 뒤에 꽂힌 화살을 뽑아낸 후 시신을 꼭 껴안았다. 설아가 눈같이 흰 얼굴을 아미의 목덜미에 기대었다.

"낭주… 갑시다…"

아미는 설아의 시신을 껴안고 천천히 강물을 걸어 나왔다. 그러자 기다리던 낭도들 중 하나가 말했다.

"아미랑, 강 건너편에서 웬 아이가 손짓을 하고 있습니다."

아미가 몸을 돌려보니 저 멀리에서 지정이 뭐라고 희미하게 외치며 손을 이리저리 흔들고 있었다.

'주점의 꼬마다!'

지정을 알아본 아미가 오른손을 들어 지정에게 흔들어 보이더니, 안고 있는 설아의 외투를 펼쳐 보였다. 그러자 지정이 손가락으로 서쪽을 가리키더니 머리 위로 양팔을 삿갓처럼 만들어 보였다.

'서쪽의 산… 여나산이다!'

아미는 지정에게 고개를 끄덕여 보이고는 뒤돌아 말했다.

"형님과 누님이 여나산으로 피신했다! 어서 뿔피리를 불어라!"

잠시 후. 구릉지대를 수색하던 낭도들이 뿔피리소리를 듣고 모여들기 시작하고 승우를 비롯하여 충담, 중길, 금모도 낭도들을 이끌고 달려왔다. 충담이 설아를 안고 있는 아미를 발견하고 달려왔다.

"무슨 일… 설마!"

충담이 설아의 시신을 뚫어져라 쳐다보니, 아미가 승우에게 말했다.

"시신을 누여야겠네. 자리를 깔아주게."

"예."

승우가 외투를 벗어 자리에 깔자, 아미가 설아의 시신을 그 위에 누였다. 설아의 얼굴을 본 충담은 순식간에 돌처럼 굳어버렸다.

"서, 설아야…"

충담은 무릎을 꿇고 앉아 설아의 뺨을 쓰다듬었다.

"설아야, 정신 차려라. 설아야, 설아야!!"

그러자 뒤에 있던 중길과 금모가 놀라서 달려왔다. 동방칠성도의 낭도들도 주위로 모여들고, 설아의 주변은 순식간에 눈물바다로 변해 버렸다. 한참을 통곡하며 울던 충담이 붉은 눈시울로 아미를 바라보며 말했다.

"설아가 어찌 만월낭주의 옷을 입고 있는 것입니까?"

"만월누님의 옷을 걸치고 추격대를 유인하다 이리 된 것 같습니다…"

"그럼, 기파와 낭주는 따로 피신했단 말입니까?"

"형님은 누님과 서쪽 여나산으로 피신하신 것 같습니다."

그러자 충담 옆에 있던 중길이 눈물을 훔치더니 아미에게 말했다.

"구릉지대에 말발굽 자국이 서쪽으로 어지러이 남아 있는 것으로 봐서 추격대가 다시 따라붙은 것 같습니다. 서둘러야 합니다."

"알겠습니다."

아미는 자리에서 일어나 낭도들을 둘러보며 말했다.

"누가 강을 헤엄쳐 건널 수 있겠느냐?"

"제가 건너겠습니다!"

낭도 하나가 나서자 아미가 고개를 끄덕이며 말했다.

"너는 강을 건너, 저기 보이는 꼬마를 데리고 실포 수병군영으로 가거라. 가서 충효랑을 찾아라."

"예!"

낭도가 강으로 뛰어가자 아미가 충담에게 말했다.

"충담스님, 스님께서는 낭도 몇을 데리고 설아낭주의 시신을 실포로 옮기시지요. 형님과 누님은 저희 화랑들이 반드시 구해내겠습니다."

"알겠습니다…"

아미는 중길과 금모를 번갈아 보며 말했다.

"두 분은 이곳 지리를 잘 모르니, 한 분은 저와 같이 가시고, 나머지 한 분은 여기 승우랑과 같이 움직여야 합니다. 누가 저와 같이 가겠습니까?"

"제가 가겠습니다."

금모가 일어서며 말하자 아미가 고개를 끄덕였다.

"알겠습니다. 승우랑, 자네는 중길랑과 다시 구릉지대로 들어가 여나산을 북쪽에서 남쪽으로 수색하게. 나와 금모랑은 이대로 강을 거슬러 여나산을 남쪽에서 북쪽으로 수색할 걸세."

"알겠습니다."

아미가 금모에게 말했다.

"동방칠성도를 두 부대로 나누어 주십시오."

금모가 낭도들에게 외쳤다.

"동방칠성도는 두 부대로 나뉘어 서라!!"

수백의 낭도들이 일사분란하게 나뉘어 서자, 승우도 외쳤다.

"용화향도도 두 갈래로 나뉘어 합류하라!!"

수십의 낭도들이 흩어져 양쪽에 합류하자, 아미는 여전히 설아의 얼굴을 쓰다듬고 있는 충담에게 말했다.

"스님, 그럼 저희들은 가보겠습니다. 낭주를 부탁합니다."

충담은 그쳤던 눈물을 다시 주르륵 흘리며 말없이 고개를 끄덕였다.

화랑들이 두 갈래로 나뉘어 여나산으로 향하는 사이, 여나산 중턱을 뛰어 오르던 대공은 갑자기 쏟아지는 비에 걸음을 멈추고 하늘을 올려다 보았다.

'우르르르르!!!……'

어둑한 하늘 위 번뜩이는 섬광이 시커먼 먹구름을 뚫고 나왔다.

"형님! 헉, 헉, 좀 천천히 가시오!"

살수들과 함께 뒤쫓아 온 대렴이 숨을 헐떡이며 말하자, 하늘을 보던 대공이 손바닥으로 비를 받으며 말했다.

"비가 흔적을 지워버렸다. 더 이상 흔적을 찾을 수가 없어."

그 말에 대렴은 얼굴로 비를 맞으며 하늘을 보더니, 손바닥으로 안면의 물기를 쓸어내리며 말했다.

"빌어먹을… 갑자기 웬 비란 말이오? 이제 곧 칠흑같이 어두워질 텐데, 비 때문에 횃불도 밝힐 수가 없소. 아… 어찌 하늘이 우리를 저버린단 말인가!!"

대렴이 분통을 터트리자 대공이 차갑게 말했다.

"목소리를 낮춰라. 놈에게 우리 위치를 알려줄 셈이냐?"

"으으, 하늘이 그놈을 돕는 것 같아 부아가 치밀어 미치겠소."

대공이 옆에 있는 바위에 걸터앉으며 피식 웃더니 말했다.

"후후… 하늘이 그놈을 돕는다면, 그놈의 누이를 죽게 내버려 뒀겠느냐? 하늘은 누구의 편도 아니다. 날이 저물고 비까지 오니, 우리가 쫓기 힘들어진 만큼 그들도 도망치기 힘들어지기는 마찬가지야."

"하지만 기파 그놈이 여간내기가 아니란 걸 잘 알잖소? 어떻게든 빠져나가려 할 것이오. 지금도 도망치고 있을 거란 말이오."

그러자 대공이 고개를 저으며 말했다.

"만월은 이미 지칠 대로 지쳐 있을 거다. 기파가 아무리 날고뛰는 재주가 있다 해도, 지친 만월을 데리고서는 계속 도망칠 수 없어."

"그럼 어딘가에 숨을 거란 말이오?"

"지금쯤 분명 이 근방 어딘가에 숨어서 만월을 쉬게 하고 있을 것이다."

"하지만 이제 곧 완전히 캄캄해질 텐데, 어찌 그들을 찾는단 말이오?"

"우리가 애써 찾을 필요 없다."

"예? 그게 무슨 말이오?"

"그물을 치고 걸려들길 기다리기만 하면 돼."

"거 참, 알아듣기 쉽게 말하시오."

대렴이 답답하다는 듯 말하자, 대공이 일어나 아래에 모여 있는 스무 명의 살수들에게 말했다.

"지금부터 이인 일조로 나뉘어 부채꼴 열 방향으로 흩어진다. 천보 정도를 걸어가 비를 피할 곳을 찾은 후, 효시에 기름천을 감아놓고 한 사람씩 번갈아 눈을 붙이며 동이 틀 때까지 매복하라. 움직임이 포착되면 그 즉시 효시에 불을 붙여 쏘아 올린다. 효시가 오르면 전부 그쪽으로 뛰어가야 할 것이다. 만약 아무 소득 없이 동이 튼다면, 그 위치에서 다시 여기로 돌아오며 사방을 샅샅이 수색한다. 알겠느냐?"

"예!"

대렴이 덧붙였다.

"놈의 무예가 보통이 아니니, 발견하면 섣불리 공격하지 말고 효시부터 쏘아 올려야 할 것이다."

"예!"

"자, 흩어져라!"

대공의 명에 살수들이 열 방향으로 나뉘어 흩어지자, 대렴이 물었다.

"그럼, 우리는 여기 가만있는 거요?"

"그래. 여기서 기다리다가 신호가 오는 쪽으로 바로 뛰어가야 한다."

"알겠소. 일단 비부터 피합시다."

그 무렵, 기파와 만월은 비에 홀딱 젖은 채로 계속 산을 오르고 있었다.

"헉, 헉, 아으윽…"

만월이 신음을 토하자 손목을 잡고 앞서가던 기파가 걸음을 멈췄다.

"왜 그러시오?"

"아, 아무것도 아니에요."

뭔가 심상치 않음을 느낀 기파는 무릎을 꿇고 만월의 치마를 들어보았다. 아니나 다를까 만월의 양쪽 발목이 퉁퉁 부어 있었다.

"이런… 언제부터 이런 거요?"

"참을 수 있어요. 어서 가요."

"후… 미안하오. 마음이 급해 당신을 너무 힘들게 했소."

기파는 다시 일어나 주위를 둘러보았다.

'완전히 깜깜해지기 전에 숨을 곳을 찾아야 한다!'

그때였다. 저쪽 숲에서 박쥐들이 갑자기 나타나 줄을 지어 산 아래로 날아가는 것이 아닌가?

"만월, 보시오. 박쥐떼요."

"박쥐는 왜요?"

"박쥐는 낮에는 몸을 숨기고 있다가 밤이 되면 활동을 시작하지. 분명 저쪽 어딘가에 동굴 같은 것이 있을 것이오. 자, 어서 업히시오."

기파가 만월을 업으려 하자 만월이 앞으로 걸어 나가며 말했다.

"전 참을 수 있어요. 어서 가요."

그러자 기파가 달려가 만월을 강제로 업어 버렸다.

"기파랑…"

"만월. 앞으로 얼마나 더 도망쳐야 할지 모르니, 몸을 아끼시오."

기파가 만월을 업고 성큼성큼 걸어가니 만월은 말없이 기파의 어깨 위로 팔을 감았다. 잠시 후, 숲으로 들어선 기파는 거친 숨을 몰아쉬며 주변을 훑었다. 떨어진 기온에 하얀 입김을 만들며 주위를 살피고 있으니, 근처의 커다란 바위를 수북이 뒤덮은 환삼덩굴 속에서 박쥐 몇 마리가 빠져나와 아래로 날아갔다. 만월도 봤는지 말했다.

"바로 저기예요. 이제 내려주세요."

기파는 만월을 내려주고 바위로 달려가, 검집으로 덩굴을 헤집기 시작했다. 덩굴을 헤치니 안쪽의 바위가 마치 조개가 약간 입을 벌린 것처럼 갈라져 있었다. 그 사이로 사람 한 명이 겨우 지나갈 수 있는 틈이 보여, 돌멩이 하나를 집어들어 안쪽으로 던져보았다.

'딱, 딱, 딱, 따르르르…'

소리가 제법 멀리까지 이어졌다.

"됐소. 역시 동굴이 있었소. 어서 오시오."

만월이 다가오자 기파가 양손으로 덩굴을 벌렸다.

"아래쪽으로 가시가 나 있으니 조심하시오."

"예."

만월이 바위틈으로 들어가고, 기파도 뒤따라 들어가 덩굴을 다시 덮었다. 좁고 캄캄한 바위틈에 몸을 부대끼며 들어가고 있을 때였다.

"꺄악!!"

'풍덩!!~~.'

"만월!!"

놀란 기파는 급히 몸을 비비며 앞으로 나아갔다. 그러다가 갑자기 발 디딜 곳이 없어져 헛발을 짚으며 아래로 떨어졌다.

"으어엇!"

'첨버덩!!~~.'

아무것도 보이지 않는 가운데 물웅덩이에 빠졌다 급히 몸을 일으키니, 다행히 깊이가 허리까지밖에 되질 않았다.

"만월!! 어디 있소!!"

"여기 있어요!"

기파가 소리 나는 쪽으로 손을 더듬으며 걸어가니 물이 점점 얕아졌다.

"뜨아아!"

웅덩이를 빠져나오던 기파는 물속에서 뭔가 커다란 것이 발목을 휙 휘감고 지나가는 바람에 기겁을 하고 첨벙거리며 뛰어나오다가, 돌부리에 발이 걸려 그대로 앞으로 자빠졌다.

"아으…"

넘어진 기파가 고개를 드니 희한하게도 바로 앞에 서 있는 만월이 보였다.

"기파랑! 검이, 검이 빛나고 있어요!"

만월의 말에 허리춤을 보니, 넘어지면서 사인검이 검집에서 살짝 튀어나와 그 사이로 푸른빛이 새어나오고 있었다. 기파는 일어나 검자루를 잡았다.

'슈우우웅!……'

검을 뽑아내자 검신에서 푸른 광채가 쏟아져 나와 어두운 동굴 안을 순식간에 밝혔다.

"이게 무슨 일이죠? 어떻게 검에서 빛이…"

만월이 물으니 검을 찬찬히 살피던 기파가 말했다.

"보시오. 검 전체가 빛나는 것이 아니라 검신의 일곱 부분에서 빛이 나오고 있소."

"정말 그러네요?"

"유신공이 단석산에서 십 년의 수련을 마치던 마지막 날 밤, 쓰시던 검에 별들의 정기가 내려앉더니, 그 검이 신검으로 변했다 하였소. 과연 그 말 그대로군."

"아… 그럼, 그때 아미가 남기고 간 검이…"

"그렇소. 이 검이 바로 그 사인검이오. 너무 귀한 보검이기에 어제 모화방에서 돌려주려 했는데, 아미가 내게 꼭 필요할 거라며 극구 사양했소. 이렇게 요긴하게 쓰는 걸 보니, 아미 아우가 선견지명이 있나보오."

그렇게 사인검을 들고 동굴 내부를 살펴보니, 광활한 동굴 한쪽으로 넓게 물이 차 있었고, 나머지 땅은 평평하게 다져져 있었다. 동굴 벽면을 비춰보니 사슴, 고래, 거북, 새, 호랑이, 물고기, 멧돼지, 곰, 토끼 등등의 짐승들과 그것들을 사냥하는 모습이 벽면에 빼곡히 새겨져 있었는데, 그 표현 수법이 매우 정교했다.

"고대인들이 살던 곳인가 보오."

"예…"

기파가 벽면을 따라 쭉 돌다보니 다시 좁은 통로가 나왔다.

"들어가 봅시다."

통로는 한참을 이어졌다. 긴 통로 끝에 다다르니 아늑한 방처럼 만들어진 공간이 나왔고, 공간 맞은편에 또 다른 통로가 있었는데, 입구가 무너져 내려 바위들로 막혀 있었다.

"잠시 검을 들고 있으시오."

기파는 사인검을 만월에게 건네고 통로를 막고 있는 바위들을 치우기 시작했다. 한참을 그렇게 바위들을 옮겨내니 안쪽에 큰 바위 하나가 사람이 지나갈 공간을 막고 있었다. 있는 힘을 다해 당겨보았으나 바위는 꿈쩍도 하지 않았다. 그런데, 통로를 비추고 있던 빛이 갑자기 어두워졌다. 기파가 고개를 돌려보니, 만월이 들고 있던 검을 땅에 떨군 채 동굴 벽에 기대앉아 고개를 숙이고 있는 게 아닌가?

"만월!!"

기파가 급히 달려가 상태를 살피니 만월은 눈을 감고 온몸을 덜덜덜 떨고 있었다.

"만월! 정신 차리시오!"

기파가 어깨를 흔들자 만월이 입을 열었다.

"흐ㅇㅇㅇ… 너무… 추워요…"

"안 되겠소! 우선 젖은 외투를 벗으시오."

기파는 만월이 입고 있던 설아의 외투를 벗겨내어 물기를 짜내고 마른 흙바닥에 마구 문지르고 털어내길 반복했다. 기파는 자신의 도복 상의를 벗어 맨살을 드러내고는 웅크리고 있는 만월의 등 뒤에 다가가 앉았다. 그러고는 흙투성이가 된 설아의 외투를 만월의 앞쪽에 덮어주며, 사시나무처럼 떨고 있는 만월을 뒤에서 꼭 껴안았다.

"이제 좀 있으면 따뜻해질 테니, 조금만 참아요."

그렇게 얼마간 시간이 흐르자 만월의 떨림이 차츰 잦아들었다.

"만월, 자오?"

"아니요…"

"좀 자두시오. 나도 졸음이 쏟아지는구려."

"설아는… 괜찮을까요?"

"걱정 말아요. 설아는 영리한 아이니 잘 도망쳤을 거요."

"하아… 기파랑… 저 때문에 당신까지 위험해졌네요… 미안해요…"

"그런 말 하지 마오… 이제 내 삶은 오직 당신만을 위한 것이오. 내 반드시 이 위기에서 당신을 구해드리리다."

"……"

기파가 만월을 더 꼭 껴안자 만월의 눈에서 뜨거운 눈물이 흘러내렸다. 그렇게 시간은 흘러가고 지친 둘은 깊은 잠에 빠져들었다.

"형님, 일어나시오."

대렴이 나무 아래에 기대앉아 자고 있는 대공을 흔들어 깨우자, 대공이 눈을 게슴츠레 뜨며 물었다.

"무슨 일이냐?"

"동이 텄소. 이제 살수들이 수색을 시작할 거요."

"으으윽."

대공이 굳은 몸을 일으켜 동쪽을 보니, 점점 밝아오는 여명이 맑게 갠 하늘을 비추고 있었다.

"이 고생을 했는데, 이대로 놓친 건 아닌지 모르겠소…"

"쓸데없는 소리 그만하고 몸이나 풀어."

잠시 후, 남쪽에서 살수 둘이 급하게 달려오자 대렴이 긴장한 목소리로 물었다.

"무슨 일이냐?"

"큰일입니다! 수백의 풍월도가 남쪽 산허리를 수색하고 있습니다!"

"뭐야?! 그럴 리가 없다. 용화향도는 이미 괴멸되지 않았더냐!"

"그것이, 옷 색깔이 흰색이 아닌 회색이었습니다. 다른 풍월도인 것 같습니다."

"회색? 회색이라면…"

대렴이 말끝을 흐리니 대공이 물었다.

"회색은 북주풍월도의 복색이 아니냐?"

"동방칠성도의 복색도 회색이오. 아무래도 기파 그놈이 수하들을 불러들인 것 같소."

"염병할…"

그때였다.

'퓌이!!!……'

갑자기 북동쪽에서 효시가 날아올랐다.

"형님! 드디어 걸려들었소!"

"가자!"

대공이 대렴과 살수들을 앞질러 한참을 달려가니, 숲속에 이미 열 명의 살수들이 모여 있었다.

"어디냐?"

대공이 묻자 살수 하나가 손가락을 가리키며 대답했다.

"저 덤불입니다. 진흙을 밟은 흔적을 따라와 보니 덤불 뒤로 통로가 있었습니다."

"수고했다."

대공은 살수의 어깨를 두드려주고는 입구로 다가가 다막검으로 덤불을 베어 버렸다.

"형님! 찾았소?"

대렴이 뛰어와 묻자 대공이 씩 웃으며 다막검으로 벌어진 바위틈을 가리켰다.

"횃불을 만들어라."

'풍덩!~~ 풍덩!~~ 첨버덩!~~.'

동굴을 울려퍼지는 소리에 곤히 잠들어 있던 기파가 눈을 떴다.

'풍덩!~~ 풍덩!~~.'

기파는 급히 안고 있던 만월을 흔들어 깨웠다.

"만월! 만월!"

"으응…."

"놈들이오! 어서 도망쳐야 하오!"

기파는 급히 달려가 통로를 막고 있는 바위를 온 힘을 다해 잡아당겼다. 하지만, 역시나 꿈쩍도 하지 않았다. 그 순간 무슨 생각이 기파의 머리를 스쳤다. 기파는 만월 옆에 떨어져 있는 사인검을 들고 와, 다시 바위 앞에 섰다.

'유신공, 제발 도와주십시오!'

"흐앗!!!"

'투캉!!! 투캉!!! 투캉!!! 투캉!!!'

사인검으로 사정없이 바위를 내리치자, 바위가 이리저리 쪼개지기 시작했다.

"하앗!!!"

'투캉!!! 투캉!!! 투캉!!! 쿠르릉!!'

이윽고 바위가 이리저리 쪼개지며 무너져 내렸다. 기파는 조각들을 치워, 지나갈 공간을 만들었다.

"만월! 어서 오시오!"

'투캉! 투캉! 투캉! 투캉!'

"형님! 이쪽이오! 이쪽 통로에서 소리가 나고 있소!"

횃불을 들고 동굴 벽면을 살피던 대렴이 알리자, 대공이 뛰어오며 말했다.

"어서 쫓아라!"

기파가 만월을 데리고 좁은 통로를 빠져나가니, 다시 넓고 긴 공간이 나타났다. 그곳을 달리다 보니, 웬만한 황릉 크기의 널따란 공간이 나왔다. 그 한가운데에 동굴 바닥이 가로로 크게 갈라져 있었는데, 갈라진 틈이 사람 키의 네 배가 넘었고, 그 위로 언제 만든 지 알 수 없는 나무다리가 놓여 있었다. 기파가 그 앞에 서서 사인검으로 아래를 비춰보니 끝도 없는 낭떠러지였다. 기파가 나무를 이리저리 엮어 만든 다리를 한쪽 발로 두드려 보더니 말했다.

"다 썩어 있군… 내가 오르면 무너져 내릴 것 같소."

"그럼 어떡하죠?"

"낭떠러지를 뛰어넘어 기다리고 있을 테니, 내가 말하면 전력으로 다리 위를 달려오시오."

"저기를 뛰어넘는다구요?"

"걱정 말아요."

기파는 뒤로 멀찌감치 물러나더니 사인검을 흔들며 낭떠러지를 향해 전속력으로 달리기 시작했다.

"흡!!"

온 힘을 다해 땅을 박차 뛰어오른 기파는 마치 공중을 달리는 듯양 다리를 휘젓더니, 건너편 바닥끝에 아슬아슬하게 엉덩방아를 찧으며 뒤로 벌렁 넘어져 주욱 미끄러졌다. 기파가 몸을 일으키니 맨몸인 기파의 등이 다 까져 피가 스멀스멀 새나오기 시작했다.

"만월! 어서 건너시오!"

기파가 다리 끝에서 외치자, 만월은 치마를 걷어 올리고 다리 위를 달리기 시작했다.

'빠직! 빠직! 우지지직!!'

만월이 미처 다 건너기 전에 썩은 다리가 요란한 소리와 함께 무너져 내렸다.

"꺄아아악!!"

만월이 비명을 지르며 낭떠러지로 떨어지는 찰나! 기파가 재빨리 배를 땅에 대고 오른손을 뻗어 만월의 손목을 낚아챘다. 무너진 다리가 대롱대롱 매달린 만월을 남겨두고는 끝도 없이 떨어지며 시야에서 사라졌다. 기파는 나머지 한 손으로 바닥을 밀며 만월을 끌어올리기 시작했다. 만월도 낭떠러지 벽면을 밟으며 힘을 보태자 상체를 어느 정도 세우는 데 성공한 기파는 오른 무릎을 가슴 앞에 끼워넣은 후 일어나며 양손으로 힘껏 만월을 당겼다. 만월이 딸려와 바닥에 발을 디디고 일어서자, 기파는 만월을 와락 끌어안았다.

"기파랑…"

"만월…"

만월은, 미칠 듯이 뛰는 기파의 심장 박동이 온몸을 타고 전해와, 기파가 얼마나 놀랐는지를 알 수 있었다. 그때, 살수 하나가 횃불을 들고 건너편 통로를 빠져나오는 모습이 기파의 눈에 들어왔다. 기파는 만월에게서 떨어져 사인검을 주워들며 말했다.

"만월, 앞쪽에 보이는 통로를 따라 도망치면 분명 출구가 나올 것이오. 어서 도망치시오.”

“예!? 그게 무슨 말이에요? 같이 가요!”

“시간이 없소! 내가 저들을 건너지 못하게 막고 있을 테니, 어서 달아나요!”

그러자 만월이 고개를 세차게 흔들고는 울먹이며 말했다.

“싫어요! 당신 없이는 아무 데도 가지 않을 거예요!”

“만월, 나를 믿지 못하는 거요? 내가 잘못될 일은 없을 테니 나를 믿으시오!”

“하지만…”

“반드시 살아서 당신을 만나러 갈 테니, 제발 내 말을 들어요!”

만월의 눈에서 눈물이 구슬처럼 뚝뚝 떨어져 내렸다. 그 사이, 낭떠러지 건너편으로 살수들이 모여들고, 뒤이어 대렴이 모습을 드러냈다. 만월은 눈물을 흩날리며 기파의 품에 와락 안기더니, 고개를 들어 기파를 바라보았다. 그러고는 양손으로 기파의 뺨을 잡고서 뜨거운 입맞춤을 했다. 그때, 대공이 낭떠러지로 달려왔다.

“혀, 형님! 자, 잠시만!”

대렴이 급히 대공을 막아서자, 뭔가 이상한 낌새를 차린 대공은 대렴을 확 잡아 젖히며 살수들 틈을 빠져나왔다. 그러자 만월과 기파가 부둥켜안고 입맞춤을 하는 충격적인 장면이 쾅! 하고 시야에 박히더니, 눈에 보이지 않는 번개가 정수리로 내리꽂혀 대공의 온몸을 타고 흘렀다.

“저, 저놈이…… ㅇㅇㅇㅇ!”

기파와 만월은 그런 대공과는 딴 세상에서, 어쩌면 마지막이 될지도 모르는 애간장이 타들어가는 안타까운 순간을 함께하고 있었다. 만월은 기파의 온기를 느끼던 입술을 떼고 다시 그를 바라보았다. 자신을 바라보는 기파의 얼굴이 이리저리 일렁거렸다.

"반드시 살아서 돌아오세요… 기다릴게요…"

일렁거리는 기파의 얼굴이 아래위로 움직이자, 만월은 울먹이며 뒤돌아 뛰기 시작했다. 기파는 멀어져가는 만월을 멍하니 바라보았다. 그런 기파를 노려보며 대공은 활시위를 힘껏 당겼다.

"죽여 버릴 테다……"

대공은 기파의 뒷목을 겨누어, 당기고 있던 시위를 놓아버렸다.

'츄악!!'

분노에 찬 대공의 화살이, 미동도 없이 서 있는 기파를 향해 곧바로 날아갔다.

"아니?! 이럴 수가…"

화살이 기파의 목을 스치고 지나갔다. 한 발도 빗나가는 일이 없었던 그였기에, 대공은 믿기지 않는 다는 듯 중얼거렸다. 그 자리에 석상같이 서 있던 기파는 천천히 왼손으로 목 옆을 매만졌다. 손바닥을 얼굴 앞에 펴 보니, 빗나간 화살에 베인 상처에서 피가 묻어나와 있었다. 기파가 천천히 뒤돌아 낭떠러지 건너편에 있는 대공을 바라보자, 눈이 마주친 대공은 저도 모르게 부르르 떨며 주먹을 불끈 쥐었다. 그때 대렴이 다가와 자신의 화살통에서 화살 하나를 꺼내 대공에게 내밀었다.

"흥분을 가라앉히시오. 흔들려선 아니 되오."

"후……"

대공은 눈을 감고 긴 숨을 내뱉더니, 대렴이 내민 화살을 낚아채 활시위에 얹었다.

'뿌드드드드득…… 촤악!!'

시위를 떠난 화살이 순식간에 기파의 심장을 노리고 날아들었다.

'치캉!!'

갑자기 살수들이 술렁이기 시작했다. 기파가 근거리에서 날아든 화살을, 번개같이 검을 휘둘러 튕겨냈기 때문이었다.

"저놈이!!!"

대공이 눈에 핏발을 세우고 고함을 치자, 지켜보던 대렴의 인상이 찌그러졌다.

'큰일이군… 또 시작됐어…'

"뭣들 하느냐!!! 저놈을 벌집으로 만들어라!!!"

대공이 미친 듯이 외치자, 살수들이 일제히 기파를 향해 화살을 날리기 시작했다.

'쉬쉬쉬쉭!! 쉬쉭!! 쉬쉬쉬쉬쉬쉬쉭!!'

그러자 믿기 힘든 놀라운 광경이 벌어졌다. 기파가 벽 쪽으로 달려가더니, 벽에 붙었다 떨어졌다를 반복하며 쉴 새 없이 날아드는 화살들을 모조리 피하거나 검으로 튕겨내는 것이 아닌가? 그 모습을 보던 대렴이 급히 대공을 뜯어 말렸다.

"형님! 멈추시오! 화살을 아껴야 합니다!"

"방해하지 말고 저리 비켜라!!"

대공이 아랑곳하지 않고 계속 화살을 쏘아대자, 대렴은 이마에 손을 얹고 뒷걸음질 쳤다.

"아아… 이런 환장할!"

잠시 후, 화살들이 내던 요란한 소리가 점점 잦아들더니 마지막 한 발마저 기파의 검에 튕겨져 나갔다.

"화살! 화살을 가져와라!!"

빈 화살통을 확인한 대공이 살수들을 둘러보며 외쳤지만, 이미 살수들에게는 한 발의 화살도 남아 있질 않았다. 대공은 살수들의 화살통을 미친 듯이 뒤지더니, 이윽고 한쪽에서 허탈해하는 대렴에게 다가가 화살통을 뺏으려 했다.

"정신 차려 이 새끼야!!!"

'쫘악!!!'

대렴이 뺨을 무지막지하게 갈기자, 대공은 옆으로 튕겨나가 땅바닥을 구르더니 그대로 바닥에 엎어져 꼼짝하질 않았다. 놀란 살수들이 쓰러진 대공에게 달려가니 대렴이 버럭 고함을 질렀다.

"놔둬!!"

살수들이 대렴의 눈치를 살피고는 슬슬 뒤로 물러났다. 그때였다.

"큭, 크큭, 크흐흐…"

엎어져 있던 대공이 실성한 듯 웃으며 천천히 몸을 일으켰다.

"이제 정신이 좀 드오?"

대렴의 물음에 대공은 코에서 쏟아지는 피를 소매로 쓱 닦아내며 답했다.

"덕분에 말짱해졌다."

"크흐흐흐, 이래서 형님 곁에 내가 있어야 하는 거요. 알겠소?"

"오냐! 그래, 화살은 몇 발이나 남았느냐?"

"다섯 발 남았소."

대공은 살수들을 훑어본 후 말했다.

"열두 명이군. 내가 화살을 쏘아 엄호해 줄 테니, 한꺼번에 달려가 낭떠러지를 뛰어넘는다!"

그러자 살수들이 어안이 벙벙해 서로를 번갈아보았다. 그중 하나가 낭떠러지로 걸어가 거리를 가늠하더니, 고개를 절레절레 흔들고는 뒤돌아 말했다.

"뛰어넘기에는 거리가 너무 멉니다."

"그래?"

대공은 그 살수에게로 뚜벅뚜벅 걸어가더니 느닷없이 발로 배를 찼다.

"욱!! 으아아아아아아!!!!……"

비명을 지르며 낭떠러지로 빨려들어가는 살수를 싸늘한 표정으로 지켜보던 대공은 뒤돌아 다막검을 빼들었다.

'쉬리리링!……'

나머지 살수들에게 검을 겨눈 대공이 차갑게 말했다.

"내 손에 죽겠느냐, 뛰어넘겠느냐?"

"뛰, 뛰어넘겠습니다!"

"좋다! 전부 충분히 뒤로 물러서라!"

살수들이 뒤쪽으로 우르르 뛰어갔다. 대공이 대렴에게 다가와 손을 내미니, 대렴이 화살통을 건네주었다. 대공은 화살 한 발을 꺼내 대렴의 가슴팍에 툭 하고 갖다 대었다. 대렴이 화살을 받아 쥐며 물었다.

"이건 무슨 뜻이오?"

"저놈을 봐라."

대공이 기파를 향해 고개를 돌리자 대렴도 따라서 고개를 돌렸다. 수평으로 두 갈레 긴 흉터가 새겨진 상체를 드러낸 기파가 빛이 뿜어져 나오는 검을 늘어뜨리고 미동도 없이 이쪽을 노려보고 있었다.

"어쩌면 오늘… 저자의 손에 죽을 수도 있겠다."

"예?! 형님답지 않게 그게 무슨 소리요?"

"이런 느낌은 나도 처음이다. 하지만 확실한 건, 뭔지 모를 기운이 저놈에게서 뿜어져 나오고 있다는 것이다. 온몸으로 느낄 수 있어. 그것이 순식간에 이곳 분위기를 역전시켜 버렸단 말이다. 오히려 우리가 수세에 몰리고 있단 말이야."

"흠… 형님이 무슨 말을 하려는 건지 알 것 같소. 신궁에서 저놈과 맞붙었을 때, 유리했던 내가 마지막 순간에 어이없이 쓰러졌지 않았소? 처음엔 내가 방심해서 그런 것이라 생각했는데, 곱씹어 볼수록 그게 아니었소."

"그래. 기파 저놈은 궁지에 몰리면 몰릴수록 몰라보게 강해지는 녀석인 거다. 분명 낮에 봤던 모습과는 전혀 다른 느낌이야. 천하의 귀수조차도 동시에 쏟아지는 화살은 어쩔 수가 없었거늘, 저놈은 최소한의 움직임으로 모두 피하고 쳐냈지. 이미 내가 가늠할 수 없는 경지에 접어든 것이야…"

"그, 그 정도란 말이오? 그럼 이대로 무리해서 건너다가는 전멸할 수도 있다는 말 아니오?"

"후… 이미 살수들은 내가 건너가기 위해 시간을 버는 용도로밖에는 쓸 수 없는 상황이다."

"그럼… 결국 형님과 저놈의 대결이란 말씀이오?"

"그래."

"형님, 이길 자신이 없는 거요?"

"음… 지금 저자를 저리 만든 것은 만월을 구하겠다는 일념이겠지. 만월이 충분히 도망칠 시간을 벌고 나면 저놈의 기운도 흐트러질 테니, 그때는 이길 자신이 있다만, 지금 당장은 확실히 위험해…"

"상황이 요상하게 돌아가는군… 시간을 끌수록 승부는 유리해지지만 만월을 놓칠 공산은 커지니…"

"만월을 놓친다면 이제까지의 모든 일이 수포로 돌아가는 것이다. 위험하더라도 지금 승부를 걸어야 해. 그래서 네게 이 화살을 주는 것이야."

"내가 어떻게 하면 되오?"

"기파와 나의 대결이 시작되면, 이 화살을 아끼고 아꼈다가 결정적인 순간에 사용하거라. 만일 내가 당하더라도 저놈과 같이 죽을 수 있게 말이다."

"혀, 형님…"

"내가 죽더라도 너는 바로 만월을 뒤쫓아야 한다. 알겠느냐?"

"……"

"대렴아, 너를 믿는다."

대공이 어깨에 손을 얹으니 대렴이 고개를 끄덕이며 답했다.

"알겠소."

대공도 미소 지으며 고개를 끄덕이자, 대렴이 품에서 뭔가를 꺼냈다.

"형님. 혹시 모르니 이걸 들고 가시오."

대공은 그것을 보고 잠시 망설이다가 받아서 품에 집어넣었다. 그러고는 한쪽으로 걸어가 활을 들고 기파를 겨누었다.

"뛰어라!!"

대공의 외침에 살수들이 일제히 달려 나가기 시작했다. 그러자 기파역시 반대편 낭떠러지로 달려왔다. 살수들이 횃불을 내던지며 낭떠러지를 건너뛰는 순간, 대공이 화살을 날렸다.

'쉬익!! 치앙!!'

기파가 검을 내리쳐 배를 향해 날아오는 화살을 튕겨내는 사이, 살수들이 낭떠러지를 뛰어넘어 왔다.

"으아아아아!!!!……"

거리를 극복하지 못한 살수들이 여기저기서 비명을 질러대며 아래로 떨어지고, 단 네 명만이 간신히 낭떠러지에 매달렸다. 기파가 달려가 매달린 살수 하나를 내리치려 할 때, 다시 화살이 날아들었다.

'쉬악!!'

기파는 급히 몸을 틀어 피하고서 그대로 매달린 살수의 팔을 베어버렸다.

"으아아악!!!"

나머지 살수들이 기를 쓰고 올라올 때, 다시 기파가 반쯤 올라선 살수 하나의 머리통을 내리쳤다.

"쿠업!!"

머리가 쪼개진 살수가 뇌수를 쏟으며 어둠속으로 빨려들어가는 순간, 또다시 화살이 날아들었다.

'쉬아악!! 치캉!!'

"으극!"

기파가 가슴을 향해 날아오는 화살을 걷어냈으나 대공이 두 발의 화살을 동시에 쏜 터라, 나머지 한 발이 허벅지를 파고들었다. 기파가 쩔뚝거리며 뒤로 물러나자, 그 틈에 살수 둘이 올라와 칼을 빼들었다. 대공은 활을 내팽개치고 다막검을 집어 들고서 급히 뒤로 뛰어간 뒤, 전속력으로 낭떠러지를 향해 질주하기 시작했다.

"으흑…"

기파가 어금니를 깨물고 허벅지에 박힌 화살을 뽑아버리자, 살수들이 달려들기 시작했다. 기파가 둘을 상대하는 사이, 대공은 공중에서 다리를 휘저으며 낭떠러지를 건너뛰어 땅바닥에 미끄러졌다.

"큭!!"

"흐억!!"

대공이 곧바로 몸을 일으켜 기파 쪽을 향하니, 살수 둘이 외마디 신음과 함께 끈 풀린 지푸라기마냥 동시에 좌우로 쓰러지고 있었다. 그 사이로 야차의 눈빛을 번뜩이는 기파가 모습을 드러내자, 대공의 몸이 또다시 전율하기 시작했다.

"키야아아아았!!!!!"

대공은 기파를 향해 소름 돋는 기합을 쭈욱 내질렀다. 그러자 기파도 상쇄하는 기합을 내질렀다.

"후오아아아았!!!!!"

서로의 기합이 맞부딪혀 사라짐과 동시에 둘은 상대를 향해 돌진했다.

'촤캉!!!!!'

그 사이, 만월은 벽을 더듬으며 컴컴한 동굴 속을 한참동안 헤매고 있었다. 그러다가 꺾어진 곳을 돌아 나오니 저 앞쪽에서 가느다란 빛살들이 동굴 안을 밝히고 있었다. 만월이 달려가 보니, 알 수 없는 넝쿨들이 얼키설키 뒤얽혀 통로를 막고 있었는데, 그 틈새로 빛이 잘게 쪼개져 새어나오고 있었다. 만월이 넝쿨을 이리저리 벌려 밖으로 빠져나오니, 환한 햇빛이 눈을 멀게 했다. 눈살을 찌푸리던 만월은 손을 이마에 얹어 빛을 가리고 천천히 주위를 살폈다. 산 아래에 밤새 내린 비로 불어난 태화강이 물결치며 흐르고 있었다.

'저 강만 건널 수 있다면…'

만월이 애타는 심정으로 상류 쪽을 바라보니, 때마침 멀리서 사공 하나가 짐을 실은 뗏목을 타고 천천히 장대를 짚으며 흘러오고 있었다. 만월은 힘을 다해 산을 내려가기 시작했다.

'츄캉!!!!'

"헉, 헉, 헉, 헉…"

두 검이 불꽃을 튕기며 지나가고 거리가 벌어지자, 기파와 대공은 여기저기 베인 상처에서 피를 흘리며 거친 숨을 몰아쉬었다. 너무나 격렬하게 싸운 나머지 순식간에 백여 합을 넘겼던 것이었다. 대공은 딱딱해져 저려오는 팔뚝을 한 번 털어내고 다시 검을 잡으며 기파의 모습을 살폈다.

'이렇게 몰아쳤는데도 움직임이 전혀 무뎌지지 않다니! 이대로 가다간 위험하다… 저놈을 둘러싼 알 수 없는 기운을 깨뜨려야 한다!'

"기파랑! 대단하구나! 과연 듣던 대로다."

"네놈 따위의 칭찬은 필요 없으니, 어서 덤벼라."

"흥, 꼴에 국선이라고 위세를 떠는 것이냐?"

"복면을 뒤집어 쓴 네 한심한 꼴을 봐라. 그러고도 네가 신라제일검이라 할 수 있겠느냐?"

"……"

대공은 호흡을 방해하는 복면을 벗어 던지고는, 이글거리는 눈빛으로 기파를 노려보았다.

"기파 네놈이 나타나면서부터 모든 일이 꼬이기 시작했다. 네놈이 그냥 실직 촌구석에 박혀 있었다면, 이런 일은 일어나지 않았을 것이다. 내 너를 없애 모든 것을 제자리로 돌려놔야겠다!"

"대공! 이 어리석은 놈아! 나를 없앤다고 달라질 것은 아무것도 없다. 네놈에게서 뿜어져 나오는 그 비열하고 추악한, 역겨운 냄새가 씻겨나갈 수 있을 것 같으냐? 더러운 놈, 구역질이 나는구나!"

"뭣이라?! 이놈이 감히!!"

"형님!! 말려들면 아니 되오!!"

대공이 순간 발끈하자, 건너편에서 대렴이 다급하게 외쳤다. 대공이 건너편을 바라보니, 대렴이 손바닥으로 가슴팍을 두드리는 것이 보였다. 대공은 호흡을 가다듬고서 기파를 향해 차갑게 내뱉었다.

"네놈이 나를 도발하려는 모양인데, 그렇다면 넌 이미 진 것이다."

"무슨 헛소리냐?"

"네놈의 누이동생을 잊었느냐? 설아라고 했던가? 만월의 외투를 걸치고 있더군."

'!!!'

"후후, 표정이 가관이군. 내가 그년을 잡아 홀딱 벗긴 후, 살수들에게 돌아가며 욕을 보이게 했다. 그년이 어찌나 느끼는지 신음소리가 쉴 새 없이 귀를 간질이더군."

"네 이놈!! 어디서 그따위 더러운 헛소리를 지껄이는 것이냐!!"

"흥, 그년이 신음을 토하며 허리를 활처럼 휘어 올릴 때, 내 이 검으로 단숨에 목을 베어 버렸다. 아마 자기가 죽는지도 몰랐을 테지. 어떠냐? 고맙지 아니하냐?"

"이런 미친놈!! 내가 그 말을 믿을 것 같더냐!! 네놈이 정녕 갈 데까지 간 모양이구나!!"

"흐흐흐, 이걸 보고도 그런 소리가 나오는지 보자."

얼굴이 벌게진 기파를 보고 실실 웃던 대공은 품에서 뭔가를 꺼냈다. 대공이 손 아래로 붉은 머리끈을 늘어뜨리자, 기파의 눈빛이 심하게 요동치기 시작했다.

"표정을 보니 이제 좀 와 닿는가 보군. 나를 막아서는 순간, 너는 모든 것을 잃게 되어 있었던 것이다. 너무 상심하지 말거라. 네가 죽고 나면, 다음은 만월이다. 저승에서 모두 만나게 해 주마."

그러자 기파가 핏발이 선 눈으로 대공을 삼킬 듯이 노려보더니, 느닷없이 돌진해 왔다.

"흐아아앗!!!!"

'걸려들었구나!'

'츠르랑!!'

기파가 크게 대공의 머리를 베어오자, 대공은 검을 비스듬히 세워 올려 내리치는 기파의 검을 옆으로 흘려보내는 동시에, 오른쪽 대각으로 빠져나가며 들어오는 기파의 가슴팍을 베어나갔다.

'됐다! 엇?!!!'

대공이 이겼다고 생각한 순간! 기파가 검 손잡이를 가슴으로 내려 정확하게 손잡이의 양손 사이 틈으로 베어오는 다막검을 막아내는 것이 아닌가?

'탱!!!!!'

"헛!"

재빨리 빠져나가며 시선을 칼끝에 두던 대공은 자신의 칼날이 막히는 모습에 놀람과 동시에 기파가 내민 발에 걸려 앞으로 꼬꾸라지더니, 땅바닥에 무릎을 찧고 배를 땅에 쓸며 미끄러졌다. 그 충격으로 놓쳐버린 다막검이 저 앞으로 나뒹굴었다.

"어익!"

신음을 토한 대공이 엎어진 채로 고개를 드니, 동굴 벽에 비친 거대한 기파의 그림자가 칼을 쳐들어 올리고 있었다.

'푸캉!!!'

황급히 옆으로 몸을 굴리는 대공의 코앞으로, 빛을 뿜어내는 사인검이 땅바닥을 무지막지하게 후벼 파고 지나갔다. 대공이 급히 뒤구르기로 두 바퀴를 데굴데굴 굴러 몸을 일으키자마자 사인검이 바람을 가르며 대공의 얼굴로 날아들었고, 대공은 있는 힘을 다해 뒤쪽으로 몸을 날렸다.

'쉬잉!'

칼바람을 코앞에서 느끼며 뒤로 물러난 대공은, 옆에 떨어진 다막검을 집음과 동시에 또다시 뒤로 몸을 날려 거리를 벌렸다. 더 이상 기파의 움직임이 없어 대공이 의아해 하는 순간, 뭔가 얼굴이 시원해지는 것 같더니 갑자기 불이 붙은 것처럼 뜨거워지기 시작했다.

"아으으익!!…"

대공의 오른쪽 이마에서 왼쪽 아래뺨까지 살이 길게 주욱 벌어지더니, 그 사이로 피가 쏟아져 내리기 시작했다.

'혀, 형님이…… 이럴 수가…'

대공의 조각 같은 얼굴이 순식간에 피범벅이 되자, 대렴은 너무 놀란 나머지 입을 다물지 못했다. 대공은 눈을 감고 왼손으로 자신의 얼굴을 감싸 쥐더니 갑자기 온몸을 부들부들 떨기 시작했다.

"으으으으으…… 쿠아아아아!!!!!"

대공이 괴성과 함께 눈을 뜨자 눈에서 붉은 빛이 쏟아져 나왔다.

"키야아아아!!!!!"

'촤쾅!!!!!'

대공이 기합을 내지르며 엄청난 속도로 달려가 수평으로 다막검을 휘두르자, 기파는 온 힘을 다해 사인검으로 다막검을 내리쳤다. 그 순간! 기파는 사인검의 코등이를 통해 감당할 수 없는 엄청난 충격을 받으며 몸이 앞으로 접혀진 채로 뒤로 튕겨 날아갔고, 낭떠러지 근처까지 굴러갔다.

"쿨럭!"

쓰러진 기파가 피를 한 움큼 토하자, 대공이 다시 엄청난 속도로 달려오기 시작했다. 그때였다! 단번에 몸을 일으켜 세운 기파의 눈에서 푸른 광채가 쏟아져 나오기 시작했다.

"키아아아아!!!!!"

"후오오오오!!!!!"

'쿠캉!!!!!'

서로를 향해 휘두른 검이 정통으로 맞부딪히자, 엄청난 충격파와 함께 두 검이 모두 산산조각 나 버리고, 둘은 그대로 몸을 부딪히고 튕겨나가 쓰러졌다. 곧이어 동굴 전체가 뒤흔들리기 시작했다.

'쿠르르르르르르릉!!!!!'

대렴은 갑작스레 일어난 지진에 땅바닥에 주저앉아 동굴 천장을 바라보았다. 그때 갑자기, 기파와 대공이 쓰러져 있는 땅바닥이 균열을 일으키기 시작했다. 정신을 차린 대공이 급히 기어서 빠져나가려 하자, 기파가 대공의 다리를 덥석 붙잡았다.

'쿠구쿵!!!!!!!!!!!'

거대한 땅덩어리가 굉음을 내며 낭떠러지로 떨어져 내리자, 기파와 대공도 같이 아래로 떨어지는가 싶더니, 대공이 가까스로 무너진 면에서 드러난 바위를 붙잡아 매달렸다. 대렴이 놀란 눈을 크게 뜨고 보니, 천 길 낭떠러지 위에서 기파를 매달고 버티고 있는 대공의 모습이 위태롭기 그지없었다. 어느새 둘의 눈에서 쏟아져 나오던 빛은 사라지고 없었다. 대공은 기파를 떨쳐내고 싶었으나 매달려 있는 것조차 버거운 터라, 양 발목을 붙잡고 매달린 기파를 어찌 할 수가 없었다.

"아으으으…"

대공이 기를 쓰며 바위에 매달려 있으니, 기파가 갑자기 몸을 앞뒤로 흔들며 대공을 끌어당기기 시작했다.

"대공!! 같이 가자!!"

"이, 이런 미친… 아으윽!"

바위를 붙든 대공의 손이 점점 미끄러지는 절체절명의 순간! 대렴은 숨을 가다듬고 활시위를 당기기 시작했다.

'뿌드드드드득……'

시위가 벌어질수록 부상당한 왼 손목이 끊어질 듯 아파왔다.

"아으으윽!"

눈물을 글썽이며 이를 악문 대렴은 파르르 떨리는 손에서 시위를 놓아 보냈다.

'좌악!! 푹!'

"쿠헙!···· 으···· 만··· 월···· 하아."

화살이 등을 깊숙이 파고들자, 기파는 순간 힘이 쭉 빠지며 점점 의식이 흐려지더니, 결국 대공의 발목을 놓아버리고 끝도 없는 어둠 속으로 빨려 들어갔다. 대공은 바위 위로 올라가려 했으나, 발을 디딜 곳이 없는데다가 이미 힘을 다 써버린 터라 꼼짝할 수가 없었다.

"대렴아…"

"형님!!! 기다리시오!! 내가 건너가서 올려주겠소!!"

대렴은 활과 횃불을 건너편으로 던지고 뒤로 달려가 거리를 벌린 뒤, 낭떠러지 가장자리의 무너지지 않은 쪽을 향해 전력으로 질주했다.

"흐압!!"

박차 오른 대렴은 큰 몸을 공중에서 활처럼 뒤로 젖히더니 다시 앞쪽으로 접어서 가까스로 엉덩방아를 찧으며 낭떠러지를 건넜다.

"자! 이걸 잡아!"

대렴이 낭떠러지에 엎드려 활을 내미니 대공이 활대를 잡았다.

"한 번에 올릴 테니, 꽉 잡아! 흐아앗!!!"

대렴이 몸을 일으키며 활을 끌어당기자 대렴이 어린아이마냥 쑥 딸려 올라왔다.

"헉, 헉, 헉…"

대공이 거친 숨을 몰아쉬자 그 모습을 바라보던 대렴이 미간을 찌푸렸다.

"형님… 얼굴이…"

대공은 대렴을 밀치고서 횃불을 들고 어디론가 걸어가더니, 아까 벗어던진 복면을 주워들어 다시 뒤집어썼다.

"지혈이라도 해야 되는 것 아니오?"

"시간이 없다! 활을 챙겨라!"

대공은 땅바닥에 떨어진 화살 몇 개를 주워들고는 횃불을 들고 달리기 시작했다.

잠시 후. 동굴을 빠져나온 대공과 대렴은 쏟아지는 눈부신 햇살에 눈을 제대로 뜨지 못 했다. 손으로 해를 가린 대렴이 아래쪽을 가리키며 말했다.

"저기 보시오! 만월이 강을 건너려 하오!"

"어서 가자!"

대공과 대렴이 급히 산을 내려오는 사이, 만월을 태운 뗏목은 천천히 물결 위를 흐르며 강 한가운데를 향해 나아갔다. 사공이 긴 장대를 밀치고 있었다. 대공과 대렴이 산을 내려와 강가를 달려 뗏목을 따라잡았을 때에는 이미 뗏목이 강 한가운데를 넘어서고 있었다.

"형님, 여기요!"

대렴이 활을 내밀자 대공은 손에 쥔 화살들을 살펴보더니, 하나만 남기고 다 버린 후 활을 받아들었다.

'뿌드드드드득…'

시위에 화살을 먹이고 힘껏 당겨 만월을 겨누자, 반대편을 향해 서 있던 만월이 뒤로 돌아섰다. 만월은 자신에게 활을 겨누고 있는 대공을 발견하고 돌처럼 그 자리에 굳어버렸다.

'대공… 당신인가요? 정말 당신인가요?'

만월과 대공의 눈에서 뜨거운 눈물이 동시에 흘러내리기 시작했다.

'만월… 나는… 나는…'

대공은 겨누고 있던 활을 힘없이 천천히 내렸다. 대렴은 애가 타들어 갔지만 모든 것을 대공의 결정에 맡기기로 하고 입을 다물었다. 강바람이 만월의 머리칼을 휘날리고는 대공에게로 날아와 뜨거운 눈물을 식히고 지나갔다.

"대공… 왜인가요? 이럴 수밖에 없었나요?"

만월의 들리지도 않는 혼잣말에 대공은 눈을 감고 나직이 대답했다.

"만월… 나를 용서하지 마시오…"

대공은 입술을 질끈 깨물고 다시 활을 들어 시위를 당겼다.

'뿌드드드득! 츠팟!! 쉬이이이이익!! 푹!'

"윽!"

날아든 화살이 정확하게 심장을 꿰뚫고 들어갔다. 만월은 그대로 뒤로 넘어지며 상자에 머리를 부딪히고 쓰러졌다.

"낭주!? 낭주!! 이봐요 낭주!!"

가슴에 화살을 맞은 채 쓰러져 있는 만월을 보고 사공이 놀라 소리쳤다. 대공은 하늘을 올려다보며 흐느껴 울기 시작했다. 대렴은 그런 형을 보기가 안쓰러워 몸을 돌려 산을 바라보았다.

"헛! 혀, 형님! 어서 이곳을 벗어나야 하오!"

산 위에서 낭도들이 쏟아져 내려오는 것을 발견한 대렴은 넋을 놓고 있는 대공을 잡아끌며 도망치기 시작했다.

해가 중천에 떠오를 무렵.

"아으으…"

"누님! 정신이 드세요?"

"아… 여긴…"

"누님! 접니다! 아미예요!"

"으응? 아미야!"

"휴우… 못 일어나시는 줄 알고 얼마나 걱정했는지 모릅니다."

만월이 침상에서 몸을 일으켜 주위를 살피며 물었다.

"여긴 어디니?"

"누님을 발견한 곳 근처의 민가입니다."

그러자 만월이 고개를 숙이고는 왼쪽 가슴을 매만졌다.

"분명 화살을 맞았는데…"

"하늘이 도우셨습니다. 이걸 보세요."

아미는 한가운데가 움푹 파인 서책을 흔들어 보였다.

"이 책이 화살을 막아주었습니다. 문두루도량요체비전이라… 무슨 책인데 보따리에 꽁꽁 싸서 품에 지니고 계셨던 겁니까?"

"아아, 도정이가 준 것이구나… 아미야, 그 책은 귀한 보물이니 반드시 사천왕사에 돌려줘야 한다."

"음… 그러면 충담스님한테 드리면 되겠군요. 그나저나 누님, 기파형님의 행방을 아십니까?"

그러자 만월의 안색이 순식간에 창백해졌다.

"기파랑을 찾아야 한다! 분명 동굴 속에 있을 거야!"

"동굴은 이미 제가 뒤져봤는데, 칼에 베인 시체 두 구만 있을 뿐, 형님은 안 계셨습니다."

"그래? 그럼 어디로 간 거지?"

"음… 혹시…"

"왜? 어디 짚이는 데라도 있니?"

그러자 눈을 감은 아미가 고개를 살짝살짝 흔들었다.

'아니지… 아닐 거야‥‥'

"아미야??"

"아! 아무것도 아닙니다. 누님, 우선 저와 함께 안전한 곳으로 피하시지요. 기파형님은 제가 따로 찾아보겠습니다."

"……"

만월은 신발을 신고 일어나 밖으로 나가려다가 갑자기 뚝 멈춰섰다. 그러더니 뒤돌아 아미에게 물었다.

"설아… 설아는?"

아미의 낯빛이 갑자기 어두워졌다. 아미가 아무 말도 못하고 있자, 만월이 고개를 세차게 흔들더니 아미의 어깨를 붙잡고 흔들었다.

"아니야‥‥ 아니야!! 그런 표정 짓지 마!!"

"충담스님이… 시신을 수습해 갔습니다…"

"그, 그럴 리가 없잖아… 설아가… 그럴 리가 없잖아!!"

만월의 커다란 눈망울에서 닭똥 같은 눈물이 뚝뚝 떨어졌다.

"으흐흐흑… 설아야아… 으어어…"

만월은 그 자리에 주저앉아 아미의 다리를 부여잡고 하염없이 눈물을 흘렸다.

나흘 후 아침. 아미는 실포에서 배에 오르려는 귀수와 도정을 배웅하고 있었다.

"몸을 좀 더 추스르고 떠나시지, 어찌 이리 서두르십니까?"

"아닐세. 또 무슨 일이 생길지, 불안해서 견딜 수가 없다네."

"알겠습니다. 그럼 도정낭주께서 어르신을 잘 보살펴 드리십시오."

"네, 아미랑. 여러모로 신경써주셔서 고마워요. 만월언니한테는 못 보고 떠나서 미안하다 전해주세요."

"예."

도정은 귀수를 부축하며 당나라로 향하는 상선에 오르기 시작했다. 배에 오르던 귀수가 걸음을 멈추고는 뒤돌아보며 말했다.

"장례는 언제 치른다던가?"

"황후폐하의 명으로 내일 황룡사에서 치릅니다."

"흠… 알겠네. 나는 장안의 자은사[1]에 몸을 의탁할 생각이니, 언제고 당나라에 올 일이 생기면 꼭 한번 찾아오시게."

"알겠습니다. 기회가 생기면 꼭 찾아뵙겠습니다."

귀수는 웃으며 고개를 끄덕이더니 앞으로 고개를 돌렸다.

"도정아, 가자꾸나."

저녁 무렵. 망덕사 조실방에서는 충담이 아침부터 문두루비전을 한 장씩 조심스레 넘기며 내용을 새 종이에 옮겨 적고 있었다.

"에헴."

선율이 헛기침을 하면서 방안으로 들어오자 마지막 장을 넘긴 충담이 의아한 표정을 지었다.

"스승님. 네 번째 편이 제목만 남아 있고 나머지는 뜯겨져 나가 있습니다."

---

1) [慈恩寺]. 당나라 고종이 자신의 어머니 문덕황후의 극락왕생을 기원하기 위해 세운 황실사찰. 서유기 삼장법사의 모델인 현장법사가 천축국에서 가져온 경전과 불상을 보관하기 위해 세운 대안탑(大雁塔)으로 유명하다.

선율은 방바닥에 손바닥을 짚으며 앉았다.

"으이그 허리야… 건네받을 때부터 그랬느니라."

"신인현시밀법(神印顯施密法)이란 게 뭘 말하는 것입니까?"

"문두루비법은 불력이 대단한 고승이 아니고서는 함부로 펼쳤다간 목숨을 잃게 되어 있어. 언덕을 만들려면 다른 땅의 흙을 퍼 옮겨야 하듯이, 비법이 시전되면 시전자의 법력이 빠른 속도로 소모되게 되어 있느니라. 일단 비법이 시작되면 마음대로 멈출 수도 없을뿐더러, 법력이 바닥나면 계속해서 생명력을 끌어당기기 시작하지. 그래서 불력이 대단히 충만하지 않으면 순식간에 쪼그라들어 죽게 되느니라. 사조께서는 세월이 지날수록 승려들의 법력이 점차 약해질 것이라고 말씀하셨지. 그래서 당신 이후로 비법을 감당해낼 만한 승려가 나오기 힘들 것이란 걸 염려하셨느니라. 그래서 문두루비법을 펼칠 때 필요한 법력을 임시방편으로 대일여래1)께 빌려오는 밀법을 따로 창안하셨다고 들었다. 신인현시밀법이 바로 그것이 아닌가 싶구나."

"헌데, 어째서 그 부분만 뜯겨져 나가 있는 것입니까?"

"그건, 나도 모르겠다만… 아마도 사조께서 이 책을 만드시고는, 비법이 함부로 남용될까 두려워 나중에 찢어 없앤 게 아닌가 싶다."

"아…"

"예끼 이놈아! 쓸데없는 말 그만하고 빨리 베끼거라!"

"어휴, 깜짝이야… 이미 다 베꼈다구요!"

"어디 보자."

선율은 책상 앞에 앉아, 옮겨 쓴 내용과 원본을 꼼꼼히 비교하기

---

1) [大日如來]. Mahāvairocanna Tathāgata. 마하비로자나불(摩訶毘盧遮那佛). 마 하는 큰(大), 비로자나는 해(日). 모든 부처님의 진신(眞身: 육신이 아닌 진리의 모습)이자 불교의 진리(佛法: 불법) 그 자체를 상징하는 법신불(法身佛: 진리와 법을 몸으로 하는 부처)로서 사람의 육안으로는 볼 수 없는 광명(光明)의 부처이다. 모든 불·보살을 통합하는 동시에 모든 불·보살은 비로자나불에서 분화된다.

시작했다. 시간은 흘러 어느새 캄캄한 밤이 되고, 충담은 벽에 기대어
꾸벅꾸벅 졸고 있었다. 책을 덮은 선율이 눈을 비비며 충담을 불렀다.

"충담아."

"……"

"충담아."

"……"

"야 이놈아!! 어디서 졸고 있는 게야!!"

선율이 버럭 고함을 치자 충담이 몸에 경기를 일으키며 헐레벌떡
일어나 주위를 두리번거렸다.

"이 늙은 내가 눈알이 빠지도록 고생하고 있는데, 네 녀석이 천하태평
으로 잠을 자?"

"아… 저도 모르게 그만…"

"지금 바로 베낀 종이들로 새 책을 만들거라."

"그럼, 제대로 된 것입니까?"

"물에 젖어 알아볼 수 없는 가장자리의 몇 글자 빼고는 다 제대로
옮겼더구나. 다행히 거의 다 내가 알 만한 내용이라 빈 글자를 채워
넣었느니라."

충담이 책상에 쌓인 종이들을 반듯하게 모으는 사이, 선율은 문두루
비전을 방구석에 있는 화롯불에 쑤셔 넣었다.

"어엇! 스승님! 어찌 비전을 불태우는 것입니까?"

선율은 타들어가는 비전을 바라보며 말했다.

"문두루비전은 단 하나만 존재해야 한다. 너는 비전의 존재를 누구한
테도 말해서는 아니 되느니라. 알겠느냐?"

"예, 스승님. 그럼 새 책은 어찌하실 생각이십니까?"

"사천왕사에 비전을 노리는 자가 또 있을지도 모르니, 월명을 시켜
아무도 찾지 못하는 곳에 숨겨두라 할 것이다. 어서 책을 만들 거라.

난 월명을 찾아봐야겠다."

자정이 훌쩍 넘은 깊은 밤. 이리 저리 뒤척이며 잠을 설친 충담은 고개를 돌려 옆을 보았다. 늘 옆에 있던 기파는 없었다. 기파의 빈자리가 너무나도 허전하게 느껴졌다. 텅 빈 마음을 달랠 길이 없어, 방문을 열고 나와 하염없이 걷기 시작했다. 넋 나간 사람마냥 걷다보니, 저도 모르게 어릴 적 기파와 자주 노닐던 냇가 자갈밭을 거닐고 있었다.

"하아…"

눈물이 그렁그렁 맺히고… 하늘을 보니, 누굴 닮은 저 달은 나를 모르는 듯 하얀 구름을 따라 유유히 흘러가고 있었다. 냇가에 앉아 눈물을 씻어내니, 파란 물속에 비친 달이 어른어른거렸다.

건널 수 없는 다리

다음날 오전. 황룡사의 드넓은 마당에서는 높이가 무려 이백이십오 척이나 되는 거대한 황금빛 구층목탑[1]을 중심으로 왕경의 모든 화랑과 낭도들, 그리고 동방칠성도의 화랑과 낭도들이 집결한 가운데, 기파와 설아의 다비식[2]이 거행되었다. 정오가 되어서야 다비가 끝나고, 충담

---

1) 황룡사구층목탑(皇龍寺九層木塔). 선덕여왕 시절에 만들어진 것으로, 밑단 의 한 변이 22.2m, 높이가 225척(79.2m 또는 67m)이나 되는 거대한 목탑이 었다. 각 층은 신라 주변의 9개 이민족을 상징하여 불력으로써 이민족들의 발호를 제압하려는 뜻이 담겨있었다. 고려 때 몽고의 침입으로 불타 없어져 버렸는데, 최근 복원사업이 이루어지고 있다. 헌데, 그 높이에 대해 알려진 바가 삼국유사의 225척(尺)이라는 기록밖에 없어서 여기의 척이 당척(29.8 ㎝)이냐 고구려척(35.2㎝)이냐를 두고 학자들과 실무책임자들 사이에 논란 이 벌어졌다. 학자들은 그 당시 주로 쓰였던 고구려척(고려척)임을 주장하고 있으나, 복원사업 담당자의 말로는 고구려척을 적용할 경우(79.2m) 빗물이 기단 위로 떨어질 수밖에 없는 구조가 되는 등 문제가 많지만, 당척으로 환산할 경우(67m) 사리함 등 유구와도 적합해 타당성이 높다고 한다. 참고 로, 국보11호인 전북 익산의 미륵사지석탑도 당초 학자들이 고구려척을 사용했을 것으로 추정했으나 최근 당소척으로 불리는 25㎝의 남조척이 사용된 것으로 밝혀진 바가 있다.

2) [茶毘式]. '다비'란 태운다는 말로, 불가에서 시체를 화장하여 그 유골을 거두는 의식을 말한다.

과 월명이 기파와 설아의 뼈항아리를 들고 뒤뜰에서 나와 목탑 쪽으로 걸어가자, 여기저기서 울음소리가 터져 나왔다. 넋이 나간 표정의 이순이 자리에 털썩 주저앉으니, 옆에 있던 선율이 무릎을 꿇고 앉아 이순의 손을 꼭 부여잡았다. 아미와 승우, 충효, 중길, 금모도 쉴 새 없이 눈물을 흘리며 이제는 한 줌 가루로 변해버린 두 사람을 바라보았다. 용화향도와 동방칠성도의 낭도들이 땅을 치며 울기 시작하자 황룡사는 삽시간에 울음바다로 변해버렸다.

목탑 앞에 설치된 흰 비단을 두른 단 위에, 충담과 월명이 두 항아리를 나란히 올려놓고 물러나자, 붉은 가사를 걸친 여덟 명의 범패승들이 목탑에서 줄을 지어 나왔다. 그들이 단을 둘러싸고 신묘장구대다라니1)를 읊으며 바라춤2)을 추니, 그 미묘한 박자와 섬세한 춤사위가 사람들 마음속에 오묘하게 섞여들어 비통한 심정을 어루만져 주었다. 이윽고 범패승들이 물러가자, 황룡사 마당에는 무언가 어지러움이 정돈된 듯한 고요함이 찾아들었다. 충담이 단 앞으로 걸어가 절을 올리고, 품에서 노래가 적힌 종이를 꺼내 펼치고는, 복받치는 감정을 간신히 억누르며 읊기 시작했다.

---

1) [神妙章句大陀羅尼]. 천수경(千手經)에 나오는 긴 주문. 관세음보살과 불·법·승(佛·法·僧. 여래·교법·비구)의 삼보(三寶)에 귀의하여 악업을 그치고, 탐·진·치(貪·瞋·癡. 탐욕·노여움·어리석음)의 삼독(三毒)을 소멸하여 깨달음을 이루게 해줄 것을 기원하는 주문.
2) 불교의식무용의 하나로, 양손에 바라(심벌즈와 비슷한 둥근 금속 타악기)를 들고 추는 춤.

찬기파랑가 (기파랑을 기리는 노래)

흐느끼며 바라보매
이슬 밝힌 달이
흰구름 쫓아 떠가는 즈음.

새파란 냇물에
기파랑 모습 어리는구나.

일오천(川) 자갈밭에서
낭이 지니시던
마음의 끝자락을 따르고 있노라.

아아, 잣가지 높아
서리도 못 누울 영웅이여.

〈讚耆婆郞歌〉

咽烏爾處米　　露曉邪隱月羅理
白雲音逐于浮去隱安支下　　沙是八陵隱汀理也中
耆郎矣皃史是史藪邪　　逸烏川理叱磧惡希
郎也持以支如賜烏隱　　心未際叱肹逐內良齊
阿耶 栢史叱枝次高支好　　雲是毛冬乃乎尸花判也

　흐느끼며 마지막 구절을 읊은 충담은, 저승에서 쓰라는 종이돈을
기파의 항아리 뚜껑에 끼워 넣었다. 충담이 다시 절을 하고 물러나자
이번에는 월명이 걸어 나와 단 앞에 섰다. 월명은 젖은 눈으로 설아의
항아리를 한동안 바라보다가, 천천히 절을 올렸다. 그리고는 품에서
종이를 꺼내 펼치고 읊기 시작했다.

제망매가 (누이의 명복을 비는 노래)

삼사라1)가 여기 있어 두려웁구나
나는 간다 말도 못 다 니르고 떠나가는가. (苦)

어느 가을 이른 바람에 이에저에 떨어질 잎처럼
한 가지에 나고서도 가는 곳 모르는구나. (集)

아아, 미타찰2)에서 만나려는 나 (滅)
도 닦아 기다리겠노라. (道) 3)

〈祭亡妹歌〉

生死路隱 此矣 有阿米 次肹伊遣
吾隱去內如辭叱都 毛如云遣去內尼叱古

• 위의 찬기파랑가와 제망매가는, 기존 석학들의 향찰 해석을 바탕으로, 작가가
매끄럽지 못한 부분들을 현대적으로 다듬은 것임을 밝힙니다.

1) [Samsāra]. 산스크리트어로 '윤회'를 뜻한다. 월명사는 한자의 음과 뜻을 빌려
삼사라를 생사로(生死路)라는 이두로 표현했다. 이 시에서 삼사라는 죽은 누이와
나를 갈라놓는 고통의 대상이며, 도를 닦아야만(깨달음을 얻어야만) 그 굴레에서
벗어날 수 있는 극복할 대상이다. ―이어령 교수

2) [彌陀刹]. 깨달음을 통해 윤회의 고리에서 벗어나 아미타불에 귀의해야만 갈
수 있는 서방극락정토(西方極樂淨土). 이곳에서는 중생과 부처님이 함께 살고,
무량수를 누리며, 즐거움만이 가득하다고 한다.

3) 제망매가는 불교사상뿐 아니라 불교논리를 시적으로 구성했다. 석가모니부처님
재세 시 최초 설법 중 하나인 고제·집제·멸제·도제 즉, 사제(四諦)의 논리를
적용한 것이다. 누이의 죽음이 고통 즉 고(苦)이며, 삼사라가 적용되는 세상에서
누이가 죽어 어디로 가는지도 모른다는 슬픔에 빠지는(집착) 것이 집(集)이며,
그 고통을 없애기 위해 미타찰로 가 누이를 기다리겠다는 해법이 고통을 없애는
멸(滅)이고, 멸하기 위해 도를 닦는 것이 곧 도(道)이다. ―이어령 교수

於內秋察早隱風未 此矣彼矣浮良落尸葉如

一等隱枝良出古 去如隱處毛冬乎丁

阿也 彌陀刹良逢乎吾 道修良待是古如

월명이 종이돈을 설아의 항아리 뚜껑에 끼워두고 다시 절을 올릴 때였다. 바람 한 점 없던 황룡사 마당에 갑자기 돌개바람이 일어나더니, 설아의 항아리에 끼워져 있던 종이돈이 바람을 타고 빙글빙글 돌며 서쪽 하늘로 날아가 버렸다. 월명은 저 멀리 서쪽으로 사라지는 종이돈을 바라보며 합장을 했다.

"나무아미타불.1)"

그 시각, 황성의 조원전은 황제와 황후의 중대발표를 기다리는 신료들로 빽빽이 들어차 있었다. 한참을 기다린 병부령이 못마땅한 표정으로, 한쪽에 서 있는 기출에게 말했다.

"이보게 상사인. 이 많은 사람들을 도대체 언제까지 기다리게 할 셈인가?"

"아직, 상대등께서 안 오셨지 않습니까? 상대등이 오시는 대로 폐하를 모시러 가겠습니다."

"허, 거 참…"

그때였다.

"태후폐하 납시오!"

입구에서 나는 소리에 신료들이 일제히 허리를 굽혀 예를 표하는

---

1) [南無阿彌陀佛]. '나무'는 귀의한다는 뜻으로, 서방정토에 계신 아미타불께 귀의하겠다는 염원. 원효대사께서 가르쳐주신 것으로, 우리들이 나무아미타불을 부르며 극락왕생하기를 발원하신 것이다.

가운데, 기출이 고개를 들어 입구를 살폈다. 입구를 들어서는 태후의 뒤로, 청색 공복의 덩치가 큰 젊은 신료가 정종이 앉은 바퀴달린 의자를 밀며 따라 들어오고 있었다. 그 신료는 다름 아닌 대렴이었다. 대렴이 정종을 병부령 옆 상석에 모시고 그 뒤에 자리를 잡자, 단 위의 용상 옆자리에 앉은 태후가 기출에게 말했다.

"어서 가서 폐하를 모시고 오지 않고 뭘 하느냐?"

"예, 태후폐하."

기출이 안쪽 통로로 뛰어가고, 얼마 후.

"황제폐하, 황후폐하 납시오!"

황제와 황후가 내실 통로에서 나와 모습을 드러내자 백관들은 허리를 굽히고 태후는 자리에서 일어났다. 황제가 좌정하고 태후와 황후가 좌우에 앉자 황제는 정종을 보고 말했다.

"상대등, 안색이 안 좋구려. 몸도 불편한데 이리 불러서 미안하오."

"아닙니다, 폐하."

"상대등은 이 나라의 기둥이오. 짐이 보명사에 일러 탕약을 보낼 테니, 어서 몸을 추스르시오."

"노신을 이리 보살펴주시니, 황은에 감읍하옵니다."

황제는 고개를 끄덕이더니 신료들에게 큰 소리로 말했다.

"백관들은 들으시오. 오늘 이렇게 그대들을 부른 것은, 다름 아닌 새 황후가 될 사람을 소개하기 위해서요."

그러자 조원전 안이 일순간에 술렁이기 시작했다. 정종의 인상이 순식간에 일그러지자 놀란 병부령이 말했다.

"화, 황제폐하. 바로 옆에 황후폐하께서 계시는데, 새 황후라니요? 신들은 도무지 영문을 모르겠나이다."

그러자 황후가 대신 답했다.

"원래는 후비를 들이기로 했으나, 제가 부덕한 탓에, 더 이상 황후의 자리에 있을 수 없다는 결론을 내렸습니다. 하루 속히 물러나 황실의 안녕을 도모키로 결정하였으니, 공들께서는 새 황후를 반갑게 맞아주시기 바랍니다. 저는 새 황후의 책봉식 준비를 마치는 대로, 사량부로 돌아갈 것입니다."

그러자 태후가 눈을 동그랗게 뜨고 황후를 쳐다보며 말했다.

"황후, 어찌 그 같은 결정을 하신 것이오? 나와는 아무런 상의도 없이, 너무 큰일을 벌이는 게 아니요?"

태후의 말이 끝나자마자 황후는 태후를 날카롭게 쏘아보며 답했다.

"눈엣가시 같던 제가 물러나겠다는데, 웬 트집이십니까?"

"그, 그게 무슨…"

"어차피 상대등이 연 남당회의도 저를 쫓아내려고 태후폐하께서 시키신 것 아닙니까? 이 마당에 제가 물러나겠다는데 뭘 더 바라시는 겁니까? 아하~, 상대등의 여식을 후비로 들이려 하셨다지요? 상대등의 여식은 지금 어디 있습니까? 있으면 데려와 보십시오."

황후가 한 번도 보지 못한 표정으로 언성을 높이며 쏘아붙이자 태후는 얼떨떨해져 꿀 먹은 벙어리가 되었다. 잠시간의 침묵이 흐르고, 황제와 정종의 시선이 마주치자 황제는 씩 하고 기분 나쁜 미소를 지어보였다.

'상대등. 너의 더러운 짓거리를 당장에라도 파헤치고 싶다만, 지금은 참아주마. 네놈이 이번 일까지 방해하려 한다면, 그때는 사생결단을 해야 할 것이다!'

황제가 풍기는 알 수 없는 자신감에 정종은 고개를 돌려 눈을 감았다.

'황제가 뭔가 눈치를 챈 것인가? 분위기가 심상치 않다… 음… 아무튼 만월을 해치웠으니, 누구의 여식이든 피장파장이다. 괜히 벌집을 쑤실 필요는 없겠지…'

정종이 침묵하자, 황제는 실소를 터뜨렸다.

'켕기는 게 있으니 몸을 사려야겠지. 정종. 아직 네가 기겁을 할 일이 남아있다. 네놈의 표정이 어찌 변할지 정말 기대되는구나!'

"기출은 새 황후가 되실 분을 모시고 나오너라!"

황제의 명이 떨어지자 기출은 오른쪽에 통로에 드리워진 발을 걷었다. 모두의 시선에 한꺼번에 쏠리고, 어둠 속에서 만월이 천천히 모습을 드러내자, 태후와 대렴이 입을 쩍 벌리며 기겁을 하고는 숨을 제대로 못 쉬었다.

"허억!"

뒤에서 대렴이 몹시 놀란 듯 숨을 삼키자, 정종은 급히 눈을 떠 위를 바라보았다. 그러자 자신을 죽일 듯이 노려보는 만월의 얼굴이, 한가득 눈에 들어왔다.

'이… 이…… 이럴 수가!!!!!'

저도 모르게 입이 쩍 벌어진 정종을 향해 만월의 소름끼치는 눈빛이 수천 발의 화살이 되어 내리꽂히자, 정종은 갑자기 몸속에서 누가 예리한 칼날을 휘젓는 것 같은 극심한 통증을 느꼈다.

"푸헉!!"

"아버님!"

"오라버니!"

정종이 피를 한 사발 토하며 의자에서 굴러 떨어지자, 대렴과 태후가 놀라서 뛰어나와 무릎을 꿇고 의식을 잃은 정종을 흔들었다. 태후가 고개를 돌려 눈을 흘기며 만월을 쏘아보자, 만월이 한없이 슬픈 표정으로 눈물을 주르르 쏟아내더니, 갑자기 소름끼치는 웃음을 지어 보였다.

'조금만 기다려라. 산 채로 너희의 뼈와 살을 발라 잘근잘근 씹어 먹어주마.'

만월이 쏟아내는 살기가 어찌나 강한지, 태후는 온몸의 털이 쭈뼛 서는 느낌을 받으며 뒷골이 서늘해지더니, 만월의 눈에서 피눈물이 쏟아지는 환각이 보이기 시작했다. 몸을 들썩이며 경련을 일으키던 태후가 그 자리에서 기절해버리자, 대렴이 정종과 태후를 번갈아 보며 어찌할 바를 몰라 했다.

"이…"

순간 악에 받친 대렴이 어금니를 깨물고 만월을 노려보았다. 하지만 그것도 잠시. 도저히 만월의 얼굴이라고는 믿기 힘든 소름끼치는 표정과 눈빛에, 대렴은 저도 모르게 눈을 내리깔고 고개를 돌렸다.

며칠 후. 황성에서는 만월의 황후 책봉 의례가 성대하게 치러지고, 황제와 만월이 제를 올리려 가마를 타고 신궁으로 향하자, 수없이 많은 백성들이 기뻐하며 그 뒤를 따랐다.

그 무렵. 알록달록 들꽃들이 흐드러지게 핀 거칠산군1)의 금정산 고개에서는 삿갓을 쓴 승려가 콧노래를 흥얼거리며 거적을 덮은 소달구지를 몰고 있었다.

"아, 날씨 한번 좋구나!"

삿갓을 들어 올리며 하늘을 보는 승려는, 건산의 동굴에서 기파를 구해줬던 바로 그 진표였다. 소를 끌고 고개를 넘은 진표는 돌들로 가득한 계곡을 따라 길게 늘어선 사찰 경내를 굽어보며 삿갓을 벗어 부채질을 했다.

"오… 너도 보이느냐? 저기가 바로 범어사니라. 과연 의상대사께서 세운 대명찰(大名刹)답구나!"

진표가 소에게 말을 건네며 머리를 쓰다듬자 소가 음매 하고 울었다. 얼마 후, 돌 계곡을 가로지는 다리를 건넌 진표가 사찰의 북쪽에 난

---

1) [居漆山郡]. 지금의 부산 동래 일대. 757년(경덕왕 16)에 동래군(東萊郡)으로 개칭됨.

조그만 문 안으로 들어서니, 근처에서 마루를 닦고 있던 동자승이 뛰어왔다.

"표훈스님 계시느냐?"

"아, 비로전1)에 계세요."

"비로전이 어디더냐?"

"저기, 서쪽 끝에 있어요."

동자승이 까치발을 하며 손가락을 가리켰다.

"알겠다. 비로전에 들렀다 올 테니, 이 소에게 여물이나 좀 주려무나."

"예."

진표는 서쪽으로 사라지고 동자승은 여물통에 여물을 담아왔다. 소가 여물을 먹기 시작하자 동자승은 소를 쓰다듬더니 손에서 냄새를 한번 맡고는 인상을 찌푸렸다. 그러고는 소가 매달고 있는 달구지를 살피기 시작했다. 호기심이 발동한 동자승이 안에 뭐가 있는지 궁금하여 거적을 살짝 걷었다.

"으악!!!"

눈앞에 이리저리 터지고 찢겨 엉망이 된 시퍼런 송장의 얼굴이 드러나자, 동자승은 기겁을 하고 뒤로 자빠졌다.

"으아아아!!~~~."

혼비백산한 동자승이 뛰쳐나가고, 햇살을 받은 시퍼런 얼굴 위로 알록달록한 무당벌레 한 마리가 날아와 앉았다. 벌레가 눈 밑을 이리저리 기어 다니기 시작했다. 시퍼런 얼굴이 순간 실룩거렸다.

---

1) [毘盧殿]. 비로자나 화엄불국토(연화장세계(蓮華藏世界): 청정과 광명이 충만한 이상적인 불국토)의 주인인 비로자나불(대일여래)을 모시는 전각. 화엄전(華嚴殿) 혹은 대적광전(大寂光殿)이라고도 함.

제 2 권

법멸의 월식 (法滅之月蝕)

13

뜻밖의 선물

25년 후, 혜공황제 재위 4년(768) 이른 봄. 당나라 수도 장안을 흐르는 위수[1] 강가에서는 햇살 아래 유유히 흐르는 특유의 누런 강물을 바라보며 한 중년의 사내가 낚시를 하고 있었다. 낚싯대 끝이 아래위로 계속 움직여댔지만, 사내는 낚아챌 생각을 하지 않고 가만히 바라만 볼 뿐이었다.

'이놈… 또 나를 희롱하는 것이렷다…'

사내의 뒤편에서는 누더기를 겹겹이 걸친 어린 여자아이가 그 모습을 초조하게 지켜보고 있었다. 사내의 손끝으로 쉴 새 없이 전해오던 미세한 떨림이 갑자기 변화를 일으킬 때였다.

"아미공!!"

"으랏챠!!"

낚싯대가 부러질 듯 한껏 휘더니, 커다란 잉어가 햇빛에 은빛 비늘을 반짝이며 딸려 올라왔다.

"아미공!"

머리를 빡빡 깎은 젊은 스님이 자신을 부르며 달려오자, 어느덧

---

1) [渭水]. 웨이수이강(웨이허강). 중국 산시성 시안(西安)을 동서로 흐르는 황허강(黃河)의 지류.

기품이 넘치는 중년이 된 아미가 수염을 매만지며 말했다.

"허허, 사람 참… 하마터면 놓칠 뻔했잖나. 뭔 일인데 그리 고함을 치는 겐가?"

"종헌스님께서 급히 찾으십니다. 어서 가시지요."

"스님께서? 무슨 일이지?"

"좀 전에 궁에서 아미공을 찾는 전령이 다녀갔는데, 그것 때문인 것 같습니다."

"흠… 신선놀음도 이제 끝인가 보군…"

아미는 땅바닥에서 펄떡이고 있는 잉어를 들어, 뒤편에 있는 소녀에게 다가갔다.

"옛다. 오늘은 대어를 낚았구나."

소녀가 활짝 웃으며 잉어를 받아들자 아미가 다시 말했다.

"이제 난, 이곳에 더 이상 못 올 듯싶구나. 낚싯대를 너에게 줄 테니, 이제 네 스스로 물고기를 잡아보도록 해라. 며칠간 나를 지켜봤으니 혼자서도 할 수 있을 것이다."

소녀가 뭔가 아쉬운 표정을 짓자 아미가 미소를 지어보이며 말했다.

"서둘러 잡아 올리려 하지 말고, 고기가 미끼를 덥석 물 때까지 참았다가 한 번에 힘껏 올려야 한다. 알겠지?"

소녀는 고개를 끄덕였다.

젊은 승려와 함께 남쪽으로 말을 달리는 동안, 아미의 눈에 들어오는 것들은 폐허로 변해버린 도시와 굶주림에 시달리는 백성들뿐이었다. 인구 백만을 훌쩍 넘기며 태평천하의 대번영을 누리던 장안과 낙양이, 무려 구 년간이나 지속된 안사의 난1)으로 인해 처참히 불타고 짓밟혀

---

1) [安史의亂]. 안녹산과 사사명 등이 일으킨 반란으로, 755년에서 763년에 이르기까지 약 9년 동안 당나라 전체를 뿌리째 뒤흔든 대규모 반란이었다. 당현종이

끝도 없이 무너져 내렸으니, 과연 종헌이 우려하던 대재앙이 현실로 나타난 것이었다. 말을 달려 아직도 복구 중인 시커먼 궁궐터를 돌아 나오니 거대한 사찰이 모습을 드러냈다. 이곳이 바로 25년 전 종헌이 신라를 떠나며 말한 자은사로, 그나마 손상이 적었던 덕에 빨리 복구가 끝난 곳이었다. 때문에 자은사는 국자감[1]의 학자들이 임시 거처로 활용했을 뿐 아니라, 도관을 잃은 유명한 도사들까지 모여들어 북새통을 이루고 있었다. 황제조차 임시 궁궐에 머무는 판국이었기에, 당나라에 숙위[2]로 와 있던 아미는 아무런 간섭 없이 삼 년간 이곳에 머무르며 여러 방면의 석학들로부터 다양한 수학을 할 수 있었다. 큰 법당을 지나 분홍빛 복사꽃이 꽃망울을 터뜨리기 시작하는 후원에 들어서니, 나이가 지긋한 두 사람이 흰 수염을 늘어뜨리고 중앙의 작은 정자 위에서 차를 마시고 있었다.

"아, 두 분이 같이 계셨던 겁니까?"

아미가 반갑게 말하며 정자로 다가오자, 어느새 노승이 된 종헌이 찻잔을 내려놓으며 자리를 청했다.

"왔느냐. 어서 앉거라."

아미가 자리에 앉으니 종헌이 이어 말했다.

"내일 아침에 신라 사신들이 출발한다는구나."

양귀비와의 애욕에 빠진 나날을 보내던 시절, 양귀비의 일족으로 나라의 재정을 장악한 재상 양국충과, 역시 양귀비를 등에 업고 동북 국경방비를 맡아 대병을 장악한 번장(蕃將) 안녹산이 서로 반목하게 되면서 벌어진 난으로, 그 발단부터 종식까지 인간의 추악한 모습은 있는 대로 다 보여주는 비극적인 사건이었다.

1) [國子監]. 수나라에서 처음으로 생겨난 중앙 학문 기관. 당나라 이후에도 계승되었으며, 베트남과 고려에도 설립됐다.

2) [宿衛]. 당나라에 인접해 있는 군소국가의 왕자들이 당나라 궁정에 3년 정도 머무르면서 황제를 호위하던 형식상의 의장대로, 실질적으로는 각국에서 왕자를 사칭한 귀족을 보내 국자감 등에서 유학을 하게 하는 동시에 자국의 외교적 역할을 수행케 하였다.

"그럼… 저도 같이 떠나는 것입니까?"

"그래서 작별인사를 하러 부른 것이야. 그동안 성심껏 너를 가르치신 마방도사께도 인사를 드려야 하지 않겠느냐? 하여 도사님을 청한 것이다."

"아, 예…"

그러자 신선이 있다면 꼭 그렇게 생겼을 것 같은 도사가 말했다.

"그간 고생 많았네. 오랜만에 자네 같은 영명한 제자를 얻어, 가르치는 동안 너무 즐거웠다네. 자네는 천문, 지리, 역법에 통달했을 뿐 아니라, 둔갑입성지법[1]을 창안하여 점복술과 은형술의 새 경지를 열었으니, 이제는 그대가 내 스승이나 다름없네."

"헛, 그 무슨 송구한 말씀이십니까? 도사님께서 가르쳐주신 음양가법의 일말을 겨우 깨우쳤을 뿐입니다. 성심껏 지도해 주신 은혜, 죽어서도 잊지 않겠습니다."

"허허허."

도사가 수염을 매만지며 너털웃음을 짓자 종헌이 말했다.

"나도 미력하나마 너에게 무공을 전수해 주려 애를 썼다만, 이렇게 늙어버려 내 몸조차 가누기 힘들어진 터라, 도사님처럼 많은 것을 전해주진 못하였구나. 하… 세월이 참으로 야속하구나…"

"어찌 그런 말씀을… 제가 워낙에 우둔하여 가르쳐 주신 것들을 다 체득하지는 못하였으나, 그간 많은 발전이 있었습니다. 신라에 가서도 끊임없이 수련해 반드시 성과를 이루겠습니다."

종헌이 고개를 끄덕이며 미소를 짓자, 아미가 자리에서 일어나 말했다.

"그동안 부족한 저를 이끌어주신 두 분 큰 스승님께 못난 제자가 절 올리겠나이다."

---

1) [遁甲立成之法]. 기문둔갑(奇門遁甲: 음양의 변화에 따라 몸을 숨기고 길흉을 택하는 용병술)의 일종으로 김암(아미)이 당나라 숙위시절 창안하였다.

그렇게 아미는 두 스승에게 큰절을 올렸다.

그날 저녁. 아미가 짐을 챙겨 신라 사신들이 머무는 객관에 들르니, 다들 떠날 채비로 분주하였다. 짐을 싸느라 정신이 없는 젊은 관리에게 아미가 물었다.

"이보시게, 은거공은 어디 계신가?"

그러자 젊은 관리가 아미를 알아보고는 인사하며 대답했다.

"아! 아미공, 이제 오셨습니까? 예부령[1]은 맨 안쪽 방에 계십니다. 짐은 저에게 맡기시고 어서 가 보시지요."

"고맙네."

잠시 후, 아미가 방문을 두드리니 안쪽에서 목소리가 들려왔다.

"누구신가?"

"은거, 나 아미일세."

"오~. 어서 들어오시게."

아미가 방문을 열고 들어오자 부드러운 인상을 지닌 중년의 사내가 자리에서 일어나 아미를 맞았다. 예부령직을 맡고 있는 이 은거라는 사람은 만월이 황후시절 측근으로 발탁한 세 명의 당나라 유학파 신진 관료 중 한 명으로, 나머지 두 명인 대부령[2] 염상, 사위부령[3] 정문과 더불어 이제는 태후가 된 만월을 정치적으로 보좌하는 인물이었다.

"아미 이 사람, 정말 너무하네그려."

"응? 왜 그러는가?"

"그동안 코빼기도 안 비추더니, 떠나는 날 전에나 나타나는 건가?"

---

1) [禮部令]. 교육, 외교, 의례에 관한 사무를 관장하던 예부의 장관.

2) [大府令]. 공물과 부역 등 재무를 담당하던 대부의 장관. 경덕왕의 관제개혁으로 조부가 대부로 명칭이 바뀌었으나, 혜공왕 때 다시 조부로 환원된다.

3) [司位府令]. 관리의 위계, 인사에 관한 사무를 관장하던 사위부의 장관. 사위부 역시 후에 위화부로 환원된다.

"아… 나같이 시간이나 때우러 온 사람이 중책을 맡은 자네를 방해해서야 쓰겠나. 그래서 그런 것이니 오해 마시게."

"허허, 역시 자네 팔자가 상팔자군. 일단 앉으세. 차나 마시며 이야기나 나누세나."

"알겠네."

둘은 탁자에 마주앉았다. 은거가 아미의 찻잔에 차를 따르자 아미가 궁금한 듯 물었다.

"헌데, 책명1)은 받기로 된 것인가?"

"후후, 급하시기는. 책명도 없이 내가 어찌 돌아갈 수 있겠는가? 그뿐만이 아닐세. 이번에 태후폐하께 엄청난 선물을 가져다 드리게 되었어."

"엄청난 선물? 그게 도대체 뭔가?"

"이번에 가져갈 책봉서는 두 개란 말일세."

"두 개? 도무지 무슨 말을 하는지 알 수가 없군…"

"후후후. 금상폐하를 신라왕으로 봉하는 책봉서와 태후폐하를 대비2)로 봉하는 책봉서이네. 어떤가? 놀랍지 않은가?"

그러자 아미가 눈이 둥그레져서 물었다.

"그, 그게 정말인가?!"

"암, 그렇고말고."

"아니, 어떻게 그게 가능하단 말인가? 대비 책봉은 전례가 없는 일이 아닌가?"

"이번에 새로운 역사를 쓰는 것이지… 새 황제가 환관들이 옹립한

---

1) [冊命]. 중국 황제가 주변국의 왕을 책봉한다는 교서.

2) [大妃]. 왕조체제에서 전왕의 왕비이며 현왕의 어머니인 여성을 높여서 부르던 호칭. 역사상 신라 혜공왕의 모후인 경수태후(만월부인)가 최초로 중국 황제의 대비책봉을 받았다.

꼭두각시 황제이기에 가능했던 것일세. 여기서 겨울을 나면서 대비 책봉을 받아내기까지, 약아빠진 환관 놈들을 구워삶느라 애 좀 먹었다네."

"호… 이거 정말 놀라운 소식인데?"

"이번에 대비 책봉서를 가지고 가면, 당황제가 태후폐하의 섭정을 공식적으로 인정한 셈이니, 그동안 섭정을 거둬야 한다고 떠들어대던 나밀계 각간들의 입이 쏙 들어갈 것이야. 어린 금상폐하께서 장성하실 때까지 안정적으로 섭정체제를 유지할 명분이 생겼단 말이네. 하하하하하하."

"자네 정말, 대단하구먼… 대단해…"

다음날 아침. 임시궁궐에서는 은거를 비롯한 신라 사신단과 아미가, 서른 중반의 젊은 당황제에게 하직인사를 하고 있었다. 황제의 곁에는 뱀눈을 한 환관들이 포진해 있었는데, 그중 하나가 황제에게 다가가 뭐라고 속삭이자 황제가 고개를 끄덕이더니 입을 열었다.

"창부낭중1) 귀숭경은 들으라."

그러자 오십대 중반의 눈가에 주름이 자글자글한 삐쩍 마른 관리가 앞으로 나와 허리를 굽혔다.

"예, 폐하."

"그대에게 어사중승2)의 관직을 겸하게 할 테니, 경은 짐의 신임표와 책봉서를 가지고 사신들과 함께 신라로 가도록 하라."

"예, 폐하."

귀숭경이 물러나자 은거가 허리를 굽히며 말했다.

"황제폐하. 이토록 큰 은혜를 베풀어주시니 신들은 몸 둘 바를 모르겠

---

1) [倉部郞中]. 조문과 제사에 관한 일을 맡아보던 당나라의 관직.

2) [御史中丞]. 관리의 감찰 임무를 맡아보던 당나라의 관직.

나이다. 황은이 망극하옵나이다."

"허허허. 이번에 숙위왕자도 함께 돌아간다지? 왕자는 어디 있는가?"

그러자 아미가 앞으로 나와 허리를 굽혔다.

"부르셨사옵니까, 폐하."

"짐이 그동안 신경을 못 써줘서 미안하네. 아직 나라가 어수선해서 그런 것이니, 부디 서운해 하지 말게나."

"서운하다니 당치도 않사옵니다. 폐하께서 소신을 자은사에 머물게 해 주신 덕분에 많은 공부를 할 수 있었나이다. 신라에 돌아가서도 폐하의 큰 은혜, 뼛속 깊이 간직하겠나이다."

그러자 당황제가 웃으며 고개를 끄덕였다.

두어 달 후, 늦은 봄 서라벌. 조정의 백관들은 황성의 남문을 활짝 열어, 당나라 사신들을 대동하고 돌아오는 견당사를 맞이하고 있었다. 화강암으로 만든 너비 사십 척,[1] 길이 백 팔십 척의 거대한 춘양교[2]를 건너 사신단이 남문에 들어서자, 백관들은 박수를 치고 어여쁜 궁녀들이 바구니에 담긴 꽃잎들을 뿌리며 환영해 주었다. 사신단은 그렇게 환영을 받으며 신료들과 함께 조원전으로 들어갔다. 사신단과 섞여 들어오던 아미가 조원전의 단상 위를 보니, 놀랍게도 해를 상징하는 황금용상이 하나가 아닌 두 개가 나란히 놓여 빛을 뿜어내고 있었다.

'삼 년이라… 긴 시간이었구나……'

아미가 달라진 조원전 분위기에 낯설어 할 때, 어느새 늙어버린 사인 기출이 옆에 있는 젊은 사인에게 말했다.

"실보야, 어서 고하거라."

---

1) [尺]. 1척은 약 30cm(당척 기준). 40척은 12m. 180척은 54m.

2) [春陽橋]. 경덕왕 19년(760)에 문천(남천) 위에 건립한 쌍둥이 다리 중 하나. 왕성을 기준으로 서쪽 끝에는 월정교(月淨橋)가, 남쪽 중앙에는 춘양교가 지어졌다.

"예."

잠시 후, 좌우에 나뉘어 선 신료들 가운데에 사신단이 열을 맞추어 서자, 내실 통로에서 나온 실보가 발을 걷으며 외쳤다.

"황제폐하, 태후폐하 납시오!"

만월이 어린 황제의 손을 붙잡고 모습을 드러내니 모든 신료들이 허리를 숙였다. 눈부시게 화려한 복식과 빛나는 황금장신구로 치장한 만월이 천천히 단상 위로 올라가 아래를 훑어보았다. 어느새 마흔일곱의 중년이 된 그녀였지만, 세월은 그녀에게만은 관대한 듯 여전히 눈이 산뜻해지는 아름다움을 발산하고 있었다. 그러나 주변을 압도하는 날카로운 눈빛은, 뭔가 예전에 알던 만월과는 사뭇 다른 분위기를 풍기고 있었다. 만월의 손을 잡고 따라 들어오는 이제 열한 살의 어린 황제는 마치 만월이 어렸을 때 꼭 저랬을 거라고 확신이 들 정도로 만월과 닮아 있었는데, 그래서인지 그 모습이 남자아이라기보다는 아주 예쁜 여자아이 쪽에 가까웠다. 만월과 황제가 나란히 용상에 좌정하자 시중[1] 양상이 입을 열었다.

"태후폐하. 지난 가을 당나라로 떠났던 견당사가 긴 여정을 마치고 돌아왔사옵니다. 또한, 감읍하게도 당황제께서 사신을 보내왔사옵니다."

옛날, 금장대 위에서 거문고를 튕기던 일월선도의 젊은 화랑이 어느새 시중이라는 막중한 직책에 올라 있었던 것이었다. 양상의 보고에 만월이 고개를 끄덕이며 은거를 바라보았다.

"예부령. 길고 험난한 여정을 무사히 마치고 돌아와 주어서 정말로 고맙소. 예부령이 없으니 이곳이 얼마나 허전했는지 모르오. 이제야 황성에 활기가 도는 듯합니다."

"소신, 빨리 돌아오지 못해 송구할 따름입니다. 태후폐하, 폐하께서

---

1) [侍中]. 집사부의 장관. 중시의 새 이름.

그토록 그리워하시던 아미공도 이번에 함께 돌아왔사옵니다."

"오! 그래요? 이런 반가울 데가! 아미공은 어디 있으시오?"

그러자 사신들 속에 섞여 있던 아미가 앞으로 나와, 은거 옆에 나란히 섰다.

"이찬 아미, 숙위 임무를 마치고 돌아왔사옵니다."

만월이 만면에 웃음을 띠며 반겼다.

"아… 드디어 돌아오셨구려! 얼마나 보고 싶었는지 아시오?"

"허허허… 태후폐하, 제가 돌아온 것보다 백배는 더 기뻐하실 일이 있사옵니다. 예부령에게 한 번 물어 보시지요."

"호오… 과연 무얼까? 은거공, 그게 무엇이오?"

은거가 미소를 지으며 말했다.

"당황제께서 책봉서를 내려주셨사옵니다. 어서 당나라 사신을 맞이하시지요."

"오, 이런 고마울 데가 있나… 그래, 당나라 사신은 어디 있는가?"

그러자 귀숭경이 앞으로 나와 허리를 숙여 예를 표한 후 말했다.

"신 창부낭중 어사중승 귀숭경, 당나라 황제폐하의 신임표와 책봉서를 전해드리고자 하니, 예를 갖춰주시길 바랍니다."

그런데 그 말을 듣고도 만월은 말없이 고개만 끄덕일 뿐이었다. 뒤에 있던 당나라 사신 하나가 신임표와 책봉서를 얹은 상을 들고 나오자 전내에 묘한 긴장감이 흐르기 시작했다. 조심스레 책봉서를 집어든 귀숭경은 속으로 생각했다.

'신라가 대내적으로 황제를 칭한다는 것은 알고 있었으나, 어찌 천자의 책봉을 앉은 채로 받겠다는 것인가? 불손하기 짝이 없구나…'

귀숭경이 굳은 표정으로 바로 뒤의 은거를 바라보자, 그의 마음을 읽은 은거가 어색한 표정을 지으며 속삭였다.

"귀대인, 사정 좀 봐주시오…"

귀승경은 하는 수 없이 들고 있던 책봉서를 천천히 펼쳤다.

"작고한 개부의동삼사 사지절 대도독 계림주 제군사 겸 지절 영해군사 신라왕1) 김헌영의 아들 김건운은 들으시오. 짐은 대대로 이어져온 신라 왕실의 변치 않는 충절에 참으로 탄복하는 바이오. 특히 작고한 선왕은 예법과 명분과 의리를 지닌 사람으로, 중국의 천하가 위태로울 때에도 사신을 보내 지극한 정성을 보이매, 그 굳은 절개에 감복하지 않는 이가 없었소. 안타깝게도 그런 헌영이 세상을 떠나니, 짐은 형제를 잃은 듯 마음이 아프고 허전하오. 이에 짐은 그대가 마땅히 부친을 좇아 대대로 이어져 온 아름다운 관계를 이어갈 것을 바라며 책명을

---

1) [開府儀同三司使持節大都督鷄林州諸軍事兼持節寧海軍使新羅王].

  -개부의동삼사: 중국 후한시대에 생긴 관직명으로, 삼사(三司): 사도(司徒), 사마(司馬), 사공(司空)와 대장군처럼 개부(開府: 스스로 관아를 설치하고 관리를 두는 일)를 할 수 있는 최고 품계의 관직.

  -사지절: 태수 이하의 모든 이를 죽일 수 있는 지위.

  -대도독: 당이 정벌한 국가에 설치하던 통치기관인 도독부 중 대도독부의 장관. 나당연합군에 의해 백제가 무너지자 당은 그 땅에 웅진도독부를 비롯한 5개 도독부를 설치하고, 신라를 계림대도독부로 삼아 문무왕을 계림주대도독으로 임명하는 등, 삼한 땅을 지배하려는 야욕을 드러냈다. 고구려 멸망 후 그 땅에 안동도호부까지 설치하자 문무왕은 고구려 부흥군과 연합하여 나당전쟁을 일으켰고, 이에 당은 수십만 대군을 수차례 투입하며 침략을 본격화했다. 그러나 7년에 걸친 피 튀기는 전쟁 끝에 당은 신라에게 처참히 패배하여 삼한 땅에서 쫓겨나게 된다. 하지만 당은 이후로도 신라왕을 계림주대도독으로 책봉하여 '형식적'이나마 체면치레를 하고자 했다.

  -계림주제군사: 계림주(신라)의 모든 군권을 지닌 사령관.

  -지절: 관위가 없는 자를 죽일 수 있는 지위. 단, 군사(軍事)에서는 사지절과 동위.

  -영해군사: 당이 신라왕에게 수여하던 중국 동쪽 바다 일체의 통제권을 인정하는 관작. 발해 해군이 당나라 등주에 상륙하여 등주자사 위준을 죽이고 내주 지역까지 초토화시키자, 크게 위협을 느낀 당이 고육지책으로 만들어낸 관작이다. 당은 나당전쟁 동안 22차례에 걸친 해전에서 단 한 차례를 제외하고는 모조리 신라 해군에게 참패를 당함으로써 수천 척의 군신과 수십만의 수군을 잃었었다. 그만큼 신라는 막강한 해상 강국이었던 것이다. 그런 뼈아픈 기억이 생생하게 남아있었기에, 당은 계속되는 발해 해군의 침공 위협에 대비하고자 신라왕들에게 바다를 내어줌으로써 발해를 견제했던 것이다.

내리겠소. 짐은 그대를 개부의동삼사 신라왕으로 책봉하는 바이니 왕업을 지켜 군주로서의 명예를 계승하시오."

그러자 신료들이 흐뭇한 표정을 지으며 고개를 끄덕여댔다. 가만히 듣고 있던 양상이 책봉서를 건네받으러 한 발 내딛을 때였다.

"또한, 신라왕의 모후를 대비로 책봉하는 바이니, 대비는 보령이 미약한 신라왕을 도와 왕실의 안녕을 도모토록 하시오."

그러자 양상은 그 자리에서 석상처럼 굳어 버렸다.

'이런!!!!'

귀숭경은 책봉서를 말아 다시 상 위에 얹어놓고 상을 건네받아 들었다. 그런데 아무도 그 상을 건네받으러 올 생각을 아니하자 귀숭경이 주위를 두리번거리기 시작했다. 그 모습을 보고, 갸름한 얼굴에 눈이 양 옆으로 길게 째져 날카로운 인상을 풍기는 오십 줄의 대신이 말했다.

"이보시오, 시중. 뭐하시는 게요?"

왼편의 맨 상석에서 양상에게 물음을 던진 이 사람은 전임 시중이자 현 병부령 겸 전중령[1]인 김옹이라는 자로, 다름 아닌 만월의 친오라비였다. 만월이 황후가 되고나서 얼마 후 당나라에서 귀국해 출세가도를 달리다가, 경덕황제 말년에는 시중이 되어 재상의 반열에 오른 것도 모자라, 이제는 황제의 외숙부이자 태후의 오라비로서 무소불위의 권력을 누리는 실세 중의 실세였던 것이다. 옹의 물음에 정신이 번쩍 든 양상은 귀숭경에게 다가가 상을 받아들고 단상 위로 올라가 용상 앞의 책상에 올려놓았다. 만월이 흡족한 표정을 지으며 책봉서를 바라보고 있으니 옹이 말했다.

"태후폐하! 감축드리옵니다! 당황제께서 이런 뜻 깊은 선물을 보내주

---

1) [殿中令]. 왕실과 궁중의 공상과 살림을 담당하던 전중성(殿中省)의 장관. 전중성과 전중령은 후에 다시 원래 이름인 내성(內省)과 내성사신(內省私臣)으로 환원된다.

시다니, 실로 나라의 큰 경사입니다!"

그러자 옹의 맞은편 맨 상석에 있던 머리가 허옇고 몸집이 뚱뚱한 늙은 대신 하나가 껄껄 웃으며 맞장구를 쳤다.

"허허허허, 병부령의 말씀이 지당하십니다! 정말로 큰 경사가 아닐 수 없습니다. 이는 당황제께서 태후폐하의 섭정을 공식적으로 인정해 주시는 게 아니겠습니까?"

그 모습을 보던 양상은 내색은 하지 않았지만 속이 부글부글 끓어올랐다.

'하아… 저런 머저리를 다 보았나… 귀족의 수장인 상대등이라는 작자가 태후와 병부령의 주구[1) 노릇을 하는 꼴이라니!'

그런 양상의 심정은 아는지 모르는지 상대등 만종은 한 술 더 뜨기 시작했다.

"태후폐하, 이대로 있을 일이 아닙니다. 당황제께 보답하는 차원에서라도 성대한 잔치를 열어 사신들의 노고를 치하하시지요."

그러자 만월이 시원하게 웃으며 대답했다.

"하하하, 좋습니다! 상대등의 말씀대로, 오늘 저녁에 숭례전[2)에서 큰 연회를 열 것이니, 사신들과 각 부 시랑[3)급 이상의 신료들은 모두 연회에 참석해 주길 바라오."

---

1) [走狗]. 사냥할 때, 주인보다 앞서 달려가는 앞잡이 사냥개.

2) [崇禮殿]. 주로 외국사신의 접견이나 연회장소로 이용되던 왕성의 건물.

3) [侍郎]. 각부의 차관직 벼슬. 원래는 부마다 차관의 명칭이 따로 있었으나 경덕왕 때 중국식 명칭인 시랑으로 통일되었다.

도화선

사신 접견이 끝나고 신료들이 우르르 조원전을 빠져나와 각자의 길로 흩어질 때였다. 아미도 그 속에 섞여 나와 황성을 나서려 남문으로 향하고 있었는데, 뒤쪽에서 황금빛 갑주를 받쳐 입은 서른 중반의 건장한 사내가 달려와 아미를 붙들었다.

"아미형님!"

뒤돌아본 아미가 사내의 얼굴을 보고는 깜짝 놀라 반겼다.

"어라, 이게 누구야? 지정이 아니냐?"

그랬다. 실포 주점의 꼬마였던 지정이 벌써 장년이 되어 있었다.

"형님, 이게 얼마 만입니까? 그간 고생 많으셨지요?"

"고생은 무슨… 내, 삼 년간 신선놀음 실컷 하다 왔거늘, 허허허."

"흐흐, 낙천적인 성격은 여전하시군요."

"그나저나 웬 갑주냐? 장수가 된 것이더냐?"

"얼마 전에 태후폐하께서 이 사람을 시위부령에 임명해 주셨습니다."

"뭐야? 그게 정말이냐?"

"예."

"호… 이거, 너한테 너무 과분한 처사 아니냐?"

"예?"

"하하하, 농이다, 농이야. 네가 무예를 꾸준히 연마한 보람이 있구나. 그래, 어머님께서 많이 기뻐하시지?"

"예. 이게 다 어머님 덕택인 거지요 뭐."

지정이 말하는 어머니는 다름 아닌 경덕황제의 조강지처였던 삼모부인이었다. 만월은, 자식이 없어 황후자리에서 물러난 삼모가 쓸쓸해할까봐, 고모에게 실포의 난리 중에 부모를 잃고 망덕사에서 지내던 지정이를 양자로 들이라 권했던 것이었다.

"아, 형님. 태후폐하께서 형님을 따로 뵙자고 하십니다. 저랑 태후전으로 가시지요."

"그래? 무슨 일이시지?"

"무슨 이유가 있겠습니까? 그저 반가워서 그러시는 거겠지요."

"음… 알겠다. 앞장서거라."

아미가 지정을 따라 태후전에 들어 안쪽의 집무실로 향하니, 신료 몇 명의 심각한 대화 소리가 들려왔다. 지정이 안으로 들어가려 하자, 아미는 지정을 붙잡고는 잠시 대화내용에 귀를 기울였다.

"이제 때가 되었습니다. 밀어붙여야 합니다."

"하지만, 아직도 그들의 세력을 무시할 수 없지 않겠습니까?"

"하기야, 우리 쪽에서도 반발하는 이들이 적지 않을 텐데요…"

"어찌 그리 약한 소리들을 하십니까? 태후폐하의 섭정체제가 더할 나위 없이 공고해진 이때가 적기입니다. 병부령 말씀대로 지금 밀어붙여야 해요! 태후폐하, 용단을 내리시지요."

대화가 끊기고 잠시 잠잠해지자, 아미가 지정에게 고개를 끄덕였고, 지정이 안으로 들어가 고했다.

"태후폐하. 분부대로 아미공을 모셔왔습니다."

심각한 표정을 짓고 있던 만월의 얼굴이 금세 환하게 밝아졌다.

"그래? 어서 안으로 모시거라."

"예."

지정이 나가고 아미가 안으로 들어오니, 만월이 웃으며 반겼다.

"아미공, 어서 오세요. 자, 자, 이리 앉아요."

아미가 집무실 안을 살피니 탁자에 만월과 네 명의 신료들이 모여 앉아 있었는데, 병부령 옹을 위시한 대부령 염상, 사위부령 정문, 예부령 은거가 그들이었다. 만월이 자신의 바로 옆자리를 청하자 아미는 머쓱한 듯 자리를 잡으며 물었다.

"무슨 말씀들을 그리 심각하게 나누시는 겁니까? 제가 낄 자리가 맞는지나 모르겠습니다…"

그러니 은거가 웃으며 말했다.

"그게 무슨 말씀이신가? 태후폐하의 심복 중의 심복인 아미공이 못 낄 자리가 어딨다고. 아니 그렇사옵니까, 태후폐하."

"호호호, 그렇지요."

"허허허…"

아미가 짐짓 너털웃음을 보이며 순간적으로 분위기를 살피니, 만월과 은거를 제외한 나머지 신료들의 눈빛이 뭔가 싸늘하게 느껴졌다.

'이거… 누님과 회포를 풀러 가벼운 마음으로 왔는데, 자칫하다간 찍혀나가겠구나…'

"그래, 벌써 삼 년이라니… 만리타향에서 그간 정말 고생 많았다. 내 너를 보내고 나서 어찌나 후회되던지…"

만월이 편하게 말을 놓으며 아미의 손을 잡으니 아미가 대답했다.

"아니옵니다. 소신 삼 년간 그곳에서 정말 편안하게 지냈습니다. 여기 계신 분들이 정말로 고생하신 것이지요."

"훗, 그래그래. 아… 네가 돌아온 것만으로도 허전했던 마음이 이렇게 채워지는 것을… 이제 이렇게 돌아왔으니 네가 나서서 개혁을 마무리해 볼 생각은 없느냐?"

"예? 그게 무슨 말씀이신지…"

그러자 은거가 말했다.

"사실, 방금 전까지 녹읍1)을 폐지하는 것에 대해 논의하고 있었네. 병부령과 나는 지금이 적기라 생각하고 있지만, 염상공과 정문공은 신중하자는 의견이었지. 자네는 어찌 생각하는가?"

은거의 입에서 녹읍폐지라는 말이 나오자 아미는 순간 눈빛이 흔들렸다.

"아아… 음…"

'돌려줬던 녹읍을 다시 뺏으려 하면 귀족들이 벌떼처럼 일어나 나라가 극도로 시끄러워질 것이다… 이 일에 잘못 나섰다간 큰 봉변을 당할 수 있음이야…'

아미가 생각에 잠겨 있으니 만월이 말했다.

"그러지 말고, 아미 네가 시중직을 맡아보는 게 어떻겠느냐? 너라면 잘 해낼 수 있을 것이야."

그러자 잠자코 있던 옹이 발끈했다.

"시중이라니요?! 그건 아니 될 말씀입니다! 어찌 저희와 한마디 상의도 없이 이러시는 겁니까?"

만월이 옹을 쏘아보며 말했다.

"오라버니! 친동생이나 다름없는 아미에게, 어찌 이리 늘 야박하게 구시는 겁니까?"

만월이 정색을 하였으나 옹이 지지 않고 대꾸했다.

---

1) [綠邑]. 국가가 귀족들에게 지급한 세습 토지로, 귀족은 대를 이어 녹읍에서 수조권(조세·공납의 징수)을 행사하였을 뿐만 아니라 노동력까지 징발할 수 있었다. 노동력을 징발한다는 것은 녹읍을 경작하는 농민들을 언제든지 동원할 수 있다는 말로, 그곳의 농민들이 귀족의 사병이나 다름없었다는 말이다. 따라서 녹읍은 귀족들이 중앙 정부의 간섭에서 벗어나 경제적·군사적으로 반 독립적인 지위를 영위할 수 있는 근간이었다.

"공과 사를 구분하시지요! 태후폐하의 지나친 사랑이 아미공을 망칠 수도 있음입니다!"

분위기가 순식간에 날카로워지자, 머리가 허연 늙은 염상이 끼어들었다.

"태후폐하. 병부령의 말씀을 너무 서운하게 듣지 마시옵소서. 양상에게 시중 자리를 맡긴 연유를 잊으셨사옵니까? 그가 시중을 맡고 있어야 나밀계 진골들을 통제하기가 용이하옵니다."

그 말에 만월이 못마땅한 표정을 지었다.

"내 모르는 바는 아닙니다. 허나 그자는 마지못해 일을 할 뿐, 적극적으로 하는 게 하나도 없었지 않습니까? 차라리 아미를 그 자리에 앉혀 손발이 맞아 돌아가게 하는 편이 낫지 않을까 싶소만."

그러자 아미와 동년배로 보이는 정문이 말했다.

"폐하, 아미공이 여러모로 뛰어난 것은 소신들도 잘 알고 있사옵니다. 허나, 지금 시중의 자리는 우리들을 대신해 전면에 나서서 나밀계가 쏘아대는 화살들을 온몸으로 받아내야 하는 자리입니다. 가야계인 아미공에게 그 역할을 맡기는 것은 너무 큰 부담을 지우는 것입니다. 자칫하다간 아미공이 크게 미끄러질 수도 있는 일이옵니다. 뜨뜻미지근하더라도 나밀계인 양상공만 한 적임자가 없습니다. 그래서 그를 그 자리에 앉힌 것 아니겠사옵니까?"

"……"

만월이 입을 다무니 은거가 말했다.

"하기야… 저도 그동안 시중에게 불만이 많았지만, 그 사람 입장에서는 이쪽, 저쪽 사이에 끼어서 완충하는 역할을 하느라 고충이 이만저만이 아니었을 것입니다. 울며 겨자 먹기로 일을 하더라도 입장이 그러하니, 무턱대고 그를 탓할 수는 없는 노릇이지요…"

그러자 옹이 한층 차분해진 목소리로 말했다.

"폐하께서도 잘 아시다시피, 선황께서는 긴 세월, 귀족 중심의 낡아빠진 관제를 뜯어고치고 새로운 통치체제를 확립하는 데에 온 힘을 쏟으셨습니다. 그러다가 귀족들의 엄청난 반발에 부딪히게 되셨고, 결국엔 그들을 달래느라 성덕대제께서 힘들게 거둬들이셨던 녹읍까지 돌려주어야 했지요. 그렇게 커다란 대가를 치른 끝에 대부분의 관제를 혁파하는 데는 성공하셨으나, 선황께서는 시간이 지날수록 녹읍을 되돌려준 것을 뼈저리게 후회하셨습니다. 저들은 돌려받은 녹읍을 근간으로 사병들을 확충하였고, 점점 선황의 눈치를 보지 않게 되었습니다. 시간이 지날수록 이것이 선황께 큰 압박감으로 다가온 것이지요. 수대를 걸쳐 귀족들이 끊임없이 황권을 위협할 수 있었던 이유는 바로, 그들이 사병을 거느리고 있었기 때문이고, 그 사병을 혁파하기 위해서는, 녹읍폐지가 반드시 전제되어야 한다는 사실을 뒤늦게 깨달으신 겁니다. 녹읍폐지야말로 개혁의 알맹이 중의 알맹이였던 것입니다… 태후폐하께서도 잘 기억하실 것입니다. 선황께서 말년에 큰 결심을 하시고, 저희들과 함께 다시금 녹읍폐지를 시도하셨던 것을 말입니다. 하지만 그 결과는 참혹했지요… 저들이 불같이 들고 일어나는 바람에, 상대등이셨던 신충 숙부님과 시중이었던 저, 그리고 이순공을 비롯한 선황폐하의 측근들이 일거에 쫓겨나듯 관직에서 물러나야 했습니다. 신은 오 년 전의 그 굴욕을 죽어서도 잊지 못할 것입니다… 그 일이 있고 나서 선황께서는 깊은 좌절감을 이기시지 못해 늘 주색에 빠져 지내셨고, 그래도 마음의 병을 다스릴 길이 없어 시름시름 앓으시다가, 결국 두 해를 넘기지 못하고 세상을 뜨시고 말았지요… 하아… 선황께서 돌아가시기 직전, 그분께 눈물로 맹세하던 순간이 아직도 눈에 선합니다… 이제 남은 우리가 해야 할 일은, 선황의 유지를 받들어 사병의 근간이 되는 녹읍을 없애고, 개혁의 마지막 과제인 사병혁파를 이루어내는 것입니다. 이 일은 이제까지의 그 어떤 일보다 힘든 싸움이 될 것입니다. 하여 나밀계인 양상의 역할이 무엇보다도 중요한 것입니다. 어떻게 해서든 양상이 이 일에 나서게 해야만 나밀계 진골들의 내분을 이끌어낼 수 있고, 그 틈을 이용해 일을 진행할 수 있는 것입니다. 아미 이 사람, 내 악감정이 있어 자네를 반대하는 것이 아니니 너무 서운해 하지 마시게."

그 말에 아미는 다시 너털웃음을 지었다.

"허허허, 서운하다니요? 그런 위태위태한 자리에 저라고 앉고 싶겠습니까? 태후폐하, 신은 당나라에서 유유자적한 세월을 보내다 와서 정무감각이 많이 무뎌졌습니다. 여기 계신 분들은 늘 팽팽한 긴장감 속에 칼날 같은 판단력을 갈아 오신 분들입니다. 이분들의 말씀을 따르시지요."

아미까지 그렇게 말하자 만월은 체념한 듯 한숨을 내뱉었다.

"후… 알겠다. 그래도 네가 왔으니 부령 정도는 맡아야지 않겠느냐?"

"송구하오나, 이제는 골치 아픈 정사에는 관여하고 싶지가 않사옵니다. 이참에 관직에서 물러나 후학을 양성해 볼까 합니다."

그 말에 화들짝 놀란 만월이 눈을 동그랗게 뜨고 아미를 쳐다보았다.

"그게 무슨 말이냐?! 아니 된다! 숙부님과 이순공도 머리를 깎고 단속사[1]에 들어가서는 나오질 않는데, 너마저 나를 떠나려는 것이냐?

---

1) [斷俗寺]. 경덕왕 7년 이순이, 또는 경덕왕 22년 신충이 세운 경남 산청군의 지리산에 있던 절. 관련 기록들이 서로 상충되는 면이 있고 오류로 볼 여지도 있어 설명하기가 아주 애매하나, 단속사에 얽힌 기록은 경덕왕과 신충, 김옹, 이순의 관계를 이해하는 데 아주 중요한 자료가 되므로, 하나하나 나열하여 여러분들과 함께 차근차근 따져보려 한다.

　A. 경덕왕 7년. 50세가 되면 승려가 되겠다고 하던 이준(=이순)이 50세가 되자 관직에서 물러나 왕을 위하여 조연(槽淵: 지리산 단속사가 있던 곳의 시냇가 웅덩이)의 작은 절을 새로 고쳐 단속사라 하고, 스스로 삭발하여 법명을 공굉장로 (孔宏長老)라 하였다. 〈삼국유사〉
　B. 경덕왕 22년. 신충은 두 친구와 약조하여 함께 관을 걸어두고(관직을 그만두고)

남악(지리산)에 들어갔다. 왕이 두 번이나 불러도 나오지 않았다. 머리를 깎고 사문(승려)이 되어 왕을 위하여 단속사를 짓고 죽을 때까지 대왕의 복을 빌겠다고 하니 왕이 허락하였다. 〈삼국유사〉

C. 경덕왕 22년. *상대등 신충, 시중 김옹이 사직하였다. 대나마 이순은 왕이 총애하는 신하였다.* 어느 날 갑자기 세상을 피하여 산으로 들어갔는데 여러 번 불렀으나 나오지 않았다. 머리를 깎고 중이 되어 왕을 위하여 단속사를 세우고 그곳에서 살았다. 후에 왕이 풍악을 좋아한다는 말을 듣고 즉시 궁문으로 찾아가 왕에게 아뢰었다.

"신이 듣건대 옛날에 걸(桀)·주(紂)가 주색에 빠지고 음탕한 쾌락에 빠져 그칠 줄을 모르다가, 이로 인하여 정치가 문란해지고 나라가 망하였다고 합니다. 앞에 가는 수레바퀴가 엎어지면 뒤 수레는 마땅히 이를 경계해야 할 것입니다. 엎드려 바라옵건대 대왕께서는 허물을 고치시고 스스로 새롭게 바꾸어 국가를 영원히 보존하소서."

왕은 이 말을 듣고 감탄하여 풍악을 그치게 하고 정실로 들게 하여 도리의 오묘함과 세상을 다스리는 방법을 며칠 동안이나 들었다. 〈삼국사기〉

우선, 삼국유사를 쓰신 일연스님은 A와 B가 서로 모순이 되지만 두 가지 설을 다 실어 놓겠다고 밝히셨다. 위 사료들을 보면 여러 가지 해석이 가능한데, 그중 가장 그럴듯한 그림들을 그려보겠다.

〈가정1: A-O. B-X〉 A가 사실이고 일연스님이 C의 *上大等信忠侍中金邕免 大奈麻李純爲王寵臣*에서 중간의 免(사직하였다)자가 빠뜨려진 삼국사기 필사본을 읽는 바람에 '상대등 신충, 시중 김옹, 대나마 이순은 왕이 총애하는 신하였다. 어느날 갑자기…중이 되어…' 이렇게 보게 되어 B에서 신충이 두 친구(김옹, 이순)와 함께 단속사를 짓고 승려가 되었다라고 잘못 쓴 것이라면, ⇒ 경덕왕 7년에 50세의 이순은 단속사를 짓고 승려가 되었고, 경덕왕 22년에 신충과 김옹이 관직에서 물러나자(승려X, 단속사X) 왕이 주색에 빠지게 되었으며, 그런 왕을 단속사에 있던 65세의 이순이 찾아와 타이른 것이 된다.

〈가정2: A-X. B-O〉 A의 시기가 경덕왕 22년인데 일연스님이 7년으로 잘못 안 것이라면, B의 신충과 함께 단속사를 세운 두 친구 중 한 명은 이순이 되고 나머지 한 명은 김옹이나 다른 사람이 된다. 그렇다면, ⇒ 경덕왕 22년에 신충과 50세의 이순이 다른 친구 한 명과 함께 관직을 버리고 단속사를 지어 승려가 되자 왕이 주색에 빠지게 되었고, 그 소식을 들은 이순이 안타까운 마음에 왕을 다시 찾아와 타이른 것이 된다.

〈가정 3: A-O. B-O〉 A와 B가 다 맞는다면 B에서는 없던 단속사를 새로 지은 것이 아니라 이미 있던 것을 새로 크게 지었다고 봐야 한다. 그렇다면, 두 가지 아니 된다. 아니 돼!"

만월의 떨리는 목소리에 아미는 그녀의 얼굴을 지그시 바라보았다. 한없이 강한 줄로만 알았던 만월의 눈빛에서 짙게 드리워진 외로움과 쓸쓸함을 읽을 수 있었다. 긴 세월 끝없는 권력다툼 속에 청춘을 바친 만월의 모습이 하염없이 측은해지는 순간이었다.

"정 그러시다면… 제가 천문과 역수를 제법 수학하고 왔으니, 누각전1)에서 일하게 해 주십시오. 거기서 소일이나 하며 후학을 양성하겠습니다."

그러니 만월이 그제야 안심이 되는 듯 말했다.

"알겠다. 그럼 너를 사천대박사2)로 임명할 테니, 떠난다는 말은 앞으로 절대 하지 말거라. 알겠느냐?"

"예…"

그날 밤. 황성의 숭례전에서는 성대한 축하연이 열려 한창 분위기가

해석이 가능하다. 첫째로, ⇒ 경덕왕 7년에 50세의 이순은 단속사를 짓고 승려가 된다. 경덕왕 22년에 신충이 누군지 모를 친구 두 명과 함께 65세의 이순을 찾아가 단속사를 새로 고치고 승려가 되자 왕이 주색에 빠지게 되었고, 줄곧 단속사에 머물던 이순이 그런 왕을 찾아와 타이른 것이 된다. 둘째로, ⇒ 경덕왕 7년에 50세의 이순은 단속사를 짓고 승려가 되었다가 어느 시점에서 다시 관직에 복귀하였고, 경덕왕 22년에 신충과 65세의 이순이 다른 친구 한 명과 함께 관직에서 물러나 비어 있던 단속사를 고쳐짓고 승려가 되자 왕이 주색에 빠지게 되었으며, 이순이 그 소식을 듣고 왕을 다시 찾아와 타이른 것이 된다.

● 이 소설에서는 〈가정 3〉의 두 번째 시나리오에서 나머지 한 명을 김옹으로 상정하여 경덕왕 22년에 신충, 김옹, 이순(65세)이 단속사에 들어가 승려가 되고, 후에 김옹만 다시 복귀한 것으로 하겠습니다.

1) [漏刻典]. 신라시대 천체의 운행과 시간측정 및 누각(물시계)에 관한 일을 하던 관청.

2) [司天大博士]. 누각전에 소속된 사천박사(천문박사) 중 으뜸.

달아오르고 있었다. 중앙에는 아리따운 무희들이 음악에 맞추어 춤을 추고 있었고, 술이 거나하게 된 신료들이 그 주위를 빙 둘러앉아 웃고 떠들며 한껏 기분을 내고 있었다. 만월은 귀숭경을 옆자리에 앉히고 옹과 셋이서 당나라 말로 이런저런 이야기를 주고받으며 술잔을 기울였다. 그 근처에 있던 아미는 술잔을 비우며 주위를 둘러보다가, 유독 굳은 표정으로 술잔을 비우는 양상의 모습이 눈에 띄어 그를 지켜보고 있었는데, 그때 은거가 술잔을 들고 다가와 아미 옆에 앉으며 말했다.

"아미 이 사람, 누구보다 흥이 많은 사람이 오늘 어이 이리 조용한 것인가?"

"아… 그랬나? 내 여독이 아직 풀리지 않아나 보이."

"자, 한잔 받으시게!"

은거가 아미의 술잔에 술을 따르고 잔을 부딪치고는 자신의 술을 단숨에 들이켰다.

"캬… 오늘 술맛이 일품이군! 아니 그런가?"

그러니 아미가 술잔을 비우고서 말했다.

"내 오랜만에 돌아와 보니, 너무 많은 것이 바뀌어 적응이 잘 안 되네. 오늘 이 자리에 시랑급 이상의 신료들이 다 모인 것이 맞는가?"

"그러네만, 뭐가 적응이 안 된다는 것인가?"

"시랑들은 내 모르는 이가 많아서 그렇다 치더라도, 나밀계 대신이 어찌 셋밖에 보이질 않는 것인가?"

그러자 은거의 얼굴에 웃음기가 사라졌다.

"음… 그 얘긴가…"

은거는 술잔을 내려놓으며 목소리를 죽여 말했다.

"자네가 없는 동안, 태후폐하와 병부령이 나밀계 인사들을 차례차례 실각시켰네. 대부분 외직으로 좌천되거나 관직을 떠난 것일세. 지금은 상대등과 시중, 숙정대령1)만이 남아 있지. 시랑들도 사정은 마찬가질

세."

"허나, 어느 정도껏 해야지, 이건 너무 눈에 띄지 않는가? 자네가 좀 말리지 그랬나?"

"그게… 태후폐하의 의지가 워낙에 확고해 나도 어쩔 수가 없었네. 지금 태후폐하께 귀에 거슬리는 직언을 올릴 수 있는 사람은 병부령과 자네 정도밖에 없다네. 예전의 태후폐하가 아니란 말이야… 어쩔 땐, 나조차도 그 눈빛에 감도는 살기에 움찔 할 때가 있어…"

"이보게 은거… 아무래도 녹읍 문제는 좀 더 신중해야 할 것 같네. 이렇게 급하게 몰아치다간, 입에 담지 못할 사태가 벌어질 수도 있어."

은거는 목이 타는지 다시 술잔에 술을 부은 후 단숨에 들이키고는 말했다.

"어차피 우리는 달리는 호랑이 등 위에 올라탄 것이야. 끝까지 가보는 수밖에."

그때였다. 상대등 만종이 비대한 몸집을 비틀거리며 무희들을 밀치면서 중앙으로 나오자, 무희들이 겁에 질려 한쪽으로 물러났다. 음악이 멈추고 신료들은 무슨 일인가 싶어 모두 만종을 쳐다보았다. 귀숭경과 이야기를 나누던 만월이 의아한 표정으로 물었다.

"상대등? 무신 일이시오?"

"하하하! 태후폐하! 노신, 오늘 같은 대경사에 기쁜 마음을 주체할 수가 없나이다! 하여 이 늙은이가 춤을 추어 폐하께 감축을 드리고 싶사옵니다!"

그러자 옹이 이빨을 드러내며 만종을 쏘아보았다.

"아니? 저자가?"

옹이 자리에서 일어나자 만월이 낮은 목소리로 옹을 제지했다.

---

1) [肅正臺令]. 감찰기구인 숙정대의 장관. 숙정대는 사정부의 새 이름으로, 후에 다시 사정부로 환원된다.

"병부령, 가만 있으시오. 저 분은 이 나라의 상대등이시오."

옹은 만월의 눈치를 살피더니 이내 자리에 다시 앉았다. 그러자 만월이 술병과 빈 술잔을 들고 자리에서 일어나 큰 소리로 말했다.

"하하하! 상대등께서 나를 위해 춤을 추시겠다니, 이거 정말 귀한 선물을 받게 되는구려! 자, 모두 잔을 드시오! 우리 모두 마음껏 취해 봅시다!"

만월이 술잔에 술을 콸콸콸 부어 단숨에 쭉 들이키자 신료들이 일제히 술잔을 비웠다.

"뭣들 하는 게냐? 상대등께서 흥이 돋으시도록 풍악을 울려라!"

만월의 명에 다시 흥겨운 가락이 울려퍼지자, 늙은 만종이 뱃살을 출렁이며 덩실덩실 춤을 추기 시작했다. 그 모습에 신료들이 실소를 터뜨리며 껄껄거리자, 양상은 지그시 눈을 감았다. 멀리서 양상을 지켜보던 아미는 부글부글 끓어오르는 그의 심정을 느낄 수 있었다. 그때였다. 춤을 추던 만종이 느닷없이 양상에게로 다가가더니 양상의 술잔을 들어 벌컥벌컥 마셔버리고는 양상의 팔을 붙잡아 당기는 것이 아닌가? 당황한 양상이 주위를 두리번거리며 물었다.

"어엇! 어찌 이러시는 겁니까?"

"어찌 이러기는. 이제 태평성대가 열렸으니, 인상은 그만 쓰고 나랑 춤이나 춥시다! 어서요!"

얼떨결에 딸려 나온 양상은 이 상황을 어찌 해야 하나 잠시 고민하다가 자신을 바라보고 있을 만월과 옹의 시선을 떠올렸다. 그러자 순간 얼굴을 바꾸고는 껄껄 웃으며 만종을 따라 덩실덩실 춤을 추기 시작했다. 한동안 그렇게 둘이서 빙글빙글 돌며 춤을 추다가, 만종이 이번에는 자신과 나이가 비슷한 늙은 대신에게로 다가갔다. 한눈에 봐도 근엄한 기품이 넘쳐흐르는 그는, 다름 아닌 숙정대령 신유였다. 만종이 신유의 팔을 붙잡아 당기며 말했다.

"허허허, 신유공! 이 자리에 공이 빠질 수 있겠소! 자, 자, 늙은이들끼리 춤 한번 춥시다!"

자리에서 일어난 신유가 정색을 하고 낮게 말했다.

"일인지하 만인지상, 귀족의 수장인 상대등께서 어찌 이리 추태를 보이는 것이오!"

"거 참 딱딱하기는… 도대체 뭐가 추태란 말이오? 점잔 그만 떨고 춤이나 추자니깐?"

그러자 신유가 주위를 둘러보더니 만종의 팔을 뿌리치고는 그대로 돌아서 나가버렸다.

"허허! 사람 참… 저런 꽉 막힌 사람을 봤나! 그래, 그렇게 쭉 가시오, 가!"

멀어지는 신유를 뒤로 하고 만종이 다시 중앙으로 비틀거리며 걸어와 양상을 붙잡고 춤을 춰댔다. 양상은 미친 듯 웃어재끼며, 쓸쓸히 숭례전을 빠져나가는 신유의 뒷모습을 눈에 담았다. 그런 양상의 모습을 지켜보던 아미는 뭔지 모를 불안감을 느끼며 술잔을 기울였다.

며칠 후, 해가 중천에 떠 있을 무렵. 갑주를 받쳐 입은 중년의 건장한 장수 하나가 선도산성[1]을 빠져나와 급히 어디론가 말을 달리고 있었다.

"이랴!! 이랴!!"

망토를 펄럭이며 산길을 내리달리는 그 장수는, 예전 양상과 함께 일월선도를 이끌던 바로 그 경신이었다. 펄럭이는 황적색 망토는 그가 황금서당[2]의 장군임을 암시하고 있었다. 한참을 달린 경신이 양상의

---

1) [仙桃山城]. 경주 서쪽 선도산에 있는 산성으로, 남쪽의 남산신성, 동쪽의 명활산성, 북쪽의 북형산성과 함께 왕경을 호위하는 역할을 하였다.

2) [黃衿誓幢]. 구서당의 하나로, 고구려인으로 구성된 부대. 옷깃의 빛깔은 황적색이다.

• 기록상으로 나타나는 구서당의 설치 순서, 구성원, 옷깃 색.

저택 앞에서 말을 세우니, 문 앞에서 기다리고 있던 나이 든 가신 하나가 급히 달려 나왔다. 말에서 내린 경신이 물었다.

"무슨 일인데 전서구까지 보낸 것이오?"

"경신공, 큰일입니다! 어서 주공을 좀 말려주십시오!"

"형님이 왜?"

"퇴청하여 집에 돌아오시자마자 술을 왕창 드시더니, 트집을 잡아 가노들을 매질하고 칼을 휘둘러 집안 살림을 부수고 계십니다. 한 번도 그런 모습을 보이신 적이 없던 주공이기에, 안주인 마님께서 크게 놀라 경신공께 급히 전갈하라 하셨습니다."

"형님이 그럴 리가 있나? 도대체 왜 그런단 말이오?"

- 613년(진평왕 15) 기존의 서당(誓幢)을 녹금서당(綠衿誓幢)으로 개칭. 녹자색.
- 672년(문무왕 12) 백제인으로 구성된 백금서당(白衿誓幢) 설치. 백청색.
- 677년(문무왕 17) 기존의 낭당(郎幢)을 자금서당(紫衿誓幢)으로 개편. 자녹색.
- 683년(신문왕 3) 고구려인으로 구성된 황금서당(黃衿誓幢) 설치. 황적색.
   말갈인으로 구성된 흑금서당(黑衿誓幢) 설치. 흑적색.
- 686년(신문왕 6) 보덕성(報德城, 전북 익산)의 고구려유민으로 구성된
   벽금서당(碧衿誓幢)·적금서당(赤衿誓幢) 설치. 벽황색·적흑색.
- 687년(신문왕 7) 백제잔민(殘民)으로 구성된 청금서당(靑衿誓幢) 설치. 청백색.
- 693년(효소왕 2) 기존의 장창당(長槍幢)을 비금서당(緋衿誓幢)으로 개편. 비색(붉 은색)의 공복.

이처럼 백여 년에 걸쳐 완성된 구서당은 삼국항쟁과 통일전쟁, 나당전쟁을 거치면 서 점차 모습을 갖추어 갔고, 통일 후 급박하게 돌아가는 국제정세 속에서 대규모 조직개편과 확장이 이루어졌습니다. 큰 특징은 9개 부대 중 6개의 부대가 피정복 민으로 구성되었다는 것인데, 이것은 계속되는 전쟁과 외세의 위협을 신라인들만 으로 극복하기엔 한계가 있었기 때문이기도 했지만, 백제유민과 고구려유민(말갈 인 포함)을 포섭하고 융합하여 진정한 통일국가로 거듭나려는 의지의 천명이기도 했습니다. 한편, 청금서당의 구성원을 유독 '잔민'이라 한 것에 대해서는, 백제멸망 후부터 나당전쟁 초기까지(660~670) 백제부흥을 위해 당나라와 손잡고 웅진도 독부 등에서 신라에 저항했던 백제인들을 기존에 투항한 백제인과 구별해 차별을 두기 위함이라는 견해 등, 여러 의견이 있습니다.

"모르겠습니다. 어서, 어서 들어가 보시지요."

경신이 저택으로 들어가 안채에 드니, 대문은 박살이 나 있었고, 정원의 나무들이 어지러이 베어져 있었다. 뜰에는 수십의 가노들이 모여 있었는데, 모두들 두려움에 몸을 움츠리고 벌벌 떨고 있었다.

"너희들은 나가 있거라."

경신의 명에 가노들이 서둘러 문 밖으로 나갈 때였다. 집안에서 엉뚱하게도 거문고 소리가 둥둥 울려 퍼지더니 그것도 잠시, 느닷없이 창문을 부수며 밖으로 날아든 거문고가 땅에 부딪히며 요란한 소리와 함께 박살이 났다. 경신은 부서진 거문고를 살피더니 집안으로 들어가 너덜거리는 방문을 열었다. 방안은 물건들이 온통 박살이 나 어지러이 흩어져 있었고 술병들이 이리저리 나뒹굴고 있었다. 방 한 구석에서 양상이 술병을 통째로 들고 벌컥벌컥 마시는 것을 본 경신은 얼른 다가가 술병을 뺏어들었다.

"형님! 왜 이러는 거요!"

"낄낄낄낄… 우리… 꺽, 경신이 왔느냐… 잘 왔다! 같이 술이나 마시자."

"이게 무슨… 도대체 얼마를 마신 거요?"

"크흐흐흐… 어후……"

"혀, 형님!"

양상은 정신을 잃고 옆으로 쓰러졌다.

시간이 흘러, 어느새 달이 뜨고 부엉이가 우는 밤이 되었다. 경신은 그 자리에서 꿈쩍도 않은 채, 세상모르고 쿨쿨 자고 있는 양상을 지켜보고 있었다. 이윽고 양상이 몸을 뒤척이더니 눈을 떴다.

"정신이 드시오?"

"으으…"

양상은 경신이 덮어준 이불을 걷어내며 몸을 일으키더니, 머리가 지끈거리는지 손으로 관자놀이를 눌렀다.

"자, 물 좀 드시오."

경신이 물이 담긴 그릇을 내밀자 양상이 받아들어 마시고는 말했다.

"무슨 일로 네가 여기 있는 것이냐?"

"그 난리를 쳐놓고 기억이 안 나는 겁니까?"

양상은 엉망진창이 된 방안을 둘러보더니 피식 웃었다.

"후훗… 아이고…"

"형님의 이런 모습은 저도 처음 봅니다. 그토록 아끼던 거문고까지 박살을 내고… 도대체 무슨 일이 있었던 거요?"

그러자 양상이 자리에서 일어나 너덜거리는 창문을 열어젖히고는 밤하늘을 올려다보며 말했다.

"낮에 태후가 나를 불러서 태후전에 갔었다. 가보니, 옹의 무리들도 모여 있더군."

"무슨 말을 하더이까?"

"크흐흐… 글쎄 나더러 녹읍폐지를 추진하라더군."

"뭐뭐, 뭐라고요?!! 노, 녹읍을?!"

경신이 놀라서 말을 더듬자, 양상이 돌아와 앉으며 말했다.

"너라면 어찌 하겠느냐?"

"녹읍을 다시 빼앗으려 하면 귀족들이 벌떼같이 들고 일어날 것이 빤하지 않습니까? 그 감당을 형님 혼자서 하라는 거 아니요?"

"후후, 어차피 나를 그런 용도로 쓰려고 시중자리에 앉힌 것 아니겠느냐? 지금껏 참고 참았다만, 더는 못해먹겠다… 이젠 다 때려치우고 물러나야 할 것 같구나…"

"하지만, 형님마저 조정을 떠나면 누가 있어 우리 나밀계 귀족들을 대변한단 말입니까? 상대등은 그들이 세운 허수아비에 지나지 않고…

남아 있는 사람은 신유공뿐이지 않습니까?"

경신이 신유를 언급하자 양상은 일전에 숭례전에서 모두가 지켜보는 가운데 상대등의 팔을 뿌리치고 나가던 그의 모습이 떠올랐다.

"신유공… 그래, 신유공이 있었지… 너는 신유공을 어찌 생각하느냐?"

"신유공이야 강직하기로 소문이 자자한 분이지요. 허나 성품이 워낙에 딱딱해 주변에 사람이 없다고 들었습니다. 지금 같은 상황에 그 사람 혼자서 뭘 할 수 있겠습니까? 그도 몸을 사리지 않고는 못 배길 겁니다."

"숭례전 연회에서 미친 상대등이 술에 취해 나까지 끌고나와 태후 앞에서 춤을 췄다. 그때를 생각하면 아직도 얼굴이 화끈거리는구나… 헌데, 상대등이 신유공도 끌고 나오려 하자, 신유공이 상대등의 팔을 뿌리치고는 그대로 연회장을 나가버린 일이 있었다."

"태후와 병부령이 지켜보고 있었을 텐데 그랬단 말이오?"

"그래. 상대등이 나와 신유공을 춤추게 하려는 목적이 뭐였겠느냐? 저도 혼자서 주구노릇을 하기는 싫으니, 같은 나밀계인 우리들도 동참하라는 뜻이겠지. 나는 도대체 왜 신유공처럼 단칼에 잘라버리지 못하고, 수치스럽게 웃어대며 춤을 췄을까… 그날의 내 모습이야말로 태후와 병부령이 줄곧 나를 바라보던 모습이었겠지… 그래서 지금껏 그들에게 끌려다니기만 했던 것이고… 하아… 내가 상대등과 다른 게 뭐가 있단 말이냐? 정말 죽고 싶구나…"

"그런 말 하지 마시오! 화랑 시절 금장대에서 형님이 제게 한 말을 잊으셨소? 우리는 천 길 낭떠러지 위에서 외줄을 타고 있다 하지 않으셨소! 지금껏 잘 참아 오셨고, 나밀계 귀족들도 형님의 노고를 다 알고 있소. 정녕 이 길의 끝이 안 보인다면, 우리가 나서서 끝을 만들면 그만이오! 그동안 나밀계 귀족들도 참을 만큼 참았소. 녹읍마저 다시 뺏으려 하니, 이제 명분은 형님께 있단 말이오. 형님이 용기를 내어 나서면 누구라도 도우려 할 것이오."

"정말 그렇게 생각하느냐?"

"암, 그렇고말고요. 여기서 우리끼리 이럴 게 아니라, 지금 당장 신유공을 찾아갑시다. 그 사람도 그동안 쌓인 게 많은 듯하니, 분명 형님께 도움이 될 겁니다."

경신의 말에 양상의 눈빛에 다시 생기가 돌기 시작했다.

"좋다! 가자꾸나."

밤이슬을 맞으며 북쪽으로 말을 달린 양상과 경신은 한참이 지나서야 신유의 집 앞에 당도했다. 백관을 감찰하는 숙정대의 장관이 살고 있는 집이라기엔 규모가 작은 소박한 집이었다. 말에서 내린 경신이 대문을 두드리니 안쪽에서 누군가의 소리가 들려왔다.

"누구시오?"

"시중 어른이 신유공을 뵙고자 하니, 문을 여시게."

"아, 송구하지만 시간이 늦었으니 잠시만 기다려 주십시오. 공께 여쭙고 오겠습니다."

"알겠네."

잠시 후, 대문이 열리고 젊은 가신이 허리를 굽혀 인사했다.

"어서 드시지요. 안채로 모시라는 분부이옵니다."

양상과 경신이 가신을 따라 호롱불빛이 새어나오는 안채로 들어서니, 신유가 마당에서 기다리고 있었다.

"야심한 밤에 시중께서 어인 일이십니까?"

"공과 상의할 일이 있어, 결례를 무릅쓰고 이리 찾아왔습니다. 아 참, 이쪽은 제 친척 아우 경신입니다. 황금서당의 장군이지요."

"알고 있습니다. 자, 안으로 드시지요."

둘이 신유를 따라 안방으로 들어가니 한쪽 벽면에 빼곡히 들어차 있는 서책들이 눈에 들어왔다. 다구가 놓인 작은 상 뒤편에 마련된 방석을 가리키며 신유가 말했다.

"위쪽에 앉으시지요, 시중."

그러니 양상이 손사래를 쳤다.

"아닙니다. 지금 이곳에 저는 시중으로 온 것이 아니라, 나밀계 각간으로서 선배를 찾아온 것입니다. 어서 앉으시지요."

그 말에 신유는 어색함이 풀리는지 미소를 지어 보였다.

"그러시다면… 알겠습니다."

그렇게 세 사람이 자리에 앉자 신유가 양상에게 물었다.

"상의하실 일이라는 게 뭔지 말씀하시지요."

"시간이 늦었으니, 돌리지 않고 바로 말씀드리겠습니다. 오늘 낮에 태후전에 불려갔는데, 태후폐하께서 제게 녹읍폐지를 추진하라 명하시더군요. 제가 그건 안 될 일이라고 몇 번을 아뢰었으나, 씨도 먹히지 않았습니다. 하여 이 일을 어찌해야 하나 고민하다, 답답한 마음에 이리 염치없이 찾아온 것입니다. 신유공, 부디 고견을 들려주십시오. 제가 어찌해야 합니까?"

"흠…"

신유는 잠시 눈을 감고 생각에 잠기더니 입을 열었다.

"이런 일이 있으리라 예상은 했지만, 생각보다 너무 빠르군요…"

그러자 경신이 말했다.

"아마도 당황제의 대비책봉이 내려진 이때가 적기다 싶었겠지요."

신유는 고개를 끄덕였다.

"그렇겠지요. 병부령을 위시한 개혁파들은 계속해서 기회를 노려왔을 겁니다. 나밀계 귀족들도 대거 실각시켰겠다, 이제 거침없이 몰아붙일 테지요. 시중께서는 그들이 녹읍을 폐지하려는 진짜 의도를 아시겠습니까?"

"진짜 의도라니요? 그럼, 숨겨진 속셈이 있다는 말씀입니까?"

"그들은 줄곧 귀족국가로서의 신라를 지워나가고 있었습니다. 그 끝은 사병을 철폐해 귀족들의 손발을 자르는 것이겠지요. 녹읍폐지는 사병철폐를 위한 수순일 뿐입니다. 녹읍을 반납하고 나면, 귀족들의 대부분은 녹읍에 딸린 농민들의 통제권을 상실하게 될 테지요. 그렇게 되면 일정 규모 이상의 직업군인으로 이루어진 사병을 거느린 귀족들은 극소수에 지나지 않게 됩니다. 그때에 가서 사병철폐를 시도한다면 훨씬 수월하게 성공하리라는 계산이 깔린 것이지요."

그 말에 양상과 경신의 표정이 심각하게 굳어졌다. 경신이 주먹으로 무릎을 내리치며 말했다.

"으… 그렇다면 무슨 일이 있어도 녹읍폐지를 막아야 합니다! 허나, 양상형님 혼자서는 할 수 있는 일이 없습니다. 공께서 형님을 좀 도와주십시오!"

"제가 무슨 힘이 있어 도움이 되겠습니까… 하지만, 방도가 영 없는 것은 아닙니다."

양상이 눈빛을 반짝였다.

"그 방도란 게 무엇입니까?"

"……"

신유가 심각한 표정으로 입을 꾹 다물고 있으니, 양상이 갑자기 무릎을 꿇으며 말했다.

"제발, 가르침을 주십시오!"

그러자 경신도 덩달아 무릎을 꿇으며 고개를 숙였다. 그 모습에 신유는 놀란 표정을 짓더니, 이내 입을 앙다물고는 연신 고개를 끄덕였다.

"보잘것없는 늙은이에게 이리도 정성을 보이시다니… 알겠습니다. 미력하나마 저도 견마지로1)를 다해 시중을 돕겠습니다. 그러니 어서 편히들 앉으시지요."

양상과 경신이 다시 정좌를 하자 신유가 말을 이었다.

"시중께서 이 일을 저지하시려면 절대적으로 두 사람의 힘이 필요합니다. 한 명은 표면에 나서서 귀족들을 대표해 녹읍폐지 반대를 천명해야 하는 인물이고, 다른 한 명은 사분오열되어 있는 나밀계 귀족들을 한데에 모을 인물입니다. 그 두 사람만 포섭할 수 있다면, 능히 태후와 병부령의 뜻을 꺾을 수 있을 것입니다."

신유의 말에 귀가 번쩍 뜨인 양상이 물었다.

"그게 누굽니까?"

"표면에 나설 인물은 상대등 만종이고, 귀족들을 규합할 인물은 바로 각간 대공입니다."

신유의 말에 양상은 뭔가에 뒤통수를 얻어맞은 듯 정신이 번쩍 들었다.

"만종… 대공…"

양상이 눈을 꿈적이며 혼자 골똘히 생각에 빠져들자, 경신이 의아해 신유에게 물었다.

"이해가 가지 않습니다. 상대등은 저들의 꼭두각시에 불과하고, 대공은 조정에 출사조차 하지 않은 인물인데, 어찌 그 둘이 필요하다는 것입니까?"

경신의 물음에 신유는 양상을 쳐다볼 뿐 대답을 하지 않았다. 그러니 이번엔 양상이 신유에게 물었다.

"무슨 뜻인지는 알겠으나, 상대등을 포섭할 수 있을는지 모르겠습니다. 태후와 병부령의 주구노릇을 하던 그자가 우리 쪽에 설 수 있겠습니까?"

---

1) [犬馬之勞]. 개나 말 정도의 하찮은 힘이라는 뜻으로, 윗사람에게 충성을 다하는 자신의 노력을 낮추어 이르는 말.

경신이 답답하다는 듯 양상에게 물었다.

"형님, 저는 도무지 이해가 되질 않습니다. 어째서 그 둘이 필요하다는 겁니까?"

"그건… 만종이 비록 허수아비 상대등이기는 하나, 상대등은 상대등이기 때문이다. 귀족의 수장으로서 남당회의를 열 수 있는 유일한 인물이 바로 만종인 것이야. 만종이 남당회의를 열고 귀족들이 입을 모아 녹읍폐지를 반대한다면… 아니지, 아예 더 나아가 태후의 섭정을 거두라고 압박한다면, 태후와 옹은 어쩔 수 없이 한 발 물러날 수밖에 없을 것이다. 그리고 대공은… 내 자세히는 모르나, 정종공을 따르던 나밀계 각간 상당수가 대공과 어떤 모양으로든 교감하고 있을 가능성이 짙기 때문이다. 대공이 비록 관직은 없으나 무역을 통해 벌어들이는 막대한 자금력이 있는 한, 여전히 그들을 움직일 수 있는 힘을 지니고 있을 것이야. 거기다 대공의 사병은 지방에 있는 병력까지 끌어모으면 족히 이만은 된다고 알고 있다. 그래서 태후와 병부령도 함부로 그를 건들 수 없었던 것이지. 그런 그가 나서서 각간들을 선동한다면, 사분오열되어 있는 나밀계 각간들이 한목소리를 낼 수 있을 것이야."

그러자 신유가 껄껄 웃으며 말했다.

"허허허허, 과연 효방공의 아드님다우시군요. 그렇습니다. 대공에게는 집안 대대로 내려오는 나밀신천당이라는 비밀조직이 있습니다. 유력한 나밀계 각간 마흔 명이 소속되어 있고, 저 또한 그 조직의 일원이지요. 정종공이 작고하신 후로 십여 년 간 소집된 적이 없었지만, 대공은 매년 당원들에게 자금을 지급해 왔습니다. 대공이 마음만 먹으면 언제든지 그들을 동원해, 나머지 나밀계 각간들을 포섭할 수 있는 일이지요. 그리고 참으로 재미난 사실은, 만종 역시 나밀신천당의 당원이라는 것입니다. 그가 숭례전에서 시중과 나에게 춤을 추자고 한 것은, 나밀계는 이미 사분오열되어 대세가 태후 쪽으로 기울었으니,

우리도 자기와 동참하라는 무언의 손짓이었지요. 허나, 그도 사람인 이상, 그래도 명색이 상대등인데 언제까지고 태후와 병부령의 꼭두각시 노릇을 하고 싶겠습니까? 그자가 지금은 태후 쪽에 들러붙어 있지만, 대공이 나서서 귀족들을 규합한다면, 뒷배를 믿고 이쪽에 설 가능성이 농후합니다."

신유의 말이 끝나자 경신이 활짝 웃으며 말했다.

"형님! 희망이 보입니다! 신유공의 책략이 정말로 신묘합니다!"

"하아… 십년 묵은 체증이 한꺼번에 내려가는 것 같구나! 신유공, 그러면 우선 대공부터 설득해야 하는데, 그는 지금 태후의 명으로 발해에 가 있지 않습니까?"

"그렇지요. 발해 태자의 요청으로 태자의 무예 스승이 되었다 합니다."

"서둘러 그를 발해에서 불러들어야 합니다."

"알겠습니다. 그 일은 제게 맡기시지요. 내일 당장 발해로 사람을 보내 전후사정을 전하겠습니다."

"감사합니다!"

"대공이 돌아올 때까지, 시중께서는 이런 저런 핑계를 대며 최대한 일을 늦추어 주시면 될 것입니다."

"예, 그러지요."

"아, 그리고 두 분께 소개해드릴 사람이 있습니다. 순아, 나와서 인사드리거라."

신유가 옆방으로 통하는 문을 바라보며 말하자 문이 슬며시 열리더니, 몸집이 왜소하고 다소 어눌하게 생긴 서른 중반의 사내가 모습을 드러냈다.

"병부시랑 김순, 두 분께 인사드리옵니다."

순이 다소 놀란 듯한 양상과 경신에게 허리를 굽혀 인사하자 신유가 말했다.

"이 사람은 제 제자들 중 가장 뛰어난 이로, 제가 사위를 삼은 사람입니다. 무열계이기에 병부령이 온전히 자기 사람이라 믿고 있지요. 하여 병부의 실무를 도맡아 하고 있습니다. 앞으로 두 분께서 요긴하게 쓰실 수 있을 겁니다. 순아, 이제부터 이 두 분을 충정을 다해 모시도록 하거라. 알겠느냐?"

그러자 순이 양상과 경신에게 절을 한 후 말했다.

"미흡한 사람이지만, 거두어 주신다면 두 분을 친 형님처럼 모시겠습니다."

양상과 경신은 순을 바라보며 흡족한 미소를 지었다.

15
호랑이의 귀환

두 달 후, 늦은 오후. 서라벌에는 부슬부슬 내리는 장맛비가 무더운 여름 열기를 식혀주고 있었다. 황성 북문에서는 한 무리의 사람들이 줄을 지어 성 안으로 들어가고 있었는데, 사자대의 경계가 여느 때와는 달리 사뭇 삼엄해, 주위엔 긴장감이 맴돌고 있었다. 맨 앞에서 무리를 이끄는 자는 이빨을 드러낸 시커먼 늑대 투구를 쓰고 검은 망토를 걸치고 있었는데, 이마에서 뺨까지 사선으로 난 큰 검상의 흔적, 먹잇감을 노려보는 듯한 맹수의 눈빛은 성내에서 마주치는 사람들을 하나같이 움찔거리며 고개를 돌리게 만들고 있었다. 그자가 조원전 앞에 다다랐을 때, 회의를 마친 신료들이 밖으로 우르르 쏟아져 나왔다. 이어 그자와 마주치고선 차례로 멈칫거리며 대나무 쪼개지듯 그를 피해 옆으로 돌아갔다. 신료들이 사내의 무리를 멀찌감치 둘러싸고 뭐라 쑥덕대고 있을 때, 조원전 입구에서 그 모습을 지켜보던 양상이 피식 웃으며 혼잣말을 했다.

"훗… 성 안에 호랑이 한마리가 들어왔군… 후후후."

그때 뒤에서 만종이 물었다.

"시중, 뭐 좋은 일이라도 있으시오? 혼자서 뭘 그리 웃으시는 게요?"

"아, 저 앞에 반가운 이가 있어 그랬습니다. 상대등도 잘 아는 사람이지요."

"그래요?"

양상의 말에 만종이 앞쪽을 살피다가 멀리서 사내와 시선이 마주치자 갑자기 딸꾹질을 했다.

"꺽!"

"상대등, 같이 가서 인사나 나누시지요."

양상이 능청스레 청하니 만종은 인상을 찌푸리며 짜증 섞인 목소리로 답했다.

"내가 저자를 뭣 하러 만난다는 말이오? 나 참… 꺽!"

만종은 몸을 휙 돌려 옆쪽으로 나가버렸다. 그때 조원전에서 지정이 걸어나와 곧장 사내에게로 향했다. 지정이 다가오자 사내가 말했다.

"그래, 말씀은 전하셨는가?"

"태후폐하께서 오늘은 신료들이 이미 퇴청했으니, 발해 사절단은 내일 맞는다고 하셨습니다."

"그게 다인가?"

"대공 각간에게는 그동안 수고하셨으니 이만 물러가라 하시더이다."

그러자 대공이 클클거리며 웃더니 말했다.

"이거, 오자마자 찬밥 신세군… 태후께 뜻 깊은 환대, 무척이나 고맙다고 전해주시게."

"각간! 말씀을 가려하시지요!"

지정이 언성을 높이자 뒤따라온 양상이 끼어들었다.

"허허, 좋은 날 왜들 이러시오? 시위부령, 사신들이 먼 길 오느라 지쳐 있을 테니, 어서 객관으로 안내하시게."

지정은 대공을 날카롭게 쏘아보더니, 찬바람을 일으키며 뒤쪽의 사신들에게로 걸어갔다. 지정이 멀어지자 양상이 짐짓 반가운 듯 말했다.

"대공, 이게 도대체 얼마 만인가? 이렇게 얼굴 보기가 힘들어서야 원… 그동안 정말 고생 많았네."

"고생은 무슨, 자네야 말로 혼자서 고군분투하느라 고생이 이만저만이 아니라 들었네만."

"홋, 알아주니 고맙네 그려. 여긴 이목이 많으니, 같이 북문으로 나가세나."

그렇게 나란히 걸으며 북문 근처에 다다랐을 때, 둘은 마침 지나가던 누각전 박사들과 마주치게 됐다. 박사들과 웃으며 대화하던 아미에게 양상이 큰 소리로 반가운 척을 했다.

"여어, 아미공 아니신가?"

아미는 양상에게로 시선을 옮기다가 옆에 있는 대공을 발견하고는 얼굴에서 웃음기가 싹 사라져버렸다. 양상에게 허리를 숙여 인사한 박사들이 심상치 않은 분위기에 서둘러 가던 길을 가자, 홀로 남겨진 아미가 대공을 매섭게 노려보며 말했다.

"대공. 그대가 황성엔 어인 일이오?"

"후후, 그 눈빛은 여전하군."

대공 역시 아미를 노려보며 말하자, 두 눈빛이 불꽃을 튀기는 듯했다. 양상은 그런 둘을 번갈아 보더니 재밌다는 듯 말했다.

"그러고 보니, 타국에서 고생하다 온 사람들끼리 만났구먼. 허허허."

"시중, 어찌 저 사람이 이곳에 있는 것입니까!?"

아미가 양상에게 쏘아붙이자 대공이 맞받았다.

"왜? 내가 못 올 데라도 왔다는 것인가?"

"태후폐하께서 그대를 보기 싫어한다는 것은 그대가 더 잘 알고 있지 않소? 무슨 일인지는 모르나, 볼일 다 봤으면 어서 돌아가시오!"

"홋, 자네가 뭔데 나더러 이래라 저래라 하는 것인가?"

"……"

"후후, 아직도 자신이 태후의 측근인 듯싶은가? 착각하지 마시게. 태후가 아낀다고 다가 아니야. 병부령 일당이 자네를 그냥 놔두지 싶은가? 복식을 보아하니 누각전으로 쫓겨난 모양인데, 그건 시작일 뿐이야. 나밀계가 무너지고 나면, 다음 차례는 가야계라는 것쯤은 알고 있어야지."

"하하하, 제 코가 석 자인 사람이, 지금 내 걱정을 하는 것이오?"

"뭐, 같은 찬밥 신세끼리 동병상련의 정을 나누는 것도 나쁘진 않겠지. 이참에 줄을 갈아타는 것도 한번 생각해 보시게나."

"허, 이거 정말 웃기는군. 잘 들으시오 대공. 내 천지가 뒤집혀도 당신과 한쪽에 서는 일은 없을 테니, 잠꼬대 같은 소리는 당신 집 안방에서나 하시오!"

"뭐라!?"

분위기가 험악해지자 듣고 있던 양상이 급히 끼어들었다.

"어허, 이거 또 왜들 이러시나? 아미 이 사람, 내 자네를 괜히 불러 세운 듯싶구먼. 언제 나와 술이나 한 잔 하세나. 그럼 우리는 이만 가보겠네. 자, 자, 가세나 대공."

양상이 팔을 붙잡고 끌자, 대공은 아미에게 같잖다는 듯 씨익 웃어 보이고는 걸음을 옮겼다. 아미는 멀어지는 대공의 뒷모습을 노려보며 꽉 진 주먹을 부들부들 떨었다.

'네놈이 어찌 누님과 나의 뼛속까지 깃든 뜨거운 원한을 백분지 일이라도 알겠느냐…… 내 언젠가는 네놈의 피를 마셔 형님과 설아의 혼을 달래리라!'

잠시 후, 양상과 함께 북문을 나선 대공은 자신을 기다리고 있는 가신들을 발견하고는 양상에게 말했다.

"태후는 항시 나를 감시하고 있으니, 이만 돌아가 보시게."

"알겠네. 한시가 급하니 오늘 밤 찾아가겠네."

"집 주위엔 태후의 세작들이 깔려 있으니, 그들의 눈을 피해서 와야 하네. 자정이 되면 저택 북쪽 알천에 배를 준비해 놓을 테니, 강을 건너서 비밀통로로 들어오시게."

"알겠으이."

그날 밤, 자정 무렵. 변복을 한 양상과 경신은 황천을 건너 대공의 저택을 끼고 흐르는 알천에 당도했다. 주위를 살피니, 강가에 조그마한 나룻배가 대어져 있었고, 그 위에서 삿갓을 쓴 사내가 밤낚시를 하고 있었다. 둘이 나룻배로 다가가니, 인기척을 느낀 사내가 몸을 일으켜 뒤돌아보았다.

"배를 좀 타야겠네만."

양상이 말하자 사내가 물었다.

"황천을 건너오셨습니까?"

"그러네. 옛 친구를 만나러 왔지."

그러자 사내가 삿갓을 벗어 얼굴을 드러냈다. 서른 중반의 광대뼈가 툭 튀어나온 사내였는데, 양상에게 허리를 숙여 인사했다.

"기다리고 있었습니다. 헌데, 배가 작아서 한 분만 오르셔야 합니다."

양상이 경신을 돌아보자 경신이 말했다.

"저는 여기서 기다리고 있을 테니, 말씀 나누고 오시오."

"알겠다."

그렇게 양상은 사내의 배를 타고 알천을 건너기 시작했다. 사내가 기다란 대나무로 강바닥을 밀며 반대편의 저택으로 이어진 수로에 들어서자, 수로를 막고 있던 쇠창살이 드르륵거리며 올라갔다. 그곳을 통과해 벽면 안쪽으로 접어드니 다시 쇠창살이 내려 닫혔고, 이어 사내가 배를 한쪽 땅에 대었다.

"저를 따라오시지요."

양상은 배에서 내려 사내를 따라 한참을 걸어갔다. 얼마 후 대공의 처소 대문에 들어서니, 어느새 육십은 훌쩍 넘긴 탁근이 횃불을 들고 기다리고 있었다. 탁근은 실포에서 아미의 화살에 왼쪽 눈을 잃은 탓에 애꾸 안대를 하고 있었다. 사내가 탁근에게 말했다.

"아버님, 모시고 왔습니다."

"잘 했다. 기령이 너는 근처에 아무도 얼씬 못하게 하거라."

"예."

기령이 문 밖으로 나가자, 탁근이 양상에게 허리를 굽혀 인사하고는 말했다.

"주공께서 안에서 기다리고 계십니다. 저를 따라오시지요."

"안내하시게."

"예."

양상을 집 안으로 안내하던 탁근은 예전 정종이 쓰던 집무실 문 앞에 서서 안쪽에 고했다.

"주공, 시중 어른께서 오셨습니다."

"어서 모시게."

안쪽에서 대공의 목소리가 들려오자 탁근이 문을 열어주었다. 양상이 안으로 들어가니 대공이 편한 복장으로 탁자에서 일어나 맞이했다.

"오는 길이 번거롭지는 않으셨는가?"

"아닐세."

"자, 어서 앉으시게나."

양상이 자리에 앉으니 탁자에 놓인 까맣게 손때 묻은 서책이 눈에 들어왔다.

"무슨 서책인데 이리 열심히 읽으신 겐가?"

자리에 앉은 대공이 양상에게 차를 따라주며 대답했다.

"발해에서 구한 진법서일세. 중국의 춘추전국 시대부터 지금에 이르기까지의 다양한 진법을 정리해 놓은 책이지."

"오, 그런가? 자네가 진법에 관심이 있는 줄은 몰랐네."

"후후, 발해에 있으면서 태자를 따라 대규모 진법훈련을 여러 번 참관할 수 있었다네. 그때부터 흥미가 생기더군."

"아… 그랬었군. 음…"

양상은 무슨 이야기부터 꺼내야 할지를 생각하며 차를 마셨다. 그런 양상의 속내를 읽은 듯 대공이 말했다.

"내, 신유공을 통해 일말의 사정은 전해 들었네. 자네가 내게서 원하는 게 뭔가? 속 시원히 말해보시게."

"후후, 자네가 내 속을 뻔히 들여다보는 것 같구면… 알겠네. 툭 터놓고 말함세. 자네가 발해에 가 있는 동안, 태후와 병부령은 노골적으로 나밀계 인사들을 좌천시키기 시작했지. 그래서 지금 조정에 남아 있는 나밀계 대신이라고는 나와 신유공, 상대등밖에 없는 형국이네. 헌데 상대등이라는 작자는 자신의 본분을 망각하고 태후와 병부령의 눈치 보기에 바쁜 아첨꾼이 되어버렸단 말일세. 거기다 태후는 당황제의 대비책봉까지 받아내어 섭정이 언제까지 이어질지 모르게 되어버렸네. 상황이 이 지경이 되고 나니, 이제는 그들이 녹읍까지 폐지하려하는데도 어찌 할 방도가 없게 되어버렸어. 자네도 알겠지만, 녹읍폐지는 사병철폐로 이어지는 수순일 뿐이야. 무슨 수를 써서든 막아야하네. 이제 자네가 돌아왔으니, 나밀계 각간들을 움직여서 한 목소리를 낼 수 있게 만들어 주시게. 자네만 나서주면 내가 상대등을 어떻게든 구워삶아 남당회의를 열게 만들겠네."

양상의 말이 끝나자, 대공은 턱을 쓸며 속으로 생각했다.

'신유공이 설마 이자에게 모든 걸 말한 것인가?'

대공이 대답을 않자, 양상이 답답한 듯 물었다.

"어찌 답이 없는 겐가? 나서주시겠는가?"

"관직도 없는 내가 무슨 힘이 있어 각간들을 움직인단 말씀이신가? 도무지 무슨 말인지 모르겠네만…"

"이보시게 대공! 이미 다 눈치챘으면서 뭘 떠보는 것인가? 우리 모두 궁지에 몰릴 대로 몰려 더 이상 물러날 곳이 없게 돼버렸는데, 신유공이 어떻게든 살 길을 모색하려는 내게 나밀신천당의 존재를 발설한 것은 지극히 자연스러운 일 아니겠는가? 우리 나밀계 진골들이 손발이 다 잘릴 때까지 수수방관한다면, 나밀신천당이 도대체 뭣 하러 존재하느냔 말일세!"

양상이 목에 핏줄을 세우며 말하자 대공은 아무 말 없이 차를 마셨다. 그렇게 한동안 침묵이 흐른 후, 대공이 입을 열었다.

"자네가 지금 무슨 일을 벌이려는지 알고는 있는가?"

"그게 무슨 말인가?"

"자네는 지금 태후를 과소평가하고 있어… 너무 안일하게 생각하고 있단 말일세."

"그… 그건 또 무슨 말인가? 알아듣게 말씀하시게."

"내가 나서고, 상대등이 나서고, 자네 말대로 남당회의에서 각간들이 들고 일어난다고 해서, 태후가 순순히 물러설 거란 생각은 대단한 착각이네. 아직 태후의 진면목을 몰라서 하는 소리야."

"태후가 남당회의를 무시하고 녹읍폐지를 그대로 추진하려 한다면, 섭정을 철회하라고 더 큰 압박을 넣을 것이네. 그러면 태후도 어쩔 수 없이 한 걸음 물러서지 않겠나?"

"내 말 명심해서 들으시게. 내 장담하건대, 이 싸움이 일단 시작되고 나면, 어느 쪽이든 한 걸음 물러나는 순간 나락으로 떨어져 버리는, 생사를 가르는 승부로 변해버릴 것이네."

대공이 눈을 가느다랗게 뜨며 심각하게 말하자, 양상은 속으로 잠시 대공의 말을 곱씹은 후 입을 열었다.

"그 말은… 태후가 무력을 사용할 수도 있다는 말인가?"

"후후… 옹이 왜 병부령 자리에 계속 머물러 있는지 잘 생각해 보시게. 내가 보고받기로 시위부야 말할 것도 없고, 사자대 장수들까지 완전히 자기 사람들로 채워놨더군. 거기다 왕경 외각을 호위하는 구서당의 장군들 역시, 황금서당의 자네 아우 경신과 청금서당[1]의 주경, 적금서당[2]의 주항 형제를 제외하고는 전부 태후와 옹의 사람들로 채워져 있었네. 이제껏 이렇게 한쪽으로 완벽히 기운 적은 없었는데, 이미 군부는 그들이 완전히 장악한 상황이 되어버린 것이지. 그게 뭘 뜻하겠는가?"

"흠…"

"자기들의 개혁에 반기를 들 생각은 아예 하지도 말라는 뜻이네. 여차하면 힘으로 찍어 누르겠다는 것이야. 그렇게 태후는 긴 세월 동안 찬찬히 세력을 다져왔네. 그리고 이제는 만반의 준비를 다 마쳤다고 판단했기에, 선황 때 처참하게 실패했던 녹읍폐지를 다시금 추진하려는 것일세. 태후는 언제든지 무력을 사용할 수 있게끔 만반의 준비를 다 해놓고 있는데, 자네는 안이하게 정치적으로만 생각하고 있지 않은가? 이런 상황에서 자네 말대로 남당을 통해 들고 일어났다간, 꼼짝없이 태후의 칼부림에 당하고 말 것일세. 분명, 주동자를 색출하여 본보기로 철퇴를 내릴 것이야. 그렇게 되면, 나나 자네나 그 철퇴를 피할 길이 없을 것이야."

대공의 말을 듣고 난 양상은 맥이 빠지는지, 침울한 표정을 지으며 의자에 몸을 기대었다.

"하아…… 그럼, 당하고 있을 수밖에 없다는 말인가……"

---

1) [青衿誓幢]. 백제의 잔민(殘民)으로 구성된 부대. 옷깃은 청백색.

2) [赤衿誓幢]. 보덕성(報德城 : 지금의 전북 익산)의 고구려 유민을 중심으로 하여 구성된 부대. 옷깃의 색깔은 적흑색.

"후후후, 사람 참… 자네 그동안 마음고생이 심했긴 심했나 보군. 예전 같았으면 나더러 겁쟁이라며 받아쳤을 텐데, 기세 좋던 자네가 어찌 이리 되어버렸단 말인가?"

"후… 나도 이제 늙어가나 보이…"

대공은 힘없이 말하는 양상을 살피더니, 자리에서 일어나 뒤쪽으로 걸어갔다. 그리고는 벽에 걸려 있는 검들 가운데서 한 자루를 골라 집어 들고는 뒤돌아보며 말했다.

"이 검은 발해 태자가 내게 선물한 보검일세. 한번 구경해 보시겠는가?"

"음… 어디 한번 봄세."

양상은 대공이 건네주는 검을 받아들어 찬찬히 살폈다. 검집은 황금으로 화려하게 장식이 되어 있었는데, 용이 여의주를 물고 하늘로 치솟는 모습이었다.

"이거 무게가 상당하구만…"

"한번 뽑아보시게."

양상은 일어나서 검집에서 검을 뽑아내었다.

'슈우우웅!……'

새하얀 검신이 빛을 발하며 모습을 드러내자 양상이 놀라며 물었다.

"이거… 지금 검에서 빛이 나는 것인가??"

"후후후, 불빛이 없으면 더욱 선명하게 빛을 내지. 내 이십오 년 전에 그것과 비슷한 검을 쓰는 자와 대결을 펼치다 얼굴이 이 모양이 되었지……"

양상은 대공의 얼굴에 난 흉터를 바라보았다.

"그랬었군… 신라제일검인 자네의 얼굴이 왜 그렇게 된 것이지가 늘 궁금했었네. 정말 대단한 자였나 보군."

"후훗. 자네도 기억할 것일세. 기파라고…"

"실포 참사 때 죽은 그 기파랑??"

양상이 놀라며 물으니 대공은 씩 웃으며 고개를 끄덕였다.

"그때, 여나산에서 그와 결투를 벌였었지. 이 얼굴에 난 검상은 그때 얻은 것이고."

그 말에 양상의 눈빛이 크게 흔들렸다. 양상은 검을 도로 꽂아 넣고 탁자에 올려놓은 후, 의자에 앉으며 말했다.

"그래… 그랬었군… 당시 항간에 떠돌던 소문이 사실이었단 말이군…"

대공도 자리에 돌아와 앉으며 모르는 척 태연하게 물었다.

"무슨 소문 말인가?"

"그때, 삼모황후가 물러나며 만월을 새 황후로 삼으려 했었지… 그 당시 화랑이었던 내가 낭도들에게 들은 소문으로는, 실포의 참변이 자네 부친께서 만월을 죽이려 벌어진 사태라는 거였어. 그때는 말도 안 되는 헛소문이라 생각했네만, 자네 말을 들으니 그 말이 맞는가 보군. 아니 그런가?"

"후훗… 하하하하하하. 만일 그 말이 사실이라면, 정말 아깝지 않은가? 그때 내가 만월을 없애버렸다면, 지금 나밀계가 이런 굴욕을 당할 일은 없었을 테니 말이야. 아니 그러한가?"

대공의 의미심장한 되물음에, 양상이 쓱 하고 웃으며 말했다.

"이제야 이해가 되는군. 태후와 아미가 왜 자네를 그토록 미워하는지 말이야… 크흐흐흐, 이거 정말 재밌군 그래… 푸흐흐흐흐."

대공은 씩 웃더니, 앞에 놓인 검을 들어 검신을 약간 뽑아내 보이고는 말했다.

"자네가 무슨 말을 하는지는 모르겠네만, 한 가지 확실한 것은, 발해 최고의 장인이 십 년을 두드려 완성한 이 승천검(昇天劍)도, 뽑을 일이 없으면 아무짝에도 쓸모없는 쇳덩어리에 불과하다는 것일세."

대공이 탁! 하고 검을 꽂아 탁자에 올려놓자, 양상은 차를 한 모금 마시고는 손을 탁자위에 올려놓으며 낮게 말했다.

"대공… 역천을 하자는 말인가?"

"허허, 사람 참… 너무 앞서가지 마시게. 자네 말대로 일이 순조롭게 풀린다면 칼을 뽑을 일은 없겠지. 허나 일이 잘 못 되었을 경우도 대비해야 한다는 뜻일세. 내가 아까 말한 것은 최악의 상황을 가정한 것이네만, 그런 일이 결코 없을 거라고 확신할 수 있겠는가? 만약 태후가 힘으로 나온다면 속수무책으로 당하고 말 텐데, 내 입장에서 아무런 방비도 없이 자네만 믿고 이런 큰일을 벌일 수는 없지 않겠냔 말이야…"

그러자 양상이 눈빛을 반짝이며 물었다.

"그럼, 내가 뭘 하면 되는 것인가?"

"곧 병부의 보직 이동이 있다고 들었네. 그때 우선, 내 아우 대렴을 왕경으로 불러들여야 하네. 벌써 십수 년째 장수로 변방을 떠돌고 있으니, 왕경으로 복귀시킬 명분은 충분할 것일세."

"보직은 뭐가 좋겠는가?"

"흑금서당의 장군이면 더할 나위 없이 좋겠지. 할 수 있겠는가?"

"병부에 심어둔 사람이 있으니 가능할 것일세. 그거면 되겠는가?"

"아니지. 턱없이 부족하네. 만일의 사태가 벌어지면 우선 서당군을 장악해야 하는데, 구서당에는 각각 두 명씩 열여덟 명의 장군들이 있지 않은가? 대렴이 하나로는 어림도 없지."

"하지만 병부령이 눈을 시퍼렇게 뜨고 있는데, 그자가 심어놓은 장군들을 대거 교체하는 것은 불가능한 일이네. 대렴 하나야 어찌 해보겠네만, 그 이상은 무리일세."

"흠…… 그러면 차선책을 쓰는 수밖에."

"그게 뭔가?"

"장군들은 놔두고, 그 밑의 대감1)들 속에 우리 쪽 사람들을 최소한

두 명씩은 채워 넣어야 하네."

"대감들 몇으로 어찌 서당군을 장악할 수 있겠는가?"

"방도는 내가 알아서 마련할 테니 걱정 마시게."

"후… 알겠네. 그럼 자네를 믿고 일을 추진함세. 생각해 둔 사람들은 있는가?"

대공은 탁자 위의 진법서를 펼쳐, 그 속에 접혀 있던 종이들 중 하나를 꺼내 양상에게 건네주었다. 양상이 종이를 펼쳐보니 무관들의 이름이 빼곡히 적혀 있었다. 명단을 훑어보는 양상에게 대공이 말했다.

"그 명단에서 적당한 자들을 고르면 될 것이야."

"허… 자네 정말 무서운 사람이구만… 미리 다 생각해 둔 것인가?"

"뭐, 딱히 그런 건 아닐세."

"후후, 알겠네. 최대한 힘써보도록 하지."

"그건 그렇고, 상대등은 어찌 포섭할 생각이신가?"

"그건… 음… 신유공이 말하길 만종도 나밀신천당의 당원이라더군. 병부의 일이 마무리되면, 일단 자네가 그자에게 지령을 내리시게. 그러면 내가 직접 찾아가 설득해 보겠네."

"혹여, 그 늙은이가 망설이는 기색을 보인다면, 내게 바로 알려줘야 하네. 알겠는가?"

"알아들었네."

양상은 명단을 다시 접어 품속에 넣었다.

얼마 후, 양상이 다시 배를 타고 알천을 건너오자 기다리고 있던 경신이 물었다.

---

1) [大監]. 군단에 배속되어 장군을 보좌하던 대관대감(大官大監)과 그 아래 대대감(隊大監)을 아우르는 명칭. 9서당에는 각각 2명의 장군 아래 4명의 대관대감과 5명의 대대감이 있었다.

"어찌 되었소? 이야기는 잘 끝난 겁니까?"

"집에 가서 이야기하자."

그렇게 양상과 경신은 왔던 길을 되돌아갔다. 새벽 여명이 희미하게 밝아올 무렵에야 저택에 도착한 둘은 처소에 들어가 마주앉았다.

"형님, 궁금해 죽겠소. 이제 말 좀 해보시오. 일은 잘 된 것이오?"

경신이 자리에 앉자마자 재촉했다. 그러자 양상은 느닷없이 껄껄 웃기 시작했다.

"크하하하하하! 아하하하하하!"

양상이 손바닥으로 무릎을 치며 연신 웃어대자 경신도 덩달아 웃으며 물었다.

"크흐흐, 일이 잘 풀렸다니 다행이오!"

"경신아, 내 오늘 잉어를 낚으러 갔다가 고래를 낚아왔다!"

"응? 그게 무슨 말입니까?"

경신이 영문을 몰라 물으니 양상이 의미심장한 미소를 지으며 말했다.

"일전에 네가 한 말 기억하느냐?"

"무슨…"

"왜, 네가 그랬지 않느냐? 정녕 이 길의 끝이 안 보인다면, 우리가 나서서 끝을 만들면 그만이라고 말이다."

"아아… 그래서 지금 우리가 녹읍폐지를 막으려고 발 벗고 나선 것 아니오?"

"후후후… 이제는 녹읍 따위는 신경 쓸 문제도 아니게 되었다."

"예? 무슨 말인지 통…"

"두고 보거라! 내가 잠자던 호랑이를 깨웠으니, 곧 용호쟁투를 구경하게 될 것이다!"

경신이 눈을 커다랗게 뜨며 물었다.

"그… 그럼… 드디어 끝장을 보는 것입니까?"

양상은 경신의 손을 부여잡으며 고개를 끄덕였다.

"그래. 이제야 때가 온 것이야! 지금부터 정신 바짝 차려야 한다. 넌 지방에 있는 가노들을 모조리 끌어 모아 무장시켜 두어라. 일이 터지면 황금서당과 가병들로 선도산성을 점거할 준비를 해놓으란 말이다. 그곳이 우리의 본진이 될 것이다."

"헌데… 황금서당을 장악하기가 쉽지가 않소. 장수들이 나 빼고는 모조리 병부령의 사람들이오…"

"대공이 병부령이 심어놓은 장수들을 알아서 처리한다 했으니 걱정하지 않아도 된다. 일단 이 명단을 보거라."

양상은 품에서 대공이 준 명단을 꺼내 경신에게 건네주었다. 명단을 쭉 읽던 경신이 말했다.

"이 사람들은… 전부 나밀계거나 대족출신 장수들 아닙니까?"

"맞다. 대공의 사람들이지. 넌 이 중에서 너와 친분이 두터운 순으로 스무 명을 골라 따로 명단을 만들어라."

"알겠소. 그런데 그걸로 어찌할 셈이시오?"

"순 아우에게 이번 병부의 보직 이동 때, 그들을 서당군의 대감으로 심어놓으라 할 것이다."

"오오! 그거 정말 좋은 생각입니다! 대공이 무슨 수로 병부령의 장수들을 제거하는지는 모르겠지만, 그렇게만 된다면 형님이 심어둔 대감들이 각 서당을 장악할 수 있을 것이오! 정말 대단하오, 형님!"

"내가 생각한 게 아니다. 대공이 미리 다 계획을 짜두었더군. 정말 무서운 놈이야…"

"아, 그랬군요… 음…"

"하지만 대공이 미처 생각지 못한 것이 있다. 우리는 그 틈을 파고들어야 해."

"그게 뭡니까?"

"후후, 대공의 칼날은 오로지 태후를 향해 있기에, 우리들은 안중에도 없었다는 것이다. 그는 나를 조력자쯤으로 여겼기에, 대감이 될 자들을 특정하지 않고 이 명단을 통째로 넘겨줬겠지. 여태껏 굴욕을 당하면서도 몸을 낮춘 보상을 여기서 받는구나!"

"형님, 그러면 혹시?"

"경신아, 나는 어떻게 해서든 대공이 칼을 빼들게 만들 테니, 너는 그동안 대감으로 심어둘 자들을 대공이 아닌 우리사람으로 만들어야 한다. 할 수 있겠느냐?"

"흐흐흐흐, 역시 형님이시오! 걱정 마시오. 얼핏 봐도 여기에 나와 상당히 가까운 사람들이 여러 명 보였소. 다들 요직에 목말라 있는 자들이오. 내가 미리 찾아가 형님이 그자들을 서당의 대감으로 발탁할 것이라 전하고 계속해서 공을 들인다면, 충분히 우리사람으로 만들 수 있을 것이오."

"좋구나! 역시 내 아우다! 너 없이 내가 무슨 일을 할 수 있겠느냐?"

"별말씀을… 저는 그저 형님만을 믿고 따를 뿐이오. 하… 얼마나 긴 세월이었소? 그동안 참을 만큼 참았으니, 이제 끝장을 봅시다!"

"오냐! 끝을 보자꾸나!"

양상이 손을 펴 팔씨름을 하듯 가슴 앞으로 내밀자, 경신이 힘차게 손을 맞잡았다.

한 달 후, 여름의 끝자락 늦은 저녁. 상대등 만종의 집에서는 등불을 밝힌 커다란 누각 위에서 왁자지껄한 술판이 한창 벌어지고 있었다. 양상이 신명나게 거문고를 튕기자 그 가락에 맞추어 무희들이 현란하게 춤을 추었고, 만종은 기분이 좋은지 연신 박수를 치며 껄껄 웃어댔다. 잠시 후, 양상이 연주를 마치니 만종이 술을 따라주며 말했다.

"허허허허, 시중께서 보잘 것 없는 이 늙은이를 다 찾아와주시고, 그 유명한 거문고 연주도 들려주시니, 내 오늘 기분이 너무나도 좋소이다!"

"하하하하, 그러시다니 이 사람도 기쁩니다. 진즉에 상대등 어른을 찾아뵈었어야 하는 것인데, 이리 늦어서 송구할 따름입니다."

"아이구, 무슨 말씀을… 내 그동안 상대등으로 있으면서도 늘 외로웠는데, 귀한 벗이 생긴 것 같아 정말로 위로가 되는구려. 자, 자, 한잔 쭉~ 들이킵시다, 시중."

만종이 잔을 들어 술을 권하자, 잔을 부딪친 양상은 벌컥벌컥 단숨에 술을 들이키고서, 빈 잔을 머리위에 뒤집어 보였다. 그 모습을 본 만종이 재밌다는 듯 껄껄 웃으니, 양상은 누각 아래의 자신을 따라온 가신에게 눈짓을 했다. 그 가신이 상자를 싼 듯한 보따리를 들고 와 양상에게 건네주자, 만종이 보따리를 뚫어져라 쳐다보며 내심 기대에 차 물었다.

"시중, 그건 무엇이오?"

양상이 보따리를 탁자위에 올려놓은 후 매듭을 푸니, 칠흑 같은 바탕에 영롱한 빛을 내는 자개가 섬세하게 무늬 새겨진 나무궤짝이 모습을 드러냈다.

"제가 상대등께 드리는 조그마한 선물입니다. 어서 열어 보시지요."

"아… 뭐하러 이런 걸 다…"

만종은 침을 한번 꿀꺽 삼기더니 천천히 궤짝을 열었다. 그러자 붉은 비단 위에 빼곡하게 들어차 누런빛을 발하는 황금 거북이들이 모습을 드러냈다. 눈이 왕방울만해진 만종은 급히 상자를 닫으며 주위를 두리번거렸다.

"시중… 이게 다 뭐란 말씀이오? 내 이런 건 난생 처음 보오. 어찌 이리 과분한 선물을 내게 주는 것이오?"

"제 작은 성의입니다. 상대등어른, 제가 그동안 어른을 몰라보고 결례를 범했다면, 부디 너그러이 용서해 주십시오."

양상이 만종을 있는 대로 띄워주자, 만종은 입이 귀에 걸려 양상의 손을 덥석 잡았다.

"아이구, 무슨 말씀을 그리 하시는 게요… 시중, 내게 원하시는 게 있으면 속 시원히 말씀해 보시구려. 내 할 수 있는 일이라면 뭐든지 두 팔을 걷어붙이고 도와드리리다!"

그러자 양상이 주위를 둘러보더니 말했다.

"그러면… 주위를 물려주시지요. 긴히 말씀드릴 게 있습니다."

"알겠소이다."

만종이 자리에서 일어나 크게 말했다.

"시중과 단 둘이 있고 싶으니, 너희들은 모두 물러가 있거라!"

잠시 후, 누각 위에 둘만 남게 되자 만종이 물었다.

"이제 우리밖에 없으니, 편하게 말씀해 보시구려."

"우선, 이 서신을 보시지요."

양상이 품에서 편지봉투를 꺼내 건네주자, 만종은 그 속에 든 편지를 꺼내 펼쳐들었다. 그 순간, 선명하게 찍힌 붉은 나밀신천당 인주가 눈에 확 들어왔다. 만종은 손을 부르르 떨기 시작했다. 가는 신음을 토하며 글을 읽어가던 만종은 편지를 접어 도로 봉투에 넣은 후, 화롯불에 던져 넣었다. 편지가 순식간에 재로 변해 사라지자, 만종은 목이 타는지 술을 들이키고는 힘겹게 입을 열었다.

"시중… 어찌 이리 늙은이를 힘들게 하는 것이오… 내 다른 것은 다 들어주겠으나, 태후에게 반기를 드는 일만은 할 수가 없음이오…"

"상대등어른, 어른께서는 우리 귀족들의 수장이십니다. 언제까지 저들의 눈치만 보실 것입니까? 녹읍은 우리의 젖줄입니다. 그것을 빼앗기고 나면 우리는 점점 말라비틀어질 것이 자명하지 않습니까? 그리되면 사병마저 자연스레 잃게 될 것이고, 태후에게 예속되어 저 가노들과 진배없는 처지가 되어버릴 것입니다. 상대등어른, 이미 대공이 만반의 준비를 끝내 놓은 상태입니다. 뒤는 저희들이 받쳐드릴 테니, 부디 용단을 내려주십시오."

인상이 찌그러질 대로 찌그러진 만종은 한동안 한숨을 푹 푹 내쉬더니, 이내 마음을 정했는지 양상이 들고 온 궤짝을 바라보며 말했다.

"정말 미안하오, 시중. 내 이번 일은 못 들은 것으로 하겠소이다. 그러니 들고 온 선물은 도로 가져가 주시오."

'아니, 이 작자가!?'

발끈하여 자리에서 일어난 양상은 무슨 말을 뱉어내려다가, 순간 멈칫하고는 도로 집어넣었다.

'아니지… 지금 더 몰아붙였다간 역효과만 날 뿐이야… 그래, 일단 이대로 대공에게 넘기자.'

양상은 표정을 풀며 부드럽게 말했다.

"음… 송구합니다. 제가 상대등어른을 너무 힘들게 했나 봅니다. 그리고 오해하지 말아주십시오. 이 선물은 이번 일 때문만은 아닙니다. 그동안 상대등어른과 소원하게 지낸 것 같아, 앞으로 잘 지내고 싶어 들고 온 것이니, 편한 마음으로 받아주시지요."

"흐음……"

"그러면, 저는 이만 물러가 보겠습니다."

"멀리 못 나가오, 시중."

"예, 그럼 쉬십시오."

양상은 허리를 숙여 만종에게 인사한 후, 천천히 누각을 내려와 만종의 집을 빠져나왔다.

그날 밤, 대공의 처소 집무실. 대공은 덩치가 큰 중년의 사내와 술잔을 주고받으며 이야기를 나누고 있었는데, 그 사내는 바로, 얼마 전 흑금서당의 장군으로 부임해온 대렴이었다. 대렴은 오랜 세월 변방을 떠돈 탓인지, 얼굴은 꺼멓게 그을려 있었고, 몸은 군살 하나 없이 탄탄해 보였다. 둘이 뭔가 이야기를 주고받는 사이, 문 밖에서 탁근의 목소리가 들려왔다.

"주공, 양상공의 전갈을 받아왔습니다."

"어서 들어오시게."

탁근이 문을 열고 들어와 대공에게 쪽지를 전하자, 내용을 읽은 대공이 실소를 터뜨렸다.

"훗… 만종 그자가 겁대가리를 상실했나 보군."

대렴이 물었다.

"상대등이 거절을 한 것이오?"

"그렇게 써 있군."

"그럼 이제, 어찌하실 생각입니까?"

"회유가 안 먹힌다면, 칼을 들이대는 수밖에. 집사는 흑의를 준비해주시게. 오랜만에 피 맛을 좀 봐야겠군."

그러자 탁근이 놀라 말했다.

"직접 나서시다니요? 너무 위험합니다. 자객을 준비시킬 테니 분부를 내리시지요."

대공이 고개를 저었다.

"이 일은, 그 누구에게도 맡겨선 아니 될 만큼 중요한 일이네. 아주 세심하게 일을 처리해야 해. 집사는 걱정 말고 어서 준비하시게."

대렴은 걱정이 되어 우물쭈물거리는 탁근이 딱했는지 대공에게 말했다.

"그럼, 나랑 같이 갑시다."

"허허, 너까지 웬 호들갑이냐? 거추장스럽다. 혼자 움직이는 게 나아."

"후후후, 고집은 여전하시구먼… 형님 고집을 누가 꺾겠소? 아저씨, 형님이 알아서 잘 하실 테니 걱정 마시구려."

대렴이 늙은 탁근의 팔을 만지며 달래자 탁근이 마지못해 입을 열었다.

"후… 알겠습니다. 부디 조심하십시오, 주공."

축시[1]가 끝나가는 깊은 밤. 흑의를 입은 대공은 등에 짧은 검과 꺼먼 보따리를 매고서, 천년은 묵은 듯 보이는 거대한 은행나무 위에 올라 만종의 저택을 내려다보고 있었다. 한 시진이 넘게 집안을 관찰한 대공은 어른 키 세 배에 달하는 높은 외벽과, 예상보다 훨씬 삼엄한 가병들의 경계태세를 보며 속으로 생각했다.

'후후, 성이 따로 없군. 꼴에 상대등이라 이건가…'

대공은 가병들의 교대간격과 이동경로를 파악하며 계속해서 무언가를 기다렸다. 그때, 저택 외벽과 가까운 한 건물 안에서 가신 하나가 등불을 들고 나와 측간으로 향하는 것이 보였다. 그러자 대공은 날다람쥐처럼 순식간에 나무에서 내려와, 곧장 저택 외벽으로 달려 나갔다. 벽면을 따라 생각해 둔 지점까지 달려간 대공은 보따리에서 뭔가를 꺼내더니 벽 안쪽으로 휙 하고 던졌다. 그러자 시커먼 갈고리가 시커먼 밧줄을 매달고 벽을 넘어갔다.

'툭.'

갈고리가 땅에 부딪히는 소리를 들은 대공은 천천히 밧줄을 당기기 시작했다.

'그르릉, 그르릉, 탁!'

갈고리가 벽면의 틈새에 걸려 고정이 되자, 대공은 밧줄을 타고 벽면을 빠르게 걷듯이 올라가 담벼락 위에 올라섰다. 그러고는 갈고리

---

1) [丑時]. 새벽 1시 ~ 3시.

를 거두어들여 이번엔 바깥쪽 벽면에 갈고리를 고정시키고 밧줄을 안쪽으로 늘어뜨렸다. 모든 움직임이 단 한 번의 끊어짐도 없이 매끄러웠다. 측간에서 일을 보던 가신은 벽 쪽에서 무슨 소리가 들린 것 같아서 귀를 쫑긋 세우고 있었는데, 더 이상 소리가 나질 않자 볼일을 마치고 바지를 올렸다. 그때였다.

'딱! 또르르…'

측간 뒤쪽 벽에서 작은 돌멩이가 부딪혀 떨어지는 소리가 들려왔다. 가신이 뭐지 싶어 서둘러 등불을 들고 측간에서 나와 뒤쪽으로 돌아가 보니, 벽면을 타고 검은 밧줄이 늘어뜨려져 있는 게 아닌가?

"아니!? 읍!"

갑자기 뒤에서 손이 날아와 입을 막더니, 눈앞에서 시퍼런 칼날이 자신의 목을 향해 다가왔다. 차가운 칼날이 목에 와 닿아 멈추자 가신은 몸을 부르르 떨기 시작했다. 그런 그를 끌고 측간 옆으로 빠져나온 대공이 속삭였다.

"만종의 처소가 어딘지 가리켜라."

가신이 손가락을 벌벌 떨며 저택 중앙의 큰 기와집을 가리키는 순간, 대공은 그대로 가신의 목을 그어버렸다. 가신이 신음소리와 함께 축 늘어지자, 대공은 시체를 측간 뒤쪽으로 끌고 갔다.

잠시 후, 가병들을 피해 만종의 처소 안으로 숨어든 대공은 드르렁거리는 코골이 소리가 나는 곳을 향해 살금살금 복도를 걸어갔다. 꺾어지는 복도에서 안쪽을 살피니, 소리가 나는 방문 밖에서 가신 하나가 벽에 기대 앉아 꾸벅꾸벅 졸고 있었다. 대공은 등에서 칼을 빼내 살금살금 가신에게로 다가갔다. 가까이서 보니 이제 갓 스무 살 정도로 보이는 젊은이였다.

'어린놈이 운이 없구나. 다, 상전을 잘못 둔 탓이니, 나를 원망 말아라.'

그때, 안쪽에서 코골이 소리가 한차례 유난히 크게 나더니, 기도가 막힌 듯 컥 소리를 내며 뚝 끊어졌다. 그 소리에 놀란 가신이 고개를 흔들며 눈을 떴다.

'푹! 쉬르륵!'

가신이 자신의 목 안으로 뭔가가 들어왔다가 한차례 헤집고 나가는 것을 느끼며 그대로 숨을 거두자, 안쪽에서 멈췄던 코골이가 다시 시작되었다. 대공은 조심스레 방문을 연 뒤, 죽은 가신의 머리칼을 움켜쥐고서 천천히 안으로 끌고 들어갔다. 방문을 다시 닫은 후 침상으로 다가가 보니, 만종은 불룩한 배를 드러낸 채 코를 골며 자고 있었고, 그 옆에는 벌거벗은 젊은 여인이 허리에 얇은 이불을 감은 채 등을 돌리고 누워 있었다. 대공은 칼을 고쳐 잡고 침상을 돌아 여인에게로 다가갔다. 자세히 살피니 그 여인도 살짝살짝 코를 골고 있었다.

'풋… 대단하군. 이런 소리를 들으면서 잘도 자다니…'

동이 터오고 새들이 지저귀는 시각.

"꺄아아아아아악!!!!"

여인의 날카로운 비명 소리가 조용하던 저택에 울려퍼졌다. 비명을 지른 여인은 다름 아닌 만종과 함께 자고 있던 여인이었다. 쿨쿨 자고 있던 만종이 그 소리에 화들짝 놀라 황급히 몸을 일으킨 순간.

"히이이익!!"

눈앞의 광경에 기겁을 한 만종은 숨을 쉬기가 힘든지 껵껵거리며 몸을 움찔댔다. 혀를 빼문 가신의 머리통이 발밑 침상 위를 구르고 있었고, 머리가 없는 몸통은 마주보이는 벽에 기대어 있었다. 만종이 온몸에 경련을 일으키며 침상 위쪽으로 바짝 붙으니, 뭐라고 피칠이 된 벽면이 눈에 들어왔다. 목이 잘려나간 시체 위 벽면에는 '항명즉사(抗命則死)'라는 시뻘건 글귀가 핏물을 뚝뚝 흘려내리고 있었다.

16

전운의 먹구름

나흘 후, 점심 무렵. 황성의 남당에서는 녹읍폐지 문제로 한바탕 난리가 벌어지고 있었다. 아흔 명에 달하는 각간들이 서로 멱살을 잡고 힘자랑을 해대는 것도 모자라, 여기저기서 주먹다짐이 일어나 엉겨 붙어 뒹굴고 있었던 것이다. 입술이 터져 피를 흘리는 채로 아수라장이 된 남당을 빠져나온 은거가 밖에서 상황을 살피던 사인 실보를 발견하고는 분통을 터뜨렸다.

"태후폐하는 어찌 오시질 않고 네놈만 여기 있는 것이야!!?"

"그, 그것이, 소인에게 상황을 살펴보고 오라고만 하셨습니다…"

"그럼, 오실 생각이 없으시다는 게야??"

"그건, 소인도 잘…"

"이런 답답할 데가!! 안 되겠다. 내 직접 태후폐하를 봬야겠다!"

그렇게 곧장 태후전으로 달려간 은거는 지나가던 궁녀 하나의 팔을 붙잡아 몸을 획 돌려세우고는 다짜고짜 물었다.

"태후폐하는 지금 어디 계시느냐!!"

"내내, 내실에…"

놀란 궁녀가 더듬거리며 대답하자 은거는 뒤도 안 돌아보고 안으로 뛰어 들어갔다. 급하게 내실 복도에 들어서니 통로에 서있던 기출이 은거를 막아섰다.

"예부령께서 어인 일이십니까?"

"태후폐하를 봬야겠소! 상사인은 길을 비키시오!"

"지금 진지를 드시고 계십니다. 조금 있다 다시 오시지요."

"허허! 이것 참!"

그때 내실에서 만월의 목소리가 들려왔다.

"다 먹었으니, 어서 들어오시오."

그러니 기출이 길을 내어주었다. 은거가 서둘러 내실로 들어가니, 궁녀들은 음식이 차려진 탁자를 치우고 있었고, 만월은 물로 입가심을 하고 있었다. 그 모습을 본 은거가 급히 고개를 숙이며 말했다.

"소, 송구하옵니다. 소신이 무례를 범했사옵니다…"

그러자 쪽빛 수건으로 입을 닦고 난 만월이 웃으며 말했다.

"괜찮습니다. 너희들은 차를 내어 오거라."

"예, 폐하."

궁녀들이 상을 치우고 나가자, 만월이 빈 의자를 가리키며 말했다.

"예부령, 어서 앉으세요."

"예…"

은거가 자리에 앉으니 만월이 차분한 목소리로 물었다.

"급하긴 급하셨나 봅니다."

"예?"

"입에서 피가 흐르는 것도 모르셨습니까?"

"아… 예…"

"뭣 하느냐? 예부령께 수건을 드리지 않고?"

그러자 궁녀 하나가 다가와 은거에게 흰 수건을 건네주었다. 수건으로 입을 대충 찍어 누른 은거가 말했다.

"태후폐하, 어이 남당에 오시질 않은 겁니까? 지금 상황이 요상하게 돌아가고 있습니다. 무열계와 가야계 각간들 상당수도 상대등 쪽에 붙어 녹읍폐지를 반대하고 있는 형국입니다!"

"흠… 병부령은 어이하고 있습니까?"

"병부령이 직접 나서서 싸우는 각간들을 제지하려 하였으나, 말을 듣지 않았습니다. 오히려 병부령도 욕을 당할 뻔한 것을 저희들이 나서서 막다가 저도 이렇게 되었지요."

그때 실보가 급하게 뛰어 들어왔다.

"태후폐하! 남당회의가 격렬해져, 도를 넘고 있사옵니다!"

그 말을 들은 만월은 잠시 생각에 잠기더니 입을 열었다.

"예부령, 내가 섭정을 하고는 있으나, 태후인 내가 남당의 일에 나서는 것은 보기가 좋질 않소. 그러니, 우선 예부령이 시위부를 대동하고 가서 황제의 명으로 남당회의를 해산시키시오. 그러고 나서 병부령을 모시고 다시 이리로 오시오."

"알겠습니다!"

그렇게 은거는 급히 태후전을 나섰다.

한 시진 후. 옹, 은거, 염상, 정문은 한바탕 뒹군 듯 옷이 찢어지고 머리가 헝클어진 채로, 만월이 기다리고 있는 태후전 집무실에 모여들었다. 탁자에 둘러앉아 회의가 시작되자 옹이 화가 치밀어 오르는 듯 말했다.

"만종 그 늙은이가 노망이 난 것이 아니고서야 어찌 이럴 수 있단 말입니까!!"

그러니 늙은 염상이 말했다.

"우리가 그자를 너무 만만하게 보고 있었나 봅니다. 이럴 줄 알았으면 그자에게 상대등 자리를 내어주는 것이 아니었는데… 모두 제 불찰입니다."

그 말에 정문이 이상하다는 듯 말했다.

"그런데, 이상한 것이 한두 가지가 아닙니다. 고분고분하던 상대등이 갑자기 남당회의를 열어 반기를 든 것도 그렇고, 물러나거나 외직으로 좌천된 나밀계 각간들이 한꺼번에 황성에 모여들어 한목소리를 내는 것도 너무 이상하지 않습니까? 상대등 그자는 이런 일을 모두 꾸며낼 깜냥이 되질 않습니다. 분명 다른 배후가 있는 듯합니다."

그러자 은거가 속으로 생각했다.

'그렇다면… 양상이?'

그때, 기출이 안으로 들어와 아뢰었다.

"태후폐하, 전각 밖에서 시중어른이 뵙기를 청하십니다."

"시중이?"

만월이 뜻밖이라는 표정을 지으며 대신들을 둘러보자 은거가 말했다.

"일단 들이시지요. 아무래도 시중이 나밀계의 사정을 잘 알고 있을 테니, 그에게 직접 일의 전말을 추궁하면 답이 나올 것입니다."

"음… 알겠소. 가서 시중께 들라 이르라."

"예, 태후폐하."

그렇게 기출이 나가고 얼마 후, 집무실에 들어선 양상이 인사를 올렸다.

"태후폐하. 남당의 일로 상의드릴 게 있어 왔사옵니다."

"어서 오시오, 시중. 자, 이리로 앉으세요."

"예, 폐하."

양상은 태후의 옆자리에 앉아 자신을 뚫어져라 쳐다보고 있는 대신들을 훑어보았다.

'흥, 역시 다들 모여 있었군.'

그때, 옹이 다짜고짜 양상에게 물었다.

"시중은 남당에 보이질 않던데, 도대체 어디 계셨던 것이오?"

"아… 그것이, 갑자기 복통이 생기는 바람에 약전1)에 가 있었습니다. 송구합니다."

그러자 은거가 비꼬았다.

"그것 참 부럽소이다. 시중의 배는 딱 시간을 맞춰서 아파 주는가 봅니다?"

"……"

양상이 대답을 않자, 은거가 쏘아붙였다.

"혹여, 미리 이런 일이 있을 줄 아시고 계셨던 것은 아니오?"

"허허, 예부령! 어찌 이러시는 겝니까?"

"여기 계신 대신들 모두 남당에서 못 볼 꼴 다 당하고, 나는 주먹에 맞아 입술까지 터져나갔는데, 시중만은 멀쩡하기에 드리는 말씀이오. 차라리 저쪽 편에 서서 우리와 싸우시지 그랬소? 뒤로 은근슬쩍 빠져서 일을 꾸미는 것보다야 그게 더 얄밉지나 않지!"

"뭐, 뭐요!? 예부령! 말씀을 삼가시오! 누가 무슨 일을 꾸몄다고 이러시는 게요!"

은거와 양상이 언성을 높이자 옹이 제지했다.

"어허! 태후폐하 앞에서 어찌 목소리들을 높이시는가? 둘 다 자중하시오."

으르렁대던 은거와 양상이 서로 고개를 돌리자 잠시 침묵이 찾아들었다. 이윽고 만월이 입을 열었다.

"그래, 상의할 일이라는 게 뭡니까, 시중?"

"아, 예. 이번에…"

그때였다.

"태후폐하! 큰일입니다!"

---

1) [藥典]. 왕성의 의료기구. 742년(경덕왕 1)에 보명사(保命司)로 개칭되었다가 765년(혜공왕 1)에 다시 약전으로 환원되었다.

지정이 헐레벌떡 뛰어 들어오자 만월이 몸을 돌리며 물었다.

"무슨 일인데 그러느냐?"

"지금 상대등이 이끄는 수십의 각간들이 황제폐하의 침전 앞에 모여, 폐하께 섭정을 거두고 친조를 하시라 소리치고 있사옵니다!"

"뭣이라!? 그게 정말이냐?"

"예, 태후폐하. 황제폐하께서 놀라 울먹이시며 급히 이 일을 태후폐하께 고하라 명하셨사옵니다."

그 말에 옹이 탁자를 치며 말했다.

"허허! 이런, 이런! 상대등 그자가 정녕 죽고 싶어서 환장을 한 것이로구나! 태후폐하! 이 일을 그냥 넘겨선 아니 되옵니다! 저들을 몽땅 잡아들이소서!"

그러자 염상이 말했다.

"병부령, 진정하시지요. 각간들을 힘으로 제압했다간, 일이 걷잡을 수 없이 커질 수도 있습니다."

염상의 말에 정문도 거들고 나섰다.

"그렇습니다. 지금은 때가 좋질 않습니다. 남당회의에 참석한 각간들을 바로 잡아들인다면, 거대한 후폭풍이 몰려올 것입니다."

염상과 정문이 옹을 말리고 나서자, 은거가 말했다.

"아무리 그래도, '어찌 저들이 감히 태후폐하의 섭정까지 들먹이고 나온단 말씀입니까? 이는 태후폐하를 능멸하는 것입니다! 저들을 가만 두어선 아니 되옵니다, 태후폐하!"

잠자코 듣고 있던 만월이 양상을 빤히 쳐다보며 물었다.

"시중. 하실 말씀이란 게, 지금 이 일과 연관된 것이겠지요?"

그 말에 양상은 뭔가에 쏘인 듯 속이 뜨끔했다.

'후… 과연 대공의 말대로 태후가 보통내기가 아니구나… 지금부터가 중요하다. 침착해야한다…'

만월이 다시 물었다.

"시중? 어이 말씀이 없으시오?"

"아… 신은 다른 건 모르옵고, 다만 이번 일의 배후가 누구인지를 알아내었기에 알려드리러 왔을 뿐이옵니다."

그러자 모두가 귀가 번쩍 뜨여 양상을 바라보았다. 은거가 양상에게 말했다.

"그럼, 이번 일을 주도한 사람이 시중이 아니란 말씀이오?"

"예부령, 솔직히 말해 여기 계신 분들의 심부름꾼에 지나지 않는 내가, 무슨 힘이 있어 이런 일을 꾸민단 말씀이오? 나는 그저 시중으로서 두 분 폐하를 잘 보필하는 것 외에는 관심이 없는 사람이외다."

그러자 만월이 말했다.

"시중의 충정은 누구보다도 내가 잘 아니, 어서 그 배후가 누군지나 말씀해 보시오."

양상은 자신을 빤히 쳐다보고 있는 태후와 눈을 마주치고는 천천히 입을 열었다.

"이번 일은 모두, 각간 대공이 꾸민 것이옵니다."

여태껏 냉정을 잃지 않던 만월이었지만, 양상의 입에서 대공의 이름이 거론된 순간, 그녀의 낯빛이 순식간에 변하기 시작했다. 양상은 그런 만월의 표정을 읽으며 말을 이었다.

"제가 알아 본 바로는, 대공이 그 아비를 따르던 각간들에게 남당에서 녹읍폐지를 무산시키라 은밀히 지령을 내렸다 합니다. 상대등도 대공의 뒷배를 믿고 지금 저리 설치는 것이옵니다."

그러자 옹이 이상하다는 듯 물었다.

"이미 조정에서 멀어져 끈이 다 떨어진 그자가, 무슨 힘이 있어 각간들을 움직였단 말씀이오? 게다가 그자는 얼마 전까지만 해도 쭉 발해에 가 있었지 않소?"

"대공이 정계에 발을 들여놓진 않았으나, 실포에서 무역을 통해 벌어들이는 막대한 자금이 있다는 걸 잊으셨습니까? 그 돈으로 그들을 여전히 손아귀에 쥐고 있었던 것입니다. 조정에서 밀려난 나밀계 각간들은 더더욱 돈줄에 목말라 있었을 테니 말입니다."

양상의 말을 들은 은거가 심각한 표정으로 말했다.

"정종이 죽은 후로 쥐죽은 듯 있던 것이 내내 이상했는데, 대공 그자가 끝내 활개를 치려나 봅니다. 태후폐하, 늘 찜찜했었는데, 이참에 그자를 제거해 버리시지요!"

만월은 자리에서 일어나 창가로 걸어갔다. 한동안 말없이 창밖을 바라보던 그녀는 지난날 실포에서의 일을 떠올리다, 저도 모르게 눈물을 주르르 흘렸다. 소매로 눈물을 훔친 만월은 여전히 창밖을 보며 말했다.

"공들은 대공이 얼마나 무서운 자인지를 모르시는 것 같구려. 그자가 아무런 대비도 없이 이런 일을 꾸몄을 리가 없소."

그러자 옹이 앉은 채로 뒤돌아 만월을 보며 물었다.

"그럼, 그자가 반란을 일으킬 수도 있다는 말씀입니까?"

"그자를 제거하려 들면, 충분히 그러고도 남을 위인입니다."

"아… 그렇다면… 설마…"

옹이 뭔가가 찜찜한 듯 고개를 갸웃거리니 은거가 물었다.

"왜 그러십니까, 병부령?"

옹이 자리에서 일어나 서성이더니 입을 열었다.

"얼마 전에 그자의 아우 대렴이 흑금서당의 장군으로 부임해 왔소이다…"

그 말을 들은 만월은 갑자기 몸을 획 돌리더니 옹을 매섭게 쏘아보며 물었다.

"그게 무슨 말씀입니까? 내, 그자를 왕경에 두지 말라고 분명히 말했을 텐데요!"

"아… 그게… 병부시랑 말로는 정해진 순번이 있어 언제까지고 변방에만 있게 할 수는 없다고 합니다. 대렴 그자는 벌써 이십 년 가까이를 변방을 떠돈 데에다가, 전공도 수차례 세웠기로…"

그러자 만월이 불같이 화를 내며 소리쳤다.

"그걸 지금 변명이라고 하는 것이오!! 대공과 대렴은 절대로 한곳에 두어서는 아니 된다고 그렇게 주의를 줬거늘!! 거기다가 서당의 장군이라니, 병부령!! 지금 제정신인 게요?!!"

좀처럼 화를 내지 않는 만월이 길길이 날뛰자 놀란 옹이 말을 더듬으며 대답했다.

"소소, 송구합니다. 지금이라도 당장 외직으로 내치겠습니다."

그때 양상이 급히 끼어들었다.

"허나, 십수 년 만에 공을 세워 왕경으로 부임한 장수를, 아무런 잘못도 없는데 바로 쫓아낼 수는 없는 노릇입니다. 태후폐하, 제게 폐하의 근심을 날려버리고 이번 일까지 깔끔하게 마무리 지을 계책이 있사옵니다."

그 말에 만월이 눈을 반짝이며 물었다.

"그게 뭡니까, 시중?"

"일단 녹읍문제는 무기한 보류한다 천명하시어 각간들을 해산시키신 후, 이참에 대공에게 납득하기 힘든 하급 관직을 내려 멀리 외직으로 쫓아버리는 것이옵니다. 대공이 이를 거절한다면 항명죄로 그를 벌할 명분이 생길 테니, 그때 그자를 잡아들여 이번 일까지 싸잡아 벌할 수 있음입니다. 만약 그렇지 않고 그자가 순순히 왕경을 떠난다면, 구심점을 잃은 각간들이 또다시 뭉치지는 못할 것입니다. 상대등도 일이 그쯤 되면 알아서 기겠지요. 남거나 떠나거나 두 경우 모두 대공을 치워버릴 수 있으니, 그때에 가서 다시 녹읍폐지를 추진한다면, 보복이 두려워 그 누구도 함부로 나설 수 없을 것이옵니다."

양상의 말이 끝나자 옹이 손뼉을 치며 감탄했다.

"그거 정말, 기가 막힌 생각이오! 아니 그렇습니까, 태후폐하?"

만월은 잠시 동안 양상을 뚫어져라 쳐다보았다. 그녀의 눈빛에 살기가 감도는 것을 느낀 양상은 오줌보가 찌릿찌릿 하였으나 시선을 피하지 않으려 안간힘을 썼다. 한줄기 식은땀이 양상의 뒷목을 타고 흘렀고, 그제야 만월은 미소를 띠며 고개를 끄덕였다.

그날 저녁. 사위부령 정문은 지정이 이끄는 천여 명의 사자대를 대동하고 황성 북문을 나서, 곧장 대공의 저택으로 향했다. 멀리서 정문의 무리가 다가오자 저택 입구를 지키고 있던 가병들이 급히 가병대장을 찾았다. 잠시 후, 입구에 도착한 정문이 말에서 내리자 지정이 손짓을 했다. 그러니 백여 명의 횃불을 든 병사들이 입구를 빙 둘러쌌다. 지정이 말에서 내려 정문의 뒤편에 서자, 대문이 열리고 마흔쯤 되어 보이는 건장한 체구의 가병대장이 걸어 나왔다. 지정이 대문 안쪽을 보니 수천의 가병들이 무장을 한 채 대기하고 있었다. 가병대장이 정문에게 말했다.

"뉘십니까?"

"나는 사위부령 이찬 정문이다! 황제폐하의 칙서를 전하러 왔으니, 어서 가서 대공 각간을 불러오너라!"

"화, 황제폐하의 칙서라 하셨습니까?"

"그렇다. 뭘 꾸물대는 것이야!?"

"아, 예."

가병대장이 급히 뛰어 들어가고 얼마 후, 대공은 허리에 칼 한 자루를 찬 채로 홀로 대문을 나섰다. 주위를 둘러본 대공이 입을 열었다.

"정문공, 오랜만이구려. 그런데 웬 군사들이오?"

정문은 물음에 대답 대신 정색을 하고 말했다.

"각간 대공은 무릎을 꿇고 황제폐하의 칙서를 받으시오!"

그 말에 대공이 피식 웃더니 말했다.

"정문, 같잖은 소리 집어치우고 칙서나 읽으시지?"

"뭐라!?"

그러자 지정이 앞으로 나서며 소리쳤다.

"대공!! 지금 감히 황제폐하를 능멸하는 것인가!!"

"내가 지금 뭘 잘못들은 것 같은데, 방금 황제폐하라 했는가? 태후가 아니고?"

"이런 무엄한 자를 봤나!!!"

'쉬앙!!!~~.'

지정이 일갈을 하며 검을 빼들자 천여 명의 사자대들이 일제히 칼을 뽑아 전투태세를 취했다. 그러자 대문 안에 있던 가병대장과 백여 명의 가병들이 칼을 빼들고 우르르 달려 나와 대공의 뒤에 일사분란하게 진을 쳤다. 지정이 대공을 노려보며 말했다.

"대공! 정녕 피를 보고 싶은 것인가!"

대공이 망토를 젖혀 허리춤에 찬 승천검을 드러내며 눈빛을 번뜩였다.

"내가 피를 보고자 했으면, 이미 너의 목은 땅바닥을 구르고 있었을 것이다."

대공이 천천히 승천검에 손을 가져다대는 일촉즉발의 순간.

"다들 멈추시오!!!"

근무를 마치고 저택으로 돌아오던 대렴이 급히 말을 달려오며 외쳤다. 모두의 시선이 일제히 대렴에게로 쏠리자, 대렴은 흑금서당의 장군임을 의미하는 검붉은 망토를 펄럭이며 세차게 고삐를 잡아당겼다.

'히이이이잉!!'

대렴이 탄 말이 먼지를 일으키며 멈춰 서자, 말에서 뛰어내린 대렴이 대공의 옆으로 달려가 물었다.

"형님, 도대체 무슨 일이오??"

"후후후, 글쎄 저자들이 칙서를 가져왔으니 나에게 무릎을 꿇고 받으라는군."

"뭐요!?"

대렴은 칙서를 들고 있는 정문에게 물었다.

"그대는 누구시오?"

"그런 그대는 누군가?"

"나는 이분의 동생으로 흑금서당 장군 아찬[1] 대렴입니다만."

"나는 사위부령 이찬 정문이오. 서당의 장군이 끼어들 자리가 아니니 함부로 나서지 마시오."

그러자 대렴은 뭔가가 떠올랐는지, 쓱 웃으며 말했다.

"아~~. 학식이 누구보다도 뛰어나다는 그 정문공이시군요. 그런데 말입니다, 정문공. 각간의 무릎을 꿇리려는 것은 황제폐하의 뜻이오, 아니면 공의 뜻이오?"

"그것은… 황제폐하의 칙서를 무릎을 꿇어 받는 것이 당연지사가 아닌가!"

"하하하하. 정문공! 공이 당나라에 오래 가 있었다 들었는데, 그쪽 문화에 너무 심취해 있으신 것은 아니시오? 여기는 당이 아니라 신랍니다. 예부령께는 물어보셨소이까? 이제껏 각간의 지위에 있는 자에게 칙서를 내리며 무릎을 꿇으란 적이 있는지 말씀입니다!"

정문이 대답을 못하자 대렴이 이어 말했다.

---

1) [阿飡]. 17관등 중 여섯 째. 6두품이 받을 수 있는 최고의 관등으로, 그 위로는 진골만이 받을 수 있었다. 이에 대한 6두품의 불만을 무마하기 위해 아찬 위에 중아찬(重阿飡)에서 사중아찬(四重阿飡)까지의 중위제(重位制)를 두기도 하였다.

"공도 각간이지 않소이까? 이는 백 명의 각간들 모두를 능멸하는 처사이외다. 그러니 공연히 형님을 모욕하지 마시고, 어서 칼을 거두라 명하시지요."

잠시 동안 침묵이 흘렀다. 대렴은 생각을 정리하던 정문에게 빙그레 웃으며 양손바닥을 뒤집어 보였다. 그 모습을 본 정문이 고개를 돌려 조용히 지정에게 말했다.

"시위부령은 칼을 거두시오."

"예? 하지만…"

"우리의 임무는 칙서를 전달하는 것이니, 괜한 분란을 만들지 않는 게 좋겠소이다."

"음… 알겠습니다."

지정이 검을 도로 꽂아 넣자, 사자대도 일제히 칼을 거두었다. 그 모습을 본 대렴이 뒤를 돌아 눈짓을 하니, 가병들도 일제히 칼을 집어넣었다. 상황이 정리되자 정문이 한 걸음 앞으로 나와 말려 있는 칙서를 펼쳐들었다.

"각간 김대공은 들으시오. 선황께서 군사적 요충지인 서북방을 견고히 다지고자 패강(浿江)[1]에 육성(六城)[2]을 쌓으신 지 벌써 육 년이 지났소. 허나 여전히 발해말갈의 끊임없는 침탈에 시달리고 있소. 얼마 전, 육성의 선봉인 덕곡성의 태수 손의천이 순시 중 말갈족의 습격을 받아 큰 부상을 당한 일이 있었소. 하여 한시바삐 새로운 지휘관

---

1) 패수(浿水), 패하(浿河) 등으로도 불리는 패강은 역사서마다, 그리고 시대마다, 지금의 예성강, 대동강, 청천강, 압록강, 혹은 요동의 어니하(於泥河), 요서의 대릉하(大凌河) 등으로 그 위치가 달리 비정되는 탓에 수많은 논란이 있어 왔다. 하지만 여기서의 패강은 성덕왕 34년(735) 당나라가 정식으로 신라의 영토임을 인정하고, 경덕왕 21년(762) 여섯 성을 쌓은 지역으로, 그 위치를 대동강 이남의 황해도 일대로 보는 것이 정설로 굳어졌다.

2) 오곡성(五谷城, 서흥), 휴암성(鵂巖城, 봉산), 한성(漢城, 재령), 장새성(獐塞城, 수안), 지성(池城, 해주), 덕곡성(德谷城, 곡산).

을 물색하던 중, 병부령이 직접 그대를 추천하였고 대신들 모두가 찬동하였소. 그대는 약관의 나이에 신라제일검의 칭호를 얻어 이름을 떨쳤을 만큼 출중한 무예를 지닌 데다가, 얼마 전까지 발해국 태자의 무예 스승으로 가 있었기로, 그대가 덕곡성의 지휘관이 된다면 발해말 갈이 감히 함부로 도전하지 못할 것이오 이에 짐은 그대에게 일길찬[1]의 관위를 내리고 덕곡성 태수직을 맡기는 바이니, 날이 밝는 대로 서둘러 부임지로 떠나 국경을 철통같이 방비하시오.”

정문이 다 읽은 칙서를 다시 말아 접는 동안, 대공은 땅을 쳐다보며 부글부글 끓어오르는 분노를 억지로 삼키고 있었다. 칙서의 내용에 충격을 받기는 대렴도 마찬가지였다. 눈을 부릅뜬 대렴이 정문에게 벌컥 화를 내었다.

“무슨 이런… 각간에게 고작 일길찬의 관위를 내리다니!! 도대체 이런 경우가 어디 있단 말씀이오!!”

“……”

“형님께서 태후폐하의 요청을 받아들여 발해에서 수 년 간 그 고생을 하다 왔는데, 보상은커녕 어찌 이런 말도 안 되는 처우를 한단 말인가!! 돌아온 지 얼마나 되었다고 영토 분쟁이 끝도 없이 일어나는 허허벌판으로 가라니, 태후는 도대체…”

그때 대공이 한 손으로 대렴의 팔꿈치를 붙잡아 지그시 눌렀다. 대렴이 의아한 표정으로 쳐다보니 대공이 말했다.

“더 이상 말하지 마라.”

“형님…”

그러자 정문이 제자리에 서서 한 손으로 칙서를 내밀며 말했다.

“난 그저 칙서를 전하러 온 것이니, 내게 불평불만을 해봤자 아무 소용없소. 자, 대공. 받을 테면 받고, 받기 싫으면 싫다고 말하시오.”

---

[1] [一吉湌]. 17관등 중의 일곱 째.

대공이 성큼성큼 걸어와 홱 하고 칙서를 낚아채더니, 살기 띤 웃음을 지어 보이며 말했다.

"태후폐하께 황공무지한 은혜, 결코 잊지 않겠다고 전해주시오."

그 무렵. 어둑어둑한 토함산 정상 부근에서는 사미니[1] 하나가 한 손엔 등불, 다른 손엔 바구니를 들고서 가파른 산길을 오르고 있었다. 이제 열여섯 정도로 보이는 사미니는 뽀얀 얼굴에 구슬땀을 흘리며 가쁜 숨을 몰아쉬고 있었다. 수풀이 무성한 산중을 오르다보니, 유독 눈에 띄게 황토색의 흙이 드러난 평평하게 다져진 땅이 보였다. 사미니가 그쪽으로 들어가니, 무슨 공사를 하는 것인지 처음 보는 기묘한 모양의 수레 옆에 허연 화강암 덩어리가 산더미처럼 쌓여 있었고, 다른 쪽에는 정교하게 절개된 화강암들과 돌을 다듬는 연장들이 가지런히 정렬되어 있었다. 산줄기를 깎아낸 자리에는 커다란 돌덩이들로 덮인 거대한 무덤 같은 게 있었는데, 그 입구에서 불빛이 흔들거리며 새어나오고 있었다. 사미니가 입구에 난 무지개문을 지나 안쪽으로 들어서니, 바깥에서 볼 때와는 전혀 다른 세상이 펼쳐졌다. 안쪽 공간은 전부 다 정교하게 가공된 대리석으로 둘러싸여 있었는데, 네모반듯한 석실 양쪽 벽면에는 실제 사람 크기의 팔부신중[2]이 나란히 조각되어 있었고, 안쪽으로 연결되는 통로 입구의 양옆 정면에는 웃통을 벗은

---

1) [沙彌尼]. 1년 이상의 행자(行者) 기간을 거쳐 사미니십계(沙彌尼十戒. =사미계)를 받은 여자 승려. 행자 기간 동안 승려가 될 자질과 인내를 시험하게 되며, 그때 스스로의 결심이 뚜렷하면 은사(恩師)를 정하고 계를 받아 사미니가 된다. 그 후, 사미니로 있은 지 1년 이상이 지나고 나이가 보통 18세 이상이 되면, 2년 동안의 시험기간인 식차마나(式叉摩那: 예비비구니)로 있게 되고, 평생을 수행할 수 있다는 것이 인정되면 348계의 구족계(具足戒)를 받을 자격이 주어지는데, 이 구족계를 받으면 정식으로 비구니(比丘尼)가 된다. 남자의 경우는 행자, 사미를 거쳐 250계를 받아 비구가 된다.

2) [八部神衆]. 천룡팔부를 일컫는 말. 팔부중(衆) 혹은 팔부신장(神將)이라고도 한다.

근육질의 인왕1) 두 명이 좌우로 버티고 서 있었다. 인왕들은 어깨 위로 주먹을 치켜들어 통로로 들어서려는 이를 당장이라도 내리칠듯한 자세를 취하고 있었다. 통로 입구에 서니, 안쪽으로 보이는 둥근 석단 위에, 역시 대리석을 깎아 만든 커다란 석가모니 부처님이 모셔져 있었고, 석단 주위에 놓인 촛불들이 석실 안을 밝히고 있었다. 사미니는 바구니와 등불을 내려놓고 합장을 하여 부처님께 절을 한 뒤, 다시 등불과 바구니를 들고 통로로 들어갔다. 통로 양 옆에는 사천왕들이 악귀를 짓밟은 채로 각자의 무기를 들고 서 있었고, 돌기둥을 지나 통로를 빠져나오니, 원구형의 천장 아래 부처님을 중심으로 바닥이 둥근 주실이 모습을 드러냈다.

'슥. 슥. 슥. 슥.'

부처님 뒤편에서 돌이 갈리는 소리가 들려왔다. 사미니가 부처님을 돌아 뒤편을 보니, 한 중년의 스님이 뒷벽 중앙에 조각된 십일면관음보살2)의 마지막 얼굴을 다듬고 있는 중이었다.

"무량스님, 저 왔어요."

"오, 웅산이 왔느냐. 금방 끝나니깐 잠시만 기다리거라."

무량은 땀범벅이 된 얼굴을 돌려 웅산에게 미소 지어 보였는데, 얼굴 곳곳에 찢어진 살을 꿰맨 흔적이 어렴풋하게 남아 있었다. 무량이

---

1) [仁王]. 불탑 또는 사찰의 문 양쪽을 지키는 수문신장(守門神將)으로, 흔히 금강역사 (金剛力士)라 불린다.

2) [觀音菩薩]. 현세의 중생을 구재(고통을 거두어 감)하는 자비의 화신. Avalokiteśvara(아바로키테슈바라). 관세음보살(觀世音菩薩), 관자재보살(觀自在菩薩). 형태가 다양한데, 십일면관음보살(十一面觀音菩薩)은 얼굴이 11개라 그리 부르는 것이다. 얼굴이 많은 것은 혹시나 불쌍한 중생들이 없는지 두루 살피고 중생들의 성품에 따라 얼굴 모습을 달리하여 적극적으로 구제하기 위한 것이다. '나무아미타불 관세음보살'이라는 기도는 나무아미타불과 나무관세음보살을 합친 말인데, 현세에서는 관음보살의 돌봄을 받아 행복해지고 내세에서는 아미타불이 계신 극락세계로 가겠다는 염원을 나타낸다.

단단한 화강암을 계속해서 다듬자, 웅산은 석실 한쪽에 기대앉아 무량이 일을 마치기를 기다렸다. 한참이 지나도 끝이 나질 않으니, 웅산은 저도 모르게 꾸벅꾸벅 졸기 시작했다.

"웅산아."

"으응? 어라, 제가 깜빡 졸았나 보네요. 많이 지났나요?"

"아니다. 사미니 생활만도 힘겨울 텐데, 네가 나 때문에 고생이 많구나. 미안하다 웅산아."

"아니에요. 제가 하고 싶어서 하는 건데요 뭘… 와~ 조각이 끝났네요?"

웅산은 자리에서 일어나 십일면관음보살 앞에 서서, 완성된 모습을 찬찬이 살펴보았다.

"정말 대단하세요! 정말로 살아있는 것 같아요!"

"허허, 그렇게 보아주니 고맙구나."

"그런데 석실 전체를 이런 걸로 다 채우실 거예요?"

"그렇단다. 이 십일면관음보살상 좌우로 십대제자1)들과 범천2), 제석천, 보현보살,3) 문수보살4)을 모실 것이니라."

---

1) [十大弟子]. 석가모니 부처님의 제자 중 수행과 지혜가 뛰어난 10명. 사리불, 목건련, 가섭, 아나율, 수보리, 부루나, 가전연, 우바리, 나후라, 아난다.

2) [梵天]. 불법의 수호신이자 창조신. Brahmā(브라마). 인도 불교성립 이전의 바라문교에서 가장 존중되었던 신으로 색계초선천(色界初禪天)의 제일 높은 곳에 거주하며 제석천과 함께 부처를 양옆에서 모신다. 엄밀히 따지면 제석천보다 상위 신이나, 우리나라에서는 범천보다 제석천을 더 추앙한다. 모습을 드러내지 않는 범천보다는, 적극적으로 부처님께 가르침을 청하고 전면에 나서서 제천들을 이끄는 제석천이 더 친근하기 때문이다. 힌두교에서는 브라마(창조), 비슈누(유지), 시바(파괴)를 3대 주신으로 모신다.

3) [普賢菩薩]. 실천을 상징하는 보살. Samanthabhadra(사만타바드라). 삼만다발타라(三曼多跋捺羅).

4) [文殊菩薩]. 지혜를 상징하는 보살. Manjusri(만주스리). 문수사리(文殊師利).

"그럼 이 위에 뻥 뚫린 구멍들은 뭐예요?"

"크흐흐. 구멍이라니 이 녀석아. 감실1)이라고 하는 거야. 감실에도 아마 보살들을 모시지 않나 싶다. 대성공이 아직 생각 중이라는 구나. 감실 뒤쪽에 난 작은 구멍들이 보이느냐?"

"예. 어째서 구멍을 뚫은 거예요?"

"석불사2)가 숨을 쉴 수 있도록 만들어 놓은 공기구멍이란다. 바닥

---

1) [龕室]. 불상 등을 안치하는 작은 공간.

2) [石佛寺]. 석굴암(石窟庵)의 본디 이름. 세계에서 유일한, 조립식 인공석굴로 조성된 사찰이다. 경덕왕 10년(751)에 김대성의 발원으로 불국사와 함께 지어지기 시작 했다. 김대성은 현세의 부모를 위해 불국사를 창건(혹은 중창)하고, 전세의 부모를 위해 석불사를 창건했다. 그리고 성사(聖師)였던 신림과 표훈을 초청해 불국사와 석불사에 머물게 하였다. 불국사와 석불사는 그가 생애를 마칠 때(혜공왕 10년. 774)까지 완성을 못 보다가 후에 왕실이 주도하여 완성하였는데, 나라의 근간이 뒤흔들리는 대란이 터진 탓에 그토록 늦어진 것이리라. 석불사는 원래 독립적인 사찰이었으나 임진왜란 이후 불국사에 예속되었고, 일제강점기 때부터 일본인들 이 석굴암이라 부르기 시작한 탓에 지금도 그렇게 부르고 있다. 하지만 이는 잘못된 것으로, 천연의 동굴을 이용한 암자가 아니라 100% 인공적으로 조립해서 만든 대려석의 돔 위에 바위와 흙을 덮은 사찰이기에, 원래 이름인 석불사로 불러야 하는 게 옳을 것이다.
- 1907년 어느 우체부에 의해서 무너져 있던 것이 발견되었고, 양홍묵 경주군수와 경주군 주임서기 기무라 시즈오, 고적애호가 모로가 히데오 등이 현장을 답사하고 서울에 보고했다. 그 후, 소네 아라스케가 2대 통감이 되었는데, 그는 통감으로 재직한 1년 남짓 동안 우리나라의 수많은 고서를 약탈하여 일본 왕실에 헌상한 인물이었다. 그런 소네가 석굴암을 전부 뜯어 서울로 운반하라는 지시를 내렸고, 그 뒤를 이은 초대 총독 데라우치 마사타케도 똑같은 지시를 내렸는데, 이는 석굴암을 통째로 일본으로 가져가려고 그런 것이었다. 다행히도 앞서 언급한 기무라 시즈오가 말도 안 되는 소리라며 지시를 묵살한 덕에 석굴암은 그 자리에 남아있을 수 있었다. 하지만, 일제는 보수공사를 빌미로 석굴암을 완전히 해체했다 가 다시 조립하는데, 그 과정에서 십일면관음보살상 앞에 안치돼 있던 진신사리를 봉납한 대리석 5층 소탑(小塔)과 감실에 안치되어 있던 보살상 2점이 도난당했고, 그 즈음에 불국사 다보탑의 사자 3구도 사라졌다. 이 모든 것이 소네의 만행이라 여긴 기무라는 회고록에 "내 마지막 소원이 있다. 도아(盜兒:도둑놈)들에 의해 환금(돈 주고 빼앗음)되어 일본으로 반출된 석굴암 불상 2구와 다보탑 사자

아래를 지나는 샘물과 더불어 내부의 누기1)를 일정하게 유지시켜줄

3구, 그리고 석조사리탑 등 귀중물이 반환되어 보존상의 완전을 얻는 것이다."(〈조선에서 늙으며〉, 1924년)라고 썼다. - 경향신문 〈이기환의 흔적의 역사〉에서 발췌.

일제의 야만은 거기서 그치지 않았다. 원래 석불사는 본존불의 대좌 밑에 지하수가 솟아나는 샘이 있었는데, 바닥 밑으로 그 샘이 흐를 수 있게끔 수로를 만들어 바닥이 늘 서늘하게 유지되었고, 감실에는 외부와 통하는 숨구멍을 만들어 내부의 공기가 끊임없이 순환하도록 해놨었다. 이것은 석실 안의 공기가 돌아다니다가 차가운 바닥과 만나면 그 속에 들어 있던 습기가 이슬로 변해 지하수와 함께 수로로 빠져나가도록 치밀하게 설계해 놓은 것이었다. 그래서 석불사는 자체적으로 항시 쾌적함을 유지할 수 있었다. 그런데 일제는 복원 과정에서 이 샘을 막아버렸고 다시 조립한 석불사 위를 시멘트로 발라버리는 어처구니없는 우매한 짓을 저질렀다. 샘은 다시 살릴 수 있지만, 위를 덮은 시멘트가 치명적이었다. 시멘트가 감실의 숨구멍을 파고들어가 굳어버린 것은 물론이고, 석불사 외벽 전체를 하나의 콘크리트 덩어리로 만들어버려서 더 이상 해체를 할 수 없게 되어버린 것이다. 그 이후로 석불사는 습기로 인해 이끼와 곰팡이가 자라는 몸살을 앓게 된다. 더욱 서글픈 것은 이로 인해 박정희 정권 때에 이루어진 대대적인 보수에서 일제와 똑같은 실수를 되풀이하게 된다는 것이다. 석불사 입구에 목조전실을 만들어 외부의 영향을 차단했고, 지하수가 주변에 접근하지 못하도록 배수시설을 하였으며, 콘크리트로 돔을 만들어 다시 한 번 외벽을 감싸는 등, 석불사에 영향을 끼칠 수 있는 자연조건들을 일일이 제거했다. 하지만 이 얼마나 어리석은 짓인가 말이다. 그것은 석불사 중수에 참여했던 소위 전문가라는 사람들이 불교문화와 불교가 지향하는 가치는 털끝만큼도 존중하지 않은 채로 불교유산을 다룬 데서 비롯된 중대한 착오였다. 제1권에서 나오는 월명사의 〈제망매가〉 첫 단어가 生死路(생사로. Samsara 즉 '윤회'의 이두식 표현)인데, 천칠백 년 동안 우리 민족의 삶에 녹아들어 모든 생활양식과 문화의 뿌리가 되어온 불교문화와 불교언어를 전혀 연구하지 않은 채로 신라시대 스님(월명사)이 쓴 시를 해석한 현대 국어학자들이 그 단어가 '윤회'라는 것을 모르고 한자 그대로 해석하여, 아직도 국어 교과서에 '생사길'이라 적고 '생사의 갈림길'이라 해석해놓은 것과 한 치 다를 바 없는 어리석음인 것이다. 불교의 세계는 화합과 융화, 그로 인한 상생을 지향한다. 배척과 단절로 인한 불화가 아니란 말이다. 석불사는 자연과 융화하여 상호작용을 하면서 우주의 섭리에 따라 살아 숨 쉬게끔 안배한 '불교섭리 그 자체'였는데, 당시 학자·전문가들이라는 사람들은 이런 천 년을 살아온 섭리는 안중에도 없는지 어설픈 과학의 잣대를 들이대어 외부자연의 영향을 차단하는 데만 몰두하였으니, 입에 담기도 거북한 일제의 우매함과

장치이지. 공기의 흐름을 더하지도 덜하지도 않게 조절하느라 석실 윗부분을 몇 번을 해체했다가 다시 짜맞춘지 모르겠구나."

"햐… 그래서 석실 안이 항상 쾌적한 거군요? 와… 이런 생각까지 다 하다니, 너무 대단해요."

"이게 다, 대성공이 온 정성을 쏟은 덕분이지. 이 석불사가 완성이 되면 아마도 천 년은 끄떡이 없을 것이다."

"그럼, 언제쯤 완성이 되는 건가요?"

"흠… 글쎄다. 벽면과 감실에 모실 조각을 하고, 사리탑도 만들고, 위에 봉분처럼 흙을 덮으면 끝이 나겠지. 아니다. 근처에 요사채도 하나 만들 계획이었다. 그런데, 대성공이 장수사와 불국사를 세우고 석불사까지 만드느라 가산이 바닥이 났다는구나… 큰스님들께서 대성공을 많이 염려하시더라. 후… 앞으로 어떻게 될지는 나도 잘 모르겠다."

"아… 음… 아, 밥 드셔야죠. 제가 맛있게 만들어 왔어요."

"허허허, 기대되는데? 너도 같이 먹자꾸나."

"예."

둘은 바구니가 있는 바닥에 마주보고 앉았다. 웅산이 바구니를 덮고 있던 보자기를 걷어내니, 김이 덕지덕지 붙어 있는 주먹밥들이 옹기종

다를 바가 무에 있겠는가. 물론 그 당시에 그런 결정을 내리기까지 고충이 이만저만이 아니었을 거라는 건 이해가 되고도 남는다. 일제가 저질러 놓은 짓을 수습하려면 시멘트를 걷어내야 하는데, 이미 한 덩어리가 되어버린 상태라 엄두가 나지 않았을 것이다. 하지만 그때라도 방향을 제대로 잡았어야 했다. 얼마가 걸리든 간에 시멘트를 일일이 갈아내는 한이 있더라도 제거했어야 했다. 보여주기식 성과에 치중할 것이 아니라 어떻게 해서든 원래대로 되돌려 놓으려 했어야 했다……. 이런 불행들을 겪으면서, 찬란했던 불국토가 잉태한 다시없을 눈부신 보물은 유리로 입구가 막힌 채 에어컨이 돌아가는 참담한 신세가 되고 말았다. 중환자실에 의식불명의 환자가 격리된 채로 인공호흡기를 찬 것과 무엇이 다르겠는가? 과연 이것이 최선인지 다시 한 번 생각해 볼 문제다.

1) [漏氣]. 습기. 습도.

기 모여 있었고 물병도 들어 있었다. 웅산은 보자기를 바닥에 깔고 그 위에 바구니를 얹고는 말했다.

"어서 드셔요."

무량은 합장을 해 감사를 표한 뒤 물을 한 모금 마시고, 주먹밥 하나를 집어 들어 한입 깨물었다.

"음~~ 이거 맛나는데?"

"헤헤, 그렇죠?"

웅산도 주먹밥을 들고 깨물기 시작했다. 그러다가 뭔가 생각났는지 자그마한 입안에 밥을 한가득 넣은 채로 고개를 끄덕이며 중얼거렸다.

"아암… 그래서 그런 거구남…"

그 모습을 본 무량이 의아해서 물었다.

"뭐가 그렇다는 것이냐?"

"아… 그게요… 아까 조실방 청소를 하다가 대덕1)스님과 조실스님이 이야기하시는 걸 들었거든요…"

"표훈스님과 신림스님이?"

"예. 내일 날이 밝으면 무량스님을 황성으로 보낼 거라셨어요."

"뭐? 황성엔 갑자기 왜?"

"움… 황성에 있는 사부2)로 보낸다셨는데, 아까 그러셨잖아요? 대성공이 돈이 다 떨어졌다구요. 그래서 사부에 도움을 청하려고 그러시는 거 아닐까요?"

---

1) [大德]. 왕에 의해 선발된 지혜와 덕망이 높은 승려로, 왕의 자문 역할을 했다. 50세 이상의 승려로 7년의 임기를 정했다. 표훈은 경덕왕 대의 대덕이었으며, 그 이전에는 진평왕과 선덕여왕 대의 자장, 문무왕 대의 명랑 등이 있었다.

2) [寺府]. 감사천왕사부(監四天王寺府)의 준말. 왕실 사원을 관리하던 기관인 성전(成典)들은 경덕왕의 관제개혁으로 사부, 사원(使院), 사관(寺館) 으로 이름이 바뀌었다가 혜공왕 때 다시 환원되는데, 성전 중에서는 사천왕사성전이 으뜸이었고, 사부로서는 감사천왕사부가 유일하였으며 역시 사원, 사관들 위에 있었다. 사원에 관한 일을 총괄하였을 것으로 보인다.

"음… 그럼, 내려가 봐야 하는 것이냐?"

"예. 오늘은 스님과 같이 내려오라고 하셨어요."

"후… 그렇단 말이지… 황성이라……"

무량의 표정에 알 수 없는 그림자가 드리워졌다.

그날 밤. 대공과 대렴, 탁근은 대공의 집무실 탁자에 둘러앉아 심각한 의논을 하고 있었다. 대렴이 말했다.

"형님. 덕곡성은 사방이 뻥 뚫린 황무지에 홀로 덩그러니 서 있는 성입니다. 발해 영토 안쪽으로 깊숙이 파고들고 있어서, 그 지역 말갈인들과 끊임없이 분쟁이 일어나는 곳이란 말이오. 그래서 모두들 그곳에 부임하느니 차라리 사직을 하는 편이 낫다고들 하는 것이오. 중상을 입었다는 의천이라는 장수는 무력이 대단하고 강단이 있는 자인데, 대족 출신이라 승차를 바라고 여태껏 버티고 있었으나, 역시 한 해를 못 넘기고 그 지경이 되었소. 그러니 그냥 병을 핑계대고 관직을 못 받겠다고 하시오."

그러자 탁근이 말했다.

"그렇지만… 아무래도 찜찜합니다. 남당회의로 황성이 시끄러워지자마자 주공께 이런 칙서를 내리는 것으로 보아, 태후가 이번 일의 배후에 주공이 있다는 것을 알아차리고, 뭔가 노림수를 쓰는 것 같습니다."

그 말에 대공이 고개를 끄덕였다.

"집사 말이 맞소. 분명 뭔가가 있음이오."

대렴이 말했다.

"노림수라… 그럼, 가지 않겠다고 하면 항명죄라도 묻겠다는 것인가… 흠… 그나저나, 양상형님은 뭘 하느라 아무 소식도 없는 건지원…"

그때, 문밖에서 기령의 목소리가 들려왔다.

"주공, 들어가도 되겠습니까?"

"들어오너라."

대공의 명에 기령이 안으로 들어와 말했다.

"주공. 지금 양상공의 가노 하나가 찾아와 뵙기를 청하고 있습니다."

"가노가? 이상하군. 지금 어디 있느냐?"

"그자가 범상치 않아 보여 소인이 일단 이쪽으로 데리고 왔습니다. 지금 마당에 있습니다."

"잘했다. 어서 데리고 들어오너라."

잠시 후, 기령이 허름한 옷차림의 사내를 들여보내자 그를 알아본 대렴이 자리에서 일어나며 말했다.

"아니!? 자네는?"

"오랜만이군. 나 경신일세."

그러자 탁근이 급히 일어나 자리를 내어주며 말했다.

"경신공, 어서 앉으시지요."

"고맙네."

경신이 자리에 앉자 탁근도 새 의자를 가지고 와 앉았다. 경신이 말했다.

"오랜만에 뵙습니다, 대공형님."

"하하하, 자네 그 꼴이 뭔가? 하하하하."

대공이 고개를 젖히며 웃으니 경신이 대답했다.

"형님, 지금 그리 웃으실 때가 아닙니다. 지금 상황이 긴박하게 돌아가고 있습니다."

"자네 모습만 봐도 알겠군 그래. 양상이 보내어 오는가?"

"예. 양상형님은 지금 병부령 무리들과 섞여 아직 황성에 남아 있습니다. 아마도 황성에서 밤을 새울 듯합니다. 그래서 제가 대신 이렇게 찾아 온 것입니다."

"저번에 보내 준 전서구를 쓰지 그랬나?"

"태후의 눈들이 지금 이곳을 물샐틈없이 감시하고 있습니다. 전서구가 오가면 분명 의심을 받게 되고, 자칫하다 전서구가 잡히기라도 하는 날에는 모든 것이 들통 날 수 있기에, 위험을 무릅쓰고 제가 직접 온 겁니다."

"음…"

그러자 대렴이 물었다.

"그래, 이번 칙서에 대해서 양상형님이 뭐라고 하던가?"

"칙서는 태후가 파놓은 함정일세. 지금 황성에는 비밀리에 자금서당[1]의 일만 오천 병력이 모두 집결해 있네. 내일 정오까지 대공형님이 덕곡성으로 떠나지 않으면, 곧바로 이곳으로 들이쳐 형님을 항명죄로 잡아들일 것이네."

"뭐라!? 그게 사실인가?"

"그러네. 그런데 그게 문제가 아닐세. 형님, 형님이 덕곡성으로 떠난다 해도 태후의 비수를 피할 수는 없습니다."

그 말에 대공이 물었다.

"그게 무슨 말인가?"

"형님이 떠나고 나면, 얼마 안 있어 대렴을 다시 지방으로 내칠 것입니다. 그러고 나서 밀무역을 조사한다는 명분으로 주인 없는 이 저택을 들이쳐 가병들과 가노들을 잡아들인 후, 형님과 대렴을 왕경으

---

1) [紫衿誓幢]. 신라인으로 편성된 부대로, 옷깃은 자녹색이다. 9개의 서당 중 자금서당과 비금서당은 각각 삼국항쟁 시기에 만들어진 낭당(郎幢)과 나당전쟁 시기에 만들어진 장창당(長槍幢)이 그 전신이다. 낭당은 풍월도의 화랑과 낭도 출신들로 편성된 부대인 듯하고, 장창당은 4m가 넘는 장창으로 기마병을 상대하는 부대인데, 둘 다 왕권과 아주 밀접한 관련성을 지니는 친위부대로서의 색채가 짙었다. 구서당에 편입된 이후로도 이런 성격이 유지되었으리라 생각된다.

로 압송할 계획이라 합니다. 그 후는 어떻게 될지 뻔하지요."

그 말을 들은 탁근이 크게 놀라 말했다.

"큰일입니다, 주공! 태후가 만반의 준비를 하고 칼을 빼들었으니, 이를 어찌하면 좋단 말입니까…"

대공은 이십오 년 전에 난 얼굴의 상처가 뜬금없이 화끈거리는 것을 느끼며 지그시 눈을 감았다.

'만월… 정녕 당신과 나는, 한 하늘을 이고서는 살 수 없는 것인가…'

17

새 하늘을 열기 위하여

다음날 이른 아침. 제법 쌀쌀한 바람은 벌써 가을이 왔음을 알리고 있었다. 저택 비밀 석실 안. 대공은, 가부좌를 틀고 앉은 정종의 미라 앞에 서서 향로에 향을 피우고 절을 올렸다. 무릎을 꿇고 앉은 대공은 자신을 내려다보는듯한 정종을 바라보며 속으로 말했다.

'아버님, 이제야 아버님께서 그토록 염원하시던 나밀신천의 날이 다가왔습니다. 죽어서도 편히 눕지 못하시고 이렇게 앉아, 참 많이도 기다리셨습니다… 소자 또한 아버님 살아생전에 뜻을 세우는 모습을 보여드리지 못한 것이, 늘 이 가슴 속에 서글픈 한이 되어 남아 있었습니다… 아버님, 부디 이 못난 아들이 새 하늘을 여는 모습을 지켜봐주십시오. 제가 반드시 아버님의 염원을 이루어 내어, 이제는 편히 누우실 수 있게 해드리겠습니다.'

얼마 후 석실에서 나온 대공이 자신의 처소로 향하니, 문 밖에서 대렴과 탁근, 기령이 스무 명의 가신들과 함께 모여 기다리고 있었다. 대렴이 승천검과 삿갓을 내밀며 말했다.

"형님, 받으시오."

대공은 말없이 칼을 차고 삿갓을 썼다. 그러니 등짐을 멘 기령이 뒤쪽에 세워둔 말 두 필을 끌고 왔다. 대공이 자신의 말에 올라타니 기령도 말에 올랐고, 이윽고 천천히 출발하는 대공을 모두가 뒤따르기 시작했다. 넓디넓은 저택 한 가운데 길을 천천히 이동하고 있을 때였다. 갑자기 하늘 위로 수천 마리의 참새떼가 날아들더니 대공의 머리 위를 빙글빙글 돌며 짖어대기 시작했다. 대공이 고개를 들어 참새떼를 바라보았다. 그러자 참새들이 길 양쪽에 서 있는 커다란 배나무 두 그루에 일제히 나뉘어 앉더니 아래를 지나가는 대공을 쳐다보며 시끄럽게 짹짹거렸다. 대공은 개의치 않고 계속 앞으로 나아갔다. 저택 정문이 가까워지자 삼천의 가병들이 오와 열을 맞추어 길 양쪽에 길게 나뉘어 서 있었고, 그 뒤로 삼천의 가노들이 줄을 맞추어 서 있었다. 그 사이를 대공이 천천히 지나가니, 지나가는 곳마다 양 옆의 가병들이 가슴에 주먹을 쥐어 올리며 고개를 숙여 보였다. 이윽고 대공이 정문에 다다르자 가병대장이 정문을 활짝 열어젖혔다. 대공은 정문을 나서기 전에 몸을 틀어 뒤에 서 있는 대렴을 바라보았다. 그러니 대렴이 입술을 굳게 다물고 고개를 끄덕였다. 대공 역시 고개를 끄덕여 보이고는 기령과 함께 저택을 나섰다.

얼마 후, 황성. 북문에서 군사들과 함께 대기하고 있던 지정에게 세작이 보내온 전서구가 날아들었고, 그는 급히 태후전으로 말을 달렸다.

"태후폐하, 대공이 얼마 전 저택을 나서 감은포로 향하고 있다 합니다."

지정이 태후전 집무실에 들어 보고하자, 모여 있던 대신들은 그제야 긴장이 풀리는지 안도의 한숨을 내쉬었다. 그러니 염상이 말했다.

"아직 안심하긴 이릅니다. 그자가 배를 타고 떠날 때까지 긴장을 늦추어서는 아니 될 것입니다."

만월이 고개를 끄덕이며 답했다.

"대부령의 말씀이 지당하오. 지정아, 대공이 탄 배가 떠나갈 때까지 긴장을 풀지 말거라."

"예. 이미 감은포로 향하는 길목마다 세작들을 풀어 놓았고, 감은포에서 대기중인 세작이 대공과 한 배에 탈 것입니다. 그들이 수시로 전서구를 보내 올 것이니, 제가 계속 보고하겠습니다."

"알겠다. 나가 보거라."

"예, 태후폐하."

지정이 나가자 양상은 머리를 빠르게 회전시키며 다음 수순을 생각했다.

'대공의 의도대로 자금서당이 황성에서 철수한다면, 일이 너무 싱겁게 끝나버릴 수가 있다. 태후에게도 버틸 수 있는 힘을 남겨줘야 함이야… 하지만 태후는 여전히 나를 의심하고 있다. 자금서당을 계속 주둔시키라 청하면, 분명 이상한 낌새를 알아차릴 텐데…· 그렇다면!'

양상은 짐짓 가슴을 쓸어내리고 안도의 표정을 지으며 말했다.

"휴… 그래도 한시름 놓았습니다… 태후폐하, 대공이 배를 타고 나면, 자금서당을 제자리로 돌려보내시는 것이 어떻겠습니까? 전부 잠도 못 자고, 고생이 이만저만이 아니었습니다."

만월은 잠시 생각에 잠기더니 고개를 저으며 말했다.

"당분간 이대로 둘 것이오. 지금은 그 어느 때보다 중요한 시기이니, 여기 계신 분들도 별도의 명이 있을 때까지 며칠간 성 안에서 대기하시오. 대공이 덕곡성에 도착했다는 전갈이 오는 즉시로, 시중은 녹읍폐지를 다시 추진해야 하오. 아시겠소?"

"아…· 예…"

"그리고 병부령은 상대등에게 내 말을 분명히 전하세요. 주제를 모르고 설치다간, 그 목이 성치 못할 것이라고 말입니다!"

"알겠습니다."

그날 오후, 감은포. 포구 여각에 말을 맡긴 대공과 기령은 남해안을 돌아서 패강의 지성(池城)이 있는 폭지군1)으로 향하는 상선에 올라탔다. 선실로 들어가니 여러 사람들이 짐을 풀고 기대앉아 있었다.

"우리도 저쪽에서 쉬자꾸나."

"예."

대공이 맨 안쪽 구석의 벽에 기대앉으니 기령도 짐을 풀고 기대앉았다. 두 시진이 넘게 말을 타고 온지라, 새벽부터 떠날 채비를 한 기령은 피곤한 기색이 역력했다. 그런 그에게 대공이 말했다.

"잠시 눈 좀 붙이거라."

"예, 주공."

기령이 눈을 감고 잠을 청하자 대공은 삿갓을 내려 얼굴을 가렸다. 그러고는 삿갓의 댓살 틈새를 이용해 새로이 선실로 들어오는 자들을 유심히 관찰했다. 배가 출발하고 나서 얼마 후, 새로 들어왔던 사람들 중 한 명이 등짐을 지고 밖으로 나가는 것을 확인한 대공은 삿갓을 들어 나머지 점찍어 둔 사람들을 살폈다. 전부 눈을 감고 있는 것을 확인하고 대공은 조용히 일어나 선실을 나갔다. 배 뒤쪽으로 가서 선실 외벽에 기대 고개를 내밀어 살피니, 좀 전에 나갔던 사내가 뱃고물2) 귀퉁이에서 등짐 속에 손을 넣고 뭔가를 꺼내려는 것이 보였다. 그때 그 배는 대왕암3) 근처를 지나가고 있었는데, 바위에 앉아 있던

---

1) [瀑池郡]. 지금의 황해남도 해주시. 본디 고구려 땅이었던 이곳의 지명은 내미홀군(內未忽郡)이었으나, 757년(경덕왕 16)에 지방관제를 개혁할 때 폭지군으로 개칭하였다.

2) 배의 뒷부분.

3) [大王岩]. 경주시 양북면 봉길리 앞바다의 문무대왕릉(文武大王陵)을 일컫는 말. 삼국통일의 대업을 이루어 낸 문무왕은 죽어서도 동해의 호국대룡이 되어 왜인들

수십 마리의 갈매기들이 갑자기 한꺼번에 날아와 배 주위를 맴돌며 끼룩끼룩 짖어댔다. 그러니 그자가 갑자기 뒤를 돌아보며 주위를 살폈다. 대공은 내밀고 있던 고개를 재빨리 벽 뒤로 숨겼다. 잠시 뒤 다시 머리를 내밀어보려 했으나, 그럴 때마다 갈매기들이 머리 위를 날며 짖어대는 통에 그럴 수가 없었다.

'젠장…'

그때 선원들이 걸어오는 소리가 들려왔다. 대공은 어쩔 수 없이 선실로 들어가 원래 자리에 앉고는 다시 삿갓을 내려 썼다.

해가 서쪽으로 뉘엿뉘엿 넘어가는 시각. 대공을 태운 배가 실포에 정박하자 선원 하나가 선실로 들어와 큰소리로 말했다.

"실포요! 한 시진쯤 정박할 것이니, 볼일 볼 사람들은 보고 오시오!"

그러자 선내에 있던 사람들 대부분이 짐을 주섬주섬 챙겨 밖으로 나가기 시작했다. 아까 그자가 꿈쩍도 않고 앉아 있는 것을 확인한 대공은 자리에서 일어나며 말했다.

"출출하구나. 우리도 나가서 요기나 하고 오자꾸나."

"예, 주공."

그렇게 배에서 내린 대공은 주위의 주점들을 살피며 혼잡한 시장통 안을 걸어갔다. 그러다가 한 왁자지껄한 주점 앞에 멈춰서더니 안쪽을 살폈다. 네 명의 손님들이 중앙의 식탁을 차지하고서 떠들고 있었는데, 모두들 취기가 올랐는지 얼굴이 벌게져 있었다. 그때 주점 주인으로

로부터 나라를 지키겠다며 해안으로부터 약 200m 떨어진 바다 위 거대한 바위섬을 자신의 무덤으로 정했다. 하늘에서 보면 바위 중앙의 납골이 뿌려진 홈을 기준으로 십(十)자 모양으로 바위를 깎아 인공적으로 바닷물이 드나들 수 있는 통로를 만든 것이 보인다. 한편, 울산 동구 일산동에도 바다 위에 대왕암이 있는데, 이곳은 문무대왕의 부인인 자의태후(慈儀太后)가 후에 먼저 간 남편을 따라 호국룡이 되고자 묻힌 곳이라는 전설이 전해온다.

보이는 중년의 여인이 나와 웃으며 말했다.

"어서 들어오세요~. 목 좀 축이고 가세요~."

대공은 고개를 끄덕이고 안으로 들어가 안쪽 구석에 자리를 잡았다. 기령이 따라 들어와 앉으니 주모가 주문을 받았다.

"뭐 드릴까요?"

대공은 식탁에 놓여 있는 젓가락 통에서 나무젓가락 하나를 집어 들어 이리저리 살피면서 말했다.

"술 한 병. 국밥 두 그릇. 과일은 뭐가 있소?"

"수박, 포도, 복숭아, 참외, 자두랑 풋사과가 있지요."

"풋사과가 좋겠군. 직접 깎아 먹을 테니 과도도 내어 오시오."

"예, 손님."

주모가 입구 옆쪽의 주방으로 들어가자 대공이 기령에게 말했다.

"조금 있으면, 우리와 같은 배를 탄 태후의 세작이 이곳에 들어올 것이다. 술을 다 마시고 나면, 내가 시키는 대로 하거라."

잠시 뒤에 대공의 말대로 그자가 들어와 안쪽 반대편 구석의 식탁에 자리를 잡자, 주모가 주문을 받으러 달려 나왔다. 그렇게 얼마의 시간이 흐른 뒤였다. 국밥을 비운 대공은 술을 한 잔 마시고 사과를 한조각 베어 입에 물고는, 차례로 나무젓가락 두 개를 과도로 깎기 시작했다. 그렇게 먹고 깎기를 몇 번 반복하니 젓가락 끝이 제법 예리하게 변했다. 대공은 빈 잔에 술을 따르더니 술병을 흔들며 말했다.

"이런… 술이 다 떨어졌지 않느냐?"

"아, 그렇습니까? 제가 가서 새로 채워 오겠습니다."

기령은 취기가 오른 듯 걸걸한 목소리로 대답한 뒤, 술병을 들고서 비틀거리며 주방 쪽으로 걸어갔다. 그러다가 중앙의 네 사람이 앉아 있던 식탁에 몸을 부딪치면서 휘청거리며 팔을 쓸어 식탁에 놓여 있던 술병과 음식들을 죄다 엎질러 버렸다. 식탁 위가 엉망진창이 되자,

화가 난 취객이 벌떡 일어나 소리 질렀다.

"아이?? 야이 미친놈아!! 지금 뭐 하는 거야?!!"

"뭐? 미친놈?? 이 새끼가 죽고 싶나!!"

기령이 맞고함을 치며 취객의 멱살을 잡으니 취객도 기령의 멱살을 맞붙잡아 이리저리 흔들었고, 다른 세 명의 취객이 뜯어 말리기 시작했다. 주모까지 달려 나와 싸움을 말리기 시작하니, 기령이 멱살을 쥔 취객을 입구 밖으로 끌고 갔다. 나머지 사람들이 그쪽으로 딸려가듯 움직이자 대공은 양손에 젓가락을 숨기고서 세작 쪽으로 곧장 걸어갔다. 당황한 세작이 급히 품에서 비수를 꺼내려는 순간, 대공은 엄청난 속도로 몸을 날려 젓가락 하나를 세작의 목울대에 꽂아 넣었다.

"큭!"

벽에 처박힌 세작이 움찔거리며 목을 찌르고 있는 대공의 손을 부여잡자, 대공은 다른 손을 휘둘러 젓가락을 그자의 귓구멍 속에 정확히 찔러 넣었다. 그러니 그자는 온 몸을 부르르 떨더니 아무 소리도 못 내고 그 자리에서 즉사해 버렸다. 대공은 박혀 있는 두 젓가락을 힘껏 더 밀어 넣은 후, 죽은 세작이 팔뚝을 이마에 괴고 식탁 위에 엎드려 자는 것처럼 꾸며두고는, 그자의 등짐을 들고서 기령이 소란스럽게 실랑이를 하는 입구 쪽으로 걸어갔다.

"자, 자, 내 가복이 잘못을 하였으니, 내가 물어주리다. 이거면 되겠소?"

대공이 주머니에서 은자를 꺼내 사람들 앞에 내어 보이자, 순식간에 상황은 종료되었다. 취객들이 건네받은 은자를 눈을 반짝이며 살필 때, 대공이 주모에게 말했다.

"우리 술값은 이 사람들에게 받으시오."

주모가 고개를 끄덕이니 대공은 기령을 끌고 그곳을 벗어났다. 시끌 벅적한 시장통 사람들 속에 섞여들자 대공이 말했다.

"시간이 없다! 해가 지면 관문이 닫힐 것이야! 신천방으로 가자!"

"예! 주공!"

그렇게 시장통을 쭉 달려가니, 예전 신천방보다 두 배가 훨씬 넘는 대규모의 여각이 모습을 드러냈다. 새로 지은 신천방이었다. 대공이 안으로 달려 들어가 소리쳤다.

"장천은 어딨느냐!!"

그러자 젊은 사내 점원 하나가 달려와 말했다.

"방주께선 뒤뜰에 계십니다. 뉘신지요?"

대공이 물음을 무시하고 그대로 안쪽 통로로 뛰어가자, 따라가려는 기령을 점원이 붙잡으며 물었다.

"도대체 뉘십니까?!"

"너는 주인도 몰라보느냐? 잘 기억해 두거라. 저분이 왕경의 큰 어르신이다."

기령의 말에 점원의 입이 쩍 하고 벌어졌다. 그사이, 뒤뜰에 들어선 대공이 외쳤다.

"장천은 어딨느냐!!"

수레에 잔뜩 실린 물품들을 검사하고 있던 장천이 그 소리를 듣고서 급히 뛰어왔다. 예전 신천방의 무사단장이었던 장천은 어느새 예순이 넘어 늙어버린 모습을 하고 있었다.

"주공! 여기까지 어인 일이십니까??"

"어서 빠른 말 두 필을 내어오너라. 어서!"

"예! 주공!"

장천이 마구간으로 뛰어가자 대공은 한쪽 무릎을 꿇고 세작의 등짐을 풀었다. 비둘기 세 마리가 들어 있는 새장과 지필묵이 모습을 드러냈다. 뒤쫓아 온 기령이 물었다.

"전서구가 아닙니까? 그자의 것입니까?"

"그렇다. 때에 맞추어 황성으로 전서구를 날려야 의심을 피할 수 있다."

대공이 새장 안을 살피니 전서구들 다리에는 미리 쪽지가 묶여 있었다. 쪽지 겉면에 각각 二, 三, 方命[1] 자가 쓰여 있는 것을 확인한 대공은, 二 자의 전서구를 꺼내어 기령에게 내밀었다.

"쪽지를 확인하거라."

기령이 쪽지를 풀어 펼쳐보고선 말했다.

"실포출발이라 적혀 있습니다."

"알겠다. 도로 묶어라."

기령이 쪽지를 다시 묶으니, 대공은 붙잡고 있던 전서구를 하늘로 날려 보냈다. 전서구가 푸드득거리며 북쪽으로 날아가자 대공은 새장에 손을 넣어 나머지 두 마리의 목을 비틀어 버렸다. 그때, 장천이 말들을 끌고 뛰어왔다.

"주공! 가장 빠른 말들입니다."

그렇게 대공과 기령은 기울어 가는 붉은 해와 속도를 다투듯 흙먼지를 일으키며 전속력으로 말을 달렸다.

그날 밤, 금산의 서쪽에 자리한 서라벌 최고의 기방 교월루. 귀빈을 위해 따로 마련된 후원에서는 흥겨운 가락이 울려 퍼지는 가운데, 대렴을 포함한 구서당의 열셋 장군들이 모여 앉아 있었다. 저마다 기녀들을 끼고서 한창 주색을 탐하고 있었는데, 일부는 갑주를 입은 걸로 봐서 서당에서 근무를 하다 바로 온 듯했다. 그중 윗머리만 훌렁 벗겨져서 남은 옆과 뒷머리만 어깨까지 길게 기른, 다소 우스꽝스러운 모습의 대머리 하나가 옆에 낀 아리따운 기녀의 젖가슴을 덥석 움켜지더니 낄낄대며 웃었다. 그러자 얼굴이 홍당무처럼 벌게진 기녀가 자신의

---

1) [방명]. 명령을 어김.

젖가슴을 주물럭거리는 꺼칠꺼칠한 손을 힘겹게 떼어내었다. 그 꺼칠한 손의 주인은 갑주 위에 붉은 망토를 걸친 것으로 보아 비금서당의 장군인 듯했다.

"으히히히히히. 왕경에 이리 좋은 데가 있는 줄, 이제야 알았소이다! 우리 앞으로 자주 자주 모입시다그려! 으하하하!"

대머리가 장군들을 둘러보며 말하자 다른 한 명이 말했다.

"이게 다, 대렴장군이 부임해 온 덕분 아니겠소? 우리가 서당의 장군이긴 하지만, 늘 궂은일만 도맡아 하고, 좋은 것들은 병부 문관 놈들이 다 해쳐먹으니, 이런 낙을 알 턱이 있었겠난 말씀이외다."

다시 대머리가 말했다.

"흠… 뭘 또 그리 말하시오… 그건 그렇다 치고, 다섯 사람이 보이질 않소이다? 다들 대렴장군의 부임 축하연에 오기로 해놓고선, 왜 안 오는 건지 혹시들 아시오?"

그러자 또 다른 한 명이 말했다.

"경신장군은 오지 않겠다고 합디다. 글쎄, 대렴장군이랑 사이가 틀어졌다나 뭐래나… 아무튼 자기는 황금서당에 남아서 병부의 불시 점검에 대비할 테니, 나 혼자서 실컷 놀다 오라더군요."

"허… 거 참, 꽉 막힌 사람일세그려. 그럼, 나머지는요?"

대머리의 물음에 대렴이 대답했다.

"주경장군과 주항장군은 집에 일이 있어 좀 늦을 것이라 합디다. 자금서당 장군들은 아예 못 온다고 통보를 해왔구요."

"아니, 그들은 또 왜요? 이렇게 다 모이기도 쉽지가 않은데, 왜 빼고들 그런단 말이오?"

그러자 대머리 옆에 앉은 장군이 말했다.

"아, 내가 말씀 안 드렸나 보오. 지금 자금서당은 황성에 집결해 있소이다."

"뜬금없이 황성엔 왜요?"

"그게…"

그는 잠시 대렴의 눈치를 살피더니 이어 말했다.

"아무튼, 그럴 일이 있었소. 지난밤부터 잠 한숨 못 자고 대기 중이라며, 둘 다 죽을상을 하고 있더이다. 언제까지 황성에 집결해 있어야 하는지도 모른답디다."

"답답할세그려. 도대체 뭔 일인데 그런단 말이오?"

대머리가 계속해서 물으니, 잠자코 있던 또 다른 한 명이 뿔 모양의 술잔에 담긴 술을 단숨에 들이키고는 말했다.

"크… 내가 속 시원히 말해주리다! 이번에 남당에서 녹읍 문제로 한바탕 시끄러웠지 않소이까? 그런데, 태후폐하께서 그 일의 배후로 대렴장군의 형인 대공공을 의심하고 있다 하더이다. 그래서 어제 밤에 비밀리에 자금서당을 집결시켜 놓고, 대공공에게 패강의 덕곡성으로 떠나라 했답디다."

"허어… 그런 일이 있었소이까? 그래서 어찌되었소?"

"어찌되긴 뭘 어찌되오? 오늘 아침에 패강으로 떠났소."

"허허… 거 참… 발해에서 돌아온 지 얼마나 되었다고, 쯧쯧. 대공공이 미운털이 제대로 박혔나 봅니다그려. 그나저나 덕곡성이라니, 생각만 해도 끔찍하오."

그러자 대렴이 웃으며 대머리에게 말했다.

"허허허허. 위덕장군, 좋은 날 형님 이야기는 그만 하시고, 자, 자, 어여 술이나 마십시다."

"그래요. 좋은 일이 있으면 나쁜 일도 있고 그런 거지요. 아무튼 대렴장군의 부임을 축하하오! 자, 마십시다!"

"고맙소이다."

그렇게 위덕과 대렴이 뿔잔[1]을 들어 쭉 들이킬 때였다. 어느새 중년이 된 주경, 주항 형제가 갑주를 입은 채로 후원에 들어왔다. 주항은 술 단지 하나를 품에 안고 있었는데, 그 모습을 본 위덕이 물었다.

"아, 이제들 오시는 게요? 그런데 그 단지는 뭡니까?"

"하하, 늦게 온 벌로 아주 귀한 술을 가지고 왔소이다."

주항의 대답에 위덕이 입맛을 다시며 말했다.

"호오… 귀한 술이라… 흐흐, 무슨 술일까나?"

그러자 주항이 술 단지를 탁자에 올려놓으며 말했다.

"이 술은 그 유명한 곡아주1)외다. 땅 속에 무려 이십 년이나 묻혀 있었던 것이니, 보통 술맛이 아닐 것이오."

"호… 오늘 고구려 술의 참맛을 느껴 보겠구만! 크히히."

위덕과 장군들이 기분이 좋은지 서로를 바라보며 웃자, 주경이 자리에 앉으며 말했다.

"장군들, 한 잔씩들 받으시지요. 우리 이 술로 다 같이 대렴장군을 환영하는 축배를 듭시다!"

"하하, 좋소이다!"

장군들이 호쾌하게 답하자 주경이 주항에게 고개를 끄덕였다. 그러니 주항이 묶여 있던 끈을 풀어 단지 뚜껑을 열고서는 장군들을 빙돌아가며 술을 따라주었다. 그러고는 자신의 잔에도 술을 따른 뒤 일어선 채로 뿔잔을 들며 외쳤다.

"그럼, 대렴장군의 왕경 복귀를 감축하는 의미에서, 다 같이 완배2)를 합시다! 자! 완배!"

---

1) [角杯(각배)]. 짐승의 뿔로 만든 잔이 원조였으나, 뿔은 쉽게 썩기 때문에 흙이나 금속을 이용해 쇠뿔처럼 만든 잔으로 대체되었다.

1) [曲阿酒]. 중국 강소성(江蘇省) 일대에서 유명했던 고구려 여인이 빚은 좋은 술.

2) [完杯]. 건배(乾杯)의 옛말. 술잔의 술을 다 마셔 비움.

"완배!!!"

장군들이 술을 벌컥벌컥 마시는 가운데, 위덕은 뿔잔을 입에 가져다 대고 향을 맡았다.

'흐흐, 이렇게 좋은 술을 단숨에 마셔버릴 순 없지…'

위덕은 술을 한가득 입에 담고서 혀를 놀리며 맛을 음미했다. 쌉싸름한 맛이 입안 가득 퍼지기 시작할 때였다.

'아니?!!!'

"푸우!!"

혀가 갑자기 마비되어 오는 것을 느낀 위덕은 급히 술을 도로 뱉어내었다. 그때였다.

'쨍그랑!! 쉬랑!!~~.'

술을 마시는 척하며 장군들을 유심히 살피던 대렴은 위덕이 술을 뱉어내자 들고 있던 뿔잔을 뒤로 던져 버렸다. 술잔이 깨지는 소리와 동시에 대렴이 칼을 빼내어 위덕에게 달려들었다.

'투캉!!!!'

위덕이 황급히 옆에 놓아둔 검을 검집째로 들어 대렴의 일격을 가까스로 막아낸 후 뒤쪽으로 도망치자, 주경과 주항도 술잔을 내던지고 칼을 뽑아들었다. 순식간에 벌어진 사태에 기겁을 한 기녀들이 비명을 지르며 탁자 밑으로 숨어들었고, 놀란 장군들은 저마다 칼을 빼들고 자리에서 일어났다. 그런데 칼을 든 손이 덜덜덜 떨려오더니 심장이 제멋대로 뛰기 시작했다. 그런 장군들에게 위덕이 외쳤다.

"독주요!!! 어서 술을 토해내시오!!!"

그 말을 들은 장군들이 사방으로 흩어지며 목구멍에 손가락을 넣고 토악질을 해대자, 대렴과 주항, 주경이 장군들을 쫓아가며 난도질을 하기 시작했다. 문을 걸어잠근 후원 안을 마치 술래잡기 하듯 쫓고 쫓기는 가운데, 네 명의 장군들이 칼에 맞아 쓰러졌다. 그러자 위덕이 푸른빛이 감도는 대검을 뽑아 들었다.

'쉬앙!!~~~.'

분기탱천한 위덕이 맹수가 포효하듯 소리치며 대렴에게로 돌진했다.

"대렴 네 이놈!!!"

'치캉!!! 추캉!!! 츠앙!!! 추앙!!! 촹!!!'

위덕의 공격에 대렴이 뒤로 몰리자, 주경과 주항이 도망치는 장군들을 내버려두고 대렴을 도우러 달려왔다. 상황이 역전되어 위덕이 세 방향에서 이리저리 쏟아지는 칼날을 아슬아슬하게 받아내며 뒤쪽으로 몰리기 시작하니, 정신을 차린 장군들이 하나 둘 위덕을 도우러 달려왔다. 일이 심상치 않게 돌아가자 대렴이 목에 차고 있던 호각을 불었다.

'삐익!!!!'

곧바로 후원 한쪽의 문이 열리며 백여 명의 사병들이 창칼을 들고 쏟아져 들어왔다. 대렴과 주경, 주항이 사병들 쪽으로 달려가자, 남은 여덟 명의 장군들도 위덕의 주위에 모여들어 전투태세를 취했다.

"쳐라!!!"

"와아!!!!!!"

대렴의 명에 사병들이 일제히 함성을 지르며 장군들에게 달려들자, 유혈이 낭자하는 처절한 사투가 시작되었다. 장군들이 저마다의 검술을 펼치며 사병들과 혈투를 벌이니, 창칼이 불꽃을 튀기고 곳곳에서 비명이 터져 나왔다. 잠시 후.

'삐익!!!!'

예상보다 훨씬 강한 저항에 적잖이 당황한 대렴은 다시 호각을 불어 사병들을 후퇴시켰다. 마흔에 가까운 사병들이 죽거나 팔다리가 잘려나가 고통에 몸부림치고 있었고, 그 속에서 피를 뒤집어쓴 귀신같은 장군 여섯이 눈을 번뜩이고 있었다. 대렴이 인상을 쓰며 주경에게 물었다.

"어찌 된 것인가!? 왜 저놈들이 아직도 저리 날뛰는 것이야!?"

"걱정 마십시오 형님. 술을 토해내어서 그나마 버틴 것입니다. 이미 사망독[1]이 몸속에 퍼질 대로 퍼졌을 테니, 조금 있으면 제대로 서 있기도 힘들어질 겁니다. 잠시만 이대로 기다리지요."

"으… 독한 놈들…"

대렴과 주경의 대화를 들은 장군들은 과연 그 말대로 숨쉬기조차 힘들 지경이었다. 한 장군이 주변의 장군들을 돌아보며 힘겹게 입을 열었다.

"우리들은 틀렸소… 위덕장군만이라도 빠져나가게 합시다."

장군들이 비장한 표정으로 고개를 끄덕이자 위덕이 고개를 흔들었다.

"어찌 그대들을 내버려두고 나 혼자 살기를 바라겠는가!"

"장군… 우리들의 죽음을 헛되게 하지 마시오… 우리가 장군을 뒤쪽 담장 위로 올려줄 테니, 어떻게 해서든 이 일을 황성에 알리시오…"

"그치만…"

"시간이 없소. 이제 좀 있으면 우리는 움직이지도 못할 것이오. 자, 어서요…"

장군들이 위덕의 팔을 잡아끌며 뒤쪽으로 걸어가자, 그 모습을 본 주항이 대렴에게 말했다.

"저놈들이 위덕을 탈출시키려는 것 같습니다!"

대렴이 칼을 고쳐 잡으며 말했다.

"그렇게는 안 되지! 모두 죽여라!!!"

대렴이 앞장서서 달려가니 주경, 주항과 사병들이 일제히 장군들을 향해 돌격했다. 그러자 세 명의 장군이 길을 막으며 죽을힘을 다해

---

1) [射罔毒]. 투구꽃(초오)의 뿌리에서 즙을 내어 추출한 아코니틴(aconitine). 주로 독화살에 쓰였기에 사망(射罔)이라 하였다. 치사량은 2mg 으로, 몸속에 녹아들기 시작하면 신경조직이 마비되어 부정맥(不整脈: 심장이 제멋대로 뛰는 현상)과 호흡곤란으로 몇 분 이내에 사망(死亡)하는 맹독이다.

검을 휘두르기 시작했다. 그렇게 시간을 버는 사이, 나머지 두 장군은 어깨로 위덕의 발을 받치고 일어섰다. 위덕이 장군들을 밟고 뛰어올라 담장에 매달려 올라설 때, 길을 막던 장군들을 베어 넘긴 대렴이 나머지 두 장군에게 달려들었다. 이미 몸이 굳어버린 두 장군이 속절없이 대렴의 칼날에 쓰러지자, 담장 위에서 그 모습을 본 위덕이 충혈된 두 눈으로 뜨거운 눈물을 쏟으며 대렴을 노려보았다.

"대렴… 이 찢어 죽일 놈…"

그러자 대렴이 칼에 묻은 피를 털어내고는 씨익 웃으며 말했다.

"위덕장군! 과연 소문대로 엄청난 무공이외다! 장군! 이미 구서당은 우리 수하들이 장악하였소! 이대로 곧장 황성을 함락하고 대공형님께서 새 하늘을 열 것이오! 그러니 그냥 내려와 투항하시오! 그러면 장군을 선봉장으로 삼아 전공을 독차지할 기회를 드리겠소이다!"

"야이 개자식아!!!! 나를 살리려고 목숨까지 바친 장군들이 죽어서도 눈을 부릅뜨고 있거늘!!! 어데서 구데기 시궁창 같은 아가리를 함부로 놀리느냐, 이 개노무 새끼야!!!! 내 반드시 이 손으로 그 똥통 같은 주뎅이를 찢어놓고 말 테다 이 구데기 같은 놈아!!!!"

"뭡, 뭐라?!!"

위덕이 목이 터질 듯이 핏줄을 세우며 욕설을 퍼붓자, 열이 뻗친 대렴은 송곳니를 드러내며 윗입술을 들썩거렸다. 그러더니 뒤쪽에 있던 사병에게서 창을 빼앗아 그대로 위덕에게 날렸다.

'휙! 투캉!!!!'

위덕이 검을 휘둘러 창을 튕겨내고 곧바로 뒤쪽으로 뛰어내리자 대렴이 외쳤다.

"뭣들 하느냐!!! 어서 쫓아라!!!"

대렴의 신경질적인 외침에 주경과 주항이 사병들을 이끌고 문으로 달려 나갈 때였다.

"멈춰라!!"

문 안으로 들어선 대공이 손을 들어 제지하자 모두 급히 멈춰 서서 고개를 숙였다. 그 모습을 본 대렴이 뛰어와 말했다.

"형님! 왜 이리 늦으신 거요?"

대공은 아비규환[1]을 방불케 하는 후원을 훑어보더니 말했다.

"들러붙은 꼬리를 떼 내느라 그리 되었다. 그런데, 일이 틀어진 것이냐?"

"그것이…"

대렴이 말을 흐리자 주항이 답했다.

"장군들이 목숨을 버려가며 비금서당의 위덕을 담장 너머로 탈출시키는 바람에, 급히 쫓으려는 중이었습니다."

"후후… 역시 서당의 장군들답군. 그럼 위덕은 독주를 마시지 않은 것인가?"

"그렇습니다. 술을 한참 동안 음미하더니 도로 뱉어내었습니다."

"운이 좋은 놈이군. 위덕은 쥐뿔도 없는 백제계 출신이다. 그 말은 오로지 실력만으로 그 자리까지 올랐다는 것이지. 날래기로 소문난 그자를 이 밤에 무슨 수로 잡겠다는 말인가?"

---

1) [阿鼻叫喚]. 아비지옥과 규환지옥의 합성어. 아비(Avici)는 전혀 구제 받을 수 없다는 뜻의 범어로, 8대 지옥 중 가장 아래 8번째 지옥이다. 잠시도 고통이 멈추질 않는다하여 무간지옥(無間地獄)이라고도 한다. 오역죄인(五逆罪人: 부모를 살해한 자, 부처님 몸에 피를 낸 자, 불·법·승 삼보를 훼방한 자, 사찰의 물건을 훔친 자, 비구니를 범한 자)이 가는 곳으로, 이곳에 떨어지면 우선 옥졸이 죄인의 살가죽을 벗기고 그 가죽으로 죄인을 묶어 훨훨 타는 불수레 속에 던져버린다. 또 야차들이 큰 쇠창을 달구어 입·코·배 등을 꿰어 공중에 던지기도 하고 쇠매가 눈을 파먹기도 한다. 하루에도 수천 번씩 죽었다 되살아나며 계속 고통을 받게 된다. 규환(raurava)은 고통에 울부짖는다는 뜻으로 8대 지옥 중 4번째 지옥이다. 살생, 질투, 절도, 음탕, 음주를 일삼은 자들이 가는 곳으로, 이곳에 떨어지면 물이 펄펄 끓는 가마솥에 빠지거나 벌겋게 달구어진 쇠로 된 방에 던져져 처참히 울부짖게 된다.

"아, 예… 그럼 이제 어찌하면 되겠습니까?"

"경신은 어찌 아니 보이는 것인가?"

"경신장군은 처리할 대감 수가 많아서, 서당에 남아 직접 일을 치렀습니다. 아까 약속된 시간에 황금서당을 완전히 장악했다고 전서구를 보내왔습니다."

"나머지 서당은 어떻게 되었는가?"

이번엔 주경이 대답했다.

"이미 우리 쪽 대감들이 나머지 대감들을 처리하고 병력을 장악했다는 기별을 보내왔습니다. 그 후에 장군들을 처리한 것입니다."

"좋다. 병력 상황은 어찌 되는가?"

"저희 형제가 청금, 적금 삼만을 바로 옆 금산에 집결시켜 놓았습니다. 녹금, 백금 삼만은 지금쯤 명활성¹⁾에 집결해 있을 것이고, 황금, 흑금 삼만은 선도성과 금장대에서 대기 중입니다. 비금 만 오천은 남산신성에, 벽금 만 오천은 모벌관문에 있습니다. 각간께서 계획하신 대로 황성의 동서남북을 완전히 에워쌌습니다. 명만 내리시면 벽금을 제외하고는 모두 한식경²⁾ 안에 황성을 들이칠 수 있습니다."

그 말을 들은 대공이 고개를 갸웃하며 물었다.

"어찌 신성에 만 오천만 있는 것인가? 동서남북으로 삼만씩 배치하라지 않았나?"

"그것이… 각간, 생각지 못한 변수가 생겼습니다."

"또 뭔가?"

"낮에 양상공이 이쪽으로 전갈을 보내왔는데, 자금서당이 계속 황성에 주둔해 있을 거라 하였습니다."

"뭐라!?"

---

1) [明活城]. =명활산성. 현 경주 천군동과 보문동에 걸친 명활산에 있는 성.

2) [一食頃]. 밥 먹는 데 걸리는 시간. 약 30분.

대공은 인상을 확 구기며 대렴에게 물었다.

"어찌된 것이냐!? 양상이 돌려보내기로 하지 않았더냐!"

"후… 양상형님이 자금서당을 돌려보내자고 말을 꺼내 봤지만 소용이 없었다 하였소. 만월이 뭔가 불안했던지 자금서당을 계속 주둔시키라 했답디다. 거기다 한술 더 떠서 병부령 일당과 양상형님까지 황성에 붙잡아 두고는 당분간 황성에서 지내라 했답니다."

"이런 빌어먹을! 일이 처음부터 꼬이기 시작하는구나!"

"형님, 그래봤자 자금서당 만 오천에 사자대 삼천, 시위부 백팔십, 이놈 저놈 다 끌어 모아봤자 이만도 안 되는 병력이오. 우리 병력은 서당군 십이만에 저택의 가병 삼천, 무장시킨 가노가 이천, 거기다 해 질 무렵에 아저씨가 전서구를 보내왔는데, 만여 명의 농병들을 데리고 북형산성[1] 근처에 숨어 기별을 기다린다는 내용이었소. 십삼만 오천의 병력이 우리 손에 있는데 두려울 게 뭐가 있단 말이오? 원래 계획대로 단숨에 황성을 짓밟아 버립시다!"

"모르는 소리 말거라! 비담과 흠돌이 어찌하다 실패했는지를 잊었더냐? 그들 역시 치밀한 준비를 마치고 난을 일으켜 단숨에 대병을 손아귀에 넣자 곧바로 월성을 들이쳤다. 하지만, 월성은 끝내 무너지지 않았고 무리한 공성으로 인해 군사가 절반 가까이나 줄어 어쩔 수 없이 대치상태가 되었던 것이다. 그래서 어찌 되었느냐? 시간이 흐르는 동안 사방에서 구원군이 왕경으로 몰려와 안팎으로 협공을 당해 결국 자멸하지 않았더냐! 월성을 괜히 황성으로 삼은 것이 아니다. 문천을 비롯한 천연의 지형지물이 성을 호위하고 있고, 긴 세월을 거치며 약점을 하나하나 없애 나갔기에, 지금은 난공불락의 요새가 되어버렸단 말이다. 사자대와 시위부만 있다면 팔방에서 동시에 들이쳐 함락시킬 자신

---

1) [北兄山城]. 지금의 형산(兄山. 경주 강동면과 포항 연일읍의 접경지대에 있는 산)에 있던 성.

이 있다만, 자금서당이 그곳에 있다면 이야기가 완전 달라져 버려! 무턱대고 들이쳤다간 비담이나 흠돌의 꼴이 날 것이란 말이다!"

그 말을 들은 대렴의 표정이 갑자기 심각해졌다.

"내 생각이 짧았소… 그러면 어찌해야 한단 말이오?"

"젠장… 후… 쉴 새 없이 달려왔더니 목이 타는구나."

"아, 그럼 저기 누각으로 가서 목 좀 축이시구려."

대공이 누각으로 성큼성큼 걸어가자 대렴과 주경, 주항도 뒤를 따랐다. 누각 위에 올라선 대공이 탁자 밑에서 서로를 부둥켜안고 있는 기녀들을 보고는 대렴에게 말했다.

"치워라."

그러자 대렴이 소리쳤다.

"이년들아!! 죽기 싫으면 당장 꺼져라!!"

기녀들이 헐레벌떡 기어 나와 도망치자 대공이 자리에 앉으며 말했다.

"물."

그러니 대렴이 탁자위에 놓인 물병을 갖다 주며 말했다.

"잔들에 독주가 튀었을 수 있으니 그냥 병째로 마시오."

벌컥벌컥 물을 들이킨 대공이 말했다.

"다들 앉거라."

세 사람도 자리에 앉자 대공은 술상 위를 유심히 살피더니 뚜껑이 덮여 있는 굽다리접시1)를 당겨와 뚜껑을 열었다. 그리고는 맨손으로 명태전을 한가득 움켜쥐고서 우걱우걱 씹어 넘기기 시작했다. 세 사람은 허기를 채우는 대공을 말없이 바라보았다. 금세 손에 쥐고 있던 것을 모두 뱃속에 집어넣은 대공은 다시 물을 들이키고 소매로 입을 쓱 닦은 뒤 말했다.

"대렴아, 생각나느냐?"

---

1) [高杯(고배)]. 삼국시대와 통일신라시대에 주로 유행하던 다리가 붙은 그릇.

"뭐가요?"

"아버님께서는 큰일을 하기 전에는 항상 배를 든든히 채우라고 자주 말씀하셨다. 기억이 나지?"

"아, 기억이 나는구려. 흐흐."

"사람은 배가 고프면 조급해지고, 조급해지면 실수를 하게 마련이라고 하셨다. 배에 음식이 들어가니 한결 조급함이 사라지고 생각이 정리가 되는구나."

"표정을 보아하니 좋은 생각이 떠오른 모양이오?"

대공은 의미심장한 표정을 지으며 고개를 끄덕였다.

"장기전이다."

"예?! 장기전이라니요? 아까 비담과 흠돌이 대치상태로 시간을 끌다가 구원군이 몰려와 일을 망쳤다지 않았소?"

"그들처럼 초반부터 병력을 소비하지 않았다는 게 다르지. 지금 병력이면 왕경을 완전히 봉쇄하고 남은 병력으로 황성을 포위할 수 있다. 거기다 우리에겐 녹읍을 지킨다는 대의가 있지 않느냐? 나밀신천당 각간들뿐만 아니라, 남당회의 때 우리 편에 섰던 각간들도 이번 거사에 충분히 동참할 수 있을 것이야. 우리가 왕경을 철통같이 에워싼다 해도, 언제까지 반란을 숨길 수는 없을 것이다. 그러니 각간들에게 각지로 돌아가 혹시 모를 지방의 원군을 차단하라고 시킨다면, 시간은 우리 편이 될 것이다."

그러자 대렴이 무릎을 탁 쳤다.

"그거 정말 기가 막힌 생각이오! 그들은 분명 우리의 병력 규모를 보고 대세가 기울었다 생각할 것이오. 거기다 황성은 신성에서 식량을 조달하고 있지 않소? 포위되고 나면 얼마 못 가 식량이 떨어질 것이오. 그럼 알아서 기어나오게 되어 있단 말이오! 하하하!"

대렴의 말에 주경과 주항은 얼굴에 화색을 띠며 연신 고개를 끄덕였다. 대렴이 그런 그들과 웃으며 눈빛을 마주친 뒤, 이어 말했다.

"형님, 그럼 병력을 어떻게 배치할지 말씀해 주시오."

"일단 신성이 가장 중요하다. 그곳의 장창에는 몇 년 치의 군량과 병기들이 저장되어 있다. 비금서당만으로는 안심이 안 되니, 대렴이 너는 탁근에게 지금 당장 농병들을 이끌고 신성에 주둔하라 명하거라. 비금서당의 대감들은 탁근의 통제를 따라야 할 것이다. 알겠느냐?"

"알겠소. 그런데 고허성1)을 비워놔도 되겠소? 단숨에 황성을 들이칠 생각으로 흑금을 모두 금장대로 이동시켜 비워놨는데, 남서쪽을 방비하려면 고허성에도 병력을 배치해야지 않겠소?"

"음… 그럼 신성의 비금 오천을 떼어내어 고허성에 배치해 놓고, 만약 남서쪽에서 구원군이 올라오면 그대로 통과시키도록 명해 놓아라."

"예? 어찌 그런단 말씀이오?"

"구원군이 남산의 남서쪽을 통과해 신궁 근처를 지날 때, 신성, 선도성, 고허성, 그리고 황성을 포위하고 있던 병력까지 동서남북에서 동시에 협공하여 단숨에 괴멸시켜 버릴 것이다."

"아하! 내가 왜 그 생각을 못했지? 고허성 아래를 지나가는 순간, 범의 아가리 속에 들어가는 게 되겠구려! 크흐흐."

"벽금서당은 그대로 관문에 남겨 왕경 남쪽과 남동쪽을 걸어잠그게 하고, 선도성의 경신에게는 황금서당 절반을 데리고 부산성2)으로 진군하라 명하거라. 아직 난이 일어난 것을 모를 테니, 쉬 입성하여

---

1) [高墟城]. 현 남산 남쪽 고위봉 부근에 있던 성. 남북으로 길게 뻗은 남산에는 북쪽의 남산신성, 남쪽의 고허성이 있었다.

2) [富山城]. 현 경주시 건천읍 부산에 있던 성으로 왕경의 서쪽 외곽을 방비했다. 왕경 외곽에는 동쪽의 감재성, 서쪽의 부산성, 남쪽의 모벌관문, 북쪽의 북형산성 등이 있었고, 왕경 안쪽에는 동쪽의 명활산성, 서쪽의 선도산성, 남쪽의 남산신성 등 여러 토성과 석성이 있었다.

성의 병력까지 손에 넣을 수 있을 것이다. 그렇게 부산성과 선도성 이중으로 서쪽을 차단시킬 것이야."

"알겠소."

"지금 명활성에 무슨 서당이 있다고 했느냐?"

"녹금과 백금입니다."

주경이 대답하자 대공이 이어 말했다.

"녹금을 둘로 나누어 명활성과 감재성[1]에 배치해 동쪽을 이중으로 틀어막게 하고, 백금을 둘로 나누어 금산과 북형성에 주둔시켜 북쪽도 이중으로 차단시켜라. 그렇게 녹금, 황금, 벽금, 백금과 고허성의 비금까지 육만 오천으로 동서남북을 봉쇄하고, 청금, 적금, 흑금, 가병까지 오만으로 황성을 둘러싼 뒤, 신성의 비금과 농병 이만은 각지의 지원부대로 운영할 것이다. 주경, 주항 너희들은 기령이가 저택에서 기다리고 있을 테니, 지금 바로 청금, 적금을 이끌고 저택의 가병과 합류해 황성으로 진군하라."

"예! 그럼, 지금 바로 각 서당에 전서구를 띄우고 금산으로 달려가겠습니다."

주경이 대답하자 대공이 주의를 주었다.

"쥐새끼 한 마리가 도망쳤으니, 비금서당부터 전서구를 보내야 할 것이야. 그놈이 신성에 나타나면 아예 말도 섞지 말고 화살부터 퍼부으라고 명해 놓아라. 알겠느냐?"

"예! 각간!"

주경과 주항은 가슴에 주먹을 올려 경례를 하고 급히 자리를 떴다.

"대렴이 너도 지금 바로 금장대에서 흑금을 이끌고 황성으로 진군하

---

1) 감재란 감나무고개라는 우리말로, 현 포항시 남구 장기면 수성리에서 경주시 양북면 권이리로 넘어가는 고개이다. 동해와 서라벌을 잇는 중요한 통로였으며 한자의 뜻을 빌려 시령(柿嶺)이라 표기하였으므로 감재성도 시령산성이라 불리게 된다.

거라."

"알겠습니다. 지금 바로 아저씨한테 전서구를 띄우고 금장대로 가겠소. 황성에서 만납시다."

대렴도 서둘러 자리를 떴다. 누각 위에 홀로 남은 대공은 하늘 위의 유난히 큰 보름달을 올려다보며 주먹을 불끈 움켜쥐었다.

얼마 후. 달빛에 의지하여 남쪽으로 한 번도 쉬지 않고 달려온 위덕은 물결치는 알천에 당도했다. 양팔로 무릎을 붙잡고 허리를 숙여 거친 숨을 몰아쉬던 그는 물가에 엎드려 강물을 들이마셨다.

"끄억… 헉, 헉, 헉."

고개를 들어 강 건너편을 바라보니 대공의 저택 담벼락이 끝도 없이 이어져 있었다. 위덕은 어이가 없어 고개를 숙이고 웃음을 터뜨렸다.

"크흐흐흐흐… 미친놈들… 장성을 쌓아놨구만… 푸흐흐흐흐."

위덕은 일어나 걸치고 있던 갑주를 모조리 뜯어내기 시작했다. 몸이 한결 가벼워지자 강물을 따라 서쪽으로 다시 내달렸다. 한참을 그렇게 달리니 드디어 대공의 저택 끝자락이 보였다. 위덕은 그대로 알천에 몸을 던져넣어 헤엄을 치기 시작했다.

18
어둠의 절정

깊은 밤, 황성의 북서쪽에 위치한 누각전 일대. 아미는 첨성대 꼭대기 안쪽의 나무 바닥에 누워 밤하늘을 이불삼아 코를 골며 잠에 빠져 있었다. 별들을 관측하다가 잠에 빠진 것이었다.

'툭.'

"으으응?"

얼굴에 뭔가가 떨어져 잠에서 깬 아미는 손으로 얼굴을 만지작거리다가, 뭔가 질척한 것이 느껴져 눈을 떴다. 손을 코에 가져다 대니 지독한 새똥냄새가 코를 확 찔러 들어왔다.

"으악! 어떤 놈이야?!"

아미는 상체를 벌떡 세워 하늘을 노려보았다. 그 순간! 찡그리고 있던 아미의 표정이 순식간에 펴지며 눈과 입이 동시에 벌어졌다.

'적월1)!!!'

소름끼치는 짙은 핏빛의 보름달이 시커먼 구름을 끼고 있었다. 아미는 급히 옆에 놓인 보따리에서 주머니 하나를 꺼내어 주둥이를 묶은 끈을 풀었다. 그대로 뒤집으니 산가지2)들과 소뼈로 만든 조그마한

---

1) [赤月]. 핏빛 만월(滿月: 보름달). 개기월식 때 나타나는 현상이다. 서양에서는 블러드 문(blood moon: 血月.혈월)이라 한다.

십사면체 주사위들이 요란한 소리를 내며 쏟아져 나왔다. 아미는 구석에 놓아둔 화운검을 가져와 칼을 뽑았다.

'위우웅!……'

시꺼먼 검신이 특유의 울음을 울었다. 아미는 왼손 검지 끝을 칼날 끝에 가져다대었다. 검을 살짝 비트니 살이 벌어져 피가 나오기 시작했다. 아미는 검을 내려놓고 바닥에 뒹구는 주사위 세 개를 집어 각각 열네 개의 면 중에 한 면에다가 피를 찍었다. 그러고는 눈을 감고 뭔가를 중얼거리더니 바닥에 주사위를 던졌다. 눈을 뜬 아미의 표정이 급격하게 일그러졌다. 세 주사위 모두 피가 찍힌 면이 하늘을 향하고 있었다.

'큰일이다!!!'

그때였다.

"누구 있으시오!! 헉, 헉, 아무도 없소!!"

한밤중의 적막을 깨는 외침에 아미가 급히 일어나 첨성대 밖으로 몸을 내미니, 누각전 근처에서 웬 대머리 하나가 숨을 헐떡거리며 주위를 두리번거리고 있었다. 아미가 외쳤다.

"무슨 일이오!!"

아미를 발견한 위덕이 첨성대로 달려와 고개를 쳐들고 말했다.

"헉, 헉, 그쪽은 누구요?"

"나는 사천대박사 아미요. 그쪽은 뉘시오?"

"아미공! 나는 비금서당의 장군 위덕이외다! 헉, 헉, 지금 큰일났소이다! 반란… 끄억… 반란이 일어났단 말이오!"

"뭐, 뭐라고요!!!? 반란이라고 했소이까!!?"

"그렇소이다! 대렴과 주경, 주항이 연회에 참석한 구서당의 장군들을

<hr />

2) [算가지]. 수를 나타내는 데 쓰던 대나무 등으로 만든 막대. 계산이나 점복에 쓰였다.

모조리 참살하였소! 장군들의 도움으로 나만 살아나왔단 말이오! 말, 말을 내어 주시오!"

"잠시만 기다리시오!"

아미는 급히 화운검을 챙겨 등 뒤에 쑤셔넣고 바닥문을 열어젖혔다. 잠시 후, 첨성대 중간에 난 창을 빠져나와 걸쳐둔 사다리를 타고 땅으로 내려온 아미가 말했다.

"장군, 소상히 말해보시오."

"후… 대렴이 말하길 자기네들이 이미 구서당을 장악했다 하였소. 반란의 수괴는 대공인 듯하외다. 대공이 새 하늘을 열 것이라 했소이다."

"이런 쳐 죽일… 결국 올 것이 왔구나!"

"이럴 시간이 없소! 어서 황성에 이 사실을 알려야 하오!"

"따라오시오."

위덕이 아미를 쫓아 누각전 끝으로 뛰어가니 마구간 안에 검은 반점이 얼룩덜룩 난 백마 한 마리가 있었다. 아미가 자신의 말을 꺼내오자 위덕이 곧바로 올라타 말했다.

"공도 타시오."

아미가 뒤에 올라타니 위덕이 말의 배를 걷어찼다.

"이랴!!"

달리는 말 위에서 위덕의 허리를 붙잡은 아미가 물었다.

"구서당이 정말로 모조리 장악당한 것이오?"

"아직 확실하지 않소. 공을 서문에 내려드릴 테니, 태후폐하께 어서 이 사실을 알리시오. 나는 곧장 월정교1)를 건너 신성으로 가겠소이다."

"비금서당이 저들 손에 넘어갔다면 장군이 위험해질 것이오!"

---

1) [月淨橋]. 경덕왕 19년(760)에 문천(남천) 위에 건립한 쌍둥이 다리 중 하나. 왕성을 기준으로 서쪽 끝에는 월정교(月淨橋)가, 남쪽 중앙에는 춘양교가 지어졌다.

"지금 내 목숨 따위가 뭐가 중요하단 말입니까? 대렴 그놈의 말이 사실인지 아닌지 내 두 눈으로 직접 확인할 것이오! 이랴!!"

잠시 후, 서문 앞에 다다른 위덕이 고삐를 당겨 말을 멈춰 세우자 아미가 말에서 뛰어내렸다.

"장군! 일이 틀렸거든 무리하지 말고 곧바로 황성으로 돌아오시오. 아시겠소?"

"알겠소이다. 이랴!!"

얼마 후.

'빠……암. 빠……암. 빠……암.'

변고를 알리는 나팔소리가 한밤중의 정적을 깨며 황성 안을 울려 퍼졌다. 잠들어 있던 만월이 급히 일어나 침실을 나오니 궁녀 하나가 달려왔다.

"무슨 일이냐?!"

"모르겠사옵니다. 무슨 변고가 일어난 듯하옵니다."

그때였다.

"태후폐하!!! 태… 누님!!! 만월누님!!! 이것들아!! 놓지 못하겠느냐!!!"

연회실 쪽에서 아미의 다급한 목소리가 들려오자 만월이 그쪽으로 달려갔다. 연회실에 들어서니 궁인들이 아미의 팔다리를 붙잡고 늘어지고 있었다.

"그 손들 놓거라!"

만월의 명에 궁인들이 물러나자 아미가 달려와 말했다.

"누님!! 큰일 났습니다! 반란입니다! 대공이 반란을 일으켰습니다!"

"뭐, 뭐야!!?"

그때 지정이 반대쪽 입구로 달려 들어와 말했다.

"태후폐하!!! 북쪽과 서쪽에서 수만의 대군이 황성으로 몰려오고 있사옵니다!!!"

그 소리를 들은 만월은 순간 정신이 아찔해져 그 자리에 풀썩 주저앉고 말았다.

"누님!!!"

"태후폐하!!!"

아미와 지정이 만월을 부축하자 옹, 은거, 염상, 정문이 헐레벌떡 뛰어 들어왔다.

"태후폐하!!!"

그 시각, 위덕은 말을 타고 남산의 산길을 오르고 있었다. 거친 숨을 몰아쉬는 말을 다그치며 한참을 오르니, 위쪽 숲 사이로 남산신성의 북문이 보였다. 그 오른쪽 하늘에 떠 있는 시뻘건 보름달이 그의 눈에 들어왔다.

"염병하고 자빠졌네… 재수 없게스리…"

위덕은 그대로 말을 몰아 성문 아래의 공터에 들어섰다. 성곽 위의 횃불 근처로 위병들이 보였다.

"나, 위덕이다!! 어서 문을 열어라!!"

위덕이 외치자 위병들이 아래를 내려다보았다. 그때, 비금서당의 대감 하나가 위병들을 제치고 모습을 드러냈다.

"장군이십니까?"

"그렇다!! 빨리 문을 열어라!! 반란이 일어났단 말이다!!"

"잠시만 기다리십시오!"

대감이 뒤쪽으로 사라지자 위덕은 안도의 한숨을 내쉬었다. 그때였다.

"쏴라!!!"

대감의 외침이 터지자 성루에 숨어 있던 수십의 궁병들이 갑자기 뛰어나와 위덕을 향해 화살을 퍼부었다. 느닷없이 쏟아지는 화살비에 위덕은 황급히 말머리를 틀며 말에서 뛰어내렸다. 화살들이 말의 옆구리에 내려박히자 말이 비명을 지르며 달려 나가기 시작했고, 위덕은 말안장에 매달려 다리를 끌며 딸려나갔다. 말이 쏟아지는 화살들을 몸으로 받아내며 옆쪽의 숲으로 사라지자 대감이 손을 들어 공격을 멈추게 했다.

"그만!!"

그때 다른 대감이 뛰어와 말했다.

"어찌되었소? 위덕을 처리한 것이오?"

"젠장! 놓쳤소이다. 말이 화살받이가 되었으니 얼마 못 가 쓰러질 것이오. 독안에 든 쥐나 다름없으니 내가 군사를 이끌고 쫓겠소이다."

"자, 잠깐! 흠… 그냥 놔둡시다. 저놈 혼자서 뭘 하겠소?"

"그치만, 다 잡은 고기인데 아깝지 않소이까?"

"우리는 시키는 명만 따르면 될 것이오. 우리 둘이 성 안에 남아 있어야 수하들이 딴마음을 먹지 못할 게 아니요?"

"음… 제길… 알겠소이다."

잠시 후, 숲속을 달리던 위덕의 말이 피를 토하며 앞으로 꼬꾸라졌고, 매달려 있던 위덕도 산비탈을 뒹굴었다. 위덕이 일어나 쓰러져 있는 말에게 다가가니, 수십 발의 화살을 몸통에 꽂은 말이 고통에 겨워 눈물을 흘리고 있었다.

"하아… 네가 날 살렸구나… 이 은혜는 내세에서 갚으마…"

위덕은 말을 몇 차례 쓰다듬더니 허리에서 칼을 빼내어 거꾸로 잡아들고는 힘껏 말의 목을 찔렀다. 말이 몸을 한 번 뜰썩이더니 곧바로 숨을 거두었다. 위덕은 칼을 도로 꽂아 넣고 숲속을 달려 나갔다.

그 무렵, 황성은 대공과 대렴의 오만 병력에 포위되어 있었다. 수천

개의 횃불이 황성을 멀찌감치 둘러싸고 반짝였다. 성루에서 그 모습을 지켜보던 만월이 옹을 비롯한 대신들에게 말했다.

"일이 이 지경이 되었는데, 어찌 봉화가 아니 오르는 것이오?"

옹이 머뭇거리다가 말했다.

"그것이… 아미! 아미 어딨는가?"

그러자 아래에서 지정과 무슨 말을 주고받던 아미가 지정을 데리고 뛰어 올라왔다.

"어찌 봉화가 아니 오르는지 자네는 알고 있는가?"

옹이 다짜고짜 물으니 아미가 대답했다.

"지금 상황으로 봐선, 동서남북의 산성이 이미 저들 손에 떨어진 것 같습니다."

"정말로 서당이 모조리 장악당했단 말인가?"

"그렇지 않고서야 어찌 저 많은 병력을 동원할 수 있겠습니까?"

만월이 물었다.

"장군들을 없앴다고 어찌 서당 전체가 넘어갈 수가 있단 말이냐?"

아미가 심각한 표정을 짓더니 대답했다.

"태후폐하, 혹시 근래에 서당의 대관대감이나 대대감들이 대거 교체된 적이 있습니까?"

그러자 만월이 옹을 빤히 쳐다보았다.

"병부령, 대답하시오."

"아… 저번에 대감들의 인사이동이 있었습니다. 각 서당마다 서너 명씩 교체된 걸로 알고 있습니다."

아미가 옹에게 물었다.

"병부령께서 하신 일입니까?"

"아닐세. 그 일은 병부시랑 순이 도맡아 하였네. 순은 어딨느냐?"

옹이 옆쪽에 있던 다른 병부시랑에게 물으니 그자가 말했다.

"순은 오늘 낮에 몸이 아파 귀가했습니다."

"뭐라!?"

그 순간, 아미의 머리에 뭔가가 번뜩 스쳐지나갔다.

"순이라면, 신유공의 사위 김순을 말하는 것입니까?"

아미의 물음에 옹이 고개를 끄덕였다.

"그러네."

"그렇다면… 혹시?!"

아미의 표정을 읽은 만월이 물었다.

"뭔가 떠오른 것이더냐?"

"태후폐하, 시중은 지금 어디에 있습니까?"

그러자 만월을 비롯한 대신들이 주위를 두리번거렸다. 은거가 눈치를 챘는지 인상을 찌푸리며 대답했다.

"양상은 집에 잠시 들른다며 저녁 무렵에 성을 나갔네. 빌어먹을… 내 그럴 것 같더라니…"

만월이 아미에게 물었다.

"시중이 가담했다고 보는 것이냐?"

"아무래도… 양상과 신유, 순이 대공과 손잡고 내부에서 일을 꾸민 것 같습니다."

만월은 아랫입술을 지그시 깨물었다. 그런 그녀에게 정문이 말했다.

"양상이 난에 가담했다면, 그 아우 경신도 가담했다는 말이 아닙니까? 아까 서당의 장군들이 모조리 참살되었다고 하였는데, 앞뒤가 맞질 않습니다."

그 말에 아미가 대답했다.

"아까는 상황이 급박해서 위덕장군이 그것까지는 말을 못했을 수 있습니다. 그 연회에 경신이 빠졌을 가능성이 높습니다."

그러자 염상이 말했다.

"대박사의 심증만으로 시중과 숙정대령이 가담했다 함부로 단정 지을 수는 없는 일이외다!"

"……"

아미가 침묵하자 만월이 나섰다.

"시중이 낮에 자금서당을 복귀시키자고 말을 꺼냈소이다. 대부령은 그걸 어찌 생각하시오?"

염상은 꿀 먹은 벙어리가 되었다. 만월이 이어 말했다.

"양상이 그 말을 꺼냈을 때, 내 온몸이 거부반응을 일으켰습니다. 평소 그자를 믿지 못한 탓도 있겠지만, 나는 몸이 먼저 위기를 감지한 것이라 생각하오. 양상을 말을 따랐다면, 지금쯤 황성이 쑥대밭이 되고 말았을 겁니다. 아니 그렇소?"

만월의 거듭된 물음에 염상이 머리를 조아렸다.

"태후폐하의 말씀이 지당하십니다. 노신의 어리석음을 용서하시옵 소서."

"아닙니다. 용서라니요. 지금은 모두가 머리를 맞대어야 합니다. 그러니 자신의 생각을 서슴지 말고 이야기들 하시오. 대부령, 대부령의 지혜가 필요한 시점이오."

그 말에 용기를 얻은 염상이 말했다.

"태후폐하, 시중이 난에 가담했다는 전제를 깔고 생각해보면, 원래 저들의 계획은 자금서당을 철수시키고, 그 장군들까지 제거하는 것이었 을 겁니다. 헌데, 예상치 못하게 태후폐하께서 그 일을 막으신 것이지요. 그렇다면, 지금 자금서당에 그들의 끄나풀이 남아 있다는 말이 됩니다."

염상의 날카로운 지적에 모두가 고개를 끄덕였다. 은거가 감탄하며 말했다.

"역시 예리하십니다, 대부령! 태후폐하, 어서 자금서당의 대감들 을 잡아들이시지요!"

그때였다.

"어마마마!~."

"폐, 폐하!"

어린 황제가 궁인들을 뒤로하고 성루로 뛰어올라오자 당황한 기출과 실보가 황제를 부르며 황급히 뒤따라 올라왔다. 황제가 만월의 품에 와락 안기니 만월이 놀라 물었다.

"황상! 주무시지 않고 어찌 이곳까지 오신 게요?"

황제는 울먹거리며 말했다.

"어마마마, 반란이 일어났나요? 궁인들이 물어도 대답을 안 해 줍니다."

"별일 아닙니다. 걱정 마세요, 황상."

황제는 성 주위를 둘러싼 수없이 많은 횃불들을 보며 울먹였다.

"저들이 반란군인가요? 너무 무섭습니다… 흑…"

"황상! 어찌 약한 모습을 보이시는 겁니까? 황상의 충직한 병사들이 철옹성 같은 황성을 철통같이 방비하고 있습니다. 아무 걱정하실 것 없어요."

"어마마마…"

황제가 만월의 품을 파고드니 만월이 어린 황제를 보듬으며 말했다.

"안 되겠습니다. 저랑 같이 태후전으로 가실까요?"

황제가 고개를 끄덕이자 만월이 황제의 뺨을 어루만지고는 대신들에게 말했다.

"공들은 계속 사자대와 자금서당을 지휘하시오. 나는 황상을 데리고 태후전으로 가겠소. 지정아, 너는 시위대를 이끌고 자금서당의 대관대감, 대대감들을 모조리 붙잡아 태후전 연회실로 끌고 오너라."

"존명!"

지정이 바람을 일으키며 밑으로 뛰어 내려가자 만월이 이어 말했다.

"병부령과 대박사는 나를 따라오시오."

"예."

얼마 후, 만월의 침실. 침상 위에는 만월이 황제를 품에 안고 누워 자장가를 불러주고 있었다. 황제가 어미의 품 안에서 쌔근쌔근 잠에 빠져들자 만월은 조심스레 침실을 빠져나왔다. 만월이 연회실에 들어서니 시위부 장수들이 둘러싼 가운데, 옹은 결박되어 붙잡혀온 다섯 명의 대감들을 신문하고 있었고, 아미와 지정이 그 모습을 지켜보고 있었다. 만월이 위쪽의 탁상에 앉으며 옹에게 물었다.

"어찌 되었습니까?"

"이들은 모두 전부터 자금서당에 있던 자들입니다. 이들 말로는 새로 부임한 대관대감 둘과 대대감 둘이 저녁 무렵부터 보이질 않았다 합니다."

만월은 대감들을 쭉 둘러보더니 아미에게 시선을 보냈다. 아미가 고개를 끄덕이니 만월이 말했다.

"지정아, 모두 풀어주어라."

"예."

지정과 시위부 장수들이 대감들의 결박을 풀어주자 옹이 그들에게 말했다.

"태후폐하께서 너희들을 신임하신다는 증표이니라."

그러자 대감들이 주먹을 가슴에 올려 만월에게 경례를 올렸다.

"충!!!"

만월은 고개를 끄덕이며 대감들에게 말했다.

"나와 황상은 그대들만 믿겠소이다. 대감들과 시위부는 어서 돌아가서 역도들의 준동을 막아내시오."

"존명!!!"

지정이 대감들과 시위부 장수들을 데리고 서둘러 연회실을 빠져나가자 만월은 머리가 아픈지 손을 이마에 가져다대었다. 옹과 아미가 잠자코 기다리니 만월이 입을 열었다.

"서 있지들 말고 앉으세요."

옹과 아미가 탁상에 둘러앉으니 만월이 말했다.

"결국 아미 네 말대로구나…"

그러니 옹이 눈물을 흘리며 고개를 숙였다.

"죄송합니다… 양상을 끌어들인 것도 그렇고… 순을 온전히 믿은 것도… 모두 못난 이 오라비의 불찰입니다…"

"지금 그걸 따져서 뭣하겠습니까? 오라버니, 제 앞에서 약한 모습을 보이지 마세요."

그러니 옹이 소매로 눈물을 훔쳤다.

"아미야, 저들이 왜 멀찌감치 성을 둘러싸고 공격을 안 하는 것이냐?"

"흠…"

만월의 물음에 아미가 입술을 내밀고 생각에 빠지자 옹이 물었다.

"게다가 아무런 선포도 없으니 이상하지 않은가?"

이윽고 아미는 고개를 끄덕이더니 대답했다.

"대공은 얼핏 보면 아주 충동적으로 보일지 몰라도, 시간이 지나 그의 행동들을 돌이켜보면 하나하나 치밀한 계산이 깔린 것이었음을 알 수가 있었습니다. 지금 아무런 전언을 하지 않는 것도 다, 우리를 피말리기 위한 작전입니다. 사람들은 갈등이 생기면 대화로 상황을 정리하여 내적 긴장상태를 해소하려 하지요. 상대방이 확실히 적대감을 드러내는 것만으로도 자신의 복잡한 심정이 정리되는 법입니다. 하지만 지금처럼 상대방이 침묵을 무기로 들면, 수많은 물음들이 끊임없이 신경을 갉아먹게 되지요. 그러니 우리는, 지금 상황을 확실히 단정 짓고 다음 대책에만 신경을 써야 합니다."

옹이 말했다.

"그러면 자네가 지금 상황을 정리해 주게."

"우선, 위덕장군이 신성으로 갔는데도 봉화가 오르지 않는 걸로 봐서 비금서당도 저들 손에 넘어간 것이 틀림없습니다. 그렇다면 황성의 자금서당을 제외하고는 구서당 모두가 장악당한 것입니다. 지금 몰려온 병력을 대충 계산해 보니, 선도성, 명활성, 북형성, 관문에도 각각 서당 하나씩을 남겨 왕경을 완전히 차단한 것 같습니다. 신성에는 군량과 무기가 있으니 그곳의 비금서당에게는 보급을 맡겼을 가능성이 높습니다."

그러니 만월이 물었다.

"네 말은, 지금 저들이 장기전을 준비하고 있다는 것이더냐?"

"그렇습니다. 무릇 군대는 거병을 한 그때가 가장 기세가 높을 때입니다. 그걸 모를 리 없는 대공이 황성을 멀찌감치 포위만 하고 있다는 것은, 분명 장기전을 생각하고 있다는 말이지요. 아마 처음 계획은 단숨에 황성을 함락하는 것이었을 겁니다. 헌데, 예상치 못하게 자금서당이 황성에 남아 있으니 급히 전략을 수정한 것일 테지요. 옹이 형님, 지금 황성에 남은 식량으로 얼마쯤 버틸 수 있겠습니까?"

그러자 옹이 쓴웃음을 지었다.

"흐흐흐, 그 형님이라는 소리 참으로 오랜만에 듣는구나… 다 내 탓이겠지…"

"흐흐. 좀 서운하긴 했어도, 형님께서 저와 누님을 위해 그러신 것 다 압니다. 그러니 마음 쓰지 마십시오."

"후후… 황성에는 늘 석 달치의 식량을 비축하게끔 되어 있다. 모자라게 되면 즉시로 신성에서 조달하지. 헌데 지금은 자금서당까지 있으니, 아껴도 한 달을 버티기 힘들 듯하구나."

"흠… 시간이 촉박하군요… 그렇다면 무슨 수를 써서든 봉화를 올려서 최대한 빨리 전국에 반란을 알려야 합니다. 그래야만 변수가 생길 것입니다. 다른 방법은 없습니다."

그러니 만월이 말했다.

"황성과 왕경이 완전히 봉쇄당했는데, 봉화를 어찌 올린다는 말이냐?"

"누님, 제가 황성을 빠져나가 어떻게든 방법을 마련해 보겠습니다."

"아니 된다. 너무 위험해!"

"이 아우를 믿어주십시오. 지금은 그 수밖에 없습니다. 제가 빠져나가는 것만으로도 저들이 생각지 못한 변수가 생기는 것입니다. 제가 그 틈을 집요하게 파고들겠습니다."

만월이 걱정스런 표정으로 아미를 바라보자 옹이 말했다.

"태후폐하, 아미는 누구보다 똑똑한 사람입니다. 믿어보시지요."

만월이 하는 수 없이 고개를 끄덕이니 옹이 물었다.

"언제쯤 결행할 것이냐?"

"조금 있으면 동이 터올 테니, 오늘은 안 됩니다. 지금부터 저는 수례부1)로 가서 황성의 도본을 보며 안전하게 빠져나갈 구멍을 연구하겠습니다. 한시가 급하니 무슨 일이 있어도 내일 밤에는 빠져나갈 겁니다."

"알겠다. 내가 도울 일은 없느냐?"

"그건, 방법이 마련되면 그에 맞추어 알려드리겠습니다. 우선 형님께서는 성곽 아래에 천막들을 설치해 황성의 병력이 충분히 휴식할 수 있게끔 교대를 시켜 주십시오. 저들이 거리를 좁히면 병사들이 곧바로

---

1) [修例府]. 영선(營繕: 건축 및 수리)에 관한 업무를 보던 관청. 경덕왕 18년 (759)에 예작전(例作典)이 수례부로 바뀌었다가 혜공왕 12년(776))에 다시 환원된다.

성곽으로 올라갈 수 있도록 해놓아야 합니다. 식량 배분도 딱 배고프지 않을 정도로만 해서 버틸 수 있는 시간을 벌어 주십시오.”

“알겠다.”

“그리고 분명 대공이 성내에 첩자를 심어두었을 겁니다. 긴밀한 사항들은 지금처럼 태후전에서 사람들을 물린 채 의논하시고, 제가 빠져나가는 것도 여기 있는 우리들만 알고 있어야 합니다.”

“알겠다. 그런데 네 일을 염상, 정문, 은거에게도 비밀로 하라는 것이더냐?”

“형님, 그들의 지나온 충정을 모르는 바는 아니나, 지금은 그 누구도 완전히 믿어서는 아니 됩니다. 사람 마음은 갈대라지 않습니까? 제가 나가고 나면, 정말 중요한 것들은 누님과 지정이하고만 상의하십시오.”

“흠… 알겠다. 네 말대로 하마.”

19

실마리를 좇아

반란 이틀째 저녁, 황성의 수례부 서고. 아미는 수례부 공장들과 함께 탁자 위에 놓인 황성의 도본을 보며 한창 이야기를 주고받고 있었다. 그때 옹이 서고에 들어왔다. 공장들이 급히 뒤쪽으로 물러나 허리를 숙이니 옹이 손을 흔들며 말했다.

"그럴 것 없느니라. 아미야, 어떻게 되어 가는지 궁금해서 와 봤다."

"마침 잘 오셨습니다. 지금 막 결정을 보았습니다."

"오… 그래, 언제쯤 할 생각이냐?"

그러니 아미가 공장들에게 말했다.

"자네들은 나가서 말했던 도구들을 준비하게. 입조심들 하고."

"예."

공장들이 서둘러 자리를 비우자 아미가 말을 이었다.

"인시 정각1)에 결행할 것입니다. 그때쯤 지정이를 시켜 서쪽 천랑지2) 부근에는 아무도 못 오게 해주십시오."

---

1) [寅時 正刻]. 새벽 3시.

2) [天狼池]. 〈창작〉 월성 서쪽에 있던 연못의 이름. 천랑(하늘늑대)은 천랑성(늑대별) 즉 시리우스[Sirius: 큰개자리 α(알파)성]를 뜻한다. 시리우스는 스스로 빛을 내는 별(항성) 중에 태양 다음으로 밝게 빛나는 별이다. 2003년에 월성 지표조사

그러자 옹이 의아한 표정으로 말했다.

"갑자기 천랑지는 왜?"

"연못의 수로가 문천으로 연결되어 있습니다. 그 수로를 통해 빠져나갈 겁니다."

"허…"

옹은 놀란 표정을 짓더니 도본을 살피기 시작했다.

"너… 제정신인 것이냐? 수로가 물로 꽉 차 있고 길이가 팔십 척[1]이 넘는 데다가, 중간에 쇠창살로 막혀 있지 않느냐?"

"흐흐, 걱정 마십시오. 제가 죽을 짓을 하겠습니까?"

"후… 알겠다. 더 이상 묻지 않으마. 부디 조심하거라."

"예, 형님."

인시 정각, 세 가닥 별모양의 연못 천랑지. 멀리서 시위부 병사들이 출입을 통제하는 가운데, 아미와 지정은 성벽 쪽 연못 가장자리에서 이야기를 주고받고 있었다. 아미는 흑의를 입고 있었는데 등에는 화운검을 매고 허리띠에는 자루가 기다랗고 끝이 노루발처럼 생긴 쇠지레와 말안장에 매는 기다란 염소가죽 수통을 매고 있었다. 지정이 말했다.

"형님, 성벽의 횃불을 끄는 것이 어떻겠습니까? 아무래도 불안합니다."

아미가 고개를 흔들었다.

"그러면 정찰병들이 분명 의심을 할 것이다. 너무 걱정하지 말거라. 다행히 수로가 월정교 밑으로 나 있으니, 들키지 않고 물 밖으로 나올

도중, 성의 동쪽과 서쪽 두 곳에 지름 50m의 연못 터가 발견되었는데, 둘 다 모양이 세 갈래로 삐쭉한 메르세데스 벤츠(독일 자동차 회사)의 세 꼭지 별 로고처럼 생겼다. 월성 밖 북동쪽에 있는 안압지(雁鴨池)의 본디 이름이 월지(月池) 이므로, 같은 방식으로 별의 이름을 따서 연못의 명칭을 지어 보았다.

1) 약 24m.

수 있을 것이야."

그때 수례부에서 봤었던 공장들이 시위부 병사들을 통과해 아미에게 달려와 말했다.

"말씀하신 대로 준비했습니다."

"보여주시게."

공장 하나가 검은 주머니를 손위에 놓고 펼치자 그 속에서 연둣빛으로 밝게 빛나는 물체가 모습을 드러냈다. 아미가 그것을 손으로 집어 들어 살폈다. 투명하고 빵빵한 물고기 부레 속에서 수십 마리의 개똥벌레들이 환한 빛을 내고 있었다. 아미는 고개를 끄덕이고는 부레를 안주머니에 넣으며 말했다.

"수고했네. 숯은 가져왔는가?"

"예. 여기 있습니다."

공장이 다시 작은 주머니를 꺼내 건네주니 아미가 받아서 손 위에 펼쳤다. 기름이 섞인 시꺼먼 숯가루가 담겨 있었다. 아미는 숯가루를 눈과 입 주위에 벅벅 문지르고서 검은 복면을 뒤집어썼다. 머리끝부터 발끝까지 온통 새까만 모습이었다. 아미가 천천히 연못에 몸을 담그니 물이 가슴까지 차올랐다. 그러니 지정이 시위부 장수 둘을 데리고 연못 끝에 섰다.

"올리거라."

아미의 말에 지정과 장수들이 수로를 막고 있던 석문을 들어 올리자, 수로 근처에 와류가 생기더니 점점 잠잠해졌다. 아미는 심호흡을 몇 차례 하고는 망설임 없이 수로 속으로 잠수해 들어갔다.

'뽀글뽀글… 뽀르르…'

물로 꽉 찬 캄캄한 수로 속에서 벽을 짚으며 한동안 헤엄치던 아미는 수로 중간에 놓인 철창이 만져지자 품에서 부레를 꺼내었다. 밝은 빛이 수로 안을 비추었다. 아미는 부레를 물속에 띄워놓고 쇠지레의 노루발을 철창 건너편 아래쪽 홈에 끼워넣었다. 단단히 걸린 느낌이 들자 쇠지레 손잡이를 힘껏 밀어 올렸다.

"흡!"

하지만 철창은 꼼짝도 하질 않았다. 몇 번의 시도가 모두 실패로 돌아가자 가슴과 목이 뜨거워지며 고통이 밀려왔다.

'부르르르릇.'

아미는 숨을 뱉어내어 고통을 줄인 후, 허리에 차고 있던 수통을 떼어내어 거꾸로 들고서 마개를 뽑아내고 대가리를 입에 물었다. 수통이 쪼그라들었다 부풀었다를 반복했다.

'한번만 더 시도하고 안 되면 돌아가야 한다…'

아미는 다시 쇠지레를 붙잡고서 온 힘을 다해 밀어 올렸다.

"흐읍!!"

'꾸랑땅!!'

물속에서 요란한 소리를 내며 철창이 통째로 뜯겨나가자 아미는 수통과 쇠지레를 내버려두고 부레를 품에 넣은 후 빠르게 수로를 빠져나가기 시작했다. 잠시 후.

"푸헉, 헉, 헉, 헉, 헉……"

월정교 아래쪽 수로 입구로 빠져나온 아미가 물 밖으로 고개를 내밀며 참았던 숨을 거칠게 토해냈다. 성벽 위에 숨어서 조마조마한 심정으로 아래쪽을 지켜보던 지정이 그 모습을 보고 한숨을 쉬며 가슴을 쓸어내렸다.

"휴……"

그 사이 호흡을 가다듬은 아미가 고개를 돌려 서쪽을 보니, 멀리 문천의 양옆에서 반란군의 횃불이 강물을 훤히 비추고 있었다. 아미는 품에서 까만 대나무 대롱을 꺼내어 입에 물고서 물속에 몸을 누였다. 그렇게 물속에 누운 채로 천천히 물살을 타고 흘러내려가기 시작했다.

물결이 일어나지 않도록 비스듬히 기울인 대롱으로 숨을 쉬며 한참을 흘러가니 좌우에서 불빛이 어른거렸다. 감시하는 병사들이 있었지만 유심히 보지 않는 이상 물속의 아미를 발견하기는 힘들었기에 아미는 무사히 그곳을 통과할 수 있었다. 그렇게 한참을 더 떠내려간 아미는 뭍으로 기어올라 강가의 풀숲에 몸을 숨겼다. 동쪽을 보니 빙 둘러싼 수없이 많은 불빛 속에 섬처럼 고립된 황성의 불빛이 애처롭게 반짝이고 있었다. 아미는 주변에 아무도 없음을 확인하고서 품속에서 부레를 꺼내었다. 부레를 찢어 벌리니 아름다운 빛들이 천천히 흩어지며 날아갔다.

얼마 후, 쉴 새 없이 달려 신궁을 지나 커다란 동백나무 군락 아래에 이른 아미는 복면을 벗어젖히고 마치 번개가 거꾸로 뻗어나가며 갈라지는 듯한 모양의 동백나무에 기대어 거친 숨을 몰아쉬었다. 잠깐 휴식을 취한 아미는 다시 숲에 난 길을 따라 달리기 시작했다. 숲을 빠져나와 사량리에 들어선 아미는 눈앞에 펼쳐진 광경에 아연실색을 하여 입이 다물어지지가 않았다.

"이… 이런… 도대체…"

마을 초입부터 시체들이 군데군데 너부러져 있었고, 마을의 수많은 집들이 불에 타고 있거나 벌건 숯덩이가 되어 무너져 내려 있었다. 아미는 숨을 돌릴 겨를도 없이 마을 안쪽으로 달려 들어갔다. 안으로 들어갈수록 더욱 처참한 광경이 펼쳐졌다. 수없이 많은 시체들이 끝도 없이 이어져 불타는 거리를 채우고 있었다. 지옥 같은 거리를 지나 마을 광장에 들어선 아미가 사방을 돌아보며 머리를 쥐어뜯고 있을 때, 서쪽 어디선가 사내의 신음소리가 들려왔다. 아미가 그 소리를 쫓아 시체들 속을 헤매다 무너진 돌담 무더기를 지날 때였다.

"으으……"

돌무더기 안쪽에서 신음소리가 난 것을 확인한 아미는 서둘러 돌을 치우기 시작했다. 돌들을 걷어내니 젊은 사내가 갑주를 입은 시체 하나에 짓눌려 신음을 토하고 있었다. 아미는 시체를 들춰내고 그 사내를 부축해 벽에 기대어 앉혔다.

"괜찮은가?"

"고… 고맙습니다…"

"이보게 젊은이, 이게 도대체 어찌된 일인가? 사량리가 왜 이 모양이 된 것이야!?"

그러자 젊은이가 눈물을 주르르 흘리며 말했다.

"저녁때 병부령의 가신들이 반란군에 대항하려, 사량리 귀족들의 가병들과 마을사람들을 모임터로 불러 모았습니다. 저도 사람들을 따라 이곳에 모였는데, 그때 갑자기 사량리와 모량리의 대족들이 반란 군을 이끌고 와 마을사람들을 닥치는 대로 살육하기 시작했습니다. 그때, 머리가 벌렁 벗겨진 사람이 반란군 여럿을 베어 넘기는 모습을 보고서 사람들이 맞서 싸우기 시작했습니다. 저도 그놈들과 싸웠는데, 갑자기 위에서 담벼락이 무너져 내리는 바람에 돌에 깔려 정신을 잃었습 니다."

"혹시 그 머리가 벗겨졌다는 사람이 옆머리와 뒷머리만 어깨까지 길게 기르지 않았나?"

"예! 맞습니다!"

"흠… 그럼 그 후에 일어난 일들은 자네는 모르겠군?"

"예… 정신을 잃고 돌 속에 묻혀 있어서…"

"알겠네. 자네, 혼자 움직일 수 있겠나? 반란군에 대항하려면 서둘러야 해서 자네를 더 도와주지는 못할 듯하네만……"

"저를 구해주신 것만으로도 너무 감사합니다. 높으신 분 같은데, 저는 알아서 할 테니 어서 이곳을 벗어나십시오. 언제 또 반란군이

들이닥칠지 모릅니다."

아미는 젊은이의 어깨를 만지며 고개를 끄덕였다.

"미안하네. 자네도 조심하게나."

"예, 나리."

아미는 일어나 젊은이를 남겨두고 광장 한복판으로 뛰어가 멈춰섰다. 그러고는 동서남북을 한 번씩 번갈아 보더니 턱을 잡은 채 눈을 가늘게 뜨고 생각에 빠졌다.

'생각을 정리해 보자⋯ 위덕은 옹 형님의 가신들을 찾아가 대항군을 조직할 생각이었음이 분명하다⋯ 다행히 위덕이 나와 똑같은 생각을 가지고 나보다 한 발 앞서 행동하고 있음이야⋯ 내가 그를 만날 수만 있다면 하루라는 천금 같은 시간을 버는 것이다⋯ 그의 무력으로 봤을 때, 쉽사리 죽지는 않았을 것이다. 그렇다면 어디론가 도망을 쳤다는 이야기인데⋯ 젊은이의 말대로라면 모량리와 사량리의 대족들이 반란에 가담한 것이다⋯ 그렇다면 모량리가 있는 서쪽으로 갔을 리는 없다⋯'

아미는 자신이 왔던 북쪽을 보더니 금세 고개를 흔들었다.

'반란군이 진을 치고 있는 북쪽으로 갔을 리도 없고, 남쪽 아니면 동쪽이다⋯ 나라면 어찌했을까?'

아미는 남쪽으로 몸을 돌렸다.

'남서쪽으로 빠져나간다면 가장 안전하게 왕경을 벗어날 수 있다⋯ 하지만 이쪽으로는 큰 고을이 없고 서쪽 일대는 험준한 산지들만 있으니, 계속 남하해 삽량주[1]로 가거나 중간에 동쪽으로 꺾어 구불벌로 가야한다⋯ 하지만⋯ 그렇게 되면 시간이 너무 지체되어 버린다⋯ 그쪽에서 봉화를 올리고 구원군을 이끌고 온다 해도 관문을 뚫는 것은

---

1) [歃良州. 지금의 경남 양산 일대. 경덕왕 16년에 양주(良州)로 이름을 바꾸었으나, 여전히 실생활에서는 익숙한 이름인 삽량주가 쓰이고 있었다.

거의 불가능에 가깝다… 그럼 다시 탈출한 경로로 와야 하는데… 대공이 그 사이에 남서쪽을 틀어막으면… 아니지, 막을 필요가 없다. 남서쪽은 고허성을 점령하지 않는 이상 무턱대고 들어왔다간 퇴로가 끊긴 채 사방에서 협공을 받게 되어 있다… 대공은 분명 그것까지 생각했을 것이야… 신성의 역할을 누구보다도 잘 아는 위덕도 그것을 간파하고 있었을 것이다…'

아미는 다시 동쪽으로 몸을 돌렸다.

'위덕은 타고난 무부이고 이번 일로 봐서 지략까지 겸비하고 있다… 단점이 있다면 성미가 급하다는 것인데… 그런 그가 과연 멀리 왕경을 빠져나가 후일을 도모했을까?… 아니다… 위덕은 황성의 군량 상황을 누구보다 잘 알고 있으니 지금 나처럼 분명 시간을 아끼려 했을 것이다… 위험하지만 왕경 내에서 일을 도모해야 대공의 허를 찌를 수 있고 시간을 아낄 수 있다… 그래, 동쪽이구나… 위덕은 남산에 숨어들어 동쪽으로 넘어갔을 것이야… 그럼 동쪽 어디로 갔을까?…'

그때 아미의 머릿속에 문득 25년 전의 일이 떠올랐다. 충효, 승우와 함께 열선각에서 기파와 형제의 연을 맺고 남산에 올라 신성에 들렀다가 동쪽으로 내려가 사천왕사에 들러 만월과 설아를 만났던 일들이 주마등처럼 머릿속을 스쳐지나갔다.

'사천왕사… 그래! 사천왕사다! 위덕은 사량리에서 실패를 맛보았기 때문에 이번엔 은밀한 곳에서 대항군을 조직하려 할 것이다. 그렇다면 남산이 최적의 장소가 된다. 그곳이라면 밤중에 승려들을 본피부와 한기부로 보내어 은밀하게 병력을 끌어 모을 수 있다… 게다가 왕경 동쪽 일대의 사찰들에서 승려들을 불러 모아 승병까지 조직할 수 있으니, 일석이조인 셈이다!'

아미는 생각이 정리되자 하늘을 올려다보았다.

'동이 트기까지 얼마 남지 않았다… 그 전에 남산을 넘지 못하면

발이 묶이고 만다…'

"후… 젠장… 몸이 남아나질 않는구나…"

원망스런 표정으로 무심한 하늘을 바라보며 혼잣말을 내뱉은 아미는 다시 북쪽의 열선각을 향해 내달리기 시작했다.

'부처님, 제 몸은 부서져도 좋으니 실컷 고생시키십시오. 다만, 반드시 그만큼 저를 도와주셔야 합니다!'

반란 사흘째 동틀 무렵. 아미는 산길을 죽을 듯이 달려 남산의 동쪽 밑을 흐르는 문천에 다다랐다. 그곳은 예전 기파와 만월이 서로의 마음을 확인하던 그 강가 맞은편이었다. 그때는 석양에 반짝이던 물결이 이번엔 터오는 동을 맞아 반짝이고 있었다. 예나 지금이나 다름없이 평온하게 흐르는 강물과는 달리, 아미의 심장은 금방이라도 터져버릴 듯 쿵쾅대고 있었고 허파는 찢어져 버린 듯 쐐한 피비린내를 목구멍으로 내뿜고 있었다. 아미는 쓰러지듯 강가에 엎드려 헐떡이다가 속에 있던 것들을 게워내기 시작했다.

"우웩… 헉헉, 웍…… 캑캑‥ 헉헉헉헉…"

한동안 그렇게 엎드려 헐떡이던 아미는 갑자기 열기가 머리 쪽으로 몰려오자 강물에 머리를 처박고 입으로 물을 빨아들였다. 다시 고개를 드니 물이 눈앞으로 쏟아져 내렸다. 손으로 얼굴을 쓸어내리니, 저 멀리에 남북으로 길쭉한 낭산이 보였다. 아미는 걸레처럼 축 늘어진 몸을 다시 일으켜 강을 건너기 시작했다.

얼마 후. 새소리 하나 없는 이상한 적막감에 휩싸인 낭산을 올라 사천왕사에 당도한 아미는 굳게 닫힌 사천왕사의 남문을 두드렸다.

'쾅!! 쾅!! 쾅!!'

"계시오!! 아무도 없소이까!!"

그러자 삐익 하며 안쪽으로 문이 살짝 열리더니 서른 중반의 젊은 스님이 모습을 드러냈다.

"무슨 일이십니까?"

"혹시 이곳에 윗머리가 벗겨진 장수가 찾아오지 않았소? 내 그자를 반드시 만나야 하오!"

"저는 모르는 일입니다. 그만 돌아가시지요."

스님이 문을 다시 닫으려 하자 아미가 몸을 끼워 넣어 문을 밀쳐버렸다.

"이게 무슨 짓입니까!?"

아미는 막아서는 스님을 밀쳐내고 안쪽으로 뛰어 들어갔다. 그런데, 아침 예불을 드려야 할 시간인데도 사찰 안은 쥐죽은 듯 조용했고 개미새끼 한 마리도 보이지 않았다.

"정말 왜 이러십니까! 어서 나가주십시오!"

뒤쫓아 온 스님이 아미의 팔을 붙잡아 당기자 아미가 물었다.

"다들 어디로 간 것이오? 왜 아무도 보이질 않소이까?"

"변란이 일어나 다들 도망쳤습니다. 그러니 그만 나가십시오."

"거짓말하지 마시오! 나라를 지키는 사찰인 사천왕사 승려들이 그랬을 리가 없지 않소! 충담형님을 불러주시오! 내 형님과 직접 이야기하리다."

아미의 입에서 충담형님이라는 말이 나오자 스님의 표정에 변화가 일어났다.

"사형님을 어찌 아십니까?"

"나는 돌아가신 기파형님의 동생 아미요. 충담형님과도 호형호제하는 사이요."

그러자 스님이 활짝 웃으며 말했다.

"아! 아미공이셨군요! 몰라뵈어 죄송합니다. 저를 모르시겠습니까?"

"누구…"

"어릴 적에 망덕사에 있던 도우입니다!"

"도우? 그럼 그 꼬마가?"

"예, 맞습니다."

그때 밀짚모자를 쓴 농부 차람의 중년 사내가 사찰 안으로 헐레벌떡 뛰어 들어왔다.

"계십니까!! 헉, 헉, 아무도 없습니까!!"

아미와 도우가 소리를 듣고 마당으로 뛰어나오니 그가 말했다.

"큰일 났습니다! 헉, 헉, 어서 이곳을 피하셔야 합니다!"

"무슨 일입니까?"

도우가 물으니 스님이 답했다.

"지금 반란군들이 왕경의 사찰을 불태우고 승려들을 잡아가두고 있습니다!"

"뭐, 뭐라고요!? 미치지 않고서야 어찌 그런 무도한 짓을 저지른단 말씀입니까!?"

도우가 깜짝 놀라 되묻자, 그가 밀짚모자를 벗어 빡빡 깎은 머리를 드러내 보이며 말했다.

"저는 흥륜사의 승려입니다. 아침에 일어나 분황사에 볼 일이 있어 갔는데, 절이 불타고 승려들이 포박당해 어디론가 끌려가고 있었습니다. 급히 사실을 알리려 흥륜사로 돌아갔으나 이미 그곳도 반란군이 들이닥쳐 절을 헤집는 중이었습니다. 제가 근처의 농가에서 변복을 하고 우리 스님들이 어디로 잡혀가는지 따라가 보니까, 수많은 승려들이 황룡사 안으로 잡혀 들어가고 있었습니다. 그래서 서둘러 여기 낭산의 황복사로 달려왔는데, 또 한발 늦었지 뭡니까… 이럴 시간이 없습니다. 이제 곧 그놈들이 황복사를 불태우고 이곳으로 몰려올 겁니다. 어서, 어서 다른 스님들을 피신시켜야 합니다!"

"다른 분들은 대항군을 모으러 각지로 흩어져 있어, 여긴 저와 이분밖에는 없습니다. 스님, 우선 저희들과 산 위로 피신하시지요.”

“저는 동악1)의 사찰들에 이 사실을 알리러 갈 것입니다. 부디 조심들 하십시오.”

“알겠습니다. 스님도 조심하십시오.”

스님이 달려 나간 후, 도우가 아미에게 말했다.

“우리도 피해야겠습니다.”

“알겠네. 가세나.”

그렇게 두 사람은 사천왕사가 내려다보이는 산 위로 숨어들었다. 숲에 숨어 아래를 지켜보고 있을 때였다. 서슬이 퍼런 대검이 뒤쪽에서 슥 하고 나타나 아미의 목에 서늘한 기운을 전달했다.

“웬 놈이냐!”

나지막한 목소리에 아미가 꼼짝을 못하고 가만있으니 도우가 놀라서 뒤를 돌아보았다.

“장군! 이분은 아미공이십니다.”

“아미공?!”

위덕이 칼을 거두자 아미가 목을 매만지며 한숨을 쉬었다.

“휴… 이거 원, 볼 때마다 사람 간 떨어지겠소?”

“크흐흐, 미안하게 됐소이다. 근데 황성에 갇혀 있던 것 아니시오?”

“새벽에 빠져나왔소이다. 내가 장군을 만나려고 얼마나 개고생을 한지 아시오? 후… 아무튼 다시 만나서 천만다행이오.”

“잘 오셨소이다. 오늘 자정에 이곳 사천왕사로 각지에서 대항군이 모여들 것이오. 같이 힘을 합쳐 저놈들을 쳐 죽입시다!”

그때였다.

“쉿! 저기 보십시오!”

도우가 북쪽 아래로 손가락을 가리키자 아미와 위덕이 그쪽을 내려다

---

1) [東岳]. 토함산.

보았다. 말을 탄 덩치가 큰 장수 하나가 산길을 따라 천여 명의 군사들과 포박당한 승려들을 이끌고 오고 있었다.

"아니 저놈은?!"

위덕이 장수를 알아보는 듯 혼잣말을 하자 아미는 실눈을 뜨고 먼 곳의 장수를 자세히 살폈다. 아미의 표정이 갑자기 굳어지며 살기를 내뿜기 시작했다.

"대렴…"

대렴은 사천왕사에 이르러 병사들에게 외쳤다.

"모조리 잡아들여라!!"

"예!!!!!"

병사들이 사천왕사의 북문과 동문으로 일제히 진입해 절을 헤집기 시작했다. 무도한 병사들이 흙발로 대적광전1)에 들어가 벽 뒤에 통로가 없는지를 살피기 위해 탁자를 들어내다가 그 위에 모셔진 삼신불2)이 땅바닥에 떨어져 목과 팔이 떨어져 나갔다. 그렇게 무도한 짓거리가 한동안 이어지고, 얼마 후.

"장군. 이미 다 도망치고 없습니다. 어떡할까요?"

부장 하나가 대렴에게 보고하자 대렴이 인상을 찌푸렸다.

---

1) [大寂光殿]. 비로자나 화엄불국토[연화장세계(蓮華藏世界): 청정과 광명이 충만한 이상적인 불국토]의 주인인 비로자나불(대일여래)을 모시는 전각. 화엄전(華嚴殿) 혹은 비로전(毘盧殿)이라고도 함.

2) [三身佛]. 부처님의 몸을 셋으로 나누어 부르는 말로, 법신불·보신불·응신불(화신불)을 한꺼번에 이르는 말이다. 법신불은 형체가 없는 진리 그 자체로, 삼라만상을 움직이는 법을 관장하는 비로자나불(대일여래)을 말한다. 보신불은 보살이 오랫동안 고행과 난행을 거쳐서 성불한 부처님을 말하는데, 주로 법장보살이 48대원(大願)을 세우고 정진하여 성불한 서방정토의 아미타불을 말한다. 응신불은 법신불이나 보신불을 볼 수 없는 중생을 제도하기 위하여 직접 현세에 나타난 부처님을 말하는데, 주로 석가모니 부처님을 말한다.

"쥐새끼 같은 놈들… 눈치를 채고 동악의 사찰들에 알리러 갔음이 분명하다. 어서 쫓아야 한다!"

"하지만 장군, 각간께서 사천왕사까지만 살피고 돌아오라지 않으셨습니까? 거기다 승려들을 이끌고서는 빠른 속도로 이동할 수 없습니다."

그러자 대렴이 느닷없이 칼을 빼내 부장의 목을 겨누었다.

"너 이새끼, 지금 내 명을 우습게 여기는 것이더냐?"

"그, 그런 것이 아니오라…"

"한번만 더 토를 달면, 네놈의 머리통을 날려버리겠다!"

"죄송합니다! 무례를 용서해 주십시오…"

그러니 대렴이 칼을 도로 집어넣으며 말했다.

"형님이 그렇게 말한 것은 중들을 잡아들였을 경우다. 지금처럼 모조리 도망쳤을 경우가 아니란 말이다. 중놈들이 분명 대항군을 조직하려 들 것이다. 그 전에 싹을 잘라놔야 해!"

"예! 지당하십니다!"

"네 말대로, 저것들을 데리고서는 빠르게 이동할 수 없다. 중놈들을 법당에 가둬놓고 절과 함께 불태워버려라!"

대렴의 말을 들은 부장은 자신의 귀가 의심이 되는지 눈이 올빼미처럼 둥그레져서는 말은 못하고 입을 우물거렸다.

"뭘 우물쭈물거리는 게야!!"

"예, 예!"

병사들이 승려들을 법당 안에 가두는 것을 보고는 도우가 아미에게 물었다.

"저놈들이 스님들을 왜 가두는 것입니까?"

"흠…."

아미는 속으로 짐작 가는 바는 있었으나 설마 하며 말을 아꼈다.

그때, 병사들이 횃불에 불을 붙이는 것을 확인한 위덕이 벌떡 일어났다.

"아니?!! 저놈들이?!!"

그러자 아미가 위덕의 팔을 잡아 끌어당기며 말했다.

"장군! 진정하시오!"

"이대로 보고만 있을 셈이시오? 내 당장 내려가 대렴 저 미친 개의 목을 베어 버려야겠소!"

"장군! 장군은 우리의 마지막 희망이오! 제발 자중하시오!"

그러자 도우가 눈시울이 벌게져서 아미에게 말했다.

"이대로 스님들이 불타 죽도록 내버려둘 생각이십니까?"

"하… 자네까지 왜 이러는가? 지금 나나 장군이 모습을 드러내면 낭산 전체가 불타 없어질 것일세. 그럼 일말의 희망도 모두 다 같이 불타 없어지는 것이야. 난들 이러고 싶은 줄 아는가?"

그때, 아래에서 스님들의 절규가 들려왔다.

"으아아아악!!!! 크아아아악!!!!"

세 사람이 동시에 아래를 보니 법당이 순식간에 불타올라 시꺼먼 연기를 내뿜고 있었다.

"저, 저런 죽일 놈들…"

"흐으으윽…"

차마 눈뜨고는 보지 못할 끔찍한 광경에 위덕이 분통을 억누르지 못해 닭똥 같은 눈물을 뚝뚝 흘렸고, 도우 역시 땅바닥을 때리며 하염없이 눈물을 쏟았다. 아미는 애써 냉정을 유지하려 하였으나 스님들의 비명이 가슴속을 후벼 파는 것 같아 귀를 막고 고개를 흔들었다.

'아으으윽… 아… 이 죄를 어찌한단 말인가…'

얼마 후, 절 전체가 화염에 휩싸여 열기를 뿜어내자 대렴이 부장에게 말했다.

"잘 하였다. 지금처럼 내 명을 잘 따르면, 나중에 너를 잊지는 않으마."

"감사합니다! 무슨 분부든 내려만 주십시오!"

"분명 쥐새끼들이 산속에도 숨어 있을 것이다. 너에게 병력 절반을 떼어줄 테니 낭산을 이 잡듯 샅샅이 뒤져라. 중놈들이 보이는 족족 베어버려야 할 것이다. 알겠느냐?"

"예! 장군!"

"나는 이대로 동악의 사찰들을 뒤질 것이니라. 너는 일을 마치는 대로 불국사로 오너라!"

"예! 장군!"

"가자!!"

대렴이 병력을 이끌고 산길을 내려가기 시작하자 부장이 외쳤다.

"지금부터 산을 뒤져서 숨어 있는 놈들을 처단한다!! 샅샅이 뒤져라!!"

"예!!!!"

반란군이 산을 오르기 시작하자 아미가 말했다.

"큰일이오! 어서 피해야 하오!"

그러니 도우가 위덕에게 말했다.

"지금 숨을 곳은 그곳밖에 없습니다."

그 말에 위덕이 고개를 끄덕였다.

"알겠소이다. 아미공, 나를 따라오시오."

그렇게 아미와 도우가 위덕을 따라 산길을 달리다가 옆쪽으로 빠져 숲길을 얼마간 지나니, 숲 속에 허름한 창고가 나타났다. 옛날, 귀수와 대공이 한밤중의 사투를 벌이던 바로 그곳이었다. 잡동사니들이 가득 찬 창고에 들어서자 위덕이 구석으로 가 거미줄이 쳐진 뒤주를 옆으로 옮겼다. 그리고는 옆쪽의 바닥 나무판때기 하나를 잡아 당겼다.

'철컹.'

바닥 일부가 문처럼 밑으로 젖혀지며 떨어지자 아래에 사다리가 보였다.

"사다리를 타고 내려가면 계단이 있을 것이오. 어서들 내려가시오."

아미와 도우가 위덕이 시키는 대로 밑으로 내려가자 위덕은 사다리에 매달려 뒤주로 통로 위를 덮고, 매달려 있는 바닥문을 다시 올려 닫았다. 그러니 저 아래에서 동자승 몇이 횃불을 들고 와 계단을 밝혀주었다. 그렇게 세 사람이 지하 벽면에 붙어 있는 좁은 계단을 타고 밑으로 내려오니 제법 큰 동굴이 눈에 들어왔다.

"가자."

위덕이 횃불을 든 동자승의 어깨를 두드리자 동자승이 통로를 따라 걷기 시작했다. 그렇게 일행이 통로 끝에 다다르니 오른쪽에 방처럼 만들어진 공간이 나타났다. 그곳 뒤쪽 면에는 큰 석단이 놓여 있었고, 그 위에 황금으로 만든 커다란 제석천왕의 좌상이 빛을 내뿜고 있었는데, 그 주위에 연로한 스님들과 어린 동자승들이 모여 앉아 있었다. 도우가 그중 늙어서 뼈만 앙상하게 남은 스님에게로 가 무릎을 꿇으며 말했다.

"스승님, 도우입니다."

스님이 천천히 눈을 떴다. 그는 다름 아닌 선율이었다. 이제는 백 살이 훌쩍 넘어 눈을 뜨는 것조차 힘겨워 보였다.

"도우 왔느냐."

"예, 스승님. 그런데 스승님… 무도한 자들이 황복사 스님들을 법당에 가둬놓고, 사천왕사와 함께 불태워 버렸습니다…… 흐으윽…"

선율은 말없이 고개를 끄덕였다. 그러다가 위덕을 보더니, 다시 옆에 서 있는 아미에게 시선을 옮기며 물었다.

"장군 옆에 서 있는 분은 뉘시냐?"

"스승님도 잘 아시는 분입니다. 바로 아미공입니다."

그러자 선율이 희미한 미소를 지어보였다.

"역시 그랬구나… 아미야, 이리 와 앉거라."

선율이 뼈만 남은 손을 저으며 아미를 부르니, 아미가 도우 옆에 무릎을 꿇으며 말했다.

"큰스님. 그간 못 찾아뵈어서 죄송합니다. 아미입니다."

"그래, 잘 찾아왔구나. 이곳은 네가 찾아준 문두루비전을 모신 곳이니라. 월명이 원래 비전이 있던 곳을 찾아내었는데, 그곳이 바로 이곳이란다."

"아… 그랬군요…"

"하늘이 왜 나를 아직까지 살려두시는지 몰랐으나, 이제야 그 뜻을 알겠구나… 아미야…"

"예, 큰스님."

"부처님께서 너를 지켜주실 것이니, 네가 이 난을 평정해야만 한다. 할 수 있겠느냐?"

"소인… 능력이 부족한 데다, 상황이 너무 열악하여, 잘 할 수 있을지 모르겠습니다…"

"걱정 말아라. 때가 되면 부처님께서 너에게 천군1)을 보내주실 것이다."

"천군… 이라 하셨습니까?"

"그렇다. 또 황성에는 제석천의 화신이 계시니라. 그분이 황제와 태후를 지켜줄 것이니, 너는 황성의 안위보다 마왕의 군사를 물리치는 데만 전념하거라."

"예?? 큰스님, 소인 무슨 말씀이신지…"

"때가 되면 다 아느니…"

선율은 다시 눈을 감고 마치 죽은 사람처럼 미동도 하지 않았다.

---

1) [天軍]. 하늘의 군대.

"큰스님?"

아미가 선율을 살피자 도우가 아미를 끌어당기며 말했다.

"스승님이 워낙에 연로하셔서 그렇습니다. 쉬셔야 하니, 우리는 밖에서 이야기하시지요."

"아, 알겠네…"

그렇게 도우가 아미와 위덕을 데리고 동굴 방을 나설 때였다.

'쿵, 쿵, 쿠덩텅…'

창고 위에서 요란한 소리가 들려오자 셋은 조심스레 창고 밑으로 걸어갔다. 그러니 병사들이 창고를 뒤지는 소리가 계속해서 들려왔다. 도우가 합장을 하고 소리 없이 입을 움직이며 기도를 했다. 아미가 등에 맨 화운검에 손을 가져가자 위덕도 자신의 검에 손을 가져다 대었다. 얼마간 그렇게 쿵쾅대더니 말소리가 들려왔다.

"아무 것도 없습니다."

"됐다. 다들 돌아간다!"

"예!!"

그렇게 셋은 놀란 가슴을 쓸어내렸다.

20
죽기 좋은 날

　그날 자정. 시꺼먼 재로 변해 버린 사천왕사에는 사방에서 승려들과 백성들이 모여들어 대항군이 조직되고 있었다. 그 수가 어느새 삼천을 넘기고도 계속해서 삼삼오오 모여드는 모습을 지켜보던 아미가 도우에게 물었다.

　"그런데 월명스님도 오는 것인가?"

　"아… 아직 모르셨나 봅니다… 큰 사형님은 몇 년 전에 입적하셨습니다."

　월명이 고인이 되었다는 말에 아미는 충격을 받았는지 더 이상 말을 잇지 못했다. 그때, 도우가 손가락을 가리키며 말했다.

　"저기 보십시오! 충담사형입니다."

　아미가 고개를 돌려보니 도우의 말대로 충담이 등패1)와 죽창을 든 백여 명의 스님들을 이끌고 오고 있었다. 아미가 반가운 마음에 손을 흔들어 보이니 충담이 깜짝 놀라 뛰어왔다. 어느덧 중년이 된 충담이었으나 예전과 다름없는 친근감 넘치는 얼굴이었다.

　"아우님! 아우님이 어찌 여기 있는 것인가?"

---

1) [藤牌]. 등나무로 만든 둥근 방패.

"형님! 무사히 돌아오셔서 정말 다행입니다."

"위덕장군에게서 아우님이 황성에 갇혀 있다 들었네만?"

"지난밤에 몰래 빠져나왔습니다."

"역시 아우님이구만! 이렇게 자네가 와주니 천군만마를 얻은 것보다도 더 든든하이!"

"형님, 그간 자주 찾아뵙지 못해 정말 송구합니다."

"아닐세. 자네 같은 인재는 나랏일에 매진해야지…"

폐허가 된 사찰을 둘러보던 충담의 표정이 일순 어두워졌다.

"후… 예상은 했지만 절이 다 타버렸구만…"

"예… 그렇게 됐습니다…"

충담은 도우에게 스승의 안부를 물었다.

"도우야, 스승님은 어떠하시냐?"

"그곳에 안전하게 계십니다."

충담은 고개를 끄덕이고 이번엔 아미에게 물었다.

"위덕장군이 분부한 대로 병력을 모았네만, 장군은 어찌 보이질 않는 것인가?"

"장군은 저녁때 신성과 고허성의 병력을 정찰하러 남산에 숨어들었습니다. 시간에 맞추어 돌아온다고 하였으니 곧 올 것입니다."

그때 흑의를 입은 위덕이 대머리에 달빛을 반사하며 뛰어왔다.

"헉, 헉, 헉, 헉……"

위덕이 아미의 어깨에 손을 얹고는 허리를 구부려 숨을 헐떡이자 아미가 말했다.

"고생 많으셨소이다, 장군. 도우스님, 장군께 물 좀 드리게나."

"예."

도우가 수통을 건네주니 위덕이 벌컥벌컥 물을 들이키고는 말했다.

"끄억… 휴… 이제 좀 살 것 같군… 아미공, 좋은 소식이 있소!"

좋은 소식이란 말에 아미가 눈을 반짝이며 물었다.

"그게 뭡니까?"

"신성은 비금과 대공의 가병들이 철통같이 방비를 하고 있었소이다. 그 수도 이만은 되어 보였소."

"예? 그게 어찌 좋은 소식이란 말씀이오?"

"크흐흐. 그 대신에 고허성에는 흑금이 없었소이다. 흑금 대신 비금의 일부를 떼어서 성을 지키고 있었소."

"그래요? 그것 정말 좋은 소식입니다! 그래, 병력은 얼마 정도 됩디까?"

"사오천쯤 되어 보였소이다. 그들이 비록 정예병이기는 하나, 밤중에 습격을 받으면 분명 정신을 못 차릴 것이니, 충분히 승산이 있소. 고허성 안쪽 봉우리에는 봉수대1)가 있소이다. 성을 점령하고 봉화를 올리면 후일을 도모할 수 있음이오!"

아미가 고개를 끄덕이며 말했다.

"좋은 생각입니다. 헌데 장군. 우리는 절대 병력을 잃어서는 아니 되오."

"그게 무슨 말씀이오? 병력손실 없이 어찌 성을 차지한단 말이오?"

"우리에겐 장군이 있지 않소이까? 분명 비금서당의 병사들은 장군의 용맹한 모습을 보면 마음이 흔들릴 것이오. 내가 성 안에 잠입하여 성문을 열어줄 터이니, 장군이 앞장서서 병력을 이끌고 들어와 스님들을 뒤에 세우고 호통을 치시오. 절대 전면전을 하여서는 아니 되오."

그러자 위덕이 알았다는 듯 웃었다.

---

1) [烽燧臺]. 산 정상의 봉화를 올리던 굴뚝들과 주변시설을 말함. 굴뚝은 컵을 엎어놓은 모양으로 어른 키 두 배정도의 높이이며, 중간에 뚫린 네모난 구멍으로 밤에는 빛을, 위쪽의 구멍으로 낮에는 연기를 내어 신호했다. 몇 개의 굴뚝에 불을 피우는 가에 따라 무슨 상황인지도 전달할 수 있었다.

"크흐흐흐. 무슨 말인지 알겠소이다. 내 알아서 할 테니, 내게 맡겨주시오."

"장군만 믿겠소."

한 시진 후. 아미와 위덕은 삼천의 병력을 이끌고 달빛에 의지해 조심스레 산을 오르고 있었다. 남쪽 봉우리를 향해 한참을 더 오르니, 횃불로 밝혀진 성루와 성문이 눈에 들어왔다. 앞장서던 위덕이 몸을 낮추고 뒤를 돌아보며 손짓을 하자, 뒤따르던 병력이 풀숲과 나무에 숨어들기 시작했다. 흑의를 입은 아미가 다가와 성루를 살피니 위덕이 말했다.

"여기가 동문이오. 서문과 남문은 경비가 삼엄했지만, 보시다시피 동문과 북문은 한결 덜하였소."

"알겠소이다. 북쪽으로 돌며 잠입할 만한 곳을 찾아볼 터이니, 여기서 기다리시오. 문이 열리면 곧바로 밀고 들어오셔야 하오."

"기다리고 있겠소. 조심하시오."

아미는 활을 맨 충담과 도우를 데리고 오른쪽 풀숲으로 들어갔다. 그렇게 숲을 이동하며 성벽 위의 초병들을 살피던 아미는 볼록 튀어나온 성벽 위에 두 초병이 모여 잡담을 나누는 모습을 보고 충담과 도우에게 고개를 끄덕였다. 둘이 고개를 끄덕여 응답하자 아미는 품에서 숯가루를 꺼내 얼굴에 벅벅 문지르고는 등에 맨 불룩한 보따리에서 담쟁이덩굴을 잔뜩 붙인 외투를 꺼내 뒤집어썼다. 모자로 머리까지 감싸고 얼굴 앞으로 덩굴이 떨어지게 되어 있어, 바로 앞에서 봐도 그냥 풀무더기로 보일 정도로 완벽한 위장이었다. 아미가 엎드린 채로 살금살금 성벽을 향해 기어가는 동안, 충담과 도우는 혹시 들킬 경우를 대비해 초병들을 하나씩 맡아 활을 겨누었다. 이윽고 성벽에 닿은 아미는 돌 틈새에 손과 발을 끼워넣으며 능숙한 솜씨로 벽을 타기 시작했다. 아미가 초병들 바로 아래까지 올라 모자를 뒤로 벗어젖히고 등에서 화운검을 천천히 빼낼 때였다.

'뿌드드득… 쫙쫙!!'

충담과 도우가 동시에 날린 두 화살이 초병들의 목을 꿰뚫음과 동시에 아미가 성벽 위로 뛰어올라 화운검을 휘두르니 초병들은 소리도 못 내보고 그 자리에서 즉사했다. 아미가 좌우를 살피고 아래를 향해 손짓하니 충담과 도우가 뛰어가 성벽을 기어올랐다. 아미가 손을 뻗어 두 사람을 성벽 위로 올려주자 둘은 재빨리 시체들의 옷을 벗겨 자신들이 입기 시작했다. 아미는 그대로 성 안쪽으로 뛰어내린 후 다시 모자를 덮어쓰고 벽에 착 달라붙었다. 게처럼 옆걸음으로 동문을 향해 이동하고 있는데, 갑자기 병사 셋이 아미 쪽으로 뛰어오는 게 아닌가? 깜짝 놀란 아미가 벽에 찰싹 들러붙어 꼼짝도 않고 있으니, 셋은 아미 바로 앞에 멈춰 서서 시시덕대기 시작했다.

"자, 자, 어서 꺼내보시게."

"크크크, 오늘 운이 좋네 그려. 이런 고급술을 다 발견하고 말이지."

한 명이 품에서 하얀 술병을 꺼내었는데, 겉에 붙은 붉은 종이에 죽엽청[1]이라는 글자가 씌어 있었다.

"들키기 전에 어서 비워 버리세."

"좋아, 그럼 나부터."

한 명이 술을 잔뜩 입에 퍼붓고는 꿀꺽 삼키더니 연신 기침을 해댔다. 다른 한 명이 얼른 술병을 빼앗아 자신의 입안에 술을 콸콸 부어넣자 남은 한 명도 술병을 가로채어 꿀꺽꿀꺽 마셨다.

"크아… 이거 맛이, 완전 일품이로세!"

---

1) [竹葉青]. 고량주를 베이스로 하여 각종 약재를 첨가해서 만든 약주. 기원은 중국의 남북조 시대부터인 듯하고 맛은 달달하다. 도수는 43도로 옛날에는 매우 귀한 술이었으나 지금은 싸게 즐길 수 있다.

"흐흐흐, 괜히 비싼 술이겠는가?"

그때 한 명이, 멀리에서 횃불을 든 순찰병들이 걸어오는 것을 발견하고 말했다.

"저기 봐, 이쪽으로 오는데?"

"젠장, 들키면 나눠줘야 하잖아… 빨리 다 마셔버리세."

"에헤이, 이런 술을 그리 급하게 마셔서야 쓰겠나? 그러지 말고 여기 덩굴 안에 숨겨두었다가, 있다 와서 또 마시는 게 어떻겠나?"

"그거 좋은 생각이네!"

술병을 든 자가 갑자기 아미에게 다가와 아미의 다리 사이에 술병을 쑤셔넣고는, 나머지와 함께 아무렇지 않은 듯 막사로 돌아갔다. 순찰병들도 아미를 지나치고 어둠속으로 사라지자, 아미는 한숨을 내쉬며 놀란 가슴을 진정시켰다. 그러고는 외투 안쪽으로 술병을 집어 올려 꿀꺽꿀꺽 마시기 시작했다. 달콤 쌉싸름한 술이 목을 타고 넘어가자 강한 술기운이 확하고 올라왔다.

"크으…… 죽이는군……"

아미는 입고 있던 담쟁이덩굴 위장복을 벗어버리고 남은 술은 모조리 입에 털어 넣었다.

"크…… 죽인다, 죽여!"

그러고는 술병을 덩굴 위에 던져버리고 등에서 거무튀튀한 화운검을 뽑았다.

'위우웅!……'

"죽기 좋은 날이다!"

흑의를 입고 있던 아미는 어둠과 하나가 되어 화운검을 흔들며 전속력으로 달려갔다. 동문 가까이에 이르자 문 안쪽에 흩어져 있던 열 명의 초병들 중 하나가 아미를 발견하고 급히 창을 내질렀다.

'치캉!!!'

아미는 그대로 돌진하며 화운검으로 창을 튕겨내고 어깨로 초병의
가슴팍을 들이받았다. 초병이 튕겨나가 성벽에 머리를 부딪치고 쓰러지
자, 다른 아홉이 창을 들고 뛰어왔다. 초병들이 여기저기서 창을 내지르
자 아미가 뒤로 물러나며 화운검을 이리저리 휘둘렀다.

'투롸뢔랑!!! 투롸뢔랑!!!'

검이 지나갈 때마다 창들이 토막이 되어 잘려나갔다. 초병들이 당황
하여 급히 허리에 찬 칼을 빼려는 사이, 아미는 질풍같이 초병들 속으로
파고들어 무시무시한 회오리 칼춤을 추어댔다. 마치 그 옛날 실포에서
살수들을 베던 귀수를 보는 것만 같았다. 순식간에 여섯의 목이 달아나
자 남은 셋이 뒷걸음질을 쳤다.

"쿠와!!!!~~~."

아미가 셋을 노려보며 사자후[1]를 질러대자 셋이 기겁을 하고 도망쳤
다. 그때 성루 위에 있던 수십의 초병들이 창칼을 들고 계단으로 뛰어내
려오기 시작했다.

"좌촥!! 좌악!! 좌악!!"

앞서 내려오던 초병들이 성루 왼편에서 날아드는 화살에 맞고 쓰러지
니 뒤따라오던 병사들이 그들과 뒤엉켜 계단을 뒹굴었다. 충담과 도우
가 쉴 새 없이 화살을 날리는 동안, 아미는 성문으로 뛰어가 빗장을
풀고 양팔로 성문을 끌어당겼다.

'드드드득! 끄으으~~~.'

성문이 안쪽으로 열리자 기다렸던 위덕이 병력을 이끌고 돌진했다.

"와아!!!!!!!!!!!~~~~."

엄청난 함성소리와 함께 병력들이 성문 안으로 쏟아져 들어왔고,
성루에 있던 초병들은 성벽 위를 달리며 도망치기 시작했다.

---

1) [獅子吼]. 사자의 우렁찬 울부짖음이란 뜻으로, 원래는 불교에서 부처님의 위엄
   있는 설법을 뜻하던 말이었다.

잠시 후. 아미와 위덕이 삼천의 병력을 이끌고 성내의 막사로 진격하자 비금서당의 두 제감[1]과 여러 소감[2]들이 병력을 이끌고 앞을 막아섰다. 자다가 급하게 나왔는지 장수들은 대부분 잠옷차림에 대충 갑주만 걸치고 있었다. 사방에서 비금서당의 군사들이 모여들기 시작하자 제감 하나가 앞으로 나와 칼을 겨누며 외쳤다.

"웬놈들이냐!! 죽기 싫으면 무기를 버리고 투항하라!!"

그러니 스님들 사이에 섞여 있던 위덕이 걸어 나와 대검을 치켜들며 목에 핏줄을 세웠다.

"야 이놈들아!!!! 너희는 주인도 몰라보느냐!!!! 나 비금서당 장군 위덕이다!!!!"

위덕의 외침이 성안에 쩌렁쩌렁 울려 퍼지자 비금서당 군사들이 술렁이기 시작했다.

"너희들이 미치지 않고서야 어찌 붉은 공복을 입고서 역당의 무리를 따른단 말이더냐!!! 여기 스님들과 백성들을 보거라!!! 부끄럽지 않느냐!!!! 전투라고는 모르는 이들도 나라를 지키겠다고 목숨을 내놓았거늘!!! 너희들이 그러고도 신라 최강의 비금서당이라 자부할 수 있더냔 말이다!!!!"

위덕의 외침에 군사들이 동요하기 시작하자 다급한 제감이 소리 질렀다.

"뭣들 하느냐!!! 당장 깔아 뭉개버려라!!!"

그래도 병사들이 서로를 바라보며 우물쭈물하자 제감이 다시 소리쳤다.

"이놈들!!! 어서 명을 따르지 못할까!!!"

---

1) [弟監]. 대감들을 보좌하던 중급 장교.

2) [少監]. 일선 군관들과 단위 부대를 지휘하던 하급 장교.

외침이 끝남과 동시에 위덕이 훨씬 큰 목소리로 맞받았다.

"야이새끼야!!!! 명은 무슨 얼어 죽을 명이냐!!!! 여기 다 내 새끼들밖에 없거늘!!!!"

위덕이 앞으로 두어 걸음 더 나와 사방에 칼을 겨누어 보이며 외쳤다.

"이놈들아!!!! 오늘 너희들에게 진짜 검술을 보여줄 테니!!! 물러나서 잠자코 구경이나 하거라!!!"

그러자 비금서당의 병사들이 웅성거리더니 하나 둘 뒤로 물러나기 시작했다. 분위기가 순식간에 퍼져 사방을 에워싸고 있던 전 병력이 뒤로 물러나기 시작하고, 소감들마저 하나 둘 뒤로 물러나 병사들 틈에 섞여들었다. 마지막까지 남아 있던 소감 둘마저 눈치를 보며 뒤로 물러나니, 덩그러니 중간에 남은 두 제감이 당황하여 서로를 쳐다봤다. 그때 아미가 뒤쪽의 스님과 백성들에게 외쳤다.

"수장 대결이오!!! 다들 물러나시오!!!"

삼천의 병력도 뒤로 물러나니 중간에 널따란 무대가 만들어졌다. 위덕이 말했다.

"같잖은 것들!! 둘 다 상대해주마!! 한꺼번에 덤벼라!!!"

"하!! 위덕!! 자만이 하늘을 찌르는구나!! 오냐!! 후회하지 말거라!! 하압!!!"

'추캉!!! 츠캉!!! 챙!! 챙!!'

제감 하나가 위덕에게 달려들어 칼을 휘두르기 시작하고, 나머지 하나가 재빨리 옆으로 돌아 위덕의 뒤를 노리기 시작했다. 위덕이 위태롭게 칼을 받아내며 옆으로 빠지자 이번엔 제감들이 역할을 바꾸어 위덕을 압박했다. 위덕이 앞쪽의 제감과 칼을 섞고 있을 때, 기회를 노리던 뒤쪽의 제감이 칼을 쳐들고 뛰어들어 위덕의 뒤통수를 베어왔다. 절체절명의 순간! 위덕은 앞쪽 제감의 배를 차서 밀어버림과 동시에 허리를 뒤로 젖히며 만세를 하듯 대도를 얼굴 위에 받쳐 들었다.

"챙!!!"

뒤쪽 제감의 칼날이 대도와 부딪혀 불꽃을 튕기는 순간, 한 발로 서서 허리를 젖히고 있던 위덕이 몸을 뒤집으며 눕혔던 대도를 수평으로 휘둘렀다.

'슈악!'

"크흡!!"

대도가 목을 훑고 지나가자 제감은 칼을 떨어뜨리고 양손으로 목을 감싸쥐며 뒷걸음질 쳤다. 위덕이 재빨리 다시 몸을 트니 밀려났던 제감이 자신의 가슴을 향해 칼을 찔러 들어오고 있었다. 위덕은 황급히 몸을 뒤쪽으로 날리며 대도의 코등으로 찔러 들어오는 칼끝을 막아내고서 마치 뱀이 나뭇가지를 타듯이 자신의 칼로 상대의 칼을 휘감더니 힘껏 위로 들어올렸다. 그러자 요술같이 제감의 칼이 그의 손에서 벗어나 하늘 위로 날아가 버렸다. 제감은 순간 어리둥절하여 허공에 떠있는 자신을 칼을 보았는데, 갑자기 하늘과 땅과 사람들이 통째로 빙글빙글 돌더니 누군가의 신발이 커다랗게 보였다. 잘려나간 제감의 머리통이 땅바닥을 구르자 쳐들어온 삼천은 물론이고 비금서당의 모든 병사들이 일제히 함성을 질렀다.

"와아!!!!!!!!!!!!!!!~~~~~."

한 소감이 달려 나와 무릎을 꿇으며 외쳤다.

"장군!!"

그러자 모든 소감들이 일제히 뛰어와 무릎을 꿇으며 머리를 조아렸다.

"장군!!!!"

얼마 후, 고허성 안쪽의 고위봉[1] 봉수대.

---

1) [高位峰]. 남산은 북쪽과 남쪽의 두 봉우리로 이루어져 있는데, 북쪽을 금오산(金鰲山) 금오봉이라 하고 남쪽을 고위산 고위봉이라 한다. 이 둘을 통째로 아울러

"봉화를 올려라!!"

위덕이 호기롭게 명령했다. 병사들이 봉수대에 불을 붙이자 순식간에 불길이 하늘로 치솟기 시작했다. 위덕이 활짝 웃으며 불길을 보고 있으니, 땅딸막하고 몸이 둥글둥글한 소감 하나가 보따리를 들고 뛰어왔다. 아까 처음 달려 나와 무릎을 꿇었던 소감이었다.

"장군!"

"응?"

위덕이 뒤를 돌아보자 소감이 보따리를 풀어 보였다. 그러니 반듯하게 개어진 붉은 공복 위에 갑주와 대검이 놓여있었다.

"장군께서 평소 아끼시던 주작검과 주작갑주입니다."

"오… 이걸 어찌 네가 가지고 있는 것이냐?"

"대감들이 장군의 숙소를 뒤지기 전에 소장이 먼저 챙겨서 숨겨두었습니다. 왠지 장군이 돌아오실 것 같아서요. 어서 입으시지요."

"오호호, 참으로 기특하구나! 네 이름이… 만…"

"만득입니다."

"오, 그래 만득이… 만득이 네가 입혀다오."

"예!"

위덕은 그 자리에서 흑의를 벗어 맨살을 드러내더니, 붉은 공복을 입고 소감의 도움을 받아 날개를 편 주작[1]이 새겨진 황동빛 갑주를 받쳐 입었다. 이어 붉은 망토를 어깨에 두른 후 양쪽 허리에 기존의 대검과 주작검을 나누어 찼다. 마지막으로 봉화의 불빛을 받아 번쩍이는 대머리 위에 양쪽으로 날개가 솟구친 투구를 덮어쓰니, 그 위용이

남산이라 한다.

1) [朱雀]. 사신(四神)의 하나로 남쪽 방위를 지키는 신령이다. 모습은 붉은 봉황의 모습이다. 동 청룡(靑龍), 서 백호(白虎), 남 주작(朱雀), 북 현무(玄武. 거북과 뱀이 합쳐진 모습).

정말로 볼 만했다.

"장군! 정말 멋지십니다!"

만득이 감탄을 하자 위덕이 양팔을 교차하여 양 허리의 칼자루를 쥐더니 동시에 빼어들었다.

'쉬아아앙!!~~~~~.'

각각 푸른빛과 붉은빛이 감도는 두 대검이 날카로운 울음을 울자, 위덕이 검을 번갈아 보며 호탕하게 웃었다.

"청룡검과 주작검이 한데 모였으니, 이제 아무것도 두렵지 않구나!! 흐하하하하하!!"

위덕이 검을 하나씩 도로 검집에 꽂아 넣으니 만득이 나직한 목소리로 말했다.

"장군, 긴히 드릴 말씀이 있사옵니다."

"뭔데 그러느냐?"

"저희 소감들은 신성의 두 대감이 다른 대감들을 암살하고 강제로 충성맹세를 하게 하여 어쩔 수 없이 그들을 따른 것입니다."

"알고 있느니라. 추궁하지 않을 테니 걱정하지 말거라."

"그게 아니오라, 그런 저희들과는 다르게, 제감 넷 모두와 소감 몇은 처음부터 신성의 대감들을 따르던 무리였습니다. 필시 그들이 다른 대감들을 없애는 데에도 동참했을 겁니다. 저기 저 두 사람 보이십니까?"

"어."

"저 두 소감이 바로 그들 중 일부입니다. 이대로 놔둬서는 아니 될 것입니다."

"그래?! 내 이놈들을…"

그때 근처에서 귀를 쫑긋 세우고 둘의 대화를 엿듣고 있던 아미가 다가왔다.

"장군. 저 둘을 북문에 배치시키시오."

위덕이 의아한 눈빛으로 아미를 바라보니 만득이 대신 말했다.

"그건 아니 됩니다. 저 둘은…"

"이야기 다 듣고 있었네. 생각한 것이 있어 그러는 것이야."

아미가 그렇게 말하자 위덕이 만득에게 말했다.

"이유는 묻지 말고, 저 둘을 북문에 배치시켜라. 지금 말이야."

"예! 장군!"

만득이 아래로 뛰어가자 위덕이 물었다.

"무슨 생각이시오?"

그러니 아미가 의미심장한 미소를 지으며 말했다.

"장군, 비금서당을 온전히 되찾아야 하지 않겠소?"

위덕은 아미가 무슨 말을 하려는 것인지를 알아채고서 씩 웃으며 고개를 끄덕였다. 그때.

"장군!! 봉화입니다!! 봉화가 오르고 있습니다!!"

봉수대 옆에 있던 병사가 소리쳤다. 아미와 위덕이 봉수대 앞쪽으로 달려가 보니, 아주 멀리 남쪽과 남서쪽에서 봉화들이 줄을 지어 이어지고 있었다. 위덕이 신이나 외쳤다.

"됐소!! 결국 우리가 해냈소이다!! 흐하하하하!!"

"다 장군이 있어 가능했던 것이오! 하하하하!"

아미가 환하게 웃으며 가슴 앞으로 손을 내밀자 위덕이 힘차게 손바닥을 부딪치며 맞붙잡았다.

다시 얼마 후.

"장군!! 북문의 소감들이 도주를 했습니다!!"

아미와 위덕이 쉬고 있던 막사에 만득이 뛰어 들어와 소리쳤다. 그러자 아미가 위덕에게 말했다.

"됐소이다."

고개를 끄덕인 위덕이 만득에게 말했다.

"우리가 데려온 병력들을 무장시켰느냐?"

"예! 성내에 있던 흑금의 갑주와 무기를 지급하였습니다."

"좋다. 지금 당장 모든 병력을 집결시켜라!"

달이 서쪽으로 기울어진 깊은 새벽. 신성의 병영에서 곤히 잠에 빠져 있던 한 대감은 누가 거칠게 어깨를 흔드는 바람에 단잠에서 깨어났다.

"으으…"

"정대감! 어서 일어나시오! 어서!"

"응? 최대감이 이 시간에 여긴 웬일이오?"

"큰일 났소이다! 고허성이 함락되었소!"

그러자 누워 있던 정대감이 벌떡 일어나 물었다.

"도대체 누가 고허성을 함락했단 말이오!?"

"도망쳐온 소감들이 말하길, 위덕이 승려들을 이끌고 동문을 뚫고 들어와 제감들을 베어버리고, 오천 병력을 그대로 장악했다 하더이다!"

"헛… 위덕 그자가…"

"그러게 내 뭐라 하였소! 그때 내 말대로 뒤쫓아 없애버렸으면 이런 일이 없었지 않소! 하… 이를 어떡한단 말이오!"

"우선, 탁근에게 알리고 분부를 따릅시다."

그러자 최대감이 버럭 화를 내었다.

"지금 무슨 말씀을 하시는 게요!! 그따위 늙은 가신 놈의 명을 따르자니, 대감은 자존심도 없으시오?!"

"하지만… 각간께서 그자의 명을 따르라 하지 않았소이까?"

"이런 속없는 사람을 봤나… 이대로 탁근에게 갔다간 그자가 모든 책임을 우리에게 뒤집어씌워 보고할 게 빤하지 않소이까? 그 성질머리 더러운 형제가 우리를 가만 놔둘 것 같소?"

"그럼 도대체 어쩌자는 말씀이오?"

"이대로 칼도 못 빼보고 모든 책임을 뒤집어쓸 수는 없는 일이오! 당장 성내의 비금을 이끌고 고허성을 수복합시다! 치욕을 당하지 않으려면 그 수밖에 없소!"

"흠… 가능하겠소?"

"개뿔도 없는 위덕이 한 일을 우리라고 못하라는 법 있소이까? 고허성은 그리 단단한 성이 아니오. 거기다 병력이 기껏해야 육칠천일 텐데, 그 넓은 성곽을 다 방비하려면 성문의 병력이 턱없이 부족할 수밖에 없소이다. 방패병을 앞세워 그대로 북문을 뚫어버리고 위덕을 제거하면, 남은 병력들도 순순히 항복할 것이오."

"후… 좋소이다! 대감의 의견을 따르리다!"

"어서 갑주를 입으시오. 위덕의 목을 따서 돌아온다면, 벌 대신 큰 상을 받을 것이외다!"

얼마 후, 신성의 남문. 북문과 서문은 대공의 사병들이 지키는 반면, 남문과 동문은 비금서당이 지키고 있었기에, 두 대감은 탁근이 모르게 비금을 이끌고 남문을 빠져나갈 수 있었다. 일만의 병력이 뱀처럼 길게 줄을 지어 산길을 따라 이동하기 시작했다. 맨 선두에는 말을 탄 두 대감이 있었고, 조금 떨어져서 두 제감과 그 뒤에 열댓 명의 소감들이 말을 타고 병사들을 인솔하고 있었다. 그렇게 한참을 이동하여 울창한 밤나무 숲길을 지날 때였다.

'푸르륵! 퍼억!!!'

갑자기 하늘에서 뭔가 불그스름한 것이 떨어지더니 앞장서던 두 대감이 머리통이 쪼개져 피를 뿜으며 말에서 떨어져 내리는 게 아닌가?

대감들이 타고 있던 말들은 놀라서 도망쳤고, 나머지 제감과 소감들의 말들도 놀라서 허공에 발길질을 해대었다. 그때.

"와아!!!!!!!!!~~~."

숲에 숨어 있던 팔천의 병력이 갑자기 함성을 지르며 양쪽에서 나타나 활과 창을 겨누었다. 꼼짝없이 매복에 걸린 비금 병사들이 당황하여 좌우를 보니, 자신과 똑같은 옷차림의 병력이 자신들에게 무기를 겨누고 있는 것이 아닌가? 옆으로 높이 뻗어나간 굵은 밤나무 가지에서 떨어지며 순식간에 두 대감을 제거한 위덕이 천천히 몸을 일으키며 양손에 든 대검을 번뜩였다.

"야이 배은망덕한 놈들아!!! 나 위덕이 돌아왔다!!! 너희들이 제정신이라면 칼을 버리고 순순히 항복하거라!!!"

그러자 제감들이 칼을 빼내었고 그중 하나가 맞받았다.

"이런 미친놈을 봤나!!! 병력은 우리가 더 많다!!! 뭣들 하느냐!!! 저 망나니 같은 놈을 어서 없애버려라!!!"

그러자 뒤에 있던 소감들이 날카로운 소리를 내며 저마다 칼을 빼들었다. 그때였다.

"우욱!!"

한 소감이 옆에 있던 다른 소감의 옆구리에 칼을 깊숙이 찔러 넣은 후 외쳤다.

"장군께서 귀환하셨다!!! 비금서당은 역도들을 처단하라!!!"

곧이어 소감들이 두 패로 나뉘어 칼부림을 시작했다. 허나 그것도 잠시, 뒤쪽에 있던 병사들이 우르르 뛰어와 한쪽 소감들의 몸통에 창을 찔러 넣자, 말 위에서 수십 개의 창에 찔려 공중으로 띄워진 소감들이 피를 쏟으며 땅바닥에 내동댕이쳐졌다. 병사들은 그래도 분이 안 풀리는지 소감들의 시체를 계속해서 찔러대었다. 그 끔직한 모습을 본 두 제감은 기겁을 하고 동시에 말을 달리기 시작했다.

"이랴!!!"

두 제감이 나란히 말을 달리며 앞길을 막고 있는 위덕에게 일제히 칼을 내지르는 순간.

"투왔!!!"

몸을 앞으로 기울인 채 가만히 서 있던 위덕이 느닷없이 앞으로 튀어나가 달려오는 두 말 사이를 파고들었다. 순식간에 서로가 교차하며 지나가자 제감들은 칼을 하나씩 배에 꽂은 채로 쓰러지며 달리는 말에서 떨어졌다. 제감들이 누워서 피를 토하며 신음하니, 위덕이 저벅저벅 걸어와 그들을 내려다보았다. 한 제감이 내민 손을 부르르 떨며 말했다.

"자… 장군… 사, 살려주십시오…"

위덕은 콧방귀를 뀌며 한쪽 입술을 들어올렸다.

"흥, 웃기는 친구로군… 내 경고를 무시하고 칼을 뽑은 그 순간."

위덕이 제감들의 배에 꽂힌 칼들을 쥐더니 둘을 번갈아 보았다.

"너희들은 이미 죽어 있었다."

그 말과 함께 위덕이 칼들을 눕히며 뽑아내자 칼날이 배를 가르며 튀어나왔다.

얼마 후, 신성의 남문. 만득과 소감들이 먼저 말을 타고 와, 성문을 지키는 비금 위병들에게 외쳤다.

"성문을 열어라!!"

커다란 성문이 요란스런 소리를 내며 열렸다. 안으로 들어온 만득이 외쳤다.

"모두 집합!!"

그러니 성루에 있던 서른 명의 위병들이 일사분란하게 만득 앞에 모여들었다. 그때, 말 탄 위덕이 붉은 망토를 나부끼며 군사들을 이끌고 들어오자, 모여 있던 위병들의 눈이 휘둥그레졌다. 그 모습을 본 만득이 씩 웃으며 말했다.

"장군께서 역도들을 모조리 도륙하셨느니라! 너희들은 장군만 따르면 될 것이야!"

"예!!!!"

병력들이 줄을 지어 달려 들어오니, 위덕이 뒤를 돌아 청룡검을 뽑아 흔들며 쩌렁쩌렁한 목소리로 외쳤다.

"비금서당은 듣거라!!!! 지금 이 순간!!!! 우리는 성난 파도다!!!! 거대한 태풍이다!!!! 하늘을 뒤덮는 우레다!!!! 땅을 뒤엎는 지진이다!!!! 모두 돌진하여 역당들을 모조리 쓸어버려라!!!!"

"와!!!!!!!!!!!!!!!!~~~~~~~."

삼천의 승려들과 백성들 사이에 섞여 있던 아미는 위덕이 기세를 올리자 흐뭇한 웃음을 지었다.

잠시 후. 성내의 숙소에서 잠을 자고 있던 탁근은 엄청난 함성소리와 병장기 소리에 화들짝 잠에서 깨어났다. 웬일인가 싶어 외투를 걸치고 밖으로 나가보니, 멀리 남쪽에서 수많은 병력들이 몰려와 사병들과 혈전을 벌이는 중이었다. 그때 온몸에 피 칠갑을 한 기령이 피 묻은 칼을 흔들며 헐레벌떡 뛰어왔다.

"아버님!! 큰일 났습니다!! 위덕이 비금을 장악하고 사병들을 도륙하고 있습니다!!"

"뭐??!! 그게 무슨 말이냐? 멀쩡하던 비금이 어찌 위덕의 손에 넘어갔단 말이야?!!"

"저도 잘 모르겠습니다! 이대로 가다간 전멸입니다! 어서 성을 빠져나가야 합니다!"

"으으으… 이런…"

탁근이 저도 모르게 아랫입술을 질끈 깨물자 입술이 찢어져 피가 흘러내렸다.

"아, 아버님!"

"이대로 성을 내어줘서는 아니 된다! 장창에는 수많은 무기와 몇 년치 군량이 잔뜩 쌓여있지 않느냐!"

"그래도 어쩌겠습니까? 일단 살고 봐야지요!"

"도망치더라도 할 일을 하고 가야지… 지금 당장 북문으로 뛰어가서 사병들을 이끌고 장창으로 오너라! 횃불이란 횃불은 모조리 가지고 와야 할 것이야!"

"서, 설마…"

"장창을 모조리 불태워 버릴 것이다!"

"하지만, 중창에는…"

"시간이 없다!! 뭘 꾸물대는 것이야!!"

"예!"

얼마 후, 병사들과 뒤섞여 전투를 벌이던 아미는 성내 북쪽의 세 군데에서 엄청난 화염이 치솟는 것을 발견했다. 깜짝 놀란 아미가 뒤쪽으로 빠져 그곳을 보니, 다름 아닌 좌창과 중창, 우창이 있는 곳이었다.

'큰일이다!!! 장창이 불타면 후일을 도모할 수 없다!!!'

그때 근처에 있던 만득이 말을 달려와 말했다.

"아미공!! 큰일입니다!! 중창의 군량창고에는 천여 명의 용화향도가 갇혀 있습니다!!"

"머 멉, 뭣이라??!!"

만득의 청천벽력 같은 소리에 아미는 온 몸의 기운이 쭉 빠져나가는 것을 느끼면서 휘청거리며 주저앉았다.

"아미공!! 괜찮으십니까?!"

만득이 급히 말에서 내려 그를 살피자 아미가 말했다.

"구해야 한다! 반드시 구해야 해!!"

"알겠습니다! 제가 군사들을 이끌고 중창으로 가겠습니다!"

"어서… 어서!"

"예!!"

만득이 다시 말을 타고 북서쪽으로 달려갔다. 그때, 뒤쪽에서 충담과 도우가 달려와 주저앉은 아미를 부축해 일으켜 세웠다.

"아우님! 무슨 일인가!?"

"형님, 형님은 지금 바로 도우와 병사들을 데리고 금오봉에 봉화를 올리십시오. 조금 있으면 동이 틀 것입니다. 그 전에 불빛을 보내야 멀리 북쪽으로 봉화가 이어질 것입니다. 중간에서 반란군이 봉화를 차단하고 있기 때문에 연기로는 그 뒤쪽까지 알리기가 힘듭니다. 서둘러야 해요!"

"알겠네! 도우야 가자!"

"예!"

충담과 도우가 남쪽으로 뛰어가자 아미는 북쪽으로 내달리기 시작했다.

잠시 후. 아미가 온 힘을 다해 중창으로 뛰어오니, 어마어마한 창고가 시꺼멓게 타들어가며 집채만한 불길을 내뿜고 있었다.

'챙!! 챙!! 채챙!! 챙!!'

아미가 소리가 나는 쪽으로 돌아가 보니, 병사들이 병장기로 창고 문을 마구 내리치고 있었다. 뒤에 있던 만득이 아미를 발견하고 소리쳤다.

"여길 보십시오!! 큰일입니다!!"

아미가 뛰어가 보니 철대를 두른 견고한 문에 두꺼운 쇠사슬이 채워져 자물쇠로 묶여 있었고, 문 안쪽에서는 지옥에서나 들릴 법한 고통에 찬 절규가 들려왔다.

"으으으… 이런 미친놈들…"

아미의 눈에 눈물이 글썽글썽거렸다.

"모두 물러나라!!!"

아미는 병사들을 뒤로 물리고 화운검을 들어 온 힘을 다해 쇠사슬을 내리치기 시작했다.

"투앙!!! 츠앙!!! 치캉!!! 치캉!!!⋯⋯"

화운검이 열 몇 번의 불꽃을 튕기니 만신창이가 된 쇠사슬이 드르륵 끊어져 내렸다. 그러자 만득과 병사들이 득달같이 달려와 사슬을 풀기 시작했다. 이윽고 아미와 만득이 문을 열어젖히니 뜨거운 연기가 확 하고 뿜어져 나왔다.

"콜록, 콜록, 콜록… 이쪽이다!!!! 이쪽으로 나와라!!!!"

아미가 목이 터져라 소리치자 온몸에 화상을 입은 화랑 하나와 낭도들이 기절한 화랑 둘을 들쳐 업고서 뛰쳐나왔고, 이어 수백의 낭도들이 불붙은 쥐떼처럼 몸 여기저기에 불이 붙은 채로 미친 듯이 달려 나왔다. 얼마 후 소리쳐도 더 이상 나오는 낭도들이 없으니, 아미는 밖으로 나와 땅바닥에 쓰러져 신음하는 낭도들의 숫자를 대충 열 명씩 빠르게 세어나갔다. 안타깝게도 숫자는 삼백이 조금 넘을 뿐이었다. 아미는 핏발 선 눈으로 산 아래 저 멀리, 황성을 둘러싼 불빛들을 노려보았다. 화운검을 꽉 쥔 그의 팔이 부르르 떨기 시작했다.

그 시각, 황성의 성루.

"태후폐하! 저길 보십시오!"

만월이 지정과 함께 서둘러 성루에 오르자, 기다리고 있던 은거가 인사도 잊은 채 남산 산허리에 치솟은 불길을 가리켰다. 만월의 눈동자에 붉은 화염이 그려지자 그녀가 놀라며 물었다.

"무슨 일이 일어난 겁니까?!"

"잘은 모르겠으나, 신성에 변고가 생겼으니 좋은 일임은 분명합니다!"

그러자 지정이 말했다.

"아마도 아미형님이 신성을 탈환하려는 것 같습니다!"

"음…"

그때, 옹이 성루로 올라오며 소리쳤다.

"아미가 분명합니다! 분명 아미가 대항군을 조직해 신성을 들이쳤을 것입니다!"

그 말을 들은 만월은 추운 겨울에 따뜻한 모닥불을 만난 듯 절실히 반갑고 고마웠다. 내색은 안 했지만 상황이 상황인지라, 그녀는 점점 희망을 잃고 있었던 것이었다. 만월은 합장을 하고 눈을 감았다.

'부처님, 부디 아미를 보살펴주시옵소서…'

그때였다. 만월을 제외한 성루에 있던 모든 사람들이 놀라움에 갑자기 숨을 헉 하고 들이쉬는 소리를 내더니 환호를 지르기 시작했다.

"와!!!!~~~."

만월이 눈을 떠 보니 남산 북쪽 봉우리인 금오봉에서 나란히 다섯 개의 불빛이 별처럼 빛나고 있는 게 아닌가? 은거가 기뻐서 손을 번쩍 들며 외쳤다.

"봉화다!!! 봉화가 올랐다!!!"

얼마 후, 새벽 동이 빛을 내뿜기 시작할 무렵.

"쫓아라!!! 한 놈도 살려두지 마라!!!"

말을 탄 위덕이 산 아래로 도망치는 대공의 사병들을 창으로 찔러 넘기며 외쳤다. 만여 명이었던 사병은 이제 고작 천여 명 밖에 남지 않았고, 그마저도 도망치다 여기저기서 쓰러지고 있었다. 멀리서 기령이 탁근을 뒤에 태우고 산 아래로 말을 달리는 모습을 발견한 위덕은 숲을 가로질러 뒤쫓기 시작했다.

"이랴!!"

기령과 탁근이 탄 말이 산을 내려와 황성 쪽으로 달리기 시작했고, 뒤이어 위덕도 산을 내려와 그 뒤를 쫓았다.

"이랴!! 이랴!!"

뒤돌아본 기령이 다급하게 고삐를 내리치며 도망쳤으나 점점 거리가 좁혀졌다. 위덕이 몸을 낮게 숙이며 속력을 올리던 그때, 저 앞에서 철갑을 두른 흑마를 탄 사내가 흙먼지를 일으키며 정면으로 돌진해 오는 것이 아닌가? 위덕은 심상치 않은 기운을 느끼고 오른 손에 쥔 창을 고쳐잡았다. 순식간에 서로의 거리가 좁혀지자 위덕은 창을 수평을 유지하게 앞쪽 공중에 던져 띄운 후, 머리 위로 팔을 들어 창자루 끝을 잡자마자 흑마에 올라탄 이를 내리찍었다.

"이얍!!!"

'투캉!!!!'

뭔가가 순간 번쩍이더니 순식간에 붉은 망토와 검은 망토가 교차해 지나갔다. 곧바로 둘은 똑같이 고삐를 당겨 말을 세웠다. 위덕의 몸에 이제껏 한 번도 느껴본 적 없는 전율이 스쳐지나갔다.

'이럴 수가…'

위덕은 창날이 통째로 날아가 막대기가 되어버린 창을 보며 방금 있었던 일합의 순간을 빠르게 머릿속에 떠올리기 시작했다.

'분명 창날이 가슴팍에 꽂혔어야 할 상황이었는데… 어찌 된 것인가?? 설마 그 짧은 순간에 검을 빼냄과 동시에 창을 베어버렸단 말인가??'

위덕의 표정이 심각하게 굳어졌다. 위덕은 말을 돌려세워 상대방을 바라보았다. 유난히 빛나는 검을 든 사내가 늑대 투구 아래로 눈빛을 번뜩이고 있었다. 위덕이 창을 버리고 왼쪽 허리에서 청룡검을 빼어들었다.

"나는 비금서당 장군 위덕이다!! 너는 누구냐?!!"

"나는 신라제일검 대공이다!!"

그 말을 들은 위덕은 기쁨인지 두려움인지 모를 전율을 또다시 온 몸으로 느끼기 시작했다.

"위덕!! 너와 겨룰 날을 손꼽아 기다렸다!!"

"흐흐흐흐… 대공!! 나 또한 마찬가지다!! 드디어 이렇게 만나는구나!! 오늘 결판을 내자!!"

"시원해서 좋구나!!"

"단!! 누가 살아남던 시신을 잘 수습해서 상대 진영에 돌려주기로 하자!!"

"좋다!! 준비는 되었느냐!!"

"와라!!"

"이럇!!!"

"이랴!!!"

서로의 말이 꼬리를 물며 빙글빙글 돌기 시작하고 검들이 불꽃을 튀기기 시작했다.

'추캉!!! 츠캥!!! 츠캉!!! 치이잉~ 탱!!!'

검들이 부딪히다가 동시에 서로의 칼날을 비비고 밀어내며 찔러 들어갔다. 위덕의 청룡검이 중심을 차지하며 대공의 목을 노리자 대공이 승천검을 짧게 흔들어 코등이로 청룡검을 쳐냈다. 그와 동시에 말들이 반대방향으로 벌어지자 서로 말머리를 돌려세웠다. 그 순간 위덕의 입가에 미소가 번졌다. 대공의 왼쪽 뺨에 피가 흐르고 있었기 때문이었다. 대공은 왼손으로 뺨을 만지더니 손에 묻은 피를 옷에 닦아냈다. 그러더니 갑자기 말을 달려왔다.

"이럇!!!"

"이랴!!!"

'츠앙!!! 츠캉!!! 츠캉!!! 촹!!! 지이잉~ 탱!!! 쉬릭! 퉁!!!'

검들이 부딪히다가 이전과 똑같이 서로의 칼날을 비비며 찔러들었고 이번엔 대공의 승천검이 중심을 차지해 들어오자 위덕이 순간 대공을 모방하여 코등이로 승천검을 튕겨내었다. 그런데 대공이 튕겨내는 힘을 역이용하여 승천검을 손목으로 빙글 한 바퀴 돌려 위덕의 옆머리를 치자 위덕의 투구가 날아가 버렸다.

"어엇!"

위덕이 저도 모르게 당황한 소리를 내자마자 대공이 다시 칼을 휘두르기 시작했다.

'치캉!!! 치캉!!! 추캉!!! 쥐이잉~ 휙쉭!'

"헛!"

다시 서로의 칼날이 중심을 차지하려 상대를 밀쳐내며 찔러 들어가는 순간, 위덕이 중심을 차지하려고 힘을 과도하게 쓰자 대공은 검을 밑으로 내려버렸다. 그러자 위덕의 검이 중심을 지나쳐 옆으로 흘러버렸고 대공이 그 틈을 놓치지 않고 아래에서 위로 위덕의 얼굴을 찌르니 위덕은 다시 당황한 소리를 내며 황급히 고개를 옆으로 젖혔다. 승천검이 그런 위덕의 왼쪽 뺨을 스치고 지나갔다.

'쉭챙!! 치캉!!! 치캉!!! 추캉!!!'

"자, 잠깐!!!"

'츠앙!!!!~~.'

위덕이 고개를 젖혀 피하자 대공은 다시 젖혀진 얼굴을 찔렀고 위덕이 반대쪽으로 고개를 젖히며 가까스로 검을 휘둘러 튕겨내자 승천검이 오른쪽 뺨을 스치며 지나갔다. 그러고는 다시 검들이 불꽃을 튀기기 시작할 때, 위덕이 뜬금없이 잠깐을 외쳤다. 그러거나 말았거나 대공이 검을 휘두르자 위덕이 있는 힘을 다해 튕겨낸 후, 말 배를 뒤꿈치로 찍어 달아났다. 얼마쯤 가, 다시 말을 돌려세운 위덕이 신경질을 냈다.

"잠깐이라고 이자식아!!!"

대공이 어이없다는 듯 혀를 차며 말했다.

"쳣, 왜 그러냐?"

위덕은 양 뺨에 피를 흘리며 청룡검을 내밀어 보였다.

"검이 이가 다 나갔잖아!! 아 씨… 니 검은 어떠냐?"

"내 검은 멀쩡하다."

"젠장…"

위덕은 청룡검을 왼 허리에 꽂아 넣고 오른 허리에서 주작검을 뽑아들었다.

"이 검은 주작검이다! 피를 좋아하는 검이니 조심해야 할 거다!"

"그거 멋지군! 이럇!!!"

대공이 갑자기 말을 달려오자 위덕은 제자리에서 맞을 준비를 했다.

'추앵!!!!! 챵!! 치앙!!! 추앙!!! 츠앵!!! 치앵!!!~~~.'

검들이 다시 정면으로 맞부딪히다가 말들이 너무 가까이 붙어버리자 이번에는 서로의 칼이 비스듬히 맞물린 채로 힘 싸움이 벌어졌다.

"으으으…"

"이이이…"

그때, 대공이 위덕의 말을 걷어차니 말이 뛰어나갔고, 그 바람에 위덕의 몸이 뒤쪽으로 젖혀지며 딸려나갔다.

'즈아아앙!!~.'

대공이 그 틈을 놓치지 않고 힘껏 칼을 내리누르자 서로의 칼날이 불꽃을 내며 미끄러졌고 마찰점이 손잡이에서 멀어지는 만큼 위덕의 검이 힘을 잃어 눌리더니 뒷날이 위덕의 이마를 찧었다. 위덕은 허리가 꺾인 채 말에 딸려가더니 결국 말에서 떨어져 땅바닥을 뒹굴었다.

"이럇!!!"

"자, 잠깐!!!"

헐레벌떡 일어난 위덕이 다급하게 소리치자 달려오던 대공이 급히 말머리를 틀어 옆으로 빠져나갔다. 대공이 다시 말을 돌리며 물었다.

"또 뭐냐?"

"말에서 떨어졌다!! 말에 다시 타야겠다!!"

"…지금 장난하는 것이냐?"

그때, 이마에서 흐른 피가 눈으로 들어간 위덕은 소매로 피를 닦아내며 서둘러 뒤쪽으로 뛰어가 다시 말에 올라탔다.

"이제 됐느냐?"

대공이 물으니 위덕이 눈을 끔벅거리며 말했다.

"대공!! 사실 말 못한 것이 있다!!"

"말해라."

"사실 난, 이틀간 잠을 한숨도 못 잤다!! 그래서 몸이 정상이 아니다!!"

"……"

"다음에 몸이 좋을 때 다시 붙자!! 그럼 이만!! 이럇!!!"

"저놈이??"

위덕이 흙먼지를 일으키며 쏜살같이 산으로 달아나자 대공은 어처구니가 없어 그 모습을 빤히 바라보았다. 잠시 후, 주항이 철기병을 이끌고 달려왔다.

"각간! 괜찮으십니까?"

"……"

"어찌 홀로 나서신 것입니까? 대렴형님께서 걱정이 이만저만이 아닙니다."

"탁근과 기령은?"

"무사히 복귀하였습니다. 그들이 알려주어 이리 달려온 것입니다."

"돌아가자."

"예."

대공은 승천검을 허리에 꽂아 넣고 말머리를 돌렸다.

21

여섯 꽃잎의 진법(陣法)

　반란 나흘째 아침, 황성 북동쪽에 위치한 월지.[1] 그곳은 각종 보기 드문 진귀한 나무와 화초로 화려하게 꾸며진 정원이 거대한 연못을 두르고 있었다. 연못 한편에 있는 마치 물 위에 떠있는 듯한 화려한 누각에서는 대공, 대렴, 주항, 주경, 탁근, 기령이 커다란 원탁에 둘러앉아 아침을 먹고 있었다. 탁근과 기령이 고개를 푹 떨구고 음식에는 손도 못 대고 있으니, 그 모습을 본 대렴이 탁근에게 말했다.

　"그러지 말고 어서 드시오. 먹어야 힘을 낼 게 아니오?"

　그래도 꿈쩍을 않자 대공이 말했다.

---

1) [月池]. 월성에서 북동쪽으로 걸어서 10분 거리에 만든 인공연못. 안압지(雁鴨池)라는 이름으로 더 유명하나, 사실 그 이름은 조선시대에 폐허가 된 이곳에 기러기와 오리들이 날아드는 모습을 보고 새로 지은 이름이다. 1980년에 연못에서 발굴된 토기 파편 등으로 신라시대에 이곳이 월지(月池)라고 불렸음이 확인된 바 있다. 서쪽에 이 연못을 낀 전각(월지궁=동궁=임해전)이 있었고, 연못 주위는 아름다운 정원으로 꾸며져 있었다. 연못에 세 섬을 만들고 연못의 형태를 직선과 곡선을 교묘하게 사용하여 조성하면서 아울러 절묘한 위치에 건물을 지음으로써 연못을 한 바퀴 빙 돌아가며 어디에서 보아도 연못이 끝없이 이어진 것 같이 보이게끔 만들어졌는데, 이는 끝없이 펼쳐진 바다를 한정된 공간에 표현한 기발한 착상이었다. 복원된 월지는 동궁과 월지라는 이름으로 새 단장을 하였는데, 조명을 받은 야경이 무척이나 아름다워 관광객들이 아주 많이 들르는 곳이 되었다.

"자네들 잘못이 아니니 자책할 것 없다. 괜히 밥맛 떨어지게 하지 말고 어서들 먹어."

"예…"

그렇게 시간이 흐르고 밥을 다 먹은 대공이 차로 입을 헹구고는 대렴에게 물었다.

"몇이나 살아왔느냐?"

"뭐, 한, 오백 정도…"

대공이 피식 웃더니 말했다.

"하룻밤 사이에 만 오천이 적으로 돌변하고, 만 명은 날아가 버렸다라… 후후후, 대패도 이런 대패가 없구나."

그러자 탁근과 기령이 무릎을 꿇으며 말했다.

"주공! 죽여주십시오!"

대공이 짜증 섞인 목소리로 말했다.

"너희들 잘못이 아니라고 했지 않으냐! 호들갑 떨지 말고 자리에 앉아라."

"주공…"

보다 못한 대렴이 그들을 벌렁 들어서 도로 의자에 앉혔다. 대공이 남산을 바라보며 말했다.

"장창을 태워버린 것은 탁월한 대처였다. 식량과 무기가 그대로 넘어갔다면 정말 위험할 뻔하였어."

그러자 대렴이 웃으며 말했다.

"크크크, 정말 기막힌 대처였소. 아저씨, 힘내시오! 그런데 형님, 위덕이랑 붙어보니 어땠소? 교월루에서는 완전 야차가 따로 없던데요."

그 말에 위덕과의 승부를 떠올리던 대공이 실실 웃기 시작했다.

"훗… 흐흐흐흐… 아주 재미난 놈이더군. 검술이 생각보다 강했다. 머리도 제법 굴릴 줄 알고 말이야."

"흠… 형님 뺨에 상처를 낼 정도면 검술이 대단한 것만은 사실이오. 헌데 난 그자를 그저 무식한 무부로 봤는데, 머리까지 잘 쓴다면 이거, 일이 복잡해지는 것 아니오?"

그러니 주항이 말했다.

"위덕은 생김새가 그래서 무식해 보이지, 머리가 꽤 잘 돌아갑니다. 이번에 비금을 되찾고 신성까지 탈환한 것을 보면, 결코 만만하게 볼 자가 아닙니다."

그 말을 들은 대공은 고개를 저었다.

"이번 일을 위덕이 다 꾸몄을 리가 없다. 아무리 머리를 잘 쓴다 해도, 그 정도 큰 그림을 그릴 수 있는 자는 신라에 몇 안 된다. 위덕이 그 정도는 아니야."

듣고 있던 주경이 물었다.

"그럼, 누군가 뒤에 있다는 말씀입니까?"

"그렇다고 봐야지. 분명 머리를 쓰는 놈이 따로 있음이야."

그러자 대렴이 기령에게 물었다.

"기령이 넌 성에서 비금을 맞아 싸웠다지 않았더냐? 위덕 말고 눈에 띄는 자가 없었느냐?"

"음… 성에서는 위덕을 보지는 못하고 소감들만 봤습니다. 소감들이 비금을 지휘했는데, 이상한 것이, 흑금의 갑주를 입은 수천의 병력을 따로 이끄는 자가 있었습니다. 흑의를 입고 얼굴에 먹칠을 한 자였습니다. 어찌나 날랜지, 그자가 칼을 휘두르며 지나갈 때마다 사병들이 추풍낙엽처럼 쓰러졌습니다."

대공의 눈빛이 날카로워졌다.

"좀 더 상세히 말해 보아라."

"아… 마르지도 뚱뚱하지도 않은 보통 체구에 키는 주공보다 좀 작았습니다. 얼굴은 먹칠을 하여 생김새를 알 수는 없었으나, 둥그스름한 편이었습니다. 그리고… 아! 얼룩덜룩 시꺼먼 칼을 썼는데, 양쪽 날 부분이 피가 묻어 그런지 몰라도 불그스름했고, 코등이가 없는 짤따란 검이었습니다. 놀랍게도 부딪히는 병장기들을 그대로 두 동강 내어버렸습니다."

그 말을 들은 대공, 대렴, 탁근의 눈이 동시에 둥그레졌다. 탁근이 놀라서 말했다.

"주공! 설마…"

이어 대렴이 말했다.

"형님! 그건 실포에서 귀수가 쓰던 검이 아니오?! 어찌 귀수가 다시 나타났단 말입니까?!"

"바보 같은 소리! 귀수의 나이가 지금이면 여든에 가깝다. 귀수일 리가 없지 않느냐?"

"하지만… 분명 귀수의 검인데…"

그러자 탁근이 말했다.

"그때 실포에서, 제가 도정 아씨와 귀수를 데리고 갔잖습니까? 그 검을 제가 손에 들고 있었는데, 용화향도의 매복에 걸려 제 눈이 이렇게 되면서 검을 잃어버렸습니다. 지금 다시 그 검이 나타났다면, 귀수가 아가씨를 데리고 당나라로 떠나기 전에, 검을 누군가에게 물려준 것이 틀림없습니다!"

그 말에 대공이 주먹으로 탁자를 내리치며 벌떡 일어났다. 좀처럼 변하지 않던 대공의 얼굴이 심하게 일그러져있었다.

"이런 망할!! 아미다! 아미 그놈이야!! 도정이와 귀수의 행방을 뒷조사 했을 때, 마지막까지 배웅한 자가 아미라고 했지 않느냐!!"

"허…"

나머지의 표정이 심각해졌다. 대렴이 오만상을 짓고 머리를 갸우뚱 거리며 짜증을 내었다.

"하~ 놔⋯ 그 자식은 끝까지 사람 보골을 채우네??"

대공은 다시 자리에 앉아 양팔꿈치를 탁자에 올리고 고개를 숙여 양손으로 머리통을 감싸 쥐더니 생각에 빠져들었다.

'하룻밤 사이에 병력과 요충지를 빼앗긴 데다가 농장의 사병들도 궤멸을 당했다. 거기다 내 예상보다 너무 빨리 봉화가 올랐음이야⋯ 분명 왕경 여기저기서 밤을 타 신성으로 병력이 모여들 것이고, 전국에서 구원군이 움직일 것이다⋯ 이런 식으로 순식간에 판도를 바꾸다니⋯ 역시 아미가 틀림없음이야⋯ 하지만 그놈이 아무리 뛰어나다 해도 혼자서 할 수 있는 일은 거의 없는 상황이었다⋯ 후⋯ 위덕이 열쇠였구나! 아미는 위덕을 만난 덕분에 비금을 그리 쉽게 손에 넣을 수 있었던 것이다⋯ 빌어먹을⋯ 첫 단주를 잘못 끼웠음이야⋯ 교월루에서 위덕이 탈출하는 순간 일이 꼬인 것이다⋯ 위덕의 뒤에 아미가 있다는 것을 알았다면, 아까 수단방법을 가리지 않고 위덕을 그냥 죽였을 텐데⋯ 너무 오랜만에 상대할 만한 자를 만난 탓에 쓸데없이 승부를 즐겼음이야⋯ 제기랄! 뭔가 계속 엇박자가 나고 있다⋯'

대공이 세수를 하듯 양손으로 얼굴을 쓸어내리며 고개를 드니, 대렴이 말했다.

"형님. 예전에도 처음부터 끝까지, 아미 그놈 하나 때문에 우리가 얼마나 고생을 하였소? 종예, 종만을 죽인 것도 그놈이고, 기파를 끌어들여 내게 개망신을 준 것도 그놈이요. 철괴 문제를 들쑤셔서 결국 신천방이 불타고 소훈을 죽게 만든 것도 그놈이고, 아저씨 눈을 저리 만든 것도 그놈이고, 거기다 귀수를 풀어주어 도정이를 잃게 만든 것도 그놈이고! 끝까지 우리를 쫓아와 마지막에 만월을 구해낸 것도 그놈이요!! 아악!!!"

'탕!!! 탕!!! 탕!!!'

대렴은 말을 하다가 화가 치솟아 탁자를 내리치며 고함을 질러댔다.

"그놈만 아니었다면 도정이가 황후가 되었을 것이고, 그러면 아버님이 반신불수로 여생을 보내지도 않았을 거 아니오! 형님, 이번엔 같은 실수를 되풀이하지 맙시다! 무조건 아미 그놈부터 죽여 버립시다!"

그러자 대공이 짜증 섞인 목소리로 말했다.

"여기 그걸 모르는 사람이 누가 있느냐?! 너만 화나는 것이 아니다! 그리고 그놈을 없애고 싶으면 고함만 치지 말고 계책을 내어놓아라. 신성에 틀어박혀 있는 놈을 뭔 수로 죽이자는 말이냐?"

"차라리 여기 오만 병력을 모조리 이끌고 신성을 들이칩시다! 어차피 황성에 있는 놈들은 왕경을 벗어날 수 없지 않소!"

그러자 대공이 이를 드러내고 대렴을 죽일 듯이 위아래로 쏘아보았다. 대렴이 지지 않고 씩씩거리자 탁근이 급히 대렴을 만류했다.

"둘째주공, 부디 진정하십시오…"

"에이!!"

'쿠당탕탕!!!'

대렴이 벌떡 일어나 의자를 쳐서 날려버리고는 씩씩거리며 누각을 내려가 버렸다. 탁근이 기령에게 고갯짓을 하니 기령이 급히 대렴을 뒤따라갔다. 잠시 침묵이 흐르고, 주경이 입을 열었다.

"각간. 제 생각에는 기다리는 게 답인 것 같습니다. 아미가 위협적이긴 하나, 황성과 신성에는 식량이 얼마 없지 않습니까? 초조한 것은 저쪽이니, 기다리다 보면 분명 먼저 틈을 보일 것입니다."

그러니 탁근이 맞장구를 쳤다.

"그렇습니다, 주공. 여전히 시간은 우리 편입니다. 주경장군의 말씀대로 이대로 버티고 있으면, 분명 아미는 무리를 해서라도 공격해 올 것입니다. 그때 아미를 없애버리시지요."

대공이 고개를 끄덕였다.

"주항. 적금은 육화진[1]을 완전히 익혔는가?"

"예! 간간께서 가르쳐주신 변형된 육화진을 한 달간 충분히 숙달시켜 놓았습니다."

"좋다. 그럼 황성 남쪽의 포위를 풀고, 지금 바로 남산과 황성 사이에 육화진을 펼칠 것이다."

"예! 맡겨주십시오!"

"아니, 주항 자네는 따로 할 일이 있어. 지금부터 적금은 내가 직접 이끌 것이니, 자네는 오늘 밤 철기병 사천 모두를 이끌고 저쪽 언덕에 매복하게."

대공이 남산의 북서쪽 끄트머리와 맞닿아있는 동산[1])을 가리키자 주항이 그곳을 바라보았다.

"낮이고 밤이고 절대 불을 피워서도, 움직임을 보여서도 아니 되네. 괴롭겠지만 숲에 숨어 절대 들키지 않도록 해야 해."

"예! 알겠습니다."

"신성의 병력이 산을 내려와 공격하면 내가 육화를 회전시켜 막아낼 테니, 그때 철기병으로 적의 옆구리를 뚫어버리게. 그러면 내가 육화를 펼쳐 혼란에 빠진 적을 모조리 삼켜버릴 것이야."

"예! 각간!"

대공이 이어 탁근에게 말했다.

"탁근 자네는 가병 천으로 기령이와 함께 나와 주항의 식량 조달을 맡게. 주항에게는 깊은 밤에 서쪽으로 돌아 은밀히 조달해야 할 것일세."

---

1) [六花陣]. 당나라의 이정(李靖)이 제갈량의 팔진법(八陳法)에 기초하여 만든 진법. 눈꽃을 확대한 모양처럼 가운데 진영 주위에 6개의 진영이 꽃잎처럼 붙어 있다. 각각의 진영 역시 내부 부대를 눈꽃모양으로 배치하고 있었으므로, 전체 모양은 작은 눈꽃 7개가 모여 큰 눈꽃 하나를 이룬 형상이다. 가운데 진영에서 깃발과 북, 징을 활용하여 신호를 내리면 바깥 진영들이 신호에 따라 기계적으로 움직이는 매우 효과적인 진법이다.

1) 현, 경주 교동 남쪽의 도두랑산(95m)을 지칭.

"예! 주공!"

대공이 이번에는 주경에게 말했다.

"주경 자네는 지금부터 청금, 흑금, 가병 모두를 이끌어야 하네. 황성의 서쪽부터 북쪽, 동쪽까지 부채꼴로 넓게 병력을 펼치게. 황성에서 되도록 멀리 떨어져야 할 것이야. 그쪽에서 아군의 규모를 정확히 헤아릴 수 없도록 말이야."

그러자 주경이 당황스런 표정으로 말했다.

"예?? 흑금과 가병을 제가 이끌다니요? 대렴 형님은 어쩌란 말씀이신지…"

"대렴에겐 따로 중요한 일을 맡길 것이야. 대렴에게 전하게. 날랜 자들만 골라 청금에서 천, 흑금에서 천, 가병에서 천을 떼어내, 밤중에 이곳 월지궁에 숨겨두라고 말이야. 그렇게만 전하면, 미리 말해놓은 게 있으니 대렴이 알아서 설명해 줄 것이야."

"아, 예! 분부대로 하겠습니다!"

그때 주항이 말했다.

"각간, 고허성과 신성을 잃었으니 관문의 벽금이 위태로워졌습니다. 만약 바깥의 원군과 안쪽 비금이 앞뒤로 협공한다면 관문이 뚫리기 십상입니다. 거기다 애초에 남서쪽 통로로 오는 원군을 협공으로 섬멸하려 했던 계획도 틀어져 버렸습니다. 선도성 하나로는 서쪽 일대와 남서쪽 통로 모두를 감당할 수 없으니, 대책을 세워야 합니다."

"흠…"

대공은 품에서 가죽지도를 꺼내 탁자 위에 올려놓고 살펴보더니 주경에게 물었다.

"서쪽의 병력 상황이 어찌되는가?"

"양상공과 경신장군이 칠천을 이끌고 부산성에 무혈 입성하여 그곳 삼천을 흡수했습니다. 그 후에 서쪽 지방에서 농장 사병 오천을 불러들였습니다. 하여 지금은 일만 오천 병력이 부산성에 주둔해 있습니다.

선도성에는 병부시랑 김순과, 알천공[1]의 고손 소검백이 황금 팔천과 가병 이천을 합해 일만을 거느리고 있습니다."

"후후… 그쪽은 갈수록 병력이 불어나는군…"

그러자 탁근이 걱정스런 표정으로 말했다.

"주공, 그자들을 온전히 믿으셔선 아니 됩니다. 벌써 병력이 이만 오천이라니, 소인 왠지 불안합니다."

"음… 그럼 이참에 그들을 시험해보기로 하지. 주경."

"예, 각간."

"선도성에 전서구를 띄워 부산성의 양상과 경신에게 알리도록 하게. 부산성에 오천만 남겨두고, 일만으로 오늘 밤 안에 고허성을 수복하라고 말이야."

"예! 각간!"

"과연 명대로 수행하는지 지켜볼 것이야."

그러니 탁근이 비열한 미소를 지으며 말했다.

"아주 좋은 생각이십니다. 주공, 하나 더 추가하면 어떻겠습니까?"

"말해보게."

"그 둘을 멀리 떨어뜨려 놓아야 합니다. 양상은 부산성에 남아 있으라 하시고, 경신이 고허성을 치라고 하시지요."

그러자 대공이 씩 웃으며 고개를 끄덕였다.

"후후후. 역시 자네는 나의 장자방[2]이야! 주경, 그렇게 전서구를

---

1) 소알천(蘇閼川) 혹은 소경(蘇慶). 김유신과 동시대에 이름을 떨쳤던 이로, 용력이 뛰어난 맹장이었다. 진덕여왕 사후 상대등이었던 그가 화백회의에서 섭정왕으로 추대되었지만, 김유신과 김춘추(무열왕)의 연합에 의해 반 강제로 왕위를 양보하게 된다. 그때부터 내물계와 무열계의 내홍이 시작된다.

2) [張子房]. 유방을 도와 한(漢)나라 건국에 공헌한 책사. 이름은 장량(張良)이고 자가 자방이다. 책략과 선견지명이 탁월하였으며 항우와 유방이 만난 '홍문의 회(會)'에서는 범증의 계략에 빠져 위기에 처한 유방을 구해내었다. 초한지(楚漢志)에서 한신, 범증, 소하와 함께 대표적으로 활약하는 지략가이다.

띄우게."

"예! 각간!"

"그럼 이제, 흩어져야겠군. 다시 다 모였을 때에는, 황성이 함락되어 있을 것이야. 모두 맡은 일을 잘 해내도록!"

"예!!!"

그 무렵, 신성의 숙소.

"아아!… 쓰읍… 아앗! 아야야…"

충담이 침상에 앉은 위덕을 마주보고 의자에 앉아 그의 얼굴에 난 검상을 한 바늘 꿰맬 때마다 위덕이 몸을 들썩이고 있었다.

"어허! 거 참… 움직이지 좀 마십시오. 장군이나 돼가지고 뭔 엄살이 그리 많은 겁니까?"

충담이 뭐라고 하자 위덕이 충담을 흘겨보며 말했다.

"아니, 그럼, 생살을 바늘로 찔러 구멍을 내는데, 아픈 게 당연하잖소! 내가 뭔 돌부처라도 되는 줄 아시오? 아앗! 으아으…"

충담이 아랑곳하지 않고 바늘을 쑤시자 위덕이 손가락을 바르르 떨며 눈물을 찔끔 흘렸다. 그때 아미와 도우가 안으로 들어왔다.

"괜찮으시오?"

아미가 물으니 위덕이 손을 휘저었다.

"하아… 말시키지 마시오. 뜨엇! 크아……"

충담이 상처에 실매듭을 짓고 남은 실을 가위로 잘라낸 후 도우에게 물었다.

"만들어 왔느냐?"

"예. 여기 있습니다."

도우가 그릇에 담긴 끈적한 고약을 내미니, 충담이 침상 위에 있던 누런 창호지 조각을 들고서 숟가락으로 고약을 떠 종이 위에 펴 발랐다.

그것을 위덕의 이마와 양 볼에 붙여주고 말했다.

"다 끝났습니다. 고약은 이틀 후에 떼어내야 합니다. 그러면 흉이 거의 남지 않을 겁니다."

"후… 고생하셨소이다."

위덕이 어깨가 축 처져서 말하니, 충담이 일어나 아미를 보고 씩 웃었다. 아미도 웃어보이자 충담이 도우에게 말했다.

"다른 부상자를 돌보러 가자."

"예, 사형님."

충담과 도우가 나간 뒤, 얼굴에 고약종이를 덕지덕지 바른 위덕이 너덜너덜해진 청룡검과 주작검을 살피며 중얼거렸다.

"아우… 돌아버리겠네…"

"왜 그러시오?"

아미가 물으니 위덕이 검을 내밀어 보였다.

"이것 보시오. 내 소중한 검들이 완전 걸레가 되어버렸잖소… 아우! 내가 반 년 치 녹봉을 모아서 특별히 제작한 검이란 말이오! 우이씨…"

"흠… 어디 봅시다."

아미는 위덕에게 다가가 칼들을 살펴보았다. 칼날이 너무 많이 상해서 다시 살려낼 수 있을지가 의문이었다.

"이게 다 대공과 겨루다 이리 된 것이오?"

"그렇소이다. 그 전에는 말짱했단 말이오 그놈 칼과 맞부딪힐 때마다 이가 하나씩 나가더군. 젠장…"

"대공의 검은 어찌 되었소?"

"마지막까지 멀쩡하였소. 그놈이 돈이 많아서 그런지 칼이 아주 죽여주더군… 동이 터오기 시작할 무렵이라 꽤 어두웠는데도 유난히 밝은 빛을 내더이다."

'빛을 낸다라… 여나산 동굴 속을 살폈을 때, 사인검과 다막검은

박살이 나있었는데… 어찌된 것이지?'

"뭔 생각을 그리 하오?"

"아, 아무것도 아니오. 그나저나 이 두 검을 살리려면 시간이 많이 걸릴 듯 하오만, 다른 검은 없소이까?"

"예전에 쓰던 검이 하나 남아있긴 하오. 뭐, 아쉬운 대로 그거라도 써야지 뭐…"

"힘내시오, 장군. 난이 진압되면 내가 장군의 마음에 쏙 들 보검을 선물해 드리리다."

"오! 정말이오?!"

"암요. 그러니 꼭 역도들을 물리칩시다!"

"크헤헤헤, 좋소이다!"

그때 소감 하나가 급히 들어왔다.

"장군! 적병이 황성의 남쪽 포위망을 풀고 산 아래 평지에 진을 치고 있습니다!"

"어엉?!"

위덕이 놀라 아미를 쳐다보며 물었다.

"이게 무슨 일이오?"

"모르겠소이다. 일단 나가서 보십시다."

잠시 후. 아미와 위덕이 소감들을 대동하고 북쪽 망루에 올라 산 아래를 보니, 적금서당이 부대를 일곱 개로 나누어 중앙의 부대를 중심으로 여섯 개의 부대가 꽃잎처럼 붙어 있었다. 중앙의 부대에는 '나밀신천' 네 글자가 적힌 커다란 깃발이 나부끼고 있었고, 천막을 덮은 수레 수십 대도 보였다. 고개를 내밀고 아래를 살피던 위덕이 아미에게 말했다.

"저건 육진병법1)의 육화진(六花陣)이 아니오?"

---

1) [六陣兵法]. 문무왕 나당전쟁 시절, 군사전략가인 아찬 설수진(薛秀眞)이 지은

"맞소이다. 바로 그 육화진이오."

"흥, 저게 다, 우리를 끌어들이려는 수작이오. 저 육화진에 잘못 말려들었다가는 빼도 박도 못하게 될 거요."

아미가 고개를 끄덕였다.

"맞는 말씀이오. 하지만, 우리에겐 시간이 없소이다. 황성의 식량이 한 달을 못 가 바닥날 것이오. 그 전에 반드시 저 진영을 격파해야만 하오. 그래야지만 황성에 식량을 조달하거나 황성의 모든 사람을 신성으로 피신시킬 수 있소이다."

"음… 우리 쪽 군량은 충분한 것이오?"

"장창이 불타버렸지만 워낙에 많은 군량이 비축되어 있었던지라, 안쪽의 타지 않은 군량을 긁어모으니 반년은 버틸 수가 있겠더이다."

"후… 불행 중 다행이군… 공의 말마따나 어서 저 적금을 깨부숴야 하는데 말이오. 육진병법서에는 천보노[1]와 철기병을 활용해서 깨부수

병법서. 오늘날 현존하는 것이 없어 그 자세한 내용은 알 수가 없다. 다만, 육진과 육화진은 같은 말이고, 674년(문무왕 14) 9월에 국왕이 영묘사(靈廟寺) 앞에 행차하여 열병식을 거행하고 설수진이 펼치는 육진병법을 관람하였으므로, 육화진과 관련된 병법서임은 분명하다. 작가가 추측하기에 설수진은 당시 당나라 군대가 즐겨 쓰던 육진을 깊이 연구하여 우리 실정에 맞게끔 더 향상시킴으로써 역으로 신라군이 육화진을 쓸 수 있도록 병법서를 지어 체계를 세웠을 것이고, 반대로 육화진을 효과적으로 깨뜨릴 수 있는 공략법도 그 책에 제시해 놨을 것으로 본다. 나당전쟁의 승패를 갈랐던 매소성 전투에서 3만의 신라군이 20만의 당군을 완파할 수 있었던 것도 다, 그런 연구가 있었기 때문이리라. 한편, 김유신의 고손인 김암(소설상 아미)도 육진병법과 관련이 있는데, 후일 그가 지방의 태수로 있을 때 백성들에게 기문둔갑을 응용한 육진병법을 가르쳤다고 삼국사기에 기록되어 있다.

1) [天步弩]. 문무왕 시절 사찬 구진천(仇珍川)이 만든 쇠뇌(석궁). 그 당시 일반 활이 길어야 150보 정도의 사정거리를 지닌 반면에 천보노는 1000보의 사정거리를 지녔다고 이름을 그리 지었다. 실제로 석궁은 기계적 힘을 빌리기 때문에 인체의 힘만을 쓰는 활보다 사정거리가 훨씬 길다. 나장전쟁이 발발하기 1년 전 당나라 고종은 천보노의 소문을 듣고 구진천을 당나라로 압송하여 쇠뇌를

라 되어 있었소만, 자세히 기억이 나질 않는구려."

"중앙 진영을 둘러싼 여섯 개의 꽃잎이 저마다 장창, 궁, 부월[1]과 방패, 검과 방패 순으로 완전한 무장체계를 갖추고 있는 데다가, 한 꽃잎이 위험하면 꽃잎들을 회전시켜 다른 꽃잎이 옆에서 치고 들어오기 때문에 그대로 맞부딪혀서는 승산이 없게 되어 있소. 육화진을 깨뜨리려면 두 가지 방법이 있는데, 하나는 적보다 세 배가 많은 전력으로 육화를 포위하여 여섯 방향에서 여섯 꽃잎을 동시에 들이치는 방법이오. 허나 이는, 우리에겐 해당이 없소이다."

"다른 방법은 뭐요?"

"장군의 기억대로, 빠른 철기병으로 육화를 맴돌며 적의 주의를 분산시키는 동시에, 노병들이 적 궁병의 사거리 밖에서 천보노를 쏘아 대어 앞선 꽃잎의 진형을 흩트려야 하오. 대열이 무너진 꽃잎부터 철기병과 보병이 동시에 몰아쳤다 빠지며 차근차근 하나씩 꽃잎을 떨어뜨리는 작전이오."

"아우! 젠장… 그럼 그것도 우리에겐 해당이 안 되지 않소이까? 말들을 저쪽에서 다 가져가버려서 기병을 운용할 수 없는 데다가, 좌창에 있던 천보노들도 싸그리 숯댕이가 되어버렸으니 말이오…"

제작하게 한다. 헌데 그 쇠뇌의 사정거리가 30보밖에 되지 않아 추궁하니, 구진천은 나무 재료가 좋지 않아서 그렇다고 했다. 당고종은 다시 신라로 사신을 보내 나무 재료를 보내라고 요구했고, 신라는 대나마 복한(福漢)을 시켜 목재를 당나라로 보냈다. 하지만 다시 만든 쇠뇌도 사정거리가 60보밖에 되지 않았고, 구진천은 나무가 바다를 건너오면서 습기를 머금어 그렇게 된 것 같다고 했다. 구진천을 의심한 고종은 그에게 무거운 죄를 묻겠다고 겁박했으나, 구진천은 끝내 비법을 드러내지 않았다. 이후 신라는 우리 땅을 침탈한 당나라 군대를 공격함으로써 7년간의 나당전쟁이 발발하였고, 천보노를 활용한 신라군은 마지막에 매소성에서 3만의 군사로 당나라 주력부대 20만을 섬멸하는 대승을 거두어 당나라의 야욕을 짓밟아버린다.

1) [斧鉞]. 도끼. 여기서는 한 손 도끼.

"기병과 천보노가 있었다고 해도 해당사항이 없는 것은 마찬가지요."

"어찌 그렇소?"

"설수진공이 육진병법에서 제시한 파해법은 당나라의 육화진을 깨뜨리는 방법이지, 신라가 쓰는 개량된 육화진을 상대하는 법이 아니외다. 설공은 육진병법서를 지어 우리에게 육화진을 깨부수는 창을 던져줌과 동시에, 더 이상 깨지지 않는, 강화된 육화진이라는 방패도 던져주었소이다. 새 육화진은 궁 대신 천보노를 쓰기 때문에 같은 노병으로 상대할 수 없을 뿐만 아니라, 사거리가 길어 기병들이 근처를 맴돌지도 못하게 되어 있소."

"그, 그럼… 저것들을 깨부술 방법이 없다는 말을 하는 것이오??"

"후… 현재로선 그렇소이다… 저길 보시오. 문천이 동쪽과 북쪽에서 육화진을 휘감고 있기 때문에 우리에게 대규모 병력이 있다 해도 적을 포위할 수 없게 되어 있소… 대공이 이런 전술을 펼치다니, 참으로 무서운 놈이오…"

위덕의 표정이 자못 심각해졌다.

"흐음…… 대공의 검술이 믿기 힘들 정도로 대단하였소이다. 그놈이 검술만큼 병법에도 뛰어나다면, 이건 정말 악몽이오, 악몽…"

그러자 아미가 위덕을 바라보며 말했다.

"위덕장군. 그놈을 상대하려면 우리 둘이 한 몸처럼 합심해야 하오. 시간은 만물을 변화시키니, 기다려 보십시다. 분명 무슨 수가 생겨날 것이오."

위덕이 어금니를 깨물고 대공의 진영을 노려보더니 아미에게 고개를 돌려 말했다.

"좋소이다! 천 번이고 만 번이고, 기꺼이 공의 손발이 되어 드리리다!"

정오 무렵, 왕경 서쪽 외곽의 부산성. 양상과 경신은 성내의 작은 정자에서 점심을 먹고 난 후, 차를 마시며 대화를 나누고 있었다. 경신이 뭐가 좋은지 실실 웃으며 말했다.

"흐흐흐흐, 상황이 점점 재밌게 돌아가고 있습니다. 대공은 신성을 빼앗길 줄은 꿈에도 몰랐을 거요. 내 그 표정을 꼭 봤어야 하는 건데, 크흐흐흐."

"후후후, 그쪽은 지금쯤 목이 바짝바짝 타오를 것이다. 그런데, 위덕이라는 자가 그리 대단한 자더냐? 하룻밤 사이에 비금을 되찾고 고허성과 신성을 탈환한 것도 모자라, 대공의 사병까지 궤멸시키다니… 그 잘난 대공이 눈을 뜨고 코를 베인 격 아니더냐?"

"위덕이 검술 하나는 일품이지만 지략이 그 정도는 아니었는데, 내가 그자를 과소평가하고 있었나 보오."

그때 이십대 후반의 젊은 장수가 말을 타고 정자 밑으로 달려왔다. 까무잡잡한 피부에 발달된 어깨가 강인한 인상을 풍기는 장수였다.

"워~ 워!"

장수가 말에서 내려 정자에 오르니 지켜보고 있던 경신이 물었다.

"검백이 네가 어이 온 것이냐? 선도성에 일이 생긴 것이냐?"

"아닙니다. 순공이 이번 출정에서 장군을 보필하라시며 보내셨습니다."

"출정이라니? 뭔 말을 하는 것이야?"

그러자 검백이 양상에게 다가가 품에서 서찰을 꺼내 건네주었다.

"시중어른, 대공각간이 보내온 서찰이옵니다."

양상은 말없이 서찰을 읽어나갔다. 그러더니 갑자기 웃기 시작했다.

"흐… 흐흐… 흐허허허허."

"형님? 무슨 내용인데 그러오?"

경신이 궁금해 하자 양상이 서찰을 건네주었다. 서찰을 읽던 경신은 인상을 찌푸리더니 갑자기 서찰을 구겨 버렸다.

"이놈이 우리가 자기 수하인 줄 착각하는 것인가?!! 지놈이 잘못해서

성을 빼앗겨 놓고, 누구더러 수복하라는 것이야!!"

그래도 양상이 계속해서 실실 웃으니 경신이 답답해하며 물었다.

"형님은 속도 없으시오? 어찌 그리 웃으시는 게요?"

"흐흐흐, 너무 재미있다. 어제 밤 일이 아미의 작품이라고 씌어있지 않느냐. 그게 너무 웃기단 말이다."

"예?"

"아미가 위덕을 얻었으니 이거, 원숭이가 표범 위에 올라탄 격 아니더냐! 호랑이가 얼마나 똥줄이 탔으면 우리에게 이런 서찰을 보내냔 말이다. 크하하하하."

"후… 실컷 웃었으면 어찌할 생각인지나 말해주시오."

그러니 양상이 표정을 가다듬고 말했다.

"무시할 것이다."

"혀, 형님… 그래도 되겠소?"

"그 서찰로 대공의 세 가지 심중을 읽을 수가 있다. 첫째는 그가 우리를 의심하기 시작했다는 것이고, 둘째는 너와 나를 떼어놓으려 한다는 것이다. 셋째는 우리의 병력을 먼저 소진시키려는 것이지. 자신의 병력은 줄어든 반면 우리의 병력은 늘어났으니, 신경이 쓰이기 시작한 것이야. 한번 시작된 의심은 무슨 짓을 해도 점점 커지게 되어있다. 네가 대공의 뜻대로 고허성을 수복한다면, 다음엔 신성을 치라 할 것이다. 너와 아미가 혈전을 벌이면, 대공은 누가 이기나 잠자코 지켜보거나 아미를 끝장내려고 할 것이야. 둘 다 우리가 바라는 것은 아니지 않느냐? 아미가 싱겁게 무너지면 대공을 잡기가 그만큼 힘들어진다. 그러니 아예 처음부터 말려들지 말아야 해."

"음… 대공이 우리를 의심하리라는 것은 알고 있었으나, 너무 이르지 않소? 이렇게 빨리 우리 속내를 드러내어도 정말 괜찮겠소?"

"어차피 봉화가 오르는 시점에 이런 일이 있을 줄 예상하고 있었다.

그러니 이르든 늦든 상관은 없어."

"그게 무슨 말씀이오?"

"봉화가 올랐으니 이제 각지에서 구원군이 몰려올 것이 아니냐? 우리는 공격받고 있어서 움직일 수 없다 하면 그만인 것이야. 그래서 일부러 직접 내가 너를 데리고 이곳 부산성으로 온 것이야."

"허····"

양상의 말에 경신이 입을 다물지 못했다.

"정말로, 이런 것 까지 다 예상했던 거요?"

"후후후."

"하아… 형님의 그 놀라운 머리가 늘 든든하기도 하지만, 어쩔 땐 정말 두렵기까지 하오… 아니 그러냐? 검백아."

"소장은 그저 두 분의 뒤만 졸졸 따를 뿐입니다. 두 분이 뛰어나면 뛰어날수록 소장의 수명이 늘어나는 것 아니겠습니까?"

그러자 경신이 갑자기 웃기 시작했다.

"품! 푸흐흐흐흐… 목석인 줄만 알았는데, 검백이 네가 사람 웃길 줄도 아는구나! 크흐흐흐흐…"

양상 역시 웃으며 말했다.

"허허허, 잘 왔느니라. 검백이 네가 해줄 일이 있다."

"하명하시옵소서!"

"벌써 전국에서 왕당파들이 원군을 이끌고 서라벌로 이동하기 시작했을 것이다. 난에 참가하기로 한 각간들이 중간에서 그들과 전투를 벌일 테지만, 모두 막지는 못할 것이야. 그러니 이곳에도 곧 피바람이 불어 닥칠 것이다. 나와 경신이 일만으로 이곳을 지킬 것이니, 너는 정예 오천을 데리고 양장곡1)으로 가거라. 고허성을 수복하는 대신에

---

1) [楊長谷]. 경덕왕릉을 이장했던 골짜기. 현 경주시 내남면 부지리의 경덕왕릉 서쪽 계곡으로 추정.

양장곡에 숨어 있다가, 남서쪽에서 올라오는 병력이 있으면 허리를 급습하여 궤멸시켜버려라. 병력 손실이 있으면, 그만큼 선도성에서 보충하면서 계속 반복해야 한다. 태후와 대공 둘 중 하나가 끝장이 날 때까지, 아무도 서라벌에 발 딛게 해서는 아니 될 것이야. 알겠느냐?"

"예! 시중어른!"

실로 그랬다. 대공이 그 아우 대렴과 난을 일으키고 황성을 포위한 가운데 봉화가 올라 정변이 알려지자, 전국의 왕당파 각간들이 황제를 구하기 위해 서라벌로 진격하기 시작했고, 대공파 각간들이 창칼로 그들을 막아서니, 신라 전 국토가 삽시간에 피비린내 나는 끔찍한 살육의 장이 버렸다. 참극은 3년간이나 지속되어 온 신라 땅이 피로 물들게 된다. 찬란한 불국토를 미쳐버린 법멸1)의 도가니로 뒤바꿔버린 이 참화를 후대 역사가들은 '96각간의 난'이라 명하였고, 그 지옥문을 열어젖힌 사건을 '대공의 난'이라 하였던 것이다.

---

1) [法滅]. 정법(正法), 상법(像法), 말법(末法)의 삼시(三時)가 지나 불법이 없어짐. 석가모니불이 열반에 든 후의 세계는 사람의 기근(機根: 중생이 본디부터 가지고 있는 불성으로서 교법을 받을 근기(根氣)와 교법을 듣고 수행할 능력)이 차차 저하하고 교설이 올바르게 행해지지 않게 되는데, 이를 세 단계로 나누어 삼시라 한다. 삼시의 기간에 대해서는 여러 관점이 있으나 일반적으로 인정되는 통설에 따라 설명하면 이렇다. 정법의 시대는 교설(教)과 실천(行)과 증과(證果: 결실. 깨달음. 證) 셋이 모두 갖춰진 시대로 석불의 가르침이 정당하게 계승되어 중생들이 구제되는 시기이고, 그 기간은 5백년이다. 상법의 시대는 교설과 실천은 있으나 증과가 없는 시대로, 기간은 1천년이다. 말법의 시대는 교설만이 잔존하고 도(道)를 수행하는 자가 없게 되는 시대이며, 기간은 1만년이다. 그 후에는 교설마저 사라져 불법 자체가 없어져버린 상태, 즉 법멸의 시대가 이어진다. 석가모니불은 이를 염려해 자신의 수제자 마하가섭에게 "지금 열반에 들지 말고 나의 도맥이 멸하여 없어지게 되는 때에 오시는 미륵불의 도에 들어가라" 하였다. 즉, 말법의 시대에 미륵불의 도래가 있음을 예언한 것이었다. 그로 말미암아 미륵신앙이 생겨나 후대의 중생들은 희망을 안게 되었다.

도망자

반란 31일째 깊은 밤. 먹구름에 가려 달빛조차 없는 칠흑 같은 어둠속을 온 몸에 먹칠을 한 비둘기 한 마리가 날아가고 있었다. 신성 북문 근처의 비둘기 집에 전서구가 날아들자, 위병이 급히 뛰어 들어가 새발에 매달린 까만 서찰을 떼어내었다. 잠시 후, 위덕의 숙소.

"장군! 장군!"

옆으로 누워 쿨쿨 자고 있던 위덕을 등 뒤에서 만득이 흔들어 깨웠다.

"으응? 아이 참… 기가 막힌 꿈을 꾸고 있었는데, 왜 또 그래?"

위덕이 눈을 게슴츠레 뜨고 고개만 돌려 말하자 만득이 대답했다.

"이걸 보십시오! 황성에서 전서구가 날아들었습니다!"

그러자 위덕이 몸을 벌떡 일으켜 만득이 내민 까만 서찰을 펴보았다.

"흠… 공은 어디 있느냐?"

"방에 계실 겁니다."

그렇게 위덕이 아미의 숙소로 가니 문이 열려 있었다. 안쪽을 보니 아미가 책상에 앉아 촛불 아래 지도를 보며 골똘히 생각에 잠겨 있었다. 위덕이 헛기침을 하며 들어가 말했다.

"크흠… 또 밤을 새우시려는 거요?"

"장군이 이 시간에… 무슨 일이 생긴 것이오?"

"이것 좀 보시구려. 황성에서 전서구를 날려 보내온 서찰이오."

아미가 서찰을 받아 펼쳐보았다. 까만 종이에 쓰인 붉은 글씨를 읽어나가던 아미의 입에서 탄식이 터져 나왔다.

'아미에게. 황성의 식량이 다한 지 사흘이 지났기로, 이렇게 위험을 감수하고 서찰을 보낸다. 네가 쉬 움직이지 않는 이유가 있겠지만, 더 이상은 기다릴 수가 없구나. 날이 밝으면 황성 남쪽에 포진한 육화진을 공격하기 바란다. 그러면 이쪽의 자금서당이 남문을 열고 나와 뒤쪽에서 협공할 것이다. 전투가 벌어지는 사이 황성에 군량을 보급해 다오. 늘 부처님께 너의 안위를 빌고 있느니라. 만월이.'

글을 다 읽은 아미의 눈에서 굵은 눈물이 주르륵 흘러내렸다. 위덕이 그런 아미의 등을 토닥여 주었다.

"아미공, 진정하시오. 마음을 굳게 먹어야 하오."

아미는 소매로 눈물을 닦고 말했다.

"내가 아둔하여 아무리 애를 써 봐도 뾰족한 수가 떠오르지 않는구려… 하아… 지금 형국은 먼저 움직이는 쪽이 당하게 되어 있소이다. 이 계획이 성공한다 해도 분명 엄청난 병력을 잃을 것인데, 그러면 더 이상은 나머지 반란군에 맞설 힘이 남아있지 않을 것이오… 이 일을 어찌하면 좋단 말이오?"

"후…… 어쩌겠소이까? 손실이 크더라도 당장 황성의 사람들이 굶어죽을 판인데, 감행하는 수밖에… 그동안 백성들의 도움으로 군량도 많이 쌓였고, 어느새 우리 병력이 이만 오천을 넘어섰소이다. 자금서당 만 오천을 합하면 사만의 병력이니, 앞뒤에서 들이치면 저 육화진을 깨부술 수도 있을 것이오. 그리고 왕경 외곽에서는 각지에서 몰려든 원군들이 포위망을 뚫으려 치열한 전투를 하고 있소이다. 그들 중 하나라도 성공한다면 국면이 완전히 달라질 것이니, 희망을 가집시다."

아미는 입술을 깨물며 고개를 끄덕였다.

"내가 너무 비관적으로 생각했나 보오. 장군의 말대로 힘을 내야겠소."

"흐흐흐, 이제야 공답구려. 그래, 언제 공격할 것이오?"

"날이 밝으면 공격하라 하셨으니, 진시 정각[1]으로 합시다."

"알겠소. 공은 그동안 몸을 너무 혹사시켰으니, 잠을 좀 자두시오. 내가 모든 걸 준비해 놓겠소이다."

"고맙소이다. 장군이 없었으면 어찌할 뻔하였소…"

"후후, 그럼 나가보리다. 쉬시오."

반란 32일째 이른 아침. 차가운 비가 추룩추룩 내리는 가운데, 아미와 위덕은 승려들과 부상자들, 노약자들은 남겨두고 신성과 고허성의 모든 병력을 끌어 모아, 온통 단풍으로 붉게 물든 남산을 조심스레 내려오고 있었다. 얼마 후.

"돌격하라!!!!"

"와!!!!!!!!!!!!!!!~~~~~."

위덕이 목이 터져라 외치자 이만의 병력이 일제히 함성을 지르며 산 아래로 쏟아져 내렸다. 그러자 야영을 하며 쉬고 있던 대공이 급히 말 위에 뛰어올라 외쳤다.

"진형을 갖추어라!!!"

'둥!!!!! 둥!!!!! 둥!!!!! 둥!!!!!'

육화진의 중앙에서 북이 울리자 외곽의 여섯 부대가 일제히 진형을 갖추기 시작했다. 대공이 차가운 미소를 띠었다.

"드디어 왔구나! 이걸로 너희들은 끝장이다! 기수!!! 청기!!!"

기수들이 거대한 청기를 들어 흔들자 여섯 부대가 일사분란하게

---

1) [辰時 正刻]. 오전 7시.

중앙 진영 양 옆으로 흩어지더니 기다란 일자 진형을 만들었다. 그와 동시에 중앙 진영에 있던 수레들이 양 옆으로 흩어지며 각 부대에 합류하기 시작했다. 위덕을 선두로 신성의 병력이 미친 듯이 달려오자 대공이 손을 머리 위로 크게 들고 중얼거렸다.

"좀 더… 좀 더…"

그러더니 손을 앞쪽으로 뻗으며 외쳤다.

"지금이다!!!"

'빠밤빠밤!!!!!~~~~~.'

'슈슈슈슈슈슉!!! 슈슈슈슈슈슉!!!'

'쉬쉬쉬쉬쉬쉬쉬쉬쉬쉬쉬쉭!!! 쉬쉬쉬쉬쉬쉬쉬쉬쉬쉭!!!'

나팔이 울리자 수레를 덮고 있던 천막이 일제히 걷히며 엄청난 크기의 쇠뇌들이 철화살을 뿜어대기 시작했다. 그와 동시에 각 부대의 노병들이 천보노를 쏘아대니, 수없이 많은 시꺼먼 화살들이 온 땅을 뒤덮을 듯이 뻗어나갔다. 앞장서서 말을 달리던 위덕이 새까맣게 날아드는 화살을 보고 기겁을 하여 말을 멈춰 세웠을 때 수레에서 날아온 철화살이 그대로 말의 가슴팍을 뚫고 들어갔다. 말이 미친 듯이 울부짖으며 앞발을 공중에 휘젓더니 옆으로 쓰러지기 시작하자 위덕이 쓰러지는 쪽의 발을 등자에서 빼내며 뒤돌려 차기를 하듯 몸을 회전시키며 말에서 뛰어 내렸다. 땅에 착지하자마자 화살들이 날아들었고, 위덕이 칼로 튕겨내기 시작했다. 그러다가 화살 하나가 위덕의 허벅지를 파고 들었다.

"큭!"

위덕은 재빨리 몸을 날려 쓰러진 말의 배에 찰싹 달라붙어 엎드렸다. 뒤쪽을 보니 벌써 수천의 병사들이 활에 맞아 쓰러져 있었다.

"빌어먹을!!"

위덕이 고슴도치가 되어가는 죽은 말에 달라붙어 허벅지의 화살을 부러뜨릴 때였다. 뒤쪽에서 방패병들이 삼열로 붙어 서서 커다란 철벽을 만들더니 화살을 튕겨내며 위덕이 있는 쪽으로 한 발씩 움직이기 시작했다.

"장군!!! 잠시만 기다리십시오!!!"

만득이 방패병 뒤에 숨어 외치자 위덕이 외쳤다.

"이놈아!!! 이러다 뒤지겠다!!! 빨리 와라!!!"

그때였다.

"와아!!!!!!!!!!!!!!!!~~~~~~~."

북쪽에서 황성의 남문이 열리며 거대한 춘양교로 자금서당이 쏟아져 나오기 시작하자 대공 옆에 있던 장수가 외쳤다.

"각간!! 예상하신 대로 황성의 병력이 나옵니다!!"

"징을 울려라!!!"

'쿠앵!!!!!~~ 쿠앵!!!!!~~ 쿠앵!!!!!~~~~~.'

그러자 일렬로 늘어서 있던 부대들이 다시 중앙으로 모여들며 여섯 꽃잎을 만들었다. 자금서당의 기병들이 진흙을 튕기며 돌진해 오자 대공이 외쳤다.

"나팔!!!"

'빠밤빠밤!!!!!~~~~~~~.'

'쉬쉬쉬쉬쉬쉬쉬쉬쉬쉬쉬쉭!!! 쉬쉬쉬쉬쉬쉬쉬쉬쉬쉬쉭!!!!'

육화의 노병들이 일제히 천보노를 쏘아대었고, 자금의 앞선 기병들이 쓰러지기 시작했다. 그래도 화살비를 뚫으며 기병들이 몰려오자 대공이 외쳤다.

"장창!!!"

'두둥!!!!! 두둥!!!!! 두둥!!!!!'

그러자 안쪽에 있던 각 부대의 장창병들이 어른 키의 세 배에 달하는 장창을 들고 나와 돌진해오는 기병들의 말을 향해 내질렀다. 고슴도치 가 가시를 세우듯 수없이 많은 시꺼먼 창들이 튀어나오자 기병들은 제대로 힘도 못 써보고 벌집이 되어 진흙 밭을 뒹굴었다. 그때, 반대편 남쪽 절벽 뒤에서 기회를 엿보던 위덕이 외쳤다.

"화살이 그쳤다!!!! 돌격하라!!!!"

"와!!!!!!!!!~~~~."

위덕이 뛰어나가자 방패로 화살을 막고 있던 수천의 병사들이 일제히 달려 나갔다. 북쪽 자금의 보병들도 창칼을 들고 육화진으로 돌진해 오자 치열한 백병진이 시작되었다. 육화진이 앞뒤로 적을 맞아 싸우는 가운데 대공이 외쳤다.

"회전!!!!"

'두두두두두두두둥!!!!! 두두두두두두두둥!!!!!'

고수가 거대한 북을 미친 듯이 두들겨대자 여섯 꽃잎이 회전하기 시작했다. 신성과 황성의 병력들은 온 힘을 다해 달려온 데다, 정신없이 한쪽 부대와 싸우다가 또 다른 부대와 맞물려 싸우기를 반복하다 보니, 전열이 점점 흐트러지고 체력도 고갈되어 갔다. 반면에 육화진의 꽃잎들은 방패를 든 부월수와 검수가 앞쪽으로 나와 백병전을 벌이고, 그 뒤에서는 장창병이 창을 내지르고, 또 그 뒤에서는 노병들이 화살을 날리니, 꽃잎과 맞붙어 싸우는 신성과 황성의 병력은 혼자서 동시에 서너 명을 상대하는 셈이 되고 말았다. 거기다 육화진의 중앙 진영에서 계속해서 화살로 지원사격을 하니, 엎친 데 덮친 격이었다. 신성과 황성 양 군은 병력이 두 배 이상 많은데도 불구하고 문천 때문에 육화를 포위할 수 없었을 뿐 아니라, 정작 맞붙어 싸우는 병력은 한정될 수밖에 없어, 병력의 우위를 제대로 펼칠 수가 없었다. 그렇게 신성과 황성의 병력이 불리한 전투를 계속하는 사이, 아미는 삼백여 명의 병사들을 이끌고 산에서 내려와 군량을 수송하기 시작했다. 아미가 이끄는 군량 수레들이 남산 북서쪽 끝자락과 맞닿아 있는 동산 아래를 지날 때였다. 동산 숲에서 느닷없이 철기병 수천이 쏟아져 나오는 게 아닌가? 철기병이 말발굽으로 땅을 진동하며 돌진해오자 아미는 얼굴이 하얗게 질려버렸다.

"허엇! 수레를 버리고 흩어져라!!!"

아미의 외침에 삼백의 수송병이 머리를 싸매고 흩어져 달아나기 시작했고, 아미는 수레 하나를 방패로 삼아 등에서 화운검을 빼들었다. 그때, 맨 선두에서 말을 달리던 주항이 수레를 그대로 뛰어넘으며 공중에서 창을 내질렀다. 전체에 톱날처럼 돌기가 난 창날이 아미의 가슴팍을 찔러 들어오자 아미는 황급히 몸을 틀며 화운검을 바깥쪽으로 휘둘렀다.

'츠롸롸롸롸룅!!!! 휘리리리리리릭! 투루루루루룩.'

아미는 엄청난 충격에 몸이 휙 돌아가 휘청거렸고, 화운검은 순간적으로 톱날들과 연속으로 맞물리면서 엄청난 속도로 검신을 뒤집으며 팽이처럼 회전하더니 아미의 손을 떠나 공중에서도 바람개비 막대기처럼 돌다가 땅바닥에 떨어져서도 땅을 굴러갔다.

"으윽!!"

아미는 왼손으로 힘이 쭉 빠져버린 오른 팔 팔뚝을 부여잡고 급히 화운검을 주우러 뒤쪽으로 달려갔다. 아미가 왼손으로 화운검을 주워들고 멀어지는 주항을 바라보니 달리던 주항이 뒤로 고개를 돌렸다. 둘의 눈이 마주치자 주항은 씩 웃고서 다시 앞을 바라보며 그대로 쭉 달려 나갔다. 뒤이어 수천의 철기병이 요란한 말발굽소리를 내며 군량 수레를 그대로 지나쳐갔다.

'큰일이다! 이대로 철기병의 급습을 받으면 순식간에 전열이 무너진다! 위덕이 위험해!!'

그때 흩어졌던 수송병들이 다시 수레로 모여들기 시작했고, 아미는 화상을 입어 화끈거리는 손바닥을 바라보며 인상을 찌푸렸다.

'하지만, 이미 손 쓸 방도가 없지 않은가… 젠장, 철기병이 매복하고 있을 줄이야… 헌데, 주항이 어째서 우리를 그냥 지나쳐간 걸까? 분명 황성에 수송할 군량이라는 걸 알았을 텐데… 육화진이 쉬 무너질 리는 없으니, 조금만 시간을 내면 우리를 전멸시킬 수 있었는데 말이다…'

"헛! 설마?!"

아미는 순간 창백해진 얼굴로 황성을 바라보았다.

그 시각, 황성 북동쪽에 인접한 낮은 언덕.

"이랴!!! 이랴!!!"

커다란 아름드리 통나무들이 포개진 채로 묶여 올라탄 거대한 철수레를 수십의 기병들이 말에 밧줄을 묶어 언덕 위로 끌고 있었다. 옆쪽과 뒤쪽에서도 백여 명의 병사들이 들러붙어 수레를 밀고 있었다. 언덕 위에서는 대렴과 삼천의 정예병들이 몸을 엎드린 채 수레를 기다리고 있었다. 이윽고 철수레가 언덕 꼭대기에 오르자 대렴이 일어나 칼을 빼들고 말없이 황성을 겨누었다. 그러자 삼천의 병사들이 일제히 일어나 양 갈래로 언덕을 내리달리기 시작했다. 그와 함께 기병들이 이끄는 철수레가 천천히 언덕을 미끄러지기 시작하더니 점점 속도가 붙어 달리는 병사들을 제치고 앞쪽으로 튀어나갔다.

"지금이다!!"

수레를 끌고 달리던 기병들 중 하나가 외쳤다. 그러자 기병들이 일제히 말에 묶은 밧줄을 칼로 잘라내고서 옆쪽으로 빠졌다. 거대한 철수레가 스스로 점점 더 속도를 높이며 내리막을 달리더니 그대로 성벽을 들이받았다.

"쿠아아앙!!!!!!!!!!!!!!!"

"성벽이 무너졌다!!!! 돌격하라!!!!"

"와아!!!!!!!!!~~~~."

그 무렵, 주항은 철기병으로 신성 병력의 옆구리를 관통하고 있었다.

철기병이 엄청난 기세로 창을 내지르며 돌진하니 신성의 병력은 마치 벼가 쓰러지듯 길을 터주고 있었다. 삽시간에 중앙을 관통당해 버리자 급속도로 대열이 무너지기 시작했고, 육화와 맞붙은 선두진영도 회전하는 육화에 점점 더 갉아 먹히고 있었다. 위덕은 선두에서 미친 듯이 칼을 휘두르며 백병전을 치르고 있었는데, 갑자기 누가 뒷덜미를 잡고 끌어당기는 바람에 뒤로 딸려나왔다.

"어어엇! 뭐, 뭐냐!!"

"장군!! 저길 보십시오!! 수천의 철기병이 우리 진영을 휘젓고 있습니다!!"

위덕이 만득이 가리키는 쪽을 보더니 말했다.

"엎드려라!"

"예?"

"엎드리라고 이놈아!!"

"아, 예!"

만득이 급히 엎드리자 위덕이 등을 밟고 올라섰다.

"이런 떡을할!! 도대체 어디서 저 많은 철기병이 나타났단 말이냐?!!"

"소, 소장도 잘 모르옵니다! 갑자기 나타났습니다!"

위덕은 만득의 등을 밟으며 몸을 돌려 북쪽의 자금서당을 살펴보았다. 이쪽과 마찬가지로 벌써 절반 이상이 쓰러져 있었다. 위덕이 내려와 만득의 뒷덜미를 잡아 일이키며 말했다.

"안 되겠다! 이대로 가다간 두 쪽 다 전멸이야! 신성으로 퇴각한다!!"

"예! 장군!"

만득이 허리에 차고 있던 뿔피리를 불기 시작했다.

'빠밤!!!!~~ 빠밤!!!!~~ 빠밤!!!!~~~~, 빠밤!!!!~~ 빠밤!!!!~~ 빠밤!!!!~~~~.'

비금의 퇴각 신호가 울리자 대공 옆의 장수가 외쳤다.

"각간!! 신성의 병력이 후퇴하기 시작했습니다!!"

"이때다!! 도망치는 비금은 주항이 맡을 것이니, 육화를 펼쳐 자금서당을 섬멸하라!!!"

'두두둥!!!!! 두두둥!!!!! 두두둥!!!!!'

북이 세 번씩 끊어지며 울리고 기수가 적기를 흔드니 붙어 있던 육화가 일제히 산개하며 자금서당을 감싸기 시작했다. 육화들이 말발굽 모양으로 자금을 둘러싸자 대공이 외쳤다.

"본대!!! 돌격!!!!"

"와!!!!!!!!!!!!!~~~~~~~."

대공이 중앙 본진을 이끌고 자금을 정면으로 들이치고 양 옆에서 육화가 협공을 하니 자금은 급격히 무너지기 시작했다. 신성의 병력도 사정은 마찬가지였다. 주항의 철기병이 후퇴하는 병력을 쫓으며 닥치는 대로 베어 넘기니 수천의 목숨이 속절없이 날아갔다.

그 시각, 황성에는 무너진 성벽을 넘어 성 안으로 진입한 대렴이 정예병을 이끌고 북문에 당도해, 사자대와 자금서당 일부가 뒤섞인 병력과 치열한 전투를 벌이고 있었다. 대렴이 사자대 장수 하나를 베어버리고 외쳤다.

"시간이 없다!!! 어서 북문을 열어야 한다!!!"

대렴이 다시 다른 장수 하나와 맞붙어 싸울 때였다. 주경의 대군이 북문에 당도해 긴 사다리들을 성벽에 걸치고 무주공산이 되어 있는 성벽 위로 오르기 시작했다. 성벽 위로 올라선 주경의 병사들이 사자대의 뒤를 들이치는 동시에 북문을 열어젖혔다. 개미떼 같은 병력이 홍수처럼 밀려들기 시작했고, 사자대는 급속도로 무너지며 도망치기 시작했다. 잠시 후, 북문으로 달려가던 지정과 시위부를 온 몸에 피범벅을 한 사자대 장수가 막아서며 말했다.

"시위부령!! 북문이 뚫렸습니다!! 어서 폐하를 신성으로 모십시오!!"

"무어라?!!"

"반란군이 끝도 없이 쏟아지고 있습니다!! 서두르셔야 합니다!!"

"아으… 태후전으로 가자!!"

한편, 삼백 병사들과 군량을 끌고 월정교를 건너 황성 서문에 당도한 아미가 외쳤다.

"신성에서 군량을 가지고 왔다!!! 성문을 열어라!!!"

그러니 성루에 있던 십여 명의 병사들이 아미를 알아보고 급히 뛰어 내려갔다. 성문이 열리고 안으로 들어온 아미가 주위를 둘러보더니 문을 연 병사들에게 물었다.

"뭣이냐!? 어찌 너희들만 있는 것이야?"

"북문 쪽에서 교전이 벌어지고 있습니다! 그리로 다 달려갔습니다!"

"이런, 이런… 안 되겠다! 수레를 내버려두고 북문으로 가자!!"

그렇게 아미가 삼백을 이끌고 황성 서쪽의 태후전을 지날 때였다. 지정이 백팔십의 시위부를 이끌고 급히 달려오다가 아미와 마주쳤다.

"형님!!!"

"지정아!!!"

둘이 달려가 얼싸안으며 반가움을 표했다.

"무사하셔서 다행입니다!"

"북문은 어쩌고 이리 오는 것이냐?"

"이미 뚫렸습니다. 어서 두 분 폐하를 신성으로 모셔야 합니다!"

"이런! 여긴 내가 지휘할 테니 어서 가서 모시고 나오너라!"

"예!"

지정이 태후전으로 뛰어 들어가고 얼마 안 되어 동쪽 궁궐의 꺾어진 길로 주경과 청금이 모습을 드러냈다.

"적병이다!!! 시위부는 길을 막아라!!!"

아미가 외치자 시위부가 일제히 진형을 갖추며 길을 가득 메우기 시작했다. 그때, 이번엔 북쪽 길목에서 대렴과 흑금이 모습을 드러내자 아미가 수송병들에게 외쳤다.

"수송대는 북쪽 길목을 막아라!!!"

그때, 동쪽 길에서 철갑마를 탄 주경이 커다란 도끼창을 들고 시위부를 향해 돌진했다.

"이야아아!!~ 후아!!!!"

주경이 몸을 앞으로 내밀며 도끼창을 수평으로 휘저으니 길에 밀집해 있던 시위부 병사 여덟이 머리통이 터져나가며 동시에 쓰러졌다.

"의야!!!!"

주경이 다시 반대방향으로 도끼창을 휘두르자 또다시 예닐곱이 쓰러졌다. 시위부가 움찔하여 뒤로 몇 발 물러나자 주경이 외쳤다.

"시위부도 별것 아니구나!!! 모조리 짓밟아 버려라!!!"

"와!!!!!!!!~~~."

북쪽 통로에서도 대렴이 말을 달려왔다.

"아라라랏!! 훠이야!!!!"

도깨비방망이처럼 생긴 자루가 긴 쇠방망이를 머리 위로 쳐들었다가 뒤쪽으로 돌려내리며 아래에서 대각선 위로 걷어 올리자 앞서 있던 수송병 셋이 피를 토하며 날아가 뒤쪽 병사들을 깔아뭉갰다. 대렴이 말에서 뛰어내려 쇠방망이를 엄청난 속도로 휘두르기 시작했다.

"크이야!!! 흐이야!!! 후이야!!! 후와!!!"

방망이가 지나갈 때마다 병사들이 마치 낙엽 쓸리듯 여기저기 박살이 나며 좌우로 쓸려나갔다. 혼자서 수십을 쓸어버린 대렴이 고개를 돌려 외쳤다.

"뭣들 하느냐!!! 당장 태후를 붙잡아 와라!!!"

"와!!!!!!!~~~~."

그렇게 양쪽 길에서 요란한 칼부림이 이어지는 사이, 지정이 태후전에서 만월과 황제를 데리고 나왔다. 궁인들이 뒤를 따르고 있었다.

"아미야!!"

만월이 아미를 발견하고 외치자 아미가 뛰어와 말했다.

"누님!! 시간이 없습니다!! 어서 지정이와 서문으로 도망치십시오!! 지정아, 서둘러라!!"

"예!!"

지정이 황제를 들쳐 업고 서쪽으로 뛰어가니 만월과 궁인들이 그 뒤를 따랐다. 아미가 근처에 있던 시위부 장수 셋에게 말했다.

"성 밖에 적군이 깔렸으니 지정이 혼자서는 위험하다!! 어서 뒤따라가라!! 여긴 내가 막을 것이다!!"

"예!!!"

그때였다.

"태후가 도망친다!!! 뭣들 꾸물거리느냐!!! 어서 길을 뚫어라!!!!"

대렴이 흑금을 다그치는 소리가 궐내를 울려 퍼졌다. 그렇게 칼부림이 계속되고 얼마 후, 싸움이 길어지자 동쪽 길에서 주경이 철갑마를 그대로 돌진하여 시위부 병사들을 튕겨내며 혼자 길을 빠져나왔다. 그 모습을 본 아미가 화운검을 고쳐 잡고 자세를 취했다. 주경이 도끼창을 고쳐 잡고 아미에게 돌진할 때였다. 갑자기 남쪽 건물 지붕에서 누군가가 날다람쥐처럼 날아오르는 게 아닌가? 그는 공중에서 몸을 팽이처럼 회전시키며 다리를 당겨 몸을 움츠린 상태로 주경의 머리 위를 지나치더니 순간 몸을 쫙 펴며 왼손에 든 무언가를 휘둘렀다.

"퍽!!!"

그가 주경을 건너뛰어 땅에 착지함과 동시에, 달려오던 주경이 눈에 망치가 꽂힌 채로 말 위에서 뒤로 뒤집어지더니 반 바퀴 돌아 땅바닥에 철퍼덕 엎어졌다. 순식간에 벌어진 일에 아미는 놀라서 입을 다물지 못했다. 아미가 그를 보니 승복을 입고 머리를 빡빡 깎은 승려였는데, 팔과 다리에는 검은 끈을 둘둘 말아 옷을 싸매고 있었고, 이상하게도 누런 수건을 머리 뒤로 묶어 눈 아래 얼굴을 가리고 있었다. 그는 빠른 동작으로 왜 죽었는지도 모르고 죽은 주경의 허리에서 검집을 떼어내어 자신의 허리에 차고 바닥에 떨어진 도끼창을 들더니 갑자기 아미 쪽으로 질주해 왔다.

"어엇!"

아미가 놀라서 옆으로 피하니 그가 바람을 일으키며 그대로 지나쳐갔다. 그러고는 저 혼자 달려가다 멈춰 선 철갑마의 엉덩이를 한 손으로 짚으며 뛰어올라 곧바로 박차를 가했다.

"이랴!!!"

순식간에 서쪽으로 멀어지는 그를 멍하니 바라보고 있을 때, 시위부 장수 하나가 달려와 아미를 돌려세웠다.

"아미공!! 이제 얼마 더 버티지 못합니다!! 이곳이 뚫리면 저들은 분명 서문 쪽으로 태후폐하를 쫓을 겁니다!! 그러니 공은 저쪽 길을 돌아 남문으로 빠져나가십시오!!"

장수가 아미를 남쪽으로 난 길로 밀어붙이자 아미가 말했다.

"왜 이러느냐!? 내가 끝까지 막을 것이다!!"

"공이 신성으로 돌아가야 거기서 폐하를 보필할 것 아닙니까!! 공이 없으면 누가 저들과 맞선단 말입니까!!"

"하지만…"

"어서요!! 어서!!!"

장수가 아미를 확 밀쳐버리고는 다시 칼부림이 난무하는 곳으로 달려갔다.

"으으윽…"

아미는 어금니를 깨물고 남쪽으로 난 길을 달리기 시작했다.

얼마 후. 지정은 사람들을 데리고 월정교를 건너 병사들이 보이지
않는 남서쪽으로 도망치고 있었다. 일행이 철기병이 매복해 있던 그
동산의 서쪽 면을 돌아 남산 끝자락과 동산의 사잇길을 지나칠 때였다.
왼쪽 길 건너편에서 산으로 도망치는 신성의 병력들을 소탕하던 이십
명의 철기병들이 지정 일행을 발견하고는 한 명을 남겨두고서 곧바로
달려오기 시작했다. 그러자 지정을 따르던 시위부 장수 셋 중 하나가
말했다.

"저희가 막을 테니, 어서 피하십시오!"

"부탁한다!"

황제를 업은 지정은 만월과 궁인들을 데리고 계속해서 도망쳤다.
잠시 후, 장수들이 철기병들에 둘러싸여 치열한 전투를 벌이다가,
각각 하나씩을 베어 넘기고는 장렬하게 전사했다. 나머지 철기병들이
다시 지정일행을 추격해오자, 이번에는 뒤따르던 기출이 그 자리에
멈춰 서서 양팔을 벌렸다.

"무엄하다 이놈들!!! 멈추지 못할까!!!"

늙은 기출이 노기를 띠며 외쳤으나 선두의 철기병은 아랑곳없이
그의 배에 창을 찔러 넣었다.

"큭!! 이노옴… 천벌이… 내릴 것이다…"

기출은 배를 창에 꿰이고서도 창을 부여잡고 놓아주질 않았다.

"이런, 미친 늙은이를 봤나!!"

그때 다른 철기병들이 달려와 기출의 몸통에 창들을 마구 찔러넣었
다.

"크으으…… 폐… 하아."

기출이 숨을 거두고 철기병들이 몸에 박힌 창을 빼내려할 때였다.

이번에는 실보가 돌덩이를 들고 달려와 처음 기출을 찔렀던 철기병의 말 대가리를 후려쳤다. 그러자 말이 앞발을 쳐들며 비명을 질러대었고 그 철기병은 말에서 떨어져 내렸다. 실보가 그때를 놓치지 않고 쓰러져 있는 철기병의 배 위에 올라타 얼굴에 돌덩이를 내리치기 시작했다.

"죽어라 이놈아!!!!"

"쿠액!!"

나머지 철기병들이 몸통을 창으로 찔러대는 동안에도 실보는 계속하여 돌덩이를 내리치더니 다 뭉개져서 피떡이 된 얼굴을 보며 씩 웃었다. 그러고는 피를 한 사발 토하고 그대로 쓰러졌다. 그 모습을 보고 철기병들이 혀를 내둘렀다.

"아으… 지독한 놈들…"

"이럴 시간이 없네! 어서 쫓자고!"

철기병들이 다시 뒤쫓기 시작하자 이번에는 스무 명의 궁녀들이 서로 팔짱을 끼고 일렬로 서서 그들을 가로막았다. 그 모습에 선두의 기병들이 말을 멈추고 어찌 할 바를 몰라 하니, 뒤따라온 기병이 외쳤다.

"당장 물러나지 않으면 모조리 죽일 것이다!!"

그러자 궁녀 하나가 맞받았다.

"죽여라 이놈들!! 하늘이 두렵지 않느냐!! 너희들이 이러고도 무사할 성 싶으냐?!!"

궁녀들이 물러설 기색을 아니 보이자, 철기병들이 서로의 얼굴을 쳐다보았다. 아무도 나설 기색을 보이지 않을 때, 한 명이 침을 뱉고서 말했다.

"퉤! 재수 없는 년들. 죽으면 그냥 고깃덩어리인 것을!!"

그 말과 함께 궁녀 하나를 찔러죽이자 나머지들도 덩달아 궁녀들을 죽이기 시작했다.

"꺄아아악!!!!~~."

찢어지는 비명들이 울려퍼지자 도망치던 지정이 걸음을 멈추었다. 뒤돌아보니 차마 눈 뜨고는 못 볼 처참한 광경이 벌어지고 있었다. 지정은 업고 있던 황제를 내려놓은 뒤, 비장한 표정으로 만월에게 말했다.

"누님, 건운이를 데리고 가십시오. 제가 저놈들을 해치운 후에 뒤따라 가겠습니다."

"뭐라고!? 아니 된다!"

"어차피 이대로 가면 따라잡힙니다. 어서 가십시오!"

그 말과 함께 지정이 뒤쪽으로 달려 나가자 만월이 소리쳤다.

"지, 지정아!! 지정아!!"

그러니 황제가 만월의 치마를 부여잡으며 울었다.

"흐아아앙~~ 어마마마~~."

만월은 슬픈 얼굴로 어린 황제를 보듬으며 말했다.

"황상, 황상은 이 어미가 끝까지 지켜줄 것입니다. 그러니 걱정하지 마세요. 자, 어미 손을 잡으세요. 조금만 더 가면 됩니다."

그렇게 만월은 황제의 손을 붙잡고 다시 도망치기 시작했다. 한편, 지정은 궁녀들이 쓰러져있는 곳으로 달려와 칼을 빼들고 악에 받친 고함을 질렀다.

"이런 극악무도한 놈들!!!! 너희들이 그러고도 살기를 바라느냐!!!!"

그러자 철기병 하나가 맞받았다.

"곧 죽을 놈이 목소리 한번 크구나!!"

"덤벼라!!! 모조리 죽여주마!!!"

"미친놈이 입만 살았구나!! 죽어라!!"

그렇게 일 대 십오의 싸움이 시작됐다. 지정은 빠르게 이동하며 이쪽저쪽에서 동시다발적으로 찔러 들어오는 창을 쳐내고 피하며 빈틈을 만들기 시작했다. 그러다 한 철기병이 말을 달리며 창을 찔러오다가 지정이 칼로 쳐내버리자 그대로 지나친 뒤 말을 돌리려 했다. 그 틈을 놓치지 않고 지정이 뛰어가 뒤도는 그자를 그대로 베어버렸다. 금방 끝날 것 같던 싸움이 의외로 길어지자 철기병들이 지정을 둘러싸기 시작했다. 그리고 동시에 찔러 들어가자 지정이 몸을 날려 한쪽 말의 배 밑으로 앞구르기를 해 빠져나온 뒤, 공중으로 뛰어올라 두 명을 동시에 베어버렸다. 안 되겠다 싶은지 이번에는 남은 열둘이 둘씩 짝을 이루어 줄을 지어 공격하기 시작했다. 한 쌍을 피하면 또 한 쌍이, 또 그 뒤에 한 쌍이, 그렇게 말을 달리며 공격해 들어오니 지정은 가까스로 피하는 것 외에는 다른 방도가 없었다. 그러다가 창 하나가 지정의 왼쪽 어깻죽지를 파고들었다.

"크흑!"

지정의 어깨에 창을 찔러넣은 철기병이 그대로 말을 달리며 밀어붙이니 지정은 뒷걸음질 치다가 땅바닥에 쓰러졌다. 뒤에서 나머지 기병들이 달려와 쓰러진 지정을 둘러쌌다. 지정이 창에 찔린 채 누워서 내뱉었다.

"이런 무도한 놈들!!! 천벌이 내릴 것이다!!!"

그러자 철기병들이 껄껄 웃었다.

"하하하하하. 죽기 직전까지도 입을 나불대는구나! 천벌이 어딨느냐? 있으면 어디 한번 보여다오. 크하하하하."

그때였다!

'휙 휙 휙 휙 휙.'

"후와!!!!!"

주경을 순식간에 해치웠던 그 승려가 한 손으로 말안장을 잡고서 달리는 철갑마의 등 위에 뛰어올라 쭈그리고 앉은 후 도끼창을 수직으로 치든 채 안장을 박차고 몸을 휘감으며 솟구치더니 공중에서 다리를 접어 몸을 웅크린 채로 팽이처럼 회전하며 날아가다가 철기병들의 한가운데로 떨어지면서 갑자기 몸을 확 펴며 세웠던 도끼창을 수평으로 휘둘렀다.

'퍼버버버버버버버버버벅!!!!'

셋은 머리가 터져나가고, 둘은 목이 잘려나갔으며, 셋은 가슴팍이 뜯겨져 나가고, 둘은 옆구리가 터졌으며, 둘은 타고 있던 말 대가리가 터져나가며 말과 함께 옆으로 쓰러져 나뒹굴었다. 지정을 둘러싸고 있던 모든 것들이 한 순간에 다 바깥으로 튕겨나가는, 눈을 뜨고도 믿지 못할 광경이 펼쳐진 것이다. 쓰러진 지정의 옆에 착지한 승려는 곧바로 땅에 떨어진 기마병들의 창 두 개를 집어 들었다.

"흡!!"

'쉭!!'

"쿠헙!!"

그가 오른손을 들어 창을 집어던지니 말과 함께 쓰러졌던 철기병 하나의 심장을 꿰뚫었다. 나머지 하나가 엉덩이를 질질 끌며 뒷걸음질 치자 그는 왼손의 창을 들어올렸다.

"아흐윽… 스스스, 스님! 잣, 잣, 자비를…"

철기병이 손을 휘저으며 살려고 발버둥을 쳤다. 그러자 승려는 주위에 주검이 되어 쓰러져 있는 궁녀들과 그들이 흘려보내는 빗물에 섞인 핏물을 둘러보더니 눈을 무섭게 치켜뜨고 입을 열었다.

"그런 너희들은 왜 힘없는 저들에게 자비를 베풀지 않았더냐. 너희 같은 악마들에게 베풀 자비는 없다. 지옥의 옥졸들이 너희를 반겨줄 것이니, 그곳에서 죄를 뉘우치거라!"

그는 일말의 망설임 없이 왼손에 든 창을 날렸다.

'쉭!!'

"꾸액!!"

승려는 쓰러져 있는 지정의 옆에 한쪽 무릎을 꿇고 앉아 말했다.

"참으십시오."

지정이 고개를 끄덕이자 그는 지정의 어깨에 박힌 창을 조심스레 뽑아내었다.

"크읏…"

승려는 주위를 둘러보더니 궁녀가 떨어뜨린 보따리 쪽으로 걸어갔다. 보따리를 풀어 내용물을 쏟아 붓고는 걸 보자기만 들고 와서 지정의 상처를 싸매주었다.

"움직일 수 있겠습니까?"

"예."

그가 지정을 부축해 일으켜 세워주니 지정이 물었다.

"정말 고맙습니다. 그런데, 뉘신지 여쭤도 되겠습니까?"

"빈도는 그저 불상을 조각하는 떠돌이 산승입니다."

그때였다. 저 멀리 아까 지나왔던 사잇길에서 주항이 철기병 수십을 데리고 나타나는 것이 아닌가? 주위를 두리번거리던 주항이 외쳤다.

"저기다!!! 이랴!!!"

철기병들이 달려오기 시작하자 승려가 말했다.

"어서 말을 타시오!"

승려와 지정이 각자 죽은 철기병의 말에 올라타고 고삐를 내리쳤다. 그렇게 나란히 달려 나가니, 얼마 지나지 않아 도망치는 만월과 황제가 보였다.

"태후폐하!!!"

지정이 크게 부르자 도망치던 만월이 뒤를 돌아보았다. 그러더니 활짝 웃어 보였다.

"지정아!!"

꼬마 황제도 지정을 보고 외쳤다.

"작은숙부!~"

승려가 지정과 함께 말을 멈춰 세우며 말했다.

"이대로는 따돌릴 수 없습니다! 두 방향으로 흩어져야 합니다!"

"예? 하지만…"

지정이 망설이자 만월이 나섰다.

"이분의 말씀이 옳다! 스님과 내가 서쪽으로 유인할 테니, 너는 황상을 모시고 신성으로 가거라!"

"누님!"

만월은 지정의 반응에는 아랑곳 않고 황제를 들어 올려 지정의 뒤에 태워 주었다. 그 뒤, 승려가 뻗은 팔을 붙잡고 그의 뒤에 올라탔다. 그러자 황제가 또 울기 시작했다.

"흐어어엉~~ 어마마마~~."

"황상! 신성에 가서 이 어미를 기다리시오! 스님, 가시지요!"

"예, 폐하. 이랴!!"

승려가 만월을 태우고 황천이 보이는 남서쪽으로 달려 나가자 황제를 태운 지정도 열선각이 있는 남동쪽으로 달리기 시작했다. 한편, 뒤를 쫓던 주항은 황제와 태후가 두 쪽으로 갈라져 도망치기 시작하자 뒤쪽의 장수에게 외쳤다.

"내가 황제를 쫓을 테니, 너는 태후를 쫓아라!!"

"예!!"

얼마 후. 지정은 주항의 추격을 받으며 열선각 근처의 남산 산길을 달려 오르고 있었다. 지정이 재빨리 뒤돌아보니, 주항이 거의 코밑까지 추격해 오고 있었다.

'조금만 더 가면 신성이다! 조금만 더!'

"이랴!! 이랴!!"

지정이 말에 박차를 더 가하자 쫓던 주항이 톱날창을 어깨 위로 들어올려 힘껏 던졌다.

"흐압!!"

'쉐에엑!~ 푹!'

창이 바람을 가르며 날아가 지정과 황제가 탄 말의 엉덩이에 그대로 꽂혔다. 그러자 말이 거칠게 울부짖으며 쓰러졌고, 지정과 황제가 풀숲에 내동댕이쳐졌다.

"크억!!"

바위에 부딪힌 지정이 허리가 끊어지는 듯 고통을 느끼는 사이, 어린 황제는 비탈을 데굴데굴 굴러가다가 커다란 참나무에 머리를 부딪치고 기절해 버렸다.

"폐, 폐하!!! 폐하!!! 으으윽."

지정이 고통을 참으며 몸을 일으키자 어느새 달려온 주항이 말에서 내려 기절해 있는 황제의 코에 손을 가져다대었다. 그러더니 허리에서 칼을 빼내어 황제의 목을 겨누었다.

"이놈!!! 어느 안전에 칼을 겨누느냐!!! 어서 칼을 치우지 못할까!!!"

지정이 소리칠 때, 이십여 철기병들이 따라와 주항의 좌우에 말을 멈춰 세웠다. 주항이 말했다.

"지정! 할 만큼 했으니 이제 그만하고 투항하거라! 다 끝났다!"

"주항 이노옴!!!!"

지정이 칼을 빼내자 철기병들이 일제히 창을 쳐들었다. 주항은 황제의 목을 겨누고 있던 칼을 지정에게 겨누며 씩 웃었다.

"후후후. 장렬한 전사라… 그것도 나쁘진 않지! 네 선택이 그렇다면 말리지 않겠다! 와라!!"

그 순간 지정은 절망, 분노, 두려움, 살고 싶은 욕망… 온갖 감정이 동시에 밀려들며 온몸이 부르르 떨려왔다. 견딜 수 없는 감정의 홍수에 눈물이 주르르 얼굴을 타고 흘렀다.

"으으으윽…"

그러더니 놀랍게도 갑자기 뒤를 돌아 산 위로 도망치기 시작했다.

"허!…"

주항이 순간 당황하여 그 모습을 어이없이 쳐다보다가 콧방귀를 뀌더니 지정이 들으라는 듯 크게 외쳤다.

"흥, 시위부령이라는 작자가!!! 황제를 버려두고!!! 혼자 살겠다고 도망을 치는구나!!! 하늘 아래 저런 비겁한 놈을 보았는가!!! 하하하하하하!!!"

그러자 철기병들이 덩달아 크게 웃기 시작했다.

"하하하하하하!!!!!!"

조롱 섞인 웃음소리가 산중을 울려퍼지자, 도망치는 지정의 가슴에 그 소리가 비수처럼 날아와 꽂혔다. 지정은 너무 괴로워 눈을 감고 귀를 막고 한참을 제멋대로 달리다가 나무뿌리에 걸려 비탈길을 뒹굴러 떨어졌다.

'첩퍼덩!!'

데굴데굴 구르던 지정은 어딘지 모를 골짜기 개울물 속에 처박혔다. 물속에 누워 눈을 떠 보니, 흐르는 물이 온 산과 하늘을 구불구불하게 비틀고 있었다. 그 와중에도 우습게 숨은 차올라왔다.

'비겁한 놈… 그래… 이대로 죽자…'

지정은 그대로 익사할 생각으로 눈을 감았다. 점점 가슴이 뜨거워지며 고통이 밀려왔다. 이윽고 고통이 극심해지더니 팔 다리가 부르르 경련을 시작했고 이어 정신이 혼미해졌다. 그때였다. 누군가 지정의 멱살을 움켜쥐더니 물 밖으로 확 하고 당기는 것이 아닌가?

"푸헉!! 쿠헥!! 헉 헉 헉 헉…"

숨을 거칠게 몰아쉬던 지정이 정신을 차리고 고개를 드니 충담의 얼굴이 보였다.

"헛… 형님!?"

"누가 네놈더러 함부로 죽으라 했더냐! 설아가 그러라고 너를 살린

도망자 635

줄 아느냐!"

"흐으윽… 흐어어어어…."

지정은 고개를 하늘로 쳐들고 하염없이 울기 시작했다.

한편, 넓은 강폭을 자랑하며 유유히 흐르는 황천을 거슬러 오르며 말을 몰아 도망치던 승려는 저 앞 강가에 대어져 있는 쪽배를 가리키며 만월에게 말했다.

"저 배를 타고 강을 건너십시오! 저놈들은 제가 상대하겠습니다!"

"안 됩니다! 저 혼자 도망치라니요! 같이 건너가요!"

"그럴 여유가 없습니다! 강을 건너고 계시면 곧 헤엄쳐서 뒤따라가겠습니다!"

그 말과 함께 승려는 허리에 찬 검집을 뽑아들더니, 오른 다리를 말 대가리 위로 넘기며 달리는 말에서 엎어지듯 몸을 뒤집으며 떨어졌다. 그러고는 양손으로 검집을 땅바닥에 꽂아 넣으며 양발과 검집으로 몸을 지탱하며 속도를 줄였다. 비를 머금은 축축한 흙덩이를 사방으로 튕겨내며 멈추자, 선두에서 뒤쫓던 장수가 창을 고쳐 잡고 달려왔다. 몸을 일으킨 승려는 검집을 도로 허리에 꽂아 넣고 오른쪽 발을 뒤로 빼 비스듬히 서더니 양손을 펴 가슴높이로 올렸다. 그렇게 달려오는 장수를 응시하며 자세를 취하니 장수가 기합을 넣으며 창을 내질렀다.

"흐압!!"

창날이 엄청난 속도로 승려의 가슴을 향해 날아들었다. 순간 승려가 몸을 옆으로 날리자 창날이 그의 가슴을 스쳐 베며 지나갔다. 그렇게 창을 아슬아슬하게 피하며 창을 내지르던 장수의 팔을 낚아채었다가 놓아버리니 장수는 달리는 말에서 떨어져 땅바닥에 머리를 처박고 그대로 죽어버린 채 한참을 뒹굴었다. 승려가 달려가 땅에 떨어진 창을 주워들고 몇 발자국 껑충껑충 뛰어나가더니 몸을 홱 숙이며 있는 힘껏 창을 날렸다.

"으랏챠!!!"

'쉐에에엑!!'

"쿠핵!!"

날아간 창이 뒤쫓아 오던 철기병 하나의 가슴을 그대로 꿰뚫어 창의 절반이 등 뒤쪽으로 튀어나왔다. 창에 몸을 꿰인 채 병사가 말에서 떨어지자 뒤따라오던 말들이 그자의 몸뚱이와 창에 엉켜서 앞으로 곤두박질 쳤고, 그 위에 타고 있던 병사들도 땅바닥에 부딪혀 머리통이 깨지고 목이 부러지고 허리가 꺾여 죽어버렸다. 순식간에 대여섯이 죽어나가자 뒤따라오던 십여 명은 급히 말을 멈춰 세웠다. 그러자 승려는 죽어 있는 장수에게로 달려가 그자의 허리에서 검을 빼내들더니 자신의 허리에서도 검을 빼내어 양손에 쌍검을 쥐었다. 승려가 양팔을 펼쳐 산(山) 자로 자세를 취하니 철기병 여섯이 다시 말을 달려오기 시작했다. 그러자 승려가 또다시 몇 걸음 앞으로 나가며 몸을 두 바퀴 회전시키더니 두 칼을 연속으로 날렸다.

'쉭쉭!! 휘리리리릭!!'

칼들이 수평으로 빠르게 회전하며 날아가 앞선 두 명의 목을 베어버리고 튕겨나갔다. 나머지 넷이 계속하여 돌진해오니 승려는 다시 맨손으로 자세를 취했다. 앞선 둘이 동시에 창을 내지르자 승려는 엎드리는 자세로 공중으로 튀어오르더니 양손으로 창자루를 내리쳐서 눌러버림과 동시에 밀려들던 창의 힘을 이용해 허공에서 몸을 한 바퀴 홱 굴려 뒤따르던 두 명의 얼굴을 발바닥으로 강타했다. 그러니 앞선 둘은 창날이 땅에 박힘과 동시에 쥐고 있던 창자루의 뾰족한 끝이 자신들의 배를 엄청난 힘으로 파고드는 것을 느끼며 몸이 접어진 채로 공중에 떠있다 떨어졌고, 따르던 둘은 목이 뒤쪽으로 꺾여 뒤통수가 자신의 등에 닿는 것을 느끼며 공중에서 뒤로 몇 바퀴를 돌다가 떨어졌으며, 승려는 머리를 찬 반동으로 다시 허공에서 몸을 뒤로 회전시켜 땅에 착지했다. 또다시 순식간에 여섯이 죽어나가자 남은 넷은 기겁을 하고 말머리를 돌려 달아나기 시작했다. 승려가 그들이 도망치는 곳을 바라보니 저 멀리서 철기병 수백이 달려오는 것이 보였다. 승려는 뛰어가 원래 지니고 있던 주경의 검을 주워서 허리에 꽂아 넣고 쪽배가 있던 쪽으로 달려갔다. 워낙에 짧은 시간에 열 서넛을 해치워 버린지라 만월은 그제야 겨우 강가를 조금 벗어나고 있었다. 싸우는 승려를 바라보며 제자리에서 열심히 노를 젓던 만월은 승려가 철기병들을 해치우고 달려오자 거꾸로 앉아서 도로 강가로 돌아오려 또 열심히 노를 저었다. 하지만 배는 계속 제자리였다. 어느새 달려온 승려가 물속으로 첨벙첨벙 들어가 배를 끌고 물가에 대자, 만월이 부끄러운 듯 어색하게 웃으며 말했다.

"배를 저어 본 적이 없어서…"

"산승이 하겠습니다. 잠시만 기다리십시오."

승려는 만월이 타고 온 말의 철갑을 모두 벗겨내고는 고삐를 잡고 물속으로 들어갔다. 물이 가슴까지 차오르자 말의 엉덩이를 찰싹 때렸다. 그러니 말이 강을 헤엄쳐 건너기 시작했다. 승려는 다시 배로 돌아와 만월을 마주보고 앉아 양팔로 힘차게 노를 저었다.

23

용상의 주인

그날 오후, 황성. 오전 내내 추룩추룩 내리던 비는 어느새 그치고, 언제 그랬냐는 듯 맑게 갠 하늘이 쨍한 햇살을 내보내고 있었다. 성곽에 나부끼던 황룡의 깃발은 모두 내려지고 '나밀신천'의 붉은 깃발들이 바람에 나부끼고 있었다. 비금서당과 자금서당을 완파한 대공은 장수들을 이끌고 춘양교를 지나 황성에 입성해 조원전 앞에 이르렀다. 그러니 기다리고 있던 탁근과 기령이 달려 나왔다. 탁근이 말했다.

"주공! 대승을 감축 드립니다! 둘째주공께서 안에서 기다리십니다. 어서 드시지요."

대공이 그들 부자와 함께 조원전에 드니 대렴이 장수들을 거느리고 의자에 앉아, 포박당해 꿇어앉혀진 옹을 위시한 대신들과 신료들을 보며 실실 웃고 있었다. 대렴 옆에 있던 한 장수가 말했다.

"장군, 각간께서 드십니다."

그러니 대렴이 벌떡 일어나 형을 반겼다.

"형님! 축하드리오! 드디어 그토록 염원하던 나밀신천을 열어젖히셨구려! 하하하하하!"

"……"

"자! 저 위에 형님을 위한 용상이 있습니다! 어서 앉으시지요!"

대렴이 팔을 펴 대공을 안내하자 대공이 피식 웃으며 계단을 올라갔다. 계단을 다 올라서 두 황금용상 앞에 서더니, 뒤돌아 신료들에게 말했다.

"하! 웃겨도 이렇게 웃길 수가 있느냐? 용상이 두 개라니! 하늘의 해가 두 개라도 된다는 말이더냐!"

그러자 옹과 은거, 염상, 정문이 입술을 깨물고 대공을 노려보았다. 대공은 싸늘한 미소를 짓더니 승천검을 스르르 뽑아들었다.

"어느 쪽이 만월의 자리냐?"

아무도 대답을 않자, 대공이 나지막하게 다시 말했다.

"난 인내심이 많은 사람이 아니다. 내 인내심을 시험하지 마라."

그러니 뒤쪽의 신료 하나가 말했다.

"왼쪽, 여기서 봤을 때 왼쪽이 태후… 아니, 만월의 자리입니다!"

그러자 앞줄에 있던 대신들이 일제히 고개를 돌리며 그자를 노려보았다. 은거가 눈에 핏발을 세우며 노기 띤 목소리로 꾸짖었다.

"이런 천하에 괘씸한 놈을 보았나?!! 어디서 태후폐하의 존함을 함부로 들먹이느냐 이놈!!"

그러자 대렴이 검을 빼내어 한 장수에게 맡기더니, 빈 검집을 한 손에 들고 걸어와 은거의 등을 후려갈기기 시작했다.

'퍽!! 퍽!! 퍽!! 퍽!!'

"크헉… 쿨럭."

은거가 앞으로 꼬꾸라져서 피를 토하자 대렴은 씩씩거리며 검집을 신료들에게 겨누어 보이면서 말했다.

"신나게 두들겨 맞고 싶은 놈이 있거든, 언제든 입을 놀려라!"

그러자 바로 옆의 늙은 염상이 소리쳤다.

"이 무슨 시정잡배 같은 행패요!! 당장 그치시오!!"

그 말에 대렴이 입술을 들썩이더니 검집을 치켜들었다. 그때 옹이 소리쳤다.

"멈추지 못할까 이놈!! 너는 위아래도 없는 것이더냐!! 어디서 돼먹지 못한 횡포를 부리느냐 이놈!!"

"뭐라!? 오냐, 내 너를 벼르고 있었는데 마침 잘 나불거렸다. 어디 한번 죽어봐라."

'퍽!! 퍽!! 퍽!! 퍽!! 퍽!!'

"쿠헉!…"

"벼, 병부령!!"

옹이 피를 토하며 앞으로 꼬꾸라지자 염상과 정문이 무릎으로 기어와 옹을 살폈다. 대렴은 그래도 분이 안 풀리는지 검집을 던져버리고 염상과 정문의 머리채를 양손으로 틀어쥐었다. 그때.

"그만!!"

대공이 제지하자 대렴은 잠시 씩씩거리다가 머리채를 놓아버리고 제자리로 돌아갔다.

"둘을 똑바로 앉혀라."

대공의 말에 장수들이 뛰어와 엎어져 있는 옹과 은거를 다시 꿇어앉혔다.

"똑똑히들 보거라!"

'쉬앙!!~ 쿠쿵, 쿠당탕탕!!!'

대공이 만월의 용상을 단칼에 베어버리니 베어진 용상이 단 아래로 굴러 떨어졌다. 그 모습에 대신들이 눈물을 흘리며 고개를 돌렸다. 대공은 검을 집어넣고 남은 한 용상에 아무 거리낌 없이 앉았다. 그러고는 삐딱하게 기대어 말했다.

"너희 놈들이 저 무식한 짠꼬홀라[1] 놈들을 따라한답시고 나라를 이 꼬라지로 만들어 놓았구나! 나밀대왕께서 일궈놓으신 이 나라의

---

1) 산스크리트어로 중국인. (짠: Jhan-시끄러운. 꼬홀라: kohola-혀가 꼬인.)

기틀을 제 멋대로 뜯어고쳐, 나라꼴을 참으로 우습게도 만들어 놓았단 말이다!! 내 너희들이 싸질러 놓은 똥덩어리들을 모조리 치워버리고, 모든 문물을 제자리로 돌려놓을 것이니, 죽어서라도 똑똑히 지켜보거라! 여봐라!!"

"예!!!!"

"저놈들은 신성의 잔당들과 함께 처결할 것이다! 꼴도 보기 싫으니, 당장 옥에 처넣어라!!"

"예!!!!"

장수들이 대신들과 신료들을 밖으로 끌고 나가자 대공이 대렴에게 물었다.

"주경과 주항은 왜 보이질 않느냐?"

"아… 그것이… 후····· 주경은 죽었수다."

"뭐!?? 어쩌다가!?"

"그게, 웬 중놈이 휘두른 망치에 맞아 그리 되었소. 그놈은 누런 복면으로 얼굴을 가리고 있었는데, 느닷없이 지붕 위에서 날아드는 바람에 주경이 얼떨결에 당한 것이오. 주항은 형의 시신을 수습해 집으로 갔소. 좀 있다 돌아올 것이오."

"흠… 주항에게 신성의 잔당들을 소탕하고 나면, 일등공신의 예로 후하게 장례를 치를 것이라 전하거라."

"알겠소."

"주항이 황제를 붙잡았다 들었다. 어딨느냐?"

"그게 좀 거칠게 잡았나 봅디다. 황제가 말에서 떨어져 머리를 부딪쳤는지 혼절하여 아직 깨어나질 않고 있소. 그래서 의사를 딸려 침전에 가두어 두었소."

"음… 만월은 어찌 되었느냐?"

"흐음… 것 참… 그것도 황당하게 되어버렸소."

"뭐가 황당하다는 것이냐?"

"글쎄, 살아 돌아온 놈들이 말하기를, 먼저 추격했던 철기병 스물은 전부 죽어 있었고, 자기들이 계속 쫓으니 태후를 태우고 도망치던 중놈이 갑자기 달리는 말에서 뛰어내렸다 하였소. 그러더니 순식간에 대감 하나와 수하 열셋을 해치워버리고는 만월을 데리고 황천을 건너갔다 하더이다. 더 황당한 것은, 그 중놈도 누런 복면을 두르고 있었다는 것이오."

"뭐라고!? 그럼, 주경을 죽인 그놈이란 말이더냐!?"

"그런 것 같소. 처음 스물이 죽어있던 곳에서 주경이 쓰던 도끼창이 발견되었소. 그놈이 주경을 죽이고 가지고 간 것이겠지… 나 참, 나도 그 말을 듣는데 어이가 없더이다. 으후… 만월만 잡았으면 그냥 끝나는 건데, 이거 뒤처리가 귀찮게 되어버렸지 뭐요."

대공은 입술을 한쪽으로 내밀며 주먹으로 아래턱을 쓸더니 말했다.

"승려 중에 그런 고수가 있다는 소리는 한 번도 못 들어 보았다. 혼자서 정예 중의 정예인 철기병 수십을 쓸어버리고, 대감에 주경까지… 도대체 그자가 누구냔 말이냐?"

"낸들 알겠소? 그놈에게 직접 물어보는 수밖에. 쳇… 그건 그렇고, 이제 어쩔 셈이오? 신성을 들이쳐야지 않겠소? 병력도 얼마 없을 텐데."

"음… 괜히 피를 볼 필요 없다. 황제가 깨어나면 남산 아래에 말뚝을 박고 높이 매달아 둘 것이다. 황제가 울고불고하면, 알아서 기어 나오겠지."

"큭! 크하하하하! 정말 기똥찬 생각이구려! 흐허허허허!"

"주항이 돌아오는 대로 전 병력을 남산 아래에 포진시켜라. 대세가 완전히 기울었다는 것을 보여주란 말이다. 황성에는 가병 삼천만 남겨 두고."

"알겠소."

그러니 한쪽에 가만히 있던 기령이 말했다.

"주공, 황성의 궁인들이 벌써 며칠째 굶었다 합니다. 어찌 할까요?"

"황성에도 얼마간의 군량을 비치하고 궁인들을 먹이거라."

"예."

"탁근 자네는 황제의 침전을 감시하게. 혹여 황제가 잘못되면 일이 복잡해지니 말이야."

"예, 주공."

"근, 한 달을 잠도 제대로 못 자고 흙바닥에서 지냈더니, 몸이 녹초가 되어버렸다. 태후전에서 목욕을 하고 내일 날이 밝을 때까지 푹 잘 생각이니, 대렴이 네가 주항과 함께 병력을 지휘해라. 별 탈은 없을 테지만, 끝까지 긴장을 늦추지 말고."

"흐흐흐, 걱정 마시오! 죽다 살아남은 놈들이 하룻밤 사이에 뭘 할 수 있겠소? 내가 다 알아서 하리다. 크크크, 만월의 향기가 가득한 침실에서 푹 쉬시다 오시오! 크흐흐흐흐."

"후훗‥"

"형님! 그럼 나도 부탁이 있소!"

"뭐냐?"

"그 승천검 좀 빌려주시오. 아까 칼을 하도 휘둘렀더니 내 검은 이가 다 나갔소. 아미놈과 위덕놈이 경거망동하면, 승천검으로 그놈들의 목을 따버릴 생각이오."

그러자 대공이 승천검을 검집째로 던졌다.

'획~ 착!'

왼손으로 날아오는 검집을 낚아챈 대렴은 곧바로 검을 뽑아냈다.

'슈와아앙!!~~~.'

그 무렵. 승려와 만월은 황천을 건넌 뒤, 말을 타고 무열황릉을 지나 선도산의 산길을 오르고 있었다. 승려의 허리를 감싸고 있던 만월이 말했다.

"스님, 이리로 계속 오르면 선도성이 나옵니다. 그곳도 반란에 가담했는데, 어찌 이리로 가십니까?"

"옛말에 등잔 밑이 어둡다지 않았습니까? 산승이 사람의 발길이 미치지 않는 곳을 알고 있으니, 너무 걱정하지 마십시오."

승려는 그렇게 말하고 천천히 말을 몰아 산길을 오르더니, 온통 구멍이 숭숭 난 이상한 바위 하나를 지나고서 길이 없는 오른쪽 숲으로 말머리를 돌렸다. 그렇게 숲속을 한참을 가니, 졸졸 흐르는 개울물이 나타났다. 승려는 그 개울물 한 가운데로 말을 몰고 들어가 개울을 거슬러 올라가기 시작했다.

'차박! 차박! 차박! 차박!'

말이 시원한 물을 발로 차며 계속 나아가니, 빽빽한 대나무 숲이 나타나 개울 상류를 가리고 있었다. 승려가 말에서 내려 말했다.

"여기서부터는 걸어가야 합니다."

"예."

승려는 팔을 뻗어 만월이 말에서 내리는 것을 도와주고, 말을 대나무 하나에 맨 뒤, 대나무들을 양 옆으로 벌리며 말했다.

"제 뒤에 붙어서 오십시오."

"예, 스님."

그렇게 둘이 대나무 숲을 빠져나오니, 기상천외하게 생긴 바위계곡[1] 이 모습을 드러내었다. 사람 한둘이 겨우 지나갈 수 있는 좁은 계곡이

---

1) 현, 경주 서악동 용작골(龍作谷). 기이한 모습의 주상절리(柱狀節理) 계곡으로 아직 잘 알려지지 않은 곳이다. 절리란 마그마가 식으면서 수축하여 생긴 틈이 긴 세월 풍화작용을 거치며 굵게 패인 바위를 말하는데, 주상절리는 그 모양이 육각형, 오각형 등 다각형으로 긴 기둥 모양을 이루고 있는 것을 말한다.

이리저리 구부러지며 이어져 있었고, 그 좌우에는 어른 키 두 배가 넘는 바위가 벽처럼 수직으로 서서 계속 이어지며 계곡을 감싸고 있었다. 그 바위의 모습이 마치 수없이 많은 장작을 끝도 없이 쌓아놓은 것만 같았다. 바위틈에는 이끼와 부처손, 바위고사리들이 자라고 있었고, 바위 위로는 계곡의 모양과 똑같은 하늘이 구부러지며 하얀 구름을 흘려보내고 있었다. 치마를 한 손으로 걷어 올리고 계곡 물에 발을 담그며 조심조심 따라오는 만월에게 승려가 손을 내밀었다. 만월이 승려의 손을 꼭 잡았다. 그렇게 승려는 그녀의 손을 잡고 계곡을 거슬러 올라갔다. 한동안 오르다 보니 바위 한쪽에 틈이 난 곳이 나왔고, 그 틈을 빠져나오니 옆과 뒤가 울창한 대나무 숲으로 가려진 작은 오두막집이 모습을 드러냈다. 승려가 조그만 문을 열고 허리를 숙여 들어가니 만월이 따라 들어갔다. 집 안의 한쪽에는 돌과 나무를 깎아 만든 작은 불상들이 주르르 놓여 있었고, 반대편 쪽에는 불을 지필 수 있는 공간과 땔감, 그리고 식량을 담은 자루와 그릇들이 마련되어 있었다.

"제가 가끔 들러 쉬는 곳입니다. 분명 우리를 찾으려 혈안이 돼 있을 테니, 누추하지만 여기서 묵으시다가 안전할 때 강을 건너 신성으로 가시지요."

"예…"

그런데 만월이 표정이 왠지 어두워 보였다. 그녀의 속마음을 읽은 승려가 말했다.

"너무 걱정하지 마십시오. 무사하실 겁니다. 자, 여기 기대앉아 쉬시지요. 꽤 포근할 겁니다."

승려는 나무 벽 한쪽에 누더기 옷을 엮어 만든 잠자리를 펴주었다. 만월이 그 위에 앉아 벽에 기대자 승려는 불을 지피기 시작했다.

"밥을 할 동안 눈을 좀 붙이십시오."

어두운 저녁. 오전에 황성을 빠져나오다 추격을 받게 된 아미는 동쪽으로 달아나 문천을 헤엄쳐 건너 낭산에 몸을 숨기고 있었다. 날이 저물자 낭산의 남쪽 끄트머리로 빠져나와 다시 문천을 건넌 뒤, 신성 동문으로 이어진 남산의 산길에 접어들었다. 아미가 헐떡이며 산을 오르고 있을 때였다. 산바람이 휙 하고 불어왔는데, 생선 썩은 냄새와 비슷한 아주 지독한 냄새가 코를 확 찔러 들어왔다.

"읍!"

아미는 소매로 코를 막으며 계속 산길을 올랐는데, 가면 갈수록 냄새가 더 지독해졌다.

"아우… 무슨 냄새가 이리 고약하지?"

아미는 인상을 쓰며 산길을 오르다가 갑자기 걸음을 뚝 멈췄다.

'시체가 벌써 썩었을 리는 없고… 이 정도 냄새를 풍기려면 산중에 뭔가가 방대하게 썩고 있다는 것인데…'

아미는 냄새를 따라 바람이 불어오는 북서쪽으로 숲을 헤치며 걷기 시작했다. 얼마쯤 가다보니 작은 벼랑이 나왔다. 나무를 잡고 벼랑 아래를 내려다보니 훨씬 더 역겨운 냄새가 훅 하고 올라왔다.

"우욱…"

순간 헛구역질을 한 아미는 코를 막고 아래를 유심히 살펴보았다. 물소리가 나는 것으로 보아 근처에 계곡이 있는 듯했는데, 하필 구름이 달을 가린 터라 어두워서 잘 보이지 않았다. 아미는 벼랑의 북쪽으로 가서 비탈길을 조심스레 내려갔다. 그러니 갑자기 뭔가가 파다닥거리며 아미의 얼굴을 때리고 날아갔다. 그와 함께 역겨운 냄새도 코를 때렸다. 깜짝 놀라 뒤로 자빠졌는데, 돌은 아니고, 뭔가 딱딱한 것이 등을 찌르는 게 아닌가? 아미가 상체를 세워 그곳을 손으로 더듬으니 뭔가가 만져졌다. 손바닥 보다 조금 작은 크기였는데,

그것을 쥐고 눈앞에 내밀어 보니, 놀랍게도 그것은 커다란 황충[1]이
었다.

그때였다. 달빛을 가리고 있던 구름이 비켜나자 널따란 습지가 보였
고, 그 일대를 온통 징그럽고 커다란 황충들이 빽빽하게 들어차 서로를
비비며 꿈틀대고 있었다. 그뿐만이 아니었다. 계곡의 위와 아래에도
수백만 마리의 누런 황충들이 끝을 모르고 엉겨 붙어 있었다. 아미는
순간 개미굴에 떨어진 나방이 된 듯, 온몸에 소름이 쫙 돋아 올랐다.
조심스레 몸을 일으켜 살금살금 왔던 길로 빠져나가 다시 위쪽 언덕으로
올라선 아미는 기겁을 하고 숲을 내달렸다.

---

1) [蝗蟲]. 메뚜기과에 속한 곤충 '누리' 혹은 '풀무치'. 평균적인 크기는 5~6cm
정도이나, 이것이 떼로 뭉쳐 있을 경우에는 크기가 두 배로 커지고 색깔도 연녹색에
서 불그스름한 색으로 변한다. 그리고 생선 썩는 냄새와 비슷한 지독한 냄새를
내뿜는다. 이런 현상이 나타나면 집단이동시기가 되었다는 것으로, 바람을 기다리
고 있는 것이다. 초식성이 아닌 잡식성으로, 강한 바람을 타고 집단으로 이동하며
닥치는 대로 먹어치우기 때문에 황충 떼가 지나간 곳은 풀이고 뭐고 아무것도
남지 않게 된다. 펄벅의 소설 '대지'에서 온 하늘을 시꺼멓게 뒤덮으며 날아와
농작물을 모조리 갉아먹는 그 메뚜기 떼가 바로 황충이다. 우리나라도 예부터
황충에 의한 농작물 피해가 막심하였다. 김암(아미)은 후에 지방의 태수로 있을
때, 이 황충 떼를 퇴치하여 백성들을 도와주게 된다.

24

무너진 시간의 벽

　얼마 후, 신성. 동문을 통해 신성에 들어온 아미는 곧장 숙소로 달려갔다. 가는 길은 부상자들로 가득했고, 여기저기서 신음소리가 터져 나오고 있었다. 그렇게 달리다가 승려들과 함께 부상자들을 돌보고 있는 도우를 발견했다.

　"도우야!"

　"엇, 아미공! 돌아오셨군요!"

　"황제폐하와 태후폐하는?"

　"아… 그것이…"

　"왜 그러느냐? 뭐가 잘못된 것이냐??"

　"지정이가 와 있습니다."

　"지정이가? 그럼 두 분 폐하도 와 계시겠구나!"

　"지정이 혼자 왔습니다. 철기병에게 쫓기다 황제폐하가 붙잡히는 바람에 혼자… 음… 자책감에 자진하려는 것을, 마침 근처에서 약초를 캐시던 충담사형이 살려내어 데리고 왔는데, 상심이 너무 커서 아무 말도 듣지 않습니다. 부상까지 당해서 사형이 곁에서 돌봐주고 계십니다."

　"하아… 결국 그리 된 것이냐… 그럼, 태후폐하는? 태후폐하도 붙잡힌 것이더냐?"

"태후폐하의 행방이 묘연합니다. 쫓기는 도중에 둘로 나뉘어 지정이
는 황제폐하를 데리고 도망쳤고, 태후폐하는 어떤 승려와 함께 도망쳤
다는데, 아직 아무런 소식이 없습니다. 그러지 말고, 저랑 지정이에게
한번 가 보시지요. 저희 방에 있습니다."

"그래, 그래야겠구나."

아미는 도우와 함께 숙소로 가, 충담과 도우가 묵는 방으로 들어갔다.
아미와 도우가 들어오자 누워 있는 지정을 돌보던 충담이 벌떡 일어나
반겼다.

"무사했구먼! 어쩌다 이제야 왔는가?"

"황성을 빠져나오다 추격이 붙어 그리되었습니다. 지정이는 괜찮습
니까?"

"조금 전에 잠이 들었네. 이야기는 들었는가?"

"예. 도우가 말해 줬습니다. 후… 지정이가 어리석은 맘을 먹지
않아야 할 텐데 걱정입니다."

"도우와 내가 잘 지켜볼 테니 너무 걱정하지 마시게. 그건 그렇고,
위덕장군이 발을 동동 구르며 자네를 애타게 찾았었네. 북문의 망루에
있을 것이니 어서 가보시게."

"장군이 무사하다니 천만다행입니다. 형님, 형님께 뭐 좀 여쭤볼
것도 있고 한데, 같이 가시지요."

충담이 지정을 걱정스레 돌아보자 도우가 말했다.

"여긴 제가 있겠습니다. 걱정 마시고 다녀오십시오."

"음… 그래."

그렇게 충담과 아미는 숙소를 나와 북문을 향해 걸어갔다. 길을
걸으며 아미가 물었다.

"형님, 월명스님이 몇 해 전에 입적하셨다 들었습니다. 어찌 돌아가신

겁니까?"

"병이 있었네. 복통이었는데, 날이 갈수록 점점 극심해졌지… 절에서 같이 생활하기 힘들다 판단한 사형은 선도산의 아무도 모르는 계곡으로 들어가 그곳에 오두막을 짓고 살았네. 나와 도우가 따라갔지만, 끝내 내쫓더군… 사형은 극심한 고통에 시달리면서도 죽을 때까지 참선에 매진하였다네. 다행히 내가 사형의 임종을 지켜볼 수 있었는데, 사형은 정말로 환하게 웃으며 돌아가셨지… 너무나 행복한 표정이었어… 분명 사형의 바람대로 미타찰에서 설아를 만난 것일 게야…"

"아… 그랬군요… 후… 제가 당나라에 가 있는 바람에 입적하신 것도 몰랐습니다…"

"후후… 세상살이가 다, 그런 것 아니겠나. 누가 언제 떠날지 아무도 모르는 것이지…"

"형님. 사천왕사가 불타던 날, 큰스님을 만나 뵈었습니다. 너무 쇠약해지신 모습에 많이 놀랐습니다…"

"스승님 연세가 벌써 일백 하고도 여덟이네. 정말 놀라운 일이지. 스승님이 옛날에 이런 말씀을 하신 적이 있다네. 육백 부 반야경을 만드시다가 어느 날 숨이 멎어 저승에 갔었는데, 명부[1]에서 반야경을 완성하고 다시 오라며 돌려보내 줬다고 하시더군. 허허. 그래서 그때 다시 태어난 셈이라 이렇게 오래 사시는 건 아닌가 싶다네. 허허허."

"하하, 큰스님이 명부에서 큰소리깨나 치셨나 봅니다. 하하하."

"허허허허."

"그런데 형님, 큰스님께서 그날 제게 이상한 말씀을 하셨습니다."

"무슨 말?"

---

1) [冥府]. 염라대왕(閻羅大王)이 있는 저승세계의 법원. 사람이 죽게 되면 그 혼이 이곳에 가게 되고, 생전에 행한 선악에 따라 염라대왕 등 시왕(十王)의 심판을 받게 된다.

"부처님께서 저에게 천군을 보내주실 거라며 저더러 난을 진압하라고 하시더군요. 또, 황성에 있는 제석천의 화신이 두 분 폐하를 지켜줄 것이니, 저는 마왕의 군사를 무찌르는 데에만 전념하라 하셨습니다. 마왕이 대공을 가리키는 말인 것은 알겠는데, 천군은 뭘 말하는 것인지, 제석천의 화신은 또 누군지, 도무지 모르겠습니다. 혹시 아시는 게 있으십니까?"

그러자 충담의 표정이 굳어지며 발걸음이 뚝 멈췄다.

"형님?"

의아해 하는 아미를 찬찬히 쳐다보던 충담은 큰 한숨을 내쉬더니 이내 고개를 끄덕였다.

"천군이 뭔지는 나도 잘 모르겠네만, 제석천의 화신이 누군지는 알고 있네."

"헛! 그게 누굽니까??"

"무량이라는 승려일세."

"무량? 형님도 잘 아시는 분입니까?"

"잘 알지. 암, 잘 알고말고. 자네도 잘 아는 사람이야…"

"예?"

"그는 바로 기파일세."

"예?? 형님, 농이 지나치십니다…"

"농이 아닐세. 그날의 일을 떠올려 보게. 자네가 기파의 시신을 거적 덮은 수레에 싣고 망덕사에 찾아온 그날 말이야. 자네는 자네와 낭도들이 줄을 매고 동굴 낭떠러지 밑으로 내려가 기파의 시신을 건져냈다고 하였었네. 기억하는가?"

"그럼요. 그걸 어찌 잊을 수 있겠습니까? 아직도 생생합니다…"

"그때 우리도 설아에 이어 기파까지 주검이 되어 돌아오자, 아무런 정신도 없었지. 그런데 자네가 가고 나서, 한 성사께서 우리 절에 찾아오셨네. 기파와 내가 실직에 있을 때 큰 도움을 받았던 진표라는 스님이셨지. 그분이 기파의 시신을 유심히 살피더니 놀랍게도 아직 숨이 붙어있다 하시더군."

"예??!! 그, 그게 정말입니까??"

"그렇다네. 모두가 죽은 줄 알고 있었는데, 정말 놀라서 뒤집어질 일이었지. 나는 그분이 실직에서 다 죽어가던 기파를 살려내신 적이 있었기에, 그 일을 스승님께 자세히 이야기해 드렸다네. 그러니 스승님 이 그분께 절을 하며 기파를 살려달라고 애원하시더군…"

"그래서 어찌되었습니까?"

"그분이 말씀하시길, 기파를 살려낼 사람은 따로 있으니 기파를 데리고 가겠다 하셨네. 우리는 그분께 기파를 맡길 수밖에 없었지… 그분은 스승님께 기파의 가짜 장례를 치르라 하시고는 자네가 가져온 수레에 기파를 실어 어디론가 떠나가셨다네. 몇 달 뒤에 거칠산군의 범어사에서 편지가 왔는데, 후에 대덕스님이 되신 표훈스님이 보내온 편지였네. 다행히 기파가 목숨을 건졌다는 말과, 몸 전체가 망가져 온전히 회복하는 데 십 년은 걸릴 거라는 말, 그리고 기억도 완전히 잃어버렸다는 내용이 적혀 있었지…"

"허어…"

"스승님은 기파가 걱정되어 도우와 나를 범어사로 보내셨네. 그곳에 서 기파가 회복할 때까지 돌아오지 마라 하시더군. 우리가 내려가 보니 기파는 정말로 아무 기억도 못하고 있었네. 나는 차라리 잘 되었다 싶었지… 그래서 기파에게 아무 이야기도 안 해주고 그를 회복시키는 데만 전념하였네."

"어째서 그러셨습니까? 기파형님께 지난 일을 알려주셨어야지요…"

"그럴 수가 없었네. 기억을 되찾아 본들… 설아는 죽었고, 만월은 복수심에 불타 황후가 되어버렸는데, 몸도 제대로 가누지 못하는 그가 기억을 살려내었다면, 아마 미쳐버리고 말았을 것이야…"

"하아… 흐으윽…"

아미의 눈에서 뜨거운 눈물이 주르르 흘러내렸다.

"그렇게 범어사에서 기파를 돌보다가, 이 년 후에 기파가 어느 정도 걸을 수 있게 되자, 나는 연로하신 스승님이 걱정되어 망덕사로 돌아왔고, 도우는 그대로 남아 팔 년을 더 그곳에 있었지. 그렇게 도우는 십년을 기파와 함께 보내며 그를 완전히 회복시키고 어른이 되어 돌아왔네. 그래서 자네와 도우가 처음에 서로를 못 알아 본 것이야."

"하… 꼬맹였던 도우가 정말 큰일을 해내었군요…"

"그렇지… 나도 도우가 너무나 대견하다네… 아무튼, 기파는 도우와 함께 불상을 다듬으며 십 년간 몸을 회복해 나갔고, 몸을 완전히 회복한 뒤에는 또 십 년간 처음부터 다시 무예를 연마하기 시작했네. 범어사에는 각 나라의 승려들이 많이 찾아왔는데, 그 중에는 상당한 무술의 고수들도 많았다네. 기파는 그들의 무예를 흡수하며 날로 강해졌지. 내가 한 번씩 내려가 볼 때마다 몰라보게 강해져 있었네. 그러고는 결국 아무도 따라올 수 없는 자신만의 경지를 만들어 내고야 말았어. 자네도 잘 알지 않은가? 기파가 얼마나 탁월한 소질을 가지고 있었는지 말이야."

"잘 알지요. 그래서 제가 형님께 반한 것이지요."

"그 후에 불국사와 석불사가 지어지기 시작했고, 대성공이 표훈대덕 스님을 초청하자, 기파는, 아니, 무량은 대덕스님이 불러 왕경으로 돌아오게 되었다네. 그게 오 년 전의 일이지… 지정이의 이야기를 들어보니, 만월을 데리고 간 승려가 무량이 틀림없네. 그러니 만월은 걱정하지 않아도 될 걸세. 스승님의 말씀대로, 자네는 난을 진압하는 데만 집중해야 하네."

"후… 알겠습니다. 헌데, 도무지 자신이 없습니다… 병력을 너무 많이 잃어버린 데다, 황제폐하마저…"

"아직 늦지 않았네. 나는 아우님을 믿네. 내가 아는 아우님은 지혜가 샘물처럼 솟아나는 사람이야. 용기를 가지시게. 그러면 분명 부처님도 자네를 도와주실 거야. 일단, 위덕장군을 만나보세나. 장군을 만나면 좋은 수가 떠오를 지도 모르잖나?"

아미는 입술을 앙다물며 고개를 끄덕였다.

"예! 가시지요."

그 무렵. 만월은 오두막에서 무량이 따다 만들어 준 버섯죽을 먹고 있었다.

"스님, 스님도 좀 드세요."

"아, 예."

무량은 죽그릇에 죽을 퍼 한쪽 벽에 기대앉았다. 그렇게 잠시 어색한 시간이 흐른 뒤, 만월이 죽을 먹다가 말했다.

"스님의 법명이 궁금합니다."

"아, 저는 무량이라 합니다."

"무량… 뭔가가 끝없이 많다는 뜻 아닌가요?"

"하하, 예. 대덕스님이 오래오래 살라고 그리 지어주셨습니다."

"대덕스님이라면, 표훈대사님 말씀인가요?"

"예. 폐하께서도 잘 아시겠군요."

"그럼요. 제가 건운이를 낳게 해달라고 그분을 얼마나 들볶았는데요. 하하…"

"허허허. 들은 것 같습니다."

"그럼 무량스님은 어느 절에 계시는지요?"

"지금은 불국사에 묵으며 석불사의 불상을 조각하고 있습니다."

"아, 그러셨군요. 그래서 여기도 조그만 불상들이 이렇게 많은 거군요."

"예. 왕경에 온 지 오 년 정도 되었는데, 가끔씩 머리가 복잡해지면 여기에 들러 불상을 조각하곤 했지요… 이곳은 제 사형이 도를 닦던 곳이기도 합니다. 제 동기와 사제도 가끔 들르는 곳이지요. 저 불상들 중 절반은 사제가 만든 것입니다."

"아… 그럼 친구 분과 사제분도 불국사에 계시겠군요?"

"아닙니다. 그들은 사천왕사에서 스승님을 모시고 있습니다."

"예? 표훈스님 말고 다른 스승님이 계세요?"

"예… 제 스승님은 선율대사이십니다."

그러자 만월이 뭔가에 얻어맞은 듯, 멍하니 무량을 바라보았다.

"태후폐하, 왜 그러십니까?"

"아… 아닙니다. 그런데, 사형분과 친구분, 사제분의 법명을 알 수 있을까요? 제가 그쪽 스님들을 잘 알아서요."

"아, 그러십니까? 제 사형의 법명은 월명이고, 동기와 사제는 충담과 도우입니다. 혹시 아십니까?"

그 순간, 만월이 들고 있던 죽그릇을 바닥에 떨어뜨렸다. 손이 파르르 떨리고 있었다.

"헛! 괜찮으십니까?"

무량이 죽그릇을 놓고 다가와 쏟아진 죽을 짚으로 닦아내기 시작하자 만월이 물었다.

"혹시… 기파라는 사람을 아시는지요?"

만월의 목소리가 떨리고 있었다.

"흠… 처음 들어보는 이름입니다만…"

"무량스님, 어릴 적에는 어디서 지내셨나요?"

"음… 사실 전, 스무 살 때 머리를 크게 다쳐서 그 전의 기억이 없습니다. 범어사에서 몸을 움직이지 못 하고 누워만 있을 때, 충담이와 도우가 찾아와 스승님과 사형, 망덕사에 대한 이야기를 해줘서 알게 되었지요…"

"얼굴을… 볼 수 있을까요?"

"하하… 저의 얼굴을 봐서 뭘 하시게요? 큰 흉들이 남아 있어서 일부러 가리고 다니는 것입니다. 제 얼굴을 보시면 정나미가 떨어질 겁니다, 아마. 허허허."

무량이 쏟아진 죽을 다 치워내고 새 죽그릇에 죽을 조금 담아 만월 앞에 내려놓고는 다시 벽에 기대었다. 만월은 무슨 말을 해야 할지 머리를 굴리다가 무량의 승복 가슴팍이 찢어져 있는 것을 발견했다. 그때 뭔가가 번뜩 떠올랐다.

"스님, 아까 싸우시다 다치셨나 봅니다. 가슴팍이 찢어져 있습니다."

"아… 아까 창을 피하다가 살짝 베였습니다. 괜찮으니 신경 쓰지 마십시오."

"아닙니다! 저를 지켜주실 분인데, 제가 치료를 해드려야지요!"

그러더니 만월이 불쑥 다가와 다짜고짜 무량의 상의를 벗겨내기 시작했다.

"어어엇! 태, 태후폐하… 안 그러셔도…"

만월이 무량의 옷고름을 풀어헤치고 상의를 벌리자 수많은 상처들로 가득한 무량의 상체가 드러났다. 그 중에 수평으로 길게 난 두 갈레 큰 검상이 만월의 눈에 쾅! 하고 박혔다. 만월의 두 눈으로 뜨거운 눈물이 쉴 새 없이 쏟아지기 시작했다.

"흐으으윽… 아으으윽… 흐어어…"

만월이 무량의 옷깃을 잡고 하염없이 울기 시작하자 무량은 당황하여 어쩔 줄을 몰라 하다가, 어느 순간, 가슴 한편이 미어지며 뭔지 모를 슬픔이 터져버린 봇물처럼 밀려드는 것을 느꼈다. 그러더니 저도 모르게 눈물을 주르르 흘리고 있는 것이 아닌가…

"저를… 아시는 겁니까…"

"흐으윽… 기파랑… 기파랑!… 흐어어엉…"

"기파랑… 그게 제 이름인 것입니까…"

그러니 만월이 무량의 가슴에 얼굴을 파묻고 목을 놓아 울었다. 한참을 울던 만월은 눈물을 닦고 고개를 들어, 손을 무량의 얼굴을 가리고 있는 수건으로 가져갔다. 무량이 그 손을 잡았는데, 너무나도 서글픈 만월의 얼굴을 보더니, 저도 모르게 손을 스르르 놓았다. 만월이 수건을 턱 밑으로 내렸다. 그러니 얼굴 여기저기에 찢어졌다 꿰맨 상처들이 가득했다. 하지만 그토록 그리던 모습을 대번에 떠올릴 수 있었다. 만월은 양손으로 기파의 볼을 쓰다듬더니 와락 안겨 볼과 볼을 부벼댔다.

"지난 일을… 말씀해 주시겠습니까…"

기파가 눈물을 흘리며 힘겹게 입을 떼자, 만월이 기파의 얼굴을 쓰다듬으며 말했다.

"말해 드릴게요. 그럼요… 밤을 새워서라도 다, 모두 다 말해 드려야지요… 하아… 내 사랑… 기파랑…"

만월은 뜨거운 눈물을 흘리며 눈물 젖은 입술에 눈물 젖은 입술을 가져다대었다.

25

천군을 부르는 바람

한편, 충담과 아미는 신성 북문의 망루 계단을 오르고 있었다. 둘이 망루에 올라오자 그들을 발견한 만득이 위덕의 팔을 끌었다.

"장군! 아미공입니다!"

산 아래를 내려다보고 있던 위덕이 고개를 뒤로 돌렸다.

"헛! 아미공!!"

위덕은 한쪽 다리를 절룩거리며 빠르게 걸어와 아미를 덥석 안았다.

"살아 돌아오셨구려!!"

아미가 어색한 웃음을 지었다.

"허허허⋯ 흐흠, 그런데 부상을 당한 것이오? 다리가 불편해 보이는데⋯"

"아⋯ 이거 말이오? 별거 아니오. 허벅지에 화살을 맞았는데, 싸울 때는 아무렇지 않다가 이제 와서야 좀 저리는구려. 그런데, 어쩌다 이리 늦으신 게요?"

"추격을 따돌리느라 그리 되었소. 그나저나 황제폐하가 붙잡히셨다는구려⋯"

"휴우⋯ 그리 되었다더이다⋯ 저기로 가서 아래를 좀 보시구려."

위덕은 아미의 팔을 붙잡고 망루 난간으로 갔다. 아미가 내려다보니 수많은 횃불이 산 아래를 가득 메우고 있었고, 헤아릴 수 없는 병장기와 갑주들이 불빛을 받아 바글바글 빛나고 있었다. 위덕이 말했다.

"대충 잡아 오만은 되는 것 같소이다."

"우리 쪽 병력은 어찌 되오?"

"데리고 나갔던 병력은 절반이 날아가 버렸고, 돌아온 병력은 그마저도 삼분지 일이 부상병이오… 다행인지 불행인지 살아남은 지금 병사들과 사자대가 신성으로 모여들어서, 현재 싸울 수 있는 인원은 만 오천 정도요."

"후… 그래도 한 번 더 싸워볼 수는 있겠군…"

"그렇소이다. 기회는 딱 한 번뿐이오. 그러니 뭔가 계책이 필요하오. 정면승부로는 도저히 승산이 없소."

"그 기회를 오늘 밤 안으로 만들어야 합니다. 날이 밝으면 황제폐하를 볼모로 내세워 항복을 받아내려 할 테니 말이오."

"그게 가능하겠소? 숫자가 저리 많은데… 아우! 하늘은 도대체 뭘 하는지 모르겠소! 저놈들에게 확! 불비를 퍼부어 버리지 않고 말이오! 으후…"

그때, 아미의 머릿속에 천둥번개가 치기 시작했다. 선율의 말과 위덕의 말이 회오리치며 뒤섞이더니 아까 보았던 수없이 많은 황충들이 그 속에 빨려 들어갔다.

"불비… 그래!! 천군이 바로 그거였어!!"

아미가 갑자기 혼자서 소리치자 충담과 위덕이 놀란 표정으로 아미를 바라봤다.

"아우님! 수가 떠올랐나 보군!"

"헉! 아미공! 저, 정말로 수가 떠오른 것이오?"

그러자 아미가 이를 드러내고 요상한 웃음을 지으며 아래를 노려보더니 고개를 끄덕이고는 말했다.

"됐다! 이제 저놈들을 싸그리…"

그때 바람이 휘이익 하고 불기 시작했다. 그러니 갑자기 아미가 그 자리에 털썩 주저앉는 게 아닌가? 위덕이 놀라서 아미를 살폈다.

"허어, 도대체 왜 이러시는 게요?"

"위덕장군."

"말씀하시오."

"날이 점점 추워지고 있소. 벌써 겨울이 다가오고 있단 말이오…"

"그게 어쨌다는 것이오?"

"보름 전부터 북서풍이 불고 있소이다. 날이 갈수록 북서풍이 강해질 것이오… 남동풍… 강한 남동풍이 있어야만 저들을 쓸어버릴 수 있단 말이오… 하아… 하늘은 어찌 내게 헛된 계책을 알려주는 것인가!!"

아미가 바닥을 주먹으로 치며 고개를 마구 휘저었다. 그때, 충담이 심각한 표정으로 아미를 바라보더니, 하늘을 올려다보고 긴 한숨을 내뱉었다. 그러더니 말했다.

"남동풍을 준비해 주겠네."

그러자 아미가 벌떡 일어나 충담의 팔을 붙잡고 물었다.

"형님! 정말입니까? 그게 가능하겠습니까?"

"언제쯤이면 되겠나."

"동이 틀 무렵이면 최적입니다! 그 전이라도 좋습니다!"

"알겠네. 그럼 나는 지금 바로 낭산으로 가봐야겠네."

충담은 알 수 없는 슬픈 표정을 지으며, 자신의 팔을 붙잡고 있는 아미의 손을 슬며시 밀쳐내고는 뒤돌아 망루를 내려갔다. 아미가 멍하니 보고 있으니 위덕이 말했다.

"이게 도대체 무슨 일이오? 남동풍을 준비하겠다니… 그 말을 믿으시는 게요?"

"충담형님은 절대 헛소리를 할 사람이 아니외다. 반드시 남동풍을 붉게 해 줄 것이오!"

"허…"

"위덕장군! 지금부터 내가 시키는 대로 해주실 수 있겠소이까?"

"음… 뭔지는 모르겠으나, 아미공이 부탁하는 일이라면 내 몸이 다 으스러지는 한이 있더라도 기필코 다 해드릴 것이오! 뭐든지 좋으니 말씀만 하시구려!"

아미는 위덕의 양팔을 잡고 결연한 표정으로 고개를 끄덕였다.

자정 무렵.

'쉬쉬쉬쉬쉭! 쉬쉬쉭! 쉬쉬쉬쉭! 파바바바박! 파바박! 파바바박!'

남산 끄트머리에서 불화살들이 날아와 대렴과 주항의 진영 앞에 내리꽂혔다. 야영을 하던 병사들이 뭔지 싶어 달려가 화살을 뽑아내니 화살 오늬1)에 쪽지가 매어져 있었다. 쪽지를 펴 횃불로 비춰보니 이런 글귀가 씌어 있었다.

'동이 터오면, 하늘이 무지막지한 불비를 쏟아 부어 너희들을 몰살시킬 것이다. 이것은 극악무도한 자들에게 내리는 천벌이니, 천벌을 피하고 싶은 자는 오늘 밤 안에 신성으로 투항하라.'

글을 읽고 나자 병사들이 배를 잡고 웃기 시작했다.

"크흐흐흐… 이거 원, 나 살다보니 이런 어린애 같은 협박을 다 보는구먼… 크흐흐흐."

"푸후후후. 그러지 말고 다른 병사들한테도 보여주자고. 지루하던 참에 한바탕 웃게 말이야."

"그게 좋겠군. 흐흐, 쪽지들을 다 가져가세나."

얼마 후, 대렴은 이동식 천막집에서 토끼털로 만든 침상에 누운 채, 승천검을 만지작거리며 흐뭇하게 웃고 있었다. 그런데 밖에서

---

1) 화살 깃 뒤쪽의 끄트머리. 활시위에 끼우는 홈이 있는 부분.

여러 병사들의 웃음소리가 들려왔다. 대렴이 뭐지 싶어 일어나 밖으로 나가보니 병사들이 뭔가를 들고 키득키득 웃고 있었다.

"뭔데 이리 소란스러운 게냐!"

대렴이 움찔하는 병사들에게 다가가 그들 손에 쥐어져 있는 종이쪽지를 확 낚아채 펴보았다. 글을 읽던 대렴도 키득키득 웃기 시작했다. 그때, 주항이 손에 쪽지를 들고 장수들과 함께 달려왔다.

"형님! 신성에서 요상한 쪽지를 쏘아 보냈습니다."

"방금 읽었다."

"이게 무슨 의도인지 아시겠습니까?"

"의도는 무슨… 아미 그놈이 일이 뜻대로 안 되니까, 드디어 미쳐버린 것이야. 불비는 얼어 죽을… 괜한 신경 쓰지 말게."

"하지만, 영 찜찜합니다. 불비가 불화살을 말하는 것일 수도 있으니, 병력을 뒤로 물리시는 게 어떻겠습니까?"

"뭣 하러 그래? 화살이 닿지 않는 충분한 거리인데. 아미놈이 이걸 노린 것이야. 자네처럼 찜찜하게 만들어 우리를 뒤로 물릴 생각이겠지. 뭐, 그래봐야 아무 수도 없을 테지만 말이야… 에이, 뭔지 몰라도 괜히 신경 쓰지 마세나. 어차피 날이 밝으면 다 끝나게 되어 있어."

"흠… 알겠습니다. 그래도 만일에 대비해야 하니, 오늘 밤 제가 직접 병사들의 경계를 철저히 단속하겠습니다. 형님은 쉬십시오."

"사람 참… 주항 자네는 너무 부지런해서 탈이란 말이야… 알아서 하시게."

그 시각, 낭산. 망덕사는 조그만 절이라 불타지 않고 남을 수 있었다. 조실방 밖에는 충담이 신성에서 데리고 온 사천왕사 승려들과 골굴사 요가승 여덟이 줄을 맞추어 합장을 하고 서 있었는데, 요가승 여덟 중 넷은 아직 어린 동자승이었다. 원래 열둘을 데리고 오려 하였으나,

난리 중이라 여덟도 겨우 모은 것이었다. 그렇게 밖에서 승려들은
조실방에 든 충담을 기다리고 있었다. 방 안에는 망덕사 동자승 몇과
선율, 충담이 있었는데, 선율과 충담이 심각한 이야기를 나누고 있었다.

"동이 터올 무렵이면 가장 좋다고 하였습니다."

"으음… 알겠느니라. 다행히 이곳이 불타지 않아, 월명이 사천왕사와
는 별도로 준비해둔 의식물이 창고 궤짝들에 들어있느니라. 열쇠는
창고의 서까래 위에 있다. 또 월명이가 창고 벽과 지붕을 뜯어내면
단을 조립할 수 있게끔 해 놓았으니, 그것으로 삼 층의 단을 만들면
되느니라."

"아… 그래서 창고 모양이 이상한 것이었군요… 그러면, 단은 어디에
설치해야 되겠습니까?"

"사천왕사 북쪽 뒤뜰의 소탑 네 기가 바로, 명랑사조께서 비법을
행하시던 단의 네 귀퉁이이니라."

"아!"

"단을 쌓기 전에, 오보1)와 오곡,2) 오향3)을 중앙의 땅 속에 묻어야
할 것이다. 단을 다 쌓고 나면, 단 중앙에 화로를 설치하고 향나무를
쌓아 올리거라. 그런 뒤 충담이 네가 밀실에서 문두루비전을 가지고
와서, 직접 가지의식4)을 행하거라. 단을 정화하면서 소탑들을 축으로
오색 천을 둘러 결계를 쳐야 하느니라. 그 뒤에 나를 데리러 오면
된다. 그러면 내가 식재호마5)를 올릴 것이다."

---

1) [五寶]. 금, 은, 진주, 유리, 호박.

2) [五穀]. 보리, 밀, 쌀, 콩, 깨. (인도식 오곡임. 우리식 오곡은 쌀, 보리, 조, 콩,
기장.)

3) [五香]. 전단향(栴檀香: 전단나무의 분말), 침향(沈香: 침향나무의 진액), 정향(丁香:
정향나무의 열매즙), 울금향(鬱金香: 울금의 꽃즙), 용뇌향(龍腦香: 용뇌나무의
진액).

4) [加持儀式]. 의식을 행하기 전에 주위를 정화하는 예비의식.

"식재호마는 어느 정도 걸리겠습니까?"

"따로 정해진 시간이 없느니라. 동이 트기 시작할 때까지 올리다가,
바로 문두루도량을 시전할 것이다."

"예. 제자, 준비를 마치고 모시러 오겠습니다."

동이 터오기 얼마 전. 불타버린 사천왕사의 뒤뜰에는 커다란 단
위에서 의식이 진행되고 있었다. 테두리에 오색천이 감겨진 단은 삼
층으로 되어 있었는데, 일 층에는 사천왕사 승려들이 단을 빙 두르며
안쪽을 향해 합장을 하고서 좌정하고 있었다. 이 층에는 골굴사 요가승
들이 좌정하고 있었는데, 단의 모서리에는 어른 네 명이 앉아있었고,
그 사이사이에 동자승 넷이 나뉘어 앉아 팔방을 나타내고 있었다.
삼 층 중앙의 커다란 화로에는 탑처럼 차곡차곡 쌓아올린 향나무 더미가
타오르며 큰 불기둥을 만들고 있었는데, 그 옆에 충담이 서서 땀을
뻘뻘 흘리며 한 손엔 대일경1)을 펼쳐들고 독경하며, 다른 손으로는

---

5) [息災護摩]. 호마란 산스크리트어 호마(homa: 불태움)의 음차로, 불을 피우며
　　그 불 속에 공양물을 던져 넣어 태우며 무언가를 기원하는 의식이다. 불교성립
　　이전부터 있었던 의식이고 여러 종교에서 공통적으로 행해지는 의식이다. 밀교에
　　서의 호마는, 불은 여래의 지혜이고 불 속에 던지는 공물을 인간의 번뇌로 상정하여
　　번뇌를 태워서 정결한 깨달음을 얻는 것을 목적으로 하였고, 그 종류는 식재(息災),
　　증익(增益), 항복(降伏), 구소(鉤召), 경애(敬愛)호마가 있다. 식재란 재앙이나
　　화를 물리치는 것이고, 증익은 부귀나 장수를 기원하는 것, 항복은 악귀나 잡신을
　　물리치는 것, 구소는 번뇌에 빠진 중생을 불법으로 인도하는 것, 경애는 불보살의
　　보호나 남의 공경을 받는 것을 의미한다.

1) [大日經. 불교에서 밀교사상의 이론적 원리를 밝힌 밀교의 근본 경전으로, 대일여래
　　(비로자나불)가 체험한 성불의 경지를 적은 경전이다. 본래 명칭은 '대비로자나성
　　불신변가지경(大毘蘆遮那成佛身變加持經)'으로, 비로자나는 '일(日)'의 다른 이름
　　이므로 대일경이라고 한다.

　• 1권에서 사실감을 살리기 위해 밀교의 불두칠성인과 팔성주를 자세히 묘사하였
　　으나, 밀교의 수인과 진언은 원래가 비밀스러운 것이라 함부로 보이거나 발설하여

밥, 과일, 떡, 연유, 꿀과자 등이 가득 담긴 소쿠리에서 음식을 하나씩 집어 불기둥 안으로 던져넣고 있었다. 선율 역시 화로를 바라보고 앉아 뜨거운 열기를 받으며 각종 진언을 염송하며 진언이 바뀔 때마다 다른 모양의 수인을 결인하고 있었다. 그렇게 한참동안 호마법을 올리고 있으니 동쪽 하늘이 점점 밝아오기 시작했다. 충담이 대일경을 접으며 말했다.

"스승님, 때가 되었습니다."

그러니 선율이 결인을 풀고 양손을 무릎 위에 올려놓은 후 말했다.

"이제부터 문두루도량을 펼칠 것이니라. 도량이 진행되는 동안, 너희들은 그 무슨 일이 일어나더라도 절대로 자리를 떠서는 아니 될 것이며, 또 절대로 삼 층 단 위로 올라와서는 아니 될 것이다. 충담이 너도 일 층으로 내려가거라."

충담은 말없이 내려가 비어 있는 자리에 앉았다. 그러고는 지권인을 결인하고 육자대명주를 외기 시작했다.

"옴-마니 반메훔. 옴-마니 반메훔. 옴-마니 반메훔……"

그러니 일 층의 승려들이 모두 다 똑같이 지권인을 결인하고 충담을 따라 주문을 외웠다. 그러니 이 층의 요가승들이 좌정을 풀고 제각각 온몸이 이리저리 뒤틀리고 꺾이는 기묘한 자세들을 취하였다. 그러자 선율이 항마촉지인을 결인하고 능길상진언을 외기 시작했다.

"나모라다나다라야-야 나막소마살-바 락-사 다라라야 야자 도지빠아 로가라야다냐 타노마지바로마지살빈니카세-사바하."

바로 이어 북두칠성인을 결인하고 팔성주를 외웠다.

"옴-사치나이 나야반아밀-아야야염보타마사바 미나 락-산 바바도-

서는 아니 됩니다. 작가가 어쩌면 불경한 일을 한 것이겠습니다… 부처님께서 자비로이 용서해 주시길 빌며, 소설의 전개를 위해 이 부분에서도 몇 가지 비밀스런 수인과 진언을 본문에 넣겠으나, 자세한 묘사나 설명은 생략하는 것으로 하겠으니 양해바랍니다.

사바하."

그러자 갑자기 회오리바람이 단 주위에 거세게 일더니, 화로 위 불기둥이 이리저리 춤을 추기 시작했다. 선율은 아랑곳하지 않고 일천 인을 결인하고 진언을 외웠다.

"나모-라다나다라야-야 나막소리야살-바 낙-사 다람라아야옴아모 카샤 사지-사바하."

이어 월천인을 결인하고 진언을 외웠다.

"옴-전다라 낙-사 다람라아야옴아모카샤 사지-사바하."

그러니 회오리바람이 갑자기 화로 쪽으로 모여들더니 타오르던 불을 순식간에 꺼버리고 사라졌다. 선율은 계속하여 남방화성인을 결인하고 진언을 외웠다.

"옴-아아 라가아로 이야-사바하."

그러자 남풍이 불기 시작했다. 이어 북방수천인을 결인하고 진언을 외웠다.

"옴-모다 낙-사 다라사바미나 케로마-사바하."

그러니 갑자기 북풍으로 풍향이 돌변하였다. 이어 동방목성인을 결인하고 진언을 외웠다.

"옴-바라하살바 지나마비다바나야 마라바라다녜-사바하."

다시 동풍으로 바뀌자 이어 서방금성인을 결인하고 진언을 외웠다.

"옴-슈 가라아다바라바라라아야 시리가리-사바하."

또다시 서풍으로 바뀌니 이번에는 중궁토성인을 결인하고 진언을 외웠다.

"옴-사니샤자라 낙-사 다라바라하마나-로바야 보-찌가리-사바 하."

그러니 갑자기 광풍이 사방팔방에서 불어와 단 위에서 맞부딪혔다. 바람이 어찌나 강한지 오색 천은 날아가 공중에서 춤을 췄고, 승려들도 중심을 잃고 갈대처럼 이리저리 휩쓸렸다. 요가승들도 이리저리 휩쓸리며 다시 자세를 잡으려 안간힘을 썼다. 그때 선율이 이십팔수총인을 결인하고 합해진 두 엄지손가락으로 자신의 가슴을 찌르며 총진언을 독송했다.

"옴-락-사! 다라닐-소나니예-사바하! 쿠훕!"

그러자 일시에 바람이 사라짐과 동시에 선율이 시뻘건 피를 토해냈다.

"스승님!!"

충담이 벌떡 일어나 올라오려 하자, 선율은 왼 손바닥을 펼쳐 그를 저지했다.

"스승님…"

선율이 비로자나불의 지극히 비밀한 수인인 무소부지인을 결인하자 갑자기 그의 눈에서 푸른 광채가 한가득 뿜어져 나오기 시작했다.

"나모-삼만다 나라나라바자라 훔!"

정륜진언이 동굴에서 올라오는 소리처럼 물결치며 퍼져나가자, 눈을 뜨고도 도저히 믿을 수 없는 광경이 펼쳐지기 시작했다. 삼 층의 공기만이 뭔가 뿌예지더니 선율이 너무나도 빨리 움직이기 시작한 것이다. 눈을 깜빡일 찰나에 수백 번의 수인을 바꾸는 탓에 선율의 팔이 수십 개가 되어 동시에 모든 수인을 결인하는 것처럼 보였다. 거기다 선율의 입은 벌어진 동시에 닫혀 있었고 너무 빨리 진언을 외우는 탓에 모든 진언들이 뒤섞여 도저히 알아들을 수 없는, 마치 풀피리를 부는 것 같은 소리를 내고 있었다. 그뿐만이 아니었다. 화로는 순식간에 녹이 슬며 붉게 변하고 있었고, 그 위에 있던 타다 만 향나무들은 썩어 들어가 흔적도 없이 사라지고 있었다. 삼 층의 시간만이 수백 배의 속도로 돌아가고 있었던 것이었다.

"옴-마니 반메훔. 옴-마니 반메훔. 옴-마니 반메훔……"

승려들은 계속해서 진언을 외웠고 요가승들도 이리저리 자세를 바꿔가며 구슬땀을 흘렸다. 충담만이 스승이 걱정되어 이러지도 저러지도 못하고 있을 때였다. 서서히 불어오기 시작한 바람이 점점 더 강해지더니 금세 산 전체의 나무들이 강한 남동풍을 받아 이리저리 춤을 추는 것이 아닌가?

"남동풍! 남동풍입니다!! 스승님!! 남동풍입니다!! 온 천지에 남동풍이 불고 있습니다!!"

충담이 사방을 둘러보며 신이 나 소리쳤다. 그때, 풀피리 소리가 뚝 하고 끊어졌다. 충담이 황급히 뒤돌아 스승을 보니 선율은 그 자리에 고개를 푹 숙이고 미동도 않고 있었다.

"스·· 스승님?··· 스승님??··· 스승님!!!"

충담이 뛰어올라가 선율 앞에 무릎을 꿇고 스승의 팔목을 잡으니, 이미 온기가 하나도 없는, 싸늘한···

"스승니임!!!! 으어어어!!·····"

단에 있던 모든 승려들이 침통한 표정으로 합장을 하고 선율에게 허리를 숙였다.

그 시각, 신성의 망루.

"아미공!! 남동풍, 남동풍이오!!"

위덕이 헐레벌떡 뛰어올라오자 눈을 감고 기도를 올리던 아미가 번쩍 눈을 떴다. 온 깃발이 북서쪽을 향해 미친 듯이 펄럭이고 있었다. 벌떡 일어난 아미가 소리쳤다.

"때가 되었소이다!! 어서 연을 날리시오!!"

"알겠소! 연을 날려라!!!! 북을 쳐라!!!!"

위덕이 외치니 북소리와 함께, 대나무로 살을 대고 천들을 기워 만든 거대한 수십 개의 연들이 북쪽 성벽 이곳저곳에서 일제히 날아오르기 시작했다. 어른 키의 다섯 배가 넘는 연들은 네 모퉁이에 커다란 항아리들을 매달고 있었다.

한편, 남산의 동쪽 기슭에서는 수백의 승려들이 횃불을 들고 숲속에 흩어져 있었다. 지정과 도우가 그들을 이끌고 있었다. 도우가 말했다.

"지정아! 남동풍이다! 북이 울리고 있어!"

"드디어 시작이구나! 도우야. 아무래도 나는 아미형님의 명을 어겨야겠다. 이대로는 견딜 수가 없어."

"후후, 내 그럴 줄 이미 알고 있었다. 어서 가 보거라. 가서 명예를 회복해라."

"고맙다 도우야."

지정은 도우의 어깨를 잡고 고개를 끄덕인 후, 숲을 전력으로 달려 나갔다. 지정이 사라지자 도우가 외쳤다.

"불을 놓으시오!!!"

승려들이 일제히 산에 불을 놓으니, 불길이 바람을 타고 순식간에 옮겨 붙기 시작했다. 삽시간에 화마가 계곡 쪽으로 들이닥치니 수백만 마리의 황충들이 시꺼먼 구름이 되어 하늘로 날아가기 시작했다. 그 규모가 어찌나 큰지 온 하늘을 뒤덮을 기세였다.

그때, 대렴은 신성에서 들려오는 북소리에 놀라 막사 밖으로 뛰쳐나왔다. 마침, 동악에서 해가 고개를 내밀며 광선을 쏘아내기 시작했고, 눈이 부신 대렴이 손으로 해를 가리며 남산을 바라보았다. 그러니 수십 개의 거대한 연들이 하늘 높이 솟구쳐 이리저리 춤을 추고 있는 것이 아닌가?

"저게 무슨??…"

그때였다. 왼쪽 산허리에서 엄청난 먹구름이 바람을 타고 하늘을 뒤덮으며 몰려오는 것이 아닌가? 똑같이 그 모습을 지켜보던 수만의 병사들이 갑자기 술렁이기 시작했다.

'뿌앙!!!!!~~~~~~~.'

신성의 아미가 뿔피리를 부니 위덕이 외쳤다.

"연줄에 불을 당겨라!!!!"

기름칠을 한 밧줄에 불이 붙자, 그 불이 빠른 속도로 줄을 타고 공중으로 올라가기 시작했다. 주루루 올라가던 수십 개의 불줄기가 하늘 위의 연들에 옮겨 붙으며 연의 가장자리로 번지더니 단지를 매달고 있던 밧줄을 타고 내려갔다. 그때였다!

'퍼엉!!!!!!!!! 퍼퍼펑!!!!!!!!!!! 퍼퍼퍼퍼퍼펑!!!!!!!!!!!!! 퍼퍼퍼퍼퍼 퍼퍼퍼퍼퍼퍼펑!!!!!!!!!!!!!!! 퍼버버법퍼퍼퍼퍼퍼버버법퍼버퍼펍퍼 버버펍퍼펒퍼퍼펑!!!!!!!!!!!!!!!!!!!'

하늘 위에서 수백의 커다란 기름단지들이 폭발하며 마치 천둥이 백 번을 연속으로 치는 것 같은 엄청난 굉음을 터뜨리기 시작했다. 굉음과 함께, 시뻘건 불기름이 공중에서 사방으로 튕기며 쏟아져 내렸다. 더 놀라운 것은, 공중에 퍼진 불기름이 그 밑을 날아가던 어마어마한 황충 떼를 덮친 것이었다. 황충 떼에게 불기름이 떨어지자, 하늘을 뒤덮으며 몰려가던 어마어마한 먹구름이 순식간에 시뻘건 불구름으로 뒤바뀌기 시작했다. 정말 아연실색 기절초풍할 광경이 연속으로 펼쳐지고 있었다. 하늘에서 탈바꿈을 한 무시무시한 불구름이 강한 남동풍을 타고 대렴과 주항의 진영으로 몰려들더니, 끝도 없는, 살벌한, 미쳐버릴 것 같은 잔혹한 불비를 무지막지하게 쏟아 붓기 시작했다. 불덩어리가 하늘에서 끝도 없이 쏟아지니 산 아래는 삽시간에 염화지옥이 되어버렸다. 그 지옥을 헤매는 수만의 병사들이 내지르는 찢어지는 비명소리가 온 들판을 뒤덮었으나, 무자비한 불구름은 아직 멀었으니 더 죽으라는 듯 계속해서 불의 비를 퍼부었다. 그렇게 불비가 쏟아지는 사이 아미와 위덕은 전 병력을 이끌고 산을 내려왔다. 불비가 그치고 온 몸에 불똥이 붙어 혼비백산하는 마왕의 군단을 향해 위덕이 소리쳤다.

"돌진하라!!!!"

"우와아!!!!!!!!!!!!!!!!~~~~~~~."

위덕이 맨 선두에서 말을 달려 창을 휘두르며 적진을 파고들었고, 그 뒤를 신성의 만 오천 병력이 기세가 오를 대로 올라 들이닥치니, 병력의 태반이 불타 죽고, 남은 병력도 온몸에 화상을 입어 정신이 나간 반란군들은 종잇장 찢기듯 찢겨져 나갔다. 방패를 든 부월수와 검수들만이 불비를 피할 수 있었는데, 그 속에 섞여 있던 대렴이 불타버린 눈썹을 치켜세우고 눈에는 핏발을 세우며 미친 듯이 고함을 질러댔다.

"으아아아!!!! 모조리 죽여 버릴 테다!!!!"

그러더니 말을 찾아 이리저리 둘러보다가 불타 죽은 말을 발견하고는 또다시 고함을 치며 무작정 달려가기 시작했다. 그러다가 반란군을 이리저리 찌르고 베며 종횡무진 말을 달리는 위덕을 발견했다.

"위덕!!!! 이 쥐새끼 같은 놈!!!!"

대렴이 승천검을 치켜들고 달려오는 것을 발견한 위덕은 그대로 말머리를 돌려 대렴에게 돌진하기 시작했다. 순식간에 거리가 좁혀들자 위덕이 들고 있던 창을 날렸다.

'쉐에엑!! 츠탕!!!'

대렴이 승천검을 휘둘러 창을 튕겨내는 그 짧은 순간!

'쉬앙!!!'

위덕이 허리에 찬 검을 뽑음과 동시에 휘두르며 순식간에 지나갔다. 머리가 온데간데없이 사라진 대렴의 몸뚱아리가 무릎을 꿇더니 잘려진 목으로 피를 분수처럼 뿜어내며 뒤로 넘어갔다. 위덕은 말을 세우고 왼쪽 뒤로 고개를 돌려 엄중한 표정으로 대렴의 최후를 확인했다.

"장군들의 복수다. 목 없는 귀신으로 살아라."

위덕은 다시 고개를 돌리고 고삐를 들었다.

"이랴아! 아아, 잠시만."

그러더니 다시 뒤를 돌아보았다.

"으응??"

위덕은 말에서 내려 뛰어가 대렴의 주검이 손에 쥐고 있는 검을 살폈다. 그러더니 눈, 코, 입이 동시에 벌어지며 몸을 들썩였다.

"오오오옷! 이게 웬 떡이냐?!"

위덕은 얼른 주검의 손과 허리에서 승천검과 검집을 획득하고 기다리는 말에게로 달려갔다.

한편, 전장의 동쪽에서는 주항이 톱날창을 휘두르며 이리저리 날뛰고 있었다. 혼자서 수십의 신성 병사들을 해치운 주항은 온 몸에 피를 뒤집어쓴 악귀의 모습으로 달려 나가며 닥치는 대로 찌르고 베어 넘겼다. 그때, 역시 창을 휘두르며 반란군을 베어 넘기던 지정이 미친 듯 질주하는 주항을 발견하고는 곧바로 달려갔다.

"이야앗!!!!"

'취라라랑!!!!'

지정이 공중으로 날아오르며 창을 내지르자 주항도 창을 내질렀다. 창날과 창날이 서로를 비비며 불꽃을 튀기더니 둘 다 옆으로 튕겨나갔다. 지정이 착지를 하며 발로 주항의 가슴을 강타하자, 주항은 튕겨나더니 곧바로 뒤로 한 바퀴 굴러 한손과 한쪽 무릎으로 엎드려 자세를 잡았다.

일어나 손가락으로 지정을 가리키고 낄낄대며 웃기 시작했다.

"으~히히히히히히… 아~하하하하하하…"

지정이 입술을 들썩이며 창을 고쳐 잡았다.

"그래, 마음껏 비웃어라! 목이 꿰이고도 어디 웃을 수 있는지 보마!"

"가소로운 놈! 무슨 염치로 여태 살아있던 것이더냐!! 너 같은 겁보자식이 시위부령이라니! 그래서 나라꼴이 이 지경인 것이다, 이 쥐새끼 같은 놈아!!"

"오냐!! 쥐새끼한테 죽은 놈으로 기록되게 해주마!! 흐이야!!!"

지정이 달려들며 창을 밑에서 아래로 퍼올리자 주항이 옆으로 몸을 틀며 창을 휘둘러 쳐냈다.

'투앙!!!'

지정은 옆으로 튕겨난 창을 그대로 머리 위로 한 바퀴 돌리며 수평으로 휘둘렀다.

'후웅!!~.'

주항은 자신의 목을 노리고 날아드는 창날을 재빨리 앉아 피하는 동시에 자신의 창으로 지정의 다리를 찔렀다. 창날이 지정의 허벅지를 파고들었다.

"크윽!"

주항이 창을 비틀면서 뽑아버리자 톱날에 허벅지살이 터져나가며 피를 뿜어냈다.

"크아아악!!"

지정이 쩔뚝거리며 뒷걸음질 치자 주항이 곧바로 달려들어 기합과 함께 지정의 목을 찔러 들어왔다.

"하이야!!!!"

그 순간!

'투캉!!!'

지정은 몸을 오른쪽으로 비틀며 왼손을 위쪽으로 휘둘러 목으로 날아드는 창날을 자신의 창자루 끝으로 튕겨내면서 끝까지 몸을 뒤틀어 다리와 몸이 꼬인 상태로 내려가 있던 창날을 퍼올렸다.

'슈욱!!'

"쿠억!!"

지정의 창날이 주항의 목을 가르며 올라와 턱을 두 동강 내고 하늘로 솟구쳤다. 주항의 목이 세로로 찢겨나가 뒤로 젖혀지자 지정은 꼬인 몸을 원상태로 회전시키며 창을 수평으로 휘둘렀다.

'쉬악!!'

창날이 주항을 목을 가로로 찢으며 지나갔다.

"크우·····"

'쿵!!'

주항은 십자로 베여진 목에서 피를 콸콸 쏟아내며 그대로 뒤로 넘어가더니 뒤통수를 땅에 처박으며 죽어 버렸다. 지정은 허벅지에 엄청난 고통을 느끼며 땅바닥에 주저앉았다. 하지만 고통이 심한 만큼 가슴속의 응어리는 풀리는 듯했다. 지정이 주검이 된 주항을 바라보고 있으니 언덕에서 전장을 살피고 있던 아미가 말을 달려왔다.

"지정아!! 괜찮으냐!?"

"······"

아미가 말에서 내려 지정의 허벅지를 살폈다.

"상처가 깊다! 피가 너무 많이 나고 있어!"

아미는 급히 겉옷을 벗어 지정의 다리를 꽉 짜매며 말했다.

"주항은 창술의 대가인데, 네가 창술로 이기다니 대단하구나!"

"운이 좋았습니다…"

"아무튼, 네가 살아남았기에 주항을 벤 것이다. 이렇듯 어떻게 될지 한 치 앞을 모르는 것이 사람의 운명인 것이니라. 그러니, 다시는 어리석은 맘을 품지 말거라. 알겠느냐?"

"예…"

"널 신성에 데려다 주마. 늦기 전에 치료를 받아야 한다."

아미는 지정을 뒤에 태우고 신성으로 말을 달렸다.

그렇게 산 아래를 가득 메우고 있던 반란군의 오만 대병은 아미의 기상천외한 전술에 의해 순식간에 궤멸되었다. 살아남은 병력들은 대부분 어디론가 도망치거나 투항했고, 불과 이천여 명만이 황성으로 도주했다. 대공이 자다가 일어나 급히 황성의 남쪽 성루에 올랐을 때는, 이미 상황이 종료된 후였다. 기령이 성루를 뛰어 올라오자 대공이 물었다.

"얼마나 살아 돌아왔느냐?"

"이천 정도인 듯합니다…"

"대렴과 주항은?"

"아아… 그것이…"

"그냥 말하거라. 괜찮다."

"두 분 다 전사하셨다 합니다…"

"으흑…"

대공이 어금니를 깨물며 쓰라린 탄식을 하자 기령이 말했다.

"주공! 지금도 늦지 않았습니다. 성이 포위되기 전에 북문으로 빠져나가 후일을 도모하시지요!"

그러자 대공이 기령을 매섭게 쏘아보며 말했다.

"안 된다고 분명히 말했을 텐데! 어떻게 빼앗은 황성인데 도로 내어준단 말이냐! 아직 오천이 있으니, 충분히 방어할 수 있다!"

그때 탁근이 성루에 올라왔다.

"주공의 말씀이 옳습니다. 이대로 황성을 내어주면 다시는 되찾을 수 없을 겁니다. 황제가 우리 손에 있는 이상, 함부로 황성을 들이치지는 못 할 것입니다. 저들이 황성을 포위하게 놔두시고, 이대로 버티면서 각 성에 지원군을 요청하시지요. 사방에서 원군이 들이닥치면, 오히려 저들이 안팎으로 포위될 것입니다."

그러니 대공이 고개를 끄덕였다.

"기령이 너는 지금 바로 금산과 각 성에 전서구를 띄워라. 속히 황성으로 달려와 저들을 협공하라고 말이다. 그러면 우리도 기회를 노려 협공할 것이다."

"예! 주공!"

최후의 대결

반란 33일째 오전, 황성의 남문 앞 아미의 진영.

"아미공!!"

위덕이 말을 달려오자 기다리던 아미가 달려 나가 맞았다. 위덕이 말에서 내리며 말했다.

"갑자기 찾는다기에 급하게 달려왔소. 북문을 담당하라 해놓구선, 왜 찾으신 게요?"

"아무래도 이대로는 위험하오. 모든 병력을 다시 남문으로 집결시켜야겠소."

"뭐요?! 갑자기 왜요?"

"황성에서 계속 전서구가 사방으로 날아가고 있소이다. 왕경을 둘러싼 반란군들이 사방에서 지원군을 보낸다면, 오히려 우리가 둘러싸일 것이오."

"아… 그렇겠군. 알겠소이다. 소감들을 시켜 병력을 도로 불러들이리다."

얼마 후, 황성의 남쪽 성루.

"저들이 포위를 풀고 다시 남쪽으로 모여들고 있네. 무슨 심산인지 알겠나?"

대공이 물으니 탁근이 대답했다.

"음… 아미가 전서구들을 보고 불안해진 모양입니다. 우리에겐 다행한 일입니다. 황성을 들이칠 의사가 없다는 것이니까요."

"황제는 아직 인가?"

"예… 도무지 깨어날 생각을 하지 않습니다. 의사의 말로는 이대로 못 깨어날 수도 있답니다. 차라리 의식불명이라도 황제를 성루에서 보여주며 항복하라는 것이 어떻겠습니까?"

대공이 고개를 저었다.

"그건 안 되네. 저들이 축 늘어진 황제를 본다면, 필시 죽은 것으로 여기고 광기에 휩싸여 전 병력으로 성을 들이칠 것이야. 지금 사기가 꺾일 대로 꺾인 이 병력으로는 그런 광기에 찬 저들을 막아낸다는 보장이 없네."

"아…"

그때 기령이 올라오자 대공이 물었다.

"어찌되었느냐? 소식이 왔느냐?"

"후… 여전히 아무런 답이 없습니다. 시간이 이리 흘렀는데도 전서구가 하나도 돌아오지 않는다니, 너무 이상합니다."

그러니 탁근이 말했다.

"주공, 뭔가가 이상하게 돌아가고 있습니다. 금산의 병력과 선도성, 명활성 병력은 분명 아침의 전투를 보았을 것이고, 왕경 외각의 병력처럼 교전 중인 것도 아닌데, 어째서 당장 달려오지 않는 지 의문입니다."

대공은 심각한 표정을 짓더니 기령에게 말했다.

"포위가 풀렸으니, 북문으로 전령을 내보내야겠다. 당장 황성으로 달려오지 않으면 죗값을 치를 것이라는 군령장을 금산, 선도성, 명활성으로 보내거라."

"예. 주공."

그 무렵, 순에게서 아침의 전투를 보고받은 양상과 경신은 비밀리에 부산성에서 철수하여 선도성에 돌아와 있었다. 성의 동쪽 망루에서 황성의 상황을 지켜보던 양상이 말했다.

"아미가 마지막 한 수를 망설이고 있군…"

그러니 경신이 말했다.

"황제도 붙잡혀 있고, 지원군도 몰려올 것 같으니까 저런 거잖소. 이거 생각보다 길어질 모양이오."

"흠… 순 아우, 다시 한 번 금산과 각 성에 전령과 전서구를 보내게. 대공이 아무리 닦달해도 절대로 움직여선 안 된다고 확실히 못을 박아야 할 것이야."

"예, 시중어른."

얼마 후, 아미의 진영. 대공이 지원군을 기다리며 초조해 하듯, 아미 역시 그 지원군이 들이닥칠 까봐 시간이 지날수록 피가 바짝바짝 마르는 느낌이었다. 아미는 장고 끝에 위덕에게 말했다.

"장군, 이대로 있다가는 정말 위험해질 수도 있소이다. 더 늦기 전에 승부를 봐야겠소."

"오… 결단을 내린 모양이구려. 황성을 들이칠 생각이시오?"

"맘 같아서는 그러고 싶으나, 선불리 공격했다간 황제폐하의 목숨이 위태로워질 수 있소."

"흠… 그럼 그 승부가 뭐란 말씀이오?"

"대공만 없애버리면, 저들은 모래처럼 무너져 내릴 것이오. 대공을 성 밖으로 끌어내야겠소."

"응?? 대공을 무슨 수로 성 밖으로 끌어낸단 말씀이오?"

"대렴과 주항의 시신을 걸고 수장대결을 청할 것이오."

그러자 놀란 위덕이 황성을 한 번 쳐다보더니 숨을 깊게 쉰 후 주먹을 불끈 쥐며 말했다.

"알겠소이다! 내 대공과 같이 죽는 한이 있더라도, 반드시 그놈을 없애드리겠소!"

그러니 아미가 슬쩍 웃으며 말했다.

"대결은 내가 할 것이오, 장군."

"헛… 공이?? 어째서 그러오? 공이 잘못되기라도 하면 우리 역시 머리를 잃고 모래처럼 부서질 것이오. 그냥 내가 하겠소이다."

"장군의 실력이 대공과 필적한다 할지라도, 장군은 다리에 부상을 입은 데다가, 잠 한숨 못 자고 치열한 전투를 벌인 상태지 않소? 너무 불리한 싸움이오."

"허나…"

"그리고 장군이 대결을 청하면 대공이 응하지 않을 수도 있소이다. 장군의 실력을 잘 알기에, 대공이 모험을 하려 하지 않을 가능성이 높소. 하지만, 나라면 이야기가 달라지지. 대공은 내가 무예를 소홀히 한 줄 알고 있소. 그러니 당연히 나를 얕잡아 볼 것이오. 그런 내가 홀로 시신을 끌고 가서 대공을 도발하면, 그자의 성격상 분명히 걸려들 것이외다."

"대공을 이길 자신이 있소이까? 내가 최상의 상태로 싸운다 해도 승률은 그다지 높지 않을 것 같소만… 아미공, 다시 한 번 생각해 주시오. 공을 잃게 되면 우리에겐 희망이 없소이다."

"후…… 안타깝지만 시간은 저들 편이오. 이건, 지금 내가 할 수 있는 마지막 승부수요. 내가 이기면 이 난은 끝이 나는 것이고, 내가 지더라도 장군이 있으니, 장군은 신성으로 철수해 후일을 도모하시오."

그러니 더는 말리지 못하겠다 생각한 위덕이 천천히 고개를 끄덕였다.

"좋소이다! 공은 완전히 기울어진 전세도 단번에 거꾸로 뒤집어 놓았소이다. 그 누구도 할 수 없는 일을 해내는 사람이란 말이오. 이번에도 공은 해낼 것이오. 공이 기필코 이길 것이오!"

"고맙소, 장군."

위덕은 자신의 허리에서 승천검을 끌러 내밀었다.

"이 검이 대공이 쓰던 검이오. 대렴이 가지고 있더군. 대단한 검이니 이 검을 쓰시오."

해가 남쪽에서 서쪽으로 방향을 틀어갈 무렵. 성루에 있던 대공과 탁근은 신성의 병력이 문천에서 백 보 밖으로 물러나는 모습을 지켜보고 있었다.

"저들이 왜 저러는 것일까요, 주공?"

"......"

그때 아미가 말에 올라 수레를 끌고 천천히 춘양교 건너편으로 다가왔다. 그곳에서 말을 빙 돌려 성에서 수레가 보이게 한 후, 말에서 내려 외쳤다.

"대공!!! 나 아미다!!! 듣고 있느냐!!!"

대공이 성루에 모습을 드러내며 맞받았다.

"무슨 일이냐!!!"

"잘 보거라!!!"

아미가 수레의 거적을 치워버리니 대렴과 주항의 시체가 수레 위에 나란히 뉘어져 있었다.

"누군지 알겠느냐!!! 똑똑히 보아라!!! 네 아우 대렴과 주항의 주검이다!!!"

그러자 대공의 표정이 갑자기 일그러지기 시작했다.

"저놈이!····"

"대공!!! 너에게 시신을 가져갈 수 있는 기회를 주겠다!!! 나와 수장대결을 펼쳐 이기면 시신을 가져갈 수 있다!!! 어떠냐!!!"

"으익! 내 저놈을!"

그러자 탁근이 급히 대공을 말렸다.

"주공! 침착하셔야 합니다! 말려들지 마십시오! 주공이 이기면 고작 시신을 되찾는 것이지만, 혹여나 주공이 잘못되기라도 한다면 모든 것이 끝장나는 것입니다!"

"으으····"

그때 동쪽에서 전서구 한 마리가 푸드득 거리며 황성으로 날아들었다. 탁근이 말했다.

"주공! 전서구가 돌아왔습니다! 이제 지원군을 보내려는 모양입니다!"

"대공!!! 신라제일검이라는 놈이 겁을 처먹은 것이더냐!!! 두더쥐처럼 숨어 있기만 할 작정이냐!!!"

그러자 대공이 손가락으로 아미를 가리키며 고함을 쳤다.

"네놈이 정녕 죽고 싶어서 환장을 한 것이냐!!!"

그때였다.

"주공!! 주공!!"

기령이 대공을 부르며 황급히 성루로 달려왔다.

"전서구의 서찰입니다!"

대공은 서찰을 건네받아 펼쳐보았다. 서찰을 읽던 대공의 인상이 더욱 일그러지기 시작했다. 그 모습을 본 탁근이 놀라 물었다.

"주공! 무슨 내용인데 그러십니까?"

"으… 무주1)도독 김융이 미다부리정2)과 만보당3)을 이끌고 감은포

---

1) [武州]. 지금의 광주광역시. 백제가 멸망하고 당나라가 이곳을 차지해 통치했는데,

에 상륙하여 감재성을 함락시켰다는 내용이다."

"예??!!"

탁근과 기령은 얼굴이 사색이 되어 서로를 쳐다보았다. 탁근은 대공
의 손에서 서찰을 뺏어들고 읽더니 이내 힘없이 팔을 떨궜다.

"주공… 명활성이 위태롭게 되었습니다. 명활성이 뚫리면…"

"금산과 선도성은 왜 아직도 움직이지 않는 것이야! 군령장을 받고도
움직이지 않다니, 이것들이 정녕 미친것인가?!!"

그러자 기령이 말했다.

"주공, 지원군은 없을 것 같습니다. 아무래도 양상과 경신이 의심스럽
습니다. 서당에 사람을 심은 자가 그들이지 않습니까!"

"그런… 탁근 자네도 그리 생각하는가?"

"하아… 아무래도 그런 것 같습니다. 그 교활한 놈들과 손을 잡는
것이 아니었는데…"

"대공!!! 이 비겁한 자식아!!! 검이 없어서 그러느냐!!! 자!!! 여기
네놈의 검이다!!!"

'휙 휙 휙 휙 휙 휙 휙 대앵!!~~~.'

아미가 검집에서 승천검을 빼내 황성을 향해 던지니, 검이 빙글빙글
돌며 춘양교 건너편으로 날아가 남문에 그대로 꽂혔다. 그 모습을 멀리서
지켜보던 위덕은 아랫입술을 턱 아래로 당기며 양손을 흔들었다.

"으그·· 안 되는데…"

그때였다.

신라가 이를 되찾아 신문왕 6년(686)에 무진주(武珍州)라 칭하여 9주(九州)의
하나로 삼았고, 경덕왕 16년(757)에 무주로 개칭하였다.

2) [未多夫里停]. 9주에 설치한 지방 핵심군단인 10정의 하나로, 무진주(무주) 미동부
리현(未冬夫里縣)에 주둔하던 군대. 영산강 유역의 요충지를 방비하는 역할을
하였다. 기병 중심의 군단으로 옷 빛깔은 검은색이었다.

3) 9주에 각 두개씩 배치했던 특수부대.

"좋다!!! 수장대결을 받아들이겠다!!! 곧 내려갈 것이니 기다려라!!!"

대공이 갑자기 대결에 응하자 탁근이 놀라서 만류했다.

"주, 주공!! 어찌 이러십니까!?"

그러니 대공이 특유의 차가운 표정으로 말했다.

"양상은 나와 아미, 둘 중 하나가 끝장날 때까지 기다렸다가 어부지리를 노리려는 심산이겠지. 하나, 놈의 뜻대로는 되지 않을 것이야. 탁근 자네는 의식이 없어도 상관없으니 황제를 성루로 데려오게. 내가 아미 저놈을 죽여 버리고 나면, 곧바로 성문을 열고 황제를 내 곁으로 데려와야 하네."

"허, 허면?"

"아미가 죽으면 저놈들은 머리 잃은 뱀이나 마찬가지. 내가 황제의 목에 칼을 들이대고 위덕을 부를 것이야. 위덕이 무릎을 꿇는 순간, 저 병력은 몽땅 우리 것이 될 것이야!"

"오오!! 주공!! 과연 영명하십니다!! 그런 수가 있을 줄이야!"

"서두르게!"

"예!!"

잠시 후.

'끼으으~~ ㄷㄷㄷㄷㄷㄷㄷㄷ.'

황성의 남문이 열리고 대공이 걸어 나왔다.

'ㄷㄷㄷㄷㄷㄷㄷㄷ 끼으윽!'

다시 문이 닫히자, 대공은 문에 박혀 있는 승천검을 뽑아들고 춘양교를 건너기 시작했다. 이윽고, 대공이 춘양교를 건너 얼마간 뒤로 물러난 아미를 마주보고 섰다. 대공은 한 손으로 승천검을 아미에게 겨누었다.

"네놈이 자초한 일이니 원망은 말거라. 죽을 준비는 되었느냐?"

그러자 아미가 화운검을 뽑아들었다.

'위우웅!……'

"내가 할 소리! 네놈을 죽여 이 난을 종식시키겠다!"

"후후후훗… 하아~ 네놈과의 질긴 악연도 여기서 끝이 나는구나! 단 일합에 끝내주마! 키야아앗!!!"

"크이야!!!"

서로가 기합을 넣으며 달려들려는 그 순간!

'쉬리리리리리리릭!! 투캉!!!!~~~.'

갑자기 옆쪽에서 엄청난 속도로 칼이 날아들자 대공이 황급히 승천검을 휘둘러 튕겨냈다. 대공과 아미가 동시에 서쪽을 바라보니, 멀리서 누군가가 흙먼지를 날리며 말을 달려오고 있었다. 대공이 아미에게 말했다.

"네놈이 유치한 장난질을 치는 것이더냐?"

"나도 모르는 일이다. 함부로 넘겨짚지 마라."

"후후… 그렇단 말이지."

대공과 아미가 서쪽에서 달려오는 말을 바라보고 있으니, 말 위에는 두 사람이 타고 있었다. 바로 기파와 만월이었다. 아미가 만월을 발견하고 놀라서 달려가 말을 막아섰다.

"워~ 워."

기파가 말을 멈추고 먼저 내려 만월을 내려주었다.

"누님! 어째서 이리로 오신 겁니까? 지금 대공과 수장대결을 하려던 참이었습니다. 어서 우리 진영으로 가시지요."

아미가 걱정스레 말했으나 만월은 그대로 아미를 지나쳐 대공에게로 걸어갔다. 아미가 놀라서 뛰어가 다시 만월을 막았다.

"위험합니다! 왜 이러십니까?"

"비키거라. 대공과 할 이야기가 있다."

"누님! 어어…"

만월이 옆쪽으로 아미를 지나쳐가자 아미가 다시 뛰어가 만월과 나란히 걸으며 대공의 움직임을 뚫어져라 관찰했다.

'푹!'

만월이 자신에게로 걸어오자 대공은 칼을 땅에 꽂아 넣었다. 그렇게 만월이 아미를 대동하고 대공과 마주서자 미묘한 정적이 감돌았다. 먼저 입을 연 건 대공이었다.

"만월. 오랜만이군."

"예. 참 오래되었네요."

"근처에 살면서도 얼굴을 잊어버릴 지경이 되었구려."

"그러게요. 어쩌다 이리 되어버렸을까요?"

"그건, 당신이 나를 원수처럼 여겨서잖소. 그렇지만 않았어도 이런 일은 벌어지지 않았을 것이오."

"나는 그럴 수밖에 없었어요. 지금도 마찬가지구요. 이십오 년 전의 그 일을 어떻게 잊을 수 있겠어요."

"……"

"……"

"할 말이 무엇이오?"

"더 이상, 죄 없는 병사들을 희생시키지 말았으면 합니다. 너무 많은 사람이 죽었어요."

그러니 대공이 하늘을 우러러보더니 다시 만월을 보고 말했다.

"방법은?"

"저 뒤에 있는 사람과 대결하세요. 지는 쪽 병력이 깨끗이 승복하는 것으로 하지요."

그러니 대공이 뒤쪽의 기파를 살피고는 말했다.

"승려라… 오호라, 주경을 죽인 그자로군."

"당신도 잘 아는 사람입니다."

"내가?"

대공은 다시 한 번 기파를 훑어보더니 말했다.

"모르는 사람이오."

"저분은 바로 기파랑입니다."

그러자 대공과 아미가 깜짝 놀라 기파를 바라보았다.

"혀, 형님!!"

아미가 기파에게 뛰어가려다가 멈칫하고는 옆으로 서서 대공과 기파를 번갈아 보았다. 그러니 대공이 말했다.

"기파는 이미 죽었소. 내 눈으로 똑똑히 보았지. 죽은 자가 어찌 살아 돌아온단 말이오?"

그러자 아미가 말했다.

"기파형님은 죽지 않았다. 동굴 낭떠러지에서 내가 구해내었지. 장례도 가짜로 치른 것이다."

그러자 대공의 한쪽 눈 밑이 파르르 떨렸다. 만월이 다시 말했다.

"대공 당신은 명예를 아는 사람이었지요. 비록 가문 때문에 돌변했다 하여도, 이번 대결만큼은 예전의 당신 모습으로 임해줬으면 합니다."

그러자 대공이 눈을 감고 고개를 숙이며 웃기 시작했다.

"흐흐흐흐흐흐, 후후후… 당신 기억 한편에 그런 내 모습도 있다니 놀랍군… 좋소. 지는 쪽이 무조건 항복하는 것이오!"

"받아들여줘서 고마워요. 아미야, 전 병력에 큰 목소리로 알려라."

그러자 아미가 목청껏 외쳤다.

"수장대결의 상대가 바뀌었다!!!! 태후폐하와 대공각간의 합의하에!!!! 지는 쪽 병력이 무조건 항복하기로 결정되었다!!!! 이번 대결로 모든 것이 결판나는 것이다!!!! 명예를 걸고 약조한 것이니!!!! 양쪽 병력들은 결과에 깨끗이 승복해야 할 것이다!!!!"

외침이 끝나자 만월은 곧바로 뒤쪽 진영으로 걸어가기 시작했다.

대공은 만월의 뒷모습을 바라보더니 승천검을 땅에서 뽑아냈다. 그러니 아미가 기파에게 달려갔다.

"형님! 저자의 검이 예사 검이 아니니, 이 검을 쓰십시오. 형님의 사부님인 종헌스님이 쓰시던 검입니다. 이 검이라면 능히 상대하실 수 있을 겁니다."

그러자 기파가 미소를 지어보이며 화운검을 받아들었다.

"내, 아우님을 기억하진 못하지만, 만월에게서 모든 이야기를 전해 들었네. 참으로 고맙고도 훌륭한 아우님이 있어 너무도 자랑스럽다네."

"하하… 형님도 참‥"

"아미 아우님."

"예, 형님."

"음… 아닐세. 내 반드시 대공을 꺾을 것이니, 걱정하지 말고 만월에게 가보시게."

"예! 형님이라면 분명 이길 것입니다!"

아미는 눈물을 글썽이며 기파의 손을 꼭 부여잡더니 뒤쪽으로 뛰어갔다. 이윽고, 기파와 대공의 숙명의 대결이 시작되었다. 기파가 한 손에 화운검을 쥐락펴락하며 대공의 주위를 맴돌기 시작하자, 대공도 똑같이 돌면서 서로를 관찰했다. 그렇게 몇 바퀴 돌더니, 느닷없이 동시에 달려들었다. 칼들이 날카로운 그림을 수도 없이 그리며 불꽃을 튀겼고, 두 사람은 순간의 순간을 파고들며 서로를 노렸다. 현란한 발의 움직임으로 붙었다 떨어지고 날고 구르고 회전하기를 수십 번 하였으나, 너무도 용호상박이라 도무지 결과를 종잡을 수가 없었다. 둘의 대결을 지켜보던 위덕이 혀를 내두르며 아미에게 물었다.

"허어… 내 생전 저런 움직임은 처음 보오! 도대체 저 승려는 누굽니까?"

"하늘에서 보내준 무신(武神)이오."

"무, 무신?!"

과연 그랬다. 제석천의 현신과 악룡의 현신, 두 무신이 맞부딪치는 이 대결은 인간의 눈으로는 도저히 그 경지를 함부로 묘사하거나 단정할 수 없는 것이었다. 둘이 그렇게 무시무시한 대결을 펼치는 사이, 언제 몰려온 것인지 모를 먹구름들이 하늘을 뒤덮으며 뇌우를 동반하기 시작했다.

'쿠르르르르르…'

심상치 않은 빗방울이 점점 굵어지더니 금세 앞을 제대로 볼 수 없는 장대비가 쏟아져 내렸다.

'쏴아!……'

내리는 빗방울을 잘라내며 검을 맞부딪치던 둘은 약속이나 한 듯 동시에 거리를 벌렸다. 기파가 물을 먹어 무거워진 승복 상의를 벗어던졌다. 대공도 거추장스러운 상의를 뒤로 젖혀 내렸다. 수없이 많은 검상들로 가득한 두 몸뚱아리가 빗물 사이로 허연 김을 흘려보내고 있었다. 둘 사이에 처음으로 대공이 입을 열었다.

"몸이 많이 망가졌었을 텐데, 용케 회복하였구나."

"나는 기억을 못 한다. 하지만 너를 죽여야 한다는 것은 알고 있지."

"후후… 기억을 잃은 것이더냐? 재미있군. 그날의 대결을 나만 기억하고 있다니, 이거 왠지 섭섭해지는군."

"잡생각이 많구나. 쓸데없는 이야기는 집어치우고 이제 결판을 내자."

"좋지. 간다!"

"오너라!"

"키아아아아!!!!

"후오오오오!!!!"

'쿠아아앙!!!!!!!!!!!!!!!!!!'

둘이 어마어마한 속도로 맞부딪히자 엄청난 천둥소리와 함께 땅이 진동하기 시작했다. 둘의 눈에서 각기 붉고 푸른 광채가 쏟아지고 있었다.

'콰과쾅!!!!!!!!!!!!!!!!!!!!!'

다시 한 번 맞부딪히자 천둥과 함께 온 서라벌에 지진이 일어나기 시작했다. 황성의 성벽이 여기저기 무너지기 시작하고 모든 사람들이 땅에 주저앉아 몸을 들썩였다. 둘이 다시 떨어지자 기파는 왼손으로 반합장을 하고 기운을 죽였다. 그러니 눈에서 흐르던 푸른 광원도 사그라들었고, 온 땅을 뒤흔들던 지진도 따라서 사그라들었다. 기파는 대공을 바라보며 생각했다.

'대덕스님께서 말씀하신 것이 바로 이것이로구나… 내가 저놈을 없애야 하지만, 둘의 싸움이 길어질수록 중생들이 고통 받는다고 하셨다… 단 한 번에 없애야 한다… 하지만, 아무리 파고들어도 도무지 빈틈이 없으니…'

기파는 눈을 감고 지금껏 보았던 대공의 움직임을 떠올리며 가능한 수들을 빠르게 그리기 시작했다.

'쿠르르르르릉….'

"대결 도중에 눈을 감고 뭘 하는 것이냐?"

눈을 뜬 기파가 말했다.

"너를 단 한 번에 해치울 방도를 떠올리고 있었다."

"하하하하하! 그래, 방법은 찾았느냐?"

"그렇다. 이번이 마지막이다. 이것으로 너는 끝이다."

"크흐흐흐, 기대되는구나!"

기파는 화운검을 어깨 위에 걸쳐들더니 느닷없이 뛰어나갔다. 대공이 급히 승천검을 중단으로 겨누고 맞을 준비를 하자, 기파가 달려오며 화운검을 대공의 아랫배를 향해 던졌다. 화운검이 원들을 그리며 빗물을 아래위로 가르며 날아들자 대공은 급히 왼쪽 아래로 검을 휘둘러 튕겨냈다.

'휘리릭!! 챵!!!'

기파가 그대로 돌진해오자 벨 시간과 공간이 없어진 대공은 왼쪽 아래로 내려간 검을 꺾어 올리며 기파의 배를 찔렀다. 승천검이 기파의 배를 파고듦과 동시에 기파의 두 손가락이 대공의 눈을 파고들었다.

"크악!!!"

대공은 두 눈을 찔려 고개가 뒤로 젖혀졌고, 승천검은 기파의 배를 완전히 파고들어 등 뒤쪽으로 끄트머리가 튀어나왔다. 기파는 고통을 견디며 눈을 찌른 손을 뽑아냄과 동시에 헐거워진 대공의 손을 내리쳐 승천검을 놓아버리게 만든 후, 몸을 돌려 등으로 대공의 몸을 부딪쳤다. 등이 대공의 몸통에 부딪히는 그 순간, 기파는 자신의 배에 꽂혀 있는 승천검을 남은 힘을 다 짜내 쑤셔넣었다.

'푸우욱!'

승천검이 기파의 몸통과 대공의 몸통을 통과해 뒤쪽으로 고개를 쭉 내밀었다.

"크아아아아아!!!!!"

대공이 찢어지는 굉음을 내지르며 기파를 밀쳐내자 기파가 칼을 배에 꽂은 채 떠밀려 앞으로 꼬꾸라졌다.

"쿠억!"

쓰러진 기파가 피를 한 사발 토해내자, 그 피가 빗물에 섞여 이리저리 퍼져나갔다. 대공은 배를 관통당하고도 힘이 남았는지, 한 손으로 피눈물을 쏟는 눈을 감싸고 다른 손으로 허공을 마구 휘저으며 이리저리 돌아다녔다. 그러더니 땅바닥에 있던 화운검이 발치에 차이자, 대공은 몸을 숙여 화운검을 집어들었다.

"끄으으으…"

기파가 쓰러진 채로 신음을 흘리자, 대공은 그 소리를 듣고 화운검을 쳐들고 달려왔다. 그때였다!

"쿠와앙!!!!!!!!!!!!!!!!!"

무지막지한 시퍼런 번개줄기가 화운검에 내리꽂히더니 대공의 몸을 순식간에 시커멓게 태워버렸다. 대공은 그 자리에서 숯덩이가 되어 옆으로 쓰러졌다. 그러자 만월이 울면서 쓰러진 기파를 향해 뛰기 시작했고, 아미도 덩달아 뛰기 시작하니, 위덕과 신성의 병력 모두가 뒤따라왔다. 만월이 쓰러진 기파에게 달려와 무릎을 땅바닥에 긁으며 기파의 얼굴과 어깨와 팔을 매만졌다.

"흐으으윽… 기파랑…"

"마, 만월… 나… 나를… 일으켜…"

만월이 기파를 부축하자 달려온 아미가 반대쪽에서 부축해 기파를 일으켜 세웠다. 그러니 기파가 배에 꽂힌 승천검의 손잡이를 양손으로 쥐더니 뽑아내기 시작했다.

"끄아아아아악!!!"

검이 뽑혀 나오자 배에서 피가 철철 쏟아져 나왔다. 기파는 황성을 바라보며 승천검을 한 손으로 힘겹게 하늘로 치켜들었다. 그러니 뒤쪽에 있던 신성의 병력들이 일제히 엄청난 함성을 질렀다.

"와아!!!!!!!!!!!!!!!!!!~~~~~~~~~~~~~."

함성이 잦아들자 성루에서 탁근이 기절해 있는 황제를 안아 올리며 외쳤다.

"황제가 우리 손에 있다!!! 너희들은 마땅히 투항해야 할 것이다!!!"

그러자 아미가 눈에 불을 켜고 춘양교 중앙으로 달려가 성루를 향해 목이 찢어져라 외쳤다.

"서당의 장수들은 무엇을 하느냐!!!! 폐하를 구출하여 명예를 되찾아라!!!! 그리하면 모두 살려줄 것이다!!!!"

그러니 성곽에 있던 청금의 장수 하나가 칼을 빼들며 외쳤다.

"서당군은 황제폐하를 구출하라!!! 역도들을 참하라!!!"

그러자 황성에 있던 청금, 적금, 흑금 이천이 삼천의 가병들을 공격하기 시작했다. 순식간에 칼부림과 비명이 난무하고 칼을 맞은 이들이 성루에서 떨어져 내렸다. 그러니 기령이 탁근에게서 황제를 빼앗아 안아들고 말했다.

"아버님!! 어서 도망쳐야 합니다!!"

"서, 서문. 서문으로 빠져나가자!"

탁근과 기령은 가병들의 호위를 받으며 성루를 내려갔다. 잠시 후, 흑금의 장수 하나가 병사들과 남문을 열어젖혔다. 그러니 아미가 춘양교를 내려와 대공의 손에서 화운검을 뺏어들고 신성의 병력을 향해 외쳤다.

"황성을 탈환하라!!!!"

아미가 곧바로 다시 춘양교에 올라 남문으로 뛰어가자, 위덕이, 쓰러져 만월의 품에 안겨 있는 기파에게 달려와 말했다.

"뉘신지는 모르겠으나, 이 검을 좀 쓰겠습니다."

기파가 씨익 웃으며 검을 떨구자 위덕이 승천검을 주워들고 외쳤다.

"서당군끼리는 싸우지 말고!!! 가병들만 해치워라!!!"

"와아!!!!!!!!!!!!!!~~~~~~~~~."

새까만 병력들이 위덕을 따라 춘양교를 건너기 시작했다. 그 사람의 홍수 속에, 오직 기파와 만월만이 시간이 멈춰버린 듯, 외딴 섬이 되어 다른 세상에 와있었다.

"만월… 이제야… 모든 기억이… 떠오르고 있소…"

만월은 서글픈 눈물을 흘리며 기파의 얼굴을 쓰다듬었다.

"저와 당신의 사랑도 기억이 나나요?…"

"응… 만월… 미안하오… 그리고… 사랑하오…"

"흐으윽… 기파랑, 저도 당신을 사랑합니다…"

"먼저 가는 것을… 용서하시오…. 내… 내세에서! 으으."

"기파랑? 기파랑?? 흐어어으… 기파라아…."

기파가 숨을 거두자 만월은 애가 끊어지는 듯한 비통의 눈물을 하염없이 흘렸다.

얼마 후. 이십여 명의 가신, 가병들과 서문을 빠져나온 탁근과 기령은 비를 맞으며 계속 서쪽으로 달아나고 있었다. 황제를 안아들고 달리던 기령이 말했다.

"아버님! 어쩌려고 이쪽으로 가시는 겁니까!? 이리 가면 황천이 길을 막고 있습니다!"

"이쪽 길로 가면 항상 황천을 넘나드는 뱃사공들이 있다! 황천을 건너 선도성으로 가야 한다!"

"선도성이라니요!? 양상 그놈에게 투항하자는 말입니까?"

"지금 우리를 살릴 수 있는 자는 그 사람 밖이다! 잔말 말고 따라오너라!"

다시 얼마 후. 탁근 일행은 황천을 건너 선도산을 향해 달려가고 있었는데, 마침 산을 내려와 황천으로 향하는 일만 오천의 선도성 병력과 마주치게 됐다. 양상과 경신, 검백이 장수들과 함께 말을 타고 선두에 나와 있었다. 탁근이 양상에게로 달려가 철퍼덕 엎드리며 이마를 땅에 박고 말했다.

"시중 어르신! 시중 어르신께 선물을 드리려 이렇게 달려왔사옵니다!"

그러니 양상이 콧방귀를 뀌며 말했다.

"흥, 네놈 따위가 내게 무슨 선물을 준다는 말이더냐?"

탁근이 뒤를 돌아보며 기령에게 눈짓하자 황제를 안아든 기령이 양상 앞에 무릎을 꿇었다. 탁근이 이어 말했다.

"황제입니다. 황제를, 아니 이 나라를 선물해 드리러 왔습니다."

"뭐라?!"

양상은 말에서 내려 기령이 안고 있는 황제의 얼굴을 확인했다.

"황제가 맞구나! 그런데, 어찌 잠들어 있는 것이냐?"

그러니 기령이 대답했다.

"주항장군이 도주하는 황제를 붙잡는 과정에서 황제가 말에서 떨어져 혼절하였습니다. 그래서 아직 깨어나지 않고 있습니다."

"음…"

양상이 뒤돌아 경신에게 눈짓하자, 경신이 말에서 내려 기령에게서 황제를 건네받아 안아들었다. 그러자 양상이 갑자기 허리에서 검을 뽑았다.

'스라라랑!!~~~.'

"나는 이 나라의 시중으로서 황제를 구출해 내었다. 역도들인 너희를 참할 생각인데, 어찌 생각하느냐?"

그러자 탁근이 침착하게 대답했다.

"소인들은 그저 주군을 따르는 종복일 뿐입니다. 무조건적으로 주군을 따르며 충성하는, 개와 다를 바 없는 존재인 것입니다. 저희들이 대공각간을 주인으로 모시고 끝까지 충성을 다하였으나, 결국 주군은 대업을 이루지 못하고 안타깝게 숨을 거두셨습니다. 이제, 주인을 잃고 갈 곳 없는 저희들을 거두어 주신다면, 시중어른의 개가 되어, 늘 그래 왔듯이 목숨을 바쳐 충성할 것입니다. 그리고 저는 전 주인의 모든 가산은 물론이고 숨겨진 재물들까지 관리해 왔습니다. 저희를 거두어 주시면, 그 엄청난 재물 또한 하나 남김없이 온전히 시중어른의 차지가 될 것입니다. 그리고 실포의 신천방주와 지방의 농장을 관리하는 가신들까지, 모두 시중어른을 주인으로 모시게 될 것입니다. 그러니 부디 불쌍한 저희들을 거두어주십시오!"

그러자 일행들이 모두 무릎을 꿇고 절을 하며 말했다.

"거두어주십시오!"

"흐, 흐흐, 흐하하하하하하하!"

양상은 특유의 간사한 웃음을 터뜨리더니 검을 집어넣고 탁근의 양팔을 붙잡아 일으켜 세웠다.

"내 늘, 자네 같은 가신을 둔 대공이 부러웠다네. 당연히 모두다 거두어줄 것이야!"

"감사합니다! 주공!"

"흐흐흐, 그 주공이란 말, 정말 듣기 좋구만! 자네가 황제를 데려왔으니, 우리가 하려던 일이 한결 수월해졌음이야. 우리는 황성을 장악하러 갈 것이니, 이들을 데리고 선도성에 숨어 있게. 때가 되면 부를 것이니, 절대로 존재를 드러내어서는 아니 될 것이야. 알겠는가?"

"예! 주공!"

어둑어둑해지기 시작하는 초저녁, 비는 그쳐 있었다. 황성의 성루에는 만월과 아미, 위덕, 지정, 그리고 풀려난 대신들이 올라와, 남문 앞에 모여 있는 양상과 경신의 대군을 허탈한 표정으로 바라보고 있었다. 사방에서 병사들이 줄을 이어 계속해서 모여드는 모습을 보며, 아미는 탁식을 터뜨렸다.

"하아… 호랑이를 물리치니, 늑대무리가 들이닥치는구나."

양상과 경신이 말을 타고 나와 춘양교 앞에 멈춰 섰다. 성루를 바라보며 의미심장한 미소를 짓고 있는 양상에게, 황제를 안아든 경신이 말했다.

"형님, 이제 형님의 세상입니다."

에필로그

대공의 난은 33일 만에 종식되었지만, 여전히 전국에서는 친왕파와 반왕파의 끝없는 전쟁이 지속되었다. 친왕파를 이끌고 섭정을 하던 경수태후(만월)는 김대공의 반란으로 인해 모든 힘을 상실하였기에, 96각간의 난이라 일컫는 이 걷잡을 수 없는 대란을 진압할 힘이 없었다. 결국 태후는 기존의 질서를 유지하며 난을 종식시키겠다는 양상의 약속을 받아내고 모든 권력을 내어준 채 뒷자리로 물러나게 된다.

황성에 무혈입성한 양상과 경신은 본격적으로 군사와 정치를 모두 장악해 나간다. 양상은 시중의 책임을 다하지 못했다는 책임을 스스로에게 물어 허울뿐인 시중 직에서 물러나는 한편, 측근인 신유를 상대등에 앉히고 경신과 순 등의 측근들에게 실무요직인 각 부의 시랑 직을 맡겨, 옹을 비롯한 태후의 측근들을 허수아비로 만들어 버린다.

양상은 그렇게 자기 사람들로 조정을 장악하고 어린 혜공황제를 이용해 막후정치를 펼치다가, 정국이 어느 정도 진정되어 가자 스스로 감찰기구의 장인 숙정대령을 맡아 본격적으로 야심을 드러내기 시작한다. 그 첫 희생양은 계속해서 걸림돌이 되는 암(아미)과 융을 비롯한 가야계 진골들이었다. 양상은 그들을 한꺼번에 처리하기 위해 융에게 반란죄를 뒤집어씌워 경신을 시켜 그를 참수해 버린다. 그로 말미암아 가야계는 골품을 잃고 6두품으로 전락하게 되고, 김암 역시 외직으로 쫓겨나게 된다. 점점 노골화되는 양상의 독재 집권에 은거, 염상, 정문, 지정 등 태후의 측근들은 양상을 없애버릴 친위반란을 계획하는데……

• 등장인물 정리

—실존 인물

〈만월〉 만월(경수태후, 만월부인), 기파(기파랑), 아미(김암), 김지정, 이순, 신충, 김옹, 김융, 김은거, 염상, 정문, 헌영(경덕왕), 삼모(삼모왕후, 삼모부인), 건운(혜공왕), 김의충, 김대성

〈대공〉 대공, 대렴, 김정종, 김사인, 혜명(혜명왕후, 혜명태후), 만종

〈양상〉 양상(선덕왕), 경신(원성왕), 신유, 김순, 소검백

〈승려〉 선율, 충담(충담사), 월명(월명사), 진표(진표율사), 표훈(표훈대덕), 신림(신림성사), 순제(순제법사)

〈당〉 당현종, 고력사, 나공원, 당대종, 귀숭경

〈그 외, 거론되는 선대 인물〉 명랑(명랑법사, 명랑대덕), 원효(원효대사), 의상(의상대사), 자장(자장율사), 석탈해, 파사왕, 나밀대왕(내물왕), 선덕여왕, 진덕여왕, 무열왕, 문무왕, 신문왕, 성덕왕, 효성왕(승경), 김유신, 소알천, 김순원, 김순정, 김효방, 영종, 보리, 설수진, 구진천 등.

—가상 인물

설아, 도우, 종헌(귀수), 도정, 충효, 승우, 위덕, 만득, 주항, 주경, 중길, 금모, 탁근, 기령, 소훈, 장천, 종예, 종만, 기출, 실보, 배무겸, 아주, 웅산, 마방 등.

정의성 작가의 오검관 시절.